SUSAN ELIZABETH PHILLIPS

Der und kein anderer

Buch

Auf Teufel komm raus verfolgt die junge Gracie Snow, Beauftragte eines Filmstudios, den legendären Ex-Footballspieler Bobby Tom Denton. Ihre Aufgabe ist es, ihn zu bewegen, in seine Heimatstadt zurückzukehren, um dort seinen ersten Film zu drehen. Doch der widerspenstige, unverschämt charmante und blendend aussehende Bobby Tom denkt – aus sehr triftigen Gründen – nicht im Traum daran, den von ihm unterschriebenen Filmvertrag zu erfüllen. Doch andererseits kann er diese rechthaberische süße kleine Kröte, die das Studio ihm auf die Fersen geklebt hat, weder aus seinen Gedanken noch aus seinem Leben vertreiben. Also beschließt er, Gracie anderweitig und viel persönlicher zu beschäftigen. Ein scheinbar einfacher Plan, aber hinter dem Gesicht eines Engels verbirgt Gracie das Herz einer Wildkatze ...

Autorin

Mit ihren großen warmherzigen und sehr humorvollen Romanen erobert Susan Elizabeth Phillips seit Jahren die internationalen Bestsellerlisten. Vielfach preisgekrönt, lebt die Autorin mit ihrem Mann in der Nähe von Chicago.

Von Susan Elizabeth Phillips ist bereits erschienen

Bleib nicht zum Frühstück (35029) · Küss mich, Engel (35066) · Träum weiter, Liebling (35105) · Kopfüber in die Kissen (35298) · Wer will schon einen Traummann? (35394) · Ausgerechnet den? (35526) · Verliebt, verrückt, verheiratet (35339) · Dinner für drei (35670) · Vorsicht, frisch verliebt! (35829) · Komm und küss mich! (36023) · Frühstück im Bett (35830) · Die Herzensbrecherin (36290) · Küss mich, wenn du kannst (36299) ·

Susan
Elizabeth
Phillips

Der und kein anderer

Roman

Aus dem Amerikanischen
von Inez Meyer

blanvalet

Die Originalausgabe erschien 1995
unter dem Titel »Heaven, Texas« bei Avon Books,
a division of The Hearst Corporation, New York.

Umwelthinweis:
Alle bedruckten Materialien dieses Taschenbuches
sind chlorfrei und umweltschonend.

Einmalige Sonderausgabe Mai 2006 bei Blanvalet, einem
Unternehmen der Verlagsgruppe Random House GmbH,
München.

Umschlaggestaltung: Design Team München
Umschlagfoto: Zefa
ES · Herstellung: LW
Druck und Einband: GGP Media GmbH, Pößneck
Printed in Germany
ISBN-10: 3-442-36544-9
ISBN-13: 978-3-442-36544-9

www.blanvalet-verlag.de

1

»Einen Leibwächter! Ich brauche keinen verdammten Leibwächter!«

Die silbernen Spitzen von Bobby Tom Dentons lila eingefärbten Schlangenledercowboystiefeln glitzerten im Sonnenlicht, als der ehemalige Footballspieler erst über den Teppich lief und dann die Hände auf den Schreibtisch seines Anwalts und Agenten stemmte.

Jack Atkins blickte beunruhigt zu ihm auf. »Die Windmill Studios halten es aber für notwendig.«

»Mir ist es vollkommen einerlei, wie die darüber denken. Schließlich ist allgemein bekannt, dass im südlichen Kalifornien kein Mensch auch nur einen Funken Verstand besitzt.« Bobby Tom richtete sich auf. »Zugegeben, ein paar von den Ranchers nehme ich davon aus, aber sonst niemanden.« Er ließ seinen langgliedrigen Körper auf einen Ledersessel fallen, legte die Stiefel auf dem Schreibtisch ab und kreuzte die Beine.

Jack Atkins musterte seinen wichtigsten Kunden. Mit weißen Leinenhosen, einem lavendelfarbenen Seidenhemd, den lila eingefärbten Schlangenlederstiefeln und einem hellgrauen Stetson war Bobby Tom heute geradezu konservativ gekleidet. Der ehemalige *wide receiver* machte keinen Schritt ohne seinen Stetson. Einige seiner Verflossenen gingen so weit zu behaupten, er behielte ihn sogar im Bett noch auf, was Jack jedoch bezweifelte. Ohne Zweifel aber war Bobby Tom stolz darauf, Texaner zu sein. Und das, obwohl seine Profifootball-Karriere ihn während der letzten zehn

Jahre dazu gezwungen hatte, überwiegend in Chicago zu leben.

Mit seinem ausgesprochen guten Aussehen, dem betörenden Lächeln und ein paar imposanten, mit Diamanten besetzten Superbowl-Ringen, symbolisierte Bobby Tom Denton zweifellos die schillerndste aller Football-Persönlichkeiten. Gleich von Anfang an waren die Fernsehzuschauer seinem ländlichen Charme erlegen gewesen. Diejenigen jedoch, die auf dem Spielfeld gegen ihn antreten mussten, ließen sich von seinem jungenhaften Charme nicht blenden. Sie wussten, dass Bobby Tom nicht nur schlau und ehrgeizig war, sondern darüber hinaus noch beinhart sein konnte. Nicht nur war er die schillerndste Figur der gesamten Nationalliga, sondern auch deren bester Spieler gewesen. Als vor fünf Monaten im Januar eine Knieverletzung ihn dazu gezwungen hatte, mit dreiunddreißig Jahren seine Profikarriere aufzugeben, lag es nahe, dass Hollywood Interesse an ihm für einen Actionfilm zeigte.

»Bobby Tom, die Leute von Windmill haben ein Recht darauf, sich Sorgen zu machen. Sie haben Ihnen mehrere Millionen Dollar gezahlt, damit Sie Ihren ersten Film mit ihnen drehen.«

»Ich bin Footballspieler und kein verdammter Kinostar.«

»Seit Januar sind Sie Footballspieler im Ruhestand«, bemerkte Jack. »Abgesehen davon war es Ihre Entscheidung, den Filmvertrag zu unterschreiben.«

Bobby Tom riss sich den Stetson vom Kopf, fuhr mit einer Hand durch sein dichtes blondes Haar und setzte den Hut wieder auf. »Ich war betrunken und suchte etwas Neues für mein Leben. Eigentlich hätten Sie mich eine derart wichtige Entscheidung in betrunkenem Zustand nicht treffen lassen dürfen.«

»Wir sind jetzt schon sehr lange befreundet, aber wirklich betrunken muss ich Sie erst noch erleben. Das werden Sie also kaum als Entschuldigung anführen können. Außerdem sind Sie einer der ausgekochtesten Geschäftsleute, die ich kenne. Und das Geld brauchen Sie nun wahrhaftig nicht. Wenn Sie also den Vertrag mit Windmill nicht hätten unterschreiben wollen, hätten Sie es auch nicht tun müssen.«

»Schon gut, ich habe halt meine Meinung geändert.«

»Sie haben mehr Verträge unterschrieben, als ich aufzählen könnte. Und ich habe nicht ein einziges Mal beobachtet, dass Sie einen Vertrag gebrochen haben. Sind Sie sich wirklich sicher, dass Sie jetzt damit anfangen möchten?«

»Ich habe doch gar nicht gesagt, dass ich den verdammten Vertrag brechen möchte.«

Jack ordnete zwei Akten und eine Pfefferminzrolle. Sie waren zwar seit zehn Jahren befreundet, doch hatte er immer noch das Gefühl, Bobby Tom nicht viel besser als dessen Friseur zu kennen. Trotz der äußerlich freundschaftlichen Art war der ehemalige Footballspieler ein sehr zurückgezogener Mensch. Nicht, dass ihm Jack das verübeln würde. Die ganze Welt wollte an Bobby Toms Leben teilhaben, und der Sportler hatte gelernt, sich zu schützen – Jacks Meinung nach nicht immer sehr erfolgreich. Jede wohl geformte junge Frau, jeder Ex-Jockey oder jeder aus seiner Heimat, dem ein Unglück zugestoßen war, konnte auf Bobby Toms Unterstützung rechnen.

Jack löste die Silberfolie von der Pfefferminzrolle. »Ich frage aus reiner Neugier: Verstehen Sie etwas von der Schauspielerei?«

»Himmel, nein!«

»Das dachte ich mir.«

»Warum sollte ich damit Schwierigkeiten haben? In einem Film wie diesem müssen die Typen lediglich alle anderen vermöbeln und diverse Frauen entkleiden. Ehrlich gesagt übe ich mich bereits seit meinem achten Lebensjahr in diesen Fertigkeiten.«

Diese Art von Kommentar war typisch für Bobby Tom Denton, und Jack lächelte. Unabhängig von den Bemerkungen seines Mandanten musste er daran glauben, dass Bobby Tom seine Karriere als Filmschauspieler mit Erfolg krönen wollte. Der Ex-Footballer hatte sich noch niemals einer Aufgabe verschrieben, die er nicht gut hatte ausführen wollen, angefangen von Landkäufen bis zu Investitionen in moderne Technologien. Andererseits ließ er sich dieses Mal reichlichst Zeit.

Jack lehnte sich in seinem Sessel zurück. »Vor kurzem habe ich mit Willow Craig von Windmill gesprochen. Sie ist untröstlich, besonders seit Sie darauf bestanden haben, alle Außenaufnahmen in Telarosa abzudrehen.«

»Sie suchten eine kleine Stadt in Texas. Sie wissen doch selbst, wie schlecht es denen dort wirtschaftlich zurzeit geht. Das wird ihnen wieder etwas auf die Beine helfen.«

»Ich war eigentlich davon ausgegangen, dass Sie Ihrer Heimatstadt für ein Weilchen den Rücken kehren wollten. Erst recht jetzt, wo sie mit einem groß angelegten Festival die Stadt verjüngen wollen.«

Bobby Tom zuckte zusammen. »Erinnern Sie mich bloß nicht daran.«

»Tatsache aber ist nun, dass Sie da hingehen müssen. Windmill hat bereits sämtliche Gerätschaften und Personal dorthin transferiert. Nur Sie sind noch nicht da, um endlich mit den Dreharbeiten zu beginnen.«

»Ich habe doch versprochen, dort aufzukreuzen.«

»So wie Sie ihnen auch gesagt haben, dass Sie an allen Sitzungen und Kostümproben teilnehmen werden – beides hätte bereits vor zwei Wochen in Los Angeles stattfinden sollen.«

»Das ist doch alles Blödsinn. Himmel noch mal, von allen Spielern der Bundesliga besitze ich die beste Garderobe. Wozu also soll ich noch zur Kostümprobe?«

Jack gab auf. Wie immer würde Bobby Tom die Dinge auf seine Art und Weise erledigen. Trotz seiner freundlichen und umgänglichen Art war der Texaner stur wie ein Esel und konnte es nicht leiden, wenn man ihn bedrängte.

Bobby nahm die Stiefel von der Schreibtischplatte und stand gemächlich auf. Obwohl er die Tatsache gut zu verbergen verstand, wusste Jack doch genau, dass das abrupte Ende seiner Football-Karriere ihm sehr zugesetzt hatte. Seit dem Augenblick, als die Ärzte ihm eröffnet hatten, dass er niemals wieder würde spielen können, hatte Bobby Tom sich wie besessen in Geschäfte gestürzt. Er wirkte eher wie ein Mann kurz vor dem finanziellen Ruin als eine Football-Legende, dessen millionenschwere Einkünfte bei den *Chicago Stars* lediglich einen kleinen Teil seines Vermögens ausmachten. Jack fragte sich manchmal, ob der Filmvertrag nicht einfach Bobby Toms Art und Weise war, sich die Zeit so lange zu vertreiben, bis er sich sicher war, was er mit seinem Leben anstellen wollte.

Im Türrahmen hielt Bobby Tom inne und warf seinem Agenten jenen kühlen, blauen Blick zu, den Verteidiger der Gegenseite so sehr gefürchtet hatten. »Was halten Sie davon, wenn Sie die Leute von Windmill gleich anrufen und ihnen sagen, sie können sich den Leibwächter aus dem Kopf schlagen.«

Obwohl er diese Aufforderung lediglich leise gemurmelt hatte, wusste Jack genau, dass es ihm ernst war. Bobby Tom wusste immer ganz genau, was er wollte, und für gewöhnlich kam er damit auch durch. »Ich fürchte, jemand ist schon auf dem Weg hierher. Außerdem schicken sie eine Limousine, keinen Leibwächter.«

»Ich habe ihnen doch gesagt, dass ich alleine nach Telarosa fahre, und genau das werde ich auch tun. Wenn irgend so ein verdammter Leibwächter hier aufkreuzt und glaubt, er könne mir Vorschriften machen, muss er schon ein ganz toller Hecht sein, denn sonst werde ich ihm meine Initialen auf den Hintern brennen.«

Jack warf einen Blick auf den gelben Notizblock. Jetzt war wohl nicht der richtige Zeitpunkt, Bobby Tom mitzuteilen, dass der von den Windmill Studios beauftragte »tolle Hecht« Gracie Snow hieß. Während er den Notizblock unter einem Aktenordner verschwinden ließ, hoffte er darauf, dass Fräulein Snow einen fantastischen Hintern, umwerfende Titten und die Instinkte eines Piranhas besaß. Andernfalls würde sie gegen Bobby Tom Denton nicht die geringste Chance haben.

Gracie Snows Frisur saß wieder einmal schlecht. Die feuchte, nächtlich kühle Luft hatte ihr eine kupferbraune Locke ins Auge geweht. Einem Friseur mit dem Namen Mister Ed hätte sie nicht trauen dürfen. Doch wollte sie sich nicht allzu lange mit negativen Gedanken aufhalten. Anstatt also über ihre missratene Dauerwelle nachzudenken, verriegelte sie die Tür ihres Mietwagens und trat auf Bobby Tom Dentons Haus zu.

Ein halbes Dutzend Autos parkten auf der geschwungenen Auffahrt. Als sie auf das schlanke, in Zedernholz und Glas gehaltene Gebäude zutrat, das über den Lake Michigan blickte, hörte sie Musik. Es war kurz vor halb zehn abends. Zu gerne hätte sie diese Begegnung auf den nächsten Morgen verschoben, wenn sie ausgeruhter und weniger nervös sein würde. Dieser Luxus war ihr jedoch leider nicht vergönnt. Sie musste Willow Craig unbedingt beweisen, dass sie diese erste, wirklich verantwortungsvolle Aufgabe meistern konnte.

Es war ein ungewöhnliches Haus, niedrig und weitläufig, mit einem steilen rechtwinkligen Dach. Die lackierten Eingangstüren wurden von Aluminiumklinken geziert, die an Schenkelknochen erinnerten. Das Haus entsprach nicht ihrem eigenen Geschmack, doch machte es das nur noch interessanter. Sie bemühte sich, ihre Nervosität in den Griff zu bekommen. Sie drückte die Klingel und zupfte am Jackett ihres besten, dunkelblauen Kostüms. Dieses war eine formlose Angelegenheit mit einem Saum, der weder zu lang noch zu kurz, sondern einfach nur unmodern war. Wenn doch der Rock auf dem Flug von Los Angeles nach Chicago nicht so zerknittert worden wäre! Andererseits hatte sie in Bezug auf Kleidung noch nie viel Geschick an den Tag gelegt. Manchmal führte sie ihren Mangel an Modebewusstsein darauf zurück, dass sie hauptsächlich unter älteren Menschen aufgewachsen war. Denn in der Tat schien ihre Kleidung immer mindestens zwei Jahrzehnte aus der Mode zu sein.

Als sie das zweite Mal auf die Klingel drückte, glaubte sie, im Inneren ein vages Klingeln wahrzunehmen. Erwartung schwang in ihrer Nervosität mit. Die Party schien eine wilde Angelegenheit zu sein.

Obwohl Gracie bereits fast dreißig Jahre alt war, war sie noch nie auf einer wilden Party gewesen. Ob man sich dort Pornos ansehen würde und reichlich Kokain für die Gäste bereitstünde? Sie war sich fast sicher, beides zu verabscheuen, doch da sie keinerlei Erfahrung hatte, hielt sie es nur für richtig, ihre abschließende Beurteilung vorerst noch zurückzustellen. Wie sollte sie schließlich ein neues Leben beginnen, wenn sie neuen Erfahrungen gegenüber nicht offen war? Mit Drogen würde sie natürlich nicht experimentieren, doch was die Pornos anlangte … Vielleicht sollte sie einen kurzen Blick darauf werfen.

Sie drückte die Klingel zweimal hintereinander und zurrte eine lose Haarsträhne zurück in ihren Bauernzopf. Sie hatte gehofft, dass ihre neue Dauerwelle, die zwar bequeme, doch vollkommen unmodische Frisur überflüssig machen würde, die sie die letzten zehn Jahre über getragen hatte. Sie hatte sich etwas Weiches, Welliges, Wippendes vorgestellt, womit sie sich wie neugeboren fühlen würde. Doch die eng aufgedrehte Dauerwelle, die Mister Ed ihr verpasst hatte, entsprach absolut nicht ihren Vorstellungen.

Schon als Teenager hatten alle Bemühungen um eine Verbesserung ihres Äußeren stets in einer Katastrophe geendet. Monatelang hatte sie grüne Haare gehabt, weil sie eine Flasche Peroxid falsch angewandt hatte. Kurz darauf hatte sie auf eine Creme gegen Sommersprossen allergisch reagiert. Noch heute hörte sie das Gelächter ihrer Klassenkameraden, als ihr ausgestopfter Büstenhalter sich während eines von ihr vorgetragenen Referats verschoben hatte. Dieser Vorfall hatte dem Ganzen das I-Tüpfelchen aufgesetzt. Seitdem hatte sie sich vorgenommen, die Worte ihrer Mutter zu beherzigen, die ihr diese seit ihrem sechsten Lebensjahr vorgebetet hatte:

Du entstammst einer langen Linie hausbackener Frauen, Gracie Snow. Du solltest die Tatsache akzeptieren, dass du niemals eine Schönheit sein wirst. Auf diese Weise wirst du viel glücklicher sein.

Sie war von mittlerem Wuchs, weder klein genug, um als niedlich zu gelten, noch groß genug, um wie eine Gazelle zu wirken. Zwar war sie nicht vollkommen flachbrüstig, doch auch nicht weit davon entfernt. Ihre Augenfarbe war weder ein warmes Braun noch ein leuchtendes Blau, sondern ein schwer zu beschreibendes Grau. Ihr Mund war zu breit, ihr Kinn zu stur. Sie war nicht dankbar für die schöne Haut, die unter den Sommersprossen hervorlugte. Noch war sie stolz auf ihre kleine und gerade Nase. Stattdessen war sie dankbar für die wichtigeren Geschenke, die Gott ihr mitgegeben hatte: Intelligenz, einen lebhaften Sinn für Humor und ein unstillbares Interesse an allen Aspekten menschlichen Seins. Sie redete sich ein, Charakterstärke sei ohnehin viel wichtiger als Schönheit. Nur wenn sie wirklich deprimiert war, wünschte sie sich, sie könnte ein wenig ihrer Gradlinigkeit, einen Millimeter ihrer Tugendhaftigkeit, ein Körnchen ihres Organisationstalentes gegen eine größere Körbchengröße eintauschen.

Endlich wurde die Tür geöffnet und unterbrach ihre Gedanken. Sie stand einem der hässlichsten Männer gegenüber, den sie jemals gesehen hatte – einem Riesenkoloss mit breitem, gedrungenen Nacken, einem Glatzkopf und ausladenden Schultern. Interessiert betrachtete sie ihn, während ihr Blick über seinen dunkelblauen Anzug, das weiße Hemd und die schwarzen Schuhe wanderte.

»Ja, und?«

Sie richtete sich auf und hob ihr Kinn. »Ich bin gekommen, um Herrn Denton zu sprechen.«

»Das wird aber auch Zeit.« Unvermittelt ergriff er ihren Arm und zog sie ins Haus. »Haben Sie Ihre eigene Musik mitgebracht?«

Die Frage überraschte sie so sehr, dass sie den Flur nur noch im Hintergrund wahrnahm: Terrakottafliesen, eine riesige Wandskulptur aus Aluminium und ein Granitfelsen, auf dem ein Samuraihelm thronte. »Musik?«

»Himmel noch mal, ich habe Stella doch gesagt, sie soll dir ausrichten, dass du deine eigene Musik mitbringst. Also gut, vergessen wir das. Ich habe noch das Band, das das letzte Mädchen hier gelassen hat.«

»Welches Band?«

»Bobby Tom ist in der Sauna. Die Jungs und ich wollen ihn überraschen. Warte hier, bis ich alles vorbereitet habe. Dann gehen wir gemeinsam rein.«

Mit diesen Worten verschwand er hinter einer japanischen Wand zu ihrer Rechten. Sie starrte ihm nach, hin und her gerissen zwischen Beunruhigung und Neugierde. Offenbar hatte er sie mit jemandem verwechselt. Da Bobby Tom Denton jedoch keinerlei Telefonate von den Windmill Studios entgegennahm, erwog sie, dieses Missverständnis zu ihren Gunsten zu nutzen. Die alte Gracie Snow hätte geduldig auf seine Rückkehr gewartet, um ihm ihre Anwesenheit zu erläutern. Die neue Gracie Snow aber sehnte sich nach einem Abenteuer. Sie folgte der aufpeitschenden Musik und tappte den sich windenden Flur entlang.

Die Zimmer, an denen sie vorbeikam, waren unglaublich. Insgeheim war sie von jeher schon sehr sinnlich gewesen, und der Anblick allein befriedigte sie nicht. Es juckte sie in den Fingern, die rauen Skulpturen auf Eisensockeln zu berühren oder die Granitblöcke, auf denen unregelmäßig geschnittene Tischplatten ruhten, die an prähistorische Bäume erinnerten. Sie wollte mit den Fingern über die Wände fahren, von denen manche in hellem Grau gehalten waren, während andere mit gebleichtem, an Asche erinnernden Leder bespannt waren. Die tief liegenden, mit Leinen oder Zebrahaut bespannten Möbel zogen sie an. Und der Duft von Eukalyptus, der von den alten Gefäßen rührte, kitzelte ihre Nase.

Der Eukalyptusduft wurde plötzlich von Chlor überdeckt. Als sie einen riesigen Felsen umrundete, der elegant aus der Wand heraustrat, riss sie verblüfft die Augen auf. Der Flur endete in einer luxuriösen Grotte, deren Wände aus sandgestrahltem Glas bis zum Dach reichten. Ausgewachsene Palmen, Bambus und andere exotische Pflanzen wuchsen in Beeten inmitten des schwarzen Marmorbodens und verliehen der Grotte sowohl einen tropischen als auch prähistorischen Flair. Das schwarzgekachelte, asymmetrisch geformte Schwimmbecken schien wie ein entlegener See, an dem Dinosaurier gerne ihren Durst gestillt hätten. Selbst die hochmodernen Liegestühle und klobigen Tische, die aus flachen Felsen geformt waren, verstärkten diese natürliche Atmosphäre.

So prähistorisch das Ambiente auch wirken mochte, die

Gäste ihrerseits waren überaus modern. Es mochten an die dreißig Leute in der gemischten Gruppe sein. Alle Frauen waren jung und schön, während die muskulösen Männer, sowohl schwarze als auch weiße, über breite Nacken verfügten. Von Footballspielern hatte sie keine Ahnung, lediglich deren schlechter Ruf war bis zu ihr vorgedrungen. Während sie die knappen Bikinis der meisten Frauen musterte, hoffte sie in ihrem tiefsten Inneren, dass möglicherweise gerade eine Orgie bevorstand. Sie selbst würde sich natürlich nie und nimmer an so etwas beteiligen – auch dann nicht, wenn man sie dazu auffordern sollte –, doch würde es sicherlich interessant sein, so etwas zu beobachten.

Schrille weibliche Schreie lenkten ihre Aufmerksamkeit zu der dampfenden heißen Quelle, die inmitten von ein paar Felsen in der Nähe der Fenster sprudelte. Vier Frauen vergnügten sich in den Sprudeln. Gracie empfand sowohl Neid als auch Bewunderung, als sie deren glitzernde, sonnengebräunte Brüste in den knappen Bikinitops beobachtete. Dann schweifte ihr Blick von den Frauen zu dem einzigen Mann in dem Bad, und alles in ihr erstarrte.

Schlagartig erkannte sie ihn von den Fotografien wieder. Er stand neben der heißen Quelle wie ein Sultan, der seinen Harem begutachtete. Während sie ihn beobachtete, regten sich in ihr die verborgensten sexuellen Fantasien. Dies also war Bobby Tom Denton. Großer Gott.

Er besaß alles, was sie sich jemals von einem Mann erträumt hatte. All die Schuljungen, die sie nicht beachtet hatten, all die jungen Männer, die sich nie ihren Namen hatten merken können, all die attraktiven Berufskollegen, die ihren scharfen Verstand bewunderten, sie jedoch nie zum Essen einluden. Er war eine schillernde, übermenschliche Kreatur, die ein perverser Gott in die Welt gesetzt haben musste, um hausbackene Frauen wie sie daran zu erinnern, dass gewisse Dinge schlichtweg unerreichbar waren.

Von den Fotografien her wusste sie, dass sich unter seinem Stetson dichtes blondes Haar verbarg, während sich unter der Krempe ein paar leuchtend blaue Augen versteckten. Anders als ihre eigenen Wangenknochen, hätten seine von einem Bildhauer der Renaissance gemeißelt sein können. Er besaß eine gerade, feste Nase, ein burschikoses Kinn und Lippen, die eigentlich mit einer Warnung hätten versehen sein müssen. Er war vollkommen. Und während sie ihn anstarrte, fühlte sie dieselbe intensive Sehnsucht, die sie an warmen Sommernächten empfunden hatte, wenn sie im Gras gelegen und die Sterne betrachtet hatte. Er leuchtete ebenso hell, und er war genauso unerreichbar.

Er trug seinen unvermeidlichen schwarzen Stetson, Cowboystiefel aus Schlangenleder und einen Samtbademantel, der von roten und grünen Blitzen durchzogen war. In der einen Hand hielt er eine Bierflasche, von der Zigarre in seinem Mundwinkel stieg Rauch auf. Die Haut über seinen Cowboystiefeln und unter seinem Bademantel war nackt und zeigte kräftige, muskulöse Waden. Ihr Mund wurde trocken, während sie darüber nachgrübelte, ob er unter dem Bademantel unbekleidet war.

»He, du! Ich habe dir doch gesagt, an der Tür auf mich zu warten.«

Sie zuckte zusammen, als der kräftige Mann, der sie ins Haus gelassen hatte, hinter ihr auftauchte.

»Stella hat dich als einen echten Heuler angepriesen. Ich habe ihr doch gesagt, dass ich eine Blondine wollte.« Er musterte sie zweifelnd. »Bobby Tom steht auf Blondinen. Bist du unter der Perücke blond?«

Ihre Hand schnellte zu ihrem Zopf. »Um die Wahrheit zu sagen …«

»Deinen Bibliothekarinnenaufzug finde ich ja ganz amüsant, aber Make-up musst du noch auflegen. Bobby Tom mag gerne Frauen mit viel Make-up.«

Und mit großen Brüsten, dachte sie, als sie erneut die heiße Quelle betrachtete. Bobby Tom mochte Frauen mit großen Brüsten.

Ihr Blick schweifte zu dem Gettoblaster, gleichzeitig versuchte sie, das Missverständnis zwischen ihnen zu begreifen. Gerade als sie eine Erklärung abgeben wollte, kratzte sich der Mann an der Brust.

»Hat Stella dir gesagt, dass wir etwas ganz Außergewöhnliches wollen? In letzter Zeit ist er wegen dem Ende seiner Footballerkarriere sehr deprimiert. Er redet schon davon, Chicago den Rücken zu kehren und sich in Texas niederzulassen. Die Jungs und ich dachten, wir könnten ihm mit dir ein wenig Freude bereiten. Bobby Tom findet Stripperinnen einfach klasse.«

Stripperinnen! Gracies Finger klammerten sich um ihre künstliche Perlenkette. »Oh, mein Gott! Ich sollte vielleicht erklären …«

»Einmal war eine Stripperin hier, bei der ich es für möglich gehalten habe, dass er sie heiratet. Aber sie hat das Footballquiz nicht bestanden.« Er schüttelte den Kopf. »Ich kann immer noch nicht wahrhaben, dass der größte Footballer weit und breit jetzt für Hollywood arbeitet. Verdammtes Knie auch.«

Da er mehr zu sich selbst als zu ihr zu reden schien, antwortete Gracie nicht. Stattdessen versuchte sie, die Tatsache zu begreifen, dass dieser Mann ausgerechnet sie – die letzte dreißigjährige Jungfrau auf dem Planeten Erde – für eine Stripperin gehalten hatte!

Es war peinlich.

Es war beängstigend.

Und es war *berauschend!*

Der Mann beäugte sie kritisch. »Das letzte Mädchen, das Stella vorbeigeschickt hat, war als Nonne verkleidet gewesen. Bobby Tom lacht für sein Leben gerne. Immerhin hatte sie mehr Make-up getragen. Bobby Tom mag seine Frauen stark geschminkt. Du solltest jetzt besser gehen und dich noch etwas aufmöbeln.«

Es war höchste Zeit, diesem Missverständnis ein Ende zu bereiten. Sie räusperte sich. »Wie es sich fügt, Herr ...«

»Bruno. Bruno Metucci. Ich habe noch unter Bert Somerville für die *Stars* gespielt. Natürlich habe ich niemals das Format von Bobby Tom besessen.«

»Verstehe. Aber Tatsache ist ...«

Lautes weibliches Gekreische von der heißen Quelle lenkte sie ab. Sie beobachtete Bobby Tom, der die Ansicht der Frauen genoss, die sich zu seinen Füßen tummelten, während in der Ferne die Lichter des Lake Michigan durch das Glasfenster zu sehen waren. Ein paar Sekunden lang hatte sie die Vorstellung, er würde schweben, wie ein kosmischer Cowboy in seinem Stetson, den Stiefeln, dem Bademantel. Er schien nicht jemand zu sein, den die Gesetze der Schwerkraft wie den Rest der Menschheit auf die Erde bannte. An seinen Stiefeln schien er unsichtbare Sporen zu tragen, Sporen, die eine übernatürliche Geschwindigkeit kreieren konnten und ein funkelndes Feuerwerk in Gang setzten, das alles, was er tat, überlebensgroß machte.

Eine Frau erhob sich aus der blubbernden heißen Quelle. »Bobby Tom, du hast doch versprochen, dass ich das Quiz noch einmal wiederholen darf.«

Da sie laut gesprochen hatte, klatschten mehrere der Gäste Beifall. Wie von Geisterhand bewegt, drehten sich alle Bobby Tom zu und warteten auf seine Reaktion.

Bobby Tom, mit der Zigarre und der Bierflasche in einer Hand, steckte die andere in seine Bademanteltasche und betrachtete sie besorgt. »Bist du dir auch sicher, dass du bereit bist, Julie, Liebling? Du weißt doch, du hast nur zwei Chancen. Und das letzte Mal hast du einen von Eric Dickersons Rekorden um hundert Meter verfehlt.«

»Ich bin mir sicher. Ich habe wahnsinnig gepaukt.«

Julie sah aus, als ob sie für Bademode auf dem Titelblatt einer Sportzeitschrift Modell stehen würde. Als sie sich aus dem Wasser stemmte, fiel ihr ihr nasses blondes Haar wie blasse Schleifen über die Schultern. Sie setzte sich auf den Bassinrand. Ihr Badeanzug bestand aus drei kleinen türkisfarbenen Dreiecken, die von leuchtendem Gelb eingefasst waren. Gracie war sich wohl bewusst, dass viele ihrer Bekannten einen derart offenherzigen Bikini abgelehnt hätten. Doch war sie der Meinung, jede Frau sollte aus ihren Vorzügen Nutzen schlagen und fand deshalb das Mädchen wunderschön.

Jemand stellte die Musik leiser. Bobby Tom saß auf einem der Felsen und legte seinen Schlangenlederstiefel über das bloße Knie. »Komm her und gib mir ein Küsschen. Und enttäusche mich diesmal nicht. Schließlich bin ich wild dazu entschlossen, dich zu Frau Bobby Tom Denton zu machen.«

Während Julie seiner Bitte nachkam, blickte Gracie Bruno fragend an. »Er stellt ihnen Quizfragen über Football?«

»Aber sicher doch. Schließlich ist Football Bobby Toms Leben. Er hält nicht viel von Scheidungen, und er weiß, er könnte niemals mit einer Frau glücklich sein, die das Spiel nicht begreift.«

Während Gracie diese Information zu verdauen versuchte, küsste Bobby Tom Julie, dann tätschelte er ihren nassen Hintern und schickte sie wieder an den Bassinrand zurück. Die Gäste hatten sich mittlerweile alle versammelt, um sich das Spektakel anzusehen. Gracie nutzte die Chance, dass Bruno ebenfalls vollkommen gebannt war, und stieg ein paar Stufen weiter nach oben, um nur nichts zu verpassen.

Bobby Tom legte seine Zigarre in einem breiten Aschenbecher aus Onyx ab. »Also gut, meine Liebe. Lass uns mit den *quarterbacks* anfangen. Wer von den dreien, Terry

Bradshow, Len Dawson oder Bob Griese, hatte die höchste Prozentzahl abgeschlossener Läufe? Wie du siehst, bemühe ich mich, diese Sache sehr einfach zu halten. Ich frage dich nicht nach der genauen Prozentzahl, sondern lediglich danach, wer die höchste Prozentzahl erreicht hat.«

Julie warf ihre nassen Haare über die Schulter und lächelte ihn selbstsicher an. »Len Dawson.«

»Ausgezeichnet.« Die Beleuchtung der heißen Quelle kam von unten, sodass man selbst unter der Hutkrempe seines Stetsons seine Gesichtszüge erkennen konnte. Obwohl Gracie ein wenig zu weit entfernt stand, um sich ganz sicher zu sein, glaubte sie doch, so etwas wie Belustigung in seinen tiefblauen Augen zu erkennen. Da sie im Studium menschlichen Verhaltens unermüdlich war, interessierte sie sein weiteres Vorgehen brennend.

»Und jetzt wollen wir mal sehen, ob du die Problembereiche des letzten Quiz ausgebügelt hast. Versetze dich in das Jahr neunzehnhundertfünfundachtzig zurück und nenne mir den Hauptstürmer der Bundesliga.«

»Ganz einfach, Marcus Allen.«

»Und der AFC?«

»Curt – nein! Gerald Briggs.«

Bobby Tom presste eine Hand auf die Brust. »Mein Gott, jetzt hätte fast mein Herz ausgesetzt. So, und jetzt das längste *field goal* in einem Superbowl-Spiel?«

»Neunzehnhundertsiebzig. Jan Stenerud. Superbowl vier.«

Er blickte sich in der Runde um und grinste. »Bin ich wirklich der Einzige, der die Hochzeitsglocken läuten hört?«

Gracie lächelte, beugte sich vor und flüsterte Bruno ins Ohr: »Ist das nicht ein wenig abwertend?«

»Nicht, wenn sie gewinnt. Hast du denn wirklich keine Ahnung, wie viel Bobby Tom wert ist?«

Vermutlich jede Menge, dachte sie. Bobby Tom stellte zwei weitere Fragen, die Julie beide korrekt beantwortete. Abgesehen von ihrer Schönheit hatte die Blondine auch einiges im Köpfchen, doch Gracie hatte das unbestimmte Gefühl, dass sie nicht schlau genug war, um Bobby Tom Denton zuvorzukommen.

Wieder wandte sie sich flüsternd an Bruno. »Glauben diese jungen Frauen tatsächlich, dass er es ernst meint?«

»Natürlich meint er es ernst. Oder warum glaubst du, dass ein Mann, der den Frauen so zugetan ist wie er, immer noch nicht verheiratet ist?«

»Vielleicht ist er schwul«, gab sie lediglich aus Denksportgründen zurück.

Brunos dichte Augenbrauen schossen in die Höhe. »Schwul! Bobby Tom Denton? Himmel noch mal, der hat mehr Frauen umgenietet als sonst irgendeiner. Lass ihn das bloß niemals zu Ohren kommen. Vermutlich würde er ... Ich will mir gar nicht erst vorstellen, was er machen würde.«

Gracie hatte sich nie vorstellen können, dass ein wirklich heterosexueller Mann sich durch Homosexualität bedroht fühlen könnte. Doch da sie keine Expertin in Sachen männliches Benehmen war, hatte sie möglicherweise etwas übersehen.

Julie beantwortete eine Frage über Walter Payton und noch eine über die *Pittsburgh Steelers*. Bobby Tom stand von seinem Stuhl auf und begann auf und ab zu gehen. Er schien tief in Gedanken versunken zu sein, doch Gracie nahm ihm das nicht eine Sekunde lang ab.

»Also gut, Liebling, jetzt konzentriere dich. Nur noch eine einzige Frage trennt dich von unserer Hochzeitsfeier. Und ich denke schon darüber nach, was für bildschöne Kinder wir haben werden. Seit meinem ersten *Superbowl* habe ich nicht mehr so unter Druck gestanden. Konzentrierst du dich?«

Auf Julies makelloser Stirn hatten sich Falten gebildet. »Ich bin ganz konzentriert.«

»Also gut, Liebling, und enttäusche mich jetzt nicht.« Er setzte das Bier an die Lippen, trank es in einem Zug aus und stellte die Flasche ab. »Wie jeder weiß, müssen die Torpfosten achtzehn Fuß und sechs Inches breit sein. Der obere Pfosten …«

»Zehn Fuß vom Boden!«, kreischte Julie.

»Liebling, ich halte viel zu viel von dir, um dich mit einer derart leichten Frage zu beleidigen. Warte, bis ich fertig bin, sonst musst du zur Strafe noch zwei Extrafragen beantworten.«

Julie wirkte so zerknirscht, dass Gracie Mitleid bekam.

Bobby Tom verschränkte die Arme. »Der obere Pfosten ist zehn Fuß über dem Boden. Die vertikalen Pfosten müssen mindestens dreißig Fuß darüber hinaus gehen. Und jetzt kommt die Frage, Liebling. Doch bevor du sie beantwortest, erinnere dich daran, dass du mein Herz in deinen Händen hältst.« Gracie wartete aufgeregt. »Um Frau Bobby Tom Denton zu werden, nenne mir die exakten Maße der Schleife, die auf jedem Pfosten angebracht ist.«

Julie schnellte vom Bassinrand hoch. »Ich weiß es, Bobby Tom! Ich weiß es!«

Bobby Tom erstarrte. »Tatsächlich?«

Gracie kicherte leise. Es würde ihm recht geschehen, wenn Julie die Frage tatsächlich beantworten könnte.

»Viermal sechzig Inches!«

Bobby Tom klopfte sich auf die Brust. »Ach, Liebling! Eben gerade hast du mir das Herz aus der Brust gerissen.«

Julie sackte in sich zusammen.

»Es ist vier mal achtundvierzig Inches. Achtundvierzig, Liebling. Nur zwölf Inches trennen uns vom ehelichen Glück. Ich wüsste nicht zu sagen, wann ich das letzte Mal derart deprimiert gewesen bin.«

Gracie beobachtete, wie er Julie in den Arm nahm und sie ausgiebig küsste. Der Mann mochte der größte Chauvinist Nordamerikas sein, doch musste sie ihn für seinen Wagemut bewundern. Fasziniert beobachtete sie, wie seine gebräunte, kräftige Hand über die nackte Wölbung von Julies glitzerndem Hintern fuhr. Ihr eigener Po spannte sich unbewusst an.

Die Gäste zerstreuten sich wieder, und einige der Männer trösteten die schöne Verliererin.

»Lass uns jetzt loslegen.« Bruno nahm Gracie am Arm. Noch ehe sie sich wehren konnte, hatte er sie nach vorne geschubst.

Entsetzt rang sie nach Luft. Was als einfaches Missverständnis seinen Anfang genommen hatte, war nun vollkommen aus dem Ruder gelaufen. Hastig drehte sie sich zu ihm um. »Bruno, es gibt noch etwas zu besprechen. Es ist eigentlich ganz lustig, und …«

»He, Bruno!« Ein rothaariger Mann trat neben sie. Sein Blick wanderte über Gracie, dann betrachtete er Bruno kritisch.

»Sie hat nicht genug Schminke drauf. Du weißt doch, dass Bobby Tom seine Frauen mit reichlich Make-up schätzt. Ich kann nur hoffen, dass sie unter der Perücke blonde Haare hat. Und Titten. Das Jackett ist so weit, dass man das kaum erkennen kann. Hast du Titten, Puppe?«

Gracie hätte nicht sagen können, was sie erstaunlicher fand: die Frage, ob sie Titten habe oder aber als »Puppe« bezeichnet zu werden. Ein paar Sekunden war sie sprachlos.

»Bruno, wen hast du denn da?«

Ihr Magen zog sich zusammen, als sie Bobby Toms Stimme hörte. Er stand am Rande der heißen Quelle und betrachtete sie mit großem Interesse.

Bruno tätschelte den Gettoblaster. »Die Jungs und ich wollten dir eine kleine Unterhaltung verschaffen.«

Entsetzt beobachtete Gracie, wie sich ein breites Grinsen über Bobby Toms Gesicht ausbreitete und seine geraden, weißen Zähne freilegte. Er sah ihr in die Augen, und sie hatte das Gefühl, zu schweben.

»Komm schon rüber, Liebling, damit der alte Bobby Tom dich erst einmal betrachten kann, bevor wir anfangen.« Sein weicher Texasakzent liebkoste ihren Körper und verwirrte ihren normalerweise messerscharfen Verstand. Das mochte auch der Grund dafür sein, warum sie gleich das Erste sagte, was ihr einfiel.

»Ich … äh … muss mich erst noch schminken.«

»Mach dir deswegen keine Sorgen.«

Sie stieß einen kleinen Schrei des Entsetzens aus, als Bruno sie nach vorne stieß. Noch ehe sie wieder zurückweichen konnte, hatte sich Bobby Toms riesige Hand um ihre gelegt. Sie betrachtete die langen schlanken Finger, die nur wenige Minuten vorher Julies Hintern gestreichelt hatten und sie jetzt neben ihn an den Pool zogen.

»Machen wir der Dame ein wenig Platz, Mädchen.«

Versteinert beobachtete sie, wie die Frauen aus der heißen Quelle stiegen, um sie zu beobachten. Sie versuchte zu erklären. »Herr Denton, was ich Ihnen noch sagen muss …«

Bruno drückte den Knopf der Stereoanlage, und ihre Stimme wurde von der anzüglichen Musik von *»The Stripper«* übertönt. Die Männer klatschten und pfiffen. Bobby Tom zwinkerte ihr ermutigend zu, entließ sie aus seiner Umarmung und setzte sich auf einen Felsbrocken, um sich die Show anzusehen.

Ihre Wangen glühten. Sie stand ganz alleine neben der heißen Quelle, alle Augen waren auf sie gerichtet. All diese perfekten Körper erwarteten von ihr, der nicht so perfekten Gracie Snow, sich auszuziehen!

»Nun komm schon, Liebling!«

»Sei kein Frosch!«

»Zeig's uns, Kleine!«

Während einige der Männer animalische Geräusche von sich gaben, legte eine Frau die Finger an die Lippen und pfiff. Gracie starrte sie total hilflos an. Sie begannen zu lachen, genauso wie während der Englischstunde, als die Wattierung ihres BHs verrutscht war. Sie waren erwachsene Partygänger, die ihr Zögern offenbar für Teil der Show hielten.

Als sie absolut erstarrt vor ihnen stand, erschien ihr die Vorstellung, für eine Stripperin gehalten zu werden, viel weniger peinlich als der Gedanke, über die laute Musik hinweg eine Erklärung abzugeben, bei der diese weltgewandten Menschen sofort merken würden, was für ein Landei sie war.

Ungefähr drei Meter trennten sie von Bobby Tom Denton. Sie musste sich nur nahe genug an ihn heranpirschen, um ihm ihren Namen ins Ohr zu flüstern. Wenn ihm erst klar wurde, dass die Windmill Studios sie geschickt hatten, würde ihm das Missverständnis so peinlich sein, dass er sie diskret hinausgeleiten würde.

Wieder übertönten animalische Geräusche die laute Musik. Vorsichtig streckte sie ihr rechtes Bein aus und zeigte ihr vernünftiges, solides Schuhwerk vor. Wieder ertönte Gelächter.

»Na, das ist immerhin schon der erste Schritt!«

»Zeig uns, was du hast!«

Der Abstand zwischen ihr und Bobby Tom schien mittlerweile unendlich weit geworden zu sein. Sie zupfte am Rock ihres dunkelblauen Kostüms und trat langsam auf ihn zu. Pfiffe und Gelächter ertönten, als der Saum ihr Knie berührte.

»Du bist heiß, Baby! Das ist einfach toll!«

»Nimm doch mal die Perücke ab!«

Bruno hatte sich vor die anderen gestellt und malte mit seinem Zeigefinger einen riesigen Kreis in die Luft. Am Anfang verstand sie nicht, was er damit sagen wollte, doch dann realisierte sie, dass sie während des Strippens Bobby Tom anschauen sollte. Sie schluckte. Dann drehte sie sich zu den blauen Augen herum.

Er schob sich den Stetson in den Nacken und sprach gerade laut genug, dass sie es hören konnte. »Lass die Perlen erst ganz zum Schluss fallen, Liebling. Ich stehe auf Damen mit Perlen.«

»Allmählich wird es langweilig!«, brummte einer der Männer unwillig. »Nun zieh doch endlich irgendwas aus!«

Fast hätte sie die Nerven verloren. Lediglich die Vorstellung darüber, was ihre Arbeitgeberin sagen würde, wenn sie unverrichteter Dinge aus dem Haus laufen würde, stärkte ihr das Rückgrat. Gracie Snow rannte nicht einfach weg! Dieser Job war die Gelegenheit, auf die sie ihr ganzes Leben lang gewartet hatte. Ganz sicher würde sie nicht bei der ersten Schwierigkeit die Biege machen.

Vorsichtig zog sie sich das Jackett aus. Bobby Tom warf ihr ein ermunterndes Lächeln zu, als ob sie gerade etwas ganz besonders Faszinierendes getan hätte. Die drei Meter Abstand zwischen ihnen schienen endlos zu sein. Er schlug das eine Bein über das andere. Dabei fiel sein Bademantel auf und zeigte einen nackten, sehr muskulösen Schenkel. Die Jacke entglitt ihren Fingern.

»Das ist schon sehr gut, Liebling. Du machst dich prima.« Seine Augen blickten bewundernd, als ob sie die talentierteste und nicht die unmöglichste Tänzerin sei, die er jemals gesehen hatte.

Ungeschickt trat sie auf ihn zu und versuchte, die Buhrufe zu ignorieren, die aus dem Publikum drangen.

»Ausgezeichnet«, sagte er. »So etwas habe ich bisher noch nie gesehen.«

Mit einem letzten Hüftschwung trat sie neben ihn, allerdings ohne ihre Jacke. Sie zwang sich zu einem Lächeln. Als sie sich vorbeugte, um ihm ihre missliche Situation zu erklären, stieß sie an die Krempe seines Stetsons, der dadurch verrutschte. Während er ihn mit einer Hand wieder richtig aufsetzte, zog er sie mit der anderen auf seinen Schoß.

Die laute Musik übertönte ihren schockierten Aufschrei. Einen Augenblick lang war sie sprachlos, als sie seinen festen Körper unter sich fühlte und die Wand seiner Brust sich an sie presste.

»Brauchst du etwas Unterstützung, Liebling?« Seine Hand näherte sich dem obersten Knopf ihrer Bluse.

»Nein!« Sie umklammerte seinen Arm.

»Deine Show ist wirklich sehr packend, Süße. Sie beginnt vielleicht ein wenig zu langsam, doch vermutlich bist du noch Anfängerin.« Er grinste sie mehr belustigt als lustvoll an. »Wie heißt du denn?«

Sie schluckte. »Gracie ... eigentlich Grace. Grace Snow. *Fräulein* Snow«, fügte sie in dem Bemühen hinzu, etwas Distanz zwischen ihnen zu schaffen. »Und ich bin nicht ...«

»*Fräulein* Snow.« Er ließ die Worte genüsslich von den Lippen perlen, als ob sie eine ganz besonders gute Rebsorte bezeichnen würden. Die Hitze seines Körpers vernebelte ihren Verstand und sie versuchte, von seinem Schoß herunterzuklettern.

»Herr Denton ...«

»Nur den obersten, Liebling. Die Jungs werden allmählich ungeduldig.« Noch bevor sie ihn davon abhalten konnte, hatte er den obersten Knopf ihrer weißen Polyesterbluse geöffnet. »Offenbar machst du das noch nicht sehr lange.« Die Spitze seines Zeigefingers erkundete vorsichtig ihren Hals und ließ sie erschaudern. »Und ich dachte, ich hätte bereits alle von Stellas Mädchen kennen gelernt.«

»Ja, ich ... ich meine, nein, ich bin ...«

»Du brauchst nicht weiter nervös zu sein. Du machst dich doch schon ganz gut. Und du hast ausgesprochen schöne Beine, wenn ich das einmal sagen darf.« Seine geschickten Finger öffneten den nächsten Knopf.

»Herr Denton!«

»Fräulein Snow?«

Wieder sah sie die Belustigung in seinem Blick, die ihr schon vorhin aufgefallen war, als er Julie das Footballquiz gestellt hatte. Jetzt merkte sie, dass er noch einen weiteren Knopf geöffnet hatte und ihren pfirsichfarbenen BH mit dem tiefen Ausschnitt preisgab. Ihre sexy Unterwäsche, die eher lächerliche Extravaganz einer ansonsten hausbackenen Frau, war eines ihrer am meisten gehüteten Geheimnisse. Sie stieß einen spitzen Schrei aus.

Ein anrüchiges Lachen ging durch die Menge. Eine der Frauen neben dem Schwimmbecken hatte ihr Bikinitop abgelegt und wirbelte es über ihrem Kopf herum. Gracie sah mit einem Blick, dass diese Frau eine größere Körbchengröße als sie benötigte.

Die Männer klatschten und jubilierten. Sie griff nach ihrer Bluse, doch Bobby Tom umfasste zart ihre Hand.

»Candi scheint dich zu überholen, Fräulein Snow.«

»Ich dachte ... vielleicht ...« Sie schluckte. »Ich muss etwas mit Ihnen besprechen. Unter vier Augen.«

»Möchtest du nur für mich tanzen? Das ist wirklich süß von dir. Aber meine Gäste wären tief enttäuscht, wenn sie nicht mehr von dir zu sehen bekämen.«

Jetzt erst merkte sie, dass er ihren Rock geöffnet hatte und den Reißverschluss aufzog.

»Herr Denton!« Ihre Stimme war lauter als beabsichtigt, und die Umliegenden lachten.

»Nenn mich einfach Bobby Tom, Liebling. Das tun alle.« Um seine Augen legten sich Lachfalten, als ob er sich über irgendeinen besonders guten Witz amüsieren würde. »Das ist wirklich interessant. Ich habe noch niemals eine Stripperin gesehen, die Nylonstrumpfhosen trägt.«

»Ich bin keine Stripperin!«

»Und ob du das bist. Weshalb sonst würdest du denn vor einem Haufen betrunkener Footballspieler die Kleidung ablegen?«

»Ich lege sie ja gar nicht ab ... Oh!« Seine geschickten Finger entledigten sie ihrer Kleidung so mühelos, als ob sie aus dünnem Papier gefertigt wäre. Ihre Bluse fiel auf. Sie nahm all ihre Kraft zusammen und stieß sich von seinem Schoß herunter, wobei sie fühlte, wie ihr der Rock bis zu den Knöcheln fiel.

Entsetzt bückte sie sich, um ihn aufzuheben. Ihr Gesicht war krebsrot, als sie ihn wieder zurechtzupfte. Wie konnte eine Frau, die sich selbst als gut organisiert und effizient pries, in eine solch missliche Lage geraten? Sie hielt ihre Bluse zu und zwang sich, ihm ins Gesicht zu sehen. »Ich bin keine Stripperin!«

»Ach nein?« Er zog eine Zigarre aus der Brusttasche seines Bademantels und rollte sie zwischen den Fingern. Wie ihr auffiel, hatte ihn ihre Bemerkung nicht im Geringsten stutzig gemacht.

Ihre Worte hatten die Aufmerksamkeit der nächststehenden Personen geweckt, und sie spürte, dass die angestrebte Unterhaltung unter vier Augen wohl kaum stattfinden würde. Sie senkte die Stimme, bis sie nur noch flüsterte.

»Das ist alles ein schreckliches Missverständnis. Sehen Sie denn nicht, dass ich nicht wie eine Stripperin aussehe?«

Er steckte sich die unangezündete Zigarre zwischen die Zähne und musterte sie eingehend, dann bemerkte er mit vollkommen gleichmäßiger Stimme: »Manchmal ist das wirklich sehr schwer einzuschätzen. Die Letzte, die hier vorbeigekommen ist, hatte sich als Nonne verkleidet. Und die davor hatte es sich zur Aufgabe gemacht, wie Mick Jagger auszusehen.«

Irgendjemand hatte die Musik abgestellt. Eine fast unnatürliche Stille hatte sich über die Menschen gelegt. Trotz ihres festen Vorhabens, die Beherrschung nicht zu verlieren, begann ihre Stimme zu zittern. Sie hob die Kostümjacke auf, die sie vorhin abgelegt hatte. »Bitte, Herr Denton. Könnten wir uns irgendwohin zurückziehen?«

Seufzend erhob er sich von dem Felsbrocken. »Vielleicht ist es besser so. Aber du musst mir versprechen, die Kleidung anzubehalten. Es wäre einfach nicht fair, wenn ich dich nackt sehen würde, während es meinen Gästen verwehrt bleibt.«

»Ich verspreche Ihnen, Herr Denton, dass Sie mich niemals nackt sehen werden!«

Er betrachtete sie zweifelnd. »Ich möchte deine guten Vorhaben wirklich nicht in Frage stellen, Liebling, doch wenn ich in meine Vergangenheit zurückblicke, muss ich sagen, dass es vielleicht nicht einfach sein wird, mir zu widerstehen.«

Sein ausgeprägtes Selbstbewusstsein erschütterte sie. Als sie ihn ratlos anstarrte, zuckte er nur leicht mit den Schultern. »Wir sollten uns wohl wirklich besser in mein Arbeitszimmer zurückziehen, dort können wir die Unterhaltung unter vier Augen führen, auf die du so scharf bist.« Er nahm ihren Arm und führte sie hinaus.

Als sie an der Grotte vorbeikamen, erinnerte sie sich daran, dass er nicht das leiseste Erstaunen gezeigt hatte, dass sie keine Stripperin war. Er war einfach zu cool, zu ruhig und offensichtlich zu amüsiert über die ganze Sache. Doch bevor sie diesen Gedanken bis zu seinem logischen Schluss durchdenken konnte, versetzte der rothaarige Footballspieler, mit dem sie vorhin gesprochen hatte, Bobby Tom einen spielerischen Klaps auf den Arm.

»Verdammt, Bobby Tom. Hoffentlich ist die hier nicht auch wieder schwanger.«

2

»Sie wussten doch die ganze Zeit über, dass ich keine Stripperin bin, nicht wahr?«

Bobby Tom schloss die Tür seines Arbeitszimmers. »Sicher war ich mir nicht.«

Doch Gracie Snow ließ sich nicht beirren. »Ich denke schon«, meinte sie nun mit fester Stimme.

Er deutete auf ihre Bluse. Wieder fielen ihr die Lachfältchen um seine verführerischen Augen auf. »Die Knöpfe sind wohl etwas durcheinander geraten. Kann ich helfen? Aber nein, das willst du sicher nicht.« Er duzte sie unverdrossen weiter, stellte sie stirnrunzelnd fest, überging diesen Fauxpas jedoch kommentarlos.

Nichts verlief nach Plan. Was hatte wohl Bobby Toms Freund gemeint, dass er hoffte, diese hier sei nicht ebenfalls schwanger? Sie erinnerte sich an eine Bemerkung von Willow über ein paar Filmschauspieler, die gleich in mehrere Vaterschaftsprozesse verwickelt gewesen waren. Anscheinend hatten sie von Bobby Tom gesprochen. Offenbar gehörte er zu jenen verabscheuungswürdigen Männern, die sich auf unschuldige Frauen stürzten und sie dann im Stich ließen. Es irritierte sie, dass ein solcher Mensch sie auch nur eine Sekunde lang hatte faszinieren können.

Sie wandte sich ab, um die Knöpfe zu richten und ihre Fassung wiederzuerlangen. Derweil musterte sie ihre Umgebung und stellte fest, dass dies die größte Zurschaustellung eines Egos war, die sie jemals gesehen hatte.

Bobby Tom Dentons Arbeitszimmer wirkte wie ein Schrein der Karriere von Bobby Tom Denton. Riesige Footballfotos hingen an den mit grauem Marmor verkleideten Wänden. Auf manchen trug er das Emblem der Universität von Texas, doch meist trug er hellblau und gold, die Farben der *Chicago Stars.* Auf mehreren Fotografien schwebte er in der Luft, die Zehen gestreckt und sein schlanker Körper elegant gebogen, als er den Ball aus der Luft angelte. Nah-aufnahmen von ihm mit hellblauer Mütze mit den drei goldenen Sternen, Fotografien, wie er sich der *goal line* im Tiefflug näherte oder an den Seiten jemand ausmanövrierte, wobei ein Fuß grazil wie bei einem Balletttänzer vor dem anderen stand. Auf den Regalen standen Trophäen, Ehrungen und gerahmte Urkunden.

Sie beobachtete, wie er sich lässig auf einen geschwungenen Ledersessel hinter seinem mit Granit abgedeckten Schreibtisch fallen ließ. Der Schreibtisch erweckte den Eindruck, als ob er aus einem Comicstreifen der *Flintstones* stammen würde. Ein grauer Computer stand auf der Arbeitsfläche, daneben ein ultramodernes Telefon. Sie wählte einen Stuhl unter den gerahmten Titelblättern einiger Zeitschriften, auf denen er auf dem Footballfeld eine attraktive Blondine küsste. Gracie erinnerte sich, etwas über sie in einem Artikel der Zeitschrift *People* gelesen zu haben. Ihr Name war Phoebe Somerville Calebow, und sie war die wunderschöne Besitzerin der *Chicago Stars.* Er beobachtete sie, und seine Mundwinkel begannen zu zucken. »Ich möchte dir nicht zu nahe treten, Liebling. Doch da ich in diesen Dingen ziemlich erfahren bin, erscheint es nur recht und billig, dir zu empfehlen, falls du einen Nachtjob suchst, solltest du lieber an einer Vierundzwanzigstunden-Tankstelle arbeiten, anstatt deine Kleidung professionell abzulegen.«

Eisige Blicke zu verteilen war noch nie ihre Stärke gewesen, doch bemühte sie sich nach Kräften. »Sie haben mit voller Absicht das Ziel verfolgt, mich bloßzustellen.«

Er bemühte sich, eine betroffene Miene aufzusetzen. »Das würde ich doch einer Dame niemals antun.«

»Herr Denton, ich glaube, Sie wissen sehr wohl, dass ich

von den Windmill Studios geschickt worden bin. Willow Craig, die Produzentin, hat mich beauftragt …«

»Hmm. Möchtest du ein Glas Champagner oder eine Cola oder sonst irgendetwas?« Das Telefon klingelte, doch beachtete er es nicht.

»Nein, vielen Dank. Sie hätten eigentlich schon vor vier Tagen in Texas sein müssen, um mit den Dreharbeiten von *Blood Moon* zu beginnen und …«

»Wie steht's mit einem Bier? Mir ist aufgefallen, dass Frauen heute viel häufiger als früher Bier trinken.«

»Ich trinke nicht.«

»Tatsächlich?«

Sie klang leicht arrogant und überhaupt nicht geschäftsmäßig, was der Auseinandersetzung mit diesem ungehobelten Mann nicht zugute kam. Sie bemühte sich, wieder auf die Reihe zu kommen. »Ich selbst trinke nicht, Herr Denton, aber ich habe nichts dagegen, wenn andere Alkohol zu sich nehmen.«

»Ich bin Bobby Tom, Liebling. Einen anderen Namen kenne ich nicht. Und wo ich dich schon duze, sei doch so lieb, und erweise mir ebenfalls die Ehre.«

Er klang wie ein bescheuerter Cowboy vom platten Land, doch da sie ihn beim Footballquiz beobachtet hatte, hielt sie ihn für schlauer, als er zugeben wollte. »Also gut, Bobby Tom. Der Vertrag, den du mit den Windmill Studios …«

»Du vermittelst mir eigentlich nicht den Eindruck wie eine aus Hollywood. Wie lange arbeitest du denn schon für Windmill?«

Sie machte sich an ihren Perlen zu schaffen. Wieder begann das Telefon zu klingeln und wieder ignorierte er es. »Seit geraumer Zeit arbeite ich als Produktionsassistentin.«

»Seit wie lange genau?«

Sie fügte sich in das Unvermeidliche, doch tat sie es mit

Würde. Sie reckte ihr Kinn und sagte: »Seit beinahe einem ganzen Monat.«

»So lange schon!« Offenbar amüsierte ihn das.

»Ich bin sehr kompetent. Ich verfüge über ausgeprägte Führungsqualitäten und ausgezeichnete Kommunikationsfähigkeiten.« Außerdem besaß sie außergewöhnliche Fertigkeiten im Erstellen von Übertöpfen, Bemalen von Keramikschweinchen und der Wiedergabe alter Melodien auf dem Klavier.

Er pfiff durch die Zähne. »Das beeindruckt mich. In welcher Position hast du denn davor gearbeitet?«

»Ich … äh … habe dem Shady-Acres-Pflegeheim vorgestanden.«

»Ein Pflegeheim? Na, das ist doch was. Hast du diese Arbeit lange gemacht?«

»Ich bin in Shady Acres aufgewachsen.«

»Du bist in einem Pflegeheim groß geworden? Das ist aber interessant. Ich kannte mal einen Footballspieler, der in einem Erziehungslager groß geworden ist – sein Vater war dort Aufseher. Aber bisher bin ich wohl noch niemandem begegnet, der in einem Pflegeheim aufgewachsen ist. Haben deine Eltern dort gearbeitet?«

»Es gehörte meinen Eltern. Mein Vater ist vor zehn Jahren gestorben, danach habe ich meiner Mutter geholfen. Vor kurzem hat sie das Heim verkauft und ist nach Florida gezogen.«

»Wo liegt denn dieses Pflegeheim?«

»In Ohio.«

»In Cleveland? Oder Columbus?«

»In New Grundy.«

Er lächelte. »Den Namen New Grundy habe ich noch niemals gehört. Wie bist du dann von dort nach Hollywood gekommen?«

Es fiel ihr schwer, sich angesichts seines charmanten Lächelns zu konzentrieren, doch fuhr sie unbeirrt fort: »Willow Craig hat mir den Job angeboten, weil sie jemanden suchte, auf den sie sich verlassen konnte. Es hat sie beeindruckt, wie ich Shady Acres geführt habe. Ihr Vater lebte dort bis zu seinem Tod vor einem Monat.«

Als Willow, die den Windmill Studios vorstand, ihr den Job einer Produktionsassistentin angetragen hatte, hatte Gracie ihr Glück kaum glauben können. Obwohl es lediglich ein einfacher Job war und die Bezahlung entsprechend niedrig, wollte sich Gracie doch bemühen, so schnell wie möglich in dem neuen, schillernden Berufszweig aufzusteigen.

»Gibt es irgendeinen Grund, weswegen Sie, Herr Den … äh, Bobby Tom, weswegen du nicht zur Arbeit erschienen bist?«

»Aber natürlich gibt es einen Grund. Möchtest du ein paar Gummibärchen? Vielleicht habe ich irgendwo welche in meinem Schreibtisch.« Er befühlte die rauen Granitkanten. »Es ist nicht leicht, die Schubladen zu finden. Vielleicht benötige ich einen Meißel, um sie zu öffnen.«

Sie lächelte. Doch dann merkte sie, dass es ihm wieder einmal gelungen war, ihre Frage nicht zu beantworten. Da sie es gewohnt war, mit fahrigen, unkonzentrierten Menschen zu kommunizieren, wollte sie das Problem aus einer anderen Ecke anpeilen.

»Du besitzt ein wirklich sehr ungewöhnliches Zuhause. Lebst du schon lange hier?«

»Seit ein paar Jahren. Mir selbst gefällt es nicht sonderlich, doch die Architektin ist furchtbar stolz darauf. Sie nennt es das urbane Steinzeitalter mit Einflüssen aus Japan und Tahiti. Ich nenne es einfach hässlich. Doch die Leute von der Presse scheinen es auch zu lieben, es ist unzählige Male fotografiert worden.« Er gab seine Suche nach den Gummibärchen auf und stützte die Hand auf die Computertastatur. »Manchmal komme ich nach Hause und finde das Skelett eines Kuhkopfes neben der Badewanne oder ein Kanu im Wohnzimmer. Das ganze merkwürdige Zeug eben, das sie für Zeitschriftenfotos benutzen, damit es auch richtig spektakulär aussieht, obwohl echte Menschen doch so etwas nie und nimmer in ihren Häusern beherbergen würden.«

»Es kann nicht leicht fallen, in einem Haus zu leben, das man nicht mag.«

»Ich habe noch eine Menge anderer Häuser, da ist das hier nicht so wichtig.«

Sie blinzelte überrascht. Die meisten Menschen in ihrem Bekanntenkreis zahlten ihr ganzes Leben lang für nur ein einziges Haus ab. Sie wollte nachhaken, wie viele Häuser er besaß, doch hielt sie es nicht für schlau, sich jetzt ablenken zu lassen. Wieder klingelte das Telefon und wieder ignorierte er es.

»Das ist dein erster Film, nicht wahr? Wolltest du schon immer Schauspieler werden?«

Er blickte sie verständnislos an. »Schauspieler? Ach ja … o ja, seit langem.«

»Vermutlich weißt du nicht, dass jeder verschobene Drehtag Tausende von Dollar kostet. Windmill ist eine kleine, unabhängige Firma und kann sich diese Art der Auslagen nicht leisten.«

»Dann zahle ich es eben.«

Die Vorstellung schien ihn nicht weiter zu tangieren, und sie betrachtete ihn nachdenklich. Er spielte mit der Maus, die auf einem grauen Stück Filz neben dem Computer lag. Seine Finger waren langgliedrig und schlank, die Nägel kurz geschnitten. Ein kräftiges Handgelenk lugte unter seinem Bademantelärmel hervor.

»Da du über keinerlei schauspielerische Ausbildung verfügst, wäre es immerhin möglich, dass dich die Sache etwas nervös macht. Falls das der Fall sein sollte …«

Er richtete sich hinter seinem Schreibtisch auf und sprach leise, doch mit einer Intensität, die sie bisher in seiner Stimme noch nicht vernommen hatte. »Bobby Tom Denton fürchtet sich vor gar nichts, Liebling. Merke dir das.«

»Jeder hat vor irgendetwas Angst.«

»Ich nicht. Wenn du den größten Teil deines Lebens elf Männern gegenübergestanden hast, die dir das Fell über die Ohren ziehen wollten, dann ist in einem Film mitzuspielen nicht sonderlich aufregend.«

»Verstehe. Aber jetzt bist du kein Footballer mehr.«

»Oh doch! So oder so werde ich immer ein Footballspieler bleiben.« Den Bruchteil einer Sekunde glaubte sie, fast so etwas wie Verzweiflung in seinem Blick zu erkennen. Doch da er ganz sachlich gesprochen hatte, musste sie es sich wohl eingebildet haben.

»Du solltest dich jetzt besser ans Telefon hängen und deiner Chefin mitteilen, dass ich bald dort eintrudeln werde.«

Endlich war es ihm gelungen, sie wütend zu machen. Sie schnellte hoch und zeigte ihre volle Länge von ein Meter vierundsechzig. »Was ich meiner Chefin tatsächlich sagen werde, ist, dass wir beide morgen auf dem Flughafen von San Antonio landen und anschließend nach Telarosa fahren werden.«

»Werden wir das?«

»Ja.« Sie war sich darüber im Klaren, dass sie ihn gleich von Anfang an hart in die Mangel nehmen musste, sonst würde er sie um den kleinen Finger wickeln. »Ansonsten könntest du in ein äußerst unangenehmes Gerichtsverfahren verwickelt werden.«

Er rieb sich mit Daumen und Zeigefinger das Kinn. »Diesmal hast du gewonnen, Liebling. Wann fliegt unser Flugzeug?«

Sie musterte ihn misstrauisch. »Um zwölf Uhr neunundvierzig.«

»Also gut.«

»Ich hole dich um elf Uhr ab.« Sein plötzliches Nachgeben hatte sie stutzig gemacht. Es klang auch eher wie eine Frage als wie eine feste Verabredung.

»Vielleicht ist es einfacher, wenn wir uns auf dem Flughafen treffen.«

»Ich hole dich hier ab.«

»Das ist wirklich sehr nett von dir.«

Im nächsten Moment nahm Bobby Tom sie am Ellenbogen und führte sie aus dem Arbeitszimmer.

Er spielte ganz den charmanten Gastgeber und zeigte ihr einen Tempelgong aus dem sechzehnten Jahrhundert und eine liegende Skulptur aus Holz, doch in weniger als neunzig Sekunden stand sie mutterseelenallein draußen auf dem Bürgersteig.

Licht strahlte aus den Fenstern, und Musik lag in der mild duftenden Luft. Als sie die Luft einatmete, bekam sie einen sehnsuchtsvollen Blick. Dies war ihre erste wirklich wilde Party. Doch wenn sie sich nicht sehr irrte, war sie gerade eben vor die Tür komplimentiert worden.

Am nächsten Morgen um acht Uhr stand Gracie wieder vor Bobby Tom Dentons Haus. Bevor sie das Motel verlassen hatte, hatte sie in Shady Acres angerufen und mit Frau Fenner und mit Herrn Marinetti gesprochen. So sehr sie auch ihr altes Leben in dem Pflegeheim hinter sich lassen wollte, so sehr lagen ihr die Leute am Herzen, die sie vor drei Wochen wohl das letzte Mal gesehen hatte. Erleichtert nahm sie zur Kenntnis, dass es den beiden jetzt besser ging. Ihre Mutter hatte sie ebenfalls angerufen, doch Fran Snow wollte gerade zur Wassergymnastikklasse in ihrem Apartmentblock in Sarasota aufbrechen und hatte keine Zeit zum Plaudern.

Gracie parkte ihren Wagen auf der Straße, wo ein paar Büsche ihn verdeckten und von wo aus sie die Auffahrt gut überblicken konnte. Die plötzliche Zustimmung von Bobby Tom gestern Abend hatte sie misstrauisch gemacht, und sie wollte keinerlei Risiko eingehen.

Den größten Teil der Nacht hatte sie damit verbracht, zwischen irritierend erotischen Träumen und nervösen Wachphasen hin und her zu pendeln. Heute Morgen unter der Dusche hatte sie sich selbst die Leviten gelesen. Es hatte keinen Sinn, sich einzureden, dass Bobby Tom nicht der attraktivste und anziehendste und aufregendste Mann war, dem sie je begegnet war, denn das war er. Umso wichtiger war es also, sich daran zu erinnern, dass seine blauen Augen, sein lässiger Charme und sein freundlicher Umgangston lediglich ein monströses Ego und einen scharfen Verstand kaschierten. Sie musste wachsam bleiben.

Ihre Gedanken wurden unterbrochen, als ein bereits recht betagter roter Wagen, ein *Thunderbird,* rückwärts aus der Ausfahrt fuhr. Da sie genau diese Hinterlist erwartet hatte, ließ sie den Motor an, drückte das Gaspedal und blockierte mit ihrem Mietwagen die Auffahrt. Dann stellte sie den Motor ab, schnappte sich ihre Handtasche und stieg aus.

Die Autoschlüssel klingelten leise in der Tasche ihres letzten modischen Fehlkaufs. Es war ein zu großes senffarbenes Wickelkleid, von dem sie sich erhofft hatte, sie würde darin professionell und frisch wirken. In Wirklichkeit sah sie lediglich alt und langweilig aus. Die Sohlen von Bobby Toms Cowboystiefeln knirschten auf dem Kies, als er mit einem kaum wahrnehmbaren Hinken auf sie zukam. Nervös musterte sie ihn. Sein mit lila Palmen bedrucktes Seidenhemd hatte er in ein paar perfekt verblichene alte Jeans gesteckt, die sich eng um seine schmalen Hüften legten und die schlanken Läuferbeine auf eine Art und Weise betonten, bei der sie unweigerlich den Blick auf diejenigen seiner Körperpartien lenkte, die sie besser nicht betrachtet hätte.

Als er zum Gruß seinen silbergrauen Stetson berührte, war sie auf alles gefasst. »Guten Morgen, Gracie.«

»Guten Morgen«, erwiderte sie kurz angebunden. »Ich hatte nicht erwartet, dass du nach der gestrigen Nacht bereits wieder auf den Beinen sein würdest.« Er fixierte sie einige Sekunden. Obwohl er einen müden Eindruck vermittelte, spürte sie doch eine Intensität unter dieser Maske, die sie misstrauisch werden ließ.

»Du hättest eigentlich erst um elf Uhr hier sein sollen«, bemerkte er.

»Ich bin etwas früher gekommen.«

»Das sehe ich. Ich wäre dir sehr verbunden, wenn du jetzt deinen Wagen aus dem Weg räumen könntest.« Seine lässige Sprechweise stand im Gegensatz zu den leicht angespannten Lippen.

»Tut mir Leid, aber das geht nicht. Ich bin hier, um dich nach Telarosa zu begleiten.«

»Ich möchte nicht unhöflich werden, doch die Tatsache ist einfach die, dass ich keinen Leibwächter brauche.«

»Ich bin auch kein Leibwächter, ich bin eine Begleitperson.«

»Was auch immer du bist, ich will, dass du deinen Wagen hier wegbewegst.«

»Das habe ich verstanden. Aber wenn ich dich nicht bis Montagmorgen in Telarosa habe, bin ich mir ziemlich sicher, dass man mir kündigen wird. Ich kann also in dieser Hinsicht nicht nachgeben.«

Er stützte eine Hand auf die Hüfte. »Ich verstehe. Ich gebe dir tausend Dollar, um wegzufahren und nicht wieder zurückzukommen.«

Gracie starrte ihn wie vom Donner gerührt an.

»Sagen wir fünfzehnhundert, wegen der Unannehmlichkeiten.«

Sie war immer davon ausgegangen, man würde ihr auf

den ersten Blick ihre Unbestechlichkeit ansehen. Dass er auch nur glauben konnte, sie könne Bestechungsgeld annehmen, verletzte sie mehr als seine Annahme, sie sei eine Stripperin.

»So etwas mache ich nicht«, brachte sie langsam hervor.

Er seufzte bedauernd. »Wie schade. Denn ganz gleich, ob du das Geld nun nimmst oder nicht, werde ich wohl kaum das Flugzeug heute Nachmittag mit dir zusammen besteigen.«

»Heißt das im Klartext, dass du deinen Vertrag brechen willst?«

»Nein, das nicht. Nur möchte ich ganz alleine nach Telarosa fahren.«

Sie glaubte ihm kein Wort. »Du hast den Vertrag aus freien Stücken unterschrieben. Du hast also nicht nur juristisch die Verpflichtung, ihm nachzukommen, sondern zusätzlich auch noch moralisch.«

»Gracie, du hörst dich an wie eine Religionslehrerin.«

Sie senkte verlegen den Blick.

Er lachte schallend und schüttelte den Kopf. »Es ist wirklich wahr. Bobby Tom Dentons Leibwächterin ist eine verdammte Religionslehrerin.«

»Ich habe dir schon gesagt, dass ich nicht deine Leibwächterin, sondern lediglich deine Begleitperson bin.«

»Dann wirst du wohl jemand anderen begleiten müssen, denn ich habe mir vorgenommen, mit dem Auto nach Telarosa zu fahren und nicht zu fliegen. Und ich bin mir ganz sicher, dass eine vornehme Dame wie du mit einem Mann meines Rufes nicht in einem Auto fahren möchte.« Er ging zu ihrem Mietwagen und beugte sich herunter, um durch das Seitenfenster zu blicken und ihre Schlüssel zu suchen. »Es ist mir peinlich einzugestehen, dass ich in Bezug auf Frauen nicht gerade den besten Ruf genieße, Gracie.« Sie lief ihm nach und bemühte sich, nicht hinzusehen, wie eng die ausgeblichenen Jeans seine Hüften umspannten, als er sich vorbeugte. »Du hast nicht genug Zeit, um mit dem Auto nach Telarosa zu fahren. Willow erwartet uns bereits heute Abend.«

Lächelnd richtete er sich auf. »Dann richte ihr bitte ganz herzliche Grüße aus, wenn du sie siehst. Wirst du jetzt endlich deinen Wagen beiseite fahren?«

»Unter gar keinen Umständen.«

Er duckte sich leicht und schüttelte traurig den Kopf. Dann trat er blitzschnell einen Schritt vor und riss Gracie den Riemen ihrer Schultertasche vom Arm.

»Gib sie sofort zurück!« Sie stürzte auf die klobige schwarze Tasche zu.

»Aber selbstverständlich. Doch erst möchte ich deine Autoschlüssel finden.« Er lächelte freundlich, während er die Tasche außerhalb ihrer Reichweite hielt und sie durchsuchte.

Da sie sich nicht auf einen Ringkampf mit ihm einlassen wollte, sagte sie mit allerstrengster Stimme: »Bobby Tom Denton, gib mir sofort meine Tasche zurück. Selbstverständlich wirst du am Montag in Telarosa sein. Du hast einen Vertrag unterschrieben …«

»Entschuldige die Unterbrechung, Gracie. Ich weiß, dass du dies unbedingt noch einmal zur Sprache bringen möchtest, doch ich bin leider etwas in Eile.« Nach erfolgloser Suche gab er ihr ihre Tasche zurück und ging zurück zum Haus.

Wieder rannte Gracie ihm hinterher. »Herr Denton … äh … Bobby Tom …«

»Bruno, könntest du mal kurz rauskommen?«

Bruno trat aus der Garage, in der Hand einen dreckigen Putzlappen. »Brauchst du meine Hilfe, B.T.?«

»Allerdings.« Er drehte sich zu Gracie um. »Entschuldige bitte.«

Ohne weitere Vorwarnung ließ er seine Hände unter ihre Arme gleiten und begann, sie abzusuchen.

»Hör damit auf!« Sie versuchte, sich zu entziehen, doch Bobby Tom Denton war nicht zum besten *pass receiver* geworden, indem er bewegliche Gegenstände aus der Hand gegeben hätte. Sie konnte sich noch nicht einmal regen, während er sie absuchte.

»Ganz ruhig, dann überstehen wir die Sache ohne weiteres Blutvergießen.« Seine Handflächen glitten über ihre Brüste.

Sie atmete scharf ein, zu überrascht, um sich zu bewegen. »Herr Denton!«

Um seine Augen bildeten sich Lachfalten. »Übrigens, was deine Unterwäsche angeht, hast du einen ausgezeichneten Geschmack. Das ist mir gestern Abend schon aufgefallen.« Er bewegte sich auf ihre Taille zu.

Ihre Wangen glühten vor Verlegenheit. »Hör sofort damit auf!«

Seine Hände ruhten auf der Ausbeulung in ihrer Tasche. Grinsend zog er die Autoschlüssel hervor.

»Gib sie zurück!«

»Würdest du den Wagen für mich bewegen, Bruno?« Er warf ihm den Schlüssel zu, dann tippte er grüßend gegen seine Hutkrempe. »Nett, dich kennen gelernt zu haben, Gracie Snow.«

Schreckensstarr beobachtete sie, wie er die Auffahrt hinunter auf seinen Thunderbird zuschlenderte und einstieg. Sie rannte auf ihn zu, bemerkte jedoch erst jetzt, dass Bruno am Ende der Auffahrt in ihren Mietwagen stieg.

»Hände weg von dem Auto!«, brüllte sie und wechselte die Richtung.

Die Motoren sowohl des Thunderbirds als auch des Mietwagens sprangen an. Hilflos pendelte ihr Blick zwischen den beiden Wagen hin und her – der eine in der Auffahrt, der andere die Auffahrt blockierend. Ihr war vollkommen klar, dass, falls Bobby Tom ihr entwischen sollte, sie ihn nie wieder sehen würde. Er besaß an jeder Ecke ein Haus und ein Heer von Gehilfen, die ihn vor Leuten schützten, die er nicht sehen wollte. Sie musste ihn jetzt in dieser Sekunde aufhalten, sonst wäre ihre Chance auf immer und ewig verpufft.

Bruno saß hinter dem Lenkrad des Mietwagens und fuhr an.

Sie wirbelte zu dem Thunderbird herum. »Nicht wegfahren! Wir müssen doch zum Flughafen.«

»Alles Gute.« Mit einer lässigen Handbewegung begann Bobby Tom rückwärts aus der Ausfahrt zu fahren.

Einen kurzen Moment lang hatte sie die Vorstellung, wie sie zurück nach Shady Acres gehen und dort die Arbeit annehmen würde, die die neuen Inhaber ihr angeboten hatten. Sie roch die Desinfektionsmittel, sie schmeckte die verkochten grünen Bohnen und den Kartoffelbrei mit Mehlsoße. Sie fühlte die Jahre vorbeiziehen, sie sah sich bereits mit Stützstrümpfen und einer dicken Jacke, während ihre von Arthritis geplagten Finger auf dem verstimmten Klavier einen fetzigen Oldie hinzulegen versuchten. Noch bevor sie jemals die Möglichkeit erhalten hatte, jung zu sein, würde sie bereits alt sein.

»Nein!« Der Schrei brach aus ihrer Mitte heraus, dort, wo die Träume lebten, all die wunderschönen Träume, die sich jetzt in Luft aufzulösen drohten.

Sie rannte so schnell sie konnte auf den Thunderbird zu, während ihre Handtasche ihr gegen die Seite schlug. Bobby Tom hatte den Kopf abgewandt, um auf die Straße zu blicken und sah sie nicht kommen. Ihr Herz raste. Gleich würde er weg sein, damit wäre ihr Schicksal einer lebenslänglichen, lähmenden Monotonie besiegelt. Verzweiflung spornte sie an, und sie rannte noch schneller.

Er fuhr aus der Auffahrt und legte den zweiten Gang ein. Sie rannte noch schneller. Ihre Lungen schmerzten. Der Thunderbird beschleunigte, als sie ihn gerade eingeholt hatte. Mit einem Aufschrei warf sie sich kopfüber über die Beifahrertür des Cabrios.

»Himmel und Hölle!« Das plötzliche Bremsen warf sie vom Sitz. Ihre Hände und Oberarme schrammten den Boden, während ihre Füße immer noch über der Tür hingen. Sie versuchte, sich zu sammeln. Kalte Luft fuhr über ihre Schenkel und sie merkte, dass ihr der Rock über den Kopf gefallen war. Entsetzt versuchte sie, ihn zu richten und gleichzeitig den Rest ihres Körpers in den Wagen zu hieven.

Dann vernahm sie eine besonders anstößige Obszönität, die vermutlich unter Footballspielern nichts Besonderes war. In Shady Acres jedoch hörte man so etwas nur äußerst selten. Normalerweise war es lediglich eine Silbe, doch mit Bobby Toms texanischem Akzent wurden daraus zwei. Als sie ihren Rock endlich unter Kontrolle hatte, ließ sie sich atemlos in den Sitz plumpsen.

Ein paar Sekunden gingen ins Land, ehe sie endlich wagte, ihn anzusehen.

Er hatte den Ellenbogen auf das Lenkrad gestützt und betrachtete sie nachdenklich. »Nur um meine Neugier zu befriedigen, Liebling, hast du jemals erwogen, dir von einem Arzt ein Beruhigungsmittel verschreiben zu lassen?«

Sie wandte den Kopf ab und sah angestrengt geradeaus.

»Die Sache ist nämlich die, Gracie, ich befinde mich auf dem Weg nach Telarosa. Und ich habe die Absicht, alleine dorthin zu fahren.«

Ihr Kopf schnellte herum. »Du fährst *jetzt* los?«

»Mein Koffer liegt im Kofferraum.«

»Ich glaube dir kein Wort.«

»Es ist aber die Wahrheit. Würdest du jetzt die Tür öffnen und hier verschwinden?«

Stur schüttelte sie den Kopf. Hoffentlich würde er ihr nicht anmerken, dass sie am Ende ihrer Nerven angelangt war. »Ich muss mit dir mitfahren. Es ist meine Aufgabe, bei dir zu bleiben, bis du in Telarosa angekommen bist. So ist es mir aufgetragen worden.«

Sein Mundwinkel zuckte. Entsetzt stellte sie fest, dass es ihr endlich gelungen war, seine oberflächliche Freundlichkeit zu vertreiben.

»Zwinge mich nicht, dich hinauszuschmeißen«, sagte er mit tiefer, autoritärer Stimme.

Sie zitterte vor Angst, ignorierte es jedoch. »Ich halte es immer für besser, eine Auseinandersetzung mit einem Kompromiss zu beschließen als mit roher Gewalt.«

»Ich habe in der Nationalliga gespielt, Liebling. Blutvergießen ist die Sprache, die ich verstehe.«

Mit diesen schwer wiegenden Worten wandte er sich seiner Tür zu. Innerhalb weniger Sekunden würde er vor ihr stehen, sie hochheben und auf die Straße setzen. Noch bevor er seine Türklinke berührte, ergriff sie seinen Arm.

»Wirf mich nicht raus, Bobby Tom. Ich weiß, dass ich dir auf die Nerven gehe. Aber ich verspreche dir, ich werde dir eine große Hilfe sein, wenn du mich dich begleiten lässt.«

Wie in Zeitlupe drehte er sich zu ihr um. »Was genau meinst du damit?«

Sie wusste nicht, was sie damit meinte. Sie hatte es aus dem Bauch heraus gesagt, weil sie die Vorstellung nicht ertragen konnte, Willow Craig anzurufen und ihr zu sagen, dass Bobby Tom sich alleine auf den Weg nach Telarosa gemacht hatte. Nur zu gut konnte sie sich Willows Antwort vorstellen.

»Ich meine, was ich gesagt habe«, erwiderte sie und hoffte, ohne weiter ins Detail zu gehen, bluffen zu können.

»Normalerweise, wenn Leute so etwas sagen, bieten sie einem Geld an. Ist das dein Anliegen?«

»Keinesfalls! Bestechung ist mir zuwider. Abgesehen davon scheinst du mehr Geld zu haben, als du brauchen kannst.«

»Wohl wahr. Was also schwebt dir vor?«

»Ich … nun …« Verzweifelt hoffte sie, dass ihr irgendetwas einfallen würde. »Autofahren!« Genau! »Du kannst dich entspannen, während ich fahre. Ich bin eine ausgezeichnete Fahrerin. Seit meinem sechzehnten Lebensjahr besitze ich bereits den Führerschein, und ich habe nicht ein einziges Mal eine Verwarnung bekommen.«

»Und darauf bist du auch noch stolz?« Er schüttelte pikiert den Kopf. »Wie es sich fügt, Liebling, fährt außer mir keiner meine Wagen. Nein, ich denke schon, dass ich dich trotz allem auf die Straße setzen muss.«

Wieder wollte er nach der Tür fassen, und wieder ergriff sie seinen Arm. »Ich könnte dir den Weg weisen.«

Er sah sie entnervt an. »Wozu soll ich denn einen Lotsen gebrauchen können? Ich bin diese Strecke so oft gefahren, dass ich sie auch blind finden würde. Nein, Liebling, da muss dir schon etwas Besseres einfallen.«

In diesem Augenblick ertönte ein merkwürdiges Klingeln. Jetzt erst registrierte sie, dass der Thunderbird mit einem Autotelefon ausgestattet war. »Du bekommst offenbar jede Menge Anrufe. Ich könnte sie für dich entgegennehmen.«

»Das ist das Allerletzte, was ich möchte: dass sich jemand in meine Anrufe mischt.«

Ihre Gedanken rasten. »Ich könnte, äh, dir beim Fahren die Schultern massieren und sie lockern. Ich kann sehr gut massieren.«

»Das ist ein äußerst beeindruckendes Angebot, doch du wirst zugeben müssen, dass man deswegen wohl kaum einen lästigen Beifahrer die ganze Strecke bis nach Texas mitnehmen möchte. Vielleicht bis nach Peoria, wenn du deine Sache gut machst, aber weiter nicht. Tut mir Leid, Gracie, aber bisher hast du nicht einen Vorschlag unterbreitet, der auf mein Interesse gestoßen wäre.«

Sie versuchte nachzudenken. Was hatte sie anzubieten, woran ein weltgewandter Mann wie Bobby Tom Denton interessiert sein könnte? Sie war gut im Organisieren von Freizeitaktivitäten, sie kannte sich mit Spezialdiäten aus, sie wusste, welche Medikamente sich mit anderen nicht vertrugen und hatte so vielen Geschichten zugehört, um die Truppenbewegungen des Zweiten Weltkrieges relativ gut auswendig wiederholen zu können. Diese Dinge jedoch würden Bobby Tom nicht dazu veranlassen, seine Meinung zu ändern.

»Ich kann sehr gut sehen und Schilder bereits aus großer Entfernung erkennen.«

»Du klammerst dich an dünne Strohhalme, Liebling.«

Sie lächelte begeistert. »Kennst du eigentlich die faszinierende Geschichte der siebten Infanterieeinheit?«

Er warf ihr einen mitleidigen Blick zu.

Wie konnte sie ihn nur umstimmen? Soweit sie vom gestrigen Abend Rückschlüsse ziehen konnte, interessierte er sich lediglich für zwei Dinge, Fußball und Sex. Von Sport verstand sie nicht das Mindeste, und was den Sex betraf ... Ihre Kehle wurde trocken, als ein sehr gefährlicher und ausgesprochen unmoralischer Gedanke sie durchzuckte. Wenn sie nun ihren Körper anböte? Mühsam schluckte sie. Wie konnte sie so etwas auch nur denken? Keine intelligente, moderne Frau von heute, die sich selbst Feministin schimpfte, würde auch nur erwägen ... allein nur der Gedanke ... sicher war dies darauf zurückzuführen, dass sie sich zu vielen sexuellen Fantasien hingegeben hatte.

Warum nicht?, meldete sich eine teuflische kleine Stimme. *Für wen willst du dich denn aufbewahren?*

Er ist ein Frauenheld!, ermahnte sie den lustvollen Teil ihrer Persönlichkeit, den sie angestrengt zu unterdrücken versuchte. *Abgesehen davon, hätte er ohnehin keinerlei Interesse an mir.*

Wie willst du das denn wissen, wenn du noch nicht einmal einen Versuch unternimmst?, erwiderte der Teufel. *Von so etwas träumst du bereits seit Jahren. Hast du dir nicht selbst vorgenommen, dass sexuelle Erfahrungen an allererster Stelle in deinem neuen Leben rangieren sollten?*

Das Bild von Bobby Tom Denton, wie er sich nackt über sie beugte, tauchte ungebeten vor ihr auf. Blut schoss ihr in den Kopf und eine Gänsehaut überfuhr sie. Sie fühlte seine kräftigen Hände auf ihren Schenkeln, wie er sie auseinander drückte, die Berührung seines …

»Ist irgendetwas nicht in Ordnung, Gracie? Du bist ein wenig rot im Gesicht. Als ob dir gerade jemand einen dreckigen Witz erzählt hätte.«

»Hast du wirklich nichts außer Sex im Kopf?«, rief sie aus.

»Wie bitte?«

»Ich weigere mich, mit dir zu schlafen, nur damit ich dich begleiten kann!« Entsetzt schlug sie die Hand vor den Mund. Was hatte sie jetzt getan?

Er musterte sie belustigt.

Am liebsten wäre sie im Erdboden versunken. Wie konnte sie sich nur in eine solch peinliche Situation bringen? Sie schluckte. »Verzeih mir, falls ich die falsche Schlussfolgerung gezogen haben sollte. Ich weiß, dass ich ein eher hausbackener Typ bin. Ich bin mir ganz sicher, dass du ohnehin kein sexuelles Interesse an mir hast.« Sie errötete noch tiefer, als sie merkte, wie sie die Dinge nur noch weiter verschlimmerte. »Ich selbst hege natürlich auch keinerlei Interesse«, fügte sie hastig hinzu.

»Gracie, so etwas wie eine hausbackene Frau gibt es gar nicht.«

»Du bist höflich, und das rechne ich dir hoch an. Doch ändert es nichts an den Tatsachen.«

»Jetzt hast du meine Neugier angestachelt. Vielleicht hast du Recht mit dem Hausbackenen, doch so wie du dich kleidest, kann man es nur schwer erkennen. Vielleicht versteckt sich unter diesem Kleid der Körper einer Göttin.«

»Aber nein«, erwiderte sie brutal ehrlich. »Ich versichere dir, mein Körper ist total gewöhnlich.«

Seine Mundwinkel bogen sich nach oben. »Versteh mich nicht falsch, aber ich vertraue meinem eigenen Urteilsvermögen mehr als deinem. Auf diesem Gebiet kenne ich mich schließlich sehr gut aus.«

»Das ist mir auch schon aufgefallen.«

»Deine Beine habe ich letztens bereits kommentiert.«

Sie errötete noch mehr, falls das möglich war, und suchte nach der passenden Antwort. Doch besaß sie nur wenig Erfahrung in der persönlichen Unterhaltung mit attraktiven Männern und wusste nicht so recht, was sie sagen sollte. »Du hast auch sehr schöne Beine.«

»Oh, ich danke.«

»Und einen sehr attraktiven Oberkörper.«

Er lachte schallend. »Verdammt, Gracie, ich werde dich kurzfristig schon allein deines Unterhaltungswertes wegen bei mir behalten.«

»Wirklich?«

Er zuckte mit den Schultern. »Warum nicht? Seitdem ich mich aus dem Sport zurückgezogen habe, benehme ich mich ohnehin vollkommen verrückt.«

Sie konnte kaum glauben, dass er seine Meinung geändert hatte. Er schmunzelte, als er ihren Koffer holte und Bruno bat, ihr ihren Mietwagen zurückzugeben. Seine Belustigung jedoch war wie weggewischt, als er sich wieder hinter das Lenkrad setzte und sie streng anblickte.

»Ich nehme dich aber nicht den ganzen Weg bis nach Texas mit, das kannst du dir ein für alle Mal aus dem Kopf schlagen. Ich reise nun mal gerne alleine.«

»Das verstehe ich.«

»Ein, zwei Stunden vielleicht. Eventuell bis zum nächsten Bundesstaat. Sowie du mich zu nerven beginnst, fahre ich dich zum nächsten Flughafen.«

»Das wird sicherlich nicht notwendig sein.«

»Darauf würde ich keine Wette eingehen.«

3

Bobby Tom fuhr auf den Autobahnen der Stadt, als ob sie sein Eigentum wären. Hier war er König, der König der ganzen Welt, ja des ganzen Universums. Aus dem Radio dröhnte Musik der Gruppe *Aerosmith*, und er trommelte mit den Fingern auf dem Lenkrad zum Lied *Janie's Got a Gun.*

Mit seinem roten Thunderbird-Cabrio und dem hellgrauen Stetson war er natürlich sehr auffällig. Zu Gracies Überraschung wurden sie von Autos überholt, deren Fahrer hupten und die Fenster herunterkurbelten, um ihm zuzurufen. Er winkte und fuhr unverdrossen weiter.

Sie fühlte, wie ihre Haut vom heißen Wind und der Freude darüber errötete, in einem Thunderbird Oldtimer die Autobahn mit einem Mann entlangzurasen, der einen gewissen Ruf genoss. Ein paar Haarsträhnen befreiten sich aus dem Bauernzopf und flatterten ihr über die Wangen. Sie sehnte sich nach einem grellrosa Designerschal, den sie sich um den Kopf hätte wickeln können. Dazu eine schicke Sonnenbrille und grellroter Lippenstift. Sie wünschte sich straffe üppige Brüste, ein enges Kleid, sexy hohe Absätze – und ein goldenes Armband.

Ach ja – und das alles getoppt mit einer kleinen, herzförmigen Tätowierung.

Während Bobby Tom ständig telefonierte, ließ sie sich

diese verworfene Vorstellung ihres Selbst durch den Kopf gehen. Meist benutzte er die Freisprechanlage, doch gelegentlich nahm er das Telefon in die Hand und besprach Privates. Die von ihm angewählten Gespräche drehten sich um geschäftliche Dinge und deren steuerliche Auswirkungen, darunter auch um bestimmte Wohltätigkeitsveranstaltungen, die er unterstützte. Interessiert stellte sie fest, dass die meisten eingehenden Anrufe von Bekannten kamen, die sich Geld von ihm leihen wollten. Obwohl er diese Telefonate nicht über die Freisprechanlage führte, gewann sie dennoch den Eindruck, dass er jedes Mal eine höhere Summe anbot als die, um die er gebeten worden war. Nach weniger als einer Stunde war sie zu der Schlussfolgerung gekommen, dass Bobby Tom Denton ein weiches Herz besaß.

Als sie die Außenbezirke erreichten, telefonierte er mit einer gewissen Gail und sprach mit ihr in jenem weichen texanischen Akzent, bei dem Gracie eine Gänsehaut bekam.

»Ich wollte dir nur schnell sagen, ich vermisse dich so sehr, dass mir die Tränen in den Augen stehen.«

Er winkte einer Frau in einem blauen Firebird zu, die sie hupend überholte. Gracie, selbst eine sehr gewissenhafte Fahrerin, klammerte sich an den Türgriff, als sie sah, dass er das Auto lediglich mit den Knien lenkte.

»Ja, das stimmt … ich weiß, Liebling, es wäre schön gewesen, wenn wir uns hätten treffen können. Die *Rodeos* kommen leider nur sehr selten nach Chicago.« Er platzierte eine Hand auf das Lenkrad, während er den Hörer zwischen Kopf und Hals klemmte. »Was du nicht sagst. Richte ihr bitte meine Grüße aus, tust du das? Kitty und ich hatten vor ein paar Monaten eine wirklich nette Zeit zusammen. Sie hat sogar das Quiz zu meistern versucht, doch verfügte sie nicht über ausreichende Kenntnisse über den Neunundachtziger Superbowl. Ich rufe dich an, sobald ich wieder kann, mein Schatz.«

Als er das Telefon ablegte, betrachtete sie ihn neugierig. »Sind deine Freundinnen nicht alle eifersüchtig aufeinander?«

»Aber nicht doch. Ich treffe mich schließlich nur mit netten Frauen.«

Und jede behandelt er wie eine Königin, vermutete sie. Sogar die Schwangeren.

»Die Bundesvereinigung der Frauen sollte ernsthaft erwägen, dich unter Vertrag zu nehmen.«

Er blickte sie überrascht an. »Mich? Aber ich liebe doch die Frauen. Mehr als die meisten Männer. Ich könnte glatt Mitglied einer feministischen Organisation werden.«

»Lass das bloß nicht Gloria Steinem hören.«

»Warum denn nicht? Sie war es schließlich, die mir die Mitgliedschaft angetragen hat.«

Gracie riss die Augen auf.

Er lachte amüsiert. »Gloria ist eine wirklich nette Frau, das kann ich dir versichern.«

Jetzt war ihr klar, dass sie in seiner Gegenwart auch nicht eine Sekunde lang unaufmerksam sein durfte.

Als die Außenbezirke Chicagos sich in flaches Agrarland verwandelten, bat sie ihn, ob sie auf seinem Telefon Willow Craig anrufen könne. Sie versicherte ihm, den Anruf mit ihrer neuen Kreditkarte zu bezahlen. Das schien ihn wiederum zu amüsieren.

Windmill hatte ihre Produktion zum *Cattleman's Hotel* in Telarosa verlegt. Sobald sie mit ihrer Chefin verbunden war, begann sie das Problem zu erläutern. »Bobby Tom besteht darauf, mit dem Auto nach Telarosa zu fahren und nicht zu fliegen.«

»Rede es ihm aus«, erwiderte Willow ungerührt.

»Das habe ich versucht. Leider hat er nicht auf mich gehört. Wir befinden uns schon auf dem Weg, wir sind südlich von Chicago.«

»Das hatte ich befürchtet.« Ein paar Sekunden verstrichen. Gracie stellte sich ihre elegant gekleidete Chefin vor, wie sie mit den großen Ohrringen spielte. »Am Montagmorgen muss er um acht Uhr hier sein. Hast du das verstanden?«

Gracie warf Bobby Tom einen Blick zu. »Das wird nicht ganz einfach sein.«

»Deswegen habe ich ja auch dich ausgesucht, dass du dich um ihn kümmerst. Angeblich kannst du doch mit schwierigen Leuten gut umgehen. Wir haben bereits ein Vermögen für diesen Film ausgegeben, Gracie, und ich kann mir weitere Aufschübe nicht erlauben. Selbst Menschen, die an Sport keinerlei Interesse hegen, kennen Bobby Tom Denton. Wir stehen in allen Zeitungen, weil wir den ersten Filmvertrag mit ihm abgeschlossen haben.«

»Das ist mir bewusst.«

»Er lässt sich nicht leicht festlegen. Es hat Monate gedauert, um diesen Vertrag auszuhandeln. Und jetzt will ich den Film in den Kasten bekommen! Ich werde nicht zulassen, dass das Studio Pleite geht, nur weil du deine Arbeit nicht erledigen kannst.«

Als sie fünf Minuten später auflegte, hatte Gracie Magenkrämpfe. Ihre Chefin hatte ihr lang und breit dargelegt, was passieren würde, wenn sie Bobby Tom nicht bis um acht Uhr am Montagmorgen nach Telarosa gebracht hatte.

Er legte den Hörer zurück. »Sie hat dir ganz schön eingeheizt, nicht wahr?«

»Sie erwartet lediglich, dass ich die Arbeit erledige, für die ich angestellt wurde.«

»Ist denn niemandem bei den Windmill Studios klar, dass dich auf mich zu hetzen ungefähr so ist, als ob man ein Lamm auf den Opfertisch legt?«

»Das sehe ich anders. Wie es sich fügt, bin ich ausgesprochen kompetent.«

Sie hörte ein etwas abfälliges Glucksen, doch wurde es schnell von der lauten Musik übertönt. Als sie dem lauten Rock'n'Roll an Stelle der harmlosen Musik von Shady Acres zuhörte, empfand sie eine solche Freude, dass die Anspannung nachließ und sie vor Entzücken erschauderte. Ihre Sinne waren hellwach. Von dem holzigen Geruch von Bobby Toms Rasierwasser wurde ihr schwindlig, während ihre Hände unbewusst die weichen Ledersitze des Thunderbirds streichelten. Der Wagen war aus dem Jahr 1957 und tipptopp auf Vordermann gebracht worden. Wenn nun noch zwei rosa Würfel am Spiegel gehangen hätten, wäre es das perfekte Auto gewesen.

In der letzten Nacht hatte sie so wenig geschlafen, dass ihr der Kopf nach vorne fiel. Doch ihre Augen konnte sie unmöglich lange geschlossen halten. Dass Bobby Tom ihr die Mitfahrt für einen Teil der Strecke erlaubt hatte, verleitete sie nicht zu der Annahme, dass sie ihn leicht dazu überreden könnte, sie die ganze Strecke mitfahren zu lassen. Wenn sie sich nicht sehr irren sollte, so wollte er sie so schnell wie nur irgend möglich loswerden. Sie durfte ihn also unter gar keinen Umständen ohne Beaufsichtigung lassen.

Das Telefon klingelte. Seufzend drückte Bobby Tom den Knopf, der den Lautsprecher aktivierte.

»Hallo, B.T., hier spricht Luther Baines«, verkündete eine laute Stimme. »Mannomann, Junge, fast hätte ich es aufgegeben, dich noch an die Strippe zu bekommen.«

Bobby Toms verdrehtes Gesicht signalisierte Gracie, wie sehr er sich wünschte, Luther wäre die Verbindung nicht gelungen. »Und wie geht es dir, mein Lieber?«

»Ganz prima. Seit wir uns das letzte Mal gesehen haben, habe ich zehn Pfund abgenommen. Leichteres Bier und jüngere Frauen. Funktioniert doch immer wieder. Das müssen wir Frau Baines natürlich nicht auf die Nase binden.«

»Selbstverständlich nicht.«

»Buddy freut sich schon darauf, dich wiederzusehen.«

»Geht mir genauso.«

»Also, B.T., die Leute vom Festkomitee werden allmählich etwas nervös. Wir haben dich schon letzte Woche in Telarosa erwartet. Wir müssen wirklich sicher sein, dass all die Leute hier auftauchen, um an dem Bobby-Tom-Denton-Golfturnier teilzunehmen. Ich weiß, das Himmelsfest findet erst im Oktober statt, aber wir müssen im Vorfeld bereits die Medien auf uns aufmerksam machen. Es wäre also sehr gut für uns, wenn wir auf den Plakaten mit ein paar großen Namen werben könnten. Hast du schon etwas von Michael Jordan und Joe Montana gehört?«

»Ich war ziemlich beschäftigt. Aber vermutlich werden sie es einrichten können.«

»Wie du weißt, haben wir genau das Wochenende ausgesucht, an dem die *Stars* und die *Cowboys* nicht spielen. Wie steht es um Troy Aikman?«

»Ich bin mir ziemlich sicher, dass er auftauchen wird.«

»Gut so. Wirklich sehr gut.« Gracie hörte ein zufriedenes Grunzen. »Toolee meinte zwar, ich sollte es nicht erwähnen, doch möchte ich dich gleich ins Bild setzen.« Wieder ein Grunzen. »Letzte Woche haben wir den Mietvertrag für das Haus unterzeichnet. Wir werden das Himmelsfest zeitgleich mit der Einweihung des Bobby-Tom-Denton-Geburtshauses feiern!«

»Also wirklich ... Luther, diese Idee ist doch einfach verrückt! Ich möchte nicht, dass mein Geburtshaus dafür eingeweiht wird. Schließlich bin ich genau wie alle anderen in einem Krankenhaus geboren, es stimmt also noch nicht einmal. Ich bin lediglich in dem Haus aufgewachsen. Ich dachte, du würdest dem Ganzen ein Ende bereiten.«

»Deine Einstellung überrascht und verletzt mich. Die Leute haben ständig behauptet, es sei lediglich eine Frage der Zeit, bis dir der Ruhm zu Kopf steigt. Ich habe ihnen immer versichert, dass sie sich irren. Jetzt kommen mir allerdings Zweifel. Du weißt doch genau, wie schlecht die wirtschaftliche Lage hier ist. Wenn jetzt noch Rosatech die Pforten schließt, sieht es noch düsterer aus. Unsere einzige Hoffnung ist die, aus Telarosa ein Mekka für Touristen zu machen.«

»Ein altes Haus mit einer Plakette zu versehen wird Telarosa noch lange nicht in ein Mekka für Touristen verwandeln! Luther, ich war nicht der Präsident der Vereinigten Staaten. Ich war ein Footballspieler!«

»Ich glaube, du hast viel zu lange im Norden gelebt, B.T. Das hat dir die Sichtweise vernebelt. Du warst der beste *wideout,* den es jemals im Football gegeben hat. Hier unten im Süden vergessen wir so etwas nicht.«

Bobby Tom schloss kurz frustriert die Augen. Als er sie wieder öffnete, sprach er mit unendlicher Geduld. »Luther, ich habe gesagt, dass ich euch bei dem Golfturnier unterstütze. Und das werde ich auch. Aber ich warne euch jetzt schon, dass ich nichts mit diesem ganzen Trubel um das Geburtshaus zu tun haben möchte.«

»Aber natürlich wirst du das. Toolee möchte dein Kinderzimmer wieder genauso herrichten, wie es gewesen war, als du darin aufgewachsen bist.«

»Luther ...«

»Ach übrigens, ein paar von uns hier stellen gerade ein Bobby-Tom-Kochbuch zusammen, um es im Geschenke-Laden zu verkaufen. Am Schluss sollen auch andere Prominente zu Wort kommen. Evonne Emerly möchte gerne, dass du Cher und Kevin Costner und andere Hollywoodgrößen mal ansprichst, damit sie uns ihre Rezepte für einen Falschen Hasen und ähnliche Köstlichkeiten mitteilen.«

Bobby Tom blickte versteinert auf die leere Straße vor ihm. »Gleich kommt ein Tunnel, Luther. Dann wird die

Funkverbindung unterbrochen. Ich werde dich später wieder anrufen müssen.«

»Noch eine Sekunde, B.T. Wir haben noch gar nicht besprochen …« Bobby Tom stellte das Telefon ab. Seufzend lehnte er sich in seinen Sitz zurück.

Gracie hatte jedes Wort eingesogen. Obwohl sie vor Neugier fast platzte, wollte sie ihn jedoch nicht irritieren und biss sich auf die Zunge.

Bobby Tom blickte sie an. »Nur zu. Frag nur, wie es mir gelungen ist, inmitten all dieser Irren halbwegs bei Verstand zu bleiben.«

»Er ist ziemlich … begeistert.«

»Er ist ein Dummkopf, mehr nicht. Der Bürgermeister von Telarosa, Texas, ist ein von Amts wegen abgesegneter Dummkopf. Diese ganze Sache mit dem Himmelsfest ist vollkommen aus dem Ruder gelaufen.«

»Was in aller Welt ist eigentlich ein Himmelsfest?«

»Es ist ein drei Tage andauerndes Fest, das im Oktober stattfinden wird. Man will der Wirtschaft von Telarosa unter die Arme greifen und so Touristen anziehen. Sie haben die Geschäftsstraße erneuert, ein Museum für Heimatkunst gegründet und ein paar Restaurants gebaut. Das Areal für Golf ist ganz passabel, eine Ranch gibt es auch und dann noch ein ziemlich heruntergekommenes Hotel. Mehr aber auch nicht.«

»Du hast vergessen, Bobby Tom Dentons Geburtshaus zu erwähnen.«

»Erinnere mich bloß nicht.«

»Das klingt alles ziemlich verzweifelt.«

»Es ist total verrückt. Die Leute von Telarosa haben so sehr Angst um ihren Arbeitsplatz, dass es ihnen den Verstand geraubt hat.«

»Warum nennen sie es Himmelsfest?«

»Himmel war ursprünglich der Name des Städtchens.«

»Die Kirche hatte offenbar einen großen Einfluss bei der Gründung der Ortschaften im Westen.«

Bobby Tom lachte. »Die Cowboys haben es Himmel genannt, weil es dort die besten Freudenhäuser zwischen San Antonio und Austin gab. Erst um die Jahrhundertwende wurde das Städtchen etwas respektabler, dann haben es die Bürger in Telarosa umbenannt.«

»Verstehe.« Obwohl Gracie noch ein Dutzend weiterer Fragen auf den Nägeln brannten, spürte sie, dass er sich jetzt nicht gerne unterhalten wollte. Sie wollte ihn nicht irritieren, schwieg also. Berühmt zu sein hatte in der Tat auch Nachteile. Allein von dem heutigen Vormittag zu urteilen, schienen eine Menge Leute einen Teil von Bobby Tom Denton vereinnahmen zu wollen.

Das Telefon klingelte. Seufzend rieb sich Bobby Tom die Augen. »Gracie, würdest du für mich abnehmen und dem Anrufer sagen, dass ich gerade Golf spiele?«

Gracie verabscheute Lügen, doch er sah so müde aus, dass sie nachgab.

Sieben Stunden später starrte Gracie angewidert auf die abblätternde Farbe einer roten Tür einer ziemlich heruntergekommenen Bar in Memphis mit dem Namen *Whoppers.*

»Dafür sind wir nun hundert Meilen weit vom Weg abgefahren?«

»Es wird dir die Augen öffnen, Gracie. Warst du überhaupt schon mal in einer richtigen Bar?«

»Natürlich war ich in einer Bar.« Sie sah keine Veranlassung, ihm mitzuteilen, dass die Bar Teil eines respektablen Restaurants gewesen war. Diese Bar hatte eine Neonreklame mit einem nervös flackernden »M« hinter dem schmutzigen Schaufenster. Der Bürgersteig davor war voller Dreck. Da er sie ohnehin schon länger als erwartet bei sich gelassen hatte, wollte sie ihn nicht unnötig reizen, andererseits konnte sie unmöglich ihre Verantwortung vernachlässigen.

»Ich fürchte, dafür haben wir eigentlich keine Zeit.«

»Gracie, Liebling, wenn du das Leben nicht etwas öfter auf die leichte Schulter nimmst, wirst du noch vor deinem vierzigsten Geburtstag einen Herzinfarkt erleiden.«

Sie biss sich nervös auf die Unterlippe. Es war bereits Samstagabend. Mit dem zusätzlichen Umweg lagen noch siebenhundert Meilen vor ihnen. Sie beruhigte sich mit dem Gedanken, dass sie erst am Montagmorgen in Telarosa eintreffen mussten. Wenn Bobby Tom nicht noch irgendwelchen Unsinn anstellen würde, hatten sie eigentlich noch jede Menge Zeit. Dennoch war sie beunruhigt.

Sie konnte immer noch nicht so recht glauben, dass sie dem Umweg nach Telarosa über Memphis zugestimmt hatte, obwohl doch die Karte im Handschuhfach eindeutig zeigte, dass die direkte Strecke westlich durch St. Louis führte. Aber er ließ nicht davon ab, ihr zu erzählen, dass sie unbedingt das beste Restaurant östlich des Mississippis kennen lernen müsse. Bis vor kurzem hatte sie sich ein kleines, teures und möglicherweise französisches Etablissement darunter vorgestellt.

»Lange können wir nicht bleiben«, meinte sie bestimmt. »Ein paar Stunden müssen wir noch fahren, ehe wir uns aufs Ohr legen können.«

»Ganz wie du meinst, Liebling.«

Die laute Musik von Country und Western dröhnte in ihren Ohren, als er ihr die Tür offen hielt und sie das rauchige Innere der *Whoppers Bar* betrat. Viereckige Holztische standen auf einem abgetretenen orange und braun karierten Boden. Biermarken, abgespeckte Kalenderblätter mit Frauenbildern und Hirschgeweihe sorgten für eine gewisse Atmosphäre. Als sie die etwas urwüchsig aussehenden Leute bemerkte, tastete sie nach seinem Arm.

»Ich weiß, dass du mich loswerden möchtest, aber es wäre wirklich nett von dir, wenn es nicht hier wäre.«

»Mach dir keine Sorgen, Liebling. Solange du mir nicht auf die Nerven fällst, wird das nicht passieren.«

Während Gracie noch über dieses beunruhigende Detail nachdachte, warf sich eine stark geschminkte Brünette in einem türkisfarbenen Kunstlederrock und einem eng anliegenden weißen Top in seine Arme.

»Bobby Tom!«

»Hallo, Trish.« Er beugte sich zu ihr herunter und gab ihr einen Kuss. Sobald seine Lippen ihre berührten, öffnete sie ihren Mund und saugte wie ein Staubsauger seine Zunge ein. Er richtete sich wieder auf und bedachte sie mit einem betörenden Lächeln, das er jeder Frau in seinem Umkreis zuwarf. »Also wirklich, Trish, nach jeder Scheidung wirst du schöner. Ist Shag schon hier?«

»Dort drüben in der Ecke mit A.J. und Wayne. Pete habe ich auch heranrufen können, ganz wie du mich am Telefon gebeten hast.«

»Gut gemacht. Hallo, Leute.«

Drei Männer, die um einen rechteckigen Tisch am Ende der Bar saßen, grüßten stürmisch. Zwei von ihnen waren schwarz, einer weiß und alle drei erinnerten von der Statur her an Elefanten. Grace folgte Bobby Tom, als er zu ihnen ging.

Die Männer schüttelten sich die Hände und frotzelten begeistert, dazwischen erwähnten sie bestimmte sportliche Ereignisse, bis Bobby Tom sich daran erinnerte, dass sie ihn begleitete.

»Das hier ist Gracie. Sie ist meine Leibwächterin.«

Die drei Männer betrachteten sie neugierig. Derjenige, den Bobby Tom als Shag gegrüßt hatte und der offenbar früher in seinem Team mitgespielt hatte, hob zum Gruß seine Bierflasche.

»Wozu brauchst du denn einen Leibwächter, B.T.? Hast du jemanden k.o. geschlagen?«

»Nichts dergleichen. Sie ist beim CIA.«

»Nicht möglich.«

»Ich bin nicht beim CIA«, widersprach Gracie. »Und ich bin auch nicht wirklich sein Leibwächter. Er sagt das nur, um ...«

»Bobby Tom, bist du es? B.T. ist hier, Mädchen!«

»Hallo, Ellie.«

Eine sexy Blondine in goldenen Metallicjeans schlang die Arme um seine Taille. Drei weitere Frauen eilten von der anderen Seite der Bar herüber. Ein Mann namens A.J. zog noch einen Tisch hinzu. Ehe sie sich versah, saß Gracie zwischen Bobby Tom und Ellie. Gracie spürte, wie unzufrieden Ellie darüber war, nicht direkt neben Bobby Tom zu sitzen. Doch als sie den Platz zu wechseln versuchte, spürte sie eine schwere Hand auf ihrem Schenkel.

Als die Unterhaltung um sie herum ihren Lauf nahm, versuchte Gracie herauszufinden, weswegen Bobby Tom sie hierher geführt hatte. Obwohl es rein äußerlich nicht den Anschein hatte, mutmaßte Gracie dennoch, dass Bobby Tom sich nicht halb so sehr amüsierte, wie er vorgab. Warum war er so weit vom Weg abgefahren, wenn er diese Leute nicht einmal mochte? Offenbar hatte er noch stärkere Vorbehalte, in seine Heimatstadt zurückzukehren, als sie es ahnte. Aus diesem Grund machte er absichtlich Umwege.

Jemand reichte ihr eine Bierflasche. Sie war so abgelenkt von der deprimierenden Vorstellung, wie sie als grauhaarige alte Dame mit hängenden Schultern auf der Veranda von Shady Acres saß, dass sie daran nippte, noch bevor sie sich daran erinnerte, dass sie nichts trank. Sie stellte die Flasche wieder ab und blickte auf eine Uhr, die für Jim Beam warb. In einer halben Stunde würde sie Bobby Tom daran erinnern, dass sie gehen mussten.

Die Kellnerin kam. Bobby Tom bestand darauf, für sie mitzubestellen. Sie hätte das Leben noch nicht kennen gelernt, solange sie nicht einen von *Whoppers* dreistöckigen Schinken-Käse-Jalapeño-Hamburgern mit einer doppelten Portion frittierter Zwiebeln probiert hatte. Dazu gab es einen riesigen Berg Farmersalat. Während er ihr das cholesterinlastige Essen aufzwängte, fiel ihr auf, wie wenig er selbst aß und trank.

Eine Stunde verging. Er gab Autogramme, bezahlte die gesamte Rechnung und wenn sie es nicht falsch verstanden hatte, lieh er jemandem etwas Geld für einen Wasserski. Sie duckte sich unter die Krempe seines Stetsonhutes und flüsterte: »Wir müssen jetzt gehen.«

Er wandte sich ihr zu und sagte leise und freundlich: »Noch ein Wort in dieser Richtung von dir, meine Liebe, und ich werde persönlich das Taxi rufen, das dich zum Flughafen bringt.« Mit diesen Worten trat er zum Pooltisch in der Ecke.

Eine weitere Stunde verging. Wenn sie sich der Zeit wegen nicht solche Sorgen gemacht hätte, hätte sie die Neuigkeit, mit so vielen obskuren Leuten in einer heruntergekommenen Bar zu sitzen, sehr genossen. Da sie viel zu sehr einem Mauerblümchen ähnelte, um auf Bobby Tom eine sexuelle Anziehung auszuüben, betrachteten die anderen Frauen sie nicht als Konkurrenz. Sie unterhielt sich ausgiebig mit mehreren von ihnen, auch mit Ellie, einer Stewardess, die jede Menge über Männer zu erzählen hatte. Und über Sex.

Sie bemerkte, dass Bobby Tom sie mehrmals verstohlen musterte und war überzeugt davon, dass er sie in einem unbeobachteten Moment zurücklassen wollte. Obwohl sie unbedingt die Toilette hätte aufsuchen müssen, wollte sie ihn doch nicht aus den Augen lassen. Also schlug sie stattdessen die Beine übereinander. Gegen Mitternacht jedoch konnte sie den Gang zur Toilette nicht länger aufschieben. Sie wartete, bis er und Trish in eine intensive Unterhaltung an der

Bar verwickelt waren, dann machte sie sich auf den Weg zu den Toiletten.

Panik erfasste sie, als sie wenige Minuten später zurückkehrte und ihn nicht entdecken konnte. Sie suchte die Menge ab und hielt angestrengt nach seinem Stetson Ausschau, fand ihn jedoch nirgendwo. Sie bahnte sich einen Weg zur Bar, ihr Magen krampfte sich nervös zusammen. Gerade als sie die Tatsache zu verdauen versuchte, dass er sich aus dem Staub gemacht hatte, sah sie ihn mit Trish zusammen in einer Nische neben dem Zigarettenautomaten stehen.

Sie hatte ihre Lektion gelernt und würde ihn nie wieder aus ihrem Blickfeld lassen. Sie drängte sich an der Absperrung entlang, die die Nische vom Eingang trennte und presste sich in die schmale Wandmulde mit dem Telefon. Während sie die Telefonnummern und das Graffiti neben dem Telefon musterte, merkte sie, dass die Nische, in der die beiden saßen, über einen kleinen Echoeffekt verfügte. Obwohl sie eigentlich nicht hatte lauschen wollen, konnte sie doch nicht anders, als dem ihr so wohl bekannten texanischen Akzent zuzuhören.

»Du bist die verständnisvollste Frau, der ich je begegnet bin, Trish.«

»Ich bin glücklich darüber, dass du mir so vertraust, B.T. Ich weiß, wie schwer es für einen Mann wie dich ist, über die eigene Vergangenheit zu reden.«

»Manche Frauen legen gleich wieder los, aber du bist eine wirklich tolle Frau, Trish. Das könnte ich dir nicht antun, wo du immer noch unter deiner letzten Scheidung leidest.«

»Wir haben uns natürlich alle gefragt, weswegen du niemals geheiratet hast.«

»Jetzt weißt du es, Liebling.«

Dies war offensichtlich eine private Unterhaltung und Gracie ahnte sehr wohl, dass sie sich einen etwas entlegeneren Lauschplatz suchen sollte. Resolut bekämpfte sie ihre

Neugierde und trat einen Schritt zurück, hielt jedoch inne, als Trish wieder zu reden begann.

»Kein Mensch sollte mit einer solchen Mutter aufwachsen müssen …«

»Das kannst du laut sagen, Trish. Meine Mutter war eine Hure.«

Gracie hielt die Luft an.

Trishs belegte Stimme war voller Mitgefühl. »Du musst nicht darüber reden, wenn du es nicht möchtest.«

Bobby Tom seufzte. »Manchmal ist es hilfreich, die Dinge auszusprechen. Vielleicht kannst du das nicht nachvollziehen, aber das Schlimmste war nicht, dass sie nachts Männer mit nach Hause brachte oder nicht zu wissen, wer mein Vater war. Das Schlimmste war, dass sie zu den Footballspielen in der Schule ausnahmslos sturzbetrunken und mit verschmiertem Make-up auftauchte. Sie trug billige Ohrringe und so hautenge Hosen, dass alle Welt sehen konnte, dass darunter sonst nichts mehr war. Kein Mensch hatte Schuhe mit Absätzen zu den Freitagsspielen an, nur meine Mutter. Sie war die schlampigste, billigste Frau in Telarosa, Texas.«

»Und was ist mit ihr passiert?«

»Sie lebt nach wie vor dort. Sie raucht Kette, trinkt Whisky und dreht durch, wann immer sie in der Stimmung dazu ist. Ganz gleich, wie viel Geld ich ihr gebe, es ändert nichts. Einmal Hure, immer Hure, so ist das wohl. Aber sie ist meine Mutter und ich liebe sie.«

Gracie rührte seine Loyalität. Doch gleichzeitig verspürte sie eine tiefe Wut gegenüber der Frau, die ihre mütterliche Verantwortung derart vernachlässigt hatte. Vielleicht war der lasterhafte Lebensstil seiner Mutter der Grund für seinen Widerwillen, nach Telarosa zurückzukehren.

In der Nische war es ruhig geworden. Sie riskierte einen Blick und wünschte sich, sie hätte es nicht getan. Trish hielt Bobby Tom fest umschlungen. Als die wunderschöne dunkelhaarige Frau ihn küsste, wurde Gracie ganz flau. Obwohl sie sich der Irrwitzigkeit ihrer Wünsche bewusst war, wollte sie diejenige sein, die sich gegen seinen kräftigen, festen Körper presste. Sie wollte die Art von Frau sein, die es sich einfach erlauben konnte, Bobby Tom Denton zu küssen.

Sie lehnte sich gegen die Wand, schloss die Augen und kämpfte gegen ihre schmerzhafte Sehnsucht an. Würde jemals ein Mann sie so küssen?

Nicht irgendein Mann, flüsterte der Teufel. *Ein texanischer Playboy mit einem schlechten Ruf.*

Sie atmete tief durch und ermahnte sich, nicht so albern zu sein. Es hatte keinen Sinn, sich nach den Sternen zu verzehren, wenn Mutter Erde das Beste war, was sie sich erhoffen konnte.

»Trish? Wo ist die verdammte Kuh?«

Gracies Träumereien wurden abrupt unterbrochen, als sie die wütende, betrunkene Stimme hörte. Dann sah sie einen breiten, dunkelhaarigen Mann auf Bobby Tom und Trish zutorkeln.

Trishs Augen weiteten sich entsetzt. Bobby Tom stand ruhig auf, trat vor und schützte sie mit seinem Körper. »Schau mal an. Wenn das nicht Warren ist! Und ich dachte, du wärst schon vor langem an der Tollwut gestorben.«

Warren schien seine Muskeln aufzupumpen und stolperte weiter vorwärts. »Haben wir da nicht unseren kleinen Schönling? Hast du Schwächling letztens jemandem einen geblasen?«

Gracie blieb die Luft weg, doch Bobby Tom grinste lediglich. »Habe ich nicht, Warren, doch wenn mich jemand darum bitten sollte, würde ich denjenigen sofort zu dir schicken.«

Warren fand Bobby Toms Sinn für Humor offenbar nicht sonderlich komisch. Mit einem drohenden Grunzen stürzte er vor.

Trish zupfte Bobby Tom nachdrücklich am Ärmel. »Reize ihn nicht, B.T.«

»Ach was, Liebling. Warren wird schon nicht wütend werden. Er ist viel zu dumm, um zu merken, dass man ihn beleidigt hat.«

»Ich werde dich einen Kopf kürzer machen, Schönling.«

»Du bist betrunken, Warren!«, keifte Trish. »Mach dich vom Acker.«

»Halt du das Maul, du verdammte Hure!«

Bobby Tom seufzte. »Musst du denn unbedingt deine Ex-Frau mit solchen Beschimpfungen bedenken?« Mit einer so schnellen Bewegung, dass sie Gracie fast nicht bemerkt hätte, riss er seine Faust nach hinten und donnerte sie Warren ins Gesicht.

Trishs Ex-Mann heulte vor Schmerz auf und fiel zu Boden. Sofort versammelte sich eine Menge um die beiden Männer und versperrte Gracie kurzzeitig die Sicht. Sie drängelte sich mit Schubsen und Schieben zwischen mehreren Frauen hindurch. Als sie vorne angekommen war, hatte sich Warren gerade wieder aufgerappelt und hielt sich das Kinn.

Bobby Tom hatte die Hände auf die Hüften gestützt. »Es wäre wirklich prima, wenn du nüchtern wärst, Warren, dann könnten wir diese Angelegenheit etwas interessanter gestalten.«

»Ich bin nüchtern, Denton.« Eine Art Neandertaler, der Warrens Zwilling hätte sein können, rumpelte nach vorne. »Na? Was ist denn das letzte Jahr bei dem Spiel gegen die *Raiders* passiert, Kleiner? Da hast du beschissen gespielt. Hattest du gerade deine Tage?«

Bobby Tom blickte so erfreut, als ob ihm gerade jemand ein Weihnachtsgeschenk überreicht hätte. »Allmählich wird die Sache interessant.«

Zu Gracies Erleichterung trat Bobby Toms Freund Shag

in den Ring und krempelte sich die Ärmel hoch. »Zwei gegen einen, B.T., das gefällt mir nicht.«

Bobby Tom winkte ihn vom Platz. »Kein Grund, dass du dir die Kleidung dreckig machst, Shag. Die Jungs hier suchen ein wenig sportliche Betätigung, genau wie ich.«

Der Neandertaler drehte sich um. Bobby Toms Reflexe waren offensichtlich durch sein verletztes Knie in keinster Weise beeinträchtigt. Er duckte sich und rammte seinem Gegenüber die Faust in die Rippen. Der Mann strauchelte nach vorne. Genau in diesem Moment stürzte Warren vor und rammte seine Schulter in Bobby Toms Seite.

Bobby Tom taumelte ein wenig, richtete sich auf und zischte dem Typen einen Schlag in den Magen. Trishs Ex-Mann landete mit Karacho auf dem Boden und machte keinerlei Anstalten, wieder aufzustehen.

Der Neandertaler hatte nicht ganz so viel getrunken, deshalb hielt er sich etwas länger. Es gelang ihm sogar, ein paar Schläge hintereinander auszuführen, doch besaß er nicht Bobby Toms unglaubliche Schnelligkeit. Schlussendlich hatte er genug. Er blutete aus der Nase und murmelte irgendetwas, dann schwankte er auf den Ausgang zu.

Bobby Toms Stirn runzelte sich enttäuscht. Mit einer fast sehnsuchtsvollen Miene blickte er sich in der Runde um, doch kein Herausforderer wollte sich stellen. Er nahm eine Serviette, presste sie auf die kleine Wunde neben seinen Lippen und beugte sich herunter, um Warren etwas ins Ohr zu flüstern. Der Mann wurde noch blasser. Gracie zog daraus den Schluss, dass Trish mit ihrem Ex-Mann wohl kaum noch Ärger haben würde. Nachdem er Warren auf diese Art den Rest gegeben hatte, legte Bobby Tom den Arm um Trish und führte sie zur Musikbox.

Gracie atmete erleichtert auf. Immerhin würde sie nicht Willow anrufen und ihr mitteilen müssen, dass sie ihren Star bei einem Kampf in einer Kneipe verloren hatte.

Zwei Stunden später standen Bobby Tom und sie an der Rezeptionstheke eines etwa zwanzig Minuten entfernt liegenden Luxushotels.

»Hoffentlich ist dir klar, dass ich normalerweise nicht so früh ins Bett gehe«, brummte er.

»Es ist zwei Uhr morgens.« Gracie war den überwiegenden Teil ihres Lebens um zehn Uhr ins Bett gegangen, damit sie um fünf wieder aufstehen konnte. Und jetzt waren ihre letzten Reserven verbraucht.

»Richtig. Es ist also noch ziemlich früh.« Er hatte die Formalitäten für die Suite erledigt, wehrte den Kofferträger ab, legte sich den Gurt seiner Tasche über die Schulter und hob den Laptop-Computer vom Tisch. »Wir sehen uns morgen Früh, Gracie.« Er verschwand in Richtung der Aufzüge.

Der Empfangschef blickte sie erwartungsvoll an. »Kann ich Ihnen behilflich sein?«

Sie wurde krebsrot und stammelte: »Ich bin ... äh ... mit ihm zusammen.« Sie nahm ihren Koffer und eilte ihm hinterher, wobei sie sich wie ein Hund vorkam, der seinem Herrn hinterher rannte. Gerade als die Tür des Fahrstuhls endgültig zuzugleiten drohte, schlüpfte sie dazwischen.

Er musterte sie argwöhnisch. »Hast du denn schon eingecheckt?«

»Da du ... äh ... eine Suite gemietet hast, dachte ich, ich könnte auf der Couch schlafen.«

»Da hast du dich geirrt.«

»Ich verspreche, es wird dir noch nicht einmal auffallen, dass ich überhaupt da bin.«

»Nimm dir dein eigenes Zimmer, Gracie.« Obwohl er leise sprach, brachte sie die unterschwellige Drohung in seinen Augen in Bedrängnis.

»Du weißt doch genau, dass ich das nicht tun kann. Sowie ich dich eine Minute aus den Augen lasse, wirst du ohne mich abfahren.«

»Mit Sicherheit kannst du das aber nicht sagen.« Die Türen öffneten sich, und er trat auf den mit Teppich belegten Gang.

Sie hechelte ihm hinterher. »Ich werde dich auch nicht belästigen.«

Er las die Nummern an den Türen. »Gracie, entschuldige bitte, dass ich es so direkt sagen muss, aber du fällst mir allmählich wirklich auf die Nerven.«

»Das weiß ich, und ich entschuldige mich.«

Ein Lächeln huschte über sein Gesicht, erlosch jedoch, als er am Ende des Flurs vor einer Tür stehen blieb und die magnetische Schlüsselkarte ins Schloss steckte. Ein grünes Licht leuchtete auf, und er öffnete die Tür. Bevor er eintrat, beugte er sich herunter und küsste sie flüchtig auf die Lippen. »Es war nett, dich kennen zu lernen.«

Vollkommen verwirrt beobachtete sie, wie die Tür vor ihrer Nase ins Schloss fiel. Ihre Lippen brannten. Sie presste ihre Fingerspitzen dagegen und wünschte sich, diesen Kuss für immer im Gedächtnis behalten zu können.

Ein paar Sekunden verstrichen. Ihr Entzücken über den Kuss verflüchtigte sich, ihre Schultern fielen herab. Er würde sich aus dem Staub machen. Noch heute Nacht oder aber morgen Früh – sie hatte keine Ahnung, aber er hatte bestimmt die Absicht, ohne sie weiterzufahren. Das musste sie auf jeden Fall verhindern.

Vollkommen erschöpft stellte sie ihren Koffer auf dem Teppich ab, setzte sich hin und lehnte sich mit dem Rücken gegen die Tür. Sie würde ganz einfach die Nacht hier verbringen müssen. Sie zog die Beine an, schlang die Arme um die Knie und legte ihren Kopf darauf ab. Wenn er sie doch nur wirklich geküsst hätte … Ihr fielen die Augen zu.

Als die Tür in ihrem Rücken geöffnet wurde, fiel sie mit einem überraschten Quiekser nach hinten über. Sie rappelte sich auf und betrachtete den über ihr dräuenden Bobby Tom erschreckt. Da er nicht im Mindesten an ihrer permanenten Gegenwart gezweifelt zu haben schien, hatte er wohl durch den Spion geguckt und darauf gewartet, dass sie sich entfernte.

Betont geduldig fragte er: »Was in aller Welt glaubst du eigentlich, was du hier machst?«

»Ich versuche zu schlafen.«

»Du wirst die Nacht nicht vor meiner Tür verbringen.«

»Falls mich jemand sehen sollte, wird man mich für eines deiner Groupies halten.«

»Man wird dich für total durchgeknallt halten, das wird man!«

Für jemanden, der sonst allen gegenüber so freundlich war, war er ganz schön wütend mit ihr. Sie wusste wohl, dass sie gelegentlich diese Wirkung auf Menschen ausübte.

»Wenn du mir dein Ehrenwort gibst, dass du nicht ohne mich morgen Früh abfährst, nehme ich mir ein eigenes Zimmer.«

»Gracie, ich weiß noch nicht einmal, was ich in einer Stunde tun werde, ganz zu schweigen von morgen Früh.«

»Dann werde ich wohl doch hier bleiben müssen.«

Er rieb sich das Kinn. Diese Geste benutzte er stets dann, wenn er bereits eine Entscheidung getroffen hatte, aber dennoch den Eindruck vermitteln wollte, er würde es sich noch überlegen.

»Ich mache dir einen Vorschlag. Es ist viel zu früh, um schon ins Bett zu gehen. Du könntest mich bis dahin noch ein wenig unterhalten.«

Sie nickte zustimmend und fragte sich gleichzeitig, was Unterhaltung für ihn bedeuten mochte.

Er stellte ihren Koffer in den Flur der Suite und schloss die Tür. Sie betrat vorsichtig den Wohnzimmerbereich, der in Pfirsichfarben und Grün gehalten war. »Es ist wunderschön hier.«

Er sah sich um, als ob er die Suite bisher noch nicht angeschaut hätte. »Ja, ganz nett. Das war mir gar nicht aufgefallen.«

Wie konnte er etwas so Schönes nicht bemerkt haben? Eine Gruppe tief liegender Sofas und einladender Sessel stand in der Raummitte. Eine rechteckige Anrichte war vor den breiten Fenstern platziert und ein Seidenblumenarrangement versprühte auf einer mit Messing beschlagenen Truhe bunte Farbtupfer. Sie betrachtete alles hingerissen.

»Wie konntest du so etwas nicht bemerken?«

»Ich habe einen so großen Teil meines Lebens in Hotels verbracht, dass ich anscheinend etwas abgestumpft bin.«

Sie hörte ihm nur mit halbem Ohr zu, eilte zu den Fenstern und spähte auf das dunkle Wasser und die glitzernden Lichter. »Das ist der Mississippi.«

»Ja.« Er nahm seinen Stetson ab und ging ins Schlafzimmer.

Aufgeregt versuchte sie die Tatsache zu verdauen, dass sie sich in einem Hotelzimmer mit einer solch atemberaubenden Aussicht befand. Sie ging durch den Wohnzimmerbereich, prüfte die Bequemlichkeit des Sofas und der breiten Sessel, öffnete den Schreibtisch, berührte das Briefpapier und lugte in den Schrank, in dem der Fernseher untergebracht war. Automatisch überflog sie das Wochenprogramm und hielt bei einem Titel namens *Glühend heiße Cheerleaders* inne.

Die Worte schlugen sie in ihren Bann. Bei den wenigen Gelegenheiten, in denen sie in Hotels übernachtet hatte, war sie versucht gewesen, eines der Erwachsenenvideos anzusehen. Doch die Vorstellung, dass jedermann es anschließend auf ihrer Rechnung sehen konnte, hatte sie bisher davon abgehalten.

»Möchtest du dir irgendetwas ansehen?«

Sie schreckte auf, als Bobby Tom hinter sie trat. Dann ließ

sie das Kinoprogramm fallen. »Nein, nein. Es ist ohnehin schon spät. Viel zu spät sogar. Wir sollten eigentlich ... morgen Früh müssen wir doch früh aufstehen und ...«

»Gracie, hast du dir das Programm für die Pornofilme durchgesehen?«

»Pornofilme? Ich?«

»Und ob du das hast! Genau das hast du getan. Ich wette, du hast dir in deinem ganzen Leben noch keinen einzigen Porno angesehen.«

»Natürlich habe ich das. Jede Menge sogar.«

»Nenn mir ein paar.«

»Ein unmoralisches Angebot war doch ziemlich erotisch.«

»Ein unmoralisches Angebot? Ist das die Art von Film, die du unter einem Porno verstehst?«

»In New Grundy fällt es in diese Kategorie.«

Er grinste und warf einen Blick auf das Fernsehprogramm. *»Pit Stopp for Passion* hat gerade angefangen. Möchtest du es dir ansehen?«

Nur mit Mühe konnte ihr Sinn für Anstand ihre Neugier besiegen. »Von so etwas halte ich nicht viel.«

»Ich habe dich nicht gefragt, ob du etwas davon hältst. Ich habe dich gefragt, ob du es dir ansehen möchtest.«

Sie zögerte ein klein wenig zu lange. »Auf gar keinen Fall.«

Lachend nahm er die Fernbedienung und stellte den Fernseher an. »Setz dich aufs Sofa, Gracie. Das würde ich für mein Leben nicht verpassen wollen.«

Er drückte bereits die Knöpfe, die den Pornofilm frei schalteten. Sie bemühte sich, unschlüssig zu wirken und faltete artig ihre Hände im Schoß. »Vielleicht nur dieses eine Mal. Filme über Autorennen gefallen mir besonders gut.«

Bobby Tom brach in so herzhaftes Gelächter aus, dass ihm beinahe die Fernbedienung entglitten wäre. Er lachte immer noch, als auf dem Fernsehschirm vier nackte, sich windende Körper zu sehen waren.

Sie fühlte, wie ihr das Blut in den Kopf schoss. »Oh, mein Gott.«

Giggelnd setzte sich Bobby Tom neben sie. »Sag mir Bescheid, wenn du mit dem Handlungsstrang nicht klar kommst. Diesen hier habe ich schon einmal gesehen.«

Bereits nach wenigen Minuten war sie sich sicher, dass es gar keinen Handlungsstrang gab. Es waren lediglich nackte Körper auf heißen roten Sportwagen.

Bobby Tom deutete auf den Fernsehschirm. »Schau mal, die Brünette mit dem Werkzeuggürtel um die Taille. Sie ist die Meisterin des Betriebes. Die andere Frau ist ihre Assistentin.«

»Aha.«

»Und dieser Typ mit den riesigen ...«

»Ja, ja«, unterbrach ihn Gracie hastig. »Der rechte dort.«

»Nein, Liebling. Nicht der. Ich spreche von dem mit den riesigen *Händen*.«

»Ach so.«

»Wie auch immer, ihm gehört das Auto. Seine Kumpels und er haben den Wagen gebracht, damit die Mädchen das Zündkerzenproblem lösen.«

»Das Zündkerzenproblem?«

»Außerdem ist auch ein Schlauch leck, um den sie sich kümmern müssen.«

»Verstehe.«

»Und sie machen sich Sorgen wegen der Kugellager.«

»Ach so.«

»Der Kolben ist auch verbogen.«

Gracie drehte sich um und bemerkte, dass sein Brustkorb vibrierte. »Du denkst dir das alles nur aus!«

Er prustete so vergnügt, dass er sich die Lachtränen von den Wangen wischen musste.

Sie reckte ihr Kinn in die Luft. »Ich könnte dem Handlungsstrang sehr wohl folgen, wenn du endlich aufhören würdest zu quasseln.«

»Sehr wohl, meine Gnädigste.«

Gracie wandte sich wieder dem Bildschirm zu. Sie schluckte, als der Mann mit den großen Händen diese in Öl tauchte und es anschließend über die entblößten Brüste der Meisterin schmierte. Deren Knospen richteten sich auf, während ein paar Tropfen Öl an ihr herabrannen. Gracies eigene Knospen richteten sich ebenfalls auf.

Dieses wunderbare Vorspiel setzte sich fort. Gracie konnte den Blick nicht abwenden, obwohl sie sich der Tatsache nur zu bewusst war, nicht alleine zu sein. Sie benetzte sich die trockenen Lippen. Ihr Herz schlug wie wild. Noch nie in ihrem Leben war etwas gleichzeitig so peinlich, aber auch so erregend für sie gewesen. Alles, was sie auf dem Bildschirm sah, wollte sie mit dem Mann neben ihr auch tun.

Der Schauspieler mit den großen Händen begann, sich an dem Werkzeuggürtel der Frau zu schaffen zu machen. Seine Lippen folgten seinen Händen immer weiter nach unten. Schweiß rann Gracie zwischen den Brüsten herunter, als er seine Zunge in der Falte gleich neben ihrem Geschlecht versenkte.

Sie presste die Schenkel zusammen und rutschte unruhig hin und her. Bobby Tom lehnte sich zurück. Aus dem Augenwinkel heraus schielte sie ihn an und stellte entsetzt fest, dass er sie und nicht den Fernseher betrachtete. Außerdem lachte er nicht mehr.

»Ich habe noch Arbeit zu erledigen«, sagte er plötzlich. »Du kannst es ausschalten, wann immer du möchtest.« Er nahm seinen Laptop-Computer und verschwand im Schlafzimmer.

Verwirrt sah ihm Gracie nach. Warum war er denn plötzlich so ungenießbar geworden? Doch dann ließ sie sich wieder vom Geschehen auf dem Bildschirm fesseln.

Oh mein Gott!

Bobby Tom stand im abgedunkelten Schlafzimmer und starrte blind aus dem Fenster. Im Hintergrund konnte er das Stöhnen aus dem Fernseher hören. *Verflixte Tat!* Während der letzten sechs Monate hatte er nicht das geringste Interesse gezeigt, mit irgendeiner der wunderschönen Frauen anzubändeln, die sich ihm wie Trophäen darboten. Und nun kam diese Gracie Snow daher mit ihrem dünnen Körper, der hässlichen Kleidung und der unmöglichsten Frisur, die er je an einer Frau gesehen hatte; darüber hinaus noch mit diesem Befehlston, bei dem sich ihm die Haare sträubten. Und doch war sie es, die ihn scharf machte.

Er stützte sich am Fensterrahmen ab. Wenn es nicht so peinlich wäre, würde er darüber lachen. Der Film war weit davon entfernt, harte Pornografie zu sein. Doch er war keine fünf Minuten gelaufen, und sie war so erregt gewesen, dass man eine Bombe neben ihr hätte zünden können, ohne dass es ihr aufgefallen wäre.

Für einen kurzen Moment hatte er tatsächlich erwogen, das zu nutzen, was sie nur allzu willig anbot. Und das war nun wirklich das Dümmste an der Sache. Er war Bobby Tom Denton, Himmel noch mal. Er mochte sich aus dem Sport zurückgezogen haben, doch bedeutete das noch lange nicht, dass er so tief gefallen war, sich mit einem Mauerblümchen wie Gracie Snow abgeben zu müssen.

Er wandte dem Fenster den Rücken zu, ging zum Schreibtisch, stöpselte das Modem seines Laptops ein und setzte sich. Doch er lehnte sich bereits wieder zurück, noch bevor er das Kennwort für seine E-Mail eingegeben hatte. Heute Abend war er einfach nicht in der Stimmung, sich um Geschäftliches zu kümmern.

Wieder und wieder tauchte Gracies Gesicht vor ihm auf, als sie den Mississippi betrachtet hatte. Wie lange war es her, dass er diese Art von Begeisterung empfunden hatte? Den ganzen Tag über hatte Gracie bereits auf Dinge hingewiesen, die er seit Jahren nicht mehr bemerkt hatte: eine Wolkenformation, ein Lastkraftwagenfahrer, der Willie Nelson ähnlich sah, ein Kind, das ihnen durch das Rückfenster eines Kombis zuwinkte. Wann hatte er begonnen, diese ganz gewöhnlichen Freuden nicht mehr zu genießen?

Er blickte auf die Tastatur und erinnerte sich daran, wie sehr ihm geschäftliches Handeln anfangs Spaß gemacht hatte. Zunächst hatte er sich mit den Aktienmärkten beschäftigt, sich jedoch später bei einer kleinen Sportbekleidungsfirma eingekauft. Danach hatte er in einen Radiosender investiert, danach in eine Turnschuhfirma. Er hatte Fehler begangen, doch er hatte auch viel Geld verdient. Aber jetzt fiel es ihm schwer zu sagen, welchen Sinn das alles gehabt haben sollte. Einen Kinofilm hatte er als eine gute Ablenkung betrachtet. Doch jetzt, unmittelbar vor Drehbeginn, konnte er für die Sache keinerlei Begeisterung mehr aufbringen.

Er rieb sich die Augen. Heute Abend hatte er Shag versprochen, ihm beim Aufbau seines neuen Restaurants zu helfen. Er hatte Ellie Geld geliehen und A.J. versprochen, dass sein Neffe ihn für die örtliche Schülerzeitung interviewen konnte. Seiner Meinung nach durfte ein Mensch, dem so viele Begabungen in die Wiege gelegt waren, nicht nein sagen. Dennoch überkam ihn gelegentlich das Gefühl, als ob die Anforderungen, die er selbst an sich und die an ihn von anderen gestellt wurden, ihn allmählich zu ersticken drohten.

Jetzt musste er nach Telarosa zurück, um dort eine weitere Schuld einzulösen, die er der kleinen Stadt schuldete, in der er aufgewachsen war. Und nun hatte er kalte Füße bekommen. Obwohl er derjenige gewesen war, der darauf bestanden hatte, dass alle Außenaufnahmen dort stattzufinden hatten, war er doch nicht bereit, sich der gesamten Vergangenheit zu stellen. Ihm war zwar klar, dass er ein Held gewesen war, doch die Bürger Telarosas wollten den Begriff ›Vergangenheit‹ nicht gelten lassen. Sie wollten ihn immer noch für ihre Zwecke einspannen.

Seine Gegenwart würde wie gewohnt die Dinge wieder durcheinander bringen, und nicht jedermann dort würde ihn mit offenen Armen empfangen. Vor ein paar Monaten hatte er eine recht unangenehme Begegnung mit Way Sawyer gehabt, weil dieser die Firma Rosatech, die Elektronik herstellte und von der Telarosas wirtschaftliches Leben abhing, in eine andere Stadt hatte verlegen wollen. Der Mann war skrupellos, und Bobby Tom war nicht gerade erpicht darauf, ihm erneut zu begegnen. Er würde auch Jimbo Thackery wieder gegenübertreten müssen, Chef der örtlichen Polizei und seit Bobby Toms Schultagen mit ihm verfeindet. Das Schlimmste aber war, dass dort eine ganze Schar von Frauen auf ihn warten würde, die keine Ahnung davon hatten, dass sein sexuelles Interesse zeitgleich mit seiner Football-Karriere erloschen war. Er musste unbedingt sicherstellen, dass sie von diesem Detail seines Lebens nichts erfuhren.

Blind starrte er auf die Tastatur. Was würde er mit dem Rest seines Lebens anfangen? Er hatte so lange mit dem Jubel der Menge gelebt, dass er keine Ahnung hatte, wie man auch ohne auskommen konnte. Von Kindheit an war er immer der Beste gewesen. Der Beste von Texas, der Beste Amerikas, der beste professionelle Footballspieler schlechthin. Nun aber war er nicht mehr der Beste. Erfolgreiche Männer mussten dieser Krise ihres Lebens eigentlich erst ins Gesicht sehen, wenn sie sich in ihren Sechzigern zur Ruhe zurückzogen. Er aber war mit dreiunddreißig in Rente gegangen und hatte keinen blassen Schimmer mehr, wer er eigentlich war. Er wusste, wie man ein herausragender *wide receiver* war, er wusste auch, wie man der höchstbezahlte Footballspieler sein konnte, doch hatte er keine Ahnung davon, wie man ein ganz gewöhnlicher Mensch war.

Ein besonders lang gezogenes weibliches Stöhnen aus dem Fernseher unterbrach seine Gedanken. Er runzelte die Stirn, als er sich daran erinnerte, nicht allein zu sein. Wirkliches Vergnügen war etwas, was in seinem Leben nur noch selten vorkam. Aus diesem Grund auch hatte er Gracie Snow den Tag über bei sich behalten. Doch als er sich daran erinnerte, wie er auf ihre Erregung reagiert hatte, war ihm nicht mehr zum Lachen zu Mute. Sich von einem Mauerblümchen wie Gracie inspirieren zu lassen – er wollte dieses Gefühl eigentlich gar nicht weiter analysieren –, bedeutete in gewisser Weise die endgültige Erniedrigung, das greifbare Symbol dessen, wie tief er in der Welt gesunken war. Natürlich war sie eine echt nette Frau, doch ganz sicher war sie für einen Bobby Tom Denton nicht geschaffen.

In dieser Minute fasste er einen Entschluss. Er hatte schon genügend Probleme in seinem Leben, er brauchte sich nicht noch mit zusätzlichen Schwierigkeiten belasten. Gleich morgen Früh würde er sich ihrer entledigen.

4

Die Kirchenglocken läuteten, als Gracie auf die Schlafzimmertür zusteuerte und vorsichtig anklopfte. »Bobby Tom, das Frühstück ist bereit.«

Keine Antwort.

»Bobby Tom?«

»Du bist tatsächlich wahr«, stöhnte er. »Ich hatte gehofft, du wärst nur ein Albtraum gewesen.«

»Ich habe Frühstück über den Zimmerservice bestellt, und jetzt ist es hier.«

»Mach dich aus dem Staub.«

»Es ist sieben Uhr. Wir haben noch zwölf Stunden Fahrt vor uns. Wir müssen unbedingt frühzeitig los.«

»Dieses Zimmer hat einen Balkon, Liebling. Wenn du mich nicht in Ruhe lässt, werfe ich dich über die Balustrade.«

Sie entfernte sich von der Schlafzimmertür und trat an den Tisch, wo sie ein wenig an dem Heidelbeereierkuchen knabberte, doch war sie noch viel zu müde, um wirklich Hunger zu empfinden. Die ganze Nacht über war sie beim kleinsten Geräusch aufgewacht. Sie war sich ganz sicher gewesen, dass Bobby Tom sich während ihres Schlafs davonstehlen würde.

Um acht Uhr, nachdem sie Willow über ihren bescheidenen Erfolg unterrichtet hatte, versuchte sie, ihn erneut zu wecken. »Bobby Tom, hast du jetzt ausgeschlafen? Wir müssen nämlich wirklich los.«

Keine Antwort.

Vorsichtig öffnete sie die Tür. Der Mund wurde ihr trocken, als sie ihn auf dem Bauch nackt auf dem Bett liegen sah, das Laken um die Hüften geschlungen. Seine Beine waren gespreizt, das eine angewinkelt. Trotz der auffälligen Narben an seinem rechten Knie waren sie kräftig und schön. Auf dem blütenweißen Laken wirkten sie stark gebräunt, und die blonden Haare auf seinen Waden schimmerten in der Morgensonne, die durch die Gardine hindurchdrang. Ein Fuß steckte unter dem Laken am Fuß des Bettes, der andere zeigte einen hohen, wohl geformten Spann. Ihr Blick fiel über die hässlichen roten Narben an seinem rechten Knie, dann wanderte er zu seinen Schenkeln und dem Laken, das um seine Hüften geschlungen war. Wenn doch dieses Laken nur zehn Zentimeter tiefer gelegen hätte …

Sie war selbst überrascht und schockiert über ihren Wunsch, diesen Teil seines Körpers zu sehen. Alle nackten männlichen Körper, die sie in ihrem Leben gesehen hatte, waren alt. Würde Bobby Tom so aussehen wie die Männer im Film von gestern Abend? Ein Schauer rieselte ihr über den Rücken.

Er rollte auf die Seite und nahm das Laken mit. Sein Haar war dicht und verstrubbelt, an seinen Schläfen zeigte sich ein Ansatz zu Locken. Die Haut auf seiner Wange hatte vom Kopfkissen eine Falte bekommen.

»Bobby Tom«, flüsterte sie zaghaft.

Ein Auge öffnete sich ein ganz klein wenig, seine Stimme war verschlafen und heiser. »Zieh dich aus oder mach dich aus dem Staub.«

Entschiedenen Schrittes trat sie ans Fenster und zog die Gardine auf. »Heute Morgen bist du aber reichlich schlecht gelaunt.« Als Licht in das Zimmer drang, stöhnte er gequält auf. »Gracie, dein Leben ist ernsthaft in Gefahr.«

»Soll ich die Dusche für dich anstellen?«

»Wirst du mir auch den Rücken schrubben?«

»Das wird wohl kaum notwendig sein.«

»Ich versuche, die Angelegenheit höflich anzugehen, doch offenbar weißt du einen zarten Hinweis nicht zu deuten.« Er setzte sich auf, suchte nach seinem Portemonnaie und zog mehrere Scheine hervor. »Die Taxifahrt zum Flughafen geht auf meine Rechnung.« Er reichte ihr die Scheine.

»Dusch du mal erst, dann sprechen wir darüber.« Hastig verließ sie das Zimmer.

Anderthalb Stunden später bemühte er sich immer noch, sie loszuwerden. Sie eilte den Bürgersteig entlang in Richtung des *Memphis Fitnessclub*, in der Hand eine weiße Papiertüte mit einem großen Becher frisch gepressten Orangensaft. Erst hatte sie ihn nicht aus dem Bett bekommen können, und dann hatte er ihr erklärt, er könne überhaupt nicht daran denken loszufahren, bevor er nicht sein morgendliches Gymnastikprogramm absolviert habe. Kaum hatten sie den Eingangsbereich des Fitnessclubs betreten, als er ihr Geld in die Hand gesteckt und sie gebeten hatte, in einem Restaurant um die Ecke einen frisch gepressten Orangensaft für ihn zu holen, während er sich umzog. Als er in der Umkleidekabine verschwunden war, war sein Blick so arglos und unschuldig gewesen, dass er sie nur in der Annahme bestärkte, sie in ihrer Abwesenheit loswerden zu wollen. Und als sie sah, dass er ihr zweihundert Dollar in die Hand gedrückt hatte, hatte sie auch nicht mehr den Rest eines Zweifels. Drastische Maßnahmen mussten ergriffen werden.

Es überraschte sie nicht sonderlich, dass das Restaurant viel weiter entfernt lag, als er es beschrieben hatte. Sie erledigte den Auftrag so schnell sie nur irgend konnte. Als sie zum Fitnesscenter zurückkehrte, strebte sie am Eingang vorbei direkt auf den Parkplatz zu.

Der Thunderbird stand mit zugeklapptem Dach im Schatten, darunter lag Bobby Tom. Vollkommen außer Atem rannte sie auf ihn zu. »Bist du mit deiner Gymnastik schon fertig?«

Sein Kopf schoss so abrupt hoch, dass er sich am Dach stieß und sein Stetson verrutschte. Leise fluchend rückte er ihn wieder gerade. »Mein Rücken war ein wenig steif, da wollte ich lieber bis heute Abend warten.«

Sein Rücken wirkte vollkommen in Ordnung, doch wollte sie ihn nicht darauf hinweisen, ebenso wie sie sich jeglichen Kommentars enthielt, dass er offenbar geplant hatte, in ihrer Abwesenheit abzufahren. »Stimmt irgendetwas mit dem Auto nicht?«

»Es will nicht anspringen.«

»Lass mich mal nachsehen. Mit Motoren kenne ich mich ganz gut aus.«

Er blickte sie ungläubig an. »Du?«

Ohne ihn weiter zu beachten, öffnete sie die Kühlerhaube, spähte in den Motor und hob die Verteilerkappe.

»Mein Gott, da fehlt ja das Kühlrad. Lass mich mal sehen, vielleicht habe ich ...« Sie öffnete ihre Handtasche. »Da habe ich doch zufällig eines dabei.«

Sie reichte ihm das kleine Kühlrad des Thunderbirds, dazu zwei Schrauben und ein Schweizer Armeemesser, damit er das Rad wieder befestigen konnte. Das alles hatte sie sorgfältig in einer Plastiktüte aufbewahrt, die sie aus dem Hotelzimmer für eben solche Notfälle entwendet hatte.

Bobby Tom starrte sie sprachlos an.

»Schraub es richtig fest«, meinte sie hilfreich. »Sonst könnte es noch Probleme bereiten.« Ohne seine Antwort abzuwarten, nahm sie den Orangensaft, eilte auf die Beifahrerseite und ließ sich auf ihren Sitz fallen. Dann begann sie, die Straßenkarte zu studieren.

Schneller als ihr lieb war, wackelte das Auto, als er das Dach zurückklappte. Sie hörte seine Stiefel auf dem Asphalt. Dann stützte er seine Hand in den Fensterrahmen auf ihrer Seite. Sie sah, wie seine Knochen weiß hervortraten. Als er schließlich etwas sagte, war seine Stimme sehr leise und sehr wütend.

»Keiner rührt mir mein T-Bird an.«

Sie knabberte an ihrer Unterlippe. »Tut mir Leid, Bobby Tom. Ich weiß, dass du dieses Auto liebst, und ich bin dir auch nicht böse, dass du jetzt so wütend bist. Es ist ein wunderschöner Wagen. Das meine ich ehrlich. Aus diesem Grund muss ich dir auch sagen, dass ich die Fähigkeit besitze, ihm ernsthaft Schaden zuzufügen, falls du noch mehr Sperenzchen machen solltest.«

Seine Augenbrauen schnellten nach oben, und er starrte sie ungläubig an. »Drohst du etwa meinem Auto?«

»Ich fürchte ja«, meinte sie entschuldigend. »Herr Walter

Karne, möge er in Frieden ruhen, lebte vor seinem Tod acht Jahre lang in Shady Acres. Bis zu seiner Pensionierung besaß er eine Autowerkstatt in Columbus. Von ihm habe ich einiges über Motoren gelernt, unter anderem, wie man sie außer Gefecht setzt. Weißt du, wir hatten mit einem etwas übereifrigen Sozialarbeiter ein wenig Ärger, der mehrmals im Monat in Shady Acres vorbeikam. Er hat die Leute dort nur aufgeregt.«

»Also haben Mister Karne und du die Sache dadurch beglichen, dass ihr seinen Wagen außer Gefecht gesetzt habt.«

»Leider litt Herr Karne unter starker Arthritis, weshalb ich den Großteil der Arbeit alleine erledigen musste.«

»Und jetzt benutzt du dein Spezialwissen, um mir die Pistole auf die Brust zu setzen.«

»Natürlich bedrückt mich das. Andererseits habe ich den Windmill Studios gegenüber auch eine gewisse Verpflichtung.«

Bobby Tom funkelte sie wütend an. »Gracie, der einzige Grund, weswegen ich dich nicht hier an Ort und Stelle erwürge, ist der, dass, wenn ich meine Geschichte den Geschworenen erzählen würde, sie mich laufen lassen würden. Danach würden diese Haie von den Fernsehanstalten das Ganze zu einem Fernsehfilm umbasteln.«

»Ich habe eine Aufgabe, die ich erledigen muss«, sagte sie leise. »Das musst du mir schon zubilligen.«

»So Leid es mir tut, Liebling. Mit uns beiden ist jetzt Schluss.«

Noch bevor sie etwas tun konnte, hatte er die Tür aufgerissen, sie herausgehoben und sie auf den Parkplatz gestellt. »Lass uns doch darüber reden!«, zischte sie.

Ohne sie weiter zu beachten, ging er zum Kofferraum und zog ihren Koffer hervor. Sie eilte zu ihm hin. »Wir sind beide verantwortungsvolle Menschen, sicher können wir zu einem Kompromiss kommen. Sicher könnten wir ...«

»Ich bin vollkommen überzeugt davon, dass das nicht möglich ist. Dort drüben können sie dir ein Taxi rufen.« Er ließ den Koffer auf dem Bürgersteig stehen, stieg wieder in seinen Thunderbird und ließ den Motor laut aufheulend an.

Ohne nachzudenken, schloss sie die Augen und warf sich ihm vor die Reifen.

Angespannt vergingen mehrere Sekunden. Die Hitze des Asphalts drang durch ihr senffarbenes Wickelkleid, das für jede Größe geeignet war. Von den Auspuffgasen wurde ihr schwindlig. Dann spürte sie seinen Schatten über sich.

»Um dein Leben zu retten, werden wir beide jetzt ein Abkommen treffen.«

Sie öffnete die Augen. »Was für ein Abkommen?«

»Ich werde aufhören, dich loswerden zu wollen …«

»Das ist nur fair.«

»… wenn du für den Rest der Reise genau das tust, was ich dir sage.«

Sie dachte darüber nach und richtete sich auf. »Das wird wohl kaum gehen«, meinte sie vorsichtig. »Falls dich bisher noch niemand darauf hingewiesen hat, du bist nicht immer besonders vernünftig.«

Unter der Krempe seines Stetsons blinzelte er sie an. »Entweder du akzeptierst es, oder du lässt es bleiben, Gracie. Wenn du in diesem Wagen mitfahren möchtest, wirst du deine herumkommandierende Art ablegen und mir gehorchen müssen.«

So wie er es formulierte, hatte sie keine andere Wahl, als ihm ergeben zuzustimmen. »Also gut.«

Er hob ihren Koffer zurück in den Kofferraum. Sie setzte sich wieder auf den Beifahrersitz. Nachdem er sich gesetzt hatte, ließ er erneut den Motor aufheulen.

Sie blickte erst auf die Uhr und dann auf die Landkarte, die sie zuvor studiert hatte. »Noch eine Sache, bevor wir losfahren. Möglicherweise bist du dir nicht darüber im Klaren, aber es ist bereits kurz vor zehn. Um acht Uhr morgen Früh müssen wir auf dem Filmset sein. Siebenhundert Meilen liegen noch vor uns, und die kürzeste Strecke erscheint mir westlich …«

Bobby Tom riss ihr die Landkarte aus der Hand, zerknüllte sie und warf sie aus dem Fenster. Wenig später fuhren sie auf die Autobahn auf.

Leider fuhren sie Richtung Osten.

Am Dienstagabend musste Gracie sich eingestehen, dass sie eine Niete war. Während sie die letzten paar Tage innerlich Revue passieren ließ, starrte sie auf die Halbmondkreise der Scheibenwischer und lauschte den auf das Dach prasselnden Tropfen. Obwohl sie es bis nach Dallas geschafft hatten, war es ihr nicht gelungen, Bobby Tom rechtzeitig in Telarosa abzuliefern.

Im Licht der entgegenkommenden Wagen glitzerten die Regentropfen auf der Kühlerhaube. Sie versuchte nicht weiter über Willows wütende Telefonanrufe nachzudenken und bemühte sich, die Angelegenheit von ihren positiven Aspekten her zu betrachten. In den letzten Tagen hatte sie mehr von dem Land gesehen, als sie jemals für möglich gehalten hatte. Sie hatte jede Menge interessante Leute kennen gelernt: Country- und Westernsänger, Aerobiclehrer, zahlreiche Footballspieler und einen sehr netten Transvestiten, der ihr ein paar Tricks verraten hatte, wie man ein Halstuch binden konnte.

Das Beste an der Sache aber war, dass Bobby Tom nicht versucht hatte, sie loszuwerden. Sie war sich immer noch nicht ganz sicher, weswegen er sie nicht in Memphis abgehängt hatte. Gelegentlich beschlich sie das unheimliche Gefühl, dass er alleine sein wollte. Abgesehen von jenem einen unglückseligen Moment, als er den Wagen auf einer Brücke angehalten hatte, sie bis ans Geländer gezerrt und ihr gedroht hatte, sie in die Tiefe zu schmeißen, waren sie gut miteinander ausgekommen. Trotzdem konnte sie heute Abend ein mulmiges Gefühl nicht abschütteln.

»Sitzt du bequem, Gracie?«

Sie starrte weiter auf die Scheibenwischer. »Mir geht es gut, Bobby Tom. Vielen Dank für die Nachfrage.«

»Du machst den Eindruck, als ob dich der Türgriff stören würde. Dieser Wagen ist eigentlich nicht für drei Personen konzipiert. Bist du dir auch wirklich sicher, dass ich dich nicht ins Hotel zurückfahren soll?«

»Absolut sicher.«

»Bobby Tom, Liebling, will sie denn die ganze Nacht bei uns bleiben?« Cheryl Lynn Howell, seine Begleitung für den heutigen Abend, machte einen etwas jämmerlichen Eindruck, als sie sich an seine Schulter schmiegte.

»Sie ist nur sehr schwer loszuwerden, Schätzchen. Warum tust du nicht einfach so, als ob sie nicht da wäre?«

»Das fällt nicht leicht, wenn du ständig mit ihr redest. Bobby Tom, heute Abend hast du mehr mit ihr gesprochen als mit mir.«

»Das ist sicher ein falscher Eindruck, Liebling. Im Restaurant hat sie noch nicht mal mit uns zusammen an einem Tisch gesessen.«

»Sie saß am Nebentisch, und du hast dich ständig umgedreht, um ihr Fragen zu stellen. Abgesehen davon begreife ich nicht, wozu du einen Leibwächter brauchst.«

»Da draußen in der dunklen Welt gibt es viele gefährliche Menschen.«

»Mag sein, aber du bist doch viel stärker als sie.«

»Sie ist der bessere Schütze. Gracie kann mit einer Uzi einfach fantastisch umgehen.« Gracie unterdrückte ein Grinsen. Er war unglaublich schamlos, doch sehr einfallsreich. Sie verlagerte ihr Gewicht ein wenig mehr zur Mitte hin. Das mangelnde Platzangebot in dem alten Thunderbird hatte sich als nicht ganz so problematisch erwiesen wie befürchtet. Obwohl Cheryl Lynn und sie sich einen Sitz hätten teilen sollen, saß die ehemalige Schönheitskönigin praktisch auf Bobby Toms Schoß. Es war ihr gelungen, mitten auf der Kupplung Platz zu nehmen und dennoch elegant zu wirken.

Neidisch betrachtete Gracie Cheryl Lynns weich anliegendes schulterfreies korallenfarbenes Spitzenkleid. Ihr eigener weiter schwarzer Wickelrock und der rot und weiß gestreifte Pullover ließen sie dagegen wie eine Landpomeranze aussehen.

Cheryls Hand legte sich auf Bobby Toms Schenkel. »Wer genau ist eigentlich alles hinter dir her? Ich dachte immer, dir wären sie lediglich mit Vaterschaftsklagen auf den Fersen und nicht, dass der CIA dich zusätzlich beschattet.«

»Manch eine Vaterschaftsklage kann eine ganz schön dramatische Wendung nehmen. In diesem Fall hat mir eine junge Dame nicht die enge Verbindung verraten, die ihr Vater zur organisierten Kriminalität unterhält. Dann war es zu spät. Nicht wahr, Gracie?«

Gracie gab vor, nichts gehört zu haben. Insgeheim war sie zwar von der Vorstellung ihrer selbst als Scharfschütze und CIA-Agentin angetan. Dennoch wollte sie ihn nicht auch noch in seinen Lügen unterstützen.

Wieder einmal blickte Bobby Tom über Cheryl Lynns blonde Locken hinweg. »Wie haben die Spaghetti geschmeckt, die du bestellt hattest?«

»Ausgezeichnet.«

»Mir hat das grüne Zeug dazu nicht sonderlich gut geschmeckt.«

»Meinst du die Pesto-Soße?«

»Mag sein. Auf jeden Fall ziehe ich eine ordentliche Fleischsoße vor.«

»Das sieht dir ähnlich. Dazu ein paar ölige Rippchen, darauf gehe ich jede Wette ein.«

»Mir läuft das Wasser im Mund zusammen, wenn ich auch nur daran denke.«

Cheryl hob den Kopf von seiner Schulter. »Jetzt geht das schon wieder los, B.T.«

»Was denn, Liebling?«

»Dass du mit ihr redest.«

»Aber nicht doch, Liebling. Nicht, wenn ich die ganze Zeit an dich denken muss.«

Gracie hüstelte ein wenig und ließ auf diese Weise Bobby Tom wissen, dass die ehemalige Schönheitskönigin diesem Unsinn vielleicht Glauben schenken mochte, sie ihn jedoch durchschaute.

Obwohl der Abend ein wenig peinlich verlaufen war, hatte er ihr eine Menge Einblicke verschafft. Es kam nicht jeden Tag vor, dass eine gewöhnliche Sterbliche wie sie einem Genie bei der Arbeit zusehen durfte. Sie hatte sich nicht vorstellen können, dass irgendein Mann derart ausgefuchst Frauen manipulieren konnte. Bobby Tom war immer freundlich, durch und durch charmant und verwöhnte nach Strich und Faden. Er war so unendlich entgegenkommend, dass keine der Frauen in seinem Umfeld zu bemerken schien, dass er nur das tat, was ihm selbst beliebte.

Vor einem Hochhaus hielten sie an. Cheryl Lynn beugte sich zu Bobby Tom und flüsterte ihm etwas zu.

Er kratzte sich am Ohr. »Ich weiß nicht, Liebling. Es könnte vielleicht etwas peinlich werden, wenn Gracie uns dabei zusieht. Aber wenn dir das nichts ausmacht, bin ich mit von der Partie.«

Das war selbst für Cheryl Lynn zu viel. Zögernd stimmte die Schönheitskönigin zu, dass der Abend damit beendet war. Gracie beobachtete, wie er ihren Schirm aufspannte, ihn ihr über den Kopf hielt und sie bis zur Tür begleitete.

Ihrer Meinung nach tat Bobby Tom gut daran, Cheryl Lynn den Laufpass zu geben, obwohl sie nicht begreifen konnte, warum er überhaupt einem Treffen mit ihr zugesagt hatte. Die Schönheitskönigin war arrogant, selbstbezogen und um einiges dümmer als die Krabben, die sie zum Abendessen verspeist hatte. Nichtsdestotrotz behandelte Bobby Tom sie, als ob sie die Krönung der weiblichen Schöpfung darstelle. Allen Frauen gegenüber benahm er sich als der perfekte Gentleman – von ihrer Wenigkeit einmal abgesehen.

Vor dem Eingang zum Hochhaus hatte sich Cheryl Lynn um ihn gewunden wie die Schlange um den Baum der Wahrheit. Ihm schien es nichts auszumachen. Sie presste ihre Hüften so heftig an ihn, als ob das ihr angestammter Platz wäre. Und obwohl Gracie sich für einen freundlichen Menschen hielt, der das Verhalten anderer bereitwillig entschuldigte und nur selten wütend wurde, regte sie der Anblick des lang gezogenen Gut-Nacht-Kusses umso mehr auf, je länger sie ihn beobachtete. Musste er denn unbedingt an jeder Frau, der er begegnete, eine Art Oralchirurgie vornehmen? So viele weibliche Trophäen hingen an seinem Gürtel, dass er unbekleidet herumlaufen könnte, ohne dass es jemandem aufgefallen wäre. Anstatt sich der Entwicklung einer neuen Diät-Pille zu widmen, sollte sich die Pharmaindustrie lieber darauf konzentrieren, ein Mittel gegen Bobby Tom Denton zu entwickeln.

Ihre Wut steigerte sich, als sie beobachtete, wie Fräulein Rodeokönigin sich seine Beine hoch nach oben hocharbeitete. Als er schließlich wieder zum Auto zurückkehrte, kochte Gracie. »Wir sollten auf schnellstem Wege in die Notaufnahme fahren, damit du eine Tetanusspritze bekommen kannst!«, schnappte sie.

Bobby Tom hob eine Augenbraue. »Darf ich das so verstehen, dass dir Cheryl Lynn nicht sonderlich zugesagt hat?«

»Sie hat mehr Zeit damit verbracht, sich nach allen Seiten hin zu vergewissern, dass alle Blicke auf sie gerichtet waren, als sie dich angesehen hat. Außerdem hätte sie nicht unbedingt die teuersten Gerichte auf der Karte auswählen müssen, nur weil du gut betucht bist.« Gracie entlud all ihre Wut, die sich in den letzten beiden frustrierenden Tagen in ihr aufgestaut hatte. »Du mochtest sie noch nicht einmal, das hat die Sache noch verschlimmert. Du kannst die Frau nicht ausstehen, Bobby Tom Denton. Bestreite es jetzt nur nicht, denn ich durchschaue dich. Ich habe dich gleich von Anfang an durchschaut. Du kannst so gut Süßholz raspeln, als ob man dich dafür bezahlen würde. Der ganze Unsinn über den CIA und die Uzis. Und dann sage ich dir noch etwas: Ich für meinen Teil glaube kein Wort über diese angeblichen Vaterschaftsprozesse.«

Er sah sie leicht überrascht an. »Tatsächlich?«

»Nein, kein Wort. Du bist randvoll mit Mumpitz!«

»Mumpitz?« Er lächelte. »Du befindest dich in Texas, Liebling. Hier sagen wir dazu ganz einfach ...«

»Ich weiß, was ihr dazu sagt!«

»Du bist ja richtig kratzbürstig heute Abend. Ich mache dir einen Vorschlag. Nur um dich aufzuheitern, gestatte ich dir, mich morgen Früh um sechs aus dem Bett zu werfen, einverstanden? Dann fahren wir ohne Umwege nach Telarosa, wo wir gegen Mittag ankommen dürften.«

Sie starrte ihn an. »Du nimmst mich auf den Arm.«

»Ich bin kein solch schlechter Mensch, dass ich mich über etwas lustig machen würde, was dir so wichtig ist.«

»Du versprichst es also hoch und heilig? Keine Abstecher, um eine Straußenfarm zu besichtigen oder deine Grundschullehrerin zu besuchen?«

»Wie gesagt, ohne jeden Umweg.«

Ihre schlechte Stimmung verflog. »Also gut. Ja, das klingt sehr gut.«

Sie lehnte sich in ihren Sitz zurück. Wenn sie morgen tatsächlich in Telarosa ankommen sollten, war das nicht etwa ihrer Durchsetzungskraft zu verdanken, sondern einzig der Tatsache, dass es sich Bobby Tom in den Kopf gesetzt hatte.

Er wandte sich ihr zu. »Aus reiner Neugier gefragt, weshalb hältst du die Vaterschaftsverfahren für aus der Luft gegriffen? Schließlich sind sie alle amtlich dokumentiert.«

Zwar hatte sie die Bemerkung lediglich aus dem Bauch heraus gemacht, doch als sie nochmals darüber nachdachte, war sie überzeugt davon, dass Bobby in Wahrheit schlichtweg übertrieb. »Ich kann mir schon vorstellen, dass du dich schändlich benehmen kannst, ganz besonders Frauen gegenüber. Aber dass du dein eigenes Kind im Stich lässt, das kann ich mir nicht vorstellen.«

Er musterte sie. Seine Mundwinkel zuckten, dann lächelte er, während er auf die Autobahn hinausblickte.

»Nun?« Sie betrachtete ihn neugierig.

»Willst du es wirklich wissen?«

»Nur wenn du mir die Wahrheit sagst und nicht irgendeine dieser Geschichten auftischst, die du dem Rest der Welt aufbindest.«

Er schob die Krempe seines Stetsons ein wenig in den Nacken. »Vor ziemlich langer Zeit hat eine meiner Freundinnen mir eine Vaterschaftsklage angehängt. Obwohl ich mir ziemlich sicher war, dass es nicht mein Kind war, habe ich mich allen Bluttests unterzogen. Wie es kommen musste, war ihr ehemaliger Freund der Schuldige. Da er jedoch ein fieser Typ war, habe ich ihr ein wenig unter die Arme gegriffen.«

»Und hast ihr Geld gegeben.« Gracie hatte Bobby Tom lange genug beobachtet, um sein Verhalten vorhersagen zu können.

»Warum soll ein unschuldiges Kind darunter leiden, dass sein Vater ein Mistkerl ist?« Er zuckte mit den Schultern. »Nach diesem ersten Fall hat es sich bald herumgesprochen, dass ich mich leicht rumkriegen lasse.«

»Also sind dir noch mehrere Vaterschaftsprozesse angehängt worden?«

Er nickte.

»Lass mich mal raten. Anstatt sie abzuschmettern, hast du dich mit der Gegenseite geeinigt.«

»Nur ein paar Rücklagen, um die Grundbedürfnisse abzudecken«, verteidigte er sich. »Himmel noch mal, ich habe viel mehr Geld, als ich ausgeben kann. Außerdem haben sie alle unterschrieben, dass ich nicht der Vater bin. Es schadet mir also nicht.«

»Nein, ein Schaden entsteht nicht. Aber es ist nicht fair. Du solltest nicht für anderer Leute Fehler bezahlen müssen.«

»Das sollten die kleinen Kinder aber auch nicht.«

Sie fragte sich, ob er an die Tragödie seiner eigenen Kindheit dachte, doch sein Gesichtsausdruck war undurchdringlich, sodass sie nichts daraus schließen konnte.

Er drückte einige Tasten auf seinem Mobiltelefon und presste den Hörer ans Ohr. »Bruno, ich habe dich doch nicht geweckt, oder? Das ist gut. Hör mal, ich habe Steve Crazes Nummer nicht dabei. Würdest du ihn bitte für mich anrufen und ihm sagen, dass er den Baron morgen nach Telarosa fliegen soll.« Er wechselte die Spur. »Ja, genau. Ich dachte, wenn ich nicht gerade arbeite, könnte ich mir die Zeit mit etwas Fliegen vertreiben. Danke, Bruno.« Er legte den Hörer zurück und summte *Luckenbach, Texas.*

Gracie bemühte sich, ruhig zu bleiben. »Der Baron?«

»Ein kleines Turboflugzeug. Es steht auf einem Flughafen ungefähr eine Stunde von meinem Haus in Chicago entfernt.«

»Soll das heißen, du kannst fliegen?«

»Hatte ich das noch nicht erwähnt?«

»Nein«, erwiderte sie mit bebender Stimme. »Das hast du nicht.«

Er kratzte sich an der Schläfe. »So was aber auch, den Pilotenschein habe ich … na, fast schon seit neun Jahren.«

Sie biss die Zähne zusammen. »Und dein eigenes Flugzeug besitzt du auch.«

»Ein süßes kleines Ding.«

»Und den Pilotenschein?«

»Aber sicher doch.«

»Warum in aller Welt mussten wir dann nach Telarosa *fahren?*«

Er musterte sie leicht gekränkt. »Das war nur so eine Idee von mir, mehr nicht.«

Sie stützte den Kopf auf die Hände und versuchte sich vorzustellen, wie er gänzlich unbekleidet tot in der Wüste lag, Geier sein von Maden durchsetztes Fleisch pickten und Ameisen in seinen Augenhöhlen wuselten. Leider wollte es ihr nicht gelingen, das Bild wirklich gruselig zu gestalten. Wieder einmal hatte er genau das getan, wonach ihm der Sinn stand, ohne irgendwelche Rücksichten auf andere zu nehmen.

»Diese Frauen haben keine Ahnung, wie glücklich sie sich schätzen können«, knurrte sie.

»Von welchen Frauen sprichst du?«

»Von all denen, die das Glück hatten, durch deinen Footballtest durchzufallen.«

Er lachte leise, zündete sich eine Zigarre an und sang dann den Refrain von *Luckenbach, Texas* mit.

Von Dallas aus fuhren sie Richtung Südwesten und durchquerten weites Weideland, was von grasenden Kühen und Schatten spendenden Nussbäumen durchsetzt war. Als die Landschaft bergiger und steiniger wurde, sahen sie viele Wochenendhäuser und ein bisschen des lokalen Wildtierlebens: Enten, Hasen und wilden Truthahn. Bobby Tom hatte ihr erzählt, dass Telarosa am Rande der texanischen Berge gelegen war, im Umkreis von hundert Meilen unbesiedelter Landschaft. Weil es so sehr isoliert lag, hatte es am Wohlstand von Städten wie Kerrville und Fredericksburg nicht teilhaben können.

Während ihres morgendlichen Telefonats mit Willow hatte ihre Chefin sie beauftragt, Bobby Tom direkt nach Lanier zu bringen, einem kleinen Gestüt ein paar Meilen östlich außerhalb der Stadt, wo ein Großteil der Dreharbeiten stattfinden würde. Gracie würde also die Stadt ohnehin erst am Abend besichtigen können. Da er den Ort zu kennen schien, den Willow beschrieben hatte, hatte Gracie nicht länger die Schilder laut vorgelesen.

Sie bogen von der Autobahn auf eine schmale Asphaltstraße ab. »Gracie, diesen Film, den wir da drehen werden … vielleicht kannst du mir etwas darüber erzählen.«

»Zum Beispiel?« Sie wollte bei ihrer Ankunft einen guten Eindruck machen und kramte in ihrer Handtasche nach einem Kamm. Heute Morgen hatte sie ihr dunkelblaues Kostüm angezogen, um anständig auszusehen.

»Nun, die Handlung zum Beispiel.«

Gracie hielt inne. »Hast du etwa das Drehbuch nicht gelesen?«

»Ich bin einfach nicht dazu gekommen.«

Sie schloss ihre Handtasche und musterte ihn. Warum würde ein offenbar intelligenter Mann wie Bobby Tom eine Filmrolle annehmen, ohne vorher das Drehbuch gelesen zu haben? War er derart undiszipliniert? Natürlich wusste sie, dass er dem Vorhaben nicht sonderlich begeistert gegenüberstand. Dennoch hätte sie erwartet, dass er dafür ein gewisses Maß an Interesse wenigstens zu Tage befördert hätte. Es musste einen Grund geben, dass er sich so sträubte … In diesem Moment überkam sie eine schreckliche Ahnung, bei der ihr beinahe schlecht wurde. Impulsiv umfasste sie seinen Oberarm.

»Kannst du etwa nicht lesen, Bobby Tom?«

Er zuckte zu ihr herum und funkelte sie entrüstet an. »Natürlich kann ich lesen. Immerhin besitze ich einen Universitätsabschluss.«

Gracie hatte davon gehört, dass man Footballspielern, was ihre akademischen Abschlüsse betraf, reichlich großzügig Spielraum gab. Also war sie misstrauisch. »In welchem Fach?«

»Football-Management.«

»Wusste ich's doch!« Sie war voller Mitgefühl. »Du musst mich nicht anlügen. Du kannst mir vertrauen, dass ich keiner Menschenseele etwas davon erzähle. Wir können gemeinsam dein Lesen und Schreiben verbessern. Kein Mensch muss jemals davon erfahren ...« Als sie das Glitzern in seinen Augen sah, brach sie ab. Zu spät erinnerte sie sich an seinen Laptop-Computer und biss die Zähne aufeinander. »Du machst dich über mich lustig.«

Er grinste. »Liebling, du darfst die Leute nicht alle über einen Kamm scheren. Weil ich früher einmal Football gespielt habe, heißt das noch lange nicht, dass ich das Alphabet nicht kann. Ich habe die Universität recht ordentlich abgeschlossen, und zwar mit einem Abschluss in Volkswirtschaft. Obwohl ich normalerweise zu schüchtern bin, um darauf hinzuweisen, war ich doch einer der sechs erfolgreichsten NCAA-Athleten.«

»Warum sagst du das denn nicht gleich?«

»Du warst es doch, der angenommen hatte, ich könne nicht lesen.«

»Was hätte ich denn sonst denken sollen? Kein Mensch bei Verstand würde einen Filmvertrag unterschreiben, ohne nicht zunächst das Drehbuch zu lesen. Sogar ich habe das Drehbuch gelesen, und ich spiele ganz sicher keine Rolle darin.«

»Es ist ein Actionfilm, nicht wahr? Ich soll der Gute sein, also muss es auch einen Bösewicht geben. Dazu noch eine wunderschöne Frau und jede Menge Autokarambolagen. Wo wir nun nicht mehr die Russen als Gegenspieler haben, wird der Bösewicht entweder ein Terrorist oder aber ein Drogenlord sein.«

»Ein mexikanischer Drogenlord.«

Triumphierend blickte er sie an. »Es wird ein paar Auseinandersetzungen geben, jede Menge Blut und wildes Gefluche, das aber noch unter die Pressefreiheit fällt. Ich werde möglichst männlich herumrennen, und die Heldin, so wie die Filme heute nun mal sind, wird vermutlich nackt und schreiend zu sehen sein. Liege ich so weit einigermaßen richtig?«

Er lag sogar hundertprozentig richtig, doch wollte sie seine laxe Herangehensweise nicht dadurch unterstützen, indem sie ihm das auch noch bestätigte. »Du hast immer noch nicht ganz verstanden. Du hättest das Drehbuch lesen und den Charakter begreifen müssen, den du spielen wirst.«

»Gracie, Liebling, ich bin doch kein Schauspieler. Ich habe nicht die leiseste Ahnung, wie ich irgendjemand anderes als ich selbst sein könnte.«

»In diesem Fall wirst du ein betrunkener ehemaliger Footballspieler namens Jed Slade sein.«

»Kein Mensch hat einen Namen wie Jed Slade.«

»Du wirst ihn haben. Und du wirst auf einem abgetakelten texanischen Gestüt leben, das du dem Bruder der Heldin abgekauft hast. Die Heldin heißt Samantha Murdock. Ich nehme an, du weißt, dass Natalie Brooks die Rolle der Samantha spielt. Bei Windmill schätzt man sich glücklich, sie unter Vertrag bekommen zu haben.« Als Bobby nickte, fuhr sie fort: »Du weißt allerdings nicht, wer Samantha ist, wenn sie dich in einer Bar anspricht und dich verführt.«

»Sie verführt mich?«

»Ganz wie im wirklichen Leben, Bobby Tom. Diese Szene sollte dir also keine Mühe bereiten.«

»Sarkasmus passt nicht zu dir, Liebling.«

»Ohne dass du es merkst, setzt dich Samantha unter Drogen, wenn ihr beide zu dir nach Hause kommt.«

»Vor oder nach unserer wilden Sexszene?«

Sie ignorierte ihn. »Du fällst in Ohnmacht, aber da du die Konstitution eines Ochsen hast, wachst du gerade rechtzeitig auf, als sie in deinem Haus den Fußboden aufhebelt. Ihr beide habt eine riesige Auseinandersetzung. Normalerweise wärst du ihr weit überlegen, doch sie hat eine Waffe und du bist noch von den Drogen benommen. Ihr kämpft miteinander. Am Schluss beginnst du sie zu würgen, damit du ihr die Waffe entwenden und die Wahrheit aus ihr herauspressen kannst.«

»Ich würge keine Frau!«

Er sah so entsetzt aus, dass sie lachen musste. »Allmählich bekommst du heraus, dass sie die Schwester des Mannes ist, von dem du die Ranch gekauft hast. Und dass dieser Mann früher für einen reichen mexikanischen Drogenlord mit Drogen gehandelt hat.«

»Lass mich weiterraten. Samanthas Bruder wollte den Drogenlord beiseite schaffen, doch zuvor hat der Bruder einen dicken Batzen Bargeld von dem Drogendealer unter den Dielen seines Hauses versteckt.«

»Das ist jedenfalls der Ort, wo die Heldin es versteckt zu wissen glaubt, doch dem ist nicht so.«

»Der mexikanische Drogenlord entschließt sich, die Heldin zu entführen. Denn er ist überzeugt davon, dass sie weiß, wo das Geld versteckt ist. Der alte Jake Slade …«

»Jed Slade«, korrigierte sie ihn.

»Der alte Jed, der sowohl Gentleman als auch Alkoholiker ist, muss sie natürlich beschützen.«

»Er verliebt sich in sie«, nickte sie.

»Das wiederum bietet jede Menge Vorwände, um sie möglichst unbekleidet zu zeigen.«

»Meiner Erinnerung nach habt ihr eine Nacktszene.«
»Aber ohne mich.«

5

Die Lanier Ranch hatte bereits bessere Zeiten als die heutigen gesehen. Ein paar Holzbauten mit abblätternder Farbe standen auf einem flachen Stück Land und grenzten an das Ufer des South Llano River. Hühner scharrten unter einer alten Eiche im Vorgarten im Dreck. Neben dem Heuboden drehte sich eine Windmühle mit einem gebrochenen Flügel langsam in der Julihitze. Lediglich die gut gefütterten Pferde auf der Koppel machten einen wohlhabenden Eindruck. Die Lastwagen mit den Filmutensilien standen am Rande des Highways, und Bobby Tom parkte seinen Thunderbird neben einem verstaubten grauen Laster. Als sie beide ausstiegen, entdeckte Gracie Willow neben einer Kabelrolle eines tragbaren Generators. Sie sprach mit einem dürren, gelehrig aussehenden Mann mit Notizblock in der Hand. Teile der Crew arbeiteten in der Nähe der Koppel und justierten riesige Lampen auf breiten Stativen.

Willow blickte auf, als Bobby Tom mit fast zwei Wochen Verspätung auf sie zuschlenderte. Mit seinen schwarzen Hosen, dem korallenfarbenen Hemd, der mit Rhomben gemusterten grauen Seidenweste und dem dunkelgrauen Stetson mit Schlangenlederband sah er sehr gut aus. Gracie freute sich schon darauf, wie ihre scharfzüngige Chefin ihm gleich zusetzen würde.

»Bobby Tom.« Willow sprach seinen Namen aus, als ob es sich um ein Sonett handeln würde. Ihre Lippen verzogen sich zu einem weichen Lächeln, und ihre Augen leuchteten verträumt. Ihre scharfen Kanten schienen zu schmelzen, als sie ihm entgegenlief und den Arm ausstreckte, um ihm die Hand zu schütteln.

Gracie hatte das Gefühl zu ersticken. All die Schimpftiraden, die sie hatte ertragen müssen, fielen ihr wieder ein. Bobby Tom wurde der Empfang eines Helden bereitet, dabei war er es gewesen, der für den ganzen Ärger verantwortlich war!

Sie konnte es kaum ertragen, Willow dabei zuzusehen, wie diese ihn umgarnte. Sie wandte den Blick ab und betrachtete den Thunderbird. Staub lag auf dem glänzenden roten Lack und auf der Windschutzscheibe klebten unzählige tote Käfer, doch immer noch war es das schönste Auto, das sie jemals gesehen hatte. So frustrierend die letzten vier Tage auch gewesen waren, so zauberhaft waren sie auch. Bobby Tom und sein roter Thunderbird hatten sie in eine bisher unbekannte und aufregende Welt entführt. Trotz aller Auseinandersetzungen und Streits war dies die schönste Zeit ihres Lebens gewesen.

Sie ging zum Restaurationswagen, um sich eine Tasse Kaffee zu holen und darauf zu warten, dass Willow ihre Anbetung Bobby Toms beendete. Eine exotisch anmutende, dunkelhaarige Frau mit langen silbernen Ohrringen stand hinter der Theke. Sie hatte raffiniert geschminkte Augen, dunkle Haut und bloße, sonnengebräunte Arme mit silbernen Armreifen.

»Möchtest du noch einen Pfannkuchen haben?«

»Nein danke. Ich habe keinen Hunger.« Gracie füllte sich eine Styroportasse an einem der Ausschänke.

»Ich heiße Connie Cameron. Wie ich gesehen habe, bist du mit Bobby Tom gekommen.« Sie musterte das dunkelblaue Kostüm auf eine Art und Weise, die Gracie spüren ließ, wie unangemessen sie gekleidet war. »Kennst du ihn bereits lange?«

Der Umgangston der Frau war nicht sonderlich freundlich, und Gracie hielt es für besser, jedes Missverständnis gleich von Anfang an aus dem Weg zu räumen. »Lediglich ein paar Tage. Ich bin eine der Produktionsassistentinnen. Ich habe ihn von Chicago hierher begleitet.«

»Ein netter Job, wenn man ihn bekommen kann.« Connies Blick glich dem einer Fleisch fressenden Pflanze, als sie Bobby Tom aus der Ferne beobachtete. »Mit Bobby Tom Denton habe ich die schönste Zeit meines Lebens verbracht. Er besitzt die Gabe, einer Frau das Gefühl zu vermitteln, eine Göttin zu sein.«

Gracie wusste nicht, was sie darauf sagen sollte. Sie lächelte höflich, trug ihre Tasse Kaffee zu einem der aufgestellten Falttische und setzte sich. Sie ermahnte sich, sich Bobby Tom aus dem Kopf zu schlagen und über ihre anstehenden Aufgaben nachzudenken. Da die Arbeit eines Produktionsassistenten ganz unten rangierte, würde sie vielleicht die Dispo schreiben oder irgendeine andere der anfallenden Arbeiten erledigen. Willow kam auf sie zu, und Gracie hoffte, dass ihre Chefin sie nicht ins Büro nach Los Angeles zurückschicken würde. Sie wollte dieses Abenteuer noch nicht beenden. Allein schon bei dem Gedanken, Bobby Tom nie wiederzusehen, krampfte sich ihr Magen zusammen.

Willow Craig war Ende dreißig, eine schlanke Frau mit lebenshungrigem Blick und ständig auf Diät. Sie verströmte eine unglaubliche Energie, rauchte Kette und konnte so direkt sein, dass es an Unverschämtheit grenzte. Dennoch bewunderte Gracie sie von ganzem Herzen. Sie erhob sich, um Willow zu begrüßen, doch diese winkte ihr zu und setzte sich neben sie.

»Wir müssen etwas besprechen, Gracie.«

Der brüske Tonfall ließ Gracie zusammenzucken. »Aber klar. Ich würde gerne mehr über meine zukünftigen Aufgaben erfahren.«

»Das ist eines der Dinge, die ich mit dir besprechen möchte.« Sie zog ein Päckchen Marlboro aus ihrem pfirsichfarbenen Hosenanzug. »Wie du sicher weißt, bin ich mit der Art und Weise, wie du deine Aufgabe bisher erledigt hast, alles andere als zufrieden.«

»Es tut mir Leid. Ich habe mich nach Kräften bemüht, aber …«

»Es sind die Ergebnisse und nicht die Ausreden, die in unserem Geschäft zählen. Deine Unfähigkeit, unseren Star rechtzeitig hierher zu bekommen, hat horrende Kosten verursacht.«

Gracie unterdrückte die vielen Erklärungen, die ihr auf der Zunge lagen, und erwiderte schlicht: »Das ist mir klar.«

»Mir wiederum ist klar, dass er sehr schwierig sein kann. Aber ich habe dich eingestellt, weil ich der Auffassung war, dass du mit schwierigen Menschen gut zurechtkommst.« Zum ersten Mal wurde ihre Stimme etwas weicher, und sie betrachtete Gracie mit Sympathie. »Es ist natürlich auch meine Schuld. Obwohl ich wusste, dass dir die Erfahrung in unserem Geschäft fehlt, habe ich dich dennoch angeheuert. Es tut mir Leid, Gracie, aber ich muss dich entlassen.«

Gracie fühlte, wie ihr das Blut aus dem Kopf rann. »Mich entlassen?«, flüsterte sie. »Nein.«

»Ich mag dich, Gracie. Und weiß Gott, du hast mir mein Leben gerettet, als Papa in Shady Acres im Sterben lag und es mir so elend ging. Aber Sentimentalität war es nicht, die mich zu der gemacht hat, die ich heute bin. Unser finanzieller Rahmen ist enorm angespannt, wir haben keinerlei Spielraum. Tatsache ist, dass ich dir eine gewisse Aufgabe anvertraut habe und du sie nicht ordentlich hast erledigen können.« Ihre Stimme wurde weicher, als sie sich erhob. »Es tut mir Leid, dass es für dich nicht geklappt hat. Du kannst im Büro im Hotel vorbeifahren und dir deinen Gehaltsscheck abholen.«

Mit diesen Worten wandte sich Willow ab und ging weg.

Die heiße Sonne brannte auf Gracies Kopf. Am liebsten hätte sie ihr Gesicht der Sonne entgegengestreckt, nur um so dem Schlimmsten nicht ins Auge zu sehen. Ihr war gekündigt worden.

In der Ferne sah sie Bobby Tom aus einem der Wohnwagen heraustreten, ihm folgte eine junge Frau mit einem Bandmaß um den Hals. Sie lachte über irgendetwas, was er gesagt hatte, und er lächelte sie derart intim an, dass Gracie geradezu spüren konnte, wie das Mädchen sich in ihn verliebte. Am liebsten hätte sie sie angeschrien und sie gewarnt, dass er dieses Lächeln jeder, aber auch wirklich jeder Frau zuwarf.

Reifen quietschten, und ein silberfarbener Lexus fuhr auf das Gelände. Kaum war er zum Stillstand gekommen, flog die Tür auf und eine elegant gekleidete Blondine sprang heraus. Wieder breitete sich auf Bobby Toms Gesicht ein bezauberndes Lächeln aus. Er eilte auf die Frau zu und zog sie in seine Arme.

Angewidert wandte sich Gracie ab, stand auf und strauchelte blind und ziellos über das Wirrwarr der Kabel. Nur eines wusste sie ganz genau, sie musste jetzt alleine sein. Auf der anderen Seite der Laster entdeckte sie einen Schuppen, der in einem recht merkwürdigen Winkel neben der leeren, verrosteten Karosserie eines Autos stand. Hinter diesem verwitterten Häuschen ließ sie sich in den Schatten sinken und lehnte sich gegen das raue Holz.

Sie vergrub ihren Kopf in den Händen und spürte, wie all ihre Träume sich in Luft auflösten. Verzweiflung ergriff sie. Warum hatte sie sich ein so hohes Ziel gesteckt? Wann endlich würde sie begreifen, wo ihre Grenzen lagen? Sie war eine hausbackene Frau aus einer Kleinstadt, keine Abenteuerin, die es mit der Welt aufnehmen konnte. Ihre Brust fühlte sich an, als ob eine gigantische Hand sie zerquetschen würde, doch wollte sie nicht in Tränen ausbrechen. Wenn sie es doch täte, würde sie nie mehr aufhören können. Die Tage ihres Lebens erstreckten sich vor ihr wie eine der endlos langen Highways, auf denen sie hierher gefahren waren. Sie hatte sich so viel erhofft und nun so wenig erreicht.

Sie hatte keine Ahnung, wie lange sie so gesessen hatte, ehe ein Hupen sie aufschreckte. Ihr dunkelblaues Kostüm war viel zu schwer für den heißen Julinachmittag, und die Bluse klebte ihr auf der Haut. Sie erhob sich und blickte lustlos auf ihre Uhr. Eine Stunde war vergangen. Sie musste nach Telarosa, um sich den Scheck abzuholen. Nichts konnte sie länger hier halten, noch nicht einmal ihr Koffer, der in Bobby Toms Kofferraum lag. Sie würde jemanden im Büro beauftragen, ihn für sie abzuholen.

Sie erinnerte sich an einen Wegweiser, dass Telarosa sich lediglich drei Meilen weiter westlich befand. Diese Strecke konnte sie zu Fuß zurücklegen und sich so die Peinlichkeit ersparen, jemanden von Windmill zu bitten, sie zu fahren. Sie mochten ihr vielleicht den Arbeitsplatz wegnehmen, doch ihren Stolz würden sie ihr nicht nehmen können. Sie atmete tief durch und ging quer über das Feld auf die Straße zu, dann lief sie den staubigen Straßenrand entlang.

Kaum eine Viertelstunde war vergangen, als sie merkte, dass sie ihre Kondition bei weitem überschätzt hatte. Die Anspannung der letzten paar Tage, die schlaflosen Nächte, die sie mit Grübeln verbracht hatte, die Mahlzeiten, in denen sie lediglich herumgestochert hatte, hatten sie erschöpft, und ihre schwarzen Pumps waren auch nicht gerade ideal, um lange Strecken zurückzulegen. Ein Kleintransporter raste an ihr vorüber. Sie hob die Hand, um ihre Augen vor dem Staub zu schützen. Keine drei Meilen, ermahnte sie sich selbst. So weit war es nun auch wieder nicht.

Die Sonne brannte ihr auf den Kopf, und der Himmel war blass wie ein Stück Knochen. Selbst das Unkraut am

Straßenrand wirkte ausgedörrt und brüchig. Sie entledigte sich ihrer verschwitzten Kostümjacke und trug sie über dem Arm. Zur Rechten sah sie dann und wann ein Stückchen des Flusses, doch lag er zu weit entfernt, um die Hitze zu dämpfen. Sie stolperte, erlangte jedoch gleich wieder ihr Gleichgewicht. Als sie nach oben blickte, hoffte sie, dass die dunklen kreisenden Vögel keine Geier waren.

Sie ignorierte ihren wachsenden Durst und die Blasen, die die Schuhe an ihren Hacken hinterlassen hatten. Was sollte sie jetzt tun? Ihre finanziellen Rücklagen waren lächerlich gering. Obwohl ihre Mutter ihr einen größeren Teil des Verkaufserlöses des Altenheims angeboten hatte, hatte Gracie abgelehnt. Sie wollte sichergehen, dass ihre Mutter ausreichend Geld zum Leben besaß. Jetzt bedauerte sie, dass sie keine höheren Rücklagen gebildet hatte. Sie würde sofort nach New Grundy zurückkehren müssen.

Ihre Fesseln schmerzten auf dem unebenen Grund, doch sie ging weiter. Ihr Hals war vollkommen ausgetrocknet, ihr Körper verschwitzt. In ihrem Rücken hörte sie einen Wagen herannahen und hob automatisch den Arm, um ihre Augen vor dem Staub zu schützen.

Das Auto, ein silberner Lexus, blieb neben ihr stehen. Das Fenster des Beifahrersitzes glitt nach unten. »Kann ich Sie mitnehmen?«

Gracie erkannte in der Fahrerin jene Blondine, die sich vor ein paar Stunden Bobby Tom an die Brust geworfen hatte. Die Frau war älter, als sie gedacht hatte, vermutlich Anfang vierzig. Sie wirkte wohlhabend und gebildet, als ob sie zwischen den Tennismatches im Club Mineralwasser trinken und einen gut aussehenden ehemaligen Footballspieler dann verführen würde, wenn ihr Ehemann nicht in der Stadt war. Gracie wollte eigentlich keine von Bobby Toms Frauen kennen lernen, doch war ihr zu heiß und sie war zu müde, um das Angebot abzulehnen.

»Danke.« Als sie die Tür öffnete und sich auf den kühlen grauen Sitz fallen ließ, wurde sie vom Duft eines teuren Parfüms und der beschwingten Musik Vivaldis überflutet.

Abgesehen von einem breiten Ehering zierten die Hände der Frau keinerlei Schmuck, doch trug sie erbsengroße Diamanten an den Ohrläppchen. Ihr hellblondes Haar war zu einem seitlich gescheitelten Pagenkopf geschnitten. Eine goldene Kette lag ihr locker über dem elegant geschnittenen eierschalweißen engen Kleid. Sie war schlank und sah sehr gut aus, und die Falten um ihre Augen schienen diese Wirkung lediglich noch zu verstärken. Gracie war sich noch nie in ihrem Leben schäbiger vorgekommen.

Die Frau hinter dem Steuer berührte den Knopf, der das Fenster wieder hochfahren ließ. »Wollen Sie nach Telarosa, Fräulein ...?«

»Snow. Ja, das möchte ich. Aber bitte, nennen Sie mich doch Gracie.«

»Einverstanden.« Sie lächelte freundlich, doch Gracie spürte eine gewisse Zurückhaltung. Die breite goldene Manschette an ihrem rechten Arm schimmerte im Sonnenlicht, als sie das Radio leiser drehte.

Sicherlich fragte sich die Frau, weswegen sie so einsam auf der Landstraße entlanggelaufen war. Umso mehr gefiel es Gracie, dass sie keine Erklärung von ihr verlangte. Andererseits war ihr eigenes Unglück keine Entschuldigung dafür, jetzt unhöflich zu sein.

»Vielen Dank, dass Sie meinetwegen angehalten haben. Der Weg war doch etwas länger, als ich geglaubt hatte.«

»Wo kann ich Sie absetzen?« Ihr Akzent war eindeutig ein Südstaatenakzent, doch war er nicht ganz so breit wie der der anderen. Wenn sie nicht persönlich Zeuge gewesen wäre, wie ihre Retterin sich an Bobby Tom herangeschmissen hatte, hätte Gracie diese Frau für unendlich distinguiert und elegant gehalten.

»Ich möchte ins *Cattleman's Hotel*, wenn das nicht allzu weit von Ihrer Route abweicht.«

»Überhaupt nicht. Ich nehme an, Sie gehören zur Filmcrew?«

»Ich gehörte dazu.« Sie schluckte, konnte sich aber dennoch nicht zurückhalten. »Mir ist gekündigt worden.«

Einen Augenblick herrschte Stille. »Das tut mir Leid.«

Gracie aber wollte kein Mitleid, deswegen entgegnete sie schnell: »Mir auch. Ich hatte gehofft, dass sich aus der Sache etwas entwickeln würde.«

»Würden Sie gerne darüber sprechen?«

Ihre Retterin schien sowohl Respekt als auch Mitleid zu empfinden, und Gracie spürte, wie sie sich zu öffnen begann. Da sie sich nach einer Vertrauensperson sehnte, war es wohl in Ordnung, darüber zu reden, solange sie nicht zu viel preisgab.

»Ich war Produktionsassistentin für die Windmill Studios«, begann sie zaghaft.

»Das klingt sehr interessant.«

»Es ist kein sonderlich angesehener Job, doch wollte ich mein Leben verändern und habe mich glücklich geschätzt, diese Arbeit zu bekommen. Ich hatte gehofft, in dem Geschäft Fuß zu fassen und mich allmählich nach oben zu arbeiten.« Ihre Lippen wurden schmal. »Doch leider musste ich mich um einen selbstsüchtigen, verantwortungslosen, egoistischen und Frauen verschlingenden Kerl kümmern, wodurch ich alles verloren habe.«

Die Frau ruckte mit dem Kopf zur Seite und betrachtete Gracie entsetzt. »Oh, mein Gott. Was hat Bobby Tom denn diesmal angestellt?«

Gracie sah sie an. Sie war so überrascht, dass ihr für den Augenblick die Stimme versagte.

»Wie kommen Sie darauf, dass ich von ihm spreche?«

Die Frau zog eine weich geschwungene Augenbraue nach

oben. »Ich bin eine sehr erfahrene Frau. Glauben Sie mir, das war nicht sonderlich schwer herauszufinden.«

Gracie betrachtete sie neugierig.

»Tut mir Leid, ich habe mich noch gar nicht vorgestellt. Mein Name ist Suzy Denton.«

Gracie versuchte, aus dieser Information schlau zu werden. Konnte diese Frau seine Schwester sein? Doch während sie darüber nachdachte, erinnerte sie sich an den Ehering an ihrem Finger. Eine verheiratete Schwester konnte unmöglich denselben Namen tragen.

Ihr Magen verknotete sich. Was für ein Lügner! Und dann das ganze Gewese mit dem Footballquiz.

Gegen ihren Schwindel ankämpfend, sagte sie: »Bobby Tom hat mir nicht gesagt, dass er verheiratet ist.«

Suzy betrachtete sie freundlich. »Ich bin nicht seine Frau, meine Liebe. Ich bin seine Mutter.«

»Seine *Mutter*?« Gracie konnte es kaum glauben. Suzy Denton sah viel zu jung aus, um seine Mutter zu sein. Und viel zu respektabel. »Aber Sie sind keine …« Sie konnte sich gerade noch beherrschen, bevor sie es aussprach.

Suzys Ehering schlug gegen das Lenkrad, als sie diesem einen Klaps versetzte. »Ich bringe ihn um. Er hat Ihnen wieder diese Hurengeschichte aufgebunden, nicht wahr?«

»Was für eine Hurengeschichte?«

»Machen Sie sich keine Sorgen, dass Sie meine Gefühle verletzen. Ich kenne die Geschichte. Hat er Ihnen etwa erzählt, dass ich betrunken bei seinen Footballspielen in der Schule aufgekreuzt bin, wo ich vor all seinen Mitspielern den Trainer angemacht hätte?«

»Er … äh … einen Trainer hat er nicht erwähnt.«

Verärgert schüttelte Suzy den Kopf. Doch zu Gracies Überraschung begann sie zu lächeln. »Es ist meine eigene Schuld. Natürlich würde er damit aufhören, wenn ich darauf bestehen würde. Aber …« So etwas wie Sehnsucht schwang in ihrer Stimme mit. »Ich war einfach immer so sehr respektabel. Als mein Sohn aufwuchs, habe ich ihn in seiner Freizeit betreut, zu Hause und beim Sport. Im Gegensatz zu all den Geschichten, die er in die Welt setzt, hatte Bobby Tom eine ganz normale Jugend.«

»Sie sehen aber nicht annähernd alt genug aus, um seine Mutter zu sein.«

»Ich bin zweiundfünfzig. Hoyt und ich haben eine Woche nach meinem Schulabschluss geheiratet. Bobby Tom wurde neun Monate später geboren.«

Sie sah fast zehn Jahre jünger aus. Wie gewöhnlich, stachelte jemand so Interessantes Gracies Neugier an, und sie konnte nicht widerstehen, ein wenig nachzuhaken.

»Haben Sie jemals bereut, so früh geheiratet zu haben?«

»Nie.« Sie lächelte Gracie an. »Bobby Tom sieht seinem Vater gespuckt ähnlich.«

Obwohl Suzy ihre eigene Neugier sehr gut kaschierte, spürte Gracie doch, wie sich Suzy fragte, was eine graue Maus mit langweiliger Kleidung und einem miserablen Haarschnitt mit ihrem charmanten Sohn zu tun haben könnte. Doch da Gracie mittlerweile wusste, mit wem sie sprach, konnte sie sich kaum über sein Benehmen beschweren.

Sie fuhren über ein Bahngleis und näherten sich dem Stadtzentrum. Gracie sah mit einem Blick, wie sehr sich Telarosa bemühte, die eigenen Probleme der Welt vorzuenthalten. Um die Tatsache zu verschleiern, dass viele Läden leer standen, nutzten Bürgerinitiativen die Schaufenster für ihre Zwecke. Sie sah ein Handwerkerprojekt, wo früher ein Schuhladen gewesen war, und in einem ehemaligen Buchladen warben Poster für eine Autowäsche. Die Anzeigentafel eines verlassenen Kinos kündigte das Himmelsfest an: HIMMELSFEST: IM OKTOBER BESUCHT DIE WELT TELAROSA! Andererseits wirkten einige Läden nagelneu: eine Kunstgalerie mit texanischem Motiv, ein Juwelier, der Silberarbeiten anpries, ein viktorianisches Haus, das in ein mexikanisches Restaurant inklusive des schmiedeeisernen Geländers auf der Veranda umgewandelt worden war.

»Es ist ein hübsches Städtchen«, bemerkte Gracie.

»Telarosa hatte wirtschaftlich schwer zu kämpfen, doch die Rosatech Electronics hat uns über Wasser gehalten. Wir sind an der Fabrik etwas außerhalb der Stadt vorbeigefahren. Leider scheint der neue Besitzer es sich in den Kopf gesetzt zu haben, die Fabrik zu schließen und die hiesige Produktion in eine andere Fabrik in die Nähe von San Antonio zu verlegen.«

»Und was wird dann geschehen?«

»Dann wird Telarosa sterben«, erwiderte Suzy ohne Umschweife. »Der Bürgermeister und der Stadtrat bemühen sich um den Tourismus, um diesem Schicksal zu entgehen, doch liegen wir so weit ab vom Schuss, dass dies ein schwieriges Unterfangen sein wird.«

Sie fuhren an einem Park mit hübschen Beeten und einer alten Eiche vorbei, unter deren Schatten ein Kriegerdenkmal stand. Gracie kam sich sehr egoistisch vor. Im Vergleich zu der Katastrophe, die diesem hübschen Städtchen bevorstand, fielen ihre Probleme wirklich nicht weiter ins Gewicht. Nach einer Kurve fuhr Suzy vor dem *Cattleman's Hotel* vor. Sie stellte den Motor aus und nahm den Fuß von der Bremse. »Gracie, ich habe keine Ahnung, was zwischen Ihnen und Bobby Tom vorgefallen ist. Doch ich weiß, ungerecht ist er nicht. Falls er Ihnen irgendwie Unrecht getan hat, bin ich mir sicher, dass er es ausbügeln wird.«

Wohl kaum, dachte Gracie. Wenn Bobby Tom erfahren würde, dass man ihr gekündigt hatte, würde er sich vor Freude die Lippen lecken und die ganze Stadt zum Essen einladen.

6

Bobby Tom zog seinen Stetson ab, fuhr sich mit den Fingern durchs Haar, setzte ihn wieder auf und musterte Willow kühl. »Habe ich das auch wirklich richtig verstanden? Du hast Gracie gekündigt, weil *ich* bis Montagmorgen nicht hier gewesen bin?«

Sie standen neben dem Produktionslaster. Es war kurz nach sechs, und sie hatten eben mit den Filmarbeiten für den heutigen Tag abgeschlossen. Bobby Tom hatte die meiste Zeit damit verbracht, entweder in der Hitze herumzustehen und zu schwitzen oder aber jemanden um sich herum zu haben, der sich um sein Haar kümmerte. Beides fand er nicht sonderlich aufregend und hoffte, die Sache würde sich morgen etwas interessanter gestalten. Bisher war seine einzige schauspielerische Leistung die gewesen, aus der Hintertür eines Hauses zu treten, seinen Kopf in einen Eimer mit Wasser zu stecken und auf die Koppel zuzugehen. Sie hatten ihn aus jedem nur möglichen Winkel gefilmt. David Givens, der Regisseur von *Blood Moon*, schien zufrieden.

»Unser finanzieller Verfügungsrahmen ist ausgesprochen knapp bemessen«, erwiderte Willow. »Sie hat die ihr aufgetragene Aufgabe nicht erfüllt, deshalb mussten wir ihr kündigen.«

Bobby Tom neigte den Kopf und rieb sich die Augenbraue. »Willow, offenbar begreifst du eine Sache nicht, die Gracie sofort begriffen hat, nachdem wir uns kennen gelernt haben.«

Wie in der Filmbranche üblich, duzten sich alle, die Stars eingeschlossen – was Bobby Tom wiederum nur recht war. Er sah keinerlei Grund, für sich eine Sonderbehandlung zu beanspruchen.

»Und die wäre?«

»Ich bin ganz und gar unverantwortlich.«

»Sicherlich nicht.«

»Und ob. Ich bin kindisch, undiszipliniert und egozentrisch. In dem Körper eines Mannes steckt eigentlich ein kleiner Junge, obwohl ich es dir hoch anrechnen würde, wenn du mich nicht zitierst.«

»Aber das stimmt doch gar nicht, Bobby Tom.«

»Tatsache ist, dass ich immer nur an mich selbst denke. Das hätte ich dir vermutlich gleich von Anfang an sagen sollen, doch mein Agent hat es verhindert. Ich will ehrlich mit dir sein. Wenn hier niemand ist, der mich an meine Pflichten erinnert, dann könnte es gut und gerne sein, dass dieser Film nie und nimmer in den Kasten kommt.«

Sie spielte mit ihrem Ohrring, wie es Frauen zu tun pflegen, wenn sie nervös werden. »Vielleicht könnte sich Ben um dich kümmern.« Sie deutete auf einen der Gehilfen.

»Dieser albern aussehende Typ mit einer Mütze von den *Rams*?« Bobby Tom sah sie ungläubig an. »Glaubst du allen Ernstes, dass ich auf jemanden hören würde, der sich als Fan von *Rams* outet? Meine Liebe, meine Superbowl-Ringe habe ich mir damit verdient, dass ich für ein ernst zu nehmendes Team gespielt habe.«

Willow wusste offensichtlich nicht, wie sie jetzt reagieren sollte. »Maggie scheint dir gefallen zu haben. Ich könnte sie für dich abstellen.«

»Sie ist eine sehr hübsche junge Dame, diese Maggie. Leider waren wir gleich beim ersten Blick Feuer und Flamme füreinander. Und wenn ich erst einmal mit einer Frau eine romantische Beziehung anzettle, kann ich sie jederzeit um den Finger wickeln. Das sage ich nicht, um anzugeben, das musst du verstehen, sondern lediglich zu deiner Information. Ich möchte sehr bezweifeln, dass Maggie die Oberhand über mich behalten könnte.«

Willow musterte ihn kühl. »Falls du es darauf angelegt

haben solltest, Gracie wieder zurückzubekommen, kannst du dir das aus dem Kopf schlagen. Sie hat bereits bewiesen, dass sie dich nicht in den Griff bekommt.«

Bobby Tom sah sie an, als ob sie den Verstand verloren hätte. »Du machst Witze, nicht wahr? Die Frau könnte einem Gefängniswärter noch etwas beibringen. Mein Gott noch mal, wenn es nach mir gegangen wäre, wäre ich wahrscheinlich erst im Oktober hier angetanzt. Tatsache ist, dass ich in Houston meinen Onkel besuchen wollte und dass ich es für unpatriotisch halte, in der Nähe von Dallas zu sein, ohne dem Rodeo in Mesquite einen Besuch abzustatten. Außerdem musste ich zum Frisör, und der einzige Frisör, dem ich vertraue, sitzt in Tallahassee. Doch Gracie hat sich durchgesetzt, und ich konnte nichts dagegen ausrichten. Du kennst sie. Jetzt sag mir nicht, dass sie dich nicht an eine alte englische Gouvernante erinnert.«

»Jetzt, wo du es sagst …« Willow merkte, dass er sie fast in die Ecke getrieben hatte und schlug zurück. »Ich verstehe, worauf du hinauswillst. Leider muss ich dich jedoch enttäuschen. Die Entscheidung ist gefallen. Gracie muss gehen.«

Er seufzte. »Entschuldige bitte, Willow. Ich weiß, dass du eine viel beschäftigte Frau bist. Und hier bin ich und verschwende deine Zeit, indem ich mich nicht klar genug ausdrücke.« Sein Lächeln wurde weicher, seine Stimme ebenfalls, doch seine blauen Augen waren hart und kalt wie Eis. »Ich brauche eine persönliche Assistentin, und ich möchte, dass es Gracie ist.«

»Verstehe.« Angesichts der Tatsache, dass man ihr eben ein Ultimatum gestellt hatte, flatterte sie mit den Augenlidern. »Vermutlich sollte ich dir jetzt gestehen, dass wir hier alle den Gürtel etwas enger geschnallt haben. Ein paar von den Arbeiten müssen jetzt von anderen Leuten mit übernommen werden. Wenn ich sie wieder einstelle, werde ich jemand anderen auf die Straße setzen müssen. Doch wir sind ohnehin schon unterbesetzt.«

»Niemand braucht auf die Straße gesetzt zu werden. Ich werde ihr Gehalt übernehmen, obwohl wir diese Tatsache nicht unbedingt an die große Glocke hängen müssen. Was Gelddinge betrifft, ist Gracie etwas merkwürdig. Wie viel zahlst du ihr?«

Willow sagte es ihm.

Er schüttelte stirnrunzelnd den Kopf. »Sie würde mehr verdienen, wenn sie Pizzas ausfahren würde.«

»Es ist ein Anfangsgehalt.«

»Ich möchte gar nicht darüber nachdenken, welche Position sie annehmen musste, um diesen Anfang machen zu dürfen.« Er ging einen Schritt auf seinen Thunderbird zu, hielt jedoch wieder inne.

»Noch eine Sache, Willow. Wenn du mit ihr sprichst, dann stelle bitte eines hundertprozentig klar. Sag Gracie, dass ich den Ton angebe. Der ganze Sinn und Zweck ihres Lebens wird es sein, mich glücklich zu halten. Ich bin der Chef, und was immer ich sage, wird getan. Hast du das verstanden?«

Sie japste verwirrt. »Aber das widerspricht doch allem, was du eben gesagt hast.«

Er warf ihr ein hinreißendes Lächeln zu. »Mach dir deswegen keine Sorgen. Gracie und ich werden es schon auf die Reihe bekommen.«

Um neun Uhr abends hatte Willow Gracie immer noch nicht auftreiben können. Selbst Bobby Toms schweißtreibendes Training im Kraftraum, den er neben dem Apartment über der Garage hatte errichten lassen, hatte seine Frustration über ihre Inkompetenz nicht besänftigen können. Nach der Dusche setzte er sich auf einen Sessel im Schlafzimmer des weißen Hauses, das in einem kleinen

Nussbaumwäldchen am Stadtrand von Telarosa gelegen war. Er hatte es vor drei Jahren gekauft, damit seine Mutter ihre Ruhe hatte, wenn er zu Hause war. Als ob jemand diese Aussage unterstreichen wollte, klingelte das Telefon. Er rührte sich nicht und ließ den Anrufbeantworter anspringen. Beim letzten Nachsehen waren neunzehn Anrufe registriert gewesen.

Während der vergangenen paar Stunden hatte er der *Telarosa Times* ein Interview gegeben, Luther war vorbeigekommen, um ein paar Dinge wegen des Himmelsfestes zu besprechen, zwei seiner ehemaligen Freundinnen waren gemeinsam mit einer ihm unbekannten Frau aufgetaucht und hatten ihn zum Abendessen eingeladen, und der Footballtrainer der örtlichen Schule hatte ihn gebeten, in der Woche einmal beim Training vorbeizuschauen. Nur zu gerne hätte er sich auf einer entlegenen Bergspitze ein Haus gekauft und sich dort eingeigelt, bis er wieder Lust hatte, unter Leuten zu sein. Genau das würde er auch tun, nur war er derzeit ungern alleine. Alleine zu sein erinnerte ihn daran, dass er dreiunddreißig Jahre alt war und außer Football nichts konnte. Wenn er alleine war, erinnerte er sich daran, dass er eigentlich nicht mehr wusste, wer er war.

Er konnte sich nach wie vor nicht erklären, weshalb er Gracie in Memphis nicht rausgeschmissen hatte, außer dass sie ihn ständig und immer wieder überraschte. Sie war vollkommen verrückt, dachte er und erinnerte sich daran, wie sie seinen Motor demontiert und sich ihm vor die Reifen geworfen hatte. Und sie war sehr nett. Das Beste aber an Gracie war, dass sie ihn zwar richtig wütend machen konnte, ihm jedoch nicht, wie viele andere Leute, auf die Nerven fiel. Wenn er mit ihr zusammen war, musste er nicht all seine Kraft dazu verwenden, ständig den Größten zu mimen. Sie amüsierte ihn unglaublich, und an diesem Punkt in seinem Leben war das sehr viel wert.

Wo in aller Welt steckte sie nur? Mit ihrer Unschuld einerseits und ihrer verdammten Neugier andererseits, hatte sie sich sicherlich schon wieder in Schwierigkeiten verstrickt. Willow sagte, keiner wisse, wie sie in die Stadt gekommen war, doch hatte sie ihren Scheck im Hotel abgeholt und war danach verschwunden. Ihr Koffer lag noch in seinem Kofferraum. Nicht, dass irgendetwas in dem Koffer war, was man der Menschheit zuliebe nicht lieber verbrannt hätte – von ihrer Unterwäsche einmal abgesehen. Während ihres unfreiwilligen Stripteases und dem Purzelbaum, den sie über seine Autotür gemacht hatte, war ihm aufgefallen, dass Gracie erstaunlicherweise ausgesprochen hübsche Unterwäsche besaß.

Er stand auf und kleidete sich an. Die Leute in Telarosa sollten ihn nicht für vermessen halten, also zog er anstatt seiner *Levis*-Jeans ein Paar *Wranglers* an, dazu ein hellblaues T-Shirt, eine ärmellose Jeansjacke und ein Paar Stiefel. Kurz vor dem Gehen holte er einen Cowboyhut aus Stroh aus dem Schrank. Bis jetzt war es ihm gelungen, die Stadt zu meiden. Doch nach Gracies Verschwinden war ihm klar, dass er die Sache nicht länger hinauszögern konnte.

Sowohl verzweifelt als auch resigniert, trat er auf ein kleines Gemälde einer Ballerina zu, zog den goldenen Rahmen beiseite und bediente das Zahlenschloss des dahinter befindlichen Tresors. Als das Schloss aufsprang, holte er ein blaues Seidenkästchen heraus und öffnete es mit dem Daumen.

In dem Kästchen lag sein zweiter Superbowlring.

Das Logo seines Teams mit den drei ineinander verwobenen goldenen Sternen in einem blauen Kreis hatte man auf dem Ring wiederholt. Die Strahlen der Sterne waren mit kleinen weißen Diamanten geformt, während größere gelbe Diamanten den Körper symbolisierten. Weitere Diamanten formten die Jahreszahl des Siegerspiels. Der Ring war groß und auffällig, was für einen Superbowlring auch unabdingbar war.

Bobby Toms Lippen verzogen sich, als er ihn auf seinen rechten Ringfinger gleiten ließ. Obwohl er schillernden Männerschmuck verachtete, ging es bei seiner Reaktion nicht um ästhetische Fragen. Das Tragen dieses Rings beschwor in ihm ein Gefühl herauf, das vielen nicht mehr aktiven Spielern vertraut war. Es waren Männer, die sich an längst vergangenem Ruhm ergötzten, anstatt ihr Leben weiter zu leben. Bobby Tom hatte eigentlich nach seiner Knieverletzung diesen Ring nie wieder anrühren wollen. Ihn zu tragen, erinnerte ihn daran, dass die schönste Zeit seines Lebens hinter ihm lag.

Doch jetzt war er in Telarosa – er war der Lieblingssohn dieses sterbenden Ortes –, und was er selbst gerne tun wollte oder nicht, fiel nicht weiter ins Gewicht. In Telarosa musste er diesen Ring tragen, genauso wie er den vorhergehenden Ring getragen hatte, ganz einfach deshalb, weil er wusste, wie viel es den Einwohnern bedeutete.

Er ging ins Wohnzimmer und trat auf einen runden Tisch zu, der zwischen zwei goldbeschlagenen Stühlen stand. Die Tischdecke war mit großen rosa und lavendelfarbenen Blumen bedruckt und mit grünem Band gesäumt. Eine kleine Kristallschüssel mit getrockneten Rosenblättern stand darauf, daneben eine weiße Marmorskulptur von Eros und eine Porzellanvase mit Lilien. Bobby hob sie an und schüttelte die Schlüssel seines Kleintransporters heraus.

Nachdem er die Vase zurückgestellt hatte, betrachtete er das Wohnzimmer und feixte. Er musterte die pastellfarbene Tapete, die Spitzengardinen, die von gestreiften Schleifen zurückgehalten wurden, die breiten Chintzsofas und die üppigen Sessel mit Volants, die bis auf den Teppich hingen. Nie wieder würde er einer Frau, die sich über ihn geärgert hatte, die Innenausstattung einer seiner Häuser überlassen.

Alles war entweder in Spitze oder rosa oder mit Blumen übersät oder aber es hatte Rüschen. Manchmal trafen alle vier Dinge gleichzeitig zu, obwohl seine ehemalige Freundin beziehungsweise Innenarchitektin sich Mühe gegeben hatte, nicht allzu sehr über die Stränge zu schlagen. Da er seinen Kumpeln keine Gelegenheit zur Belustigung geben wollte, hatte er bisher keiner Zeitschrift gestattet, dieses bestimmte Haus abzubilden. Ironischerweise war es das Einzige, was ihm wirklich gefiel. Obwohl er es keiner Menschenseele anvertraut hätte, konnte er sich in diesem albernen kleinen Zuckerhäuschen entspannen. Er hatte so viel Zeit seines Lebens in ausgesprochen männlicher Umgebung verbracht, dass er beim Betreten dieses Hauses jedes Mal das Gefühl hatte, von seinem eigenen Leben Ferien zu machen. Leider war es mit diesen Ferien jedoch in just der Sekunde vorüber, wenn er aus der Haustür trat.

Die großzügige Garage hinter dem Haus beherbergte seinen Thunderbird und seinen schwarzen Chevrolet Kleintransporter. Das Areal darüber hatte er zu einem Kraftraum ausbauen lassen, daran angrenzend befand sich ein kleines Apartment. Dort konnten die Gäste übernachten, die ihn ohne Vorwarnung überfielen. In seiner Abwesenheit kümmerte sich ein Rentnerpaar um das Anwesen. Er verbrachte nur sehr wenig Zeit hier, denn obwohl er diesen Ort mehr als jeden anderen auf der Welt liebte, empfand er ihn gleichzeitig als belastend.

Er steuerte seinen Wagen die Schotterauffahrt entlang in Richtung Straße. Auf der anderen Seite der Straße lag ein schmaler Landestreifen, den er auf einem Stück Feld hatte errichten lassen, das ihm ebenfalls gehörte. Der Baron stand unter einem Unterstand hinter einem Obstbaumwäldchen.

Ein mit Schweinen beladener Laster rumpelte vorbei. Nachdem er ihn abgewartet hatte, fuhr er auf die Straße auf. Er erinnerte sich an jene zahlreichen Sommernächte, in denen seine Freunde und er auf genau dieser Straße Wettrennen veranstaltet hatten. Sie waren nach South Llano gefahren, wo er zu viel getrunken und sich hatte übergeben müssen. Mit siebzehn hatte er schließlich eingesehen, dass er nicht die Konstitution für harte Alkoholika besaß. Seitdem hatte er sich mit dem Trinken zurückgehalten.

Der Fluss erinnerte ihn an jene Nächte, die Terry Jo Driscoll und er dort verbracht hatten. Terry Jo war seine erste echte Freundin gewesen. Heute war sie mit Buddy Baines verheiratet. Buddy war während der Schulzeit Bobby Toms bester Freund gewesen, doch Bobby Tom hatte etwas aus seinem Leben gemacht und Buddy nicht.

Er erreichte die Stadtgrenze und sah das Schild, das man damals aufgestellt hatte, als er in seinem letzten Universitätsjahr zum *All American* nominiert worden war.

TELAROSA, TEXAS

EINWOHNER 4.290

HEIMATSTADT VON BOBBY TOM DENTON

UND DER *TITANS* DER OBERSCHULE TELAROSA

Anfangs hatte man erwogen, seinen Namen von diesem Schild zu streichen, als die *Chicago Stars* ihn unter Vertrag genommen hatten, bevor die *Cowboys* dazu die Gelegenheit gehabt hatten. Es war der Stadt schwer gefallen, ihren liebsten Sohn nach Chicago anstatt nach Dallas gehen zu sehen. Jedes Mal, wenn eine Vertragsverlängerung mit den *Stars* anstand, erhielt er etliche Anrufe der Stadtväter, die ihn drängten, zu seinen Wurzeln zurückzukehren. Doch er hatte sehr gerne für Chicago gespielt, besonders nachdem Dan Calebow dort den Posten des Trainers übernommen hatte. Die *Stars* hatten ihm die Peinlichkeit, dass er nun ein halber Yankee geworden war, mit Millionen von Dollar versüßt.

Er fuhr an der kleinen Straße vorbei, die zu einer Siedlung

erstklassiger Häuser führte, wo seine Mutter lebte. Heute Abend musste sie an einer Sitzung des Erziehungsausschusses teilnehmen, doch hatten sie telefoniert und wollten sich am Wochenende treffen. Bis vor kurzem hatte er geglaubt, seine Mutter habe den Tod seines Vaters gut verkraftet. Sie hatte den Vorsitz des Erziehungsausschusses übernommen und engagierte sich weiterhin für wohltätige Zwecke. Doch in letzter Zeit fragte sie ihn bei Dingen nach seiner Meinung, mit denen sie ihn früher niemals belästigt hatte: ob sie das Dach reparieren oder wo sie ihren Urlaub verbringen solle. Er liebte sie von ganzem Herzen, und er hätte alles für sie getan, doch ihre wachsende Abhängigkeit war gänzlich uncharakteristisch für sie und bereitete ihm Sorgen.

Er überquerte den Bahnübergang, blickte auf den Wasserturm mit dem großen T von *Telarosa High*, der Oberschule des Städtchens, dann bog er auf die Hauptstraße ein. An der alten Palastkinowand wurde für das Himmelsfest geworben. Das wiederum erinnerte ihn daran, dass er bald ein paar seiner Kumpels zum Golfturnier für Prominente einladen musste. Bisher hatte er sich die Gästeliste einfach aus den Fingern gesogen, um Luther zu beschwichtigen.

Die Bäckerei hatte das Geschäft aufgegeben, doch *Bobby Tom's Cozy Kitchen* existierte weiter, ebenso *BT Qwik Car-Wash* und die *Denton's Companionship-Reinigung*. Nicht jedes Geschäft in Telarosa trug seinen Namen, doch gelegentlich kam es ihm so vor. Seines Wissens nach hatte in diesem Städtchen noch kein Mensch von so etwas wie einer Lizenz gehört, und wenn, hätten sie es als linkes Geschwätz abgetan. In Chicago hatten ihm Geschäfte über die Jahre hinweg rund eine Million Dollar gezahlt, um seinen Namen zu benutzen. Doch die Bürger von Telarosa benutzten ihn einfach, ohne ihn jemals darum um Erlaubnis gebeten zu haben. Natürlich hätte er dieser Praxis ein Ende bereiten können – und an jedem anderen Ort der Welt hätte er es auch getan –, aber das hier war Telarosa. Die Leute hier hatten das Gefühl, ein Anrecht auf ihn zu haben. Es hätte sie total verwirrt, wenn man sie in dieser Auffassung korrigiert hätte.

Die Lichter der Tankstelle von *Buddy's Garage* waren bereits erloschen, also bog er um die Ecke und ging auf das kleine Holzhaus zu, wo sein ehemals bester Freund lebte. Sobald sein Auto die Auffahrt hochknirschte, ging die Haustür auf und Terry Jo Driscoll-Baines rannte heraus.

»Bobby Tom!«

Er grinste, als er ihren etwas untersetzten, plumpen Körper musterte. Nach zwei Kindern und zu viel Kuchenverzehr hatte ihre Figur gelitten, doch in seinen Augen war sie immer noch eines der hübschesten Mädchen von ganz Telarosa.

Er sprang aus dem Auto und umarmte sie. »Hallo, meine Liebe. Siehst du immer so fantastisch aus?«

Sie versetzte ihm einen Klaps. »Du bist ein Süßholzraspler. Ich bin fett wie ein gemästetes Riesenferkel, aber es ist mir egal. Komm schon, lass ihn mich sehen.«

Gehorsam streckte er seine Hand aus, damit sie seinen neuesten Ring bewundern konnte. Sie stieß einen Freudenschrei aus, den man bis zu *Fenner's IGA* hören konnte. »Mein Gott! Er ist so schön, das ist kaum zum Aushalten. Sogar noch hübscher als der letzte. Sieh nur mal all diese Diamanten. Buddy! Buddyyy! Bobby Tom ist gekommen, und er trägt seinen Ring!«

Buddy Baines verließ die Terrasse, von wo aus er die beiden beobachtet hatte. Für ein paar Sekunden kreuzten sich ihre Blicke, und die Erinnerung an die Vergangenheit tauchte wieder auf. Bobby Tom spürte nur zu gut Buddy Baines vorwurfsvolle Haltung.

Obwohl sie beide dreiunddreißig Jahre alt waren, wirkte Buddy älter. Der freche, dunkelhaarige *quarterback*, der den *Titans* zu Ruhm verholfen hatte, hatte um die Taille herum etwas angesetzt, war aber immer noch ein gut aussehender Mann.

»Hallo, Bobby Tom.«

»Buddy.«

Die Spannung zwischen ihnen hatte nichts mit der Tatsache zu tun, dass Bobby Tom als Erster mit Terry Jo befreundet gewesen war. Ihre Probleme miteinander hatten angefangen, als Buddy und Bobby Tom gemeinsam Telarosa High zu den *Texas-State-3-AAA*-Wettkämpfen verholfen hatten, doch nur einem von ihnen war es vergönnt gewesen, die Universität von Texas zu besuchen, und nur einer von beiden hatte eine professionelle Karriere eingeschlagen. Trotz allem jedoch waren sie einander die ältesten Kumpel, eine Tatsache, die keiner der beiden auch nur eine Minute lang vergaß.

»Buddy, sieh dir doch mal Bobby Toms neuen Ring an.«

Bobby Tom streifte ihn vom Finger und hielt ihn in die Luft. »Möchtest du ihn mal anziehen?«

Bei jedem anderen Mann hätte er mit dieser Bemerkung Salz in die Wunde gestreut. Doch nicht bei Buddy. Er wusste genau, dass Buddy das Gefühl hatte, mindestens zwei oder drei dieser Diamanten gehörten rechtmäßig ihm. Und Bobby Tom teilte diese Meinung. Wie oft hatte ihm Buddy über die Jahre hinweg den Ball zugespielt? Von weit entfernt, von unmittelbar neben ihm, von über der Mittellinie. Buddy hatte ihm seit seinem sechsten Lebensjahr die Bälle zugeworfen, als sie direkt nebeneinander gewohnt hatten.

Buddy nahm den Ring und steckte ihn sich auf den Finger. »Was meinst du, wie viel so etwas heute bringen würde?«

»Keine Ahnung. Vielleicht ein- oder zweitausend.«

»Ja, so hätte ich es auch geschätzt.« Buddy tat gerade so, als ob er tagtäglich teure Ringe schätzen würde, doch Bobby Tom wusste genau, dass Terry Jo und er am Ende des

Monats nicht einen Pfennig übrig hatten. »Willst du nicht auf ein Bier mit hereinkommen?«

»Heute Abend geht es nicht.«

»Komm schon, B.T.«, drängte ihn Terry. »Ich muss dir von meiner neuen Freundin Glenda erzählen. Sie ist gerade frisch geschieden. Ich bin mir sicher, du wärst genau der Richtige, um sie von ihren Sorgen abzulenken.«

»Tut mir wirklich Leid, Terry Jo. Eine Freundin von mir ist verschwunden, und ich mache mir ein wenig Sorgen um sie. Du hast nicht zufällig einer dünnen, blassen Dame mit einer etwas seltsamen Frisur ein Auto vermietet, Buddy?« Neben der Tankstelle führte Buddy die einzige Autovermietung der Stadt.

»Nein. Gehört sie zu diesen Filmmenschen?«

Bobby Tom nickte. »Falls du sie sehen solltest, wäre ich dir sehr verbunden, wenn du mich anrufst. Ich habe irgendwie das Gefühl, sie könnte in Schwierigkeiten stecken.«

Er unterhielt sich noch ein paar Minuten mit den beiden und versprach, sich bei seinem nächsten Besuch alles über Glenda anzuhören. Als er aufbrechen wollte, zog Buddy den Superbowlring vom Finger und hielt ihn seinem ehemals besten Freund entgegen.

Bobby Tom rührte sich nicht. »Während der nächsten paar Tage habe ich alle Hände voll zu tun. Eurer Mama werde ich deshalb keinen Besuch abstatten können. Ich weiß genau, dass sie den Ring gern sehen möchte. Warum behältst du ihn nicht so lange und zeigst ihn ihr? Ich kann ihn dann am Wochenende wieder abholen.«

Buddy nickte, als ob Bobby Toms Vorschlag wirklich angemessen sei, und steckte sich den Ring wieder an den Finger. »Das wird sie dir sicher hoch anrechnen.«

Nachdem Bobby die Möglichkeit, dass Gracie sich einen Mietwagen genommen hatte, von der Liste gestrichen hatte, sprach er als Nächstes mit Ray Don Horton, der dem Busbahnhof vorstand. Danach unterhielt er sich mit Donald Jones, dem einzigen Taxifahrer des Städtchens, und schließlich sprach er mit Josie Morales, die den Großteil ihres Lebens damit verbrachte, zu beobachten, was alle anderen taten. Weil Bobby Tom mit so vielen schwarzen, weißen und südamerikanischen Jugendlichen zusammen Ball gespielt hatte, bewegte er sich mit Leichtigkeit zwischen den rassischen und ethnischen Grenzen des Städtchens. Er kannte fast jedes Zuhause, hatte dort gegessen und sich überall wohl gefühlt. Doch trotz seiner guten Verbindungen hatte niemand Gracie gesehen. Alle jedoch waren enttäuscht darüber, dass er seinen Ring nicht trug, und alle kannten entweder eine Frau, die er unbedingt treffen sollte, oder aber sie wollten sich Geld leihen.

Um elf Uhr abends war Bobby Tom überzeugt davon, dass Gracie etwas so Leichtsinniges, wie beispielsweise per Anhalter mit einem Fremden mitzufahren, getan hatte. Allein bei der Vorstellung drehte er bereits fast durch. Die meisten Leute in Texas waren bodenständig und gut, doch gab es natürlich auch andere. Gracies optimistische Einstellung den menschlichen Qualitäten ihrer Umwelt gegenüber konnte sie leicht in Schwierigkeiten gebracht haben. Auch verstand er nicht, warum sie nicht ihren Koffer haben wollte. Es sei denn, sie war verhindert gewesen. Wenn ihr nun etwas zugestoßen war, bevor sie ihn überhaupt um den Koffer hatte bitten können?

Er überlegte, ob er bei der Polizei vorbeifahren und mit Jimbo Thackery, dem neuen Polizeichef, reden sollte. Jimbo und er konnten sich bereits seit der Grundschule gegenseitig nicht ausstehen. An den eigentlichen Auslöser dieser gegenseitigen Abneigung konnte er sich nicht mehr erinnern, doch als beide die Oberschule erreicht hatten und Sherri Hopper Bobby Toms Küsse denen von Jimbo vorgezogen hatte, hatte sich die Sache zu einer offenen Feindschaft entwickelt. Egal wann Bobby Tom das Städtchen besuchte, Jimbo fand garantiert irgendeinen Vorwand, um ihm gegenüber gemein zu sein. Bobby Tom konnte sich deshalb nicht vorstellen, dass der Polizeichef sich viel Mühe geben würde, Gracie zu finden. Also wollte er noch einen letzten Versuch unternehmen, ehe er sich der zweifelhaften Gnade der Polizei von Telarosa anvertraute.

Die *Dairy Queen* befand sich im Westen des Städtchens und diente Telarosa als eine Art Gemeindezentrum. Hier gelang es Oreo Blissards und Mr. Mistys das zu erreichen, was allen amerikanischen Gleichstellungsbeauftragten bisher nicht gelungen war. Die *Dairy Queen* brachte die Menschen von Telarosa als gleichwertige Bürger zusammen.

Als Bobby Tom auf dem Parkplatz dort anhielt, entdeckte er einen Transporter, der mit schwerem Draht zusammengehalten war und zwischen einem Ford Bronco und einem BMW parkte. Daneben standen noch eine Reihe von Familienautos und ein paar Motorräder. Ein südamerikanisches Paar, das er nicht kannte, stieg gerade aus einem alten Plymouth Fury aus. Nachdem es ein ganz gewöhnlicher Wochentag war, waren bereits viele Leute gegangen. Dennoch waren da noch genügend, denen er eigentlich gar nicht begegnen wollte. Wenn er sich Gracies wegen nicht solche Sorgen gemacht hätte, hätten ihn keine zehn Pferde auf diesen Friedhof seiner alten Triumphe zurückzerren können. Hier hatten er und seine Schulkameraden seinerzeit freitagabends ihre Siege gefeiert.

Er parkte etwas abseits und überwand sich auszusteigen. Abgesehen von einem Megafon war dies zweifellos die schnellste Methode, Gracies Verschwinden zu verbreiten. Diesen Ort hätte er jedoch nur zu gerne gemieden. Die Tür vom *Dairy Queen* ging auf und eine nur zu bekannte Erscheinung trat heraus. Falls er eine Liste derjenigen Leute hätte aufstellen sollen, denen er in diesem Moment ganz und gar nicht begegnen wollte, so würden sich Way Sawyer und Jimbo Thackery um den ersten Platz streiten müssen.

Seine Hoffnung, Sawyer möge ihn vielleicht nicht bemerken, löste sich in Luft auf, als der Besitzer der Rosatech Electronics vom Bürgersteig trat und mit einer Tüte Vanilleeis in der Hand grüßte. »Denton.«

Bobby Tom nickte.

Sawyer schleckte ein wenig an seiner Eiscreme und musterte Bobby Tom kühl. Jeder, der den Eigentümer von Rosatech in seinem karierten Hemd und den Jeans sah, hätte ihn eher für einen Rancher als einen der obersten Geschäftsleute der elektronischen Industrie gehalten. Er war der einzige Mann in Telarosa, der genauso reich war wie Bobby Tom. Er war ein großer Mann, nicht ganz so groß wie Bobby Tom, doch breit gebaut und zäh. Mit seinen vierundfünfzig Jahren hatte er ein wirklich interessantes Gesicht, doch war es zu grob geschnitzt, um im klassischen Sinne als attraktiv zu gelten. Sein dunkles, drahtiges Haar war kurz geschnitten und von grauen Fäden durchzogen, doch hatte er kaum Geheimratsecken. Es schien fast, als ob Sawyer auf seinem Kopf eine unsichtbare Grenze aufgezeichnet und verlangt hatte, dass keine einzige Haarwurzel dahinter ausfiel.

Seit die Gerüchte über Rosatechs Schließung kursierten, hatte Bobby Tom alles über seinen Besitzer herausfinden wollen, bevor er ihm letzten März persönlich begegnet war. Way Sawyer war als armes und uneheliches Kind auf der falschen Seite der Bahnlinie von Telarosa aufgewachsen. Als Teenager hatte er wegen aller möglichen Vergehen hinter Gittern gesessen: angefangen von kleineren Diebstählen bis hin zum Abknallen von Balkonbeleuchtungen. Seine Zeit bei der Marine hatte ihn sowohl Disziplin gelehrt als ihm auch Möglichkeiten eröffnet. Danach hatte er die Armeegesetzgebung nutzen können und ein Ingenieursstudium begonnen. Nach dessen Abschluss war er nach Boston gezogen, wo seine Intelligenz gepaart mit einer gewissen Dreistigkeit ihn in die erste Reihe der expandierenden Computerindustrie katapultiert hatte und er seine erste Million bereits mit fünfunddreißig in der Tasche hatte. Er hatte geheiratet, hatte eine Tochter und war heute geschieden.

Obwohl die Leute von Telarosa ihn während seiner Karriere nicht aus den Augen verloren hatten, war Sawyer doch niemals in die Stadt zurückgekehrt. Alle wurden also von seiner Entscheidung überrascht, als er sich aus dem Geschäftsleben zurückgezogen hatte und vor anderthalb Jahren die Firma Rosatech Electronics hatte übernehmen und leiten wollen. Für einen Mann wie Sawyer bedeutete Rosatech lediglich einen Kleckerbetrag, und kein Mensch wusste, weswegen er die Firma gekauft hatte. Vor sechs Monaten aber waren Gerüchte laut geworden, er wolle die Fabrik schließen und die Produktion in die Nähe von San Antonio verlagern. Von diesem Zeitpunkt an waren alle Leute in der Stadt der Überzeugung, dass Sawyer Rosatech nur deshalb gekauft hatte, um sich an der Stadt dafür zu rächen, dass sie ihn als Kind nicht besser behandelt hatte. Soweit Bobby Tom wusste, hatte Sawyer nichts unternommen, um dieses Gerücht zu zerstreuen.

Sawyer machte mit seiner Eiscremetüte eine Bewegung in Richtung Bobby Toms verletztem Knie. »Wie ich sehe, sind Sie den Stock mittlerweile los.«

Bobby Tom malmte mit dem Unterkiefer. Er dachte nur ungern an jene langen Monate zurück, als er nur mit Hilfe eines Stockes laufen konnte.

Während seiner Genesung im letzten März hatte er sich auf die Bitte der Gemeinde hin mit Sawyer in Dallas getroffen, um ihn dazu zu überreden, den Produktionsstandort nicht zu verlagern. Das Treffen war erfolglos geblieben, und Bobby Tom hegte seitdem einen heftigen Groll gegen Sawyer. Wenn jemand rücksichtslos genug war, eine ganze

Stadt in den Ruin zu schicken, hatte er die Bezeichnung Mensch nicht verdient.

Way warf mit einer schnellen Handbewegung seine kaum angeknabberte Gebäcktüte ins Gras. »Wie haben Sie sich an das Rentendasein gewöhnt?«

»Hätte ich gewusst, dass es eine so spaßige Sache sein würde, hätte ich es vor Jahren schon getan«, erwiderte Bobby Tom mit ausdrucksloser Miene.

Sawyer leckte sich den Daumen. »Wie ich höre, werden Sie jetzt Filmstar.«

»Einer von uns beiden muss schließlich etwas Geld in die Stadt bringen.«

Sawyer lächelte und zog seine Autoschlüssel aus der Tasche. »Bis die Tage, Denton.«

»Bobby Tom, bist du das?«, kreischte eine weibliche Stimme aus einem blauen Oldtimer, der gerade auf dem Parkplatz ausrollte. Toni Samuels, die jahrelang mit seiner Mutter Bridge gespielt hatte, rannte auf ihn zu, erstarrte jedoch, als sie seinen Gesprächspartner erkannte. Ihr freundliches Gesicht verhärtete sich zu einer feindseligen Maske. Kein Mensch bemühte sich, die Tatsache zu verbergen, dass Way Sawyer der meistgehasste Mann Telarosas war und dass die Stadt ihn ausgestoßen hatte.

Sawyer schien das nicht weiter zu tangieren. Mit den Schlüsseln in der Hand nickte er Toni höflich zu und ging dann zu seinem dunkelroten BMW.

Eine halbe Stunde später parkte Bobby Tom vor einem großen weißen, im Kolonialstil gehaltenen Haus in einer mit Bäumen bestandenen Straße und stieg aus dem Auto. Licht drang aus den zur Straße liegenden Fenstern, als er auf das Haus zuging. Seine Mutter war wie er ebenfalls eine Nachteule.

Dass bei der *Dairy Queen* niemand Gracie gesehen hatte, hatte seine Sorge nur angefacht. Er wollte kurz bei seiner

Mutter vorbeifahren und sie fragen, ob sie eventuell noch eine gute Idee hätte, wie die vermisste Person aufgetrieben werden konnte, bevor er sich mit Jimbo traf. Unter den Geranientöpfen befand sich ein Hausschlüssel, doch klingelte er lieber, denn er wollte sie nicht erschrecken.

Das großzügig geschnittene zweistöckige Haus hatte schwarze Fensterläden und eine dunkelrote Tür mit einem großen Messingknauf. Sein Vater, der eine kleine Versicherungsagentur über die Jahre in die erfolgreichste Agentur Telarosas verwandelt hatte, hatte dieses Haus gekauft, als Bobby Tom ins College gegangen war. Das Haus, in dem Bobby Tom aufgewachsen war, der kleine Bungalow nämlich, den die Stadt groteskerweise in eine Touristenattraktion verwandeln wollte, lag auf der anderen Seite der Stadt.

Als Suzy die Tür öffnete und ihn sah, lächelte sie. »Hallo, mein Süßer.«

Er lachte über den Kosenamen, den sie schon, solange er sich erinnern konnte, für ihn verwandte. Er trat ein und hob ihr Kinn hoch. Sie umschlang seine Taille und drückte ihn fest an sich.

»Hast du schon etwas gegessen?«

»Ich weiß es gar nicht, aber ich glaube nicht.«

Sie musterte ihn vorwurfsvoll. »Ich verstehe wirklich nicht, weswegen du unbedingt dieses Haus kaufen musstest, wo ich hier doch jede Menge Platz habe. Du isst nicht richtig, Bobby Tom. Ich weiß, dass du es nicht tust. Komm mit in die Küche. Dort habe ich noch etwas Lasagne.«

»Das klingt gut.« Er warf seinen Hut auf den Messingständer am Ende des Flures.

Sie wandte sich ihm zu, ihre Stirn in Falten. »Ich belästige dich nur äußerst ungern mit dieser Sache, aber hast du schon mit dem Dachdecker gesprochen? Diese Dinge hat immer dein Vater erledigt, und jetzt war ich mir nicht sicher, was ich machen sollte.«

Diese Unsicherheit von einer Frau zu hören, die so kompetent die Finanzen des öffentlichen Schulwesens überwachte, machte Bobby Tom erneut Sorgen, doch ließ er sich nichts anmerken. »Ich habe ihn heute Nachmittag angerufen. Er scheint einen vernünftigen Preis zu kalkulieren. Meiner Meinung nach solltest du sein Angebot annehmen.«

Jetzt erst fiel ihm auf, dass die Tür zum Wohnzimmer geschlossen war. Er konnte sich nicht daran erinnern, dieses Zimmer jemals verschlossen gesehen zu haben. Er machte eine Kopfbewegung in Richtung der Tür. »Was ist los?«

»Iss erst mal. Ich erzähle es dir später.«

Er folgte ihr, erstarrte jedoch, als er ein merkwürdig ersticktes Geräusch wahrnahm. »Ist dort jemand drin?«

Kaum war ihm die Frage über die Lippen gerutscht, als ihm auffiel, dass seine Mutter sich bereits fürs Bett umgezogen hatte und einen hellblauen Seidenmorgenrock trug. Er spürte, wie sich sein Magen schmerzhaft zusammenzog. Seit dem Tod seines Vaters hatte sie niemals andere Männer erwähnt, was natürlich nichts zu bedeuten hatte.

Er ermahnte sich, dass das ihre Entscheidung war und er kein Recht hatte, sich einzumischen. Seine Mutter war immer noch eine schöne Frau, und sie hatte jedes bisschen Glück verdient, dessen sie habhaft werden konnte. Ganz sicher wollte er nicht, dass sie einsam war. Doch wie sehr er sich auch selbst zu überzeugen versuchte, hätte er doch am liebsten seine Mutter angeschrien, dass sie sich gefälligst nicht mit einem anderen Mann abzugeben habe.

Er räusperte sich. »Hör mal, falls hier ein Mann ist, ich verstehe das. Ich wollte nicht einfach so hereinplatzen.«

Sie blickte ihn verdutzt an. »Aber nein, wirklich, Bobby Tom …« Sie fummelte an dem Gürtel ihres Bademantels herum. »Gracie Snow ist in dem Zimmer.«

»Gracie?« Erleichterung überflutete ihn, wurde jedoch spontan von Wut verdrängt. Gracie hatte ihn so sehr geängstigt. Er hatte sich schon vorgestellt, dass sie in irgendeinem Straßengraben verendet war, doch stattdessen genoss sie ganz gemütlich die Gesellschaft seiner Mutter.

»Wie ist sie denn ausgerechnet hierher gekommen?«, fragte er.

»Ich habe sie auf der Straße aufgelesen.«

»Sie wollte per Anhalter fahren, nicht wahr? Ich wusste es! Was für ein Leichtsinn ...«

»Sie ist nicht per Anhalter gefahren. Ich habe angehalten, nachdem ich auf sie aufmerksam geworden war.« Suzy zögerte. »Wie du dir vielleicht vorstellen kannst, ist sie dir ein wenig gram.«

»Sie ist nicht die Einzige, die ein wenig gram ist!« Er machte eine Kehrtwendung auf die Schiebetür zu, doch Suzys Hand auf seinem Arm hielt ihn zurück.

»Bobby Tom, sie hat getrunken.«

Er starrte sie an. »Gracie trinkt nicht.«

»Leider war mir das nicht klar, bevor sie ein paar meiner Weißweinschorlen geöffnet hatte.« Die Vorstellung, dass Gracie Weißweinschorlen hinunterstürzte, machte ihn noch wütender. Er biss die Zähne aufeinander. Wieder näherte er sich der Tür, und wieder hielt seine Mutter ihn zurück.

»Bobby Tom, du kennst doch Menschen, die albern und glücklich werden, wenn sie trinken, nicht wahr?«

»Und ob.«

Sie hob eine Augenbraue. »Nun, Gracie zählt nicht zu ihnen.«

7

Gracie saß wie ein zusammengeklapptes Taschenmesser auf dem Sofa. Ihre Kleidung war zerknittert, und das kupferfarbene Haar stand ihr vom Kopf ab. Ihr Gesicht hatte rote Flecken, die Augen waren rot gerändert und ihre Nase war ebenfalls gerötet. Manche Frauen waren sogar weinend noch anziehend, doch Bobby Tom merkte sofort, dass Gracie dieser Kategorie nicht angehörte. Sie sah so unglücklich aus, dass seine Wut sich legte. Während er sie von oben betrachtete, fiel es ihm schwer zu glauben, dass diese Notlösung eines weiblichen Wesens dieselbe aufsässige herumkommandierende Dame war, die den peinlichsten Striptease der Welt hingelegt, sich wie eine menschliche Kanonenkugel über seine Autotür geworfen, seinen T-Bird außer Gefecht gesetzt und Slug McQuire eine Standpauke über sexuelle Belästigung gehalten hatte, nachdem er eine der Kellnerinnen bei *Whoppers* etwas zu heftig angemacht hatte.

Normalerweise wäre er lieber in ein Zimmer mit Killerbienen eingeschlossen worden, als sich mit einer weinenden Frau abzugeben. Doch da es sich bei dieser Frau um Gracie handelte und sie inzwischen befreundet waren, machte er eine Ausnahme.

Suzy blickte ihn hilflos an. »Ich habe ihr angeboten, die Nacht hier zu bleiben. Während des Abendessens war sie in Ordnung, doch als ich von meiner Sitzung zurückkam, fand ich sie in diesem Zustand vor.«

»Sie ist schlichtweg blau.«

Als Gracie seine Stimme hörte, sah sie ihn mit ausdruckslosen Augen an und bekam einen Schluckauf. »Also, ich für meinen Teil« – ein herzzerreißendes Schluchzen – »werde nie wieder« – noch ein Schluchzen – »Sex haben.«

Suzy eilte zur Tür. »Entschuldige mich bitte, aber ich muss noch ein paar Weihnachtskarten fertig schreiben.«

Nachdem sie wie ein Blitz verschwunden war, tastete Gracie nach den Taschentüchern, die neben ihr auf dem Sofa lagen, doch konnte sie sie durch die Tränen hindurch kaum sehen. Bobby Tom trat näher, zog ein Taschentuch heraus und legte es in ihre Hand. Sie vergrub ihr Gesicht, ihre Schultern zitterten und erbärmliche Töne drangen aus ihrer Kehle. Als er sich neben sie setzte, wurde ihm klar, dass sie ohne jeden Zweifel die jämmerlichste Betrunkene war, die er in seinem Leben jemals gesehen hatte.

Er sprach leise. »Gracie, Liebling, wie viele Weinschorlen hast du denn getrunken?«

»Ich t-tr-inke nicht«, brachte sie zwischen den Schluchzern hervor. »Alkohol ist die Kr-Krücke der Schwachen.«

Er rieb ihr die Schultern. »Ich verstehe.«

Mit dem Taschentuch in der Hand blickte sie auf und zeigte auf das Ölportrait von ihm, das über dem Kamin hing. Sein Vater hatte es seiner Mutter zu Weihnachten geschenkt, als Bobby Tom acht Jahre alt gewesen war. Er saß im Schneidersitz auf dem Rasen und umarmte den Hund, mit dem er aufgewachsen war, einen kräftigen Golden Retriever namens Sparky.

Ihr Finger deutete auf das Portrait. »Es ist k-kaum zu glauben, dass ein solch süßes Kind zu einem solch m-miserablen, egoistischen, kindischen, Frauen vernaschenden und anderen die Arbeit stehlenden Mistkerl heranwachsen konnte!«

»Das Leben geht manchmal verschlungene Wege.« Er reichte ihr noch ein Taschentuch. »Gracie, meine Liebe, meinst du, du könntest lange genug zu weinen aufhören, dass wir uns unterhalten können?«

Sie schüttelte zittrig den Kopf. »Ich werde nie a-aufhören. Und weißt du, warum? Weil ich den Rest meines Lebens d-damit verbringen werde, Quetschkartoffeln zu essen und nach Des-Desinfektionsmittel zu riechen.«

Wieder heulte sie auf. »Weißt du eigentlich, was passiert, wenn dich der Tod die ganze Zeit umgibt? Dein Körper trocknet aus!« Sie überraschte ihn, als sie die Hände über die

Brüste schlug. »Sie trocknen aus, ich trockne aus! Und jetzt werde ich sterben, ohne auch nur ein einziges Mal Sex gehabt zu haben!«

Seine Hand ruhte auf ihren Schultern. »Soll das heißen, dass du noch Jungfrau bist?«

»Natürlich bin ich noch Jungfrau! Wer würde denn schon gerne mit einer so hausbackenen Frau wie mir schlafen?«

Bobby Tom war viel zu sehr ein Gentleman, als dass er diese Bemerkung so stehen gelassen hätte. »Aber jeder gesunde Mann bei Verstand würde das tun, Liebling.«

»Ha!« Sie nahm ihre Hände von den Brüsten und suchte wieder nach einem Taschentuch.

»Das meine ich ernst.«

Selbst in betrunkenem Zustand fiel Gracie auf seine Schönfärberei nicht herein. »Dann beweise es.«

»Wie bitte?«

»Dann schlaf jetzt mit mir. Jetzt gleich, sofort. Jawohl! Jetzt sofort.« Ihre Hände fummelten an den Knöpfen ihrer weißen Bluse und begannen, sie zu öffnen.

Er hielt ihre Hände fest und unterdrückte ein Lächeln. »Das könnte ich nicht, Liebling. Nicht jetzt, wo du so betrunken bist.«

»Ich bin nicht b-betrunken! Ich habe dir doch schon gesagt, dass ich nicht trinke.« Sie riss ihre Hände los und streifte sich ungeschickt die Bluse ab. Bevor er sich versah, saß sie von der Taille aufwärts nackt da. Sie trug lediglich einen transparenten rosa Nylon-BH mit winzigen kleinen Herzchen, die den Eindruck erweckten, ihre Brüste seien mit kleinen Knutschflecken bedeckt.

Bobby Tom schluckte, als er seine eigene Erregung spürte. Plötzlich befürchtete er, dass er genau wie Gracie einfach durchdrehen würde. Nachdem er insgeheim beunruhigt darüber gewesen war, dass sein sexueller Schwung zusammen mit seiner Karriere den Bach hinuntergegangen war, bereitete es ihm jetzt Sorge, dass ihn etwas so Gemäßigtes derart erregen konnte.

Sie betrachtete seine Miene und brach erneut in Tränen aus. »Du willst ja gar keinen S-Sex mit mir haben. Mein Bu-Busen ist viel zu klein. Du magst nur Frauen mit einem großen Busen.«

Damit hatte sie den Nagel auf den Kopf getroffen. Umso weniger begriff er, weswegen er seinen Blick nicht von ihren kleinen Brüsten abwenden konnte. Vermutlich lag es an seiner Erschöpfung und dass die Rückkehr nach Telarosa seine Gefühle so sehr verwirrt hatte, dass er auch noch auf den kleinsten Reiz reagierte. Er war bemüht, ihre Gefühle nicht zu verletzen. »Aber das stimmt doch nicht, Liebling. Schließlich zählt nicht so sehr die Größe, sondern das, was eine Frau mit dem anzustellen weiß, was sie hat.«

»Ich weiß nicht, was ich mit dem anstellen soll, was ich habe«, jammerte sie. »Woher soll ich das wissen, wenn es mir niemand ge-gezeigt hat? Woher soll ich das wissen, wenn der einzige Mann, der mich diesbezüglich ermuntert hat, ein Fußpfleger war, der meinen Spann k-küssen wollte?«

Darauf fehlte auch Bobby Tom die Antwort. Eines jedoch wusste er, nämlich dass Gracie ihre Bluse wieder anziehen sollte.

Als er sie vom Boden, wo sie sie hingeschleudert hatte, aufheben wollte, erhob sie sich schwankend. »Selbst wenn ich splitternackt vor dir stehen würde, würdest du mich nicht begehren.«

Er blickte gerade noch rechtzeitig auf, um zu sehen, wie sie mit dem Verschluss ihres hässlichen dunkelblauen Rockes herumhantierte.

Er erhob sich. »Gracie, Liebling ...«

Ihr Rock fiel auf den Boden, und er konnte seine Überraschung nicht verbergen. Wer hätte gedacht, dass sich unter dieser hässlichen Kleidung eine derart hübsche Figur verbarg? Irgendwann während des Abends hatte sie sowohl ihre Schuhe als auch ihre Strumpfhose ausgezogen und stand nun lediglich in BH und Höschen vor ihm. Ihre Brüste waren zwar klein, das stimmte, doch besaß sie die dazu passende schmale Taille, runde, wohlproportionierte Hüften und gerade schlanke Beine. Vermutlich war der Kontrast, den sie zu den perfekt durchtrainierten muskulösen Amazonen bildete, mit denen er sein halbes Leben verbracht hatte, der einzige Grund, weswegen er sie so anziehend fand. Ihre Hüften waren nicht hart von täglich zwei Stunden Steppaerobics, und ihr Bizeps war nicht mit Gewichten in ein Stahl-seil verwandelt worden. Sie hatte einen ganz natürlichen Frauenkörper, an manchen Stellen weich und schlank, an anderen wohlgerundet.

Sein Geschlecht schmerzte, als er bemerkte, dass ihr Höschen und ihr BH aufeinander abgestimmt waren. Auf dem Höschen jedoch befand sich nur ein einziges großes rosa Herz genau in der Mitte, das jedoch nicht groß genug war, um ein paar Löckchen zu verdecken, die an den Seiten hervorlugten. Er verspürte das perverse Verlangen, ihr das Höschen mitten im Wohnzimmer seiner Mutter und unter den Blicken von Sparky herunterzureißen. Er wollte diese Beine spreizen und sehen, ob sie wirklich so ausgetrocknet war, wie sie behauptete. Falls das der Fall sein sollte, würde er gerne jeden Trick anwenden, den er jemals gelernt hatte, um sie süß und feucht und bereit für ihn zu machen.

Diese Möglichkeit erwog er tatsächlich. Mit Gracie ein paar Stunden unter einem Laken zu verbringen, würde ihn nicht umbringen. Fast hätte man es als humanitäre Geste auslegen können. Doch dann holte ihn die Wirklichkeit ein. Das Letzte, was er in seinem Leben zurzeit gebrauchen konnte, war eine weitere Frau. Er hatte sich bemüht, sie alle abzuschütteln und nicht noch eine seiner Menagerie hinzuzufügen. Und obwohl er bereits über beinahe zwanzig Jahre sexueller Erfahrungen verfügte, hatte er doch niemals mit einer schon etwas betagten alten Jungfer geschlafen. Vermutlich würde sie einen Herzinfarkt bekommen, wenn sie einen nackten Mann sah, ganz gleich, wie sehr sie auch selbst daran glaubte, die verbotene Frucht verspeisen zu wollen.

Andererseits war er nicht herzlos, und ihre elende Miene rührte ihn. Er trat zu ihr und nahm sie in die Arme. Sie gab einen langen, zu Herzen gehenden Seufzer von sich und presste ihren Körper an seinen, als ob sie miteinander verschweißt seien.

Irgendetwas explodierte wie ein Feuerwerk in ihm. Sie roch süß und etwas altmodisch, nach Lavendel und Veilchen. Ihre Katastrophen-Frisur berührte zart sein Kinn, die glatte Haut ihres Rückens verwandelte sich unter seinen Fingern zu Seide. Er glitt mit den Händen ihren Rücken erst bis zur Taille, dann noch tiefer hinunter. Es überraschte ihn, wie schmal und zart sie sich anfühlte. Besonders angesichts ihrer befehlsgewohnten Natur war sie ihm eigentlich als eine viel größere Frau erschienen.

Sie schlang ihre Arme um seinen Nacken. »Werden wir jetzt miteinander schlafen?«

Trotz seiner Erregung bemerkte er amüsiert, dass sie mindestens ebenso ängstlich wie erpicht klang. Seine Fingerspitzen berührten den oberen Abschluss ihres Höschens und glitten darunter. Seine Handflächen strichen über ihren nackten Hintern und er presste sie fest an sich. Er schämte sich etwas, dass er sich an einer jungfräulichen Dame erregte, die zu betrunken war, um sich zu wehren. Andererseits hatte er schon einige Zeit enthaltsam gelebt, und seine Reaktion war nur zu verständlich.

»Noch nicht, Liebling.«

»Ach. Und wie wär's mit einem Kuss?«

»Das könnten wir probieren.« Er betrachtete ihr tränenverschmiertes Gesicht. Sie hatte einen hübschen Mund, breit und großzügig, die obere Lippe war elegant geschwungen. Er beugte sich zu ihr hinunter und verschloss ihren Mund mit seinen Lippen.

Sie küsste wie ein junges Mädchen bei seiner ersten Verabredung. Ihre Unschuld und Unerfahrenheit erregte und ärgerte ihn gleichermaßen. Es war einfach nicht richtig, dass eine dreißigjährige Frau nicht mehr Erfahrung mit dem anderen Geschlecht hatte. Vorsichtig brachte er seine Zunge mit ins Spiel, um sie an die Vorstellung zu gewöhnen.

Sie lernte sehr schnell, und es brauchte nicht lange, bis sie ihre Lippen öffnete. Mit einem leisen Seufzen ließ sie ihn eindringen.

Sie schmeckte nach Obst und Tränen. Er liebkoste sie mit seiner Zunge, während seine Hände sich daran vergnügten, ihre weiblichen Hüften zu streicheln, die nicht ganz so muskulös wie seine eigenen waren. Er genoss ihren schmalen, weichen Körper und vergaß ihre entnervende Art. Sie erinnerte ihn daran, wie viele Jahre bereits vergangen waren, seit er selbst so unerfahren gewesen war. Er vernahm ein gutturales Stöhnen an seinen Lippen, und ihre Zunge begann selbst zu erkunden. Sein Körper reagierte prompt. Er zog seine Hände aus ihrem Höschen und hob sie an den Schenkeln hoch. Automatisch spreizte sie die Beine und umschlang damit seine Hüften. Als sie seine Schultern umklammerte, geriet er ins Schwitzen. Wenn er nicht sofort aufhörte, würde er sich vergessen und sie hier an Ort und Stelle auf dem Fußboden des Wohnzimmers seiner Mutter nehmen. Ein Zimmer immerhin, wie er sich selbst ermahnte, mit nicht verschlossener Tür und dem Portrait eines unschuldigen Kindes, das ihnen bei ihrem Treiben zusah.

»Gracie …« Er schob ihre Beine von seinen Hüften, um sie wieder auf den Boden zu stellen, dann löste er sich aus ihrer Umklammerung.

»Liebling, wir müssen die Sache ein wenig langsamer angehen.«

»Das möchte ich nicht. Ich möchte, dass du mir zeigst, was jetzt als Nächstes passiert.«

»Das sehe ich. Doch Tatsache ist, dass du momentan lediglich zum Küssen bereit bist.« Er setzte sie bestimmt auf den Boden ab und begann ihre Kleidung aufzusammeln, wobei er unauffällig seine Hose glatt strich, denn er wollte sie nicht zu Tode erschrecken.

Er hatte sie keine Minute zu früh überredet, sich wieder anzuziehen, denn gerade als er ihren Rock wieder verschlossen hatte, glitt die Schiebetür auf und seine Mutter trat herein.

»Wie geht es ihr?«

Noch bevor er eine Antwort geben konnte, gab Gracie ein lautes, verletztes Schnauben von sich. »Ihr Sohn ist kein Gentleman. Er hat sich geweigert, mit mir zu schlafen.«

Suzy tätschelte seinen Arm, ihre Augen funkelten belustigt. »Das sind doch genau die Worte, die eine Mutter hören möchte.«

Bobby Tom seinerseits hatte oft genug Frauen für nur eine einzige Nacht bei sich gehabt. Er wandte sich nun an Gracie. »Hör zu, meine Liebe. Heute Nacht wirst du hier schlafen und dir überhaupt keine Sorgen mehr machen. Morgen Früh wird Willow hier vorbeikommen.«

Gracie blinzelte an ihm vorbei Suzy an. »Sie haben nicht zufällig ein paar Pornos im Haus?«

Suzy warf ihrem Sohn einen halb amüsierten, halb missbilligenden Blick zu, dann hakte sie Gracie unter. »Wir zwei werden jetzt einen kleinen Spaziergang die Treppe hinauf machen.«

Zu seiner Erleichterung ließ Gracie sich ohne jeden Widerstand wegführen.

Er folgte ihnen in den Flur hinaus und nahm seinen Hut

vom Ständer. Während die beiden die Treppe erklommen, fragte er seine Mutter: »Wie viele dieser Weißweinschorlen hat sie eigentlich getrunken?«

»Drei«, erwiderte Suzy.

Drei! Bobby Tom konnte es nicht fassen. Nach nur drei Glas Alkohol hatte sie ihre Kleidung abgestreift und verlangt, dass er mit ihr schlafen solle.

»Mama?« Er richtete seinen Hut gerade.

»Ja, Liebling.«

»Lass sie bloß nicht an ein Sechserpack rankommen.«

Das Aspirin gärte unangenehm in Gracies Magen, und die Vormittagssonne kniff ihr in die Augen, als sie die Schiebetür beiseite schob, die auf Suzy Dentons Terrasse führte. Bougainvillea wuchs auf der Rückseite des Hauses und eine Akelei wucherte über einen Zaun auf der Seite des Gartens, der von alten Nussbäumen und mehreren Magnolien überschattet war. Auf einem bunten Beet wuchsen rosa und weiße Petunien, Geranien, Dotterblumen und Immergrün. Ein Wassersprenger zischte in der Nähe einiger niedriger Büsche. Alles roch sauber und frisch von der morgendlichen Wässerung.

Ihre Gastgeberin trug kakifarbene Shorts und ein buntes T-Shirt mit einem Papagei vorne drauf. Sie kniete in einem kleinen Kräutergarten. Lächelnd sah sie auf. »Ist Frau Craig wieder gegangen?«

Gracie nickte, bedauerte die heftige Kopfbewegung jedoch sofort wieder. Sie stöhnte auf, dann näherte sie sich Suzy behutsamen Schrittes.

»Willow will mich wieder einstellen.« Vorsichtig ließ sie sich auf der obersten Stufe der Verandatreppe nieder.

»Ach ja?«

»Aber nicht mehr als Produktionsassistentin. Jetzt soll ich als Bobby Toms Assistentin arbeiten.«

»Oh.«

»Ich habe ihr gesagt, ich würde es mir überlegen.« Gracie schlang ihren verknitterten Rock um die Beine. Andere Kleidung hatte sie nicht, da sich ihr Koffer nach wie vor im Kofferraum des Thunderbirds befand. Sie schluckte. »Suzy, ich weiß gar nicht, wie ich es sagen soll, wie sehr es mir Leid tut wegen gestern Abend. Nach allem, was Sie für mich getan haben, habe ich Ihre Gastfreundschaft missbraucht und Sie unter Ihrem eigenen Dach beleidigt. Mein Verhalten ist unentschuldbar, es ist das Hässlichste, was ich in meinem ganzen Leben jemals getan habe.«

Suzy lächelte. »Dann müssen Sie wirklich sehr behütet gewesen sein, nicht wahr?«

»Das entschuldigt es nicht.«

»Gestern standen Sie unter Schock«, meinte Suzy freundlich. »Das hätte jeden aus dem Gleichgewicht gebracht.«

»Ich habe mich ihm geradezu an den Hals geworfen.«

»Das ist er gewöhnt, meine Liebe. Ich bin mir ganz sicher, er hat die Sache bereits wieder vergessen.«

Es verletzte Gracies Stolz, dass sie lediglich eine von vielen Frauen war, die sich Bobby Tom gegenüber peinlich benommen hatte. Dennoch konnte sie diese Wahrheit nicht verleugnen. »Hatte er schon immer eine derart umwerfende Wirkung auf Frauen?«

»Er hat auf fast alle Menschen eine umwerfende Wirkung.« Suzy nahm eine kleine Harke aus dem grünen Plastikwagen neben ihren Knien und begann damit die Erde am Rande des Kräutergartens aufzulockern. »In vielerlei Hinsicht hat es Bobby Tom sehr leicht gehabt. Seit seiner Kindheit war er der beste Sportler, und gleichzeitig war er auch stets ein sehr guter Schüler.«

Innerlich stöhnte Gracie auf, denn sie erinnerte sich an ihren Vorschlag, ihm das Lesen beizubringen. Suzy zerkrümelte ein paar Lavendelblätter zwischen den Fingern und schnupperte daran. Gracie hielt das Thema für beendet und war überrascht, als sie ihre Hände ausklopfte und fortfuhr.

»Er war bei den anderen Kindern sehr beliebt. Die Jungs mochten ihn, weil er sie nicht zu dominieren versuchte. Und schon in der Grundschule erfanden Mädchen irgendeine Ausrede, um hier vorbeizukommen. Das hat er natürlich gehasst, besonders in der vierten Klasse, als sie ihm das Leben zur Hölle machten. Sie schickten ihm Liebesbriefe und hingen in der Nähe der Sportplätze herum. Die anderen Jungen neckten ihn unbarmherzig damit.«

Ihre Hände hörten zu harken auf und sie sprach langsam, als ob sie Schwierigkeiten habe, die richtigen Worte zu finden. »Eine Tages hat Terry Jo Driscoll – jetzt heißt sie Terry Jo Baines – ein großes rotes Herz mit ›Bobby Tom liebt Terry Jo‹ auf die Auffahrt gemalt. Sie war gerade dabei, ringsherum Blumen zu malen, als er mit dreien seiner Freunde auf das Haus zusteuerte. Als Bobby Tom sah, was sie machte, rannte er quer durch den Vorgarten und packte sie am Kragen.«

Gracie verstand zwar nicht viel von neunjährigen Jungen, doch konnte sie sich gut vorstellen, wie peinlich das für ihn gewesen sein musste.

Suzy wandte ihre Aufmerksamkeit einem Büschel Unkraut zu, der in der Nähe des Basilikums wucherte. »Wenn die anderen Jungs nicht dabei gewesen wären, wäre die Sache vermutlich damit erledigt gewesen. Doch als sie alle gelesen hatten, was sie geschrieben hatte, brachen sie in Lachen aus. Terry Jo lachte ebenfalls und erzählte ihnen, dass Bobby Tom sie küssen wollte. Er verlor die Fassung und boxte sie in den Arm.«

»Das ist für einen Neunjährigen doch eine verständliche Reaktion.«

»Sein Vater war anderer Meinung. Hoyt hörte den Lärm und öffnete die Eingangstür gerade rechtzeitig, um zu sehen, wie Bobby Tom sie boxte. Er schoss nach draußen, packte

Bobby Tom im Nacken und vermöbelte ihn an Ort und Stelle vor all seinen Freunden. Bobby Tom war das schrecklich peinlich, seinen Freunden ebenfalls. Es war das einzige Mal, dass Hoyt ihn jemals verprügelt hat. Doch mein Mann war der Ansicht, ein Mann könne nicht tiefer sinken, als eine Frau zu schlagen. Dabei hat er allerdings übersehen, dass sein Sohn erst neun Jahre alt war.«

Sie lehnte sich zurück und schaute stirnrunzelnd auf. »Bobby Tom und sein Vater hatten eine sehr enge Beziehung, und diese Lektion hat er niemals vergessen. Vielleicht ist es albern, doch manchmal glaube ich, dass er sich das allzu sehr zu Herzen genommen hat.«

»Wie meinen Sie das?«

»Sie haben ja keine Ahnung, wie viele Frauen sich ihm über die Jahre an den Hals geworfen haben. Trotzdem habe ich nicht ein einziges Mal beobachtet, dass er sich ihnen gegenüber unhöflich verhalten hätte. Nicht gegenüber den Footballgroupies, den verheirateten Frauen, den Ausnützern, oder denen, die auf eine Goldmine getreten zu sein glaubten. So weit ich es mitbekommen habe, hat er es bis heute verstanden, seinen Abstand zu wahren, ohne jemals auch nur ein unhöfliches Wort über die Lippen zu bringen. Finden Sie das nicht merkwürdig?«

»Er hat noch viel ausgeklügeltere Strategien entwickelt als Unhöflichkeit, um mit Frauen fertig zu werden.« Gracie fragte sich, ob Suzy über das Footballquiz informiert war.

»Genau. Und das ist inzwischen so selbstverständlich geworden, dass ich mir nicht sicher bin, ob er überhaupt noch weiß, wie dick die Mauer ist, die er um sich errichtet hat.«

Gracie dachte darüber nach. »Er ist unglaublich. Er lächelt die Frauen an, macht ihnen jede Menge Komplimente und sagt genau das, was sie hören wollen. Er vermittelt jeder das Gefühl, eine Königin zu sein. Und dann macht er doch genau das, was er möchte.«

Suzy nickte unglücklich. »Heute denke ich, es wäre schlauer von Hoyt gewesen, wenn er einfach weggesehen hätte, als Bobby Tom Terry Jo etwas unsanft behandelt hat. Immerhin spiegelte diese Verhaltensweise wirklich exakt seine Gefühle wider. Da er kein bösartiges Kind war, wäre es ihm sicher nicht zur Gewohnheit geworden. Terry Jo hat die Sache schließlich gut weggesteckt. Sie war seine erste richtige Freundin. Die Ironie des Ganzen ist, als ich ihn vor kurzem an diesen Vorfall erinnerte, meinte er, sein Vater habe genau richtig reagiert. Er scheint überhaupt keine Vorstellung davon zu haben, wie viel ihn das gekostet hat.«

Gracie war nicht überzeugt davon, dass es ihn überhaupt etwas gekostet hatte. Bobby Tom besaß jede Menge Charme, Talent, gutes Aussehen und Intelligenz. War es da ein Wunder, dass sein Selbstbewusstsein so ausgeprägt war? Er war der Auffassung, keine einzige Frau auf der ganzen Welt sei gut genug für ihn. Ganz sicher nicht eine fast Dreißigjährige aus New Grundy, Ohio, mit einem kleinen Busen und unmöglichen Haaren.

Suzy ließ die kleine Harke in die grüne Plastikbox fallen, richtete sich auf und betrachtete einen Moment den hübschen Garten. Der Duft von Basilikum, Lavendel und frisch bearbeiteter Erde lag in der Luft. »Ich liebe die Arbeit hier draußen. Es ist der einzige Ort, an dem ich wirklich Frieden finde.« Sie blickte unangenehm berührt auf, als ob sie gerade etwas zutiefst Persönliches preisgegeben und es gerne rückgängig gemacht hätte.

»Es geht mich natürlich nichts an, Gracie, aber meiner Ansicht nach sollten Sie den Vorfall gestern Abend nicht Ihre Entscheidung beeinflussen lassen, das Arbeitsangebot anzunehmen.« Sie nahm ihren Gartenwagen in die Hand. »Sie haben mir doch erzählt, dass Sie nicht nach Ohio zurückkehren wollen, und ein anderes Angebot haben Sie zurzeit nicht. Bobby Tom ist es gewohnt, dass Frauen verrückt nach ihm sind. Ich bin überzeugt davon, dass der gestrige Abend für Sie viel bedeutender ist als für ihn.« Mit einem aufmunternden Lächeln verschwand Suzy im Haus.

Gracie wusste, dass Suzy sie lediglich hatte trösten wollen, aber dennoch schmerzten ihre Worte – umso mehr, als sie erkannte, wie wahr sie waren. Sie bedeutete Bobby Tom gar nichts, während er für sie alles bedeutete. Nicht nur hatte er ihr den Kopf verdreht, sie befürchtete auch, ihr Herz an ihn verloren zu haben.

Sie versuchte, ihre Augen vor dieser Einsicht zu verschließen, doch hatte es keinen Zweck. Sie belog sich niemals selbst, und jetzt wollte es ihr auch nicht gelingen. Sie schlang die Arme um die Knie und sah der Tatsache in die Augen, dass sie sich über die letzte Woche hinweg in Bobby Tom Denton verliebt hatte. Sie hatte sich Hals über Kopf und hoffnungslos in einen Mann verliebt, den sie niemals würde erreichen können, und man hätte es als komisch bezeichnen können, wenn es nicht so traurig gewesen wäre. Die Weißweinschorlen hatten lediglich die Wahrheit ans Tageslicht gebracht. Die Wahrheit dessen, was mit ihr passiert war, seit sie ihm zum ersten Mal begegnet war.

Sie sehnte sich nach ihm. Er war wild und draufgängerisch, irgendwie fast übermenschlich, eben alles, was sie selbst nicht war, und sie liebte ihn mit all jener Leidenschaft, die über so viele Jahre hinweg in ihr brachgelegen hatte. Wie ein Vogel in der Mauser war sie von diesem schlanken und kräftigen Schwan hingerissen, hingerissen von seiner körperlichen Schönheit. Gleichzeitig vermittelte ihr sein Selbstbewusstsein und sein so müheloser Charme das Schwindel erregende Empfinden, wieder jung zu sein.

Sie hatte das Gefühl, in den letzten sechs Tagen ein ganzes Leben gelebt zu haben. Sie presste die Knie noch enger gegen die Brust und zwang sich, der bitteren Wahrheit ins Auge zu sehen. Ihr Traum von einer großen Karriere in

Hollywood war lediglich eine Luftblase, aus Verzweiflung geboren, und hatte so wenig mit der Wirklichkeit zu tun wie das Leben auf dem Mond. Sie hatte sich selbst ein Spiel vorgegaukelt, ein Spiel, das sie sich nicht länger leisten konnte. Jetzt musste sie die schmerzhafte Tatsache erkennen, dass es für sie kein wunderbares Leben in Hollywood gab. Dieser alberne Job bei Windmill würde nicht in einer aufregenden Karriere münden. Das war lediglich eine Fantasievorstellung gewesen. Stattdessen würde sie später wieder nach New Grundy in das Altenheim zurückkehren. Das war der Ort, wo sie hingehörte.

Diese Wahrheit klar zu akzeptieren, verschaffte ihr einen gewissen Frieden. Jetzt wurde ihr bewusst, dass nicht das Altenheim an ihrem Leben Schuld hatte, sondern dass sie ihr eigenes Leben nicht im Griff gehabt hatte. Es hatte ihr sogar Spaß gemacht, das Altenheim zu leiten, doch hatte sie ihre Arbeit benutzt, um sich von Menschen ihrer eigenen Altersgruppe zu isolieren, weil sie sich als Außenseiterin gefühlt hatte. Sie hatte sich im Altenheim versteckt und es zu ihrem Leben und nicht nur zu ihrem Beruf gemacht.

Während sie die friedlichen Düfte des Gartens einatmete, verspürte sie eine merkwürdige Aufregung. Sie war knapp dreißig Jahre alt, jung genug, um noch Veränderungen vorzunehmen. Doch nicht auf die Art und Weise, wie sie sie sich vorgestellt hatte. Nicht, indem sie wegrannte. Stattdessen würde sie jetzt jede Minute ihres Lebens ohne Angst genießen. Sie würde aufhören, sich dagegen zu schützen, dass man sie auslachte oder sie nicht anerkannte – beides würde sie nicht umbringen. Und sie würde sich selbst gestatten, Bobby Tom zu lieben, und zwar von ganzem Herzen.

Ihr Herz begann zu schlagen. Würde sie dafür den Mut aufbringen? Nachdem die Sache hier vorüber war, würde sie wieder in das Altenheim zurückkehren müssen – sie zwang sich dazu, diese Tatsache zu durchdenken. Doch in der

Zwischenzeit ... hatte sie den Mut, sich von einem Berg zu stürzen, wohl wissend, dass der Aufprall sie möglicherweise umbringen würde? Würden ihre Nerven stark genug sein, um diese unerträglich kurze Zeit in ihrem Leben, während der sie in seiner Nähe sein durfte, beim Schopf zu fassen und jede kostbare Sekunde zu nutzen?

Sie war völlig aufgewühlt, als sie ihre Entscheidung fällte. Sie würde die Arbeit als seine persönliche Assistentin annehmen und jeden Moment genießen, den sie mit diesem wunderbaren Mann verbrachte, den ihr Herz sich dummerweise zu lieben entschlossen hatte. Sie würde sich jeden Blick, den er ihr zuwarf, jedes Lächeln, jede Geste, merken. Sie konnte alle Vorsicht beiseite schieben und sich ihm ganz hingeben, so weit jedenfalls, wie er damit einverstanden war. Vielleicht würde er sogar mit ihr schlafen. Vermutlich nicht. Wie auch immer, sie würde sich ihm bedingungslos hingeben. Derweil durfte sie nicht vergessen, dass, nachdem alles vorüber war, sie bestenfalls mit einem Schatz Erinnerungen dastehen würde.

Sie schloss einen Pakt mit sich selbst. Die heftige Liebe, die sie für ihn empfand, durfte ihren Blick nicht trüben, ob im Guten oder im Bösen, ob es sich um sein übersteigertes Selbstbewusstsein oder aber sein zu weiches Herz handelte, seine Intelligenz oder seinen gefährlich manipulativen Charme. Auch würde ihre Liebe ihre Prinzipien nicht erweichen. Sie würde immer sie selbst bleiben. Und obwohl ihm das nicht genügen würde, war es alles, was sie anzubieten hatte.

Sie schloss die Augen und sah ihn vor sich. Ein kosmischer Cowboy mit einem großen Stetson, einem betörenden Grinsen, ein Mann, der im Vorbeigehen den Staub der Sterne verteilte. Dieser Sternenstaub war auf sie gefallen und hatte ihrem vertrockneten Körper wieder Leben eingehaucht und ihr verkümmertes Herz aufgeweckt.

Sie wusste genau, dass die Sache zwischen ihr und Bobby Tom Denton nicht ewig halten würde. Und während ihr Herz sich überschlug, sagte ihr ihr Verstand, dass sie sich dieser Tatsache zu stellen hatte. Er würde sie im Gegenzug nicht auch lieben. Außergewöhnliche Männer waren für außergewöhnliche Frauen bestimmt, und sie ihrerseits war hoffnungslos gewöhnlich. Diese Sache konnte sie nur dann emotional einigermaßen unversehrt überleben, wenn sie sich in Erinnerung rief, dass dieser Mann nicht nur ein Mensch, sondern eine Legende war. Ihr Ehrgefühl würde ihr nicht gestatten, sich von ihm Dinge gefallen zu lassen, so wie die anderen das taten. Sie würde sich ihm von ganzem Herzen hingeben, doch nicht in der Hoffnung, dafür etwas zurückzubekommen. Später, wenn die ganze Angelegenheit Vergangenheit war, würde dieser von Gott so reichlich gesegnete Mann sich zumindest daran erinnern, dass Gracie Snow der Mensch in seinem Leben gewesen war, der sich niemals etwas hatte gefallen lassen.

Eine Stunde später war ihr immer noch etwas flau im Magen, eine solch weit reichende Entscheidung gefällt zu haben. Sie näherte sich dem braungrauen Containerwagen, den man für Bobby Tom reserviert hatte. Angesichts des gestrigen Abends, ihrem Kater und ihrer neu entdeckten Selbsterkenntnis würde die Begegnung mit ihm zwar unvermeidlich, aber nicht leicht sein. Doch bevor sie noch die Treppe hinaufsteigen konnte, öffnete sich die Tür des benachbarten Containers, und Natalie Brooks trat heraus.

Gracie musterte die langbeinige brünette Schauspielerin, die man überall als »die neue Julia Roberts« feierte. Sie wurde noch niedergeschlagener, als sie sich daran erinnerte, dass Bobby Tom alle Liebesszenen mit diesem herrlichen Geschöpf drehen würde. Gracie musterte ihre wunderschöne dunkelbraune Haarmähne. Sie hatte die Haare zu einem jugendlichen Pferdeschwanz gebunden, der ihrer Schönheit keinerlei Abbruch tat. Auch ohne eine Spur von Make-up war die vierundzwanzigjährige Schauspielerin atemberaubend schön. Ihre Gesichtszüge waren ausgeprägt: breite, dunkle Brauen, katzenhaft grüne Augen, ein breiter, großzügiger Mund und gleichmäßig weiße Zähne. Sie trug die zerknitterten braunen Shorts und ein ebenso zerknittertes rosa Polohemd, als ob es sich dabei um Designerware handeln würde.

»Hallo.« Sie lächelte Gracie freundlich an und streckte die Hand aus. »Ich bin Natalie Brooks.«

»Gracie Snow.« Sie erwiderte den festen Händedruck. »Ich habe Ihre Filme sehr genossen, Frau Brooks. Ich bin ein echter Fan.«

»Nennen Sie mich doch bitte Natalie. Elvis schläft gerade, da haben wir etwas Zeit, um uns zu unterhalten.« Sie deutete auf ein paar Klappstühle, die im Schatten des Containers aufgestellt waren.

Gracie hatte zwar keine Ahnung, wer Elvis war, doch würde sie die Gelegenheit nicht ungenutzt verstreichen lassen, sich mit einer Berühmtheit wie Natalie Brooks zu unterhalten. Noch dazu bot es ihr eine ausgezeichnete Ausrede, um ihr Zusammentreffen mit Bobby Tom ein wenig hinauszuzögern. Nachdem sie sich gesetzt hatten, sagte Natalie: »Von Anton weiß ich, dass Ihre Referenzen ausgezeichnet sind. Mein Mann und ich sind Ihnen sehr dankbar, dass Sie so kurzfristig hierher geflogen sind. Für unseren Elvis wollen wir nur das Beste.«

Obwohl Gracie keine Vorstellung davon hatte, worüber sie redete, fand sie die verzweifelte Aufrichtigkeit der Schauspielerin doch rührend.

»Als Erstes muss ich Ihnen sagen, dass Anton und ich kein Freunde von festen Zeitplänen sind. Elvis wird dann gestillt, wenn er Hunger hat. In anderen Worten, sowie er sich regt, möchte ich, dass Sie ihn mir bringen. Abgesehen von der Milch soll er keine anderweitige Nahrung bekommen. Anton und ich möchten ihm ein gesundes Immunsystem schenken, das lediglich Muttermilch Gewähr leisten kann. Wir machen uns auch deshalb Sorgen, weil in unserer Familie Allergien vorkommen – Anton hat einen Cousin, der hochgradig allergisch ist – und aus diesem Grunde bekommt Elvis während seiner ersten sechs Lebensmonate ausschließlich Muttermilch. Sie sind doch dem Stillen gegenüber ebenfalls positiv eingestellt, nicht wahr?«

»O ja.« Mehr als einmal hatte Gracie sich selbst mit einem Baby an der Brust vorgestellt. Die Einbildung war stets so intensiv gewesen, dass ihre Brust fast geschmerzt hatte. »Aber sind sechs Monate für ein Baby nicht eine lange Zeit, um sonst überhaupt nichts zu essen zu bekommen? Ich dachte immer, sie bräuchten so etwas wie Haferflocken.«

Natalie musterte Gracie, als ob diese vorgeschlagen hätte, das Baby mit Arsen zu verwöhnen. »Aber überhaupt nicht! Muttermilch ist für die ersten sechs Monate das Allerbeste für das Kind. Ich hätte Anton damit beauftragen sollen, Ihnen all diese Dinge zu erzählen. Es ist so schwierig – er hat geschäftlich in Los Angeles zu tun, und dies ist unsere erste Trennung. Er wird an den Wochenenden hierher fliegen, aber dennoch wird es nicht einfach werden.«

Gracie hielt sich für ein wenig charakterlos, dass sie die Verwechslung mit einem Kindermädchen für weniger schmeichelhaft hielt, als als Stripperin eingeschätzt zu werden. »Tut mir Leid, Natalie. Ich hätte eigentlich gleich unterbrechen sollen, doch ich war so fasziniert von dem, was Sie erzählten, dass ich irgendwie abgelenkt wurde. Das passiert mir manchmal. Aber ich bin nicht Ihr Kindermädchen.«

»Das sind Sie nicht?«

Gracie schüttelte den Kopf. Der Schmerz hinter ihren

Schläfen erinnerte sie an ihre alkoholischen Exzesse des gestrigen Abend. Sie verharrte regungslos. »Ich bin eine der Produktionsassistentinnen. Besser gesagt, *war* eine Produktionsassistentin, jetzt bin ich Bobby Tom Dentons Assistentin.«

Gracie hatte erwartet, dass Natalie wie alle anderen auch bei der Erwähnung von Bobby Tom Dentons Namen dahinschmelzen würde. Doch die Schauspielerin nickte lediglich. Dann schoss ihr Kopf hoch und sie sah sich alarmiert um. »Haben Sie das eben auch gehört?«

»Was denn?«

Sie schreckte vom Stuhl hoch. »Elvis. Er weint.« Ihre langen Hollywoodbeine rannten die Stufen hoch. Kurz bevor sie im Inneren des Wagens verschwand, drehte sie sich um: »Warten Sie, dann zeige ich ihn Ihnen.«

Trotz ihrer recht verkrampften Einstellung über Kindererziehung, gefiel Natalie Brooks Gracie ganz gut. Außerdem war sie neugierig darauf, ihr Baby zu sehen. Aber wie dem auch sei, sie wusste, dass sie ihre Verantwortlichkeiten nicht länger würde hinausschieben können.

In diesem Moment zog einer der Gerätelaster an, und Gracie sah jetzt Bobby Tom, der sich neben der Koppel mit mehreren attraktiven jungen Frauen unterhielt. Von ihren modischen Outfits her zu schließen war es klar, dass sie zur Filmcrew gehörten. Gracie vermutete, dass die Frauen Telarosas bereits Schlange standen, um das Footballquiz machen zu dürfen. Er trug lediglich Jeans und seine Stiefel. Die Sonne glitzerte auf seinem blonden Haar und ließ seine nackte Brust erglühen. Allein bei seinem Anblick hüpfte ihr das Herz.

Eine der Maskenbildnerinnen kam auf ihn zu und sprühte ihm die Brust ein, damit die Muskeln ölig glänzten. Er betrachtete sich. Selbst aus der Entfernung konnte sie erkennen, dass ihn das verwirrte. Sie musste über seine Reaktion lächeln, denn er erachtete diese Verschönerungsmaßnahme offenbar als absolut überflüssig.

Natalie erschien mit einem in Flanell gehüllten Bündel auf dem Arm und einem engelsgleichen Lächeln auf ihren berühmten Lippen. »Das ist Elvis.« Sie ließ sich wieder auf dem Stuhl nieder. »Morgen wird er vier Monate. Sag guten Tag, Liebling. Sag Gracie guten Tag.«

Gracie sah sich mit einem der hässlichsten Babys konfrontiert, das ihr jemals unter die Augen gekommen war. Er ähnelte einem kleinen japanischen Sumo-Ringer. Seine Nase war eingedrückt, seine winzigen Äuglein wurden von den Fettfalten seiner Wangen fast gänzlich versteckt, sein Kinn war praktisch nicht existent.

»Was für ein … äh … hübsches Baby«, jubelte sie pflichtbewusst.

»Ich weiß.« Natalie strahlte.

»Und was für ein ungewöhnlicher Name.«

»Es ist ein alter und ehrbarer Name«, erwiderte sie eine Spur abwehrend. Doch dann blickte sie besorgt um sich. »Ich habe eben gerade meinen Mann angerufen, um mich nach dem Kindermädchen zu erkundigen. Gestern Abend hat er erfahren, dass sie für ein vier Monate altes Baby auf teilweise fester Nahrung besteht. Mit unserer Suche stehen wir also wieder ganz am Anfang. Jetzt erkundigt er sich gerade über Kindermädchen, die im Dienste der britischen Königsfamilie gestanden haben.«

Aus dem zweifelnden Gesichtsausdruck Natalies schloss Gracie, dass diese sich nicht sicher war, ob eine solche Berufserfahrung genügen würde.

Widerstrebend entschuldigte sie sich und machte sich auf den Weg zu Bobby Tom. Doch in der letzten Sekunde verließ sie der Mut. Sie kratzte einen Umweg über den Restaurationswagen. Vielleicht würde sie sich nach einer Tasse Kaffee stark genug fühlen, um ihm gegenüberzutreten.

8

Bobby Tom war schlechtester Laune. Selbst das Gras beim Wachsen zu beobachten war interessanter, als einen Film zu drehen. Seit seiner Ankunft gestern hatte er nichts getan als ohne Hemd herumzulaufen, aus einer Whiskyflasche Eistee zu trinken und so zu tun, als ob er den Zaun der Koppel flicken würde. Noch bevor er überhaupt ins Schwitzen geriet, riefen sie »Schnitt«, und er musste wieder aufhören. Er trug nicht gerne Make-up, und er hielt sich nicht gerne ohne seinen Stetson in der Sonne auf. Sein besonderes Missfallen erregte das Babyöl auf seiner Brust, erst recht, wenn sie den Dreck darauf mit verschmierten.

Bei all dem Rummel um seine Person fühlte er sich wie eine Tunte. Sogar den Reißverschluss seiner Jeans hatte man manipuliert, sodass er sie nicht ganz zuziehen konnte. Sein Hosenschlitz endete in einem V, das so tief unten ansetzte, dass er darunter keine Unterhosen tragen konnte. Zusätzlich waren die Jeans eine Nummer zu eng. Er konnte nur hoffen, dass er niemals erregt sein würde. Wenn doch, würde es keinem in seinem Umkreis entgehen.

Seine schlechte Laune wurde noch durch die Tatsache verstärkt, dass die halbe Einwohnerschaft Telarosas am Morgen das Filmset besucht hatte, offensichtlich mit bescheuerten Heiratsplänen im Hinterkopf. Er war so vielen Tammys, Tiffanys und Tracys vorgestellt worden, dass ihm der Kopf brummte. Und dann war da noch die Sache mit Gracie Snow. Bei Licht betrachtet belustigte ihn der Vorfall von gestern Abend absolut nicht mehr.

Die Dame war sexuell so ausgehungert, dass es lediglich eine Frage der Zeit war, bis sich jemand fand, der diese Lücke zu füllen verstand. Er zweifelte, dass sie die Geistesgegenwart besitzen würde, sich zunächst Klarheit über den

Gesundheitszustand ihres Liebhabers zu verschaffen, bevor sie mit ihm ins Bett hüpfte. In New Grundy waren ihre Aussichten begrenzt gewesen, doch hier, wo die Männer zahlenmäßig bei weitem überwogen, würde es vermutlich keiner großen Überredungskünste bedürfen, dass einer von ihnen Gracies Jungfräulichkeit ein Ende bereitete – besonders dann, wenn es sich erst einmal herumgesprochen hatte, was für ein süßer zierlicher Körper sich unter der entstellenden Kleidung verbarg. Diese bestimmte Erinnerung versuchte er mit aller Macht zu verdrängen. Es war kaum zu glauben, dass sie im Alter von dreißig Jahren immer noch körperlich unangetastet war. Andererseits hatte ihre Befehlsart und ihre Guerillataktiken in punkto Automotoren vermutlich den Großteil der männlichen Bevölkerung New Grundys verschreckt. Vor kurzem hatte er sie mit Natalie Brooks zusammen gesehen. Danach war sie in seine Richtung gelaufen, hatte jedoch anscheinend den Mut verloren und war auf die Kantine zugesteuert, wo Connie Cameron, eine seiner alten Freundinnen, es ihr sicher nicht leicht gemacht hatte. Jetzt stand sie hinter den Kameras. Falls er sich nicht irrte, machte sie Atemübungen. Er wollte sie aus ihrer misslichen Lage befreien.

»Gracie, komm doch mal her, bitte.«

Sie schreckte hoch. Wenn sie ähnlich reagierte wie gestern Abend, würde er nicht gerne Zeugen dabei haben. Während sie nun auf ihn zutrabte, schien ihr Beton an den Füßen zu kleben. Ihr zerknittertes blaues Kostüm machte den Eindruck, als ob es für eine achtzigjährige Nonne geschneidert worden sei. Wie konnte man nur einen so schlechten Geschmack haben? Sie blieb vor ihm stehen und schob die dunkle Sonnenbrille nach oben, wo sie in ihrem Haar versank. Er warf einen Blick auf die zerknitterte Kleidung, die rot geränderten Augen und die fahle Haut. Einfach bemitleidenswert.

Sie mied seinen Blick. Offensichtlich war ihr die Angelegenheit immer noch sehr peinlich. Doch da er ihre aufmüpfige Natur kannte, würde er sich gleich von Anfang an auf eine offensive Strategie festlegen müssen, wenn er der Herr im Ring bleiben wollte. Unter normalen Umständen hätte er nie und nimmer jemanden getreten, der bereits am Boden lag. Doch war ihm klar, wenn er sich jetzt nicht durchsetzte und sie daran erinnerte, wer hier das Sagen hatte, würde es für die Zukunft schlecht aussehen.

»Liebling, ich habe ein paar Aufgaben für dich, die du bitte für mich erledigen könntest. Nachdem du jetzt für mich arbeitest, habe ich mich dazu durchgerungen, dich entgegen besseren Wissens meinen Thunderbird fahren zu lassen. Das Auto muss aufgetankt werden. Mein Portemonnaie und die Schlüssel liegen auf dem Tisch in meinem Container. Da wir gerade vom Container sprechen, dort ist es nicht annähernd so sauber, wie ich es gerne hätte. Vielleicht kaufst du auch noch eine Bürste und etwas Desinfektionsmittel, dann kannst du dich ein wenig an dem Linoleum zu schaffen machen.«

Ganz wie er es erwartet hatte, wurde sie auf einen Schlag hellwach. »Erwartest du etwa von mir, dass ich den Boden deines Containers schrubbe?«

»Nur die verkrusteten Stellen. Und, Liebling, wenn du schon in der Stadt bist, dann schau doch bitte bei einer Drogerie vorbei und bring mir eine Schachtel Kondome mit.«

Ihr Mund öffnete sich vor Wut. »Ich soll dir Kondome besorgen?«

»Aber natürlich. Wenn du wie ich mit Vaterschaftsklagen überhäuft wirst, triffst du Vorsichtsmaßnahmen.«

Ein roter Flecken breitete sich von ihrem Hals bis zum Haaransatz aus. »Bobby Tom, ich kaufe dir keine Kondome.«

»Nein?«

Sie schüttelte den Kopf. Er steckte die Fingerspitzen in die Gesäßtaschen seiner Jeans und schüttelte bedauernd den Kopf. »Ich hatte gehofft, dies würde mir erspart bleiben. Doch wie ich sehe, müssen wir unser Kommunikationsschema gleich von Anfang an klarstellen. Erinnerst du dich an deine Arbeitsplatzbeschreibung?«

»So viel ich weiß, arbeite ich als deine ... äh ... persönliche Assistentin.«

»Genauso ist es. Das wiederum bedeutet, dass du mir persönlich assistieren sollst.«

»Es bedeutet aber nicht, dass ich deine Sklavin bin.«

»Ich hatte gehofft, Willow hätte dir alles bereits erklärt.« Er seufzte. »Hat sie bei der Erläuterung deiner neuen Aufgaben erwähnt, dass ich das Sagen habe?«

»Wenn ich mich recht erinnere, hat sie das.«

»Und hat sie irgendetwas über die Tatsache erwähnt, dass du das machen sollst, was ich dir sage?«

»Sie ... nun ja, sie sagte ... aber sicherlich hat sie damit nicht gemeint ...«

»Oh, da bin ich mir aber sicher. Von heute an bin ich dein neuer Chef. Solange du meinen Anordnungen folgst, werden wir beide wunderbar miteinander auskommen. Und jetzt wäre ich dir sehr verbunden, wenn du dich heute noch vor Drehschluss um das Linoleum kümmerst.«

Ihre Nasenlöcher blähten sich. Fast konnte er den Dampf aus ihren Ohren entweichen sehen. Sie kräuselte die Lippen, als ob sie gleich Kanonenkugeln ausspeien wollte und nahm ihre Handtasche.

»Also gut.«

Er wartete, bis sie ihm fast entkommen war, dann rief er sie zurück. »Gracie?«

Misstrauisch drehte sie sich um.

»Was die Kondome betrifft, Liebling, kaufe bitte die Größe Jumbo. Kleinere sind mir einfach zu eng.«

Bis zu diesem Tag hatte Bobby Tom noch niemals eine Frau doppelt erröten sehen, Gracie aber gelang dieses Kunststück. Sie suchte nach ihrer Sonnenbrille, setzte sie sich auf und floh.

Er gluckste in sich hinein. Eigentlich sollte er ein schlechtes Gewissen haben, sie derart in die Enge zu treiben. Stattdessen war er ungewöhnlich zufrieden mit sich selbst. Gracie gehörte zu jenen Frauen, die einen Mann verrückt machen konnten, wenn man die Zügel schleifen ließ. Insgesamt war es besser, die natürliche Ordnung gleich von Anfang an klarzustellen.

Nachdem sie eine Stunde später ihre Einkäufe erledigt hatte, fuhr sie mit Bobby Toms Thunderbird vom Parkplatz der Drogerie. Ihre Wangen glühten bei der Erinnerung daran, was eben gerade in der Drogerie passiert war. Nachdem sie sich selbst damit beruhigt hatte, dass moderne Frauen heutzutage ständig Kondome kauften, hatte sie schließlich all ihren Mut zusammengekratzt und ihr Anliegen vorgebracht. Und genau in dieser Sekunde war Suzy Denton aufgetaucht.

Die Schachtel lag wie eine tickende Zeitbombe für alle sichtbar auf dem Tresen. Natürlich hatte Suzy sie gesehen, die sich auf der Stelle diskret der Fotografie eines zweiköpfigen Hundes auf der Titelseite einer Boulevardzeitung zuwandte. Gracie wäre am liebsten im Boden versunken.

Jetzt teilte sie ihre Gefühle Elvis mit, der im Kindersitz neben ihr lag. »Immer wenn ich denke, dass ich mich vor Suzy nicht noch schlimmer blamieren könnte als ich es ohnehin schon geschafft habe, passiert wieder etwas grässliches Neues.«

Elvis rülpste hingebungsvoll.

Gracie musste unwillkürlich grinsen. »Du hast es leicht. Du musstest schließlich keine Kondome kaufen.«

Er gluckste und formte mit seiner Spucke lauter kleine

Bläschen. Als sie die Ranch verlassen hatte, war ihr Natalie begegnet, die verzweifelt nach jemand Verlässlichem suchte, der Elvis eine Stunde beaufsichtigen konnte, während sie die erste Szene des Tages drehte. Als Gracie sich angeboten hatte, hatte Natalie sie mit Dankbarkeit und einer langen Liste Anweisungen überschüttet und sich erst entspannt, als Gracie sich schließlich Notizen gemacht hatte.

Gracies Kater hatte sich glücklicherweise verflüchtigt, und ihr Kopf war wieder schmerzfrei. Sie hatte ein sauberes Kleid, ein sehr zerknittertes schwarzbraun gestreiftes Hemdblusenkleid aus dem Koffer im Kofferraum herausgezerrt und sich im Container umgezogen. Endlich fühlte sie sich wieder als Mensch.

Gerade als sie die Stadtgrenze erreichte, beleidigte ein übler Geruch ihre Nase . Gleichzeitig begann das Baby zu greinen. Offenbar schien ihm die Fülle seiner Windel nicht zu behagen. Gracie atmete erstickt aus. »So klein und schon so mächtig stinken! Junge, Junge.«

Er zog das Gesicht zusammen und begann nun laut zu protestieren. Da kein Verkehr auf der Straße war, fuhr sie rechts heran und wickelte das Baby. Sie hatte sich gerade wieder hinter das Steuer gesetzt, als sie Reifen auf dem Schotter knirschen hörte.

Sie drehte sich auf ihrem Sitz um und beobachtete einen hoch gewachsenen Mann in einem gut geschnittenen hellgrauen Anzug, der hinter ihr aus einem dunkelroten BMW stieg. Für einen älteren Mann war er ausgesprochen attraktiv: kurze dunkle, ein wenig von grau durchsetzte Haare, ein interessantes Gesicht und ein muskulöser Körper, an dem offenbar nicht ein Gramm Fett zu viel war.

»Benötigen Sie Hilfe?« erkundigte er sich.

»Nein, aber trotzdem vielen Dank.« Sie machte eine Kopfbewegung in Richtung des Babys. »Ich musste ihm die Windeln wechseln.«

»Verstehe.« Er lächelte sie an, und sie lächelte zurück. Es war schön zu wissen, dass es immer noch Menschen gab, die sich die Mühe machten, anderen zu helfen.

»Ist das nicht Bobby Tom Dentons Auto?«

»Ja, das ist es. Ich bin seine Assistentin, Gracie Snow.«

»Hallo, Gracie Snow. Ich bin Way Sawyer.«

Sie riss die Augen auf und erinnerte sich an die Telefonate zwischen Bobby Tom und Bürgermeister Baines während ihrer Reise. Dies war also der Mann, von dem ganz Telarosa sprach. Ihr fiel auf, dass sie zum ersten Mal den Namen Way Sawyer nicht in Verbindung mit den Worten »der Mistkerl« gehört hatte.

»Wie ich sehe, haben Sie schon von mir gehört«, stellte er lakonisch fest.

Sie antwortete ausweichend: »Ich bin gerade erst einen Tag hier in der Stadt.«

»Dann sind Sie auf jeden Fall über mich unterrichtet.« Er grinste und blickte Elvis mit zur Seite geneigtem Kopf an. Elvis strampelte auf seinem Kindersitz. »Ist das Ihr Baby?«

»Oh nein. Er gehört Natalie Brooks, der Schauspielerin. Ich passe nur auf ihn auf.«

»Die Sonne blendet ihn«, meinte er. »Sie sollten lieber weiterfahren. Es war nett, Sie kennen zu lernen, Gracie Snow.« Er nickte, wandte sich ab und kehrte zu seinem Wagen zurück.

»Es war auch sehr nett, Sie kennen zu lernen, Herr Sawyer«, rief ihm Gracie hinterher. »Und vielen Dank, dass Sie angehalten haben. Das hätten nicht alle getan.«

Er winkte. Als sie wieder auf die Straße auffuhr, fragte sie sich, ob die Leute von Telarosa Herrn Sawyer nicht in einem allzu schlechten Licht zeichneten. Er schien ein ausgesprochen freundlicher Mann zu sein.

Trotz seiner trockenen Windel kräuselte Elvis das Gesicht und fing zu jammern an. Sie blickte auf die Uhr. Sie war bereits seit einer guten Stunde unterwegs. »Höchste Zeit, dich wieder an die Tränke zu hängen, alter Cowboy.«

Die Tüte mit den Kondomen drückte gegen ihre Hüfte. Sie erinnerte sich an ihren Schwur, Bobby Toms Fehler nicht zu ignorieren, nur weil sie sich in ihn verliebt hatte. Resigniert seufzend wusste sie, dass sie jetzt in Aktion treten musste. Obwohl er offiziell ihr Chef war und der Mann, der ihren Herzschlag beschleunigte, brauchte er doch eine Lektion, dass er so nicht mit ihr umspringen konnte, ohne danach die Konsequenzen für sein Verhalten zu tragen.

»Kreuz vier.«

»Ich passe.«

»Ich auch.«

Nancy Kopek blickte ihre Bridgepartnerin entnervt an. »Aber nicht doch, Suzy. Ich hatte dich nach einem Ass gefragt. Du hättest nicht abgeben sollen.«

Suzy Denton feixte ihre Partnerin entschuldigend an. »Tut mir Leid, ich bin nicht voll bei der Sache.« Statt sich auf das Bridgespiel zu konzentrieren, ging ihr der Vorfall in der Drogerie von vor einigen Stunden durch den Kopf. Gracie schien sich darauf vorzubereiten, mit ihrem Sohn ins Bett zu gehen. Da sie Gracie sehr mochte, wollte sie sie nicht verletzt sehen. Nancy nickte den beiden anderen Damen am Tisch wohlwollend zu. »Suzy ist abgelenkt, weil Bobby Tom zu Hause ist. Den ganzen Nachmittag über ist sie schon so hibbelig.«

Toni Samuels beugte sich vor. »Ich habe ihn gestern Abend bei der *Dairy Queen* gesehen. Leider hatte ich nicht die Gelegenheit, ihm gegenüber meine Nichte zu erwähnen. Ich bin mir ganz sicher, dass sie ihm den Kopf verdrehen würde.«

Tonis Partnerin Maureen runzelte die Stirn. »Meine Kathy ist viel eher sein Typ als deine Nichte. Was meinst du, Suzy?«

»Ich gehe und fülle allen die Gläser auf.« Suzy legte ihre Karten auf den Tisch und war froh, dem Spiel für ein paar Minuten entfliehen zu können. Normalerweise freute sie sich auf das Bridgespiel am Donnerstagnachmittag, doch heute war sie einfach nicht in der Stimmung.

In der Küche legte sie ihre Brille auf dem Tisch ab und trat ans Fenster anstatt zum Kühlschrank. Als sie auf das Vogelhäuschen blickte, das neben der Terrasse von den Zweigen eines Magnolienbaums hing, berührten ihre Finger unbewusst ihre Hüfte und ertasteten das kleine fleischfarbene Pflaster, das ihren Körper mit dem Östrogen versorgte, das er nicht mehr selber herstellen konnte. Plötzlich musste sie mit den Tränen kämpfen. Wie konnte sie schon alt genug für die Menopause sein? Es schien ihr, als ob erst wenige Jahre seit dem heißen Sommertag vergangen waren, an dem sie Hoyt Denton geheiratet hatte. Eine tiefschwarze Welle der Verzweiflung überflutete sie. Sie vermisste ihn so sehr. Er war ihr Ehemann gewesen, ihr Liebhaber und ihr bester Freund. Sie vermisste den sauberen, nach Seife riechenden Geruch, wenn er aus der Dusche kam. Sie vermisste seine feste Umarmung, sie vermisste die Liebkosungen, die er ihr ins Ohr flüsterte, wenn er sie ins Bett zog, sein Lachen, seine anzüglichen Witze und seine ungeschickten Wortspiele. Während sie auf das Vogelhäuschen starrte, schlang sie die Arme um den Oberkörper und stellte sich vor, dass er sie umarmte.

Einen Tag bevor sein Wagen während eines orkanartigen Sturms von einem Laster gerammt worden war, hatte er seinen fünfzigsten Geburtstag gefeiert. Nach der Beerdigung hatte sich ihre verzweifelte Trauer auch mit unbändiger Wut gemischt: dass er sie alleine gelassen und eine Ehe beendet hatte, die ihr alles im Leben bedeutet hatte. Es war eine grausame Zeit gewesen, und sie wusste nicht, wie sie sie ohne Bobby Tom überlebt hätte.

Nach der Beerdigung war er mit ihr zusammen nach Paris gereist. Einen Monat lang hatten sie die Stadt erkundet, hatten sich französische Dörfer, Schlösser und Kathedralen angesehen. Sie hatten zusammen gelacht und zusammen geweint. Trotz des Schmerzes hatte sie eine tiefe Dankbarkeit dafür empfunden, dass zwei noch unreife Jugendliche einen solchen Sohn hatten zu Stande bringen können. Ihr war bewusst, dass sie sich in letzter Zeit zu sehr auf ihn verließ. Sie hatte Angst davor, dass er ihr entgleiten könnte.

Bei seiner Geburt war sie sich sicher gewesen, er würde das Erste von mehreren Kindern sein, doch waren ihnen keine weiteren beschieden gewesen. Manchmal sehnte sie sich danach, dass er noch einmal klein sein möge. Sie wollte ihn auf dem Schoß sitzen haben, über sein Haar streicheln, seine Wunden verpflastern und den verschwitzten Geruch eines kleinen Jungens einatmen. Doch ihr Sohn war schon seit geraumer Zeit ein erwachsener Mann und die Tage, an denen sie Mückenstiche mit beruhigender Lotion bekämpft und Wunden mit Küssen bedeckt hatte, waren endgültig vorbei.

Wenn doch nur Hoyt noch lebte.

Ich vermisse dich so sehr, mein Liebling. Warum musstest du mich zurücklassen?

Um sechs Uhr waren die Dreharbeiten für diesen Tag abgeschlossen. Als Bobby Tom sich von der Koppel abwandte, war ihm heiß, er war müde, verschwitzt und leicht entnervt. Den ganzen Nachmittag über hatte er Staub eingeatmet, und das Programm für morgen sah nicht anders aus. Seiner Meinung nach war dieser fiktive Jed Slade der dämlichste Mensch, der jemals erfunden worden war. Bobby Tom hielt sich selbst nicht für einen Pferdeexperten, doch wusste er genug über sie, um sich ganz sicher zu sein, dass kein Rancher, ob nun betrunken oder nicht, ein Pferd nur halb bekleidet einzureiten versuchen würde.

Als der Tag voranschritt, steigerte sich Bobby Toms Ungehaltenheit über seine künstlich eingeölte und mit Dreck verschmierte Brust und die halbgeöffneten Jeans in regelrechte Verachtung. Man behandelte ihn hier wie ein Sexualobjekt! Es war geradezu unwürdig, jawohl, ihn auf eine eingeölte Brust und einen knackigen Hintern zu reduzieren. So ein Mist auch. Ein Dutzend Jahre in der Football-Liga, und das war nun alles, was dabei herausgekommen war. Tolle Brust, toller Hintern.

Er stürmte auf seinen Container zu, die Absätze seiner Stiefel ließen den Staub aufwirbeln. Er wollte nur kurz duschen, dann bei sich zu Hause vorbeifahren und die Tür hinter sich abschließen, ehe er bei Suzy vorbeischauen wollte. Er hoffte, dass Gracie sich noch nicht aus dem Staub gemacht hatte, denn er freute sich darauf, seine schlechte Laune an ihr auszulassen. Er öffnete die Tür und trat ein, hielt jedoch abrupt inne, als er den Container voller Frauen erblickte.

»Bobby Tom!«

»Hallo, Bobby Tom!«

»Hey, Cowboy!«

Sechs Frauen wuselten wie Kakerlaken um ihn herum, stellten selbst gemachte Aufläufe auf den Tisch und holten Bier aus dem Kühlschrank. Eine von ihnen war eine alte Bekannte, drei andere hatte er heute auf dem Set kennen gelernt, und zwei von ihnen kannte er überhaupt nicht. Alle Aktivitäten drehten sich um die siebente Frau, eine hässliche Hexe in einem schwarz-braun gestreiften Kleid, das an den Schwanz eines Waschbären erinnerte. Sie stand inmitten der anderen, verteilte Anordnungen und warf ihm ein breites Lächeln zu.

»Shelley, der Auflauf sieht sehr lecker aus. Bobby Tom wird jeden Bissen verschlingen. Marsha, einen so schönen Pie habe ich wohl noch nie gesehen. Wie nett von dir, dass du ihn gebacken hast. Den Fußboden hast du wirklich gut hingekriegt, Laurie. Bobby Tom wird dir das hoch anrechnen. Mit Linoleum ist er immer etwas pingelig, nicht wahr, Bobby Tom?«

Sie betrachtete ihn mit der Güte einer Madonna, doch ihre hellen grauen Augen funkelten triumphierend. Sie wusste nur zu gut, dass ein Haufen auf die Ehe erpichter Frauen das Letzte war, dem er sich jetzt stellen wollte. Doch anstatt sie wieder wegzuschicken, hatte sie sie dazu ermutigt zu bleiben! Jetzt endlich begriff er, weswegen Gracie in sein Leben getreten war. Sie war ein Spaß, den Gott sich mit ihm erlaubt hatte.

Eine Frau mit aufgebauschtem Haar und einem Stretchtop reichte ihm eine Dose Bier. »Ich bin Mary Louise Finster, Bobby Tom. Die Frau von Randolphs Neffe ist meine Cousine. Ed meinte, ich solle doch einmal vorbeischauen und Guten Tag sagen.«

Er nahm die Dose Bier und lächelte automatisch, obwohl ihm die Muskeln vor Anstrengung schmerzten. »Schön, dich zu treffen, Mary Louise. Was treibt denn Ed dieser Tage?«

»Ach, es geht ihm gut. Vielen Dank für die Nachfrage.« Sie wandte sich an die Frau neben ihr. »Und dies ist meine beste Freundin, Marsha Watts. Früher war sie mit Riley Carters Bruder Phil zusammen.«

Nach und nach drängte sich jede der Frauen einmal in den Vordergrund. Er verteilte Höflichkeiten und Komplimente wie ein Bonbonspender, während ihm der Kopf schmerzte und seine Haut vom Dreck und dem Babyöl juckte. Es lag genügend Parfüm in der Luft, um der Ozondecke ein nagelneues Loch zu verpassen. Er kämpfte gegen das Bedürfnis zu niesen an.

Hinter ihm öffnete sich die Tür und schlug ihm ins Kreuz. Automatisch trat er zur Seite, was unglücklicherweise einer weiteren Frau die Möglichkeit zum Eintritt bot.

»Du erinnerst dich doch an mich, nicht wahr, Bobby

Tom? Ich bin Colleen Baxter. Vor meiner Hochzeit hieß ich Timms, doch jetzt bin ich von dem hinterhältigen Mistkerl geschieden, der früher im *Ames Body Shop* gearbeitet hat. Wir beide sind gemeinsam zur Schule gegangen, aber ich war zwei Klassen unter dir.«

Trotz seiner Wut lächelte er Colleen an. »Du bist hübsch geworden, Liebling, ich hätte dich fast nicht erkannt. Damals warst du natürlich auch schon ein süßes kleines Ding.«

Bei ihrem schrillen Lachen biss er die Zähne zusammen und bemerkte gleichzeitig den verschmierten Lippenstift auf ihrem Schneidezahn. »Du bist einfach unglaublich, Bobby Tom.«

Sie tätschelte Bobby Toms Arm, dann wandte sie sich Gracie zu und reichte ihr eine Plastiktüte. »Ich habe das italienische Eis gekauft, von dem du meintest, es sei Bobby Toms Lieblingseis. Du solltest es gleich im Eisfach verstauen. Die Luftkühlung in meinem Auto ist ausgefallen, und allmählich wird es weich.«

Bobby Tom hasste diese Schokoladen-Erdbeer-Vanillemischung. Wie die meisten Kompromisse in seinem Leben.

»Danke, Colleen.« Als Gracie das Eis aus der Plastiktüte zog, bildete das sanfte Lächeln einer Religionslehrerin auf ihrem Gesicht einen scharfen Kontrast zum boshaften Funkeln ihrer grauen Augen. »War das nicht einfach süß von Colleen, nur für dein Eis den ganzen Weg zurück in die Stadt zu fahren, Bobby Tom?«

»Unglaublich süß.« Obwohl er ruhig sprach, warf er ihr einen derart finsteren Blick zu, dass es ihn selbst überraschte, dass er sie nicht auf der Stelle erwürgte. Colleen versuchte, an seinem Arm Halt zu finden, doch ihre Hand glitt mehrmals am Babyöl aus und rieb den Dreck noch tiefer in seine Haut. »Ich habe viel über Football gelernt, Bobby Tom. Ich hoffe, dass du mir vor deiner Abreise aus Telarosa die Chance einräumen wirst, am Quiz teilzunehmen.«

»Ich habe auch ziemlich gebüffelt«, meldete sich ihre Freundin Marsha. »Sämtliche Bücher über Football in der Bibliothek waren ausgeliehen, als sich dein bevorstehender Aufenthalt hier herumgesprochen hat.«

Er war am Ende seiner Geduld angekommen, und mit einem bedauernden Seufzen legte er je einen Arm um die Frauen. »Es tut mir so Leid, meine Damen, doch hat Gracie just gestern Abend den Quiz bestanden und zugestimmt, Frau Bobby Tom Denton zu werden.«

Eine unheimliche Stille folgte. Gracie versteinerte, das Eis troff ihr von den Händen.

Die Blicke der Frauen pendelten fassungslos zwischen den beiden hin und her, und Colleens Mund öffnete sich wie der eines Fisches. »Gracie?«

»Diese Gracie?« Mary Louise registrierte jeden von Gracies Mode- und Make-up-Fehlern.

Bobby Tom zwang sich zu einem zärtlichen Lächeln in Richtung der Person, die er am liebsten an Ort und Stelle gen Hölle befördert hätte. »Diese süße kleine Lady hier.« Er zwängte sich durch die anderen Frauen hindurch, um an ihre Seite zu gelangen. »Ich habe dir gleich gesagt, dass wir es nicht lange geheim halten können, Liebling.«

Er legte seinen Arm um ihre Schultern und presste sie gegen seine nackte Brust, wo er sein Bestes gab, sie mit Sand und Babyöl zu beschmieren. »Wie gesagt, meine Lieben, Gracie kennt sich mit der Geschichte des Superbowls besser aus als irgendeine andere Frau, der ich jemals begegnet bin. Mein Güte, sie ist wirklich zauberhaft, wenn es um die Spielergebnisse der Nachsaison geht. Die Art und Weise, wie du gestern Abend die Prozentzahl der Passwelle aufgelistet hast, Liebling, hat mir die Tränen in die Augen getrieben.«

Sie gab merkwürdig erstickte Würgegeräusche an seiner Brust ab, worauf er sie noch fester an sich drückte. Warum war ihm das bisher noch nicht eingefallen? Gracie als seine

Verlobte auszugeben war die beste Art und Weise, sich während seines Aufenthaltes in Telarosa ein wenig Frieden und Ruhe zu verschaffen.

Er bewegte ihren Körper etwas, sodass er auch die andere Seite ihres Gesichts mit Öl verschmieren konnte. Plötzlich stockte ihm der Atem, als Gracie ihm die Packung Eiskrem in den Magen rammte.

Mary Louise Finster machte den Eindruck, als ob sie einen Hühnerknochen verschluckt habe. »Aber Bobby Tom, Gracie ist doch nicht ... Sie ist wirklich nett, und ich will nichts gegen sie sagen, aber sie ist doch nicht wirklich ...« Er zog scharf den Atem ein und grub seine Finger in Gracies Hinterkopf, wo es niemand sehen konnte. »Sicher sprichst du davon, wie Gracie gerade aussieht? Sie kleidet sich gelegentlich so, weil ich sie darum bitte. Sonst schenken ihr die Männer viel zu viel Beachtung. Das stimmt doch, nicht wahr, Liebling?«

Ihre Antwort wurde an seiner Brust erstickt, während sie sich gleichzeitig bemühte, den Eiskarton diesmal in seine Seite zu rammen. Er zog noch stärker an ihrem Haar und zwinkerte den anderen zu. »Ein paar von den Männern aus der Crew machen mir einen ziemlich wilden Eindruck. Ich hatte Angst, dass sie sich vielleicht ein wenig zu heftig um sie bemühen werden.«

Ganz wie er gehofft hatte, erwies sich die Ankündigung seiner Verlobung als Stimmungsdämpfer. Er bemühte sich, das tropfende Eis an seiner nackten Haut zu ignorieren und hielt Gracie dicht an sich gepresst, während er seine Besucher verabschiedete. Als die Tür des Containers sich schließlich hinter der letzten Besucherin geschlossen hatte, lockerte er seinen Griff und betrachtete sie.

Sand und Öl verschmierten nicht nur ihr Gesicht, sondern auch die Vorderseite ihres Waschbärenkleides, während schmelzende Eiskrem unter dem Deckel hervorquoll.

Matschiges Schokoladen-, Erdbeer- und Vanilleeis rann ihr über die Finger.

Er erwartete einen Ausbruch der Entrüstung, doch anstatt wütend zu werden kniff sie entschlossen die Augen zusammen. Wie üblich waren Gracies Reaktionen nicht vorhersehbar. Ihre Hand schoss hervor, und sie packte die v-förmige Öffnung seiner Jeans. Noch bevor er reagieren konnte, hatte sie das schmelzende Eis in seiner Hose versenkt.

Er heulte auf und sprang in die Luft.

Sie ließ den Karton auf den Boden fallen und verschränkte die Arme vor der Brust. »Das«, sagte sie, »ist die Revanche dafür, dass du mich gezwungen hast, vor den Augen deiner *Mutter* Kondome zu kaufen!«

Es war nicht einfach, gleichzeitig zu schreien, auf und ab zu springen, zu fluchen und zu lachen, doch irgendwie gelang es Bobby Tom dennoch.

Während er litt, stand Gracie inmitten einer Pfütze schmelzender Eiskrem und beobachtete ihn. Fairerweise musste sie ihn seiner Haltung wegen bewundern. Es war nicht richtig von ihm gewesen, sie an sich zu ziehen. Sie jedoch hatte zurückgeschlagen und er – wenn man von seinen vulgären Schimpftiraden absah – hatte auf die ganze Angelegenheit mit bemerkenswerter Fairness reagiert.

In genau diesem Augenblick sah Gracie, wie seine Hand sich Richtung Reißverschluss bewegte und wusste, dass sie in ihrer Wachsamkeit zu früh nachgelassen hatte. Instinktiv trat sie einen Schritt zurück, doch ihr Absatz verfing sich in dem Eiskarton. Einen Augenblick später lag sie auf dem Rücken und sah zu ihm auf.

»Na, was haben wir denn da?« Ein teuflisches Leuchten sprühte aus seinen Augen, als er auf sie herunterblickte. Die eine Hand hatte er immer noch am Reißverschluss, die andere auf seiner Hüfte. Etwas Kaltes klatschte ihr gegen die nackten Schenkel, wo ihr der Rock nach oben gerutscht war. Um sich wieder aufzurichten, stemmte sie die Hände auf das Linoleum, doch Bobby Tom kniete jetzt neben ihr.

»Nicht so eilig, Liebling.«

Sie beobachtete ihn misstrauisch und versuchte wegzurutschen. »Ich habe keine Ahnung, was du jetzt vorhast, doch was immer es ist, schlag es dir aus dem Kopf.«

Bobby Toms Mundwinkel zog sich leicht rachsüchtig nach oben. »Es wird wohl einige Zeit ins Land gehen, ehe du das wieder vergessen kannst.«

Als seine glitschigen Hände ihre Schultern berührten und sie auf den Bauch drehten, stieß sie einen gurgelnden Schrei aus. Ihre Wange landete in schmelzender Vanilleeiskrem, und sie rang nach Luft. Doch bevor sie sich wieder hochrappeln konnte, fühlte sie, wie sein Knie sich ihr in den Rücken bohrte.

»Was machst du denn da?«, kreischte sie, fest auf das Linoleum gepresst.

Er machte sich an ihrem Reißverschluss zu schaffen. »Mach dir keine Sorgen, Liebling. Ich entkleide Frauen schon länger, als ich mich erinnern kann. Es wird nur wenige Sekunden dauern, bis ich dir dieses Kleid abgestreift habe.«

Als sie sich vorgestellt hatte, alles in ihrem Gedächtnis zu katalogisieren und zu bewahren, waren dies nicht die Szenen, an die sie dabei gedacht hatte. »Ich möchte nicht, dass du mir mein Kleid ausziehst!«

»Natürlich möchtest du das.« Haken und Öse gaben nach. »Streifen sind irgendwie merkwürdig. Wenn du nicht gerade ein Footballspiel eröffnen willst, würde ich dir für die Zukunft raten, sie zu meiden.«

»Ich brauche keine Lektion über modische Feinheiten von einem … oh! Lass den Reißverschluss los! Hör auf!« Er öffnete ihr Kleid, hob sein Knie an, und ohne ihren Protestschreien weiter irgendwelche Beachtung zu schenken, rollte er ihr das Kleid über die Hüften.

»Ganz ruhig, Liebling. Himmel, ich muss schon sagen, du hast wirklich hübsche Unterwäsche.« Mit einer einzigen geschickten Bewegung rupfte er ihr das Kleid über den Kopf und warf sie wieder auf den Rücken, doch musterte er den weißen Spitzen-BH und die sehr knappen Höschen eine Sekunde zu lang.

Ihre Hand tauchte in ein Häufchen halb zerflossener Schokoladeneiskrem und schleuderte sie ihm entgegen.

Als die Eiskrem auf seinem Kinn landete, rang er überrascht nach Luft. Dann warf er sich auf den Eiskremkarton. »Das wird dir wegen unnötiger Brutalität die rote Karte einbringen.«

»Bobby Tom ...« Sie quietschte auf, als er einen großen Batzen Eiskrem auf ihren Bauch fallen ließ und sie mit der Handfläche in alle Richtungen verteilte. Sie versuchte japsend der klebrigen Kälte zu entkommen.

Er grinste sie an. »Sag: ›Verzeih mir, Bobby Tom, dass ich dir so viele Unannehmlichkeiten bereitet habe. Ich verspreche, dass ich von jetzt an alles tun werde, was du mir sagst. Amen.‹«

Doch anstatt seiner Aufforderung zu folgen, spuckte sie unüberhörbar einen seiner Lieblingsflüche. Er lachte und gab ihr so die Möglichkeit, ihm etwas Erdbeereiskrem auf die Brust zu pfeffern.

Ab diesem Zeitpunkt ging es drunter und drüber. Bobby Tom hatte den Vorteil, dass er nach wie vor seine Jeans trug und auf dem schlüpfrigen Linoleum besser zurechtkam als sie. Außerdem war er ein gut durchtrainierter Athlet, der viele dreckige Tricks kannte. Schließlich war er nicht umsonst zum Sportler des Jahres gewählt worden.

Andererseits ließ seine Aufmerksamkeit immer kurzfristig dann nach, wenn er bestimmte Teile ihres Körpers satt mit Eiskrem einrieb. Gracie nutzte jeden dieser Augenblicke, um ihn ihrerseits mit Eiskrem zu verzieren. Sie rang nach Luft, lachte und bettelte ihn an, er möge aufhören, doch hatte er um einiges mehr Ausdauer als sie. Es dauerte nicht lange, bis sie außer Atem geriet.

»Stopp! Aufhören!« Sie fiel wieder auf den Boden zurück. Ihre Brüste pressten sich gegen den Spitzen-BH, als ihr Brustkorb vor Erschöpfung bebte.

»Sag ›bitte, bitte‹.«

»Bitte, bitte.« Sie rang nach Luft. Überall hatte sie Eiskrem kleben, in ihrem Haar, auf den Lippen, auf ihrem gesamten Körper. Ihre ehemals weiße Unterwäsche war rosa und braun bekleckert, und er sah auch nicht viel besser aus. Besonders stolz war sie auf die Erdbeereiskrem, die sie in seinem Haar hatte verschmieren können.

Der Mund wurde ihr trocken, als ihr Blick von seiner Brust über die pfeilschmale Linie goldbraunen Haars wanderte, die von seinem Bauchnabel bis zu dem offenen V seiner Jeans wuchs. Sie starrte auf die große Ausbuchtung, die sich dort gebildet hatte. Hatte sie ihm das angetan? Sie sah zu ihm hoch.

Er betrachtete sie mit lässigem Amüsement. Eine Minute lang verharrten beide reglos, dann sagte er mit rauchiger Stimme: »Bitte, bitte mit Eiskrem.«

Sie zitterte, nicht von der Kälte, sondern von der Hitze, die sich in ihr ausbreitete. Die Hitze des Kampfes hatte die Reaktionen ihres Körpers angesichts der Überzahl an Eindrücken, mit denen er fertig werden musste, überdeckt. Plötzlich fühlte sie den Gegensatz der kalten Eiskrem und ihrer heißen Haut. Sie fühlte die raue Baumwolle am Schenkel, das glitschige Öl zwischen den Fingern, das etwas kratzige Gefühl des Drecks, den man ihm auf die Brust geschmiert hatte und der jetzt auch sie bedeckte. Er versenkte seinen Zeigefinger in dem flüssigen Erdbeersee, der sich um ihren Nabel herum gebildet hatte. Von dort aus malte er zärtlich einen Weg nach unten und hielt inne, als er das schmale Gummiband ihres nun bekleckerten Bikinihöschens berührte.

»Bobby Tom …« Es schien ihr, als ob ihr Herz zu schlagen aufgehört habe. Sie flüsterte seinen Namen so leise, dass es wie eine Bitte klang.

Seine Hände wanderten zu ihren Schultern, wo seine Daumen unter die Träger des BHs glitten und sie gegen das Schlüsselbein rieben.

Das süße Verlangen, das sie durchflutete, war beinahe unerträglich. Sie wollte ihn so verzweifelt gerne besitzen.

Als ob er ihre Gedanken lesen könne, fielen seine Hände auf den Verschluss des BHs und öffneten ihn. Sie versteinerte. Sie hatte Angst, er könne sich daran erinnern, dass er der Mann war, der von jeder Frau begehrt wurde und sie das Mädchen, das abends allein in ihrem Zimmer saß.

Doch er hielt nicht inne. Stattdessen schälte er die kalte, nasse Spitze herunter und sah sie an. Ihre Brüste waren ihr noch nie so klein vorgekommen, doch würde sie sich nicht für sie entschuldigen. Er lächelte. Sie hielt den Atem an, denn sie befürchtete, dass er über ihre mangelnde Größe einen Witz reißen würde. Stattdessen jedoch sprach er mit weicher, sanfter Stimme, die ein Feuer in ihr entfachte.

»Ein paar Stellen habe ich offenbar doch vergessen.«

Sie beobachtete, wie er seinen Finger in den Eiskremkarton neben ihrer Schulter stippte. Er nahm etwas Eiskrem und schwebte damit über ihrer Knospe. Sie hielt den Atem an, als er die Eiskrem auf diese empfindliche Stelle tropfen ließ.

Ihre Knospe richtete sich auf. Mit einem Finger malte er wieder und wieder einen winzigen Kreis um ihre Brüste. Sie keuchte, ihr Kopf fiel zur Seite. Wieder ließ er seinen Finger in die Eiskrem gleiten und bewegte sich auf die andere Knospe zu.

Ein Stöhnen entfuhr ihr, als sie den wunderbaren Schmerz der Kälte auf einem so empfindlichen Körperteil verspürte. Instinktiv öffnete sie die Beine, ihr Geschlecht pulsierte. Sie verlangte nach mehr. Sie schluchzte, als er mit beiden Knospen spielte und sie zwischen Daumen und Zeigefinger erwärmte, nur um sie gleich darauf wieder mit Eiskrem zu kühlen.

»Oh, bitte ... bitte ...« Es war ihr bewusst, dass sie ihn anflehte, doch konnte sie sich nicht länger zurückhalten.

»Langsam, Liebling, langsam.« Immer wieder bedeckte er ihre Knospen mit dem kalten Nass, dann rieb er sie warm, dann begann er wieder von vorn. Feuer und Eis. Sie selbst hatte sich in ein loderndes Feuer verwandelt. Das Fleisch zwischen ihren Beinen brannte, während ihre Knospen sich ihm entgegenreckten. Ihre Hüften kreisten rhythmisch wie von selbst, und sie hörte sich voller Sehnsucht stöhnen.

Sein Streicheln auf ihren Brüsten hielt inne. »Liebling?«

Doch sie konnte nicht mehr reden. Sie befand sich an der Grenze zu etwas Unerklärlichem.

Er ließ seine Hand von ihren Brüsten gleiten und streichelte sie zwischen den Beinen. Sie fühlte die Hitze seiner Berührung durch den dünnen Stoff ihres Höschens hindurch, sie fühlte den Druck seiner Hand an ihr.

Ohne Vorwarnung, aus heiterem Himmel, schien sie zu explodieren.

9

Bobby Tom stand mitten auf dem Linoleum und schaute durch die rückseitigen Fenster des Containerwagens. Er wartete darauf, dass Gracie mit der Dusche fertig wurde, um selbst unter die Dusche zu gehen. Was eben vorgefallen war, hatte ihn mehr berührt, als er zugeben wollte. Trotz seiner Erfahrung mit Frauen hatte er noch nie eine Frau einen solchen Orgasmus erleben sehen. Er hatte sie kaum berührt, als sie explodierte.

Danach hatten sie gemeinsam schweigend die Küche aufgeräumt. Gracie hatte sich geweigert, ihn anzusehen. Er dagegen war so wütend mit ihr, dass er nicht hatte reden wollen. Was in aller Welt hatte sie sich dabei gedacht, so lange Jungfrau zu bleiben? Begriff sie denn nicht, dass sie viel zu sinnlich war, um sich eine der Hauptfreuden des Lebens zu untersagen? Er hätte nicht sagen können, ob er mehr wütend auf sie oder auf sich selbst war, denn er hatte all seine Willenskraft aufbringen müssen, um das knappe Bikinihöschen nicht sofort herunterzureißen und ihr Angebot wahrzunehmen. Warum hatte er es nicht getan? Weil sie Gracie Snow war, verdammt noch mal, und er es schon lange aufgegeben hatte, aus Gutmütigkeit jemanden zu lieben. Es war alles so verdammt kompliziert.

Dann hatte er sich entschieden. Da seine sexuelle Energie wieder erwacht war, würde er bei der nächsten Gelegenheit nach Dallas fliegen. Dort wollte er eine sehr schöne geschiedene Frau besuchen, die das freie und unbeschwerte Leben ebenso sehr genoss wie er. Sie hatte mehr Interesse daran, sich zu entkleiden, als bei Kerzenlicht zu Abend zu essen und sich ausgiebig zu unterhalten. Wenn er erst einmal aufgehört hatte, wie ein Mönch zu leben, würde eine Frau wie Gracie Snow ihn nicht mehr verführen können.

Er erinnerte sich daran, dass er noch nicht, wie versprochen, ihren Koffer aus dem Kofferraum seines T-Birds geholt hatte, also trat er vor die Tür. Aus der Entfernung sah er einige Leute der Filmcrew auf der Koppel stehen. Gott sei Dank waren sie weit genug entfernt, dass er ihnen gegenüber nicht erklären musste, weswegen er von Kopf bis Fuß mit Eiskrem bekleckert war.

Gerade als er den Kofferraum geöffnet hatte, hörte er eine gedehnte Stimme hinter sich. »Schau einer an, wen haben wir denn hier? Womit hast du dich denn bekleckert?«

Ohne sich umzudrehen, zog er den Koffer aus dem Kofferraum. »Nett, dich zu sehen, Jimbo.«

»Ich heiße Jim. *Jim*, verstanden?«

Bobby Tom drehte sich wie in Zeitlupe um, um seinem alten Rächer ins Gesicht zu blicken. Jimbo Thackery sah trotz seiner Uniform so grob und dumm aus wie eh und je. Die dunklen Augenbrauen trafen über der Nase beinahe zusammen, und er hatte denselben Fünf-Uhr-Bart, von dem Bobby geschworen hätte, dass er ihn bereits aus der Kindergartenzeit in Erinnerung hatte. Der Polizeichef war nicht dumm – Suzy hatte ihm erzählt, er habe seit seiner Ernennung durch Luther gute Arbeit geleistet –, doch ohne Zweifel wirkte er mit seinem untersetzten Körper und dem großen Kopf so. Zusätzlich hatte er zu viele Zähne, von denen er jeden einzeln in einem breiten Grinsen zur Schau stellte. Bobby Tom juckte es in den Fingern, mit der Faust ein wenig kreative Zahnarztarbeit zu leisten.

»Wenn die Damen dich jetzt sehen könnten, Herr Filmstar, würden sie dich sicher nicht für einen so tollen Hengst halten.«

Bobby Tom warf ihm einen entnervten Blick zu. »Sag mir jetzt bloß nicht, dass du Sherri Hopper das immer noch nachträgst. Das war schließlich vor fünfzehn Jahren!«

»Aber nicht doch.« Er trat vor den Thunderbird und platzierte seinen Fuß auf der Stoßstange. »Jetzt trage ich dir lediglich nach, dass du die Bürger dieser Stadt gefährdest, indem du in einem Wagen mit defektem Abblendlicht fährst.« Er zückte einen rosa Notizblock, grinste breit und stellte eine Verwarnung aus.

»Was für ein kaputtes Abblend …« Mitten im Satz brach Bobby Tom ab. Nicht nur war das linke vordere Abblendlicht kaputt, sondern Glasscherben lagen auf dem Boden. Es war nicht schwer zu erraten, wer es beschädigt hatte. »Du Mistkerl …«

»Nimm dich in Acht, B.T. In dieser Gegend musst du vorsichtig mit dem sein, was du einem Gesetzeshüter gegenüber sagst.«

»Das hast du getan, du Mistkerl!«

»Hallo, B.T., hallo, Jim.« Jimbo hielt inne und wandte sich grinsend der dunkelhaarigen Frau mit den klingelnden Silberarmreifen zu, die hinter ihnen aufgetaucht war. Connie Cameron, Bobby Toms ehemalige Freundin und die Frau, die den Cateringcontainer bewirtschaftete, hatte mit Ausnahme eines Striptease während der letzten Tage alles unternommen, um seine Aufmerksamkeit zu erregen. Als er jetzt Jimbos verliebte Augen bemerkte, sah er noch mehr Ärger auf sich zukommen.

»Hallo, Liebling.« Jimbo küsste sie auf die Lippen. »Ich habe gleich Dienstschluss. Ich dachte, wir könnten zusammen essen gehen. B.T., hast du schon gehört, dass Connie und ich uns verlobt haben? Zum Erntedankfest wollen wir den Bund fürs Leben schließen und erwarten ein besonders schönes Hochzeitsgeschenk von dir.« Jimbo warf ihm ein Grinsen zu und fuhr fort, den Strafzettel auszufüllen.

»Herzlichen Glückwunsch.«

Connie betrachtete Bobby Tom mit sehnsuchtsvollem Blick. »Was ist denn mit dir passiert? Du machst den Eindruck, als ob du dich mit den Schweinen gewälzt hättest.«

»Weit gefehlt.«

Sie betrachtete ihn misstrauisch, doch bevor sie ihn noch weiter ausfragen konnte, drückte ihm Jimbo den Strafzettel in die Hand. »Den kannst du im Rathaus begleichen.«

»Was ist denn das?«, erkundigte sich Connie.

»Ich musste B.T. einen Mahnbefehl ausstellen. Sein Abblendlicht ist defekt.«

Connie musterte den Scheinwerfer und dann das zerbrochene Glas auf dem Boden. Angewidert zerrte sie Bobby Tom den Strafzettel aus der Hand und zerriss ihn in zwei Teile. »Lass gut sein, Jim. Du wirst die Fehde mit B.T. nicht wieder aufnehmen.«

Jimbo machte den Eindruck, als ob er gleich in die Luft gehen würde – wollte dies aber offensichtlich nicht vor seiner Geliebten tun. Er legte den Arm um ihre Schulter. »Wir sprechen uns später, Denton.«

»Ich kann's kaum erwarten.«

Jimbo warf ihm einen wutentbrannten Blick zu, dann zog er Connie weg. Bobby Tom betrachtete den zerrissenen Mahnzettel auf der Erde. Ihn beschlich das Gefühl, dass Connie ihm damit keinen Gefallen erwiesen hatte.

»Warum kannst du mir denn nicht sagen, was es mit dem Licht auf sich hat?«

»Weil es dich einen Dreck angeht, deswegen.« Bobby Tom knallte die Tür lauter als unbedingt nötig zu, nachdem er aus dem Auto gestiegen war.

Gracie war durch seine Sturheit derart verletzt, dass sie noch nicht einmal einen Blick auf sein Haus warf, als sie hinter ihm den Eingangsweg entlang lief. Er war frisch geduscht und trug ein blaues Flanellhemd, dessen Ärmel er aufgerollt hatte. Mit seinen verwaschenen Jeans und dem silbergrauen Stetson sah er aus wie aus einer Anzeige von *Guess*, während sie einen langweiligen, zerknitterten olivfarbenen Rock und eine Bluse hatte anziehen müssen, die sie einem flüchtigen Flirt mit dem Safarilook zu verdanken hatte.

Nach dem Vorfall eben im Container wollte sie unbedingt einen Streit anzetteln. Die Befriedigung war sehr einseitig ausgefallen, ganz anders als es ihr Vorsatz gewesen war. Sie wollte geben und nicht nur nehmen, doch hatte sie große Angst, er würde sie lediglich als ein Objekt des Mitleids betrachten. Dadurch, wie sie sich ihm gestern Abend an die Brust geworfen hatte und nach dem heutigen Nachmittag, wie sollte er da auch anders denken?

Sie rannte ihm hinterher und holte ihn schließlich ein. »Ich war die Letzte, die das Auto gefahren hat.«

Unter der Krempe seines Stetsons hervor warf er ihr einen wütenden Blick zu. »Du hast das Licht aber nicht kaputtgemacht.«

»Warum sagst du mir dann nicht, wie es passiert ist?«

»Ich will nicht darüber reden!«

Sie wollte noch weiter nachbohren, als ihre Aufmerksamkeit von dem Haus abgelenkt wurde. Das einfache, weiße Gebäude unterschied sich so grundlegend von seinem Haus in Chicago, dass sie nur schwer nachvollziehen konnte, wie ein und dieselbe Person beide Häuser besitzen konnte. Vier gestrichene Betonstufen führten auf eine Veranda mit weißer Begrenzung, einer Holzschaukel und einem Besen, der neben der Tür stand. Die breiten Bohlen der Veranda waren ebenso dunkelgrün gestrichen wie die Haustür. Keine Fensterläden störten die breiten Fenster, die auf ein Nussbaumwäldchen blickten. Keine Messinglaterne oder glänzende Türklopfer zierten das Äußere. Das Haus war klein, massiv und benutzerfreundlich.

Bobby Tom öffnete die Eingangstür, und sie trat ein.

»Oh, mein Gott.«

Er lachte. »Da bleibt einem die Luft weg, nicht wahr?«

Fasziniert blickte sie in den Flur, dann die drei flachen Stufen in das Wohnzimmer hinunter. »Es ist wunderschön.«

»Ich dachte mir schon, dass es dir gefallen würde. Den meisten Frauen gefällt es.«

Sie hatte das Gefühl, eine überdimensionierte Puppenstube betreten zu haben, eine zarte, pastellfarbene Welt voller Rosa, Lavendel und hellem Grün. Die Rüschen, Blumenmuster und Spitzen hätten eigentlich überfrachtend wirken können, doch hatte man alles mit so viel Geschmack arrangiert, dass sie sich am liebsten in einem der rosa und weiß gestreiften Sessel mit einer Tasse Pfefferminztee, einer Angorakatze und einem Roman von Jane Austen niedergelassen hätte.

Überall duftete es nach Rosen. Es juckte sie in den Fingern, die verschiedenen Materialien der Spitzengardinen, den glänzenden Chintz, die geschliffenen Gläser und die goldenen Verzierungen zu erkunden. Zu gerne hätte sie die hellen Seidenkissen mit ihren gerüschten Borten berührt und ihre Finger in die Schleife gleiten lassen, die einen Blumentopf in der Luft baumeln ließ. War es der üppige Farn, der in einem weißen Bastkorb zwischen den beiden großen Fenstern wucherte, der so üppig und süß nach Erde duftete? Würde der Strauß getrockneter rosa Rosen mit Weizengräsern über dem Kamin beim Berühren knistern?

Gerührt betrachtete sie Bobby Tom, der mitten im Raum stand. Eigentlich hätte er inmitten derart zarter Gegenstände albern wirken müssen, doch hatte er wohl noch nie so männlich gewirkt. Der Kontrast zwischen der zarten Einrichtung und seiner kompromisslosen Stärke ließ sie dahinschmelzen. Nur ein Mann, der gegenüber seiner eigenen Männlichkeit keinerlei Zweifel hegte, konnte sich derart selbstbewusst in einer derart femininen Umgebung bewegen.

Er warf seinen Stetson auf ein breites Sofa und machte mit dem Kopf eine Bewegung in Richtung eines Rundbogens am Ende des Zimmers. »Wenn du wirklich etwas sehen möchtest, wirf doch mal einen Blick in mein Schlafzimmer dort hinten.«

Ein paar Sekunden vergingen, bevor sie ihren Blick von ihm losreißen konnte. Ihre Beine hätten ihr fast versagt, als sie den schmalen, perlmuttrosa gestrichenen Flur bis zum

Eingang des Zimmers ging. Sie hielt inne. Sie war so verblüfft, dass sie ihn erst dann in ihrem Rücken bemerkte, als er etwas sagte.

»Na, komm schon, sag, was dir auf der Seele liegt.«

Sie betrachtete das riesige Bett mit den glänzenden goldenen Pfosten und dem hinreißendsten Baldachin, den sie jemals gesehen hatte. Viele Schichten zarter weißer Spitze fielen wie ein üppiger Wasserfall und wurden von geblümten rosa und hellblauen Schleifen zurückgehalten.

Ihre Augen leuchteten. »Muss man morgens vor dem Aufwachen erst auf den Kuss des Prinzen warten?«

Er lachte. »Ich wollte es schon lange ändern, doch irgendwie bin ich nie dazu gekommen.«

Das märchenhafte Zimmer mit seinem Baldachinbett, den mit Gold beschlagenen Kisten, den rosa- und lavendelfarbenen Kissen und der gerüschten Chaiselongue erweckten den Eindruck, als ob sie Dornröschen gehören könnten. Nachdem sie jahrelang in beige gestrichenen Wänden gelebt und auf harten Kachelböden gelaufen war, hätte sie am liebsten den Rest ihres Lebens hier verbracht.

Das Telefon in seinem Arbeitszimmer klingelte, doch beachtete er es nicht. »Über der Garage befindet sich eine kleine Wohnung, in der du wohnen kannst. Mein Kraftraum ist auch dort oben.«

Sie sah ihn verwundert an. »Aber ich wohne doch nicht hier.«

»Natürlich wirst du das. Du kannst es dir gar nicht leisten, irgendwo anders zu wohnen.«

Für den Bruchteil einer Sekunde wusste sie nicht, wovon er redete, doch dann erinnerte sie sich an ihre angespannte Unterhaltung am Morgen mit Willow. Die Windmill Studios hatten während ihrer Anstellung als Produktionsassistentin für Unterkunft und Verpflegung aufkommen müssen. Doch Willow hatte darauf hingewiesen, dass ihre neue

Position keinerlei Unterbringung beinhaltete. Gracie war bereits von allen andern Vorkommnissen so bestürzt gewesen, dass sie die Tragweite des Problems gar nicht erkannt hatte.

»Ich werde mir ein billiges Motel suchen«, meinte sie bestimmt.

»Bei deinem Gehalt muss es wohl mehr als nur billig sein, es darf gar nichts kosten.«

»Woher willst du denn wissen, wie hoch mein Gehalt ist?«

»Willow hat es mir erzählt. Danach habe ich mich gefragt, weshalb du dir nicht einfach eine Flasche Scheibenreiniger kaufst und dich an irgendeine Ampel stellst und die Scheiben der wartenden Autos säuberst. Ich gehe jede Wette ein, dass du damit mehr Geld verdienen würdest.«

»Geld ist nicht alles. Ich bin gerne bereit, ein paar Einschränkungen hinzunehmen, bis das Studio meine Leistungen anerkennt.«

Wieder begann das Telefon zu klingeln, und wieder ignorierte er es. »Falls du es vergessen haben solltest, wir gelten als verlobt. Die Leute hier kennen mich zu gut, um zu glauben, dass du irgendwo anders als bei mir wohnen könntest.«

»Verlobt?«

Verärgert presste er die Lippen aufeinander. »Ich erinnere mich überdeutlich, dass du unmittelbar neben mir warst, als ich den Damen im Container erzählt habe, dass du das Footballquiz bestanden hast.«

»Bobby Tom, die Frauen haben dich doch nicht wirklich ernst genommen. Zumindest werden sie es nicht, wenn sie einmal in Ruhe darüber nachdenken.«

»Das ist ja auch der Grund, weswegen wir die Strategie ein wenig aggressiver verfolgen müssen.«

»Willst du allen Ernstes die Leute davon überzeugen, wir seien verlobt?« Ihre Stimme wurde geradezu quietschig, als ihre Hoffnungen zu keimen begannen, doch dann brach sie ab, als ihre Selbstschutzinstinkte sich meldeten. Fantasien hatten im Traum stattzufinden, nicht im Leben. Für ihn würde es ein Spiel sein, für sie nicht.

»Das sagte ich doch, nicht wahr? Im Gegensatz zu dem, was du vielleicht denken magst, bin ich nicht nur in meine eigene Stimme verliebt. Für den Rest meines Aufenthaltes in Telarosa bist du die zukünftige Frau Bobby Tom.«

»Ausgeschlossen! Und bitte benutze diese Ausdrucksweise nicht länger. Frau Bobby Tom! Als ob eine Frau, die dich heiratet, nichts weiter wäre als dein Anhängsel!«

Er stieß einen lang gezogenen, übertriebenen Seufzer aus. »Gracie ... Gracie ... Gracie ... Jedes Mal, wenn ich glaube, dass wir einander verstanden haben, beweist du mir das Gegenteil. Der wichtigste Aspekt deiner Arbeit als meine persönliche Assistentin ist es, sicherzustellen, dass ich während meines Aufenthaltes hier ein wenig Frieden und Ruhe genießen darf. Wie soll das aber der Fall sein, wenn Hinz und Kunz, die mich von Geburt an kennen, mir irgendeine ungebundene Frau vorstellen wollen?«

Wie zur Bekräftigung dieser Tatsache klingelte es an der Tür. Er ignorierte die Klingel genauso wie er das Telefon ignoriert hatte. »Lass mich dir etwas erklären. Genau in diesem Moment gibt es mindestens ein Dutzend Frauen zwischen Telarosa und San Antonio, die sich einzuprägen versuchen, in welchem Jahr Joe Theisman im *Pro Bowl* gespielt hat und wie viele Yards ein Team als Strafe aufgebrummt bekommt, wenn der Captain nicht da ist, wenn die Münze geworfen wird. So ist es nun mal in dieser Gegend hier üblich. Ohne nachzusehen, kann ich mit fast hundertprozentiger Sicherheit sagen, dass in dieser Minute eine Frau vor der Tür steht oder aber jemand, der mir eine Frau vorstellen möchte. Wir befinden uns nicht in Chicago, wo ich eine gewisse Kontrolle darüber ausübe, mit welchen Frauen ich mich treffe. Das hier ist Telarosa, und diese Menschen glauben, mich zu besitzen.«

Sie appellierte an seine Vernunft. »Aber kein Mensch bei Verstand wird glauben, dass du mich heiraten wirst.« Beide wussten, dass dies der Wahrheit entsprach. Warum also dann das Kind nicht gleich beim Namen nennen?

Das Klingeln hörte auf, stattdessen trommelte derjenige gegen die Tür. Bobby Tom regte sich nicht. »Wenn wir dich ein wenig aufpeppen, werden sie es glauben.«

Sie sah ihn misstrauisch an. »Was meinst du mit ›aufpeppen‹?«

»Genau das, was ich gesagt habe. Wir werden zu einer dieser – wie heißen sie doch gleich – Vorher-Nachher-Verwandlungen gehen, wie sie auch in *Oprah's Show* gezeigt werden.«

»Was weißt du denn über *Oprah's Show*?«

»Wenn du so viele Tage in Hotelzimmern verbracht hast wie ich, würdest du auch sehr gut darüber Bescheid wissen, was den Tag über im Fernsehen gesendet wird.«

Sie hörte die Belustigung in seiner Stimme. »Das ist dir überhaupt nicht ernst. Du willst dich nur dafür revanchieren, dass ich deine weiblichen Gäste in den Container gebeten habe.«

»Noch nie war mir etwas derart ernst. Der heutige Tag ist lediglich ein Beispiel dafür, wie die nächsten paar Monate hier aussehen werden, wenn ich keine echte Verlobte an meiner Seite vorweisen kann. Außer uns gibt es nur einen Menschen, der die Wahrheit wissen muss, und das ist meine Mutter.« Der Lärm an der Tür hatte endlich nachgelassen, und er ging zum Telefon. »Ich werde sie gleich anrufen, um sicher zu sein, dass sie mitspielt.«

»Warte! Ich habe doch noch gar nicht zugestimmt, dass ich mitspiele.« Doch sie wollte es nur zu gerne. Oh mein Gott, wie sehr sie es wollte! Sie verbrachte so wenig Zeit mit ihm, dass jede Sekunde teuer war. Und sie hegte keinerlei Illusionen über seine Gefühle ihr gegenüber, also war sie nicht in Gefahr, die Realität mit der Illusion zu vermengen. Sie erinnerte sich an ihr eigenes Versprechen, dass sie mehr geben als nehmen wollte. Zum zweiten Mal an diesem Tag entschied sie sich für das Risiko.

Er warf ihr jenen herausfordernden Blick zu, der besiegelte, dass er die Schlacht gewonnen hatte. Sie dagegen mochte ihn zu gerne, um seine Charakterschwäche noch dadurch zu unterstützen, dass er sich in allen Dingen durchsetzte. Sie trat dicht vor ihn und verschränkte die Arme.

»Also gut«, sagte sie mit tiefer, bestimmter Stimme. »Ich bin einverstanden. Aber du wirst mich unter gar keinen Umständen noch einmal als ›die zukünftige Frau Bobby Tom‹ vorstellen, hast du das verstanden? Wenn du es auch nur noch einmal, nur ein einziges Mal, sagst, werde ich der ganzen Welt verraten, dass unsere Verlobung eine Lüge ist. Außerdem werde ich allen sagen, dass du …« Ihre Lippen öffneten sich und schlossen sich wieder. Sie hatte großspurig begonnen, doch jetzt fiel ihr nichts mehr ein, was sie ihm an den Kopf werfen konnte.

»Dass ich ein Mörder bin?«, schlug er vor.

Als sie nichts sagte, machte er einen weiteren Vorstoß. »Ein Vegetarier?«

Plötzlich hatte sie einen Geistesblitz. »Impotent!«

Er sah sie an, als ob sie verrückt geworden wäre. »Du willst allen sagen, ich sei impotent?«

»Nur, wenn du mich mit diesem blöden Namen ansprichst.«

»Ich rate dir, dich an die Mördervariante zu gewöhnen. Das wird man dir eher abnehmen.«

»Du hast eine große Klappe, Bobby Tom. Doch nachdem ich dich beobachtet habe, muss ich feststellen, dass nicht viel dahinter steckt.«

Sie hatte die Worte ausgesprochen, noch bevor sie darüber nachgedacht hatte, und konnte selbst kaum glauben, was sie gesagt hatte. Sie, eine dreißigjährige Jungfrau ohne jede Erfahrung, hatte die sexuelle Potenz eines ausgemachten Weiberhelden angezweifelt. Er betrachtete sie, und sie merkte, dass sie ihm die Sprache verschlagen hatte. Obwohl ihre Knie beängstigend zu zittern begannen, verließ sie erhobenen Hauptes das Schlafzimmer.

Als sie zur vorderen Eingangshalle zurückgekehrt war, musste sie lächeln. Ein im Wettkampf erprobter Mann wie Bobby Tom würde eine solche Bemerkung wohl kaum unangefochten im Raum stehen lassen. Bestimmt plante er jetzt schon eine geeignete Form des Gegenschlags.

10

»Herr Sawyer lässt bitten, Frau Denton.« Suzy erhob sich von der Ledercouch und durchquerte die edel ausgestattete Besucherlounge. Dann stand sie vor der Tür des Chefs der Rosatech Electronics. Sie trat ein und hörte ein sanftes Klicken, als Wayland Sawyers Sekretärin die schwere Walnusstür in ihrem Rücken schloss.

Sawyer blickte nicht von seinem Schreibtisch auf. Sie war sich nicht sicher, ob er mit voller Absicht ihr ihren Platz zuweisen wollte oder aber ob er ganz einfach auch heute noch keine besseren Manieren als damals in der Schulzeit hatte. Wie auch immer, die Sache ließ sich nicht gut an. Die Stadt und Gemeinde hatten bereits eine ganze Reihe wichtiger Repräsentanten gesandt, um mit ihm zu reden. Doch jedes Mal hatte er sich auf entnervende Weise nicht festlegen wollen. Sie war sich sehr wohl der Tatsache bewusst, dass sie als die weibliche Vorsitzende des Erziehungsausschusses eher als ein fast bemitleidenswerter letzter Versuch betrachtet wurde.

Das Büro ähnelte der Bibliothek eines Gentlemans. Die Wände waren mit Holz getäfelt, bequeme Möbel in dunkelrotem Leder und Drucke von Jagdszenen untermauerten diesen Eindruck. Während sie langsam über den Orientteppich lief, las er weiter in einem Stapel Akten. Er trug eine jener Halbbrillen, die der ähnelte, die sie sich nach einem Leben perfekter Sicht vor kurzem selbst auch hatte zulegen müssen.

Die Manschetten seines blauen Hemdes waren doppelt hochgekrempelt und zeigten für einen vierundfünfzigjährigen Mann überraschend muskulöse Unterarme. Weder das ordentliche Hemd noch der korrekt geknotete dunkelblau und rot gestreifte Schlips noch die Halbbrille konnten die Tatsache verschleiern, dass er doch immer noch mehr wie ein Haudegen als wie der Chef eines ganzen Industriezweiges aussah. Er erinnerte sie an eine etwas ältere Version von Tommy Lee Jones, den in Texas geborenen Schauspieler, den die Frauen ihres Bridge-Clubs verehrten.

Sie bemühte sich, von seinem Schweigen keine Notiz zu nehmen. Schließlich gehörte sie nicht zu jenen jungen talentierten Frauen, die sich besser im Aufsichtsrat als in der Küche schlugen. Einen Kräutergarten anzulegen interessierte sie bei weitem mehr als irgendwelche Machtkämpfe mit Männern. Außerdem huldigte sie der alten Schule und war eine gewisse Höflichkeit gewohnt.

»Möglicherweise komme ich ungelegen«, sagte sie leise.

»Eine Sekunde noch bitte.« Er klang ungeduldig. Ohne sie anzusehen, winkte er sie mit dem Kopf zu einem der Sessel vor seinem Schreibtisch, als ob er einem Hund befehlen würde, sich hinzulegen. Diese verletzende Geste ließ sie die Sinnlosigkeit ihres Unterfangens erkennen. Bereits in der Schule war Way Sawyer unmöglich gewesen. Offenbar hatte sich in dieser Hinsicht nichts geändert. Mit stiller Würde drehte sie sich um und schritt über den Teppich zurück zur Tür.

»Wohin wollen Sie denn?«

Sie wandte sich ihm kurz zu und sagte leise: »Mein Besuch kommt offenbar ungelegen, Herr Sawyer.«

»Das werde ich selbst wohl besser beurteilen können.« Er riss sich die Brille von der Nase und deutete auf einen Stuhl. »Bitte.«

Das Wort bellte er wie einen Befehl. Suzy konnte sich nicht erinnern, jemandem gegenüber gleich von der ersten Minute an eine derartige Abneigung verspürt zu haben. Gleichzeitig musste sie zugeben, dass es sich gar nicht um die erste Minute handelte. Way war zwei Klassen über ihr gewesen, der tollste Hecht von Telarosas Oberschule und die Art von junger Mann, mit dem lediglich die begehrtesten Mädchen ausgingen. Sie konnte sich noch schwach daran erinnern, wie er hinter der Turnhalle gestanden hatte: eine Zigarette im Mundwinkel und der Blick hart wie der einer Kobra. Es war schwierig, das Bild des jugendlichen Wildfangs mit dem des Multimillionärs und Geschäftsmannes unter einen Hut zu bringen. Eines jedoch hatte sich nicht geändert: Er hatte ihr damals Angst eingejagt, und das tat er auch heute noch.

Sie schluckte ihre Vorahnung hinunter und steuerte auf den Stuhl zu. Er musterte sie unbarmherzig. Sie wünschte sich, sie hätte die sommerliche Hitze ignoriert und ein Kostüm an Stelle ihres schokoladenbraunen seidenen Wickelkleides getragen. Es war an der Seite locker zusammengebunden und fiel ihr beim Sitzen in weichen Falten über die Hüften. Sie hatte den einfachen Ausschnitt mit einer breiten matten Goldkette und kleinen, dazu passenden Ohrringen aufgepeppt. Ihre durchsichtigen, schokoladenbraunen Strümpfe hatten denselben Farbton wie ihre

Designerpumps, die um die breiten flachen Absätze herum von einer Parade winzig kleiner goldener Panter verziert wurden. Sie war sich sicher, dass das Ensemble ein Vermögen gekostet haben musste. Es war ein Geburtstagsgeschenk von Bobby Tom, nachdem sie sich dagegen gewehrt hatte, dass er ihr eine Wohnung auf Hilton Head Island kaufte.

»Was kann ich für Sie tun, Frau Denton?«

In seinem Ton schwang eine leichte Verachtung mit. Mit den offen aggressiven männlichen Ausschussmitgliedern kam sie gut klar, denn sie kannte sie fast ihr gesamtes Leben lang, doch im Umgang mit ihm fühlte sie sich hilflos. So gerne sie das Zimmer wieder verlassen hätte, hatte sie sich doch etwas vorgenommen. Für die Kinder von Telarosa stand so viel auf dem Spiel, wenn dieser schreckliche Mann seinen Willen durchsetzte.

»Ich repräsentiere den Erziehungsausschuss von Telarosa, Herr Sawyer. Ich wollte nur sicherstellen, dass Sie sich über die Konsequenzen für die Kinder dieser Stadt im Klaren sind, wenn Sie Rosatech tatsächlich schließen sollten.«

Seine Augen musterten sie düster und kühl. Er stützte die Ellenbogen auf den Schreibtisch und presste die Finger gegeneinander, dann sah er sie über seine Hände hinweg an. »In welcher Funktion repräsentieren Sie den Ausschuss?«

»Als dessen Vorsitzende.«

»Verstehe. Ist das derselbe Erziehungsausschuss, der mich einen Monat vor meinem Schulabschluss von der Schule verwiesen hat?«

Seine Frage überraschte sie, und sie war um eine Antwort verlegen.

»Nun, Frau Denton?«

Sein Blick verdüsterte sich feindselig. In diesem Augenblick wurde ihr klar, dass die Gerüchte über ihn stimmten. Way Sawyer war der Auffassung, von Telarosa schlecht behandelt worden zu sein. Er war zurückgekehrt, um sich zu rächen. Die alten Geschichten fielen ihr wieder ein. Sie wusste, dass Way ein uneheliches Kind gewesen war. Diese Tatsache hatte sowohl ihn als auch seine Mutter Trudy zu gesellschaftlichen Außenseitern abgestempelt. Trudy hatte eine Weile lang bei Leuten geputzt – sogar bei Hoyts Mutter hatte sie geputzt –, doch schlussendlich war sie Prostituierte geworden.

Suzy verschränkte die Hände im Schoß. »Wollen Sie alle Kinder bestrafen, nur weil Sie möglicherweise vor vierzig Jahren schlecht behandelt wurden?«

»Nicht ganz vierzig Jahre. Und die Erinnerung daran ist noch sehr lebendig.« Er bedachte sie mit einem verkrampften Lächeln, das noch nicht einmal seine Mundwinkel erreichte. »Glauben Sie, dass das mein Anliegen ist?«

»Wenn Sie Rosatech verlegen, werden Sie Telarosa in eine Geisterstadt verwandeln.«

»Die Firma ist nicht die einzige Einnahmequelle. Da wäre noch der Tourismus zu nennen.«

Sie registrierte sein zynisches Lächeln. Als sie merkte, dass er lediglich einen Köder für sie ausgelegt hatte, runzelte sie abwehrend die Stirn. »Wir beide wissen ganz genau, dass der Tourismus diese Stadt nie und nimmer wird tragen können. Ohne Rosatech wird Telarosa sterben.«

»Ich bin Geschäftsmann und nicht Philanthrop. Meiner Verantwortung obliegt es, die Firma profitabler zu gestalten. Und momentan sieht es so aus, als ob die Zusammenlegung mit einer Firma in San Antonio die beste Möglichkeit ist, dieses Ziel zu erreichen.«

Sie unterdrückte ihren Ärger und beugte sich ein wenig vor. »Würden Sie es mir gestatten, Sie in der nächsten Woche auf eine Tour durch die Schulen mitzunehmen?«

»Um all diese kleinen Kinder zu sehen, wie sie bei meinem Anblick vor Schreck schreiend auseinander stieben? Diesen Kelch lasse ich wohl lieber an mir vorübergehen.«

Sein abfälliger Blick signalisierte ihr, dass in dieser Stadt als Außenseiter behandelt zu werden ihm nichts ausmachte.

Sie schaute auf ihre Hände in ihrem Schoß, dann sah sie wieder zu ihm auf. »Es gibt nichts, was ich sagen könnte, um Ihre Meinung zu ändern, nicht wahr?« Er musterte sie eingehend. Sie hörte die gedämpften Stimmen aus dem Vorzimmer, das leise Ticken der Wanduhr und ihren eigenen Atem. Sein Gesichtsausdruck war schwer zu deuten. Sie spürte so etwas wie eine Vorahnung. Seine Haltung versteifte sich kaum merklich, und sie fühlte sich bedroht.

»Möglicherweise schon.« Sein Stuhl knarrte, als er sich zurücklehnte, und die harten, unnachgiebigen Linien auf seinem Gesicht erinnerten sie an die wilden Granithänge, die man in diesem Teil von Texas finden konnte. »Wir könnten es bei einem Abendessen bei mir zu Hause am Sonntagabend besprechen. Ich schicke Ihnen um acht einen Wagen.«

Es war keine höfliche Einladung, sondern ein direkter Befehl und noch dazu auf beleidigendste Art und Weise vorgebracht. Am liebsten hätte sie ihm hingeschmettert, dass sie lieber mit dem Teufel zu Abend essen würde als mit ihm. Doch stand zu viel auf dem Spiel, als dass sie beim Anblick dieser wütenden, aufgewühlten Augen abzulehnen gewagt hätte.

Sie nahm ihre Handtasche und erhob sich. »Also gut«, sagte sie leise.

Er hatte bereits wieder die Brille aufgesetzt und seine Aufmerksamkeit den Unterlagen zugewandt. Als sie sein Büro verließ, machte er sich noch nicht einmal die Mühe, sich zu verabschieden.

Als sie an ihrem Wagen angekommen war, kochte sie immer noch. Was für eine schreckliche Person! Sie besaß keinerlei Erfahrung, wie man mit jemandem seinesgleichen umging. Hoyt war offen und freundlich gewesen, das ganze

Gegenteil von Way Sawyer. Während sie nach ihren Autoschlüsseln suchte, fragte sie sich, was er von ihr wollte.

Luther Baines würde nach ihrer Rückkehr nach Hause ihren Anruf erwarten. Doch was sollte sie ihm sagen? Unmöglich konnte sie ihn darin einweihen, dass sie sich einverstanden erklärt hatte, mit Sawyer zusammen zu Abend zu essen. Das konnte sie niemandem erzählen, allen voran nicht Bobby Tom. Falls er jemals erfahren würde, wie Sawyer sie eingeschüchtert hatte, würde er wütend werden. Es stand zu viel auf dem Spiel, um seine Einmischung zu riskieren. Ganz gleich, wie beunruhigend es auch sein mochte, sie musste diese Angelegenheit ganz alleine mit sich abmachen.

»Lieber nicht, Bobby Tom.«

»Lass dich bitte nicht von den rosa Flamingos und den mit Autoreifen eingerahmten Steingarten beeinflussen, Gracie. Für Haare hat Shirley wirklich ein Händchen.«

Bobby Tom hielt die Tür zu Shirleys *Hollywood-Haarsalon* auf, der sich in der Garage eines kleinen, einstöckigen Hauses an einer staubigen Wohnstraße befand. Da er erst mittags auf dem Set erscheinen musste, hatte er angekündigt, den Vormittag dazu zu nutzen, ihr neues Erscheinungsbild zu kreieren. Er schob sie zielbewusst in den Salon, und sie bekam eine Gänsehaut auf den Armen. Alle öffentlichen Orte in Texas waren luftgekühlt, und zwar fast bis zum Gefrierpunkt.

Drei Wände des kleinen Ladens waren grellrosa gestrichen, während die vierte mit schwarzen und goldenen Spiegelkacheln verkleidet war. Zwei Angestellte befanden sich in dem Salon, die eine eine schlanke Brünette mit hellblauem Kittel, die andere eine ausladende Blondine mit dem größten Busen, den Gracie jemals gesehen hatte. Ihre pummeligen Schenkel wurden von lila Stretchleggins gehalten, und ein enges lila T-Shirt umspannte ihre riesigen Brüste. Auf dem T-Shirt stand: GOTT, ICH WÜNSCHTE, DIES WÄRE MEIN GEHIRN.

Gracie wünschte sich insgeheim, dass Shirley, bei der sie den Termin hatte, sich als die schlanke Brünette entpuppen würde. Doch Bobby Tom trat bereits auf die andere Angestellte zu. »Hallo, meine Süße.«

Die Frau sah von dem rabenschwarzen Haar auf, das sie gerade einfärbte, und stieß ein rauchiges Gurgeln aus. »Bobby Tom, du hinreißender Mistkerl, es wird aber auch Zeit, dass du hier mal vorbeischaust.«

Er küsste eine Wange, die stark rot geschminkt war. Sie versetzte ihm einen Klaps auf den Hintern. »Du hast immer noch den besten Hintern in ganz Texas.«

»Von einem Kenner wie dir weiß ich dieses Kompliment wirklich zu schätzen.« Er lächelte der anderen Angestellten und deren Kundin zu, dann grüßte er zwei Frauen, die unter dem Trockner saßen. »Velma. Frau Carlson. Wie geht es Ihnen heute?« Die beiden kicherten. Bobby Tom schlang seinen Arm um Gracies Schultern und zog sie nach vorne. »Alle mal herhören, das hier ist Gracie Snow.«

Shirley betrachtete sie neugierig. »Wir haben schon von dir gehört. Das also ist die zukünftige Frau Bobby Tom.«

Eilig trat er einen Schritt vor. »Gracie ist ein wenig feministisch, Shirley. Sie mag es nicht, wenn man sie so nennt. Ehrlich gesagt, ich vermute, dass die Angelegenheit mit einem Bindestrich enden wird.«

»Ist das dein Ernst?«

Bobby Tom zuckte mit den Schultern und streckte die Hände aus, als ob er der letzte vernünftige Mensch in einer durchgedrehten Welt sei.

Shirley wandte sich Gracie zu und zog die nachgezogenen Augenbrauen in die Höhe. »Nicht doch, Liebling. Gracie Snow-Denton hört sich einfach merkwürdig an. Als ob du irgendwo in England eine Burg besitzen würdest.«

»Oder die Wetterkarte ansagst«, fügte Bobby Tom hinzu.

Gracie wollte gerade den Mund öffnen und erklären, dass sie überhaupt nicht die Absicht habe, ihren Nachnamen mit einem Bindestrich zu versehen. Doch plötzlich merkte sie, welche Falle er ihr gestellt hatte. Silberne Teufelsfunken tanzten in seinem Blick, und sie musste ein Lächeln unterdrücken. War sie wirklich der einzige Mensch auf der ganzen Welt, der ihn durchschaute?

Shirley nahm ihre Arbeit an dem Schopf Haare vor sich wieder auf, während sie Gracie gleichzeitig durch den Spiegel hindurch beobachtete. »Wie ich gehört habe, wolltest du sie nicht alleine schicken, Bobby Tom. Doch hätte ich nicht gedacht, dass du so weit gehen würdest. Was soll ich denn mit ihr anstellen?«

»Das überlasse ich ganz dir. Gracie ist aber ein ziemlich wildes Ding, also mach es nicht zu konservativ.«

Gracie erschrak. Bobby Tom hatte der blonden Friseuse mit dem ausladenden Busen und dem üppigen Make-up gerade gesagt, sie solle nicht zu konservativ an ihre Haare herangehen! Sie wollte gerade scharf widersprechen, doch lenkte er sie mit einem Kuss auf die Lippen ab.

»Ich muss noch ein paar Erledigungen machen, Liebling. Mama wird dich nachher abholen. Dann könnt ihr gemeinsam Kleidung einkaufen gehen und endlich den Kauf des Hochzeitskleides ins Visier nehmen, auf das du so erpicht bist. Wo ich dir jetzt wieder gestatte, fabelhaft auszusehen, ändere bloß nicht deine Meinung, dass du mich heiraten wirst.«

Die Frauen lachten angesichts der absurden Unterstellung, dass irgendeine Frau auf der Welt die Möglichkeit, Bobby Tom Denton zu heiraten, ausschlagen könnte. Er tippte mit den Fingerspitzen an seine Hutkrempe und ging zur Tür. Trotz ihrer Wut fragte sie sich, ob sie als Einzige das Gefühl hatte, die Sonne habe mit ihm zusammen den Salon verlassen.

Sechs paar neugierige Augen fixierten sie. Sie lächelte schwach. »Ich bin eigentlich kein ... äh ... Wildfang.« Sie räusperte sich. »Manchmal übertreibt er etwas und ich ...«

»Setz dich doch, Gracie. Ich werde gleich bei dir sein. Hier ist eine Zeitschrift, die du dir ansehen kannst.«

Trotz des vertraulichen Umgangstons und der selbstverständlichen Art, sie gleich zu duzen, war Gracie von der Person, die die Zukunft ihrer Frisur in ihren Händen hielt, vollkommen eingeschüchtert. Sie ließ sich in einen Stuhl fallen und griff nach der Zeitung. Eine der Frauen unter der Trockenhaube blickte sie durch das durchsichtige Plastikgestell ihrer Brille an. Gracie rüstete sich für das Unvermeidliche.

»Wo haben Bobby Tom und Sie sich getroffen?«

»Wie haben Sie sich kennen gelernt?«

»Wann haben Sie das Quiz bestanden?«

Die Vernehmung war zügig und ging ins Detail. Sie hörte auch dann nicht auf, als Shirley sie zu sich gerufen und mit ihrer Arbeit begonnen hatte. Da Gracie Lügen verabscheute, musste sie sich sehr konzentrieren, die Wahrheit so zu biegen, dass sie nichts Falsches sagte. Aus diesem Grund konnte sie nicht genau beobachten, welcher Schaden ihrem Haar zugefügt wurde. Sie hätte es ohnehin nicht sehen können, denn Shirley hatte den Stuhl so gedreht, dass sie sich selbst nicht im Spiegel sehen konnte.

»Deine Dauerwelle ist eigentlich gar nicht schlecht, Gracie. Aber du hast sehr dichtes Haar. Wir sollten ein paar Stufen schneiden. Ich liebe Stufen.«

Shirleys Scheren klapperten ohne Unterlass. Ringsum fielen nasse, kupferfarbene Haarsträhnen zu Boden.

Gracie umschiffte die Frage über die Regelmäßigkeit ihres Zyklus, während sie sich Sorgen machte, was mit ihrem Haar geschah. Falls Shirley es zu kurz schneiden sollte, würde sie es nie und nimmer wieder zu einem Zopf flechten können. Zwar war diese Frisur nicht sonderlich schmeichelhaft gewesen, aber sie war ordentlich und außerdem das, woran sie gewöhnt war.

Eine schwere, fast zehn Zentimeter lange Locke fiel ihr in den Schoß und verschlimmerte ihre Befürchtungen. »Shirley, ich …«

»Janine wird dich schminken.« Shirley deutete mit einer Kopfbewegung auf die andere Angestellte. »Gerade diese Woche hat sie mit dem Verkauf von *Mary Kay* begonnen und sucht noch nach Kunden. Bobby Tom meinte, er wollte einen ganzen Satz neuer Schminkutensilien kaufen, um das Zeug zu ersetzen, dass du in Südamerika während des Erdbebens verloren hast, als du den Vizepräsidenten beschützt hast.«

Fast hätte Gracie einen Schluckauf bekommen, dann musste sie ihr Lachen unterdrücken. Es war zum Verrücktwerden, doch sehr unterhaltsam.

Shirley schaltete den Föhn ein und drehte den Stuhl wieder dem Spiegel zu. Gracie rang entsetzt nach Luft. Sie sah aus wie eine nasse Ratte.

»Ich werde dir jetzt zeigen, wie du das selbst hinbekommst. Es ist alles eine Frage des Fingerspitzengefühls.« Shirley begann, an ihren Haaren zu zupfen. Gracie stellte sich vor, wie es ihr vom Kopf abstand. Vielleicht konnte sie es mit einem breiten Haarband bändigen, dachte sie verzweifelt. Oder aber sie könnte sich eine Perücke kaufen. Doch dann, und zwar so allmählich, dass sie es selbst kaum glauben konnte, vollzog sich eine wunderbare Wandlung.

»Nun, das hätten wir.« Shirley trat einen Schritt zurück, ihre Finger hatten einen Zauber vollbracht.

Gracie starrte ihr Spiegelbild an. »Oh, mein Gott.«

»Wirklich süß, nicht wahr?« Shirley grinste.

Süß war wohl kaum der richtige Ausdruck. Gracies Haarschnitt war ausgesprochen modern. Wild, unbekümmert, sexy. Er war all das, was Gracie nicht war, und ihre Hand zitterte, als sie die Frisur berührte.

Der Schnitt war viel kürzer, als sie es gewohnt war. Die Haare reichten ihr gerade bis zum Kinn, sie hatte einen Seitenscheitel und ein paar Ponysträhnen. Es war überhaupt nicht strohig, sondern fiel in sanften, schönen Wellen. Einzelne Locken umrahmten ihre Wangen und Ohren. Ihre zarten Gesichtszüge und die schönen grauen Augen wurden nicht mehr durch das Gewicht ihrer alten Frisur erdrückt. Gracie war von ihrem Spiegelbild begeistert. War das wirklich sie selbst?

Sie hatte sich noch nicht annähernd satt gesehen, als Shirley sie bereits an Janine für das Make-up weitergab. Während der nächsten Stunde lernte Gracie alles Mögliche über Hautpflege und die Anwendung von Make-up, die ihre von Natur aus ebenmäßige Haut betonen würde. Lidstriche, bernsteinfarbene Lidschatten, dunkle Wimperntusche – Janine machte ihre Augen zum auffälligsten Merkmal ihres Gesichtes. Als sie zufrieden war, ließ sie Gracie das Ganze noch einmal selbst auftragen. Gracie verteilte Rouge auf ihren Wangenknochen, dann benutzte sie einen weichen, korallenfarbenen Lippenstift, den Janine ihr gereicht hatte. Begeistert betrachtete sie ihr Spiegelbild und konnte kaum glauben, dass die Frau, die ihr entgegenblickte, wirklich sie selbst war.

Das Make-up war unauffällig und schmeichelnd. Mit ihrem kurzen, leicht wilden Haarschnitt, den leuchtenden grauen Augen und den betonten Wimpern sah sie hübscher aus, als sie es sich vorzustellen gewagt hatte: weiblich, begehrenswert und, ja, sogar ein bisschen draufgängerisch. Ihr Herzschlag beschleunigte sich. Sie sah total anders aus. Könnte Bobby Tom vielleicht jetzt Gefallen an ihr finden? Vielleicht würde er sie nun in neuem Licht betrachten. Vielleicht würde er …

Sie maßregelte sich dafür, dass ihre Gedanken mit ihr durchgeprescht waren. Dies war genau das Szenario, von dem sie sich selbst geschworen hatte, es nicht mitzuspielen. Alles Make-up auf der Welt würde sie nicht in eine von jenen außerordentlichen Schönheiten verwandeln können, mit denen Bobby Tom sich herumtrieb. Derartige Traumschlösser durfte sie sich nicht bauen.

Als Gracie ihr Portemonnaie hervorholte, sah Shirley sie an, als ob sie verrückt geworden sei: Bobby Tom habe die Angelegenheit bereits beglichen. Ein unangenehmes Gefühl machte sich in Gracies Magen breit. Sie dachte an die lange Liste derjenigen, denen Bobby Tom Geld zukommen ließ. Jetzt war ihr klar, dass er sie ebenfalls auf seine Wohltätigkeitsliste gesetzt hatte.

Eigentlich hätte sie das vorhersehen müssen. Er betrachtete sie nicht als eine fähige, unabhängige Frau, sondern lediglich als einen weiteren hoffnungslosen Fall. Diese Erkenntnis schmerzte. Sie wollte, dass er sie als gleichwertige Partnerin akzeptierte, doch das würde niemals geschehen, solange er jede Rechnung für sie beglich.

Sich selbst zu geloben, nichts von ihm anzunehmen, war einfach gewesen. Doch die Wirklichkeit würde sich wohl nicht so einfach gestalten. Er hatte einen teuren Geschmack und würde erwarten, dass sie sich entsprechend kleidete. Wie sollte sie das mit ihrem begrenzten Einkommen bewerkstelligen? Sie dachte an die geringen Rücklagen auf ihrem Sparkonto, die ihre einzige Sicherheit bildeten. War sie bereit, diese Sicherheit um ihrer Prinzipien willen zu gefährden?

Binnen weniger Sekunden hatte sie entschieden, dass diese Angelegenheit zu wichtig für sie war, um jetzt einen Rückzieher zu machen. Stur reckte sie das Kinn in die Höhe. Um ihrer Seele und ihrer Prinzipien wegen musste sie sich ihm mit einem freien und liebevollen Herzen zuwenden. Das wiederum bedeutete, dass sie nichts von ihm annehmen konnte. Eher würde sie ihn verlassen, als ein weiterer Parasit in seinem Leben zu werden.

Höflich, doch bestimmt stellte sie einen Scheck über die recht hohe Summe aus und bat Shirley, Bobby Tom sein Geld zurückzuschicken. Die Geste beflügelte sie. Sie würde der einzige Mensch in seinem Leben sein, der nicht gekauft war.

Wenig später fuhr Suzy vor. Sie bewunderte Gracie von allen Seiten und überschüttete sie mit Komplimenten. Erst als sie den Friseur verlassen hatten und im Lexus saßen, um gemeinsam neue Kleidung zu erstehen, bemerkte Gracie, dass sie ein klein wenig abgelenkt schien. Möglicherweise hatte sie jedoch einfach nur eine schlechte Nacht gehabt.

Trotz des sehr bequemen Bettes in dem kleinen Apartment über Bobby Toms Garage hatte Gracie auch nicht sonderlich gut geschlafen. Das gebeizte Holz und die moderne, blau und weiß gestaltete Ausstattung der Zimmer war nur zu offensichtlich nicht von derselben Person eingerichtet worden wie das Haus. Obwohl die Wohnung kompakt war, war sie doch um einiges luxuriöser, als sie sich vorgestellt hatte. Oder als sie es sich leisten konnte, dachte sie bedrückt, als sie im Stillen die Miete ausrechnete, die ihre finanziellen Schwierigkeiten noch vertiefen würde. Die Wohnung verfügte über eine kombinierte Küche mit Wohnzimmer und ein abgeschlossenes Schlafzimmer, das an Bobby Toms Kraftraum grenzte. Ihr Schlafzimmer blickte auf die Rückseite seines Hauses. Als sie gestern Nacht nicht hatte schlafen können und aufgestanden war, hatte sie festgestellt, dass nicht nur sie unter Schlaflosigkeit litt. Unter ihr hatte sie das flackernde blau-silberne Licht des Fernsehers in Bobby Toms Arbeitszimmer gesehen.

Das helle Sonnenlicht fiel auf Suzys bedrückte Miene. Sofort bekam Gracie ein schlechtes Gewissen, sich ihr aufzudrängen. »Wir müssen das nicht unbedingt heute machen.«

»Ich freue mich darauf.«

Da ihre Antwort ehrlich gemeint schien, drängte Gracie nicht weiter. Gleichzeitig wurde ihr klar, dass sie Suzy gegenüber aufrichtig sein musste. »Diese angebliche Verlobung ist mir peinlich. Ich habe ihn von der Lächerlichkeit dieser Idee zu überzeugen versucht.«

»Nicht aus seiner Warte. Die Leute hier sind ihm ständig wegen der einen oder der anderen Sache auf den Fersen. Wenn diese Lüge ihm während seines Aufenthaltes hier ein wenig Freiraum verschafft, dann unterstütze ich sie voll und ganz.« Sie ließ das Thema fallen und bog in die Hauptstraße ein. »Wir haben das Glück, hier in der Stadt eine wirklich wunderbare Boutique zu besitzen. Millie wird sich um dich kümmern.« Auch sie wechselte wie selbstverständlich in die vertraute Anrede.

Bei dem Wort »Boutique« klingelten jedoch bei Gracie die Alarmglocken. »Sind die Sachen dort teuer?«

»Das ist doch unwichtig. Bobby Tom wird sich um die Rechnung kümmern.«

»Meine Kleidung wird er nicht bezahlen«, sagte Gracie leise. »Das gestatte ich nicht. Ich werde sie selbst bezahlen, und ich fürchte, mein finanzieller Rahmen ist etwas eng gesteckt.«

»Natürlich bezahlt er. Schließlich ist es doch seine Idee!«

Gracie schüttelte stur den Kopf.

»Es ist dir tatsächlich ernst, nicht wahr?«

Die beiden verstanden sich so gut, dass Gracie mittlerweile das Du normal fand.

»Sehr ernst sogar.«

Suzy schien amüsiert. »Bobby Tom bezahlt doch immer.«

»Aber nicht für mich.«

Eine Minute schwieg Suzy. Dann lächelte sie anerkennend. »Ich liebe die Herausforderung. Ungefähr dreißig Meilen von hier entfernt gibt es einen Fabrikverkauf. Das wird uns Spaß machen.«

Während der nächsten drei Stunden spulte Suzy ein volles Programm ab, führte sie von einem Discounter zum nächsten, wo sie wie ein Bluthund die besten Sonderangebote aufspürte. Um Gracies eigenen Geschmack kümmerte sie sich nicht weiter, sondern kleidete sie stattdessen mit jugendlichen, leicht provozierenden Sachen ein, die Gracie nie und nimmer für sich selbst auszusuchen gewagt hätte. Suzy wählte einen fast transparenten Rock und eine seidige, perlmuttfarbene Bluse, ein rosa Etuikleid, das von der Wade bis zum mittleren Oberschenkel geschlitzt war, verblichene Jeans und dehnbare, gerippte Tops, skandalös kurze Röcke und Baumwollpullover, die sich eng an ihre Brüste schmiegten. Gracie probierte Gürtel und Ketten an, Sandalen und flache Schuhe, Armbänder und silberne Ohrringe. Als schließlich alle Kleidung im Kofferraum des Lexus verstaut war, hatte Gracie den Großteil ihrer Ersparnisse ausgegeben. Ihr schwindelte und sie war sehr nervös.

»Bist du dir auch sicher?« Sie blickte auf den grellroten Overall, den sie als Letztes eingekauft hatten. Sein schulterfreies Oberteil schmiegte sich so eng an ihre Haut, dass sie keinen BH würde tragen können, und das Strickmaterial funkelte golden. Ein fünf Zentimeter breiter goldener Gürtel unterteilte das eng anliegende Top und die weiten Shorts. Ihre vernünftigen spanischen Stoffsandalen waren von einem Paar zarten knallroten Sandaletten ersetzt worden. Alles in allem hatte sie plötzlich das Gefühl, jemand völlig anderes zu sein.

Zum bestimmt hundertsten Mal an diesem Nachmittag beruhigte Suzy sie. »Die Sachen stehen dir einfach fantastisch.«

Gracie bemühte sich, ihre Panik unter Kontrolle zu bringen. Hausbackene Frauen trugen keine gewagte Kleidung. Sie untermauerte ihr ständiges Zögern mit aus ihrer Sicht berechtigten Einwänden.

»Diese Sandalen geben dem Fuß nur sehr wenig Halt.«

»Hast du Probleme mit deinen Füßen?«

»Nein. Möglicherweise deswegen nicht, weil ich immer vernünftige Schuhe getragen habe.«

Suzy lächelte und streichelte ihren Arm. »Mach dir keine Sorgen, Gracie. Du siehst einfach hinreißend aus.«

»Ich sehe gar nicht mehr wie ich selbst aus.«

»Meiner Meinung nach siehst du jetzt genau wie du selbst aus. Das wurde auch wirklich Zeit.«

Wer in aller Welt steuerte seinen Thunderbird? Noch dazu in dieser Geschwindigkeit! Bobby Tom bemerkte die Staubwolke in etwa einem Kilometer Entfernung und griff nach dem Manuskript, das er auf dem Zaunpfosten abgelegt hatte. Er wollte die Szene auswendig lernen, die am Nachmittag anstand.

Der Wagen bog von der Hauptstraße ab, immer noch von einer Staubwolke gefolgt. Schließlich kam er mit quietschenden Reifen neben seinem Container zum Stehen. Er kniff die Augen gegen das Abendlicht zusammen. Dann sah er ein kleines heißes Ding in knallroter Kleidung aus dem Wagen hüpfen. Sein Blutdruck stieg jäh an. Verdammt noch mal! Er hatte einzig und allein Gracie gestattet, seinen Thunderbird zu fahren. Er hatte sie gebeten, das Auto nach ihren Einkäufen von Buddys Autowerkstatt abzuholen. Sie ihrerseits schien ihm mal wieder eine Lektion erteilen zu wollen und hatte irgendeine vorwitzige Frau dazu angestachelt, ihr diese Arbeit abzunehmen.

Er biss die Zähne aufeinander und näherte sich der offensichtlichen Unverschämtheit. Immer noch gegen die Sonne anblinzelnd versuchte er zu erkennen, um wen es sich handelte. Doch erkannte er lediglich einen hübschen fragilen Körper und einen kurzen sexy Haarschnitt. Das Gesicht war teilweise von einer zierlichen runden Sonnenbrille verdeckt. Er schwor sich, Gracie dafür das Fell über die Ohren zu ziehen. Sie wusste doch genau, dass ihre angebliche Verlobung ihn vor genau diesen Vorkommnissen schützen sollte.

Dann erstarrte er, als die Sonne die ihm wohl bekannten kupferfarbenen Highlights in das üppige Haar setzte. Sein Blick glitt über den wohlproportionierten Körper und die schlanken Beine bis hin zu den Fesseln, die er auf der ganzen Welt wiedererkannt hätte. Er hatte das Gefühl, jemand habe ihm einen Schlag in den Magen versetzt. Gleichzeitig schimpfte er sich einen absoluten Totalidioten. Schließlich war er es gewesen, der Gracies Verwandlung initiiert hatte. Warum hatte er sich nicht ein wenig besser auf das Ergebnis vorbereitet?

Gracie musterte ihn unsicher, als er auf sie zukam. Sie hatte Bobby Tom bereits oft genug im Umgang mit Frauen beobachtet, um zu wissen, was er gleich sagen würde. Er würde ihr unglaubliche Komplimente machen und ihr vermutlich einreden, sie sei die hübscheste Frau, die er in seinem ganzen Leben jemals gesehen hätte. Unter diesem Berg von übertriebenen Komplimenten würde es nicht deutlich werden, wie er ihre Verwandlung tatsächlich einschätzte. Wenn er doch nur ehrlich mit ihr wäre, könnte sie herausfinden, ob sie vielleicht lächerlich wirkte.

Er verstellte ihr den Weg. Einige Sekunden verstrichen, und sie wartete auf das verführerische Grinsen und die schmeichelhaften Komplimente. Er rieb sich mit seinem Handrücken das Kinn.

»Buddy scheint seine Arbeit gut gemacht zu haben. Hat er dir eine Quittung gegeben?«

Vollkommen vor den Kopf gestoßen beobachtete sie, wie er an ihr vorbeiging und das Abblendlicht begutachtete, das Buddy repariert hatte. Dann kniete er sich hin, um die neuen Reifen zu befühlen. Ihre aufgekratzte Erwartung legte sich, sie hatte das Gefühl, man habe ihr die Luft rausgelassen. »Die Quittung liegt im Handschuhfach.«

Er richtete sich auf und sah ihr direkt in die Augen. »Warum in aller Welt bist du so schnell gefahren?«

Weil das hübsche Ding mit dem wilden Haar und den frivolen kleinen Sandalen ohne jeden Halt ein Freigeist ist, der sich nicht um Nichtigkeiten wie beispielsweise Geschwindigkeitsbeschränkungen kümmert.

»Vermutlich habe ich einfach nicht ans Tempo gedacht.« Wann würde er ihr endlich sagen, dass sie das süßeste kleine Luder war, das ihm jemals in seinem Leben untergekommen war, so wie er das jeder anderen Frau versicherte?

Verärgert kniff er die Lippen zusammen. »Eigentlich hatte ich vorgehabt, dich während unseres Aufenthaltes hier den Wagen fahren zu lassen. Doch nach dem, was ich gerade gesehen habe, ist mein Entschluss ins Schwanken gekommen. Du hast dieses Auto gefahren, als ob es irgendeine alte Blechschüssel sei.«

»Entschuldigung.« Sie malmte mit dem Unterkiefer, als die Wut ihre Verletzung verdrängte. Sie hatte heute ein Vermögen ausgegeben, und ihm schien es noch nicht einmal aufzufallen.

»Ich wäre dir sehr verbunden, wenn es nicht noch einmal vorkommt.«

Sie drückte ihren Rücken steil durch und reckte das Kinn in die Luft. Auf keinen Fall würde sie sich von ihm in die Ecke drängen lassen. Sie wusste, dass sie hübsch aussah, vielleicht sogar zum ersten Mal in ihrem ganzen Leben. Sollte er diese Auffassung nicht teilen, hatte er halt Pech gehabt. »Es soll nicht wieder vorkommen. Falls du mit deiner Schimpftirade fertig bist – ich habe Natalie versprochen, dass ich heute noch auf Elvis aufpasse.«

»Du bist als meine Assistentin angestellt, nicht als Babysitter!«

»Als ob es da einen Unterschied gäbe.« Mit dieser Bemerkung machte sie auf dem Absatz kehrt und stöckelte davon.

11

Der dunkelrote Lincoln hielt vor dem Eingang des weitläufigen, weiß getünchten Backsteinhauses, das Wayland Sawyer mit Blick über den Fluss gebaut hatte. Der Chauffeur umrundete das Auto, um Suzy die Tür zu öffnen. Wayland Sawyer hätte wohl kaum eine bessere Art und Weise finden können, um die Leute von Telarosa von seinem eigenen Erfolg zu überzeugen, als dieses großartige Haus zu bauen. Es kursierten Gerüchte, dass er es nach der Schließung von Rosatech als Wochenendhaus weiter nutzen wollte.

Der Chauffeur öffnete die Tür und half ihr aus dem Wagen. Ihre Hände schwitzten. Seit sie sich vor zwei Tagen mit Sawyer getroffen hatte, hatte sie kaum an etwas anderes denken können. Sie hatte ein paar weite, beige Abendhosen an Stelle eines Kleides gewählt. Das dazu passende Top und die hüftlange Seidenjacke waren mit tragbarer Kunst verziert: eine hübsche Dorfszene von Chagall in den Tönen Koralle, Türkis, Fuchsia und Aquamarin. Als einzigen Schmuck trug sie ihren Ehering und die auffälligen Diamantohrstecker, die Bobby Tom ihr nach Abschluss seines ersten Vertrages mit den *Stars* geschenkt hatte.

Eine hispanische Frau, die Suzy nicht kannte, öffnete die Tür und führte sie über den schwarzen Marmorboden in ein geräumiges Wohnzimmer mit Panoramafenstern über zwei Stockwerken und Aussicht auf einen erleuchteten Rosengarten. Seidenbespannte Lampen warfen warme Schatten auf die glänzenden, elfenbeinfarbenen Wände. Die Sofas und Sessel waren zu kleinen Grüppchen arrangiert und in kühlen Grün- und Blautönen gehalten, hier und da von etwas Schwarz durchsetzt. Dazu passende Wandhalterungen zu beiden Seiten des Marmorkamins hielten unglasierte Terrakottakübel, aus denen getrocknete Blumen üppig hervorwucherten.

Way Sawyer stand neben einem glänzenden schwarzen Stutzflügel, der vor dem größten Fenster positioniert war. Ihre Unsicherheit wurde noch verstärkt, als sie ihn wie einen modernen Gangster von Kopf bis Fuß in Schwarz gekleidet sah. Doch statt einer Kappe und einer Weste stammte sein Designeranzug aus Italien, und sein Hemd war aus Seide. Das weiche Licht in dem Zimmer konnte die harten Linien seines Gesichts nicht verwischen.

In der Hand hielt er ein Glas und musterte sie aufmerksam mit seinen dunklen Augen, denen nichts zu entgehen schien. »Was würden Sie gerne trinken?«

»Ein Glas Weißwein.«

Er trat auf eine kleine Truhe zu, in der sich ein Spiegelschrank mit einer Reihe von Flaschen und Gläsern befand. Während er ihr den Wein einschenkte, versuchte sie sich dadurch zu beruhigen, dass sie im Zimmer auf und ab lief und die Kunstwerke an den Wänden betrachtete. Es waren mehrere große Ölbilder und eine Reihe von Aquarellen. Vor einer kleinen Federzeichnung einer Mutter mit einem Kind blieb sie stehen.

»Das habe ich in London vor ein paar Jahren auf einer Auktion erstanden.«

Sie hatte nicht gehört, wie er von hinten auf sie zugetreten war. Er reichte ihr das goldverzierte Weinglas, und während sie daran nippte, erzählte er ihr die Geschichte jeden Gemäldes. Seine Worte waren bedächtig und abgewogen, sie teilten ihr die Details mit, konnten sie jedoch nicht beruhigen. Sie hatte ihre Schwierigkeiten damit, diesen Mann, der so ruhig über eine Kunstauktion in London sprach, mit dem aufsässigen Teenie in Einklang zu bringen, der hinter der Sporthalle Zigaretten geraucht und sich nur mit den hübschesten aller Mädchen abgegeben hatte.

Während der letzten paar Wochen hatte sie ein paar Recherchen angestellt, um die Löcher in Sawyers Vergangenheit aufzufüllen. Soweit sie die Geschichte aus den Aussagen einiger älterer Einwohner hatte zusammenstückeln können, hatte seine Mutter Trudy im Alter von sechzehn Jahren behauptet, nacheinander von drei Straßenarbeitern vergewaltigt worden zu sein, von denen einer Ways Vater war. Dies war einige Jahre vor Ende des Zweiten Weltkrieges geschehen, und keiner hatte ihr Glauben geschenkt. Also war sie zur Außenseiterin abgestempelt worden.

In den darauf folgenden Jahren hatte Trudy nur mit Mühe und Not den Lebensunterhalt für sich und ihren Sohn bei den wenigen Familien mit Putzen verdienen können, die sie überhaupt in ihr Haus ließen. Offenbar hatte die schwere Arbeit und die soziale Ausgrenzung sie allmählich gebrochen. Etwa zu dem Zeitpunkt, als Way in die Oberschule kam, schien sie aufgegeben zu haben und die Aburteilung der Umwelt auch selbst verinnerlicht zu haben. Das war der Zeitpunkt, an dem sie sich durchreisenden Männern gegen Geld angeboten hatte. Mit fünfunddreißig Jahren war sie an einer Lungenentzündung gestorben, nicht viel später war Way der Marine beigetreten.

Während Suzy ihn über den Rand ihres Weinglases hinweg musterte, vergrößerte sich ihre Unsicherheit. Trudy Sawyer war das Opfer gravierender Ungerechtigkeit gewesen, und ein Mann wie Way Sawyer würde das nicht vergessen. Wie weit würde er gehen, um die Rechnung auszugleichen?

Zu ihrer Erleichterung erschien die Bedienstete und bat sie an den Esstisch. Way führte sie in einen in blassem Grün und mit Jadetönen abgesetzten Esssalon. Während des ersten Salatgangs verlief die Unterhaltung höflich, wenn auch bedeutungslos. Als der Hauptgang mit Lachs und wildem Reis serviert wurde, lagen ihre Nerven vor Anspannung blank. Warum nur sagte er ihr nicht geradeheraus, was er von ihr wollte? Wenn sie wüsste, weswegen sie unbedingt hier mit ihm hatte zu Abend essen müssen, könnte sie sich vielleicht etwas beruhigen.

Die Stille, die sich gelegentlich zwischen ihnen ausbreitete, schien ihn weiter nicht zu stören, doch ihr war sie so unerträglich, dass sie sie brechen musste. »Mir ist Ihr Flügel aufgefallen. Spielen Sie Klavier?«

»Nein, der Flügel gehörte meiner Tochter Sarah. Ich habe ihn ihr geschenkt, als sie zehn Jahre alt war und Dee und ich uns haben scheiden lassen. Es war der Trostpreis dafür, dass sie ihre Mutter verloren hat.«

Das war die erste persönliche Bemerkung, die er bisher gemacht hatte. »Sie haben demnach die Erziehungsberechtigung erlangt? Für die damalige Zeit war das sicher sehr ungewöhnlich, nicht wahr?«

»Dee hatte ihre Schwierigkeiten damit, eine Mutter zu sein. Sie hat der Vereinbarung zugestimmt.«

»Sehen Sie Ihre Tochter häufig?«

Er brach ein Mohnbrötchen entzwei. Zum ersten Mal an diesem Abend entspannten sich seine Gesichtszüge. »Längst nicht häufig genug. Sie arbeitet als Fotografin in San Francisco, also sehen wir uns alle paar Monate. Sie lebt in einem winzigen Apartment – deshalb habe ich auch immer noch den Flügel –, aber sie steht auf eigenen Beinen und ist glücklich.«

»Heutzutage ist das wohl mehr, als man als Eltern erwarten kann.« Während sie an ihren Sohn dachte, spielte sie mit einem Stückchen Lachs auf ihrem Teller. Er stand zweifellos auf eigenen Beinen, doch hielt sie ihn nicht für glücklich.

»Noch etwas Wein?« erkundigte er sich unvermittelt.

»Nein danke. Wenn ich mehr als ein Glas trinke, bekomme ich Kopfschmerzen. Hoyt hat immer gesagt, ich sei die billigste Freundin der ganzen Stadt.«

Angesichts ihres zaghaften Versuches, die Atmosphäre etwas aufzulockern, lächelte er kein bisschen. Stattdessen lehnte er sich auf seinem Stuhl zurück und sah sie mit jener

Intensität an, die ihr vor Augen führte, wie selten die Menschen einander wirklich betrachteten. Wenn sie ihm heute zum ersten Mal begegnet wäre, stellte sie erschrocken fest, hätte sie ihn attraktiv gefunden. Obwohl er genau das Gegenteil ihres fröhlichen und gutmütigen Ehemannes war, war sein raues Äußeres und die starke Präsenz schwer zu ignorieren.

»Vermissen Sie Hoyt immer noch?«

»Sehr sogar.«

»Wir beide waren ungefähr gleichaltrig, und wir sind in dieselbe Schule gegangen. Er war das Lieblingskind auf der Oberschule von Telarosa, ganz wie Ihr Sohn.« Sein Lächeln machte kurz vor seinen Augen Halt. »Und er ging mit dem hübschesten Mädchen der Schule aus.«

»Danke für das Kompliment, doch war ich bei weitem nicht das hübscheste Mädchen der Schule. Damals trug ich beispielsweise eine Zahnspange.«

»Meiner Meinung nach waren Sie das hübscheste Mädchen.« Er nippte an seinem Wein. »Ich hatte gerade all meinen Mut zusammengenommen, um Sie zu fragen, ob Sie einen Abend mit mir verbringen würden, als ich davon hörte, dass Hoyt und Sie liiert waren.«

Sie war total perplex. »Davon hatte ich keine Ahnung.«

»Es ist auch kaum zu glauben, dass ich mir ernsthaft eine Chance bei Suzy Westlight ausrechnete. Schließlich war ich Trudy Sawyers Sohn und lebte in einer ganz anderen Welt als die Tochter eines Doktor Westlight. Sie wohnten auf der goldenen Seite der Bahnlinie und trugen schöne Kleider. Ihre Mutter fuhr Sie in einem glänzenden roten Oldtimer herum, und Sie dufteten stets sauber und frisch.«

Seine Worte waren zwar poetisch, doch sprach er sie hart und abgehackt aus, wodurch ihnen jede Sentimentalität genommen wurde.

»Das ist sehr lange her«, sagte sie. »Heute bin ich nicht

mehr frisch.« Sie ließ ihre Finger über das seidige Material ihrer Abendhosen gleiten und fühlte das Östrogenpflaster als kleine Erhebung auf ihrer Hüfte. Ein weiteres Zeichen, dass das Leben nicht mehr allzu viel zu bieten hatte.

»Wollen Sie nicht laut auflachen angesichts der Vorstellung, dass so ein aussichtsloser Typ wie ich Sie hat ansprechen wollen?«

»Sie haben immer so getan, als ob Sie mich hassten.«

»Ich habe Sie nicht gehasst. Ich habe die Tatsache gehasst, dass Sie sich so weit außerhalb meiner Möglichkeiten befanden. Hoyt und Sie kamen aus einer anderen Welt, einer Welt, der ich mich noch nicht einmal nähern konnte. Der Goldjunge und das Goldmädchen, das Glück sei mit ihnen.«

»Nicht mehr.« Sie senkte den Kopf, als sie spürte, wie sich ihre Kehle zusammenschnürte.

»Tut mir Leid«, meinte er kurz angebunden. »Ich wollte Sie nicht verletzen.«

Sie schaute ihn wieder an, in ihren Augen schimmerten Tränen. »Warum machen Sie das dann? Ich weiß genau, dass Sie irgendein Spiel mit mir spielen, doch kenne ich die Regeln nicht. Was wollen Sie von mir?«

»Ich hatte angenommen, Sie seien diejenige, die etwas von mir will.«

Seine prompte Antwort sagte ihr, dass ihre Gefühlsregung ihn nicht im Mindesten berührt hatte. Sie blinzelte. Er sollte sie nicht weinen sehen, doch da sie seit ihrer ersten Begegnung mit ihm nur schlecht geschlafen hatte, fiel es ihr nicht leicht, die Haltung zu wahren. »Ich möchte, dass Sie diese Stadt nicht zerstören. Zu viele Leben würden damit zerstört werden.«

»Und was würden Sie bereit sein, dafür zu opfern, dass dies nicht geschieht?«

Es fuhr ihr eiskalt über den Rücken. »Ich habe nichts zu opfern.«

»Und ob Sie das haben.«

Sein harter Tonfall ließ das Fass überlaufen. Sie knüllte ihre Serviette zusammen und stand auf. »Ich würde jetzt gerne nach Hause gehen.«

»Sie haben Angst vor mir, nicht wahr?«

»Ich sehe keinen Grund, den Abend weiter auszudehnen.«

Er erhob sich. »Ich würde Ihnen gerne meinen Rosengarten zeigen.«

»Ich denke, das lassen wir lieber.«

Er schob seinen Stuhl zurück und trat auf sie zu. »Ich würde ihn Ihnen gerne zeigen, bitte. Ich glaube, er würde Ihnen gefallen.«

Obwohl er seine Stimme nicht erhoben hatte, war der Tonfall eines Kommandos doch nicht zu überhören. Wieder einmal hatte er seinen Willen durchgesetzt. Sie wusste nicht, wie sie sich gegen den festen Zugriff auf ihren Oberarm, durch den sie zu den bodenlangen Fenstern am Ende des Esszimmers gelenkt wurde, entkommen sollte. Er drückte einen wellenförmigen Messingknauf herunter. Als sie ins Freie trat, umhüllte sie die Nacht wie ein duftendes Dampfbad. Sie atmete den schweren Duft der Rosen ein.

»Das ist sehr hübsch.«

Er führte sie entlang eines gewundenen Pflastersteinpfades durch die Beete. »Ich hatte einen Landschaftsarchitekten aus Dallas mit der Gestaltung beauftragt, doch hatte er einfach zu ausgefallene Ideen. Letztlich habe ich die meiste Arbeit alleine erledigt.«

Sie konnte sich nicht vorstellen, wie er einen Rosengarten anlegte. In ihrer Vorstellung waren Gärtner freundliche Menschen, und sie würde ihn nie und nimmer als freundlich und gutmütig sehen können.

Sie hatten einen kleinen Teich mit japanischen Kois erreicht, der inmitten hoher Gräser und üppiger Sträucher lag.

Ein Wasserfall fiel über mehrere, terrassierte Steine. Das indirekte Licht beleuchtete die dicken Fische, während sie unter den wächsernen Blättern der Wasserlilien umherschwammen. Sie war sich wohl bewusst, dass er sie erst dann gehen lassen würde, wenn er zu Wort gekommen war. Also setzte sie sich auf eine der schmiedeeisernen Bänke, die mit rankenden Traubenblättern verziert waren.

Sie verschränkte ihre Hände im Schoß und versuchte, sich zu sammeln. »Was hatten Sie damit gemeint, als Sie mich fragten, was ich bereit sei zu opfern?«

Er setzte sich auf die ihr gegenüberliegende Bank und streckte die Beine aus. Das Licht des Teiches ließ seine Wangenknochen und die Augenbrauen stark hervortreten und ihn noch bedrohlicher aussehen, was sie wiederum entnervte. Seine Stimme dagegen war so sanft wie die Nacht. »Ich wollte nur wissen, wie sehr Sie sich wirklich der Vorstellung verpflichtet fühlen, Rosatech an diesem Ort zu belassen.«

»Ich habe mein ganzes Leben in dieser kleinen Stadt verbracht, und ich würde alles tun, um ihr Sterben zu verhindern. Aber ich bin lediglich Vorsitzende des Erziehungsausschusses und besitze innerhalb der Gemeinde keinen wirklichen Einfluss.«

»Ihr Einfluss in der Gemeinde interessiert mich nicht. Das ist es nicht, was ich von Ihnen möchte.«

»Was dann?«

»Vielleicht möchte ich das haben, was ich all diese Jahre über nicht bekommen konnte, als ich lediglich Trudy Sawyers uneheliches Kind war.«

Im Hintergrund hörte sie leise den Wasserfall plätschern, etwas weiter entfernt das Brummen der Luftkühlung. Diese friedlichen Geräusche ließen seine Worte umso gewichtiger erscheinen. »Ich verstehe nicht, wovon Sie sprechen.«

»Vielleicht möchte ich das hübscheste Mädchen von der Schule mein Eigen nennen.«

Schrecken erfasste sie, und die Nacht um sie herum erschien ihr plötzlich gefährlich. »Wovon sprechen Sie?«

Er stützte den Ellenbogen auf die Rücklehne der Bank und kreuzte die Beine. Trotz seiner entspannten Körperhaltung spürte sie seine konzentrierte Aufmerksamkeit, und das ängstigte sie. »Ich bin zu dem Schluss gekommen, dass ich eine Begleiterin brauche. Doch bin ich mit der Leitung von Rosatech viel zu beschäftigt, um mich nach jemandem umzusehen. Ich hätte gerne, dass Sie diese Begleiterin wären.«

Ihr Mund war so ausgetrocknet, dass sie das Gefühl hatte, ihre Zunge sei geschwollen. »Eine Begleiterin?«

»Ich brauche jemanden, der mich auf öffentlichen Veranstaltungen und auf Reisen begleitet und als meine Hostess fungiert, wenn ich soziale Verpflichtungen erfülle.«

»Ich dachte, Sie hätten eine Begleiterin. Ich habe gehört, dass Sie mit jemandem aus Dallas zusammen sind.«

»In all den Jahren war ich mit vielen Frauen zusammen. Aber jetzt suche ich etwas anderes. Etwas, was ein wenig näher an zu Hause liegt.« Er sprach so ruhig, als ob sie einen geschäftlichen Vertrag besprechen würden. Doch irgendetwas an seiner Art, seine erhöhte Wachsamkeit, überzeugte sie davon, dass er lange nicht so ruhig war, wie er vorgab. »Wir beide könnten immer noch unsere eigenen Leben leben, doch Sie …«, sie hatte das Gefühl, als ob sein Blick sich in ihren Schädel bohren würde, »Sie würden mir zur Verfügung stehen, Suzy.«

Die Art und Weise, wie er das Wort »Verfügung« über die Zunge perlen ließ, ließ sie frösteln. »Zur Verfügung stehen? Way, du willst doch nicht … Es hört sich fast an, als ob du …« Sie konnte ihr Entsetzen nicht verbergen. »Ich werde nicht mit dir schlafen!«

Die emotionale Anspannung dieses Gesprächs hatte sie automatisch wieder in das Du zurückfallen lassen, mit dem sie sich bereits als Kinder begegnet waren. Way ließ diese

Gelegenheit nicht ungenutzt verstreichen. Nach kurzem Schweigen sagte er: »Das wäre dir wirklich verhasst, nicht wahr?«

Sie sprang auf. »Du bist verrückt! Ich kann kaum glauben, dass du so etwas vorschlagen kannst. Dir schwebt keine Begleiterin vor, sondern eine Mätresse!«

Er hob eine Augenbraue. Sie hatte das Gefühl, noch nie einem derart kaltherzigen, derart gefühllosen Mann gegenübergestanden zu haben. »Ist dem so? Ich kann mich nicht erinnern, dieses Wort im Mund geführt zu haben.«

»Hör auf, mit mir zu spielen!«

»Ich weiß, du führst ein sehr aktives Leben, und ich erwarte keinesfalls, dass du es aufgibst. Doch gelegentlich, wenn ich deine Unterstützung bräuchte, würde ich dich bitten, diesbezüglich ein paar Kompromisse einzugehen.«

Blut schoss ihr in den Kopf und ihre Stimme schien aus weiter Entfernung zu kommen. »Warum tust du mir das an?«

»Was denn?«

»Du erpresst mich! Darum geht es doch, nicht wahr? Wenn ich mit dir schlafe, wird Rosatech in Telarosa bleiben. Wenn nicht, wirst du die Firma verlegen.« Er schwieg. Sie konnte die Hysterie nicht unterdrücken, die in ihr aufstieg. »Ich bin zweiundfünfzig! Falls du eine Mätresse suchst, warum machst du nicht das, was andere Männer in deinem Alter auch tun und suchst dir eine Jüngere?«

»Junge Frauen interessieren mich nicht.«

Sie drehte ihm den Rücken zu, ihre Nägel gruben sich in die Handflächen. »Hasst du mich so sehr?«

»Ich hasse dich überhaupt nicht.«

»Ich weiß genau, was du tust. Du lebst irgendeine Rache aus, für etwas, was bereits dreißig Jahre zurückliegt.«

»Meine Rache richtet sich gegen die Stadt, nicht gegen dich.«

»Aber ich bin diejenige, die bestraft wird.«

»Wenn du die Sache so sehen möchtest, werde ich nicht versuchen, deine Meinung zu ändern.«

»Ich werde es nicht tun.«

»Verstehe.«

Sie schnellte herum. »Du kannst mich nicht zwingen.«

»Und ich würde dich auch niemals zwingen. Es ist einzig und allein deine Entscheidung.«

Die Gefühlskälte seiner Worte ängstigte sie mehr, als es eine wütende Reaktion getan hätte. Er war verrückt, dachte sie. Doch seine dunklen Augen musterten sie mit großer Intelligenz und einer beängstigenden Klarsicht.

Gegen ihren Willen nahm ihre Stimme einen bittenden Ton an. »Versprich mir, dass du Rosatech nicht verlegen wirst.«

Zum ersten Mal zögerte er, als ob er eine Art privaten Krieg mit sich selbst ausfocht. »Ich werde keinerlei Versprechungen abgeben, bis du nicht Zeit gehabt hast, über unsere Unterhaltung nachzudenken.«

Zitternd atmete sie ein. »Ich möchte jetzt nach Hause gehen.«

»Also gut.«

»Ich habe meine Tasche im Haus gelassen.«

»Ich werde sie für dich holen.«

Sie stand alleine im Garten und bemühte sich, das eben Geschehene irgendwie zu verstehen. Doch die Situation lag so weit außerhalb all dessen, was sie jemals erfahren hatte, dass sie damit nicht klarkam. Sie dachte an ihren Sohn, und ihr Körper wurde kalt vor Angst. Falls Bobby Tom jemals von dieser Sache erfahren würde, würde er Way Sawyer umbringen.

»Bist du bereit?«

Sie schreckte zurück, als er ihre Schulter berührte.

Er zog sofort seine Hand zurück und reichte ihr ihre Tasche. »Mein Wagen steht vor dem Eingang.«

Er machte eine Geste in Richtung eines Klinkerpfades, der sich um die eine Seite des Hauses wand, und sie eilte darauf zu, bevor er sie noch einmal berühren konnte.

Vor dem Haus stand dort an Stelle des Lincolns mit dem Chauffeur sein BMW. Jetzt wurde ihr klar, dass er sie persönlich nach Hause fahren wollte. Er öffnete die Tür, und sie stieg wortlos ein.

Zu ihrer Erleichterung unterließ er jegliche Unterhaltung. Sie schloss die Augen und versuchte sich vorzustellen, Hoyt säße neben ihr. Doch heute Abend schien er unendlich weit weg. *Warum hast du mich verlassen? Wie soll ich nur ganz alleine damit fertig werden?*

Eine Viertelstunde später hielt er seinen Wagen vor ihrer Auffahrt an, blickte zu ihr hinüber und sagte leise: »Ich bin die nächsten drei Wochen verreist. Wenn ich zurückkehre …«

»Bitte«, flüsterte sie. »Zwinge mich nicht dazu.«

Seine Stimme war kühl und teilnahmslos. »Wenn ich zurückkomme, rufe ich dich an, um deine Entscheidung zu erfahren.«

Suzy stürzte aus dem Auto und eilte den Weg zu ihrem Haus, als ob ihr der Teufel im Nacken säße.

Hinter dem Steuer beobachtete der meistgehasste Mann von Telarosa, Texas, wie sie im Haus verschwand. Nachdem sie die Tür zugeschlagen hatte, verzog sich sein Gesicht voller Wut, Schmerz und einem Anflug von Sehnsucht.

12

Zum ersten Mal an diesem Abend schob niemand eine Serviette unter Bobby Toms Nase, damit er ein Autogramm leistete, niemand forderte ihn zum Tanz auf, keiner wollte etwas über das Golfturnier wissen. Er hatte endlich ein paar

Minuten für sich alleine und lehnte sich in die Nische zurück. Das *Waggon Wheel* war Telarosas beliebtestes Tanzlokal, und die samstäglichen Besucher amüsierten sich blendend – besonders, da Bobby Tom alle Getränke bezahlte.

Er stellte seine Bierflasche auf den zerschrammten Tisch und drückte einer jener schlanken Zigarren aus, die er sich gelegentlich gestattete. Gleichzeitig beobachtete er, wie Gracie sich lächerlich machte, indem sie zu den neuen Liedern von Brooks und Dunn tanzte. Zwei Wochen waren vergangen, seitdem sie sich äußerlich so grundlegend verwandelt hatte. Man hätte annehmen mögen, die Leute hätten sich mittlerweile an sie gewöhnt. Doch im Gegenteil, alle Welt machte jede Menge Aufhebens um sie.

Trotz aller Verbesserungen ihres Erscheinungsbildes war sie keine wirkliche Schönheit. Zweifellos war sie niedlich, ja sogar hübsch. Im Land üppiger Haartrachten kürte der knappe Haarschnitt Shirley eindeutig zum Meister. Ihm gefiel es, wenn ihr der Wind ins Haar fuhr und das Licht sich in den warmen Kupfertönen spiegelte. Doch liebte er seine Frauen blond und Aufsehen erregend, mit ellenlangen Beinen und den Brüsten eines Pornostars. Gestandene Sextrophäen, das war es, wonach ihm der Sinn stand. Und dafür würde er sich auch nicht entschuldigen. Er hatte sich diese Sexbomben auf den Kriegsfeldern der Nationalliga verdient. Er hatte sie sich dadurch verdient, dass er sich einem teuflischen Drill hatte unterwerfen und zweimal täglich hatte trainieren müssen. Er hatte sie sich verdient, weil er manchmal so heftig einen Ball abbekommen hatte, dass er hinterher nicht mehr seinen Namen hätte buchstabieren können. Sie waren die Belohnungen für den Kriegsschauplatz Footballfeld. Sie aufzugeben wäre gleichbedeutend damit, die eigene Identität aufzugeben.

Er nahm einen kräftigen Schluck von seinem *Shiner*, doch das Bier vermochte das leere Loch in seinem Inneren nicht zu füllen. Eigentlich hätte er jetzt in die nächste Saison starten sollen, doch stattdessen turnte er wie ein verdammter Schwuler vor der Kameralinse herum und gab vor, mit einer befehlsbellenden Frau verlobt zu sein, der man unter gar keinen Umständen die Bezeichnung »Sexsymbol« angehängt hätte.

Zugegeben, Gracie hatte eine wirklich aufreizende, zierliche Figur in ihren Jeans, die so eng waren, dass Len Brown seine Augen nicht von ihrem Hintern nehmen konnte. Zwar hatte er seiner Mutter gesagt, Gracie solle sich ein paar Jeans kaufen, doch konnte er sich nicht daran erinnern, ihr die Genehmigung zum Kauf von Jeans erteilt zu haben, die ihr Muskelkrämpfe bereiten würden.

Beim Thema von Gracies Kleidung runzelte er die Stirn. Er hatte es kaum glauben wollen, als seine Mutter ihm eröffnet hatte, Gracie wolle für ihre Kleidung unbedingt selbst aufkommen. Er sollte die Kleidung gekauft haben! Schließlich war es doch sein Vorschlag gewesen, nicht wahr? Außerdem war er reich, und sie war arm, und er erwartete von jeder Frau, die er heiraten würde, nur das Beste zu tragen. Nachdem er davon erfahren hatte, hatten sie sich deswegen fürchterlich gestritten. Einen weiteren Schlag hatte es ihm versetzt, als Shirley das Geld zurückgeschickt hatte, das er dort für Gracies Schönheits-Behandlung hinterlassen hatte. Gracie hatte darauf bestanden, auch diese Ausgabe selbst zu bestreiten. Verdammt noch mal, was war sie stur! Nicht nur weigerte sie sich, irgendetwas von ihm anzunehmen, sie hatte auch noch die Frechheit besessen, ihm mitzuteilen, sie wolle ihm Miete zahlen.

Dieses Mal aber würde er das letzte Wort haben. Gestern war er in *Millie's Boutique* geschneit und hatte ein schickes schwarzes Cocktailkleid für Gracie ausgesucht. Millie hatte ihm versprochen, ihr gegenüber zu behaupten, sie könne Kleidung unter gar keinen Umständen wieder zurücknehmen – falls Gracie versuchen würde, das Kleid wieder loszuwerden. Ganz gleich wie, damit würde er sich durchsetzen.

Er kratzte mit dem Daumen am Etikett der Bierflasche. Vielleicht sollte er sich mit Willow unterhalten. Gracie durfte niemals herausfinden, wer ihr lächerlich geringes Gehalt bestritt.

Er verzog das Gesicht, als Gracie erneut ein paar Schritte verfehlte. Was hatte sich seine Mutter nur dabei gedacht, ihr dazu zu raten, heute Abend diese Weste zu tragen? Kurz nachdem er Gracie mitgeteilt hatte, dass er sie heute Abend in das *Waggon Wheel* ausführen würde, hatte er ein Telefonat zwischen ihr und Suzy mitbekommen, in dem sie nachfragte, was sie zu einer Tanzveranstaltung an einem Samstagabend tragen sollte. Jetzt verstand er auch, warum sie gequietscht hatte: »Wie, und sonst nichts?«

Dank seiner Mutter trug Gracie eine goldene Brokatweste und darunter nichts außer ihrer Haut, enge schwarze Jeans und ein Paar Cowboystiefel. Die Weste war nicht gerade bescheiden. Eine Reihe Perlmuttknöpfe hielt sie vorne zusammen, und hinten hatte sie zwei Brokatspitzen, die über die Taille ihrer Jeans reichten. Doch irgendetwas an ihrem Aufzug mit nichts darunter ließ sie leicht billig wirken. Das wiederum vermittelte den vollkommen falschen Eindruck, obwohl Len Browns Augen auf ihr klebten. Sicher würde die arme Gracie vor Peinlichkeit gleich in Tränen ausbrechen, weil sie wusste, wie sehr sie sich zur Schau stellte.

Der *Brooks & Dunn*-Song war zu Ende, und die Musiker spielten nun eine langsame Ballade. Ganz Gentleman erhob er sich, um Gracie vor dem Dasein eines Mauerblümchens zu erretten. Er hatte jedoch noch keine drei Schritte getan, als Johnny Pettibone sie von Len wegzog und die beiden zu tanzen begannen. Bobby Tom hielt inne und kam sich ziemlich albern vor. Dann ermahnte er sich, Johnny dafür zu danken, dass er Gracie gegenüber so nett war. Alle waren ihr gegenüber wirklich nett gewesen. Natürlich überraschte ihn das nicht sonderlich. Da sie Bobby Tom Dentons Zukünftige war, wurde sie wie eine Königin hofiert.

Irritiert beobachtete er, wie Johnny Gracie an sich zog. Sie war eine verlobte Frau, und die beiden hätten nicht derart intim miteinander tanzen müssen. Bobby Tom konnte darüber hinaus kein Anzeichen dafür entdecken, dass sie sich auch nur im Mindesten wehrte. Im Gegenteil, sie hatte ihrem Tanzpartner ihr Gesicht wie das einer Sonnenblume entgegengestreckt und lächelte ihn an.

Für jemanden, der sich eigentlich fehl am Platze fühlen und peinlich berührt sein sollte, schien sie sich verdammt gut zu amüsieren.

Er erinnerte sich an Gracies Problem der sexuellen Frustration und runzelte die Stirn. Wenn sie nun ihre Hormone nicht im Griff hatte, jetzt, wo ihr neues Aussehen ihr ein wenig männliche Aufmerksamkeit sicherte? Die Vorstellung machte ihm arg zu schaffen. Er konnte es ihr nicht verübeln, nach etwas zu streben, was ganz natürlich war. Aber er würde sicherstellen, dass sie es nicht tat, während sie mit ihm verlobt war. In Telarosa gab es keine Geheimnisse. Er wagte sich nicht vorzustellen, was er durchmachen müsste, falls es durchsickerte, dass eine Frau wie Gracie Snow ihn betrog.

Er unterdrückte ein Seufzen, als Connie Cameron beschwingt auf ihn zutrat. »Hey, B.T., wollen wir tanzen?«

Sie legte ihre Hand auf das lavendelfarbene Seidenhemd, das er zu seinen Jeans und dem dunkelgrauen Stetson trug, dann presste sie ihre Brüste an ihn. Leider hatte die Tatsache, dass sie nun beide – mit anderen Partnern – verlobt waren, sie kein bisschen zurückhaltender gemacht.

»Nur zu gerne, Connie. Doch Gracie wird ziemlich giftig, wenn ich mehr als ein Mal mit einer schönen Frau tanze. Ich muss mich also ein wenig mäßigen.«

Sie schob ein paar dunkle Haarsträhnen, die sich in ihren langen, silbernen Ohrringen verfangen hatten, aus dem Gesicht. »Ich hätte nicht geglaubt, den Tag zu erleben, an dem du dich von einer Frau herumkommandieren lässt.«

»Bis ich Gracie getroffen habe, wäre mir das auch nicht im Traum eingefallen.«

»Falls du dir Sorgen wegen Jim machst, er hat heute Abend Dienst. Er würde nicht erfahren, dass wir miteinander getanzt haben.« Sie betonte das letzte Wort und zog einen Schmollmund, damit Bobby Tom nicht entging, dass tanzen nicht alles war, was sie zu bieten hatte.

Bobby Tom konnte sich gut vorstellen, dass Jimbo Connie gut im Griff hatte, doch das war nicht der Grund, weswegen er sich zurückhaltend verhielt. Er fand es ganz einfach zunehmend schwierig, seine Ungeduld zu beherrschen, wenn er mit Frauen ihres Schlages sprach. »Wegen Jimbo mache ich mir keine Sorgen, sondern wegen Gracie. Sie ist wirklich sehr empfindlich.«

Connie blickte auf die Tänzer und musterte sie kritisch. »Gracie sieht besser aus, seit du sie einkaufen geschickt hast. Dennoch scheint sie mir irgendwie nicht dein Typ zu sein. Die Leute hier hatten alle angenommen, du würdest ein Fotomodell oder einen Filmstar heiraten.«

»Man kann nie wissen, welche geheimnisvollen Wege das menschliche Herz einschlägt.«

»Mag sein. Würdest du mir einen Gefallen tun, B.T.?«

Müdigkeit erfasste ihn. Noch mehr Gefälligkeiten. Er war tagtäglich mindestens zwölf Stunden auf dem Set, und die letzten Tage waren echt anstrengend gewesen.

Normalerweise fand er Gefallen an Actionszenen, doch nicht, wenn er dabei eine Frau verprügeln sollte. Ihm graute vor der Kampfszene mit Natalie, die ganz am Anfang des Films zu sehen sein würde. Er war so wenig überzeugend gewesen, dass sie ein Stuntdouble engagieren mussten.

Wenn er nicht auf dem Set war, klingelte das Telefon unablässig, Leute schneiten einfach vorbei, andere warben für ihre Projekte. Aus diesen Gründen hatte er diese Woche kaum mehr als vier Stunden täglich geschlafen. Gestern Abend nach der Arbeit war er mit seinem Flugzeug nach Corpus Christi geflogen, um dort an einem Wohltätigkeitsbankett teilzunehmen. Den Abend davor hatte er ein paar Radiospots aufgenommen, um das Himmelsfest zu propagieren. Doch die einzige Wohltätigkeitsarbeit, an der er wirklich Spaß fand, war der Besuch der Kinderabteilung des Kreiskrankenhauses.

»Was willst du denn?«

»Könntest du irgendwann einmal bei mir zu Hause vorbeikommen und ein paar Bälle signieren, die ich für meine Neffen gekauft habe?«

»Aber gerne doch.« Natürlich würde er bei ihr vorbeifahren, allerdings nur zusammen mit Gracie.

Das Lied näherte sich seinem Ende und er entschuldigte sich, um Gracie von Johnny Pettibone zu befreien. Zwar kam ihm Len Brown zuvor, doch ließ Bobby Tom sich dieses Mal nicht abwimmeln.

»Hallo, Jungs. Könnte ich wohl einen Tanz mit meiner kleinen Süßen hier haben?«

»Aber natürlich, Bobby Tom.« Lens widerstrebende Stimme ging ihm auf die Nerven. Gracie dagegen warf ihm einen bitterbösen Blick wegen des »meiner kleinen Süßen« zu. Die Tatsache, dass er sie hatte reizen können, hob seine Stimmung.

In dieser Woche waren sie beide so beschäftigt gewesen, dass sie nicht viel freie Zeit miteinander verbracht hatten. Genau aus dem Grund hatte er auch darauf bestanden, heute Abend mit ihr im *Waggon Wheel* aufzutauchen, denn keiner würde ihnen ihre Verlobung abnehmen, wenn man sie niemals gemeinsam in der Öffentlichkeit sah. Gracie war so verdammt effizient, dass er sich gar nicht genügend Dinge ausdenken konnte, um sie beschäftigt zu halten. Da sie nur ungern tatenlos herumsaß, verdingte sie sich inzwischen bei der Firma als Mädchen für alles und als Natalies Teilzeitbabysitterin.

Er sah auf ihr gerötetes Gesicht herab und musste lächeln. Sie hatte die schönste Haut, die er je bei einer Frau gesehen hatte, und ihre Augen gefielen ihm auch. Irgendetwas in ihrem Leuchten schien seine Stimmung zu heben.

»Da drüben tanzen sie einen *Line Dance*, Gracie. Lass uns mitmachen.«

Misstrauisch beäugte sie die Tänzer, die eine schnelle und schwierige Schrittfolge absolvierten. »Ich habe den letzten Tanz schon nicht ganz begriffen. Vielleicht könnten wir diesen Tanz ausfallen lassen.«

»Und uns den ganzen Spaß versagen?« Er führte sie an ihren Platz und beobachtete gleichzeitig die Tänzer. Die Schrittfolge war kompliziert, doch hatte er seine Karriere darauf aufgebaut, bestimmte Schritte zu zählen und genau im richtigen Augenblick eine Kehrtwendung zu machen. Er brauchte kaum eine halbe Minute, um die Sache zu begreifen. Gracie ihrerseits hatte damit ihre Schwierigkeiten.

Als bereits die Hälfte des Liedes vorbei war, hopste sie immer noch aus der Reihe. Er war eigentlich ein richtiger Schuft, sie hierhin zu schleppen, nachdem er genau wusste, dass sie nicht mithalten konnte. Doch irgendetwas Kindisches in ihm hatte sie daran erinnern wollen, dass sie sich hier auf seinem und nicht ihrem Territorium befand. Außerdem sollte sie nicht mit Männern flirten, mit denen sie nicht verlobt war. Seine Schuldgefühle verwandelten sich in Gereiztheit, als sie ihr Haar zurückwarf und über ihre Fehler lachte. Sie schien überhaupt nicht verstört darüber zu sein, dass sie die schlechteste Tänzerin im ganzen Saal war.

Feuchte, kupferfarbene Löckchen klebten ihr an den Wangen und im Nacken. Sie wandte sich ihm zu, wenn sie eigentlich in die andere Richtung hätte sehen sollen. Der oberste Knopf ihrer Weste hatte sich geöffnet und gab den Blick auf die Wölbung ihrer zwei süßen Brüste frei, die von der Hitze rosig glühten. Noch ein einziger Knopf mehr, und ihr restlicher Körper wäre ebenfalls allen Blicken freigegeben. Die Vorstellung füllte ihn mit Entsetzen. Schließlich war sie prüde und sollte sich eigentlich schämen!

Sie aber war viel zu beschäftigt damit, mit allem, was Hosen anhatte, zu flirten, um seine Gereiztheit überhaupt zu bemerken. Diese wiederum steigerte sich weiter, als Leute, von denen er nicht einmal wusste, dass sie sie kannte, sie lauthals ermutigten.

»Anders herum, Gracie. Du schaffst es schon noch!«

»Richtig so, Gracie!«

Der muskulöse Collegestudent ihnen gegenüber hatte sich bereits Bobby Toms Missfallen zugezogen, indem er ein *Baylor*-T-Shirt trug. Als er Gracie um die Hüften fasste und sie in die richtige Richtung drehte, kniff Bobby Tom erbost die Augen zusammen.

Sie lachte und schüttelte ihre Locken. »Ich werd es wohl nie begreifen!«

»Aber natürlich wirst du das.« Der Student setzte ihr seine Bierflasche an die Lippen.

Sie trank und musste husten. Der Student lachte und wollte ihr noch einen Schluck anbieten. Doch Bobby Tom hatte nicht die Absicht zuzusehen, wie sie sich unmittelbar vor seinen Augen dem Alkoholismus ergab. Er schlang seinen Arm um ihre Schultern, erdolchte den Studenten mit einem zornigen Blick und zog sie weg.

Der Student errötete. »Entschuldigung, Herr Denton.«

Herr Denton! Das war doch wohl die Höhe! Er umfasste Gracies Handgelenk und zerrte sie zum rückwärtigen Notausgang. Sie strauchelte ein wenig. »Was ist denn los? Wohin gehen wir?«

»Ich habe Seitenstechen. Ich brauche etwas frische Luft.«

Im Vorbeigehen versetzte er dem Bartresen mit der Faust einen Schlag und zog sie aus dem Gebäude auf den Schotterparkplatz. Ein abgetakelter, grüner Transporter stand inmitten einer Ansammlung anderer Wagen, dahinter ein Betonschuppen.

Außer dem Geruch von Fritten und Staub konnte er nichts riechen, doch Gracie seufzte zufrieden auf, als sie die Luft einatmete. »Danke, dass du mich hierhin mitgenommen hast. Ich habe mich noch nie so gut amüsiert. Alle sind so nett zu mir.«

Sie klang etwas zittrig, und ihre Augen leuchteten wie Weihnachtskugeln. Sie sah so hübsch aus, dass es ihm schwer fiel, sich daran zu erinnern, dass sie nicht seine erste Wahl war. Die Luftkühlung summte laut, doch übertönte sie nicht die Musik aus den Lautsprechern. Sie strich sich eine Haarsträhne von der Wange, dann faltete sie die Hände im Nacken, lehnte sich an die raue Wand des Gebäudes und streckte ihre Brüste vor.

Wo hatte sie denn diesen Trick erlernt? Plötzlich wollte er die alte Gracie mit ihrem braun-weißen Kleid und dem lächerlichen Bauernzopf wieder zurückhaben. In Gegenwart seiner alten Gracie hatte er sich wohl gefühlt. Die Tatsache, dass er selbst für ihre Verwandlung in eine heiße Wildkatze verantwortlich war, setzte ihm noch mehr zu.

»Ist es dir eigentlich schon mal in den Sinn gekommen, dass es mir nicht gefallen könnte, wenn meine Verlobte der gesamten Stadt ihre Brüste zur Schau stellt?«

Sie senkte den Blick und ihre Hand flog zu dem geöffneten Knopf. »Oh, mein Gott.«

»Ich habe keine Ahnung, was dir heute Abend in die Glieder gefahren ist. Doch schlage ich vor, dass du dich jetzt etwas beruhigst und dich wie eine verlobte Frau benimmst.«

Ihr Blick kreuzte seinen. Sie musterte ihn lange, dann biss sie die Zähne zusammen und öffnete einen zweiten Knopf.

Er war so überrascht von ihrem Widerstand, dass er einige Sekunden brauchte, bis er seine Fassung wiedererlangt hatte. »Was tust du denn da?«

»Hier ist doch niemand. Mir ist heiß, und du bist mir gegenüber immun. Es fällt also gar nicht weiter auf.«

Ihr war heiß, das stimmte, und ihm ging es nicht anders. Er hatte keine Ahnung, was heute Abend in sie gefahren war, doch würde er sie in ihre Schranken verweisen. »Ich habe niemals behauptet, dir gegenüber immun zu sein«, fauchte er. »Du bist doch eine Frau, nicht wahr?« Sie riss die Augen auf. Es war ein blöder Witz gewesen, und er schämte sich sofort dafür. Seine Scham verschlimmerte sich noch, als der überraschte Gesichtsausdruck auf ihrem Gesicht sich in Besorgnis verwandelte.

»Dein Knie tut dir weh, nicht wahr? Deswegen bist du den ganzen Abend schon so schlecht gelaunt gewesen.«

Man musste es nur Gracie überlassen, eine Entschuldigung für sein widerborstiges Verhalten zu finden. Sie wollte nur das Gute im Menschen sehen, eine Tatsache, wegen der die ganze Welt sie ausnutzte. Doch würde er ihr ihre Illusionen nicht zerstören und ihr gestehen, dass sein Knie überhaupt nicht schmerzte. Er bückte sich und rieb das Knie durch die Jeans hindurch. »Manche Tage sind schlimmer als andere.«

Sie umfasste sein Handgelenk. »Jetzt fühle ich mich hundsmiserabel. Ich habe mich so gut amüsiert, dass ich nur an mich selbst gedacht habe. Lass uns nach Hause gehen, dann kann ich dir etwas Eis auflegen.«

Er kam sich wie der widerlichste Lügner vor. »Ich sollte es bewegen, damit es nicht versteift. Lass uns lieber tanzen.«

»Bist du dir wirklich sicher?«

»Aber klar doch. Jetzt spielen sie gerade George Strait, nicht wahr?«

»Tatsächlich?«

Er nahm sie bei der Hand und zog sie an sich. »Willst du mir etwa sagen, dass du George Strait nicht kennst?«

»Mit Country-Sängern bin ich nicht sonderlich bewandert.«

»Hier in Texas gilt er wohl eher als eine religiöse Institution.« Doch statt mit ihr ins Gebäude zurückzukehren, presste er sie eng an sich und begann sich zu bewegen. Sie tanzten zwischen einem alten Fairlane und einem Toyota, und ihr Haar duftete nach Pfirsichen.

Während ihre Stiefel auf dem Schotter des Parkplatzes knirschten, konnte er nicht widerstehen, seine Hand unter den Saum ihrer Weste gleiten zu lassen und sie ihr ins Kreuz zu legen. Er spürte ihre Wirbelsäule, er fühlte ihre weiche Haut. Ihr Schaudern erinnerte ihn daran, dass ihre Sehnsucht nach einem Mann so übermächtig war, dass sie sich möglicherweise dem ersten sie umschmeichelnden Mistkerl an die Brust werfen würde.

Diese Vorstellung beunruhigte ihn. Er schämte sich nicht zuzugeben, dass er Gracie mochte. Und ganz sicher wollte er nicht, dass sie sich für jemanden auszog, der sie nicht liebevoll behandelte. Wenn sie sich nun einem von diesen Mistkerlen hingeben würde, die viel zu egoistisch waren, um sich zu vergewissern, dass sie auch wirklich geschützt war? Oder irgend so einem sexbesessenen Mistkerl, der sie zu grob ritt und ihr Vergnügen am Sex für ewig zerstörte? Für eine so verzweifelte Frau wie Gracie warteten dort draußen jede Menge Desaster.

Bereits viel zu lange hatte er die Wahrheit nicht akzeptiert. Doch jetzt war es an der Zeit, dies nicht länger hinauszuschieben. Falls er sich auch weiterhin jeden Morgen selbst im Spiegel ins Gesicht gucken wollte, musste er seine Abneigung gegen aus Mitleid gebotenen Sex aufgeben und tun, was zu tun war. Sie war seine Freundin, verdammt, und er hatte noch niemals seinen Freunden den Rücken gekehrt. Er hatte also gar keine andere Wahl. Nur wenn er Gracies Initiation selbst in die Hand nahm, konnte er sich wirklich sicher sein, dass die Sache anständig über die Bühne ging.

Zum ersten Mal an diesem Abend hob sich seine Stimmung. Er fühlte sich beschwingt, ja sogar etwas selbstgerecht, ähnlich wie wenn er einen fünfstelligen Scheck für eine Wohltätigkeitsorganisation ausstellte. In dieser Angelegenheit ging es um mehr als nur um Sex. Als anständiger Kerl hatte er die Verantwortung, diese Frau vor den Gefahren ihrer eigenen Unkenntnis zu schützen. Ohne sich auch noch weiter die Komplikationen vor Augen zu führen, die sich ganz sicher daraus ergeben würden, stürzte er sich unverzüglich in das Abenteuer.

»Gracie, wir haben das Thema die letzten Wochen nicht angeschnitten, doch glaube ich, dass wir jetzt offen miteinander reden sollten. Ich spreche von jenem Abend, an dem du betrunken gewesen und bestimmte Dinge gesagt hast.«

Er fühlte, wie sie in seinen Armen erstarrte. »Es wäre mir wirklich lieb, wenn wir diesen Abend vergessen könnten.«

»Das wird schwer fallen. Dazu hast du die Sache doch ein wenig zu eindeutig formuliert.«

»Wie du selbst schon sagtest, war ich beschwippst.«

Er hatte sie zwar als betrunken bezeichnet, doch dies war möglicherweise nicht der richtige Moment, sie zu korrigieren. »Alkohol hat gelegentlich die Eigenart, die Wahrheit ans Tageslicht zu bringen. Und da wir hier ganz unter uns sind, müssen wir uns nicht gegenseitig anlügen.« Er ließ seine Hand ein wenig ihren Rücken hinaufgleiten und streichelte einen ihrer Wirbel mit dem Zeigefinger. »So wie ich die Sache sehe, bist du in sexueller Hinsicht eine richtige kleine Rakete, die nur darauf wartet, gezündet zu werden. Nur zu verständlich, wenn man bedenkt, dass du dir bisher die süßesten Vergnügungen des Lebens verwehrt hast.«

»Ich habe mir überhaupt nichts verwehrt. Die Gelegenheit dazu hat sich nur nicht ergeben.«

»Von dem, was ich eben auf der Tanzfläche beobachtet habe, hätte sich diese Gelegenheit jede Minute ergeben können. Die Jungs dort sind auch nur Menschen. Und du kannst nicht abstreiten, dass du dich ihnen an den Hals geworfen hast.«

»Habe ich nicht!«

»Also gut, einigen wir uns darauf, dass du sehr heftig geflirtet hast.«

»Ich, geflirtet? Wirklich?«

Ihre Augen funkelten begeistert. Schlagartig wurde ihm sein taktischer Fehler bewusst. Mit der ihr typischen Unvorhersagbarkeit hatte sie seine Bemerkung nicht als die Kritik aufgefasst, als die er sie beabsichtigt hatte. Doch bevor ihr die Vorstellung einer Südstaatenschönheit zu Kopfe stieg, fuhr er eilig fort: »Wir sollten uns nun endlich mal zusammenraufen und einen Plan aushecken, der von gegenseitigem Vorteil ist.«

Das Lied war zu Ende. Unwillig zog er seine Hand unter ihrer Weste hervor und ließ sie los. Er lehnte sich gegen den Fairlane zurück und verschränkte die Arme vor der Brust.

»Offenbar haben wir beide ein Problem. Du bist überfällig für ein wenig Unterricht in der Kunst der Sexualität, doch da wir angeblich verlobt sind, kannst du diesen Unterricht nicht von jedem bekommen. Ich dagegen bin an regelmäßigen Sex gewohnt. Da ich jedoch offiziell verlobt bin und dies eine Kleinstadt ist, kann ich meine alten Freundinnen nicht anrufen und mich mit ihnen treffen, wenn du mich verstehst.«

Gracie knabberte im Rhythmus der wieder eingesetzten

Musik an ihrer Unterlippe. »Ja, ich … äh … nun, das ist sicherlich ein Problem.«

»Aber das muss es nicht sein.«

Ihre Brust begann sich zu heben und zu senken, als ob sie gerade einen Marathon gelaufen wäre. »Vermutlich nicht.«

»Da wir beide erwachsene Menschen sind, gibt es keinen Grund, weswegen wir uns in dieser Angelegenheit nicht gegenseitig unter die Arme greifen sollten.«

»Unter die Arme greifen?«, hauchte sie kaum hörbar.

»Aber klar doch. Ich könnte dir den heiß ersehnten Unterricht geben, und du könntest mich von der Straße fern halten. Das müsste doch eigentlich ganz gut funktionieren.«

Sie benetzte sich nervös die Lippen. »Ja, es ist … äh … sehr logisch.«

»Und pragmatisch.«

»Ja, das auch.«

Aus ihrer Stimme hörte er auch ein wenig Enttäuschung heraus. Er wusste genug über die weibliche Sehnsucht nach Romantik, um zu begreifen, dass er jetzt etwas mehr aufdrehen musste. »Andererseits ist Sex nicht sonderlich ersprießlich, wenn beide Partner es lediglich aus pragmatischen Gründen betreiben.«

Sie kaute wieder an ihrer Lippe. »Nein, das würde überhaupt keinen Spaß machen.«

»Wenn wir uns also dazu entscheiden, die Sache so anzugehen, müssen wir uns das gleich von Anfang an aus dem Kopf schlagen und es richtig machen.«

»Es richtig machen?«

»Das bedeutet, dass wir ein paar Grundregeln aufstellen könnten. Meiner Ansicht nach ist es langfristig gesehen immer besser, gleich von Anfang an Regeln einzuhalten.«

»Ich weiß, dass du dir gerne deine Möglichkeiten offen lässt.«

Abgesehen von dem nervösen Zittern in ihrer Stimme

war er sich fast sicher, so etwas wie einen Anflug von Verärgerung wahrgenommen zu haben. Fast hätte er laut gelacht, riss sich jedoch zusammen, blickte sie ernst an und klang wie ein Fernsehprediger: »Also, ich habe mir gedacht … Es ist klar, dass diese Erfahrung für mich ziemlich anstrengend werden wird.«

Ihr Kopf schnellte hoch. Sie war so offensichtlich verblüfft, dass er seine ganze Selbstbeherrschung aufbringen musste, um nicht laut loszuprusten. »Warum sollte es anstrengend für *dich* sein?«

Er warf ihr einen Blick verletzter Unschuld zu. »Liebling, das liegt doch klar auf der Hand. Seit meiner Pubertät bin ich ein ziemlicher Hengst gewesen. Da ich der erfahrene Partner bin und du offenbar über keinerlei Erfahrungen verfügst, außer der, dass ein Mann während der Pediküre deinen Fuß geküsst hat, liegt die Verantwortung dafür, dass deine Initiation in die Künste der Sexualität günstig verläuft, ausschließlich bei mir. Es besteht die Möglichkeit – eher unwahrscheinlich, zugegeben, aber dennoch eine Möglichkeit –, dass ich das Ganze verhaue und du für den Rest deines Lebens traumatisiert bist. Diese Verantwortung lastet schwer auf meiner Seele. Die einzige Art und Weise, wie ich dem entgegenwirken kann, ist es, von Anfang an die absolute Kontrolle über unsere sexuelle Beziehung zu wahren.«

Sie musterte ihn skeptisch. »Und was heißt das im Klartext?«

»Ich fürchte, ich werde dich so sehr schockieren, dass du einen Rückzieher machst, noch bevor wir angefangen haben.«

»Nun pack's schon aus!« Ihre Stimme klang eindringlich, und er konnte sich nicht länger daran erinnern, weswegen er den ganzen Abend über schlechte Laune gehabt hatte. Ihre Ungeduld erinnerte ihn an jemanden, der die ersten fünf

Zahlen auf dem Lottoschein richtig getippt hatte und nun auf die letzte Zahl wartete.

Mit dem Daumen schob er die Krempe seines Stetsons zurück. »Wenn ich sichergehen will, dass es für dich eine gute Erfahrung werden wird, muss ich gleich von Anfang an die Kontrolle über deinen Körper übernehmen. Ich muss ihn sozusagen *besitzen*.«

Sie klang etwas heiser. »Du musst meinen Körper besitzen?«

»Genau.«

»Besitzen?«

»Jawohl. Dein Körper würde nicht dir, sondern mir gehören. Es wäre just so, als ob ich einen großen Filzstift herausholen und meine Initialen über deinen ganzen Körper verteilen würde.«

Zu seiner Überraschung schien sie mehr verblüfft als beleidigt. »Das klingt wie die reinste Sklaverei.«

Es gelang ihm, einen verletzten Eindruck zu erwecken. »Ich habe ja nicht gesagt, dass ich deine *Seele* besitzen würde, Liebling. Lediglich deinen *Körper*. Da besteht doch ein deutlicher Unterschied. Es überrascht mich, dass du das nicht selbst erkannt hast.«

Sie schluckte. »Und wenn du mich nun zwingst – oder meinen Körper, je nachdem, wie du es betrachten möchtest –, etwas zu tun, was ich gar nicht tun möchte?«

»Oh, ich werde dich ganz bestimmt zwingen. Daran besteht kein Zweifel.«

Ihre Stirn runzelte sich entsetzt. »Du wirst mich zwingen?«

»Aber sicher doch. Du hast viele Jahre aufzuholen, und uns steht nur begrenzt Zeit zur Verfügung. Ich werde dir nicht wehtun, Liebling, doch werde ich dich ganz sicher zwingen, sonst kommen wir ja nie zu den Dingen für Fortgeschrittene.«

Er spürte, wie sehr ihr seine Bemerkung zusetzte. Ihre grauen Augen waren geweitet und ihre Lippen geöffnet. Dennoch musste er ihre Haltung bewundern. Eines war ihm bei Gracie gleich von Anfang an klar gewesen: Sie war beherzt und tapfer.

»Ich ... äh ... muss noch darüber nachdenken.«

»Ich wüsste nicht, was es da noch nachzudenken gibt. Entweder die Sache erscheint dir richtig oder eben nicht.«

»So einfach ist es nicht.«

»Ist es doch. Glaube mir, Liebling, in dieser Sache kenne ich mich weit besser aus als du. Das Beste wäre, wenn du sagst: ›Ich vertraue dir mein Leben an, Bobby Tom, und ich werde alles tun, was du mir sagst‹.«

Sie sah ihn abwehrend an. »Damit würdest du aber die Kontrolle über meine Seele übernehmen und nicht über meinen Körper!«

»Ich wollte nur sicherstellen, dass dir der Unterschied bewusst ist. Du hast die Prüfung mit Bravour bestanden. Ich bin stolz auf dich, Liebling.« Jetzt ging er aufs Ganze. »Zur Minute möchte ich, dass du die restlichen Knöpfe deiner Weste öffnest.«

»Aber wir sind doch in der Öffentlichkeit!«

Es entging ihm nicht, dass sie eigentlich nichts dagegen hatte, sondern ihr lediglich die Örtlichkeit nicht zusagte. Er setzte noch eins drauf. »Wenn ich mich recht erinnere, bin ich in dieser Angelegenheit der erfahrene Partner, und du bist eine Jungfrau. Entweder vertraust du mir in körperlichen Angelegenheiten oder aber unser Arrangement wird nicht funktionieren.«

Sie tat ihm fast Leid, als er sah, wie ihr Anstand gegen jene verräterische Neigung zur Sexualität, die sie kaum unter Kontrolle hatte, ankämpfte. Sie dachte so konzentriert nach, dass er die Schwingungen ihrer Gehirnzellen fast spüren konnte. Er wartete darauf, dass sie ihre Lippen zu einem

Schmollmund verziehen und ihn zum Teufel schicken würde. Stattdessen atmete sie unsicher durch.

Als ihr Blick über den Parkplatz schweifte, wusste er, dass er gewonnen hatte. Er wurde von Gefühlen überwältigt – von Zufriedenheit und einer merkwürdigen Zärtlichkeit. In diesem Augenblick schwor er sich, niemals etwas zu tun, was ihr Vertrauen verletzen könnte. Das leidige Thema, wer ihr Gehalt zahlte, kam ihm wieder in den Sinn, doch schob er es resolut beiseite, beugte sich herunter und platzierte einen Kuss auf ihre Wange und flüsterte: »Komm schon, Liebling. Mach, was ich dir sage.«

Ein paar Sekunden verharrte sie reglos. Dann fühlte er, wie ihre Hände zwischen seine und ihre Brust wanderten.

Ihre Stimme war heiser. »Ich … ich komme mir so albern vor.«

An ihre Wange gelehnt lächelte er. »Ich bin derjenige, der für die Gefühle zuständig ist.«

»Es kommt mir so … gewagt vor.«

»Das ist es auch. Nun mach schon auf.«

Wieder bewegten sich ihre Hände zwischen ihren Körpern.

»Ist sie jetzt ganz offen?«, erkundigte er sich.

»J-Ja.«

»Gut so. Und jetzt leg deine Arme um meinen Nacken.«

Sie tat wie geheißen. Der Saum ihrer Weste strich ihm über den Handrücken, als er sie auseinander zog und die Wärme ihrer warmen Brüste durch sein lavendelfarbenes Seidenhemd spürte. Wieder flüsterte er ihr in ihr Ohr.

»Öffne den Reißverschluss deiner Jeans.«

Sie regte sich nicht, was ihn nicht weiter überraschte. Er hatte sie ohnehin schon zu mehr als erwartet überreden können. Abgesehen davon hatte ihn ihr Sexspiel derart erregt, dass die Gefahr bestand, er könne vergessen, dass es sich hier nur um ein Spiel handelte.

Er stieß ein leises Seufzen aus, als ihr Körper sich gegen seinen presste. Sie stellte sich auf die Zehenspitzen. Er fühlte ihre Wange an seinem Kinn und hörte ihr leises Murmeln.

»Du zuerst.«

Er wäre fast explodiert. Doch bevor er reagieren konnte, stolperten zwei Männer laut streitend auf den Parkplatz.

Jeder Muskel ihres Körpers erstarrte.

»Schsch …« Vorsichtig presste er sie gegen das Gebäude und schützte sie mit seinem Körper. Er öffnete die Schenkel und umklammerte ihre Beine damit, dann presste er seine Lippen an ihr Ohr. »Wir bleiben hier einfach ein Weilchen stehen, bis sie wieder weg sind. Einverstanden?«

Sie hob ihr Gesicht. »O ja.«

Trotz des schmerzhaften Druckes in seiner Jeans hätte er angesichts ihrer unumwundenen Art am liebsten gelächelt. Da er jedoch wusste, dass sie ihn nicht verstehen würde, hielt er sich zurück. Er beugte den Kopf und berührte ihre Lippen, wobei er ihrer beider Gesichter mit der Krempe seines Hutes schützte. Ihre Lippen blieben fest geschlossen. Er empfand es als sehr aufregend, eine Frau zu küssen, die nicht gleich ihre Zunge seinen Rachen hinunter steckte, noch bevor er die Gelegenheit gehabt hatte herauszufinden, ob er sie dort haben wollte oder nicht. Ganz eindeutig aber verlangte er nach Gracies Zunge. Das wiederum bedeutete, dass er zunächst ihre abenteuerlustige Seite provozieren musste. Mit unendlicher Geduld öffnete er ihre Lippen. Sie umarmte ihn fester, und ihre Zungenspitze zitterte wie ein verschrecktes Vögelchen zwischen seinen Lippen. Sie war so mit dem beschäftigt, was ihre Zungen taten, dass er sie nicht ablenken wollte, indem er ihre hübschen kleinen Brüste erkundete, die sich so erregend gegen seine Brust pressten. Er schob die Erinnerung beiseite, wie sie mit der verschmierten Eiskrem ausgesehen hatten. Die zarten Knospen waren zu harten Kieselsteinen zusammengezogen gewesen.

Die Erinnerung hätte ihn fast die Beherrschung gekostet, und er presste seine Hüften fest gegen ihre. Seine Forschheit ängstigte sie nicht im Geringsten. Statt auszuweichen rieb sie sich an ihm wie ein heißes junges Kätzchen, das gekrault werden wollte.

In dieser Minute wurde ihm bewusst, dass er auch nicht annähernd so sehr die Kontrolle über die Situation hatte, wie er es gerne gehabt hätte. Ihre Finger gruben sich in seine Schultern, und tief aus ihrer Kehle drang ein gutturales Stöhnen. Jeder Muskel seines Körpers war angespannt und sein Herz schlug ihm gegen die Rippen. Er war so erregt, dass er pulsierte. Die Heftigkeit seines Begehrens ängstigte ihn fast ein wenig.

Als die Eindringlinge vom Parkplatz verschwunden waren, wurde ihm klar, dass er sich nicht einen Moment länger beherrschen konnte. Er nahm die Arme, die sich um seinen Hals geschlungen hatten und hielt sie so weit von sich, dass er ihre Brüste betrachten konnte. Sie leuchteten in den nächtlichen Schatten, und die kleinen Knospen wurden hart unter seinen Blicken. Er ließ ihre Arme fallen und streichelte die Knospen mit den Daumen. Sie lehnte sich gegen das Gebäude zurück, legte den Kopf zur Seite und schloss seufzend die Augen.

Er senkte den Kopf, um an ihr zu saugen. Ihre Knospen stachen ihm geradezu in die Zunge, sie verlangten aggressiv nach seiner Aufmerksamkeit. Er saugte sie abwechselnd zwischen den Lippen ein und streichelte sie mit seiner Zunge, saugte fest und lang. Gleichzeitig umfasste er ihre Hüften und rieb sich an ihr, wobei er wesentlich gröber als beabsichtigt mit ihr umging. Doch es fühlte sich so gut an, so verdammt gut, und ihr kehliges Stöhnen ließ ihn fast erneut die Beherrschung verlieren. Als er seine Finger zwischen ihre Beine gegen die Jeansnaht presste, wusste er, dass er sie sofort tief und heftig nehmen musste.

Er ergriff den Taillenbund ihrer Jeans mit den Fäusten und zerrte an dem Reißverschluss.

»Bobby Tom ...« Sie schluchzte seinen Namen, und seine Hände erstarrten, als ihm klar wurde, dass er sie geängstigt hatte.

»Beeil dich«, bettelte sie. »Bitte, beeil dich.«

Seine Leidenschaft überschlug sich, als er begriff, dass sie seine direkte Art begrüßte. Gleichzeitig erinnerte ihn der Rest seiner Vernunft daran, wo sie sich befanden. Ihm war klar, dass er ein Spiel begonnen hatte, das nun auf ihn zurückschwappte. So konnte er sie nicht nehmen – nicht gegen die Wand eines Gebäudes. Er musste den Verstand verloren haben, die Sache so weit kommen zu lassen. Was war nur mit ihm los?

Er musste all seine Beherrschung zusammenreißen, um ihre Weste zu schließen. Mit einem Ausdruck von Leidenschaft und Verwirrung öffnete sie die Augen. Er rückte seinen Hut gerade. Sie war noch ein Grünspan in ihrem ersten großen Spiel, und er durfte ihr nicht zeigen, dass sie ihn um ein Haar als Champion besiegt hätte.

»Das lässt sich doch alles schon sehr gut an, findest du nicht?« Seine normalerweise so beweglichen Hände fummelten ungeschickt mit ihren Knöpfen und er bemühte sich krampfhaft, seine Ungeschicklichkeit zu verbergen. »Wir müssen die Sache langsam angehen. Offenbar hast du die normalen Vorstufen noch nicht kennen gelernt, also müssen wir das kompensieren. Meiner Ansicht nach brauchen weder du noch ich besonders lange dafür, wenn du verstehst, was ich meine. Aber eine Anstrengung in der Richtung sollten wir schon unternehmen.«

»Bedeutet das, dass wir für heute Abend fertig sind?«

Sie sah so traurig aus, dass er sie umarmen wollte. »Aber nicht doch. Wir machen nur eine Pause. Wenn wir nach Hause kommen, fangen wir wieder von vorne an. Vielleicht fahren wir an den Fluss hinunter und schauen mal, wie lange es dauert, bis die Fensterscheiben meines Transporters beschlagen sind.«

Gracie schrak zurück, als die Tür neben ihnen sich öffnete und Johnny Pettibone seinen Kopf herausstreckte. »Bobby Tom, Suzy hat gerade angerufen. Sie möchte gerne, dass du sofort bei ihr vorbeikommst. Sie vermutet eine Maus unter ihrem Spülbecken.« Damit verschwand Johnny wieder im Inneren des Tanzschuppens.

Bobby Tom seufzte. So viel zu den beschlagenen Fensterscheiben. Wenn ihn Suzy erst einmal mit Beschlag belegt hatte, würde sie ihn nicht so schnell wieder ziehen lassen.

Gracie warf ihm ein freundliches, wenn auch etwas unsicheres Lächeln zu. »Ist schon gut. Deine Mutter braucht dich jetzt. Ich werde sicher von einem der Produktionsassistenten eine Mitfahrgelegenheit nach Hause bekommen. Vielleicht ist es sogar ganz gut so. Ich könnte ein wenig Zeit gebrauchen, um zu … um mich an diese Dinge zu gewöhnen.«

Wieder begann sie, an ihrer Lippe zu knabbern. »Diese Idee, den Körper zu besitzen … Also, ich dachte … Ich will sagen, ich hatte so eine Idee …«

»Nur raus damit, Liebling, wir werden beide nicht jünger.«

»Ich will auch mal dran«, sagte sie hastig.

»Wobei willst du ›auch mal dran‹?«

»An dieselbe Sache. An dieses ›den Körper besitzen‹. Deinen Körper besitzen.«

Am liebsten hätte er laut aufgelacht, zog jedoch die Augenbrauen zusammen und versuchte zu schmollen. »Von einer intelligenten Frau hätte ich nicht erwartet, dass sie so unlogisch sein kann. Wenn wir beide gegenseitig den jeweils anderen Körper besitzen, werden wir nie wissen, wer jetzt den nächsten Schritt machen soll.«

Sie musterte ihn ernst. »Bestimmt wird sich das irgendwie finden.«

»Das glaube ich kaum.«

Entschlossen reckte sie ihr Kinn in die Luft. »Tut mir Leid, Bobby Tom, doch in dieser Sache kann ich nicht nachgeben.«

Nur zu seinem Vergnügen wollte er sie noch ein wenig in die Enge treiben, doch bevor er auch nur den Mund aufmachen konnte, hatte sie ihm den Rücken zugekehrt und ging auf die Tür zu. Kurz bevor sie verschwand, warf sie ihm einen Blick über die Schulter zu.

»Vielen Dank für diese sehr angenehme Begegnung. Sie war äußerst lehrreich.« Die Tür fiel hinter ihr zu.

Ein paar Sekunden verharrte er, dann musste er grinsen. Immer wenn er dachte, er hätte Gracie endlich dort, wo er sie haben wollte, gelang es ihr, ihn zu überraschen. Doch er hatte auch ein paar Überraschungen in petto. Als er auf seinen Transporter zuging, war ihm klar, dass sich die Initiation von Gracie Snow ganz sicher als eines der angenehmsten Vergnügungen seines Lebens erweisen würde.

13

So viel zu Billigangeboten, dachte Gracie, als sie den Thunderbird neben Willows Auto parkte und die Navahodecke nahm, die sie hatte holen sollen. Seufzend stieg sie aus dem Auto aus. Zwei Wochen waren vergangen, seit Bobby Tom sie in das *Waggon Wheel* ausgeführt hatte, doch zu ihrer großen Enttäuschung hatte sich die körperliche Seite ihrer Beziehung nicht weiterentwickelt. Fast schien es, als ob er seine Meinung geändert habe. Andererseits waren die Umstände nicht gerade günstig gewesen, um sich ins Privatleben zurückzuziehen. Er musste lange arbeiten und war vielen Ablenkungen ausgesetzt.

Am folgenden Sonntag nach ihrem Tanzabend waren Bobby Tom und Suzy zum Golfen gegangen, während Gracie den ganzen Tag über Natalie geholfen hatte, das kleine, gemietete Haus gemütlich zu gestalten. Am Abend war einer von Bobby Toms ehemaligen Teammitgliedern aufgetaucht und mehrere Tage geblieben. Er hatte Bobby Tom jede freie Minute gekostet. Am Wochenende dann war Bobby Tom nach Houston geflogen, um mit den Leuten von *American Express* einen möglichen Werbespot zu besprechen. Danach hatte ein Nachtdreh stattgefunden, eine Verfolgungsjagd zwischen Bobby Tom und dem Bösewicht des Films. Obwohl es also wirklich keine Zeit für ein Privatleben gegeben hatte, machte sie sich dennoch Sorgen. Was, wenn Bobby Toms Angebot lediglich einer seiner Scherze gewesen war und er nicht die geringste Absicht hatte, sich daran zu halten? Das nächste Wochenende stand vor der Tür, und er hatte nicht vor, die Stadt zu verlassen. Bald würde sie also mehr wissen. Während der letzten Woche hatten sie einige Szenen mit Bobby Tom und Natalie in einem schmalen Canyon nördlich der Stadt gefilmt. Die Laster mit dem Equipment waren am Eingang des Canyons geparkt, weit genug weg also, dass die Motorgeräusche die Dreharbeiten nicht störten.

»Gracie!«

Gracie sah auf. Connie Cameron rief ihr vom Cateringwagen aus zu. Ihre Lippen waren zu einem herablassenden Lächeln verzogen, als sie hinter der Theke hervortrat.

»Bobby Tom sucht dich. Zwar ist es nicht einfach, seine Gefühle zu interpretieren, doch ich bin mir ziemlich sicher, dass du ihn wieder einmal verärgert hast.«

»Oh, mein Gott.«

Connie musterte Gracies Aufmachung kritisch, und Gracie ermahnte sich, keinerlei Grund zu haben, sich eingeschüchtert zu fühlen. Am Morgen hatte sie ein gelbes Stricktop und einen kurzen, im Sarongstil gehaltenen Rock mit Dschungeldruck angezogen. Bernsteine schaukelten an ihren Ohren und schlanke Ledersandaletten zeigten ihre Zehnägel, die sie am Abend zuvor in einem dunklen Korallenton lackiert hatte. Hätte sie doch nur den Mut gehabt, sich ein goldenes Fußkettchen zu kaufen! Doch als sie Bobby Tom nach seiner Meinung diesbezüglich gefragt hatte, hatte er so laut gelacht, dass sie die Idee wieder verworfen hatte. Vielleicht war es besser so, da sie es sich ohnehin nicht leisten konnte.

Bobby Tom in Raten das unglaublich teure schwarze Cocktailkleid zurückzuzahlen, das er ohne ihre Zustimmung in *Millie's Boutique* für sie gekauft hatte, fraß ihren ohnehin mageren Gehaltsscheck auf. Doch Gracie hatte es sich in den Kopf gesetzt, es dennoch zu tun. Als sie erfahren hatte, dass Millie das schwarze Kleid nicht zurücknehmen konnte, hatte sie es eigentlich Bobby Tom zuschicken und ihm sagen wollen, er solle es doch selbst tragen. Leider hatte sie den Fehler begangen, das Kleid vorher anzuprobieren. Es hatte so außergewöhnlich gut ausgesehen, dass sie nicht hatte widerstehen können. Natürlich war es albern, etwas so Extravagantes zu besitzen. Doch wollte sie den Ausdruck auf seinem Gesicht sehen, wenn sie es für ihn anzog. Und die Tatsache, dass sie bis dahin jeden einzelnen Pfennig des Preises zurückgezahlt haben würde, ließ diesen Augenblick umso süßer erscheinen.

Heute war Zahltag. Wenn sie das Geld für die Miete und eine Anzahlung auf das schwarze Kleid abgezogen hatte, würde ihr so gut wie nichts mehr bleiben. Für jemanden jedoch, der praktisch am Rande des finanziellen Ruins stand, fühlte sie sich bemerkenswert beschwingt. Sie hatte sich selbst geschworen, ihre Liebe würde freiwillig sein. Die Tatsache, dass sie ihr Wort hielt, erfüllte sie mit Stolz und einem Schwindel erregenden Gefühl von Freiheit.

Connies Brüste schienen das eng anliegende Top zu sprengen, als sie sich vorbeugte, um einen der Tische unter dem dunkelblauen Sonnenschirm hinter dem Cateringwagen abzuwischen. »Es ist schon seltsam, wie ihr beiden nicht miteinander auskommt. Auf mich ist Bobby Tom noch niemals wütend geworden. Du bist die einzige Frau, mit der ich ihn jemals habe streiten sehen.«

»Wir halten es für richtig, unsere Kommunikationskanäle offen zu halten.« Gracie begegnete ihr mit so viel Freundlichkeit, wie sie nur irgend aufbringen konnte. »Da bist du ja! Was hat dich denn so lange aufgehalten?« Mark Wurst, der Aufnahmeleiter, hastete auf sie zu. Sein ergrauender Pferdeschwanz wippte hektisch.

Im Verlauf des letzten Monats waren alle im Filmset dazu übergegangen, sie als Mädchen für alles zu betrachten. Bobby Tom meinte, die Leute würden sie ausnutzen und wollte dem Ganzen ein Ende bereiten. Doch sie hatte ihn gebeten, sich nicht einzumischen. So sehr er auch behauptete, er benötige jemanden für die Organisation seines Lebens, hatte sie doch sehr bald herausgefunden, dass er einer der kompetentesten Menschen war, die sie jemals kennen gelernt hatte. Mit jedem Tag war es ihr deutlicher geworden, dass er nicht genügend Arbeit für sie hatte, um sie beschäftigt zu halten. Gott sei Dank konnte Windmill das Loch füllen. Da sie offiziell bei Windmill angestellt war, befriedigte es sie, dass sie ihnen mehr als ihr Geld an Leistung zurückerstattete. Wenn sie auch niemals eine Karriere in Hollywood würde einschlagen können, so hatte sie es sich doch in den Kopf gesetzt, während ihrer Anstellung hier sehr hart zu arbeiten.

Gracie reichte dem Aufnahmeleiter die Decke. »Du sagtest doch, es sei nicht so eilig. Willow hat mich gebeten, ein paar Unterlagen im Büro vorbeizubringen.« Gracie ärgerte es ein wenig, wie schnell Willow verdrängt hatte, dass sie es schließlich gewesen war, die ihre Angestellte vor kurzem erst vor die Tür gesetzt hatte.

»Der Drehplan wurde geändert«, erläuterte Mark. »Die Liebesszene im Canyon wird nun doch heute schon gefilmt und nicht erst morgen Früh. Deswegen brauchen wir die Decke jetzt schon.«

Gracies Magen verknotete sich. Sie wusste, dass sie sich dieser Sache früher oder später würde stellen müssen, doch wäre ihr später lieber gewesen. Filme wurden nicht kontinuierlich abgedreht. Obwohl dies die erste Liebesszene sein würde, war es die Abschlussszene des Films und somit auch die romantischste. Sie wies sich streng zurecht, dass sie sich in dieser Angelegenheit professionell zu verhalten habe. Bobby Tom und Natalie mussten einige heiße Liebesszenen miteinander drehen, und sie durfte unter keinen Umständen jedes Mal vor Eifersucht durchdrehen.

Gracie deutete es als ihre eigene Charakterschwäche, dass sie die Schwierigkeiten Bobby Toms in der Beziehung zu Natalie so sehr freuten. Das war besonders schlimm, weil Natalie mittlerweile auch ihre Freundin geworden war. Doch Natalies Geplapper über Elvis und das Stillen war Bobby Tom auf die Nerven gefallen. Dennoch behandelte er seine Filmpartnerin derart höflich, dass sie gar nicht zu merken schien, wie sehr sie ihm auf die Nerven ging.

»Manche Dinge sollte man im privaten Rahmen belassen«, hatte sich Bobby Tom während einer seiner Pausen am gestrigen Tag bei Gracie beschwert. »Ich will gar nichts über ihr Syndrom, wie immer es heißen mag, wissen.«

»Let-down-Reflex.«

»Wie auch immer, es interessiert mich nicht.«

»Dass Natalie ihr Kind stillt, finde ich bewundernswert. Für eine berufstätige Frau ist das nicht einfach.«

»Ich finde es ebenfalls bewundernswert. Aber ich bin

nicht ihr Ehemann, Elvis ist nicht mein Kind, und ich muss nicht unbedingt über jedes Detail bis ins Letzte informiert sein.«

Gracie gähnte, als sie sich Bobby Toms Container näherte. Nachdem sie die letzte Woche über nachts gefilmt hatten, waren sie diese Woche wieder zu Tagesaufnahmen übergegangen, und ihre innere Uhr war durcheinander geraten. Bobby Tom schien es ähnlich zu gehen. Als sie gestern Nacht auf die Toilette gegangen war, hatte sie von ihrem Zimmer aus auf der Rückseite des Hauses in seinem Arbeitszimmer mal wieder das Flackern des Fernsehers beobachten können.

Sie begegnete Roger, einem der Maskenbildner, der Elvis in einem Huckepack-Kindersitz auf dem Rücken trug. Natalie hatte keine ihr angemessene Kinderbetreuung gefunden, und das Baby wurde während ihrer Filmszenen von einem zum anderen gereicht. Gracie hielt einen Moment inne, um Elvis in die Wade zu zwicken. Er kicherte und strampelte fröhlich in dem Kinderrucksack hin und her. Er war wirklich ein süßes Baby, wenn er auch keine Schönheit war. Sie gab ihm einen flüchtigen Kuss auf die Stirn und erinnerte Roger daran, dass er immer an seiner Faust nuckelte, wenn er schläfrig wurde.

Sie stieg die Treppe zum Container hinauf. Als sie die Tür öffnete, sprang Bobby Tom vom Sofa. »Wo in aller Welt hast du denn gesteckt?«

»Ich habe die Decke geholt, die du mit Natalie zusammen in deiner Filmszene benutzen wirst.«

Mit dem Drehbuch in der Hand kam er auf sie zu. Erleichtert stellte sie fest, dass er ausnahmsweise einmal voll bekleidet war. Es war schon ironisch, dass die Liebesszene eine der wenigen Szenen war, in der er bisher voll bekleidet gewesen war. Zur Abwechslung waren seine Jeans bis oben zugezogen, und ein Leinenhemd mit aufgerollten Ärmeln bedeckte seine Brust.

»Du bist keine Produktionsassistentin. Du bist *meine* Assistentin. Eine Decke abzuholen hätte dich nicht drei Stunden beanspruchen dürfen.«

Als sie ihm keine Erklärung für ihre längere Abwesenheit gab, musterte er sie misstrauisch. »Nun?«

»Ich musste ein paar Unterlagen zu Willow ins Büro bringen.«

»Und ...«

Sie gab auf. »Ich habe einen Abstecher nach Arbor Hills gemacht.«

»Nach Arbor Hills?«

»Das ist das Seniorenheim hier, Bobby Tom. Sicher hast du es schon gesehen. Mir ist es eines Tages aufgefallen, als ich für Willow eine Kleinigkeit erledigt habe.«

»Ach ja, ich erinnere mich. Was hast du dort gemacht? Wolltest du Altenheime nicht hinter dir lassen?«

»Berufliche Neugier. Als ich vorbeifuhr, fiel mir ein gefährlicher Riss auf der Eingangsstufe auf. Natürlich musste ich das denen sagen. Und während ich dort war, entdeckte ich, dass es dort praktisch keine Freizeitmöglichkeiten gibt. Der Verwalter gefällt mir auch nicht.« Sie sah keine Veranlassung, ihm zu sagen, dass sie sich in letzter Zeit angewöhnt hatte, dann und wann mit einigen der dortigen Bewohner zu sprechen. Sie hoffte, dass sie den Verwalter zu ein paar Veränderungen bewegen konnte.

»Wie auch immer, ich jedenfalls bin sehr unzufrieden mit dir. Ich muss für die nächste Szene den Text lernen und könnte deine Hilfe gebrauchen.«

»Immer musst du jammern und stöhnen.«

»Das ist nicht komisch.« Er begann, auf dem engen Raum des Containers auf und ab zu laufen. »Falls dich noch niemand darauf hingewiesen hat, Gracie, ist das ganze Leben nicht sonderlich komisch.«

Erteilte ihr Bobby Tom Denton, der Mann, der niemals

etwas wirklich ernst nahm, tatsächlich eine Lektion über unangemessenes Scherzen? Sie unterdrückte ihre Belustigung und ein interessanter Gedanke schoss ihr durch den Kopf.

»Bobby Tom, macht dich diese Liebesszene möglicherweise etwas nervös?«

Er blieb abrupt stehen. »Nervös? Ich? Komm hierher und hauch mich an. Sicher hast du wieder eine Weinschorle gekippt.« Er fuhr sich mit den Fingern durch die Haare. »Lass dir gesagt sein, dass ich in meinem Leben schon mehr Liebesszenen erlebt habe, als die meisten Männer sich auch nur zu erträumen wagen.«

»Aber nicht vor der Kamera. Und nicht mit einer ganzen Meute, die dir dabei zusieht.« Plötzlich besorgt hielt sie inne. »Oder hast du das schon?«

»Natürlich nicht! Jedenfalls nicht im eigentlichen Sinn. *Das geht dich überhaupt nichts an!* Die Sache ist ganz einfach die, solange ich dieses Idiotending hier drehe, habe ich nicht die geringste Absicht, selbst wie ein Idiot auszusehen.« Er schob ihr das Manuskript hin. »Hier. Fang an mit ›Für deine Muskeln sollte man eigentlich eine Genehmigung beantragen müssen‹.« Er blickte sie missmutig an. »Und keine auch nur ansatzweise sarkastischen Bemerkungen über den Dialog, hast du mich verstanden?«

Sie unterdrückte das Bedürfnis zu grinsen. Vor dieser Liebesszene hatte er tatsächlich Muffensausen. Als sie sich gegen die schmale Küchenarbeitsplatte lehnte, fühlte sie sich bereits um einiges beschwingter als noch vor wenigen Minuten.

Nachdem sie die richtige Stelle im Manuskript gefunden hatte, betonte sie den ersten Satz so sinnlich und lasziv wie nur möglich. »Für deine Muskeln sollte man eigentlich eine Genehmigung beantragen müssen.«

»Warum sprichst du denn so komisch?«

»Wieso? Ich schauspielere.«

Er rollte mit den Augen. »Du musst den blöden Dialog nur lesen.«

»Er ist nicht unbedingt blöd. Manche Leute könnten ihn als Provokation empfinden.«

»Wir wissen beide, dass er blöd ist. Jetzt mach doch endlich.«

Sie räusperte sich. »Du siehst selbst so aus, als ob man für dich eine Genehmigung beantragen müsste.«

»Du musst es nun auch nicht gerade so lesen, als lägst du im Koma.«

»Du weißt nicht, wie es in deinem Text weitergeht, nicht wahr? Deswegen musst du an mir herummeckern.«

»Ich denke nach.«

»Anstatt mich zu kritisieren, hättest du doch genauso gut sagen können: ›Gracie, Liebling, ich habe meinen nächsten Satz vergessen. Könntest du mir ein wenig helfen?‹«

Bei der Nachahmung seines Akzents musste er lachen. Er ließ sich auf die Couch fallen. Sie war viel zu schmal für seine langen Beine, und er stützte seine Füße, die in dicken weißen Socken steckten, gegen die Wand. »Tut mir Leid, Gracie. Du hast Recht. Jetzt gib mir schon einen Anhaltspunkt.«

»Du sagst: ›Du siehst aus wie …‹«

»Jetzt erinnere ich mich. ›Du siehst selbst aus, als ob man für dich eine Genehmigung beantragen müsste.‹ Verdammt, seine Antwort ist noch blöder als ihre. Kein Wunder, dass ich sie mir nicht merken kann.«

»Nicht so blöd wie der nächste Satz. ›Warum durchsuchst du mich nicht und findest heraus, wer ich bin.‹« Besorgt sah sie von der Seite auf. »Du hast Recht, Bobby Tom, das ist wirklich blöd. Offenbar mögen Drehbuchautoren Liebesszenen auch nicht mehr als du. Der Rest des Manuskripts ist zumindest viel besser geschrieben.«

»Habe ich dir doch gesagt.« Er lehnte sich auf der Couch zurück. »Vermutlich muss ich einen von diesen hysterischen Filmstaranfällen bekommen, von denen man immer in der Presse liest. Dieser Absatz muss umgeschrieben werden.«

»Dazu fehlt die Zeit.« Sie schaute wieder auf das Manuskript. »Weißt du, die Sache könnte eigentlich klappen, wenn ihr beide die Szene nicht allzu arglos spielt und den Text mit einem Lächeln sagt. Schließlich wisst ihr beide, wie albern es ist. Es ist doch nur ein wenig Anbändelei, mehr nicht.«

»Lass mich mal sehen.« Er streckte die Hand nach dem Manuskript aus. Sie reichte es ihm, und er überflog die Stelle. »Vielleicht hast du Recht. Ich werde mit Natalie darüber sprechen. Wenn sie gerade einmal nicht über Babys spricht, kann sie ganz vernünftig sein.«

Die nächsten zehn Minuten arbeiteten sie am Manuskript. Nachdem Bobby Tom sich entschieden hatte, sich keine Blöße zu geben, lernte er unglaublich schnell. Als er mit seiner Szene dran war, konnte er sie perfekt auswendig.

»Für diese Szene kommst du mit mir mit, Gracie.«

»Das wird wohl kaum möglich sein. Ich habe zu viele Dinge zu erledigen.« Obwohl Bobby Tom Natalie gegenüber keinerlei romantische Neigungen verspürte, war er ein gesunder, viriler Mann. Unweigerlich würde ihn der ausgiebige körperliche Kontakt mit ihr erregen. Gracie wollte nicht dabei sein und dies mit ansehen. Welche Frau bei Verstand würde ganz bewusst dem geliebten Mann dabei zusehen, wie er sich mit einer anderen Frau liebte, erst recht, wenn es sich um die schöne Natalie Brooks handelte?

»Das kann alles warten. Ich möchte, dass du im Canyon in meiner Nähe bist.« Er zog sich ein paar abgetragene Lederstiefel über.

»Ich werde nur im Weg stehen. Ich möchte wirklich nicht gerne mit.«

»Es ist ein Befehl, Gracie. Von deinem Chef.« Er riss ihr

das Skript aus der Hand, ergriff ihren Arm und ging zur Tür. Doch kurz bevor er den Türgriff berührte, hielt er mitten in der Luft inne. Er wandte sich zu ihr um und musterte sie auf eine Art und Weise, die ihr eine angenehme Gänsehaut verursachte.

»Gracie, Liebling, sofern es dir nichts ausmacht, möchte ich, dass du dein Höschen ausziehst.«

»Wie bitte?«

»Ich denke, ich habe mich klar genug ausgedrückt.«

Angesichts seiner heiseren Stimme stieg ihr Puls. »Ohne mein Höschen kann ich doch nicht vor die Tür gehen!«

»Warum denn nicht?«

»Weil ... weil es unter freiem Himmel ist und ich werde ...«

»Unter deinem süßen kleinen Röckchen wirst du nichts anhaben. Doch solange du dich wie eine Dame hinsetzt, wird kein Mensch davon erfahren. Nur ich werde es wissen.«

Wieder glitt sein Blick über sie und machte ihre Haut feucht und heiß. Er begriff einfach nicht, dass sie nicht zu jenen Frauen gehörte, die ohne Unterwäsche herumliefen. Noch nicht einmal jetzt, nachdem sie einen vollkommen neuen Look erhalten hatte.

Als sie zögerte, stieß er einen jener übergeduldigen Seufzer aus, die er immer dann einsetzte, wenn er jemanden manipulieren wollte. »Ich kann kaum glauben, dass wir uns hierüber streiten. Offenbar haben dich die vielen Ablenkungen der letzten paar Wochen vergessen lassen, dass wir eine Abmachung getroffen haben. Du weißt genauso gut wie ich, dass ich das, was sich unter dem Rock befindet, *besitze*.« Wieder ein Seufzen. »Ich hätte nicht gedacht, dass ich ausgerechnet dir – einer ehemaligen Religionslehrerin – eine Lektion über Ethik erteilen muss.«

Sie unterdrückte das Bedürfnis zu kichern, denn das hätte ihn nur noch mehr angestachelt. Stattdessen versuchte sie vernünftig zu klingen. »Ehemalige Religionslehrerinnen gehen nicht ohne Unterhose in die Öffentlichkeit.«

»Zeig mir, wo das in der Bibel steht.«

Jetzt musste sie doch lachen.

»Allmählich verliere ich die Geduld, Liebling.« Das Leuchten in seinen tiefblauen Augen raubte ihr den Atem. »Zieh sie aus, Liebling, oder ich zieh sie für dich aus.«

Oh, mein Gott. Seine rauchige Stimme glitt wie eine intime Berührung über ihren Körper. Plötzlich fühlte sie sich befreit. Ein ganzes Leben lag noch vor ihr, in dem sie die alte Gracie Snow sein konnte. Doch jetzt, in dieser Sekunde, war sie verdorben und wild.

Ihre Haut glühte, als sie ihm den Rücken zuwandte, die Hände unter ihren Rock gleiten ließ und ein paar knallgelbe Höschen abstreifte.

Lachend nahm Bobby Tom sie ihr ab. »Tausend Dank, Liebling. Die nehme ich zu meiner Inspiration mit.«

Er versenkte das Höschen tief in seiner Jeanstasche. Es war so winzig, dass es nicht einmal die Hose ausbeulte.

»Für deine Muskeln sollte man eigentlich eine Genehmigung beantragen müssen.«

»Du siehst selbst so aus, als ob man für dich eine Genehmigung beantragen müsste.«

»Warum durchsuchst du mich nicht und findest heraus, wer ich bin?«

Natalie und Bobby Tom lächelten, als sie sich feixend gegenseitig den albernen Text an den Kopf warfen. Sie wirkten verliebt, aber nicht schmalzig. Sie lagen auf der Decke, die Gracie vorhin besorgt hatte. Die Decke lag im Schatten einer Eiche.

»Genau das sollte ich eigentlich tun.«

Bobby Tom lächelte, als er Natalie noch fester umarmte und an der Schleife ihrer Bauernbluse zupfte.

Warum sollte er auch nicht lächeln, dachte Gracie und wandte den Kopf ab, als die Bluse über Natalies weiche Schultern glitt. Er war Meister darin, Sex in ein amüsantes kleines Spielchen zu verwandeln.

Eine warme Brise fuhr ihr unter den Rock und streichelte ihren nackten Hintern. Ihre übersensible Haut wurde von einer Gänsehaut überzogen. Sie war einerseits von ihrer eigenen Nacktheit erregt und befürchtete andererseits, ein plötzlicher Windstoß könne den Sarongrock hochheben und ihr Geheimnis der ganzen Welt preisgeben. Das war alles Bobby Toms Schuld. Es war schlimm genug, dass sie sich von ihm hatte überreden lassen, praktisch nackt in der Öffentlichkeit herumzulaufen. Doch während Natalie und er noch geprobt hatten, hatte er all seinen Sünden noch eine hinzugefügt: Er hatte zu ihr herübergeschaut, die Tasche seiner Jeans berührt und sie so daran erinnert, was sich darin verbarg. Sie hatte noch nie zuvor mit einem Mann ein sexuelles Geheimnis geteilt, und von seinem Necken wurde ihr gleichzeitig schwindlig und heiß.

Die Bäume über ihr raschelten, und die Luft im Canyon duftete ein bisschen nach Zedern. Der Dialog wurde fortgesetzt, bis er von den sanften Geräuschen eines Kusses unterbrochen wurde. Trotz ihres Vorsatzes, sich dieser Situation ganz sachlich zu stellen, konnte sie sich nicht dazu durchringen hinzusehen. Sie wollte die Frau in seinen Armen auf der Decke sein. Ganz alleine, nur sie beide. Nackt.

»Oh, verdammter Mist!«

Natalies Aufschrei unterbrach ihre Träumereien.

»Schnitt!«, brüllte der Regisseur. »Was ist los?«

Gracie sah hin. Bobby Tom rückte von seiner schönen Filmpartnerin ab. »Habe ich dir wehgetan, Natalie?«

»Meine Milch hat mich im Stich gelassen. Großer Gott, es tut mir wirklich Leid. Ich lecke. Ich brauche eine neue Bluse.«

Bobby Tom sprang auf, als ob er gerade von einer tödlichen Viper gebissen worden wäre.

»Zehn Minuten, die ganze Crew«, verkündete der Regisseur. »Garderobe, kümmert euch um Frau Brooks. Und Sie ziehen sich auch gleich etwas Neues an, Herr Denton.«

Bobby Tom erstarrte, senkte den Kopf.

Das pure Grauen breitete sich auf seinem Gesicht aus, als er auf seinem eigenen Hemd zwei feuchte Kreise wahrnahm.

Gracie musste lachen. Noch nie hatte sie jemanden ein Hemd so schnell aufknöpfen sehen. Er warf es der Garderobiere entgegen und stürmte auf Gracie zu.

»Komm schon.«

Mit zusammengekniffenen Augen und malmenden Zähnen zerrte er sie durch die Bäume hinter einen Felsen und lief dabei so schnell, dass sie fast gestolpert wäre. Er zog sie dichter zu sich heran, verlangsamte jedoch nicht seinen Schritt. Erst als sie außer Sichtweite der anderen waren, lehnte er sich gegen den Stamm eines Walnussbaumes.

»Allmählich weiten sich diese Filmaufnahmen zur schlimmsten Erfahrung meines Lebens aus. Ich kann es einfach nicht, Gracie. Ich würde lieber Ratten essen, als dieser Frau die Bluse auszuziehen. Eine stillende Frau kann ich einfach nicht anfassen.«

Er sah so elend aus, dass Gracie Mitleid für ihn empfand, obwohl er ihre feministischen Prinzipien verletzte. Sie versuchte, ganz vernünftig zu klingen. Das wiederum war nicht einfach, da sie unmittelbar neben ihm stand. »Die vorrangige Funktion der weiblichen Brust ist es, die Kinder zu nähren, Bobby Tom. Es spricht nicht gerade für dich, dass du das als eklig empfindest.«

»Ich habe ja gar nicht gesagt, dass ich es eklig finde. Aber so kann ich einfach nicht vergessen, dass ich die Frau eines anderen Mannes küsse. Natalie Brooks so nahe zu kommen lässt mich die Wände hochgehen. Anders als du vielleicht glaubst, treibe ich mich nicht mit verheirateten Frauen herum.«

»Nein, das hatte ich auch nicht angenommen. In deiner merkwürdigen, männlich-chauvinistischen Art bist du doch ziemlich ehrenhaft.«

Manche Männer hätten das als ein recht fragwürdiges Kompliment aufgefasst, doch Bobby Tom schien zufrieden. »Danke.«

Ihre Blicke verschlangen ineinander. Als er endlich sprach, war seine Stimme heiser. »Ich fürchte, du musst mir die schlechte Laune ein wenig vertreiben, wenn ich heute noch gute Arbeit leisten soll.«

»Dir die schlechte Laune vertreiben?«

Er zog sie an seine Brust und presste die Lippen an ihre, als ob er sie vertilgen wollte. Ihre Reaktion ließ nicht auf sich warten. Flammen entzündeten ihr Blut, und sie setzte seiner Leidenschaft ihre eigene entgegen. Seine Lippen waren geöffnet, seine Zunge aggressiv. Sie ließ ihre Finger durch sein dichtes Haar gleiten, während er seine Hand unter ihren Rock schob. Seine großen Hände umfassten ihr Hinterteil und hoben sie vom Boden. Sie schlang ihre Beine um ihn und fühlte den harten Stoff seiner Jeans an der empfindlichen Haut ihrer Schenkel. Er drehte sich um, sodass ihr Rücken sich gegen den Baumstamm presste. Sie spürte seine Erregung, wie er sich heftig und hart an sie presste. Am liebsten hätte sie seine Jeans aufgerissen, sodass sie nichts mehr trennte.

Die jahrelange Enthaltsamkeit ließ sie fast die Beherrschung verlieren. Ausgehungert stöhnte sie auf und nahm ihn noch fester zwischen ihre Schenkel.

Sie hörte ein leises Fluchen. Sein Griff an ihrem Po lockerte sich, und er stellte sie wieder auf die Füße. »Tut mir Leid, Liebling. Ich vergesse immer wieder, wie empfindsam du bist. Ich hätte damit gar nicht erst anfangen sollen.«

Sie ließ sich gegen ihn sinken. Er hielt ihren Hinterkopf und drückte sie gegen seine nackte Brust. Er duftete herrlich nach Seife und Sonne. Sie schloss die Augen und wünschte sich, sie hätte etwas mehr Zurückhaltung gezeigt.

»Gib mir bitte mein Höschen wieder.«

Sie befürchtete, er würde ihr diesen Wunsch abschlagen, doch offenbar war ihm klar, dass er sie bereits zu lange geneckt hatte. Er ließ von ihr ab und griff in seine Tasche. Sie starrte weiterhin auf seine Brust, als er ihr das Häufchen gelben Nylons reichte. Als er sprach, war jeder Schalk aus seiner Stimme verschwunden und er klang fest entschlossen. »Morgen Abend wird uns beide nichts hindern, das zu Ende zu führen, was wir begonnen haben.« Noch bevor sie antworten konnte, wandte er sich ab.

Sie brauchte ein paar Minuten, um ihre Fassung wiederzuerlangen und kehrte zögernd zum Filmset zurück. Natalie trug eine neue Bluse und Elvis lag in ihren Armen. Bobby Tom, immer noch mit nacktem Oberkörper, stand zwischen ihr und dem Regisseur, der ihnen beiden offenbar allerletzte Anweisungen gab. Der Regisseur wandte sich einem Kameramann zu, und einer der Visagisten kam mit einer Dose Haarspray auf Natalie zu.

Natalie hob abwehrend die Hand. »Einen Moment bitte, Elvis soll die Dämpfe nicht einatmen. Halte du ihn doch, Bobby Tom.« Ohne seine Zustimmung abzuwarten, legte sie ihm den fülligen Wonneproppen in die Arme und trat zurück, um sich ihr Haar einsprühen zu lassen.

Bobby Toms Augenbrauen schossen besorgt in die Höhe. Gleichzeitig reagierte sein Körper mit den Instinkten eines professionellen *receivers*, und er drückte das Baby ganz automatisch an seine Brust.

Elvis gab ein wohliges Gurgeln von sich. Das wohl bekannte Gefühl nackter Haut an seiner Wange ließ ihn sofort den Kopf zu Bobby Toms nackter, wohlproportionierter Brust wenden, und er öffnete seinen gierigen kleinen Mund.

Bobby Tom bedachte ihn mit einem strengen Blick. »Schlag es dir lieber gleich aus dem Kopf, Kleiner.«

Elvis gluckste und begann, an seinem Daumen zu lutschen.

14

Am darauf folgenden Abend saßen Bobby Tom und Gracie auf der obersten Reihe der hölzernen Zuschauertribüne hinter der Oberschule von Telarosa in der Abenddämmerung und blickten auf das leere Footballfeld. »Mir will es nicht in den Kopf, dass du niemals eines der Footballspiele deiner Schule gesehen hast«, sagte er.

»In Shady Acres gab es abends jede Menge zu tun. Es war nicht einfach, sich davon frei zu machen.« Selbst in ihren eigenen Ohren klang ihre Stimme angespannt. Im Canyon gestern hatte er zu ihr gesagt, dass sie heute Abend das beenden würden, was sie schon begonnen hatten, und sie war so nervös, dass sie sich kaum beherrschen konnte. Er dagegen war gefasst und ruhig wie immer. Sie hätte ihn erwürgen können.

»Als Kind hast du anscheinend nicht viel Spaß gehabt im Leben.« Er berührte ihr Bein und sie zuckte zurück. Er sah sie unschuldig an, dann holte er ein Stück gebratenes Hühnchen und Pommes frites, ein paar Salatschälchen und ein Körbchen mit heißen Brötchen aus dem Karton.

Vielleicht war seine Berührung rein zufällig gewesen. Andererseits kannte sie ihn ganz gut. Es war durchaus möglich, dass er sie mit voller Absicht verrückt machte. Er musste doch wissen, dass sie allein bei seinem Anblick durchdrehen würde. Als sie die Tür ihres kleinen Apartments geöffnet hatte, stand er in Jeans, einem Cowboyhut aus Stroh und einem ausgewaschenen T-Shirt der Telarosa *Titans* im Zimmer. Das T-Shirt sah so aus, als ob es ihm vielleicht vor fünfzehn Jahren gepasst hatte, bevor er derart ausgeprägte Brustmuskeln bekommen hatte. Jetzt jedenfalls war es ihm eindeutig zu eng. Da sie wusste, wie penibel Bobby Tom mit seiner Kleidung war, war ihr klar, dass er das alte T-Shirt mit voller Absicht trug. Offenbar bemühte er sich, die Atmosphäre seiner ersten Verabredung während seiner Schulzeit wieder aufleben zu lassen.

Sie knabberte an einer Fritte. Als er den Blick abwandte, ließ sie sie durch ihre geöffneten Beine hindurch die Tribüne hinunter auf den Boden fallen, denn ihr Magen war viel zu nervös, um das Essen jetzt bei sich zu behalten. »Du vermisst es wirklich sehr, nicht wahr?«

»Die Oberschule? Eigentlich nicht. Die vielen Hausaufgaben haben meine Freizeit ziemlich eingeschränkt.«

»Ich spreche nicht von den Hausaufgaben. Ich spreche vom Football.«

Er zuckte mit den Schultern und warf einen Hühnerknochen beiseite, wobei er wie zufällig ihren Arm berührte. Sie hatte das Gefühl, von einem elektrischen Schlag getroffen worden zu sein. »Früher oder später hätte ich ohnehin aufhören müssen. Ein Mann kann nicht auf alle Ewigkeit Footballspieler sein.«

»Aber du hattest doch nicht vor, schon so früh damit aufzuhören.«

»Vielleicht werde ich Trainer. Wenn die Sache unter uns bleibt, erzähle ich dir etwas. Ich habe bereits mit einigen Leuten gesprochen. Trainer zu werden scheint für mich der nächste Schritt zu sein.«

Eigentlich hatte sie Begeisterung in seiner Stimme vermutet, doch lauschte sie vergeblich. »Und was wird aus deiner Filmkarriere?«

»Manches daran ist eigentlich recht nett. Die Actionszenen gefallen mir ganz gut.« Sein Mund verzog sich angeekelt. »Aber ich werde verdammt zufrieden sein, wenn ich diese Liebesszenen endlich hinter mir habe. Weißt du eigentlich, dass heute von mir erwartet wurde, dass ich meine Hosen ausziehe?«

Sie lächelte verkrampft. »Ich war doch da, erinnerst du dich nicht? Nachdem du dich ausgiebig am Kinn gerieben und den Kopf geschüttelt und irgendwelche unverständlichen Dinge gemurmelt hast, wussten weder Willow noch der Regisseur, was du eigentlich hast sagen wollen.«

»Aber ich habe meine Hosen anbehalten, nicht wahr?«

»Die arme Natalie nicht.«

»Sich auszuziehen ist das Los einer Frau. Je eher du das akzeptierst, desto glücklicher wirst du werden.« Er tätschelte ihr nacktes Knie. Verlangen durchflutete sie, als er seine Hand etwas länger als notwendig dort verweilen ließ.

Sie musste sich sehr zusammenreißen, um seinen Verlockungen zu widerstehen. Nicht nur war sie viel zu verspannt, um lustig zu sein, sie war trotz seiner sinnlichen Tortur ihm gegenüber auch bemerkenswert tolerant. Sein Benehmen Natalie gegenüber, als sie die Liebesszene gefilmt hatten, hatte sie gerührt. Die Brüste seiner Filmpartnerin hatten immer wieder genässt, meistens auf ihn, und Natalie war zum Schluss derart verzweifelt gewesen, dass sie mit den Tränen hatte kämpfen müssen. Bobby Tom hatte sich als perfekter Gentleman erwiesen. Er hatte sie so lange geneckt, bis sie sich wieder gefasst hatte. Er hatte ihr das Gefühl vermittelt, als ob ihm dies tagtäglich passieren würde, als ob ein Tag ohne dieses Vorkommnis eigentlich nicht ganz zählte, und als ob er geradezu mit freudiger Erwartung der Minute entgegensah, in der er mit Muttermilch benetzt wurde.

Die Fähigkeit, seine eigentlichen Gefühle zu verbergen,

ängstigte Gracie manchmal. So viel Selbstbeherrschung sollte eigentlich niemand besitzen. Sie jedenfalls besaß sie ganz sicher nicht. Der Gedanke, sich mit ihm zu lieben, machte sie ganz fahrig.

Er betupfte ihren nackten Schenkel mit einer Serviette, obwohl sie gar nicht gekleckert hatte. Sein Daumen berührte die Innenseite ihrer Schenkel. Sie hielt die Luft an.

»Ist irgendwas nicht in Ordnung?«

Sie biss die Zähne aufeinander. »Nein – nein, äh, überhaupt nicht.« Mit seinen unschuldigen kleinen Berührungen machte er sie vollkommen rasend. Wenn er seine Sitzposition änderte, rieb er kurz ihr Bein oder berührte mit dem Arm ihre Brüste, wenn er sich nach einem Stückchen Hühnchen ausstreckte. Jede dieser Berührungen war so flüchtig, dass sie rein zufällig hätte sein können. Da Bobby Tom jedoch niemals etwas zufällig tat, spielte er wohl eines seiner Spielchen mit ihr. Wenn er doch nur endlich das Thema des heutigen Abends anschneiden würde, dann würde sie nicht mehr so verkrampft sein. Sie würde das Thema ja auch selbst aufwerfen, nur hatte sie überhaupt keine Vorstellung davon, wie sie das anstellen sollte.

Sie bürstete sich ein paar Krümel vom Schoß ihrer weißen Shorts, um überhaupt etwas mit ihren Händen anzufangen. Er war es gewesen, der sie gebeten hatte, heute Abend Shorts zu tragen. Obwohl sie sie ein wenig zu leger fand, hatte sie sich an seine schmeichelhaften Kommentare über ihre Beine erinnert und nachgegeben. Dazu hatte sie einen kastenförmigen kurzen Baumwollpullover ausgesucht, der ihren unteren Rücken jedes Mal freilegte, wenn sie sich vorbeugte. Dies wiederum war seiner Aufmerksamkeit nicht entgangen.

»Wenn du doch endlich einmal die Tageszeitungen lesen würdest«, sagte sie und hoffte, ihre Aufmerksamkeit von ihrem überhitzten Körper abzuwenden. »Vielleicht würde dich das einer Filmkarriere gegenüber etwas begeisterter stimmen. Natürlich wussten alle, wie fotogen du bist. Doch hat wohl niemand erwartet, dass du derart gut sein würdest.«

Bereits mehrmals hatte sie die Gelegenheit gehabt, mit dabei zu sein, wenn Willow, der Regisseur und noch ein paar andere aus der Crew von *Blood Moon* sich zusammensetzten, um sich das am Vortag gedrehte Material anzusehen. Bobby Tom wirkte auf der Leinwand viel ruhiger als im wirklichen Leben und spielte alles so unterkühlt, dass er überhaupt nicht zu schauspielern schien. Es war eine solide, zurückhaltende Darbietung, die vieles von dem etwas schlichten Skript wieder wett machte.

Statt sich von ihrem Kompliment geschmeichelt zu fühlen, runzelte er die Stirn. »Natürlich bin ich gut. Glaubst du, ich hätte mich auf so etwas eingelassen, wenn ich die Befürchtung gehabt hätte, ich würde dem nicht genügen?«

Sie betrachtete ihn misstrauisch. »Gleich von Anfang an hattest du ein bemerkenswertes Selbstbewusstsein für jemanden, der noch niemals zuvor vor der Kamera gestanden hat.« Sie kniff die Augen zusammen, als ihr plötzlich eine Idee kam. »Warum bin ich nur nicht früher darauf gekommen! Du ziehst doch wieder eine deiner Scharaden ab, nicht wahr?«

»Ich hab nicht die leiseste Ahnung, wovon du sprichst.«

»Schauspielstunden, davon spreche ich.«

»Schauspielstunden?«

»Genau. Du hast Schauspielunterricht genommen, nicht wahr?«

Er schmollte. »Kann sein, dass ich ein paar Mal beim Golf mit meinen Kumpeln darüber geredet habe. Nur hier und da einmal eine Unterhaltung. Mehr nicht.«

Er hatte ihre Befürchtungen kein bisschen zerstreuen können, und sie warf ihm einen sehr strengen Blick zu. »Wie heißt denn dieser Golfpartner?«

»Was tut das schon zur Sache?«

»Bobby Tom ...«

»Könnte Clint Eastwood gewesen sein.«

»Clint Eastwood! Du hast bei Clint Eastwood Schauspielunterricht genommen!« Sie rollte mit den Augen.

»Das heißt ja noch lange nicht, dass es mir mit der Sache ernst ist.« Er zog seinen Hut tiefer in die Stirn. »Mich mit Frauen zu knutschen, die mich erotisch nicht anziehen, ist jedenfalls nicht die Vorstellung, die ich von meinem restlichen Leben habe.«

»Ich mag Natalie.«

»Sie ist ganz in Ordnung. Aber eben nicht mein Typ.«

»Vielleicht, weil sie eine Frau und kein Mädchen ist.«

Sein Gesicht zeigte Kampfgeist. »Was soll das denn nun schon wieder heißen?«

Ihre wachsende Anspannung ließ sie leicht zickig werden. »Es ist einfach nicht von der Hand zu weisen, dass du in Bezug auf Frauen nicht den besten Geschmack besitzt.«

»Das ist eine Lüge.«

»Hast du dich jemals mit einer Frau verabredet, deren Intelligenzquotient höher als die Größe ihres Büstenhalters ist?«

Sein Blick wanderte zu ihren Brüsten. *»Sehr viel* größer.«

Sie spürte, wie sich ihre Knospen aufrichteten. »Ich zähle mich dabei nicht mit. Zumindest offiziell sind wir kein Paar.«

»Du scheinst meine Beziehung zu Gloria Steinem zu vergessen.«

»Du bist doch nicht etwa mit Gloria Steinem liiert gewesen!«

»Das kannst du nicht wissen. Nur weil wir miteinander verlobt sind, hast du noch lange nicht das Recht, mir vorzuschreiben, welche Frauen ich anziehend zu finden habe.«

Er mauerte. Er berührte ihre nackte Wade mit seinem

Bein, und sie bekam eine Gänsehaut. Da sie spürte, dass sie so mit ihm nicht weiterkommen würde, tauschte sie diese Form des Angriffs gegen eine andere.

»Ganz sicher hast du einen ausgeprägten Geschäftssinn. Vielleicht würde dich das mehr befriedigen als die Schauspielerei. Ich hatte keine Ahnung, in wie viel erfolgreiche Geschäfte du verwickelt bist. Jack Aikens sagte mir, du wärst von Geburt an mit einem siebten Sinn dafür ausgestattet.«

»Es ist mir schon immer leicht gefallen, Geld zu verdienen.«

Selten hatte sie etwas mit weniger Begeisterung gehört. Sie ließ eine weitere Fritte die Tribüne hinunterfallen und fragte sich nach dem Grund. Bobby Tom war intelligent, attraktiv und charmant. Er würde überall dort erfolgreich sein, wozu er sich einmal entschlossen hatte. Nur eines war ihm verwehrt – wieder Football zu spielen. Seit sie ihn kannte, hatte sie kein einziges Mal eine Beschwerde darüber gehört, dass er seine Karriere so abrupt hatte beenden müssen. Er war allerdings von Natur aus niemand, der sich beschwerte, doch war sie sich ganz sicher, dass es ihm entschieden besser gehen würde, wenn er seinen Gefühlen einmal Luft machte.

»Du staust eine ganze Menge in dir auf. Würde es nicht helfen, wenn du über das alles einmal sprechen könntest?«

»Mach keine Psychoanalyse mit mir, Gracie.«

»Das mache ich doch gar nicht! Aber wenn sich das Leben von einem Moment auf den nächsten grundlegend ändert, ist das für keinen eine einfache Sache.«

»Falls du mich jetzt gleich in Tränen ausbrechen sehen willst, weil ich nicht mehr Football spielen kann, kannst du dir die Sache aus dem Kopf schlagen. Ich habe bereits mehr erreicht, als die meisten Leute auf dieser Welt sich überhaupt nur erträumen können. Selbstmitleid gehört nicht zu den Qualitäten, die ich für erstrebenswert halte.«

»Ich kenne niemanden, der weniger Nabelschau betreibt als du. Aber du hast dein Leben um das Footballspiel aufgebaut. Es ist vollkommen natürlich, falls du dieses als Verlust empfinden solltest, wo es nun so abrupt verschwunden ist. Du hast jedes Recht, darüber verbittert zu sein, dass dies deiner Karriere widerfahren ist.«

»Das kannst du mal einem Arbeitslosen erzählen oder jemandem, der kein Dach über dem Kopf hat. Ich gehe jede Wette mit dir ein, dass er sofort mit mir tauschen wollte.«

»Wenn du diesen Gedanken zu Ende denkst, dann darf niemand, der Essen und ein Dach über dem Kopf hat, jemals wegen irgendetwas unglücklich sein. Aber das Leben ist eben mehr als nur essen und ein Dach über dem Kopf haben.«

Er tupfte sich mit der Serviette die Lippen ab, wobei er mit dem Ellenbogen ihre Brüste streifte. Das wiederum löste bei ihr eine Kettenreaktion aus. »Gracie, sei mir nicht böse, aber diese Unterhaltung langweilt mich zu Tode.«

Sie warf ihm einen kurzen Blick zu und versuchte herauszufinden, ob die Berührung beabsichtigt gewesen war oder nicht. Doch er gab ihr mal wieder nicht den Hauch eines Hinweises.

Er streckte ein Bein aus, um in seine Jeanstasche zu fassen, wobei der Stoff sich über seinen Hüften spannte. Sie spürte ihren Puls im Hals. »Du hast mich heute schon so genervt, dass ich fast vergessen habe, was ich heute Abend tun wollte.« Er zog etwas hervor und hielt es in seiner geschlossenen Faust. »Wenn wir wirklich alles rekonstruieren wollten, was du in deiner Beziehung zum anderen Geschlecht verpasst hast, müssten wir zu den Doktor-Spielen zurückkehren. Doch ich denke, dass wir uns das schenken und gleich mit der Oberschule beginnen können, als die Dinge sich etwas interessanter gestalteten. Sherri Hopper hat mir nach unserer Trennung unseren Freundschaftsring nicht zurückgegeben, wir müssen also mit diesem hier vorlieb nehmen.« Er öffnete seine Hand.

In seiner Hand lag der breiteste Männerring, den sie je gesehen hatte. Eine üppige Ansammlung gelber und weißer Diamanten formten drei Sterne und funkelten in der Dämmerung. Der Ring war an eine schwere goldene Kette gehängt, die er ihr jetzt über den Kopf streifte.

Der Ring kam zwischen den Brüsten zum Ruhen. Sie nahm ihn in die Hand und bekam einen leichten Silberblick, als sie ihn betrachtete. »Bobby Tom, das ist ja dein Superbowlring!«

»Buddy Baines hat ihn mir vor ein paar Tagen zurückgegeben.«

»Ich kann doch nicht deinen Superbowlring tragen!«

»Warum denn nicht? Einer von uns muss es tun.«

»Aber …«

»Die Leute in der Stadt werden misstrauisch werden, wenn du keinen Ring trägst. Es wird sie alle unheimlich beschäftigen. Allerdings würde ich mich mit einem Besuch in der Stadt nicht allzu sehr beeilen. Jeder wird ihn anprobieren wollen.«

Wie viele blaue Flecken hatte er hinnehmen müssen, um sich diesen Ring zu verdienen? Wie viele gebrochene Knochen und schmerzende Muskeln hatte er ertragen müssen? Mit dreißig Jahren trug Gracie nun endlich den Ring eines Mannes. Und was für ein toller Ring das war!

Sie ermahnte sich, dass dies alles nur vorübergehend sein würde. Dann erinnerte sie sich daran, welche Gefühle sie damals als Teenager überflutet hatten, als die Mädchen in ihrer Schule einen Ring ihres Freundes an einer Kette um den Hals trugen. Wie sehr hatte sie selbst sich auch einen Ring gewünscht.

Sie musste sich zusammenreißen, um ihre Gefühle unter Kontrolle zu halten. Dies alles war nur gespielt. Sie sollte der Sache also nicht zu viel Bedeutung beimessen. »Danke, Bobby Tom.«

»Normalerweise würden ein Junge und ein Mädchen diesen Augenblick mit einem Kuss besiegeln, aber ehrlich gesagt, du bist mir einfach zu heiß, um das in der Öffentlichkeit zu tun. Wir werden es also hinausschieben, bis wir unter uns sind.«

Ihre Hand klammerte sich noch fester um den Ring. »Hast du deinen Oberschulring sehr häufig jemandem gegeben?«

»Nur zweimal. Sherri Hopper hatte ich bereits erwähnt, aber Terry Jo Driscoll war das erste Mädchen, das ich wirklich geliebt habe. Heute heißt sie Terry Jo Baines. Du wirst sie bald kennen lernen. Ich habe versprochen, heute Abend bei ihr vorbeizuschauen. Ihr Mann Buddy war während der Schulzeit mein bester Freund, und Terry Jo ist leicht angesäuert, dass ich dich ihr noch nicht vorgestellt habe. Wenn du natürlich etwas anderes vorhast …« Er schielte sie von der Seite an. »Den Besuch könnten wir auch auf morgen verschieben.«

»Heute Abend ist ausgezeichnet!« Ihr Hals war ausgetrocknet, und ihre Stimme klang wie ein Quietschen. Warum dehnte er diese Tortur derart aus? Vielleicht hatte er seine Meinung geändert und wollte gar nicht mehr mit ihr ins Bett? Vielleicht wollte er sie einfach nur loswerden?

Sein Arm berührte die bloße Haut über ihrer Taille, als er hinter ihrem Rücken nach dem Karton griff, den sie auf der Bank abgestellt hatte. Sie zuckte zusammen.

Mit seinen dunkelblauen Augen blickte er sie unschuldig an. »Ich helfe dir beim Abwasch.«

Mit einem spitzbübischen Grinsen sammelte er alle Reste ihres Hühnchenessens zusammen und stopfte sie in die Papiertüte. Dabei berührte er sie hier und dort, bis sie am ganzen Körper von einer Gänsehaut überzogen war. Sie war sicher, dass er sich seines Tuns vollkommen bewusst war. Er machte sie total verrückt.

Zehn Minuten später wurden sie in das voll gestopfte Wohnzimmer eines kleinen, einstöckigen Hauses gebeten. Eine etwas plumpe, doch immer noch hübsche Frau mit einem Babygesicht und zu stark blondiertem Haar in einem roten Top, weißen Leggins und einem ausgeleierten Paar Sandalen hatte sie hereingebeten. Sie machte den Eindruck eines Menschen, der schon einige Schicksalsschläge im Leben hatte hinnehmen müssen, sich von diesen jedoch nicht hatte brechen lassen. Ihre Zuneigung zu Bobby Tom war so offen und ehrlich, dass Gracie sie spontan in ihr Herz schloss und auch das Duzen sofort akzeptierte. »Es wird aber auch Zeit, dass Bobby Tom dich einmal vorstellt.« Terry Jo schüttelte Gracies Hand. »Die halbe Stadt hätte sich am liebsten das Leben genommen, als sie von seiner Verlobung hörten. Joleen! Ich höre das Papierrascheln der Kekstüte, verschwinde!« Sie machte eine Handbewegung über das zwar saubere, doch etwas abgetakelte Wohnzimmer in Richtung der angrenzenden Küche. »Das ist Joleen, unsere Älteste. Ihr Bruder Kenny übernachtet heute bei Freunden. *Buddy!* Bobby Tom und Gracie sind gekommen! *Buddy!!!*«

»Schrei doch nicht so, Terry Jo.« Buddy trat aus der Küche ins Wohnzimmer und wischte sich mit dem Handrücken über die Lippen. Gracie hatte den Verdacht, dass er und nicht seine Tochter derjenige gewesen war, der mit der Kekstüte geraschelt hatte.

Sie hatte Buddy Baines flüchtig kennen gelernt, als sie den Thunderbird wegen der neuen Bereifung in seiner Werkstatt gelassen hatte. Ähnlich wie das Haus, in dem er lebte, vermittelte er einen etwas heruntergekommenen Eindruck. Mit seinem dunklen Haar und der dunklen Haut war er nach wie vor ein gut aussehender Mann, doch ein paar Rettungsringe hatten seine Taille verbreitert, und er zeigte einen Ansatz zum Doppelkinn. Dennoch konnte sie sich gut vorstellen, wie er zu Schulzeiten ausgesehen haben musste. Er war genauso attraktiv wie Bobby Tom, nur dass er nicht blond, sondern dunkelhaarig war. Die drei – Bobby Tom, Buddy und Terry Jo – hatten seinerzeit sicher viele Blicke auf sich gezogen.

Nachdem Joleen herbeigerannt und ihren Onkel Bobby Tom begeistert begrüßt hatte, nahm Terry Jo Gracie mit in die Küche, damit sie ihr mit dem Holen des Bieres und der Kartoffelchips behilflich sein konnte. Gracie hatte weder auf das eine noch auf das andere Appetit, doch wollte sie Terry Jos Gastfreundschaft nicht enttäuschen. Bobby Toms Ring hatte sie in ihrem Pullover verschwinden lassen, wo er zwischen ihren Brüsten ruhte. Während sie sich in der Küche umsah, berührte sie ihn. Die Küche war ähnlich heruntergekommen und gewöhnlich wie das Wohnzimmer. Kinderzeichnungen wurden von Magneten mit Bibelversen an der Kühlschranktür fest gehalten, und ein Stapel alter Zeitungen lag neben dem Hundewassernapf auf dem Boden.

Terry Jo hielt die Kühlschranktür mit der Hüfte offen, während sie die Bierdosen herauskramte und sie Gracie reichte. »Vielleicht weißt du bereits, dass Buddys Vater der Bürgermeister Luther Baines ist. Ich soll dir ausrichten, dass man dich auf das Geburtshauskomitee gesetzt hat. Am Montagabend um sieben findet ein Treffen statt. Wenn du hier vorbeikommen und mich abholen möchtest, können wir zusammen gehen.«

Gracie sah sie entsetzt an, während sie die vier kalten Bierdosen an sich drückte. »Das Geburtshauskomitee?«

»Für das Himmelsfest.« Terry Jo schloss den Kühlschrank, fischte eine Tüte Chips vom Tisch und verteilte sie auf zwei blaue Plastikschalen. »Bobby Tom hat dir sicher schon erzählt, dass die Stadt sein Geburtshaus gekauft hat.

Es wird während des Festes eröffnet werden, doch brauchen wir noch jede Hilfe, um es auf Vordermann zu bringen.«

Gracie erinnerte sich daran, was Bobby Tom von der merkwürdigen Idee hielt, sein Jugenddomizil in eine Touristenattraktion zu verwandeln. »Ich weiß nicht recht, Terry Jo. Bobby Tom ist von dieser Idee nicht sonderlich begeistert.«

Terry Jo nahm zwei der Bierdosen und reichte Gracie eine Schale. »Er wird sich schon noch damit anfreunden. Und eines ist sicher, Bobby Tom weiß genau, was er dieser Stadt schuldet.«

Gracie fand eigentlich nicht, dass Bobby Tom der Stadt überhaupt etwas schuldete, doch da sie nicht von hier stammte, ging ihre Meinung mit denen der hier Ansässigen natürlich nicht konform.

Als die beiden Frauen ins Wohnzimmer zurückkehrten, stritten sich Buddy und Bobby Tom gerade über die Chancen der *Chicago Stars*, es noch einmal bis zum *Superbowl* zu bringen. Bobby Tom hatte die Beine überschlagen, der Cowboyhut aus Stroh ruhte auf seinen Knien. Gracie trat zum Sofa und reichte ihm ein Bier. Seine Finger berührten ihre, und sie fühlte ein Brennen bis zur Schulter. Er betrachtete sie mit seinen tiefblauen Augen, und ihr wurden die Knie weich.

Als sie die Schale mit den Kartoffelchips auf dem Tisch abstellte und sich neben ihn setzte, merkte sie, dass Buddy sie höchst interessiert fixierte. Sie spürte seinen Blick von ihren Brüsten ihre bloßen Beine hinunterwandern. Wenn Bobby Tom sie so ansah, bekam sie eine Gänsehaut, doch Buddys Interesse war ihr peinlich. Wenn sie gewusst hätte, dass sie diesen Besuch abstatten würden, hätte sie Bobby Toms Bitte abgeschlagen und einen Rock getragen.

Buddy nahm seiner Frau eine Dose Bier ab, lehnte sich auf dem Plastiksessel zurück und musterte Bobby Tom.

»Wie fühlst du dich denn, nachdem du nun diese Saison nicht mitspielst? Das ist doch das erste Mal in, sag, in wie vielen Jahren?«

»Dreizehn.«

»Das ist schon ziemlich schwer zu schlucken. Zwar hast du nicht wenige der Rekorde gebrochen, doch wenn du noch länger gespielt hättest, hättest du möglicherweise mehr von den wichtigeren Spielen für dich entscheiden können.«

Mit voller Absicht streute Buddy Salz in Bobby Toms Wunden. Gracie wartete darauf, dass Bobby Tom den Angriff mit einem seiner Scherze abwehren würde. Stattdessen zuckte er mit den Schultern und nippte an seinem Bier. Ihre Schutzinstinkte regten sich. In Gesellschaft seiner Jugendfreunde schien er so verletzlich.

Unwillkürlich beugte sie sich vor und streichelte Bobby Toms Schenkel durch seine Jeans. Die Muskeln unter ihrer Hand waren durchtrainiert und kräftig. »Die meisten Leute in dieser Stadt sind sicherlich dankbar, dass er hier einen Film dreht und nicht im Training ist. Windmill investiert eine Menge Geld in die örtliche Wirtschaft. Doch wem erzähle ich das, Buddy? Deine Werkstatt profitiert doch ebenfalls in vielerlei Hinsicht von Windmill, nicht wahr?«

Buddy errötete. Bobby Tom warf ihr einen wachsamen Blick zu. Wieder streichelte sie seinen Schenkel, als ob sie jedes Recht dazu besäße, welchen Körperteil auch immer von ihm zu streicheln. Terry Jo unterbrach die Stille mit einer Auflistung der Fortschritte der verschiedenen Himmelsfestkomitees. Schließlich verkündete sie, dass Gracie als Mitglied des Geburtshauskomitees ernannt worden war.

Bobby Tom kniff die Augen zusammen. »Ich habe Luther sehr deutlich gesagt, dass ich mit der Sache nichts zu tun haben möchte. Und Gracie auch nicht. Es ist eine verdammt idiotische Idee, und wer auch immer sie gehabt hat, sollte zum Psychiater gehen.«

»Es war Luthers Idee«, gab Buddy gekränkt zurück.

Bobby Tom hob seine Bierdose. »Ich sehe von der Anklage ab.«

Gracie erwartete eigentlich, dass Buddy jetzt seinen Vater verteidigen würde, doch er brummelte nur und nahm sich etliche Kartoffelchips. Mit vollem Mund wandte er sich Gracie zu.

»Die Stadt hat es ganz schön überrascht, die Neuigkeiten über euch beide. Denn eigentlich bist du nicht Bobby Toms Typ.«

»Danke«, erwiderte Gracie höflich.

Bobby Tom lachte.

Buddy musterte sie noch einmal aufs Genaueste, dann wandte er sich Bobby Tom zu. »Wie steht denn Suzy zu deiner Verlobung? Oder ist sie zu beschäftigt mit ihrem neuen Freund, um euch überhaupt noch irgendwelche Aufmerksamkeit zu widmen?«

»Sei ruhig, Buddy!«, mahnte Terry Jo. »Ich verstehe gar nicht, was heute Abend in dich gefahren ist, weswegen du so gemein bist. Es besteht überhaupt kein Grund, dieses Thema anzuschneiden. Vermutlich handelt es sich nur um ein Gerücht.«

»Welches Thema?«, hakte Bobby Tom nach. »Wovon sprecht ihr?«

Buddy stopfte sich noch eine Hand voll Kartoffelchips in den Mund. »Sag du es ihm, Terry Jo. Mir würde er es nicht glauben.«

Terry Jos Bierdose klapperte gegen ihren Ehering, als sie sie zwischen den Händen rollte. »Es ist nur so ein Gerücht. Vermutlich ist nichts dran.«

»Wenn es irgendetwas mit meiner Mutter zu tun hat, würde ich gerne Bescheid wissen.«

»Nun ja, Angie Cotter sprach mit Nelly Romero. Du weißt ja, wie sie ist. Sie könnte auch dann nichts für sich behalten, wenn ihr Leben davon abhinge. Doch die Hälfte von dem, was sie herumerzählt, entbehrt jeder Grundlage. Vor ein paar Wochen hat sie mich mit Buddys T-Shirt zur Bäckerei gehen sehen. Dann hat sie herumerzählt, ich sei wieder schwanger. So ähnlich wird es sich auch hier verhalten.«

Bobby Tom lauschte ihr aufmerksam. »Sag mir, was sie herumerzählt.«

»Es wird gemunkelt, dass Suzy sich mit Way Sawyer trifft.«

»Wie bitte?« Bobby Tom lachte. »Diese Stadt ist einfach unglaublich. Manche Dinge ändern sich hier nie.«

»Siehst du, Buddy, ich habe dir ja gleich gesagt, dass es eine Lüge ist.«

Buddy beugte sich auf seinem Sessel vor. »Angie behauptet, sie habe Way Sawyers Chauffeur gesehen, wie er Suzy vor ein paar Wochen von zu Hause abgeholt hat. Wenn sich das als wahr entpuppen sollte, wird deine Mutter in dieser Stadt keine Freunde mehr finden.«

»Mich schon«, konterte Terry Jo. »Ich mag Suzy sehr gerne, und ich werde auf ihrer Seite sein, ganz gleich, was vorgefallen ist.«

Jetzt erst erinnerte sich Gracie daran, dass sie ihre Begegnung mit Way Sawyer auf der Straße Bobby Tom gegenüber nicht erwähnt hatte. Doch momentan schien das nicht der richtige Zeitpunkt dafür zu sein. Sie hatte Herrn Sawyer gemocht. Nicht jeder hätte angehalten, um zu sehen, ob sie Hilfe brauchte. Es war ihr unbehaglich, wie über ihn geredet wurde.

Bobby Tom streckte seinen Arm auf dem Sofarücken aus und berührte Gracies Schultern, dann ließ er seinen Daumen in den Ausschnitt ihres Pullovers gleiten und strich über ihr Schlüsselbein. Ein Schauer fuhr über ihre Brüste und sie befürchtete, etwas sehr Peinliches könnte gleich mit ihren Knospen passieren. Etwas, was das enge Material ihres Pullovers jedem nur überdeutlich gezeigt hätte. Sie errötete.

Bobby Tom fuhr mit dem Streicheln fort. »Ganz sicher würde sie deine Solidarität sehr zu schätzen wissen, Terry Jo, doch ich glaube kaum, dass sie notwendig sein wird. Mama liebt diese Stadt, und ich kann euch verdammt noch mal garantieren, dass sie sich noch nicht einmal vorstellen könnte, mit diesem Mistkerl zu verkehren.«

»Das habe ich auch allen gesagt«, bestätigte Terry Jo. »Wirklich, Bobby Tom, ich habe keine Ahnung, wie wir nach der Schließung von Rosatech hier weiter existieren sollen. Die Stadt steht auch so schon nicht sonderlich gut. Wenn das Himmelsfest uns nicht endlich im Tourismus etabliert, können wir die Stadt eigentlich dichtmachen.«

Buddy nahm sich den letzten Kartoffelchip. »Luther meint, Michael Jordan wird ganz sicher zum Prominentengolfturnier erscheinen.«

Bobby Tom wirkte etwas zerstreut. Gracie schloss daraus, dass er die Sportler nicht, wie versprochen, eingeladen hatte. Da nur sehr wenige Dinge seiner Aufmerksamkeit entgingen, wusste sie, dass dies nicht aus Versehen geschehen war. Erfolglos versuchte sie, sich dem wunderbaren Streicheln ihres Halses zu entziehen.

»Sicher ist es nicht«, sagte er. »Lediglich ziemlich sicher.«

»Falls Jordan kommen sollte, wird es eine Menge Touristen anziehen. Wie viele von den *Cowboys* hast du außer Aikman mobilisieren können?«

»Wir warten immer noch auf die endgültige Auszählung.« Bobby Tom zog seine Hand von ihrem Nacken zurück und setzte seinen Hut auf. Als er sich erhob, zog er sie mit sich hoch. »Gracie und ich müssen jetzt gehen. Ich habe ihr versprochen, dass wir uns heute Abend Namen für unsere Kinder ausdenken. Im Augenblick möchte sie, dass unser erster Junge Aloysius heißt, aber dem kann ich auf keinen Fall zustimmen.«

Fast hätte sich Gracie an dem einzigen Kartoffelchip verschluckt, der ihr vergönnt gewesen war.

Terry Jo versuchte, freundschaftlich-versöhnlich Bobby Tom einzureden, Aloysius sei doch ein recht netter Name. Anstandshalber musste sich Gracie nun wiederum bei ihr bedanken, was Bobby Tom amüsierte. Er tätschelte ihren Hintern, und sie errötete erneut. Seine Hand zog er jedoch nicht zurück, und sie brachte es kaum über sich, sich zu verabschieden. Das spärliche Abendessen war in ihrem Magen zu einem riesigen Klumpen mutiert.

Während er aus der Ausfahrt rückwärts auf die Hauptstraße bog, schwiegen sie beide. Sie rang mit ihren Händen im Schoß. Sekunden verstrichen. Er begann, am Radiosender herumzufummeln.

»Hast du Lust auf etwas Country oder Rock? Oder hörst du lieber klassische Musik?«

»Ist mir egal.«

»Du klingst ein wenig angespannt, ist irgendetwas nicht in Ordnung?«

Seine Nachfrage klang so unschuldig, so ganz ohne jeden Sarkasmus, dass ihr sofort klar war, dass er sie absichtlich provozierte. Sie biss die Zähne aufeinander. »Klassische Musik wäre mir recht.«

»Tut mir Leid, den Sender bekomme ich heute Abend nicht so gut rein.«

Jetzt konnte sie sich nicht mehr beherrschen. Sie ballte ihre Hände zu Fäusten und schrie ihn an: »Was in aller Welt hast du eigentlich mit mir vor? Willst du mich verrückt machen? Ach, egal. Die Frage brauchst du gar nicht erst beantworten. Aber bring mich jetzt nach Hause, und zwar sofort!«

Er lächelte sie zufrieden an, als ob sie etwas getan hätte, was ihm enorm schmeichelte. »Mein Gott, Gracie, heute

Abend bist du ein richtiges Nervenbündel. Liebling, Schmerzen sind nicht mit von der Partie, falls du dir deswegen Sorgen gemacht hast. Ich bin zwar kein Gynäkologe, aber du bist jetzt dreißig Jahre alt. Was auch immer für eine Barriere dort existiert haben mochte, als du noch jünger warst, jetzt wird sie sich allein schon durch das Alter in Luft aufgelöst haben.«

»*Das reicht*! Lass mich sofort aussteigen! Ich ertrage dich keine Minute mehr!« Obwohl sie eigentlich nie ein Schreihals gewesen war, erleichterte sie es doch so sehr, ihn anzukreischen, dass sie gleich noch weiter brüllte. »Du hältst dich vielleicht für amüsant, du bist es aber nicht! Und sexy bist du auch nicht, ganz gleich, was dir diese Frauen erzählen. Mitleid erregend bist du, das ist es. Hässlich und dumm und Mitleid erregend!«

Er lachte leise. »Wusste ich es doch, dass wir heute Abend eine schöne Zeit miteinander verbringen werden.«

Sie stützte die Ellenbogen auf ihre nackten Knie und verbarg das Gesicht in den Händen. Ihre Schultern fielen vor.

Er griff unter ihren Pullover und streichelte ihren Rücken. »Ist schon gut, Liebling, ein Teil des Vergnügens besteht in der Erwartung.« Er ließ seine Fingerkuppen über ihre Wirbelsäule fahren.

»Ich will aber nicht mehr warten«, stöhnte sie. »Ich will jetzt anfangen, damit wir es endlich hinter uns bringen können.«

»Aber Liebling, wir haben doch vor ein paar Stunden schon angefangen. Ist dir das denn gar nicht aufgefallen? Nur, weil wir immer noch unsere Kleidung am Leib tragen, heißt das ja noch lange nicht, dass wir nicht sofort damit angefangen haben, als du heute Abend in mein Auto gestiegen bist.« Er zeichnete kleine Kreise auf ihren Rücken.

Sie wandte sich ihm zu. Er zog seine Hand unter ihrem Pullover vor und lächelte sie an. Sie glaubte, so etwas wie

Zärtlichkeit in seinem Blick zu erkennen, doch vermutlich bildete sie sich das lediglich ein. Das Auto begann zu holpern, und sie richtete sich auf.

»Wo sind wir denn?«

»Am Fluss, ganz wie ich es dir versprochen habe. So richtig wie in der Schulzeit. Wir gehen diese Sache Schrittchen für Schrittchen an, Liebling. Du sollst nicht denken, dass wir irgendetwas auslassen. Wenn ich wirklich strikt gewesen wäre, hätten wir in der *Dairy Queen* angehalten und uns ein Eis genehmigt. Aber ehrlich gesagt glaube ich, dass ich meine Hände nicht mehr lange von dir fern halten kann.«

Er hielt das Auto an, stellte den Motor und das Abblendlicht ab und kurbelte das Fenster herunter. Die kühle nächtliche Brise drang zu ihnen herein, und sie hörte das Rauschen des Wassers. Durch die Windschutzscheibe hindurch sah sie den Widerschein des Mondlichtes auf den Blättern der Nuss- und Zypressenbäume, die das Ufer säumten.

Sie schluckte. »Werden wir … du weißt schon. Hier? Im Auto?«

»Soll ich dir etwa einen Zeitplan liefern?«

»Nun, ich …«

Er lächelte und zog seinen Hut ab. »Komm hierher, Gracie Snow. Und zwar jetzt, sofort.«

15

Gracie ließ sich mit einer Leichtigkeit in Bobbys Arme sinken, als ob sie ihr ganzes Leben niemals etwas anderes getan hätte. Er nahm sie unter sein Kinn und fuhr mit den Händen unter ihren Pullover. Ein Ohr hatte sie gegen seine Brust gepresst und konnte den kräftigen, gleichmäßigen Herzschlag hören.

Während er mit dem Daumen ihren Rücken streichelte, fuhr er ihr mit der anderen Hand über die Haare. »Gracie, Liebling, du weißt doch, dass dies nicht für die Ewigkeit ist, nicht wahr?« Seine Stimme war zärtlich und ernster, als sie sie jemals zuvor gehört hatte. »Du bist mir eine gute Freundin, und ich würde dir nie und nimmer wehtun wollen. Aber ich gehöre einfach nicht zu jenen, die sich fest binden können. Es ist nicht zu spät, falls du jetzt deine Meinung ändern möchtest und meinst, eine vorübergehende Angelegenheit nicht ertragen zu können.«

Sie hatte von Anfang an gewusst, dass diese Sache nicht für die Ewigkeit sein würde. Doch dass er bindungsscheu war, das nahm sie ihm nicht ab. Er wollte sich lediglich nicht an eine so durchschnittliche Frau wie sie binden. Er war aufregende Blondinen und faszinierende Rotschöpfe gewohnt, Frauen, die aus dem Training ihres Körpers eine Karriere zauberten und sich die Brüste vergrößern ließen. Schönheits- und Rodeoköniginnen und Fotomodelle, die man nie anders als lächeln sah. Seine zukünftige Frau würde jemand aus dieser Gruppe sein. Gracie hoffte sehr, dass sie auch etwas Verstand besitzen würde, sonst könnte er nie mit ihr glücklich werden.

Während sie seinen Duft einatmete, fuhr sie die Umrisse des verblichenen L auf seinem alten Schul-T-Shirt mit der Fingerspitze nach. »Es ist schon in Ordnung. Ich erwarte nicht, mit dir bis an mein Lebensende glücklich zusammen zu leben.« Sie hob ihr Gesicht und betrachtete ihn. »Ich will überhaupt nichts von dir.«

Von ihrer Aussage verwirrt hob er eine Augenbraue.

»Das meine ich wahrhaftig. Ich will weder Kleidung noch Geld noch dein Autogramm für irgendeinen meiner Verwandten. Ich werde deine Geschichte nicht an die Boulevardpresse verkaufen oder von deinen Geschäftskontakten profitieren. Wenn der Film im Kasten ist, gebe ich dir deinen

Superbowlring und die Schlüssel für den Wagen zurück. Ich werde nichts, überhaupt nichts von dir nehmen.«

Er hielt die Augen geschlossen, sein Gesichtsausdruck war undurchdringlich. »Ich weiß gar nicht, warum du all das sagst.«

»Und ob du das weißt! Die Leute wollen ständig irgendwas von dir, doch zu denen gehöre ich nicht.« Sie hob die Hand und fuhr mit den Fingern über seine Kinnlinie. Dann nahm sie seinen Stetson ab und ließ ihn hinter den Sitz fallen. »Bobby Tom, zeig mir, wie ich dir Vergnügen bereiten kann.«

An seinen fest geschlossenen Augen glaubte sie einen Augenblick lang ein Zittern zu fühlen, doch als er sie öffnete, sah sie den gewohnten Schalk dort lauern.

»Hast du heute Abend deine tolle Unterwäsche an?«

»Ja.«

»Das ist schon mal ein guter Anfang.«

Sie benetzte sich die Lippen, als sie sich plötzlich daran erinnerte, dass sie etwas sehr Wichtiges vergessen hatte. Sie wollte ganz sachlich klingen und räusperte sich. »Ich … das solltest du vermutlich wissen, bevor wir weiter voranschreiten … ich nehme die Pille«, presste sie hervor.

»Tatsächlich?«

»Vor meiner Abreise von New Grundy habe ich mir vorgenommen, einen vollkommen neuen Anfang zu machen. Ich musste darauf vorbereitet sein, keine … neuen Erfahrungen ungenutzt verstreichen zu lassen.« Ihre Augen waren auf das L auf seinem T-Shirt gerichtet. »Doch obwohl ich mich gut vorbereitet habe, weiß ich auch, dass du bisher ein sehr aktives Leben gelebt hast.« Wieder räusperte sie sich. »Im sexuellen Sinne.« Sie hielt inne. »Also nehme ich an, dass du … wohl ein Kondom benutzen wirst.«

Er lächelte. »Ich weiß, dass dir diese Unterhaltung nicht leicht fällt. Doch du hast Recht damit, das Thema anzuschneiden. Das solltest du auch immer tun, wenn du mit deinen zukünftigen Liebhabern zusammen bist.« Ein Schatten fiel über sein Gesicht und die Muskeln um seinen Mund spannten sich an. Dann strich er mit seinem Handknöchel über ihre Wange. »Und jetzt sage ich dir mal etwas. Obwohl es die Wahrheit ist, wirst du mir wohl keine Sekunde lang Glauben schenken, denn Männer mögen Kondome nicht und würden das Blaue vom Himmel herunterlügen, um sie zu vermeiden. Tatsache ist, Liebling, dass ich absolut gesund und sauber bin. Ich habe die Ergebnisse der Blutuntersuchungen, um es zu beweisen. Selbst vor diesen ganzen Vaterschaftsklagen war ich in meinen Beziehungen mit dem anderen Geschlecht sehr vorsichtig.«

»Ich glaube dir.«

Er seufzte. »Was soll ich nur mit dir anstellen? Du weißt doch ganz genau, dass ich öfter lüge als Pinocchio. Ich bin der Allerletzte, dem du in einer solch wichtigen Angelegenheit Glauben schenken solltest.«

»Du bist der Erste, dem ich das glauben würde. Ich kenne niemanden, der Menschen so ungern verletzt wie du. Das ist schon ironisch, findest du nicht, wenn man bedenkt, auf wie viel Brutalität dein Einkommen basiert.«

»Gracie?«

»Ja?«

»Ich trage keine Unterhose.«

Sie sah ihn sprachlos an.

Er grinste und küsste sie auf die Nasenspitze. Langsam erlosch sein Lächeln, und ein Schatten fiel über seine Augen. Er glitt hinter dem Lenkrad hervor auf ihre Seite des Sitzes, nahm ihr Gesicht zwischen seine Hände und küsste sie.

Sowie sich ihre Lippen berührten, hatte sie das Gefühl, ihr ganzer Körper würde mit neuem Leben erfüllt. Seine Lippen an ihren waren warm und sanft, und sie öffnete sich ihm. Seine Zungenspitze glitt zwischen ihre Lippen und sie genoss die Intimität, einen Teil von ihm in ihren Körper aufzunehmen. Sie schlang ihre Arme um seinen kräftigen Hals und suchte mit ihrer Zunge die seine. Ihr Pullover zog sich etwas nach oben und seine Hände glitten darunter, bis etwas über ihre Taille. Als ihr Kuss heftiger wurde, fühlte sie die Hitze seines Körpers durch sein T-Shirt. Sie krallte ihre Finger in seine Schultern und nahm seine Zunge noch tiefer auf. Der Rest der Welt schien zu versinken, nur dieses eine Gefühl existierte. Ihre Lungen brannten, als sie merkte, dass sie zu atmen vergessen hatte. Sie zuckte zurück und rang nach Luft. Er vergrub seine Lippen im V-Ausschnitt ihres Pullovers und knabberte an dem zarten Schlüsselbein.

»Bobby Tom!«, keuchte sie.

»Ja, Liebling?« Sein Atem schien noch erregter als der ihre.

»Können wir es jetzt tun?«

»Nein, Liebling. Du bist noch lange nicht so weit.«

»Oh, doch, doch. Ich bin es wirklich.«

Er lachte, dann stöhnte er auf, als seine Daumen ihre Rippen streichelten. »Dies ist nur zum Aufwärmen. Komm her. Komm näher.« Er hob sie hoch, sodass sie auf seinem Schoß saß.

Als sie sich auf ihn setzte, fühlte sie ihn hart und fest und versuchte, durch seine Jeans und ihre Shorts hindurch sich an ihn zu pressen. »Habe ich dir das angetan?«, flüsterte sie dicht an seinen Lippen.

»So ungefähr vor drei Stunden«, murmelte er.

Zufrieden erschaudernd ließ sie sich auf ihm nieder, presste ihre Hüften an ihn und küsste ihn.

»Hör auf«, stöhnte er.

»Du warst doch derjenige, der noch ein wenig Spielchen spielen wollte«, wisperte sie dicht an seinen Lippen.

»Manchmal bin ich einfach ein zu großer Klugscheißer. Himmel, mach das nicht!«

»Was denn?« Wieder presste sie ihre Hüften an ihn, denn sie wollte keinerlei Abstand mehr zwischen ihnen.

Er ergriff den Saum ihres Tops und schob ihn nach oben, wobei er ihren BH gleich mitnahm. Er drückte sie zurück, bis ihre Schultern auf dem Armaturenbrett ruhten und entblößte ihre Brüste.

Sie stieß einen Schrei aus, als er einen Busen berührte und die Knospe zwischen die Lippen nahm. Während er an ihr saugte, krallte sie ihre Finger in seine Schultern. Ihre Position – auf seinem Schoß, im Rücken das Armaturenbrett – war zwar merkwürdig, doch ihr Körper schien ihr nicht länger zu gehören und das ungewohnte Spreizen ihrer Schenkel erregte sie nur noch mehr. Sie fühlte das heiße Saugen seiner Lippen, ein Pulsieren zwischen den Beinen, und das feuchte, dünne und abgetragene T-Shirt unter ihrer Hand. Er ließ seine Hände unter ihre Schenkel gleiten und seine Daumen wanderten unter den Saum ihrer Shorts.

Sie setzte sich auf, griff nach seinem T-Shirt und zerrte es aus seinen Jeans, dann fummelte sie zwischen ihren Körpern nach dem Reißverschluss. Er gab nach und sie öffnete ihn. Ihren eigenen hatte sie bereits geöffnet und bevor sie sich versah, hatte er ihre Shorts so weit abgestreift, dass erst ihre gespreizten Schenkel sie aufhielten.

Ihr jagender Atem erfüllte das Auto. Sie zog ein Bein über seinen Schenkel zurück, bis sie auf dem Sitz neben ihm kniete und so mit beiden Händen an seinem Reißverschluss hantieren konnte. Er streifte sich das T-Shirt über den Kopf, wobei er aus Versehen das Lenkrad berührte und die Hupe auslöste. Er fluchte, während sie mit den Lippen eine seiner Brustwarzen suchte und weiterhin mit dem widerspenstigen Reißverschluss kämpfte.

Die harte Knospe bohrte sich schier in ihre Zunge. Sie rieb daran, ganz wie er es bei ihr auch getan hatte, und fühlte, wie sein Körper erstarrte.

Der Reißverschluss gab nach.

Er drückte sie gerade so lange ein wenig von sich, um ihr das Oberteil über den Kopf zu ziehen und es hinter sich auf den Sitz zu werfen. Ihr BH folgte, und sie kniete wie eine elfenhafte Schlampe neben ihm, die Haare durcheinander, einen Superbowlring zwischen ihren nackten Brüsten und die losen Shorts auf den Hüften.

Sie musterte seinen geöffneten Reißverschluss. »Es ist zu dunkel«, flüsterte sie. »Ich kann dich nicht sehen.« Sie berührte seinen Bauchnabel mit der Fingerspitze.

»Möchtest du mich denn sehen?«

»O ja.«

»Gracie ...« Er schien mit dem Atmen Mühe zu haben. »Das hier war mir als eine gute Idee erschienen, doch die Dinge entwickeln sich etwas schneller, als ich es erwartet habe. Dieses Auto ist einfach viel zu klein.« Er drehte den Schlüssel herum und legte den ersten Gang so abrupt ein, dass sie gegen die Tür fiel. Kies spritzte auf, als er zunächst rückwärts fuhr und dann wendete. Der Wagen holperte über den harten Boden auf die Hauptstraße zu. Sie tastete auf dem Rücksitz nach ihrem Oberteil. Er hielt ihren Arm fest, bevor sie es erreicht hatte. »Komm zu mir.« Ohne ihre Zustimmung abzuwarten, zog er sie nach unten, bis sie auf dem Rücken lag und ihr Kopf auf seinem Schenkel ruhte. Er fuhr viel zu schnell und begann, mit seiner freien Hand ihre Brüste zu liebkosen.

Der Wagen brauste durch die Nacht, während seine Finger sie streichelten. Durch die Windschutzscheibe konnte sie den Himmel und die Baumspitzen vorbeifliegen sehen. Sie hatte das Gefühl, am Rande von irgendetwas Unerklärlichem zu stehen. Als sie seine süße Tortur nicht länger ertragen konnte, drehte sie sich zu ihm um.

Der Wagen raste die dunkle Straße hinunter, und sein offener Reißverschluss kratzte an ihrer Wange. Sie presste ihre

Lippen gegen seinen harten, flachen Bauch und fühlte, wie sich dort jeder Muskel zusammenzog. Er stöhnte und hob ihren oberen Schenkel hoch. Seine Handfläche erfasste sie durch die Shorts hindurch. Seine Hand begann sich zu bewegen. Sie hatte das Gefühl zu fliegen.

»Nein, das wirst du jetzt nicht«, flüsterte er und zog seine Hand zurück. »Diesmal nicht. Nicht, bis ich in dir bin.«

Als er in die Auffahrt einbog, die zu seinem Haus führte, wurde sie auf die eine Ecke ihres Sitzes geworfen. Er machte eine Vollbremsung. In Sekundenschnelle hatte er den Motor ausgestellt und sprang aus dem Auto.

Sie suchte immer noch nach ihrem Pullover auf dem Rücksitz, als er die Tür öffnete. »Den brauchst du jetzt nicht.« Er fasste sie an der Hand und zog sie aus dem Auto.

Obwohl das Haus etwas abseits lag und der Garten vollkommen leer war, presste sie ihre Hände über die Brüste, während er sie über den Rasen zerrte. In dem Licht der einzelnen Glühbirne, die von der Veranda her leuchtete, konnte sie sein Grinsen und seine Umrisse erkennen. Plötzlich dachte sie, dass er mit seiner nackten Brust und den aufgezogenen Jeans ganz dem Bobby Tom ähnelte, den er während seiner ersten paar Drehtage abgegeben hatte. Das Dröhnen seiner Stiefel auf den Holzbohlen der Veranda übertönte das viel leisere Klappern ihrer Sandalen. Er steckte den Schlüssel ins Schloss. Als die Tür sich öffnete, dirigierte er sie nicht allzu behutsam ins Haus.

Mit einer Heftigkeit, die sie sowohl erregte als auch beängstigte, schubste er sie in sein Schlafzimmer. Sie liebte das Gefühl, dass er sie begehrte, doch war sie sich nicht sicher, ob sie ihn würde befriedigen können. Was körperliche Dinge betraf, war sie von jeher schon etwas ungeschickt gewesen, und das hier war ja nun das Körperlichste überhaupt. Ihr Blick heftete sich auf das Schneewittchenbett, das das Zimmer dominierte. Sie schluckte.

»Jetzt ist es für einen Rückzieher zu spät, Liebling. Ich fürchte, diesen Zeitpunkt haben wir bereits vor zwei Wochen verpasst.« Er setzte sich auf das Bett und zog sich Stiefel und Socken aus. Sein Blick wanderte auf die weiße Spitze ihres Höschens, das aus dem offenen Reißverschluss ihrer Shorts hervorlugte.

In der weiblich gehaltenen Einrichtung des Schlafzimmers voller Rüschen hätte er eigentlich weniger einschüchternd wirken müssen, doch stattdessen wirkte er so kräftig und so männlich wie nie zuvor. Ihre sexuelle Erregung machte der Angst Platz. Sie starrte ihn an und fragte sich, wie sie sich selbst nur hatte in eine solche Situation bringen können. Wie hatte es kommen können, dass sie sich gleich einem texanischen Playboy und Multimillionär anbieten würde, der von den schönsten und attraktivsten Frauen der Welt begehrt wurde?

Doch dann lächelte er sie an. Ihre Zweifel lösten sich in Luft auf, als sich ihr Herz mit Liebe füllte. Sie gab sich ihm hin, weil sie es so wollte. Sie würde eine Erinnerung mitnehmen, die sie für den Rest des Lebens begleiten würde. Er streckte seine Hand aus, und sie trat auf ihn zu.

Die Finger, die sich um ihre legten, waren kräftig und beschwichtigend. »Es ist schon gut, Liebling.«

»Ich weiß.«

»Wirklich?« Er nahm sie bei den Hüften und stellte sie zwischen seine gespreizten Schenkel.

»Aber sicher. Du hast mir doch ständig gesagt, du würdest nie etwas anfassen, was du nicht wirklich gut kannst.«

»Wohl wahr, Liebling. Du allerdings bist eine echte Herausforderung.« Er berührte mit den Lippen ihre Brüste und zog ihr gleichzeitig Shorts und Höschen herunter. Sie legte eine Hand auf seine Schulter und trat aus dem Spitzenhäufchen heraus, froh, sie los zu sein. Sie fühlte sich wie ein Schmetterling, der sich endlich von dem Kokon befreit hatte, der ihn schon viel zu lange gefangen hielt. Sein Blick wanderte zu den kupferfarbenen Locken zwischen ihren Beinen. Sie umfasste so gut es ging mit einer Hand seinen Oberarm und zerrte an ihm, bis er aufstand.

Als er auf den Füßen stand, ließ sie ihre Finger zum Bund seiner Jeans wandern, die bereits auf seine Hüften herabgerutscht waren. Er hatte tatsächlich nicht gescherzt mit der Behauptung, er trage keine Unterhose. Ihre Hände zitterten, und sie zögerte.

Er umfasste ihren Hinterkopf und wickelte zärtlich ein paar ihrer Locken um die Finger. »Mach nur weiter, Liebling. So ist es gut.«

Ihr Mund wurde trocken, als sie langsam die weiche Jeanshose herunterzog. Den Blick auf den Boden geheftet kniete sie sich hin. Unendlich langsam ließ sie die Jeans erst über seine Hüften, dann über seine kräftigen Schenkel bis hin zu den Knöcheln gleiten. Er stieß die Hose zur Seite. Erwartungsvoll setzte sie sich zurück auf die Füße.

Langsam schweifte ihr Blick erst zu der Narbe an seinem Knie und hielt an seinen Hüften inne. »Oh, mein …«

Sie hatte nicht erwartet, dass er derart eindrucksvoll, ja derart beherrschend sein würde. Ihre Lippen öffneten sich, doch konnte sie den Blick nicht abwenden. Es war großartig, noch beeindruckender, als sie es sich vorgestellt hatte. Es war schier unglaublich, etwas zu besitzen, das derart forsch hervorstach. Sie runzelte die Stirn, verbot es sich jedoch, sich über die schiere Größe Sorgen zu machen. Irgendwie würde sie sich schon anzupassen wissen.

»Dies wird ein Desaster«, murmelte er.

Ihr Kopf schoss hoch, und sie blickte ihn entsetzt an. Dann errötete sie und sprang entsetzt auf. »Tut mir Leid! Ich wollte dich nicht so anstarren. Ich …«

»Nicht doch, Liebling!« Er nahm sie in die Arme und lachte. »Es ist doch nicht wegen dir. Du liegst vollkommen richtig. Ich bin es. Du machst mich vollkommen verrückt, wenn du mich so ansiehst. So laufen wir Gefahr, dass die ganze Sache in weniger als zehn Minuten vorüber ist.«

Sie war so erleichtert darüber, nichts falsch gemacht zu haben, dass sie lachen musste. »Dann müssten wir einfach wieder von vorne anfangen, nicht wahr?«

»Gracie Snow, du verwandelst dich unmittelbar vor meinen Augen in eine Schlampe.« Er streifte ihr die goldene Kette des Superbowlrings über den Kopf. »Heute ist meine Glücksnacht.«

Wieder küsste er sie. Seine Hände waren überall an ihrem Körper, kneteten ihren Po und drückten sie an ihn. Sie genoss das Gefühl seiner nackten Haut an ihrer. Sie schlang die Arme um seinen Hals und verhedderte sich in dem Wasserfall der Rüschen, die vom Bett herabfielen. Er befreite sie, schlug das Bett zurück und legte sie auf das Schneewittchenbett. Doch war er kein Märchenprinz, der lediglich keusche Küsse anzubieten hatte.

Sie versank in seinem Blick und öffnete langsam die Beine. Eine tiefe Zufriedenheit stieg in ihr auf. Lächelnd legte er sich neben sie auf das Bett und legte seine flache Hand auf ihren Bauch. »Du bist unglaublich, Liebling.«

Er beugte den Kopf und küsste sie erneut, während seine Finger durch ihre weichen Locken wanderten und dann den Umweg zu ihren Schenkelinnenseiten machten. Sein Streicheln war wie eine Folter, er kam näher und näher, doch berührte er sie nicht.

Fast verrückt bäumte sie sich seiner Hand entgegen, jeder ihrer Muskeln war angespannt. »Bitte!«, keuchte sie dicht an seinen Lippen. »Bitte, hör jetzt nicht auf.«

»Das tue ich auch nicht, Liebling. Glaub mir, das habe ich nicht vor.«

Er spreizte ihre Beine. Sie seufzte auf, als er sie mit den Fingerspitzen zwischen den Beinen berührte. Ihr ganzer

Körper begann zu zittern. Er ließ einen Finger in sie gleiten. Ohne weitere Vorwarnung entlud sich ihr Höhepunkt in einem lauten Aufschrei.

Er hielt sie fest umarmt. Nachdem sie sich beruhigt hatte und ihn immer noch steif gegen ihre Hüfte gepresst fühlte, kämpfte sie mit den Tränen. Sie hatte geben wollen, doch nichts weiter getan, als zu nehmen.

»Ich … ich habe alles ruiniert. Es tut mir so … so Leid. Ich wusste, dass ich die Sache vermasseln würde.« Sie unterdrückte ein Schluchzen. »Ich wollte … perfekt sein. Aber ich war noch nie gut mit diesen kör … körperlichen Dingen. Niemand wollte mich jemals in seiner Gruppe beim Turnen haben, und jetzt weißt du auch, weswegen. Ich bin fertig und du … du noch nicht. Ich habe alles ruiniert.« Sie war von ihrem vorzeitigen Orgasmus derart entsetzt, dass sie kaum seine Lippen an ihren Schläfen spürte.

»Niemand kann auf allen Gebieten wirklich gut sein.« Seine Stimme klang merkwürdig, fast erstickt.

»Aber ich wollte doch unbedingt … gerade in *dieser* Sache gut sein!«

»Das verstehe ich.« Er legte sich auf sie und spreizte ihre Beine mit seinen. »Manchmal muss man einfach die eigenen Fehler akzeptieren lernen. Ein bisschen weiter, Liebling.«

Das war das Mindeste, was sie für ihn tun konnte.

Wieder spürte sie seine Hand an ihren Schenkeln, dann drang er mit einem Finger in sie ein. Er stöhnte. »Du bist so eng gebaut.«

»Tut mir Leid. Das ist, weil ich nie …« Sie keuchte, als er sie langsam und rhythmisch zu streicheln begann und ein Feuerwerk der Gefühle in ihr auslöste. Er berührte sie überall, seine geschickten, forschenden Finger formten intime, weiche Muster.

»Bobby Tom?« Sie flüsterte seinen Namen, als ob es eine Frage wäre.

»Hör auf, dich zu entschuldigen, Liebling. Du kannst nichts dafür, dass du versagt hast.«

Trotz ihrer Erregung spürte sie, dass er an ihrer feuchten Wange lächelte. Doch bevor sie den Grund dafür herausfinden konnte, spürte sie etwas Hartes an dem engen Eingang ihres Körpers. Ihre Hände krallten sich in seine Schultern, als eine Schockwelle der Wonne ihren Körper überflutete. »Oh …«

Langsam drang er in sie ein, weitete sie Stückchen für Stückchen und gab ihr Gelegenheit, sich seiner Größe anzupassen. Sie spürte seine Zurückhaltung, denn seine Muskeln waren angespannt. Doch sie wollte keine Zurückhaltung. Sie hatte ihr Leben lang genau hierauf gewartet.

»Beeil dich«, keuchte sie. »Bitte, beeil dich.«

»Ich will dir nicht wehtun, Liebling.« Seine Stimme klang gepresst, als ob er gerade Gewichte heben würde.

»Bitte. Halt dich nicht länger zurück.«

»Du weißt nicht, was du sagst.«

»Oh, doch, ich möchte alles.«

Zitternd stieß er ganz in sie ein. Ein Entzücken erfasste ihren ganzen Körper wie ein Jubelschrei. Sie hob die Hüften und schlang die Beine um seine. Er legte seine Hände unter sie und hob sie etwas an, um noch tiefer in sie einzudringen. Sie staunte über ihre Fähigkeit, sein Gewicht ertragen und sein Geschlecht aufnehmen zu können und seufzte erfreut auf, dass ihr Körper in der Lage war, ihn ganz in sich aufzunehmen.

Sein Atem war ein raues Keuchen in ihrem Ohr, und sie bewegte sich mit ihm, als ob sie in ihrem Leben noch nie etwas anderes getan hätte. Die Gefühle, die sie überfluteten, waren heftiger als alles, was sie sich vorgestellt hatte. Es war wie ein Gewitter, wie ein Donner. Er entführte sie höher und höher in die Wolken, einem geheimnisvollen Ort zu, wo lediglich die Ekstase ihr Zuhause hatte. Die Feuchte ihrer Körper mischte sich mit ihren Schreien, bis auch sie Teil dieser Wolken waren. Einen Augenblick verharrten sie dort, schwebend. Und dann ergossen sie sich gemeinsam in einem warmen Schauer silbernen Regens.

Es konnten Minuten oder sogar Stunden gewesen sein, ehe sie auf dem Boden aufschlug. Die Welt rückte ganz allmählich und bruchstückhaft näher: die kühle Brise auf ihrem Arm, in der Entfernung ein Flugzeuggeräusch. Sein Körper auf ihrem fühlte sich schwer an. Sie liebte dieses Gefühl und empfand es als schmerzlichen Verlust, als er sich ihr langsam entzog.

Er rollte auf den Bauch, das Gesicht ihr zugewandt, und legte seinen Arm unmittelbar unter ihren Busen. Dann fiel er in einen leichten Schlummer. Auf dem Rücken liegend, musterte sie ihn und merkte sich jedes Detail seines Gesichtes: die sinnliche Unterlippe, die Art und Weise, wie seine langen Wimpern auf den Wangen lagen, die gerade, kräftige Nase und die feuchten, blonden Locken an seinen Schläfen. Seine Haut schimmerte im warmen Licht der Lampe golden. Er war so schön, dass es ihr den Atem verschlug.

Freude durchfuhr sie. Sie wollte tanzen, sie wollte auf das Dach klettern und laut jubilieren. Noch nie zuvor hatte sie eine solche Kraft verspürt.

»Bobby Tom?«

»Hmm …«

»Könntest du deine Augen öffnen?«

»Hmmm …«

Sie dachte an einen Zeichentrickfilm, den sie vor langer Zeit gesehen hatte und der von tanzenden Mäusen mit Rüschenschirmchen handelte. Genau dieses Gefühl empfand sie jetzt, als sie nackt mit diesem Mann im Bett lag. Sie war genau so glückselig wie eine der tanzenden Mäuse mit dem Rüschenschirm. »Das war sogar noch besser, als ich es erwartet hatte. Ich wusste, dass du dich als ein ausgezeichneter Liebhaber entpuppen würdest – das bist du wirklich, Bobby Tom – und ganz sicher bist du eine Ausnahme. Doch hättest du mich nicht necken sollen, als ich geglaubt habe, mit meinem vorzeitigen Orgasmus alles zu ruinieren.«

Die Wange immer noch ins Kissen gepresst, blinzelte er sie an. »Falls du es noch nicht gemerkt hast, für eine Frau gibt es so etwas wie einen vorzeitigen Orgasmus nicht.«

»Woher soll ich das denn wissen? Ich sage das nur in guter Absicht, sei also bitte nicht beleidigt. Du hast die unangenehme Angewohnheit, Witze zu machen, die nur du selbst verstehst.«

Grienend hob er den Arm, der ihr auf der Brust gelegen hatte, und spielte mit ihren Haaren. »Es war nur so unwiderstehlich.« Er lachte laut auf. »Vorzeitiger Orgasmus!«

»Wenn Männer ihn haben können, warum sollten Frauen ihn nicht auch haben können?«

»Verdammt, ihr modernen Frauen wollt auch wirklich alles haben, nicht wahr? Nun, Liebling, wir Männer werden diese eine Sache aber ganz für uns alleine behalten, selbst wenn ihr uns dafür bis vor das oberste Gericht schleppt.« Gähnend rollte er sich auf den Rücken und nahm dabei den Großteil der Decke mit sich.

Sie setzte sich auf und lehnte sich gegen das Kopfteil. »Hast du Hunger? Ich schon. Vorhin konnte ich nichts herunterbringen, weil ich so nervös war. Aber ich schwöre, jetzt könnte ich ein ganzes Pferd verschlingen. Ich würde aber auch ein Sandwich annehmen, sogar einfach nur Cornflakes oder eine Suppe. Oder vielleicht …«

»Du bist ein richtiges kleines Plappermäulchen, nicht wahr?«

»Meinst du denn, wir könnten es noch einmal machen?«

Er stöhnte. »Ich brauche etwas Zeit, um mich zu erholen. Ich bin nicht mehr ganz so jung wie noch vor wenigen Stunden.«

»Ich dachte … Also ich weiß, dass es verschiedene Stellungen gibt. Und ehrlich gesagt, fasziniert mich das … äh … männliche Geschlechtsorgan. Ich hatte noch nicht viel Gelegenheit, es wirklich zu untersuchen und …«

Sie hielt inne, als sein Lachen das Bett zum Wackeln brachte. »Das männliche Geschlechtsorgan!«

Sie sah ihn pikiert an. »Ich verstehe nicht, was daran so lustig sein soll. Ich bin viel zu alt, um noch so unwissend zu sein, und ich habe eine Menge Jahre aufzuholen.«

Schmunzelnd zog er die Stirn kraus. »Aber doch hoffentlich nicht in einer einzigen Nacht.«

»Irgendwie habe ich den Eindruck, dass es dir nicht die geringste Schwierigkeit bereiten würde, mit meinem Tempo mitzuhalten.« Trotz seinem Reden war ihr nicht entgangen, dass er ihre Nacktheit mit großem Interesse musterte.

Das Telefon unterbrach sie. Obwohl die Klingel neben dem Bett abgestellt war, hatten sie doch das Telefon in seinem Haus in regelmäßigen Abständen in seinem Arbeitszimmer klingeln hören. Sie hatte sich daran gewöhnt, dass er den Großteil der Anrufe durch seinen Anrufbeantworter regelte und ignorierte das Klingeln. Diesmal jedoch seufzte er, rollte sich zur Seite und nahm den Hörer.

»Vielleicht sollte ich dieses eine Gespräch beantworten. Wer auch immer uns ständig anruft, wird uns dann vielleicht den Rest der Nacht in Ruhe lassen. Hallo … Nein, Luther, ist schon in Ordnung. Ich habe nicht geschlafen … Jawohl. Ja, die Liste könnte ich in ein oder zwei Tagen bestätigen lassen … George Strait möchtest du auch noch haben?« Er rollte mit den Augen. »Ich kann jetzt nicht lange reden, Luther. Ich habe Troy Aikman auf der anderen Leitung. Ja, das richte ich ihr aus.«

Er knallte den Hörer auf und setzte sich auf. »Ich soll dich an das Komitee für das Geburtshaus erinnern. Du wirst dort nicht hingehen. Verdammte Idioten.«

»Wie es sich fügt, werde ich wohl doch hingehen. Einer von uns beiden sollte wissen, was sie im Schilde führen.«

»Vollkommen verrückt, das ist es. Du solltest dort allein schon deswegen nicht hingehen, weil diese Krankheit möglicherweise ansteckend ist.« Sein Blick schweifte zu ihren Brüsten. »Bist du für die zweite Runde bereit, oder möchtest du die ganze Nacht lang plaudern?«

Sie lächelte ihn an. »Und ob ich für die zweite Runde bereit bin.«

»Gut so.«

»Aber …« Sie nahm all ihren Mut zusammen. Sie wollte ihn nicht immer alles bestimmen lassen, selbst wenn er ein paar Jahrzehnte mehr Erfahrung hatte als sie und selbst wenn sie sich nicht als Sexsirene fühlte. »Ich bin für die zweite Runde bereit, doch dieses Mal würde ich gerne diejenige sein, die die Richtung angibt.«

Er musterte sie aufmerksam. »Was willst du damit sagen?«

»Es gibt keinerlei Grund für dich, den Unwissenden zu spielen, Bobby Tom. Wir hatten doch abgemacht, vollkommen offen miteinander umzugehen.«

Er lachte vergnügt.

Sie streckte sich nach dem zerknitterten Laken um seine Hüften und zog es weg. »Der beste Ort, um meine Neugier zu befriedigen, ist möglicherweise unter der Dusche.«

»Unter der Dusche?«

»Wenn es dir nichts ausmacht.«

»Ganz im Gegenteil. Aber bist du dir auch wirklich sicher, dass du dazu bereit bist? Mit mir zusammen zu duschen bedeutet, dass du gleich vom Anfängerstadium in das für Fortgeschrittene überwechselst, und das in nur einer einzigen Nacht.«

Sie musterte ihn und ihre Lippen lächelten verführerisch wie die von Eva. »Ich kann's kaum erwarten.«

16

Am nächsten Tag flogen sie mit seinem Flugzeug, und sie war total begeistert. Am Morgen hatte Bobby Tom verkündet, dass er sie mit nach Austin nehmen würde, um ihr die Stadt und einige der Kneipen zu zeigen, die er während seines Studiums besucht hatte. Der Tag war klar, und während er unter ihnen die Flüsse und Canyons identifizierte, beobachtete sie ihn von der Seite.

Die letzte Nacht hatte er all ihre Träume erfüllt: Er war zärtlich und begehrend gewesen, hatte ihre Leidenschaft gelobt und nicht zugelassen, dass sie auch nur irgendetwas zurückhielt. Sie hatte sich ihm mit ganzem Herzen hingegeben und bereute nichts. Viele Jahre später, wenn sie eine dünne, alte Hand während der letzten Stunden des Lebens hielte, würde sie Trost in der Erinnerung an jene Nacht finden, in der sie so hingebungsvoll von Bobby Tom Denton geliebt worden war.

»Es tut wirklich gut, dem Telefon endlich einmal zu entfliehen«, sagte er. »Luther ruft mich bestimmt sechsmal am Tag an, ganz abgesehen von all den anderen, die alle irgendwie einen Teil von mir haben wollen.«

»Du kannst es dem Bürgermeister Baines eigentlich nicht verübeln, dass er wegen des Golfturniers etwas nervös geworden ist«, entgegnete sie. »Das Himmelsfest findet in zwei Monaten statt, und du hast ihm immer noch keine Namensliste überreicht. Findest du nicht, dass du allmählich deine Freunde anrufen und sie einladen solltest?«

»Mag sein«, erwiderte er ohne ein Fünkchen Begeisterung.

»Ich weiß, weswegen du zögerst. Du tust der ganzen Welt einen Gefallen, doch möchtest du umgekehrt niemanden um einen Gefallen bitten.«

»Das verstehst du nicht, Gracie. Sportler haben die ganze Zeit irgendwelche Leute um sich herum. Wenn es nicht wegen der einen Sache ist, dann eben wegen einer anderen.«

»Willst du etwa behaupten, keiner dieser Männer hätte dich jemals um einen Gefallen gebeten?«

»Ein paar schon.«

»Ich wette, weit mehr als nur ein paar.« Sie bedachte ihn mit einem mitfühlenden Lächeln. »Warum gibst du mir nicht einfach eine Liste deiner Freunde? Ich erledige dann gleich morgen Früh für dich die Telefonate.«

»Du willst doch nur die Privatnummer von Troy Aikman haben. Tut mir Leid, Liebling, aber ich glaube, er ist nicht ganz dein Typ.«

»Bobby Tom ...«

»Hmm?«

»Es widerstrebt mir, deinem Bild von mir Schaden zuzufügen. Aber ich habe keinen blassen Dunst, wer Troy Aikman ist.«

Er rollte mit den Augen. »Er ist ein ziemlich bekannter *quarterback*, Liebling. Er hat die *Cowboys* zu mehreren Superbowls geführt.«

»Mit dem Footballquiz würde ich mich vermutlich ziemlich schwer tun.«

»Ich kann nur hoffen, dass keine der hier ansässigen Damen dich jemals herausfordern wird.«

Kurz bevor sie auf der schmalen Landebahn aufsetzten, wurde sie leicht nervös. Doch setzte er das Flugzeug so sanft auf, dass sie es kaum spürte. Gab es überhaupt irgendetwas, was er nicht perfekt machte?

Nach der Landung organisierte er ein Auto von einem seiner Bekannten, tourte mit ihr durch die Stadt und zeigte ihr das Regierungsgebäude und die Universität von Texas. Als die Sonne unterging, machten sie einen Spaziergang um den Town Lake, ein sehr beliebtes Ausflugsziel mitten in Austin.

»Bald zeige ich dir etwas, was du in New Grundy nie und nimmer zu sehen bekommst.«

Sie betrachtete die aufstrebenden Gebäude, die den See säumten und die Brücke, die ihn überquerte. Leute gondelten in Booten auf dem Wasser, als ob sie auf ein Feuerwerk warteten. Ihr fielen die vielen schwarzen Vögel auf, die den Himmel durchkreuzten. Auch nahm sie einen schwachen beißenden Geruch wahr, der sie an einen Zoo erinnerte. »Diese Tiere habe ich heute schon oft gesehen. Was gibt es denn noch?«

Sein Grinsen war spitzbübisch. »Eine Show von Mutter Natur. Magst du Fledermäuse, mein Schatz?«

»Fledermäuse?« Sie starrte auf die merkwürdigen, dunklen Vögel. Der an Katzen erinnernde Geruch brannte ihr in der Nase. Sie hörte ein kreischendes Geräusch. »Ich glaube nicht ... *Oh, mein Gott!*«

Wie von Geisterhand gelenkt quoll eine dunkle Wolke von Fledermäusen von unter der Brücke herauf. Erst waren es Tausende, dann Abertausende. Während sie sprachlos zusah, flogen noch Hunderte und Tausende unter der Brücke hervor und vernebelten den Himmel wie dichter Rauch. Sie stieß einen erstickten Schrei aus, als ein paar der Tiere dicht an ihr vorbeiflogen.

Bobby Tom lachte und zog sie an sich.

Gracie war eigentlich nicht zart besaitet, und eigentlich hätte sie dieses Phänomen um nichts in der Welt missen wollen, doch Fledermäuse waren Fledermäuse. Als ihr wieder eine zu nahe kam, presste sie sich unwillkürlich gegen seine Brust, worauf er nur noch lauter lachte.

»Wusste ich es doch, dass es dir gefallen würde.« Er strich ihr über den Rücken. »Austin besitzt die größte Fledermauspopulation der Welt. Eine ganze Menge von ihnen wohnt unter dieser Brücke. Ich weiß zwar nicht genau, wie sie auf diese Zahl kommen, aber man sagt, dass Fledermäuse jede Nacht um die zwanzigtausend Pfund Ungeziefer vernichten. Normalerweise kommen sie erst bei Dunkelheit heraus, und dann kann man sie nicht so gut sehen. Doch da es in letzter Zeit sehr trocken war, zeigen sie sich schon etwas früher, um ausreichend Zeit zum Fressen zu finden. Das erinnert mich, ich bekomme allmählich Hunger. Was hältst du von einem anständigen Tex-Mex?«

»Das hört sich gut an.«

Wie jedes Mal, wenn sie mit Bobby Tom auswärtig essen ging, lernte sie eine Menge neuer Leute kennen.

Schließlich kamen sie zum *Hole in the Wall*, dem »Loch in der Wand«, einem traditionsreichen Nachtclub von Austin. Dort hörten sie mehrere stadtbekannte Musiker. Als sie gingen, wollte sie für ihre Rechnung selbst aufkommen, doch da er bereits für eine ganze Menge anderer Leute mitbezahlt hatte, wartete sie, bis sie zum Parkplatz gingen, ehe sie ihm die abgezählten Scheine in die Tasche stopfte.

Er zog sie wieder hervor. »Was ist denn das?«

Sie atmete tief durch, denn es war ihr klar, wie ungern er ihre Erläuterung jetzt hören wollte. »Ich zahle für mein eigenes Essen.«

Seine Augenbrauen schossen in die Höhe, und er machte den Eindruck, als ob er gleich explodieren wolle. »Auf gar keinen Fall wirst du das!« Damit rammte er die Scheine zurück in ihre Tasche.

Ihr war klar, dass sie eine körperliche Auseinandersetzung mit ihm verlieren würde. Also zählte sie das Geld dem zu, das sie ihm ohnehin schuldete. »Ich werde es nicht vergessen, ganz besonders deswegen nicht, weil wir jetzt miteinander geschlafen haben. Das macht es nur umso wichtiger, dass ich für meine eigenen Sachen selbst zahle. Ich habe dir doch schon gesagt, Bobby Tom, ich werde von dir nichts nehmen.«

»Aber wir sind doch verabredet!«

»Halbe-halbe.«

»Ich mache nie halbe-halbe! Nie und nimmer, also schlag es dir aus dem Kopf! Außerdem erinnert mich das an etwas. Gestern Morgen hab ich in meiner Schreibtischschublade einen Stapel Bargeld gefunden. Erst dachte ich, dass ich es wohl dort vergessen hätte, doch jetzt kommen mir Zweifel. Du hast nicht zufällig eine Ahnung, was für eine Bewandtnis es damit haben könnte, nicht wahr?«

»Das ist Geld für die Miete ...«

»Miete! Du schuldest mir doch nichts für die Miete!«

»... und das schwarze Cocktailkleid, das du mir gekauft hast.«

»Das Kleid war ein Geschenk. Du kannst es dir aus dem Kopf schlagen, mir dafür Geld zu geben.«

»Ich bin nicht in der Lage, Geschenke von dir anzunehmen.«

»Wir sind verlobt!«

»Wir sind nicht verlobt. Ich zahle für meinen Teil, Bobby Tom. Ich weiß, dass du das nur schwer akzeptieren kannst, doch mir liegt viel daran. Ich möchte, dass du mir versprichst, meine Wünsche zu respektieren. Ganz besonders jetzt, wo wir miteinander geschlafen haben.«

Er biss die Zähne zusammen. »Das ist das Lächerlichste, was mir je zu Ohren gekommen ist. Falls du wirklich glaubst, dass ich auch nur einen Pfennig deines Geldes anrühren werde, solltest du lieber noch einmal darüber nachdenken.«

»Was du machst, ist deine Sache, aber ich zahle das, was ich dir schulde.«

»Das sind keine Schulden!«

»Für mich schon. Ich habe es dir gleich von Anfang an gesagt, dass ich nichts von dir nehmen werde.«

Leise fluchend ging er weiter. Als er am Auto angekommen war, riss er sich den Hut vom Kopf und schlug damit gegen sein Bein. Sie hatte das eindeutige Gefühl, er hätte viel lieber ihr eine Ohrfeige versetzt.

Während ihres Fluges zurück nach Telarosa schwiegen sie beide. Sie war traurig, dass die gute Laune des Tages verdorben war, doch musste er verstehen, dass sie in dieser Sache nicht nachgeben konnte. Als sie zu Hause ankamen, schien er sich etwas beruhigt zu haben. Sie dankte ihm, dass er ihr eine so schöne Zeit geschenkt hatte, dann ging sie die Treppe zu ihrer Wohnung hinauf, wo sie sich entkleidete und in die Dusche trat.

Als sie wieder herauskam, blieb ihr der Atem stehen. Bobby Tom saß, bis auf seine Jeans unbekleidet, auf dem einzigen Stuhl in ihrem Schlafzimmer.

»Ich hatte die Tür abgeschlossen«, sagte sie.

»Ich bin dein Vermieter, hast du das vergessen? Ich besitze einen Schlüssel.«

Ihre Finger umklammerten das weiße Badetuch, in das sie sich gewickelt hatte. Er lächelte nicht, und sie wusste nicht, was sie zu erwarten hatte.

»Leg dich auf das Bett, Gracie.«

»Vielleicht … vielleicht sollten wir die Sache noch einmal bereden.«

»Mach es!«

Sie kletterte auf das Bett.

Er erhob sich vom Stuhl und zog den Reißverschluss auf. Sie grub die Finger ihrer freien Hand in die Matratze, sie war gleichzeitig nervös und aufgeregt. Er trat auf sie zu.

Ihr Herz schlug so heftig, dass sie es bis in den Hals spürte. Er griff nach ihrem Handtuch und riss es weg. »Willst du mir hierfür auch etwas zahlen?«

Noch bevor sie antworten konnte, hatte er das Kissen neben ihr ergriffen und es unter ihre Hüften geschoben.

»Was …«

»Sei ruhig.« Er stützte ein Knie auf das Bett, nahm ihre

Schenkel und spreizte sie. Ein paar Sekunden musterte er sie, dann setzte er sich auf die Bettkante und rieb ihre Mitte mit dem Daumen.

Sie hielt den Atem an, als er den Kopf senkte und sie seine Bartstoppeln an den Innenseiten ihrer Schenkel spürte. Er knabberte an der weichen Haut.

»Jetzt werde ich *dich* befriedigen«, sagte er.

Da er seinen Willen ihr gegenüber nicht hatte durchsetzen können, eroberte er sie nun auf eine andere Weise.

Letztlich hatte Suzy gar keine andere Entscheidung treffen können. Fast ein Monat war vergangen, nachdem Way Sawyer ihr seinen abstrusen Vorschlag unterbreitet hatte. Seither hatte sie an fast nichts anderes denken können. Schließlich war er vor einer Woche in die Stadt zurückgekehrt, hatte sie jedoch erst gestern angerufen. Allein seine Stimme zu hören, hatte sie in Panik versetzt. Als er verkündet hatte, dass er ein paar Geschäftsfreunde in San Antonio zu bewirten habe und sie als Begleitung wünsche, hatte sie kaum antworten können.

Als sie wieder auflegte, versuchte sie, Bobby Tom zu erreichen. Sie wollte ihm nichts erzählen – das konnte sie nicht, sie wollte lediglich seine ihr so vertraute Stimme hören. Er war jedoch nicht zu Hause gewesen. Als sie heute Früh mit Gracie telefoniert hatte, hatte sie erfahren, dass die beiden gemeinsam in Austin gewesen waren.

Als der Chauffeur den Lincoln in Richtung San Antonio steuerte, fühlte sie so etwas wie Hysterie in sich aufsteigen. Sie kam sich vor wie eine etwas ältere Version einer Jeanne d'Arc, die gewillt war, sich für das Wohl der Leute zu opfern. Doch war sie nicht einfältig genug, zu erwarten, dass die Leute es ihr danken würden. Sobald ihre Beziehung zu Way öffentlich bekannt würde, würde man sie überall der Zusammenarbeit mit dem Feind bezichtigen.

Way lebte auf den obersten beiden Etagen eines schönen, alten, weißen Wohnblocks, der über San Antonios berühmte Uferpromenade blickte. Sie wurde von einer Hausangestellten hereingelassen, die vom Chauffeur ihren Übernachtungskoffer entgegennahm und ihr mitteilte, Herr Sawyer werde bald eintreffen.

Die sich über zwei Etagen erstreckende Wohnung verströmte eine luftige, tropische Atmosphäre. Die Wände in hellen, weiß abgesetzten Vanilletönen untermalten die gemütlichen, in leuchtendem Gelb und geranienrotem Rot gehaltenen Polstermöbel. Die untere Hälfte der langen, schmalen Fenster waren von schmiedeeisernen Kunstwerken verziert, und üppiges Grün füllte die Ecken und verlieh dem Raum eine ruhige Atmosphäre, die mit ihrem rumorenden Magen kontrastierte. Die Hausangestellte führte sie zu einem kleinen Schlafzimmer auf derselben Etage, wo sie ihre Abendkleidung anlegen konnte. Dieses Zimmer war offenbar ein Gästezimmer, doch wusste Suzy nicht, ob die Hausangestellte es ihr aus eigenen Stücken zugeteilt oder aber ob Way sie dazu angewiesen hatte. Sie klammerte sich an die Hoffnung, heute Abend hier alleine zu schlafen.

Für das Abendessen zog sie sich ein dunkelblaues Seidenkleid mit einer Reihe rhombenförmiger Spiegelknöpfe über einer Schulter an. Als sie ein Paar graue Pumps überstreifte, vernahm sie aus dem Wohnzimmer Stimmen. Way war zurückgekommen. Sie ließ sich mit ihrem Make-up so lange wie nur irgend möglich Zeit und versuchte, sich durch die weiblichen Rituale der Wimperntusche und des Lippenstifts zu beruhigen, dann starrte sie blind auf eine Zeitschrift, die auf dem Nachttisch lag. Als sie es nicht länger hinausschieben konnte, gab sie sich einen Ruck und betrat das Wohnzimmer.

Way stand vor den Fenstern und blickte auf die Uferpromenade hinunter. Er trug einen Abendanzug. Als sie eintrat, drehte er sich langsam zu ihr um. »Du siehst wunderschön aus, Suzy. Aber du warst ja schon immer die schönste Frau in Telarosa.«

Sie konnte unmöglich so tun, als ob dies der übliche Austausch von Belanglosigkeiten war und ihm folglich für sein Kompliment danken. Also schwieg sie.

Er trat auf sie zu. »Heute werden drei Paare mit uns zu Abend essen. Hast du ein gutes Namensgedächtnis?«

»Eigentlich nicht.«

Er überging ihren eisigen Tonfall und lächelte. »Dann werden wir gleich einmal anfangen.« Aus reiner Höflichkeit hörte sie zu, während er die Gästeliste durchging und ihr über jeden der Gäste etwas erzählte. Kaum war er fertig, klingelten die ersten Gäste. Als sie sich wenig später gemeinsam im Wohnzimmer unterhielten, musste sich Suzy eingestehen, dass sie sich eigentlich gut amüsierte. Sie hatte befürchtet, Way würde sie öffentlich erniedrigen und allen Anwesenden deutlich machen, dass sie seine Mätresse war. Doch stellte er sie lediglich als eine langjährige Freundin vor und implizierte darüber hinaus nichts.

Er war ein aufmerksamer Gastgeber, und ihr fiel auf, wie geschickt er die Frauen in eine Unterhaltung verwickeln konnte. Sie erinnerte sich an eine ganze Reihe von gesellschaftlichen Abendessen, bei denen die Frauen wie Taubstumme neben ihren Ehemännern gesessen hatten, während diese sich endlos über geschäftliche Dinge unterhielten. Seit Jahren war dies ihrer Erinnerung zufolge das erste gesellschaftliche Ereignis, bei dem sie nicht als Bobby Tom Dentons Mutter vorgestellt wurde. Stattdessen erwähnte Way lediglich ihre Arbeit für den Erziehungsausschuss, und sie gab über die Schwierigkeiten Auskunft, ein kleines Schulsystem in Schwung zu halten und musste keine Frage über ihren berühmten Sohn beantworten.

Als die Gäste sich zum Gehen anschickten, kehrte ihre

Nervosität zurück. Bisher hatte sie sich nicht mit der Vorstellung gequält, mit Way alleine zu sein. Je weiter jedoch die Zeit voranschritt, desto weniger konnte sie diesen Gedanken beiseite schieben. Sie erinnerte sich an Hoyts herzliches Lachen, an seine Leidenschaft und an seine in Gefühlsdingen rückhaltlose Offenheit. Im Gegensatz dazu war Way kühl und zurückhaltend. Sie konnte sich nicht vorstellen, dass irgendetwas ihn jemals aufregen könnte, dass er laut auflachen oder weinen oder sonst irgendeine ganz normale menschliche Regung zeigen könnte.

Nachdem Way die Tür hinter dem letzten Paar geschlossen hatte, drehte er sich gerade rechtzeitig um, um sie frösteln zu sehen.

»Ist dir kalt?«

»Nein. Nein, ich fühle mich wohl.« Dem Ende ihrer eigenen Einladungen hatte sie immer mit Entsetzen entgegengesehen, weil dann die ganze Küche voller dreckigem Geschirr stand. Jetzt jedoch hätte sie alles gegeben, um eben diese Arbeit verrichten zu dürfen. Doch hatten sich ein paar emsige Bedienstete bereits darum gekümmert.

Er nahm sie vorsichtig am Arm und zog sie in das Wohnzimmer zurück. »Wie geht es deinem Golfspiel?«

Golf war nun wirklich das Letzte, woran sie gerade dachte, und die Frage überraschte sie. »Das letzte Mal, dass Bobby Tom und ich miteinander gespielt haben, habe ich ihn um ein Loch besiegt.«

»Herzlichen Glückwunsch. Wie viele hattest du?« Er ließ sie los, setzte sich ans eine Ende der Couch und lockerte seine Fliege.

»85.«

»Nicht übel. Es überrascht mich, dass du deinen Sohn besiegen kannst. Er ist ein ausgezeichneter Sportler.«

»Er kann zwar lange Bälle lancieren, doch kommt er immer wieder in irgendwelche Schwierigkeiten.«

»Du spielst schon dein ganzes Leben lang Golf, nicht wahr?«

Sie ging auf das Fenster zu und schaute auf die Kette kleiner weißer Lichter, die von den Zypressenbäumen über der Uferpromenade hingen. »Ja, mein Vater spielte Golf.«

»Ich erinnere mich. Als ich jung war, habe ich mich einmal um einen Job als Caddy in seinem Club beworben. Doch mir wurde gesagt, ich müsse mir erst die Haare abschneiden.« Er lächelte. »Ich wollte aber meine Enten-Frisur nicht aufgeben.«

Sie erinnerte sich daran, wie er gegen eine Schranke gelehnt mit einem schwarzen Plastikkamm sein Haar sorgsam zurückgekämmt hatte – wie zu einem Entensterz. Hoyt dagegen hatte eine Mecki-Frisur getragen.

Er streifte die Fliege ab und öffnete den Hemdkragen. »Ich habe morgen Früh um halb acht für uns in meinem Club reservieren lassen. Auf diese Weise gehen wir der größten Hitze aus dem Weg.«

»Ich habe aber weder meine Schläger noch meine Schuhe mit dabei.«

»Darum kümmere ich mich.«

»Musst du denn nicht arbeiten?«

»Ich bin mein eigener Chef, Suzy.«

»Ich ... ich muss mittags bereits zurück sein.«

»Hast du denn noch eine andere Verpflichtung?«

Die hatte sie nicht, und ihr wurde klar, wie albern sie gewesen war. Wenn sie schon Zeit mit ihm verbringen musste, wo wären sie dann besser aufgehoben als auf einem Golfplatz? »Ich habe zwar noch ein paar Dinge zu erledigen, doch kann ich das auch verschieben. Golf ist prima.«

»Gut.« Er stand auf, streifte sein Jackett ab und warf es auf die Couch. »Würdest du gerne die Terrasse sehen?«

»Ja, gerne.« Alles, nur um das Bevorstehende hinauszuzögern.

Zu ihrem Entsetzen ging er auf die Treppe zu. Sie war davon ausgegangen, dass die Terrasse sich auf dieser Ebene der Wohnung befand, doch jetzt wurde ihr klar, dass sie vor dem Schlafzimmer liegen musste.

Als er die unterste Stufe erreicht hatte, spürte er, dass sie ihm nicht gefolgt war. Er drehte sich um und blickte sie ruhig an. »Du musst doch nicht die Kleidung ablegen, nur um die Aussicht zu genießen.«

»Bitte spotte nicht, was diese Angelegenheit betrifft.«

»Dann hör auf, mich so anzugucken, als ob ich dich gleich vergewaltigen würde. Das werde ich nicht tun, wie du weißt.« Er wandte ihr den Rücken zu und stieg die Treppe hoch.

Zögernd folgte sie ihm.

17

Suzy ging auf die Balkonbalustrade zu, wo Way mit den Händen in den Hosentaschen stand und über die Skyline von San Antonio schaute. Etwas Abstand wahrend stellte sie sich neben ihn.

»Hier vertrocknet alles sehr leicht«, meinte er, ohne sie anzusehen. »Bewässerung ist eine wirkliche Herausforderung.«

Sie blickte auf die Terrakottakübel, in denen Bäume wuchsen, und die Kästen, die mit bunt blühenden Stauden bepflanzt waren. Ein Hibiskus mit leuchtend gelben Blüten berührte ihren Rock. Sie würde viel lieber über Gärten reden als über das, was vor ihr lag.

»Mit meinen Hängeampeln habe ich das gleiche Problem. Sie hängen unter dem Erkerfenster und bekommen deswegen kein Regenwasser ab.«

»Warum hängst du sie nicht woanders hin?«

»Ich sehe sie so gerne von meinem Schlafzimmerfenster aus.«

Augenblicklich bereute sie die Erwähnung des Schlafzimmers und wandte den Blick ab.

»Für eine reife Frau bist du nervös wie ein Teenager.« Seine Stimme war leise und etwas heiser. Sie erstarrte, als er sich ihr zuwandte und mit den Händen ihre Oberarme umfasste. Seine Körperwärme drang durch die dünne Seide ihres Kleids. Er beugte den Kopf.

Ihre Lippen öffneten sich protestierend, als er sie mit den seinen verschloss. Vollkommen erstarrt bereitete sie sich auf einen schrecklichen Angriff vor, doch sein Kuss war überraschend zärtlich. Er ließ seine Lippen sanft über ihren Mund gleiten – sie hatte nicht erwartet, dass sie sich so weich und warm anfühlen würden. Sie schloss die Augen.

Er verlagerte sein Gewicht und presste seine Hüften leicht an sie. Sie erstarrte, als sie seine Erregung spürte. Behutsam ließ er von ihr ab. Als sie zu ihm aufblickte, konnte sie ihre Verwirrung nicht verbergen. Hatte sie ihm tatsächlich für einige Sekunden nachgegeben? Sicher nicht. Zweifellos war es lediglich Ekel, den sie ihm gegenüber empfand. Trotz seines Einflusses und seines Geldes war er immer noch Way Sawyer, der schlimmste Rabauke der Oberschule von Telarosa.

Er strich ihr eine Locke von der Wange. »Du siehst aus wie ein Mädchen, das gerade ihren ersten Kuss bekommen hat.«

Sein Kommentar verwirrte sie fast ebenso sehr wie sein Kuss. »Ich besitze in diesen Dingen nicht viel Erfahrung.«

»Du warst dreißig Jahre lang verheiratet.«

»So meine ich es nicht. Ich meine … mit jemand anderem.«

»Du warst nie mit jemand anderem als Hoyt zusammen, nicht wahr?«

»Sicher hältst du mich jetzt für ein richtiges Landei?«

»Er ist seit vier Jahren tot.«

Sie senkte den Kopf und hörte, wie die nächtliche Brise ihre geflüsterten Worte davontrug. »Ich auch.«

Sie schwiegen. Als er das Schweigen brach, hörte sie aus seiner Stimme fast eine Spur Unsicherheit heraus. »Wir sollten einander vielleicht doch erst ein wenig besser kennen lernen, bevor wir etwas anderes tun. Findest du nicht?«

Hoffnungsvoll sah sie mit geweiteten Augen zu ihm auf. »Du wirst nicht … Du wirst mich nicht bedrängen?«

Die Lippen, die sie gerade eben erst geküsst hatten, verspannten sich. »Willst du das denn?«

Ihre Hoffnung verebbte und wurde von einer wilden Wut ersetzt. »Du spielst schon wieder deine Spielchen mit mir. Wie kannst du nur so gemein sein?«

Sie wirbelte herum und rannte durch die offenen Balkontüren ins Haus zurück. Auf dem Flur, kurz vor seinem Schlafzimmer, holte er sie ein. Die Leere in seinem Blick erschrak sie.

»Du hast keine Ahnung, was Gemeinheit überhaupt ist«, stieß er hervor. »Von Geburt an hast du ein sehr beschütztes Leben leben können.«

»Das stimmt nicht!«

»Nein? Weißt du denn, wie es sich anfühlt, wenn man abends hungrig ins Bett steigt? Kannst du dir vorstellen, die eigene Mutter dabei zu beobachten, wie sie den langsamen Tod der Scham stirbt?«

Sie konnte es nicht länger ertragen. Abrupt wandte sie sich der Schlafzimmertür zu und drehte den Griff herum. »Lass uns die Sache hinter uns bringen.«

Als sie das Zimmer betrat, hörte sie ihn leise fluchen. Wie eine Gefangene blickte sie sich in den tiefrot gestrichenen Wänden um. Ein breites Mahagonibett, auf dem in dunklem Paisley gehaltene Kissen lagen, stand hinter ihr in einem Erker. Zitternd wandte sie sich ihm zu.

»Ich möchte, dass das Licht aus ist.«

Wieder schien er zu zögern. »Suzy …«

Sie schnitt ihm das Wort ab. »Mit Licht mache ich es nicht.«

»Willst du denn so tun, als ob ich Hoyt bin?«, erkundigte er sich wütend.

»Ich könnte dich niemals mit Hoyt Denton verwechseln.«

Er sprach mit der gleichen Kälte wie sie. »Ich bringe dich jetzt nach unten. Du kannst im Gästezimmer übernachten.«

»Nein!« Sie ballte die Hände zu Fäusten. »Ich erlaube dir nicht, mir das anzutun. Du wirst weitere Spielchen mit mir spielen! Wir wissen beide, dass ich gekauft und bereits bezahlt bin. Du hast doch Erfahrungen in diesen Dingen. Sicher hast du es dir von deiner Mutter abgeguckt.« Sie wandte sich dem Badezimmer zu und schämte sich ihrer Worte. Unabhängig von den Umständen hätte sie eine solch gehässige Bemerkung niemals machen dürfen.

»Lass das Badewasser einlaufen, während du dort drin bist.«

Angesichts seiner beängstigend ruhigen Stimme schauderte ihr. »Das möchte ich nicht tun.«

»Aber ich.« In seiner Stimme schwang keinerlei Gefühlsregung mit. »Du kannst das Licht ausschalten, wenn du möchtest, aber lass das Badewasser ein.« Mit einem zornigen Zischen floh sie ins Badezimmer und schloss die Tür. Von innen lehnte sie sich dagegen. Ihr Herz schlug wie verrückt, und Tränen brannten angesichts der hässlichen Szene in ihren Augen. Sie hatte geglaubt, einfach nur in seinem abgedunkelten Schlafzimmer unter das Laken kriechen zu können, ihre Beine zu spreizen und ihn gewähren zu lassen, schnell und effizient, während sie sich taub stellte. Sie wollte nicht mit ihm zusammen baden oder sich sexuellen Spielereien hingeben. Sie wollte dieses erste Mal einfach nur rasch hinter sich bringen und daraus so intakt wie nur möglich hervorgehen.

Sie hatte sich eingeredet, sein Liebesspiel würde mechanisch sein, ebenso kühl und leidenschaftslos wie der Mann selbst. Doch während sie mit dem Lichtschalter hantierte, kehrte das Bild des Jugendlichen mit der Wut im Blick und dem hungrigen Mund zurück. Schaudernd wies sie es von sich.

Beim Ausziehen vermied sie es, ihre Reflexion in den Spiegeln zu betrachten, die in die dunkelrot gekachelten Wände eingelassen waren. Der Raum war mit seinen goldenen Armaturen und der schwarzen Marmorbadewanne opulent ausgestattet. Die Badewanne war quadratisch und groß genug, um zwei Menschen aufzunehmen. Sie zögerte alles so gut es ging hinaus, faltete ihre Kleidung ordentlich zusammen und legte sie auf eine im Paisley-Muster gepolsterte Bank neben der Badewanne. Sie stellte ihre Schuhe darunter, ordentlich nebeneinander, wie zwei artige Soldaten. Nachdem sie sich in ein dickes schwarzes Handtuch gewickelt hatte, ließ sie das Wasser in die riesige Badewanne einlaufen. Während es einlief, versuchte sie, sich mit Gedanken über ihren Garten und was sie im nächsten Herbst dort pflanzen würde zu beruhigen. Sie dachte an Gott und die Welt, nur nicht an Hoyt und die Tatsache, dass sie kurz davor war, Ehebruch zu begehen.

Als die Badewanne voll war, stellte sie den Jacuzzi an, der die Wasseroberfläche mit Schaumblasen bedeckte. Dann schaltete sie das Licht aus. Das Badezimmer besaß kein Fenster, und so war es angenehm dunkel. Auf diese Weise musste sie nicht seinen Blick ertragen, wie er den Körper musterte, den nur ihr Ehemann bisher gestreichelt hatte. Warum nur begehrte er sie überhaupt? Ihre Haut war nicht mehr ganz straff, ihr Bauch war seit Jahren nicht mehr flach, und auf der Hüfte trug sie ein Östrogenpflaster. Sie ließ das Handtuch fallen und stieg in das blubbernde Wasser.

Sie musste nicht lange warten, ehe er an der Tür klopfte. »Ja, bitte?«, erkundigte sie sich gewohnt höflich, weil sie nun einmal höflich erzogen worden war und weil die Frauen ihrer Generation gelernt hatten, sich Regeln zu unterwerfen, Männern unterzuordnen und ihre eigenen Bedürfnisse denen aller anderen unterzuordnen.

Die Tür öffnete sich, und etwas Licht drang aus dem Schlafzimmer herein. Er knipste nicht das Licht an, doch schloss er auch nicht die Tür. Trotz ihres früheren Wunsches war sie für das wenige Licht aus dem anderen Zimmer dankbar. Obwohl er sie nicht nackt sehen sollte, hatte sie Angst davor, mit ihm in vollkommener Dunkelheit allein zu sein.

Sie musterte die Silhouette seines Körpers, als er auf die Badewanne zutrat. Wenn er doch nur unattraktiv wäre, wäre der Betrug nicht ganz so schwer wiegend. Er war ein kräftiger Mann, nicht ganz so groß, wie Hoyt es gewesen war, doch auf andere Art und Weise ebenso imposant. Sie konnte weder das Material noch die Farbe seines Bademantels erkennen, doch als seine Hände zur Taille wanderten, wusste sie, dass er den Gürtel löste. Sie senkte den Blick. Wie viele Männer hatte sie nackt gesehen? Hoyts Körper hatte sie fast ebenso gut wie ihren eigenen gekannt. Als Kind hatte sie gelegentlich den ihres Vaters gesehen. Wenn Bobby Tom bei ihr zu Hause wohnte, war er manchmal in Unterhosen zu sehen gewesen, doch das zählte nicht. Sie verfügte über nur sehr wenige Erfahrungen, die ihr jetzt helfen würden.

Als er sich ins Wasser gleiten ließ und in der ihr gegenüberliegenden Ecke Platz nahm, stieg der Wasserpegel an. Das sanfte Brausen des Jacuzzi übertönte die Außengeräusche, sodass die beiden an jedem x-beliebigen Ort der Welt hätten sein können. Er stützte seinen Ellenbogen auf den

Badewannenrand, und seine Beine berührten ihre, als er sich ausstreckte. Sie erstarrte, als seine Hand ihre Fessel umfasste und ihren Fuß auf seinen Schenkel legte.

»Entspann dich, Suzy. Du kannst jederzeit aus der Wanne aussteigen, wenn dir der Sinn danach steht.«

Obwohl seine Worte beruhigend gemeint waren, hatten sie den gegenteiligen Effekt. Sie wusste nur zu gut, dass es keinen Ausweg gab. Wenn sie diese Sache nicht heute Nacht hinter sich brachte, würde sie verrückt werden. Mit dem Daumen zeichnete er einen langsamen Kreis auf den Spann ihres Fußes, und ihr Körper verkrampfte sich noch mehr. »Empfindlich?« Seine Wut von eben schien verflogen zu sein. Er malte eine Acht auf ihren Spann.

»Meine Füße sind kitzlig.«

»Hmm.« Doch anstatt sie loszulassen, begann er, ihre Zehen zu massieren. Er rieb sie zwischen Daumen und Zeigefinger, während er mit der anderen Hand weiterhin ihren Spann streichelte. Unwillkürlich begann sie, sich zu entspannen. Wenn es doch nur alles hier enden könnte, in einem warmen Bad und einer entspannenden Massage.

Eine überraschend friedliche Stille überkam sie beide. Die angenehmen Bewegungen seiner Hände an ihren Füßen und die Tatsache, dass er keinerlei Neigung zum Angriff zeigte, begannen sie einzulullen. Sie ließ sich noch tiefer ins Wasser gleiten.

»Wir hätten uns eine Flasche Champagner mit ins Wasser nehmen sollen.« Er klang genauso entspannt und faul, wie ihr auch zu Mute war. »Es ist schön.«

Während er das sinnliche Spiel mit ihren Zehen weiter spielte, wurde ihr klar, dass sie sich wegen der gehässigen Bemerkung über seine Mutter entschuldigen musste. Sie hätte nie gedacht, dass das dumme Benehmen anderer als eine Entschuldigung herhalten konnte, ihre eigene Moralschwelle zu senken.

»Meine Bemerkungen über deine Mutter waren gemein und überflüssig. Ich entschuldige mich.«

»Ich habe dich provoziert.«

»Das sollte niemals als Vorwand herhalten.«

»Du bist eine gute Frau, Suzy Denton«, sagte er leise.

Ihre Muskeln entspannten sich weiter. Es war so lange her, seit jemand sie wirklich berührt hatte. All die Jahre ihrer Ehe hatte sie sinnliche Streicheleinheiten für selbstverständlich erachtet, doch jetzt nicht mehr.

Er griff nach ihrem anderen Fuß. Ihre Haarspitzen schwammen im Wasser, als sie noch weiter nach unten rutschte. Doch sie fühlte sich zu entspannt, um sich darum zu kümmern. Erneut begann er mit seiner langsamen, gründlichen Massage. Sie redete sich ein, es sei lediglich ihrer Müdigkeit zuzuschreiben, dass sie dieses Gefühl so sehr genoss.

Er führte ihren Fuß an seine Lippen. Sie fühlte das angenehme Knabbern seiner Zähne, als er zärtlich an ihrem großen Zeh saugte. »Ich gehe davon aus, dass ich mir wegen einer Schwangerschaft keine Sorgen machen muss.«

Seine Aussage ließ sie aus ihrer Lethargie aufschrecken. Sie versuchte, sich aufzusetzen, doch hielt er weiter ihren Fuß umklammert, legte ihn zurück auf seinen Schenkel und fuhr fort, ihn zu massieren.

»Nein, das musst du nicht.«

»Meinetwegen musst du dir auch keine Sorgen machen«, meinte er.

Weswegen sollte sie sich auch Sorgen machen? Ganz sicher nicht darum, dass er schwanger werden könnte.

Sie hörte die Belustigung aus seinem Tonfall heraus. »Suzy, wir leben in den neunziger Jahren. Eigentlich solltest du deinen potenziellen Geliebten präzise Fragen über ihre Sex- und Drogengewohnheiten stellen.«

»Großer Himmel.«

»Die Welt hat sich geändert.«

»Aber nicht zum Guten.«

Er lachte leise. »Ich gehe davon aus, dass du mir keine Fragen stellen wirst.«

»Wenn du irgendetwas zu verbergen hättest, hättest du dieses Thema gar nicht erst aufgeworfen.«

»Das ist richtig. Jetzt dreh dich einmal um und lass mich deine Schultern massieren.«

Ohne auf sie zu warten, zog er sie sanft an den Handgelenken und drehte sie so, dass sie zwischen seine geöffneten Beine glitt. Sie fühlte die Muskeln seiner Brust an ihrem Rücken. Seine Hüften bewegten sich ein wenig und sie spürte, dass er erregt war. Ein angenehmes Gefühl durchströmte sie, wurde jedoch gleich von Schuldgefühlen verdrängt.

»Gib mir mal die Seife«, flüsterte er so zärtlich wie ein Streicheln, während seine Daumen sich an ihren Schultern zu schaffen machten. »Sie liegt auf deiner rechten Seite.«

»Nein, ich ...«

Zu ihrer Überraschung fühlte sie seine Zähne an ihrem Nacken. Er biss sie leicht, nicht schmerzhaft, doch stark genug, um sie daran zu erinnern, dass er die Kontrolle hatte. Sie erinnerte sich daran, dass Hengste die Stuten beim Decken oft in den Nacken bissen, manchmal sogar, bis sie bluteten. Gleichzeitig sagte ihr eine leise Stimme, dass sie lediglich aufstehen müsste und er sie gehen ließe. Doch seine Stimme war viel zu verführerisch, und seine Hände glitten von den Schultern zu ihren Brüsten.

»Lehn dich zurück«, flüsterte er. »Lass mich ein wenig mit dir spielen.«

Offenbar hatte er selbst die Seife gefunden, denn seine Handflächen waren wie eingeölt. Die Gefühle, die er in ihr auslöste, waren so wunderbar, dass ihr Tränen in den Augen brannten. Sie wollte Hoyt nicht betrügen. Eigentlich wollte sie sich ein derart wohliges Gefühl gar nicht zugestehen, doch war es viel zu lange her, seit Hoyts warme Hände ihre Brüste umkreist hatten, dass sie nicht widerstehen konnte. Sie würde sich seinem intimen Streicheln eine Minute hingeben und sich dann zurückziehen.

Wieder und wieder umkreisten seine Hände ihre Brüste und näherten sich dabei den empfindlichen Knospen. Ihr Atem beschleunigte sich. Er fuhr über ihre Knospen, dann nahm er sie zwischen zwei Finger und massierte sie, wie er ihre Zehen zuvor massiert hatte. Das Gefühl war wunderschön und so wohl bekannt, als ob man ein Lieblingslied nach langer Zeit wieder hört. Sie hatte ganz vergessen, wie wunderbar es sich anfühlte. Ihr Körper wurde schwerer und sinnlicher und schien mit seinem zu verschmelzen.

Er wandte sich von ihren Knospen ab und umkreiste wieder ihre Brüste, dann kehrte er zu ihnen zurück und zwirbelte und zupfte an ihnen. Sie wand sich an seinem Körper. Erneut umkreiste er ihre Brüste. Als er diesmal zu ihren Knospen zurückkehrte und sie mit seinen Fingerspitzen massierte, stöhnte sie auf.

Ihr Atem ging keuchend, und ihr Körper fühlte sich vor Erregung ganz geschwollen an. Er küsste ihre Ohren und hob sie auf seine Schenkel, bis ihr Rücken an seiner Brust ruhte. Sie fühlte seine Lippen an ihrem rechten Ohrläppchen. Er begann, an ihm und dem Diamantenohrstecker zu saugen. Wohlig erschauderte sie. Sie konnte sich nicht erinnern, dass Hoyt das jemals gemacht hatte, doch als sie sich zu erinnern versuchte, schienen ihre Gedanken wie in tausend Richtungen zerstreut.

Er spreizte seine Beine und öffnete gleichzeitig die ihren mit seinen Knien. Seine Hände glitten über ihre Brüste zu den Innenseiten ihrer Schenkel. Sie begriff nicht, was er vorhatte, als er sie beide zum Rand der Badewanne presste. Plötzlich fühlte sie, wie der kräftige Wasserstrom sie erfüllte. Ihr stockte der Atem und sie wäre ihm fast vom Schoß gesprungen, um dem Wasserstrahl zu entgehen, der aus einer der seitlichen Düsen kam.

Sie hörte sein Lachen in ihrem Ohr, sanft und verführerisch. »Entspann dich, Suzy. Und genieße es.«

Gott möge ihr vergeben, sie genoss es tatsächlich.

Er spielte mit ihren Brüsten, knabberte an ihren Ohrläppchen und neckte ihre Schultern mit seinen Zähnen, dann saugte er an der zarten Haut ihres Halses. Ihre Körper bewegten sich, sodass der Wasserstrahl abwechselnd sie und dann wieder ihn massierte. Sie verlor sich ganz und dachte noch nicht einmal daran, sich zu wehren, als er sich von hinten an sie presste und den Wasserstrahl dorthin richtete, wo sie sich berührten. Sie versuchte, sich etwas zu bewegen, doch verhinderte er das. Jedes Mal, wenn sie über den Wannenrand klettern wollte, veränderte er ihre Körperstellung so, dass es unmöglich war.

Sie begann zu weinen. »Bitte …«

»Was möchtest du denn?«, wisperte er, während er sich noch fester an sie presste.

»Bitte, lass mich, lass mich jetzt …«

»Willst du noch mehr, Suzy? Ist es das, was du willst? Willst du mehr?«

Seine sanften, verführerischen Worte steigerten ihre Erregung. »Ja … ja …« Sie bettelte ihn an, doch war es zu lange her gewesen, als dass sie sich jetzt hätte zurückhalten können.

Seine Stimme war sanft und doch heiser und auch wieder zärtlich. »Noch nicht, Liebling. Noch nicht.«

Sie stöhnte, als er sie von sich schob. Sie wollte sich in seinen Armen umdrehen, doch er stand auf. In dem wenigen Licht konnte sie seine Silhouette und die gewaltige, imposante Erregung erkennen. Unwillkürlich umfasste sie ihn, schamlos und draufgängerisch, vergessend, dass dies nicht ihr Ehemann war, dass sie dies gar nicht gewollt hatte.

Stöhnend umklammerte er ihre Handgelenke. »Warte. Nur noch ein klein wenig länger.«

Er stieg aus der Badewanne und hüllte seinen nassen Körper in einen Bademantel. Ohne ihn zuzubinden, zog er sie aus der Wanne und schlang ein Tuch um sie, dann hob er sie in seine Arme und trug sie ins Schlafzimmer, als ob sie eine Jungfrau sei, die zum Ehebett geführt würde. Sie lehnte ihren Kopf an seine Schulter, als er sie in das schwach erleuchtete Zimmer führte. Sie wollte ihn nicht sehen, sie wollte sich nicht daran erinnern, wer er war und wer sie war und dass sie jeden Moment ihren Mann betrügen würde. Was machte sie eigentlich in den Armen eines Fremden, kurz davor, sich der sexuellen Glückseligkeit hinzugeben?

»Kein Licht.« Sie brauchte die Dunkelheit, um die Scham zu verstecken, die sie empfand, weil dieser Mann sie so sehr erregt hatte, dass sie sich nicht länger zurückhalten konnte.

Er hielt inne. Sie hob den Kopf. Sein Haar war nass und wirr, sein Ausdruck unlesbar.

Sie hatte erwartet, dass er sie auf sein Bett legen würde. Doch stattdessen trug er sie in die entgegengesetzte Richtung zu einer Tür, die ihr vorher nicht aufgefallen war. Sie sah ihn fragend an, doch erwiderte er ihren Blick nicht. Mit dem Fuß stieß er die Tür auf und trug sie hinein.

Schockiert stellte sie fest, dass er sie in einen großen begehbaren Schrank geführt hatte. Sie sah doppelte Reihen teurer Anzüge und maßgeschneiderte Hemden, geordnete Schuhe, einen Stapel Jeans und einen Stapel Polohemden. Männliche Gerüche umhüllten sie: Eau de Cologne, Leder und der saubere Duft frisch gestärkter Hemden. Er setzte sie auf dem mit Teppich ausgelegten Boden ab und schloss die Tür in seinem Rücken. Die Dunkelheit war so vollkommen, dass ihr vor Schreck der Atem stockte.

Seine Stimme in ihrem Ohr klang heiser und gefährlich. »Kein Licht.«

Das Handtuch fiel von ihren Armen, als er daran zupfte. Er musste einen Schritt zurückgetreten sein, denn er berührte sie nicht mehr.

Sekunden vergingen. Ihr Herz klopfte. Sie stand nackt in der Dunkelheit und wusste nicht mehr, wie weit entfernt er war. Selbst das Geräusch seines Atems wurde durch das leise Summen der Luftkühlung überdeckt. Die Dunkelheit verwirrte sie. Sie war zu dicht, zu absolut. Sie vermittelte einem das Gefühl von Tod und einem Sarg. Sie drehte sich erst einmal um, dann noch einmal. Doch war das ein Fehler, denn dadurch verlor sie die Nerven. Sie griff sich an den Hals, um die aufsteigende Hysterie zu besänftigen.

»Way?«

Nichts.

Unwillkürlich trat sie einen Schritt zurück. Kleidung strich an ihrem nackten Körper entlang. Mit angehaltenem Atem versuchte sie, irgendein Geräusch zu erkennen, eine Bewegung, das Knacksen eines Gelenks, irgendetwas.

Aus dem Nichts berührte eine Hand ihren Schenkel. Sie sprang zurück. Weil sie weder sehen noch etwas hören konnte, schien die Hand vollkommen körperlos, als ob sie die Hand eines Phantomliebhabers sei, etwas nicht wirklich Menschliches, vielleicht sogar etwas Dämonisches. Die Hand strich über das Pflaster auf ihrer Hüfte, und sie versteinerte. Die Hand bewegte sich weiter, berührte ihre Taille, erklomm ihre Rippen und streichelte ihre erregten Brüste.

Sie konnte nicht länger tatenlos vor diesem dämonischen Liebhaber stehen und streckte die Hände aus, um ihn zu berühren. Sie berührte seine Brust und merkte, dass er den Bademantel abgestreift hatte. Der dichte Pelz seines Haares fühlte sich weich an. Hoyts Brust war nicht ganz so behaart gewesen, und das Fremde dieses Körpers verstärkte ihre düstere Fantasie, dass sie sich auf den Teufel eingelassen hatte. Die Muskeln unter ihren Fingerkuppen fühlten sich nicht richtig an, irgendwie ungewöhnlich. An diesem dunklen Ort war sie allein mit einem dämonischen Liebhaber, und ihr verruchter Körper sehnte sich insgeheim nach seiner Berührung.

Trotz der drohenden ewigen Verbannung begannen ihre Hände, ihn zu erfühlen, sie erkundete diesen Teufelskörper lediglich durch die Berührung. Unter ihrer Berührung zogen sich seine Muskeln zusammen. Zum ersten Mal hörte sie ihn schwer atmen. Sie ließ die Hände nach unten gleiten und berührte ihn dort, wo sie eigentlich gar nichts zu suchen hatte, erkundete ihn voller Gier und Leidenschaft. Sie spürte und liebkoste seine Erektion.

Unvermittelt stieß er sie von sich. Wieder stand sie in der undurchdringlichen Dunkelheit ganz alleine da.

Ihr eigener Atem dröhnte ihr in den Ohren.

Er drehte sie um. Seine Hände befühlten ihren Po und massierten ihn. Wieder einmal fühlte sie in der Dunkelheit außer seinen Händen keinen anderen Teil von ihm. Vollkommen losgelöste Teufelshände spreizten ihre Beine und streichelten sie, bis sie zitterte. Plötzlich drückte er sie mit dem Rücken auf den weichen, flauschigen Teppich.

Sie lag da und wartete.

Nichts.

Undurchdringliche Dunkelheit. Ein drohendes Grab. Der Fluch der Verbannung. Doch war sie willens, all das auf sich zu nehmen.

Eine Kraft – animalisch, menschlich oder dämonisch? – öffnete ihre Knie. Keine weitere Berührung, lediglich ein unnachgiebiger Druck, der sie aufforderte, ihre zartesten Körperteile dem dunklen Engel zum Opfer darzubieten.

Und dann wieder nichts.

Sie lag weiter wartend da und konnte kaum atmen. Da sie nun ohnehin schon verdammt war, loderte ihr Körper vor Leidenschaft.

Dann spürte sie es. Ein leichtes Kitzeln an ihren Schenkelinnenseiten. An der Öffnung. Das feuchte, heiße Gefühl einer Zunge.

Oh, mein Gott, wie hatte sie dieses Gefühl vermisst. Sie hatte es so unglaublich vermisst, sie hatte davon geträumt. Das Lecken und Stoßen, sein raues und weiches Streicheln, das Saugen, die verlangenden Lippen, all das wurde durch die Dunkelheit noch gesteigert. Ihr dämonischer Liebhaber verschlang sie, bis sie sich selbst vergaß. Mit einem Aufschrei ließ sie sich herabsinken, drehte sich wieder und wieder um die eigene Achse und sank in ein schwarzes, tiefes Loch.

Er drang in sie ein, noch bevor sie sich wieder gefangen hatte. Sein Körper bedeckte sie, und sein Glied füllte sie ganz aus. Sie schlang ihre Beine um seine Hüften, die Arme um seinen Hals. Ihre Brüste brannten, als sie sich am dichten Haar seiner Brust rieben. Er drang in sie ein, zog sich zurück, drang wieder ein, wieder und wieder, und zog sie mit sich auf der immer höher werdenden Spirale der Lust.

Sein Aufschrei war tief und heiser, ihr Schrei lang und gedehnt, als sie gemeinsam in das explodierende Herz der Dunkelheit fielen.

Nie hatte sie die Dunkelheit so sehr willkommen geheißen.

Kurz darauf begann sie zu weinen. Etwas Licht trat herein, als er die Schranktür öffnete. Sie rollte sich zu einem Ball zusammen und verdeckte ihr Gesicht mit den Armen. Schuld und Scham überfluteten sie. *Mein Geliebter, mein Geliebter.* Sie hatte ihren Mann betrogen, sie hatte den Mann betrogen, den sie von ganzem Herzen liebte. Sie hatte versprochen, ihn ein Leben lang zu lieben, bis der Tod sie scheiden würde. Doch sie war nicht tot. Und er war immer noch der Mann ihres Herzens, ihre innigste Liebe, und sie hatte ihn betrogen.

So hätte es nicht ablaufen dürfen. Eigentlich hatte sie ein Opfer darbringen wollen! Sie hatte Way besucht, um die Stadt zu retten. Stattdessen hatte sie ihn angebettelt, sie endlich zu nehmen und sich vollkommen vergessen.

»Hör auf, Suzy. Bitte.« Seine Stimme klang stockend und schmerzverzerrt.

Sie zog an dem Handtuch, das neben ihr zu einem Haufen zusammengeknüllt lag, und bedeckte ihre Scham. Sie sah auf und sah ihn über sich stehen, immer noch nackt, immer noch nass von ihr.

Tränen der Trauer rannen ihr die Wangen hinunter. »Ich möchte nach Hause gehen.«

»Dazu bist du viel zu durcheinander«, sagte er leise. »Das kann ich nicht zulassen.«

Sie senkte den Blick auf ihren Schoß und musterte ihre nackten Knie, die sie unter sich gekreuzt hatte. »Warum hast du mir das nur angetan?«, rief sie laut aus. »Warum hast du mich nicht einfach in Ruhe lassen können?«

»Es tut mir Leid«, erwiderte er. »Ich wollte gar nicht, dass dies passiert. Es tut mir Leid.«

Er hob den Bademantel vom Boden auf und zog ihn über. Er war dunkelgrün und reich gemustert. Liebevoll umfasste er ihren Arm und zog sie hoch. Als sie neben ihm stand, nahm er einen Bademantel vom Haken neben der Tür und zog ihn ihr über, obwohl er viel zu groß für sie war. Seine Hand ruhte auf ihrem Rücken, als er sie aus dem Wandschrank führte, den sie so viele Jahrhunderte zuvor betreten hatte. Sie bewegte sich vollkommen mechanisch neben ihm. Was machte es schon, wo er sie jetzt hinführte? Was konnte er ihr jetzt noch antun?

Wie ein Kind führte er sie zu einem bequemen, üppig gepolsterten Stuhl in der Nähe des Fensters. Ihre Augen sahen ihn bettelnd an. »Lass mich jetzt gehen.« Wieder begann sie zu weinen.

Er nahm sie in seine Arme, setzte sich auf einen Stuhl und zog sie auf seinen Schoß. Er presste sie an sich und streichelte ihr Haar. »Weine nicht«, flüsterte er. »Bitte, weine nicht.« Seine Lippen berührten ihre Stirn, ihre Schläfen. »Es war nicht deine Schuld. Es war meine. Ich habe dir das angetan.«

»Aber ich habe es zugelassen. Warum habe ich das zugelassen?«

»Weil du eine warme und sinnliche Frau bist, meine Liebe, und weil es alles schon viel zu lange her ist.«

Sie ermahnte sich, sich von ihm nicht trösten zu lassen. Ihr Betrug hatte ein solch unglaubliches Ausmaß, dass ihr Trost gar nicht zustand. Doch er streichelte ihr Haar und hielt sie fest umschlungen. Schließlich hörte sie zu weinen auf und schlief in seinen Armen ein.

Als Way ihren tiefen, gleichmäßigen Atem hörte, schloss er die Augen und presste die Lippen gegen ihre Stirn. Wie hatte alles nur so außer Kontrolle geraten können? Suzy Denton hatte ihm nie etwas getan. Sie hatte es nicht verdient, was er ihr angetan hatte. Es war nicht ihre Schuld, dass er als Teenager in sie verliebt gewesen war, dass sie seine Annäherungsversuche hatte ertragen müssen, ein schäbiger James Dean, der Natalie Wood zu beeindrucken versuchte.

Als sie vor einem Monat sein Arbeitszimmer betreten hatte und er denselben ängstlichen Ausdruck auf ihrem Gesicht erkannte, den sie schon als Teenager ihm gegenüber gehabt hatte, war irgendetwas in ihm durchgebrannt. All sein Geld und sein Einfluss hatten sich in Luft aufgelöst und er hatte die altbekannte machtlose Wut verspürt, die ihn seit seiner Kindheit begleitet hatte. Er hatte sie zu sich nach Hause eingeladen in dem anmaßenden Unterfangen, sie mit seinem Charme zu bekehren und ihr die Augen zu öffnen, wer er heute war, nämlich ein ganz anderer als der Rüpel, der er vor fünfunddreißig Jahren gewesen war. Stattdessen hatte er sie unendlich beleidigt.

Trotz der Art, wie er sie zu sich gelockt hatte, war es ihm gar nicht in den Sinn gekommen, sie könne glauben, er versuche sie zu erpressen, mit ihm zu schlafen. Über die Jahre hatte er eine Menge Freundschaften mit Frauen gepflegt. Nie hatte er zum Mittel der Erpressung greifen müssen, um sie zu erobern. Doch das wusste sie nicht. Sein Vorschlag, dass sie als seine Begleitung agieren solle, war impulsiv gewesen und der Wut entsprungen. Er hatte erwartet, sie würde ihn zur Hölle schicken, doch hatte sie in seinem Rosengarten gestanden und ausgesehen, als ob er ihr eine Ohrfeige versetzt habe.

Während der vierwöchigen Abwesenheit von Telarosa hatte sein schlechtes Gewissen über die Art, wie er sie behandelt hatte, zugenommen. Nachdem er wieder zurückgekehrt war, wollte er sie eigentlich anrufen und sich entschuldigen. Damit hatte er gehofft, die Situation noch irgendwie retten zu können. Doch kaum hatte er seinen Namen genannt, hatte er ein Zittern in ihrer Stimme gehört und die Beherrschung verloren. Statt sie um Verzeihung zu bitten, hatte er sie praktisch gezwungen, ihn zu besuchen, indem er andeutete, die Zukunft Rosatechs und ihre Einwilligung seien eng miteinander verknüpft.

Selbst am heutigen Abend noch hätte er es dementieren können. Heute, als sie in sein Schlafzimmer gestürmt war, hätte er ihr die Wahrheit sagen können. Warum hatte er es nicht getan?

Er starrte blind ins Leere, als ihn die Wahrheit brutal überrumpelte. Er hatte diese schreckliche Sache getan, weil er sich in Suzy Denton verliebt hatte. Ob das heute Abend geschehen war, vor einem Monat oder vor dreißig Jahren, hätte er nicht sagen können. Er wusste nur, dass er sie liebte. Und er hatte nicht die Beherrschung besessen, sich zurückzuhalten.

Er war ein Mann, der stolz darauf war, stets die Selbstbeherrschung zu wahren. Niemals reagierte er aus einem Impuls oder einem Gefühl heraus. Als man ihm die Möglichkeit angeboten hatte, Rosatech zu übernehmen, hatte er es mit einem kühlen Kopf getan. Er hatte eine zynische Belustigung darüber empfunden, dass er sich immer noch für die schlechte Behandlung seiner Mutter durch die Stadt hatte rächen wollen. Doch emotional hatte er sich nicht engagieren wollen. Der Schmerz war zu alt, selbst wenn der Drang, Rache zu nehmen, niemals ganz verebbt war.

Er war es gewesen, der das Gerücht über die Schließung von Rosatech in die Welt gesetzt hatte – und eine Weile lang hatte er mit der Möglichkeit gespielt, es auch tatsächlich zu tun. Doch trotz seiner bewussten Desinformation war Rosatech durchaus profitabel, und er besaß gar nicht den Nerv, so viele unschuldige Existenzen zu zerstören. Doch ließ er die Stadt gerne zappeln und hatte deswegen den Eindruck noch geschürt, er wolle die Fabrik schließen. Er hatte ihre Weltuntergangsstimmung genossen und ihre bemitleidenswerten Versuche der Bestrafung beobachtet, als sie ihn ausschlossen. Als ob er sich um ihre Meinung scheren würde. Auch hatte er sich eingestanden, dass sein Wunsch nach Rache etwas Kindisches hatte.

Kindisch, ja. Aber gleichzeitig auch befriedigend. Was war denn der Sinn, Macht und Geld zu horten, wenn er nicht auch ein wenig Gerechtigkeit damit schaffen konnte? Die Angst, die die Stadt erfasste, die seine Mutter auf dem Gewissen hatte, würde die Vergangenheit nicht ungeschehen machen. Doch endlich war es ihm gelungen, Telarosa seine Verantwortlichkeit zu zeigen, dass sie Trudy Sawyers Seele ermordet hatten.

Heute Abend hatte sich der Kreis geschlossen. Heute Abend, in einem der sehr raren Augenblicke impulsiven Handelns in seinem Leben, hatte Trudy Sawyers Sohn die respektabelste Frau der Stadt wie eine Hure dastehen lassen. Gleich morgen Früh würde er ihr die Wahrheit sagen. Dann würde er sie nach Telarosa zurückschicken und sie nie wieder belästigen.

Er blickte auf sie herab. Himmel noch mal, sie war immer noch wunderschön. Süß und empfindsam. Wäre es wirklich so schrecklich, wenn er es noch einen Tag hinauszögerte, bevor er sie wieder wegschickte? Er würde sie nicht anfassen. Er würde sie ausnehmend höflich behandeln. Wäre das wirklich so furchtbar? Nur noch einen einzigen Tag, um eventuell Suzy Dentons Zuneigung zu erlangen.

18

Bobby Tom wollte gerade das Filmset am Ende des Drehtages verlassen, als Connie Cameron mit zwei eiskalten Dosen Bier seinen Container betrat. Es war Samstagabend, die Filmarbeiten für diese Woche waren abgeschlossen, und er freute sich auf einen freien Tag.

»Es ist ein heißer Tag gewesen. Ich dachte, du würdest vielleicht gern etwas Kühles trinken.«

Er musterte sie, während er sein Hemd zuknöpfte. Die letzte Woche über war er entweder von Paolo Mendes, dem Schauspieler, der den Drogenkönig spielte, gefoltert worden, oder aber er war mit Natalie zusammen in den Fluss gesprungen, während um sie herum Explosionen detonierten. Er war wahrlich nicht in der Stimmung, von irgendjemandem außer Gracie verführt zu werden. Allein die Vorstellung ihres süßen kleinen Körpers erregte ihn. Obwohl bereits ein ganzer Monat vergangen war, seit sie sich zum ersten Mal geliebt hatten, konnte er immer noch nicht genug von ihr bekommen.

»Tut mir Leid, Liebling, aber meine süße Frau wartet zu Hause auf mich.«

»Was die süße Frau nicht weiß, macht sie auch nicht heiß.« Connie öffnete beherzt eine Bierdose und reichte sie ihm.

Er stellte sie auf dem Tisch ab und steckte sein Hemd in die Jeans. Ihr kurzer, enger Rock kletterte ihre Schenkel nach oben, als sie sich auf die eingebaute Couch setzte. Ihre Beine waren braun gebrannt, doch schienen sie ihm nicht so formvollendet wie die von Gracie.

»Wo ist Gracie eigentlich die letzten paar Tage über gewesen?« Connie öffnete einen weiteren Knopf ihrer Bluse, als ob sie kurz davor stünde, einen Hitzschlag zu erleiden.

»Entweder war sie am Telefon oder aber sie hat jemandem den Kopf gewaschen wegen der Pflegeanstalt. Sie organisiert die Reisearrangements für das Golfturnier. Das ist ziemlich viel Arbeit.«

»Sicher kommt sie gut damit klar.« Sie nippte an ihrem Bier, dann zog sie einen Fuß zu sich heran, knickte das Knie ein und steckte ihn unter den anderen Schenkel. Diese Position gestattete ihm freie Aussicht auf ihr lila Höschen.

Da sie es so zur Schau stellte, sah er auch hin, doch ärgerte es ihn mehr, als es ihn erregte. »Connie, was machst du da? Wenn du mit Jimbo verlobt bist, weswegen musst du dich hier herumtreiben?«

»Ich mag dich. Ich habe dich schon immer gemocht.«

»Ich mag dich auch. Zumindest habe ich dich gemocht.«

»Was soll das denn heißen?«

»Es bedeutet, dass mein Herz momentan nur für eine einzige Frau schlägt. Und solange du Jimbos Ring trägst, solltest du ernsthaft in Erwägung ziehen, ebenfalls nur für einen Mann etwas zu empfinden.«

»Ich habe die Absicht, ihm eine gute und treue Ehefrau zu sein, doch heißt das noch lange nicht, dass ich vor der

Hochzeit nicht noch eine letzte Affäre mitnehmen würde.«

»Aber nicht mit mir.«

»Seit wann bist du nur so verdammt prüde geworden?«

»Seit ich Gracie getroffen habe.«

»Was hat sie denn an sich, Bobby Tom? Keiner wird daraus schlau. Ich meine, alle mögen sie sehr gerne. Sie ist freundlich und die Leute rechnen es ihr hoch an, dass sie Interesse an den armen Leuten von Arbor Hills zeigt. Sie ist jedem behilflich, der ihre Hilfe benötigt. Sogar mir hat sie letzte Woche ausgeholfen, nachdem Louann nicht erschienen war. Dabei hatte ich ihr eigentlich ziemlich deutlich gesagt, dass ich sie nicht ausstehen kann. Aber tanzen kann sie nicht. Und obwohl sie recht niedlich ist, hast du doch sonst etwas üppigere Frauen vorgezogen.«

Sie rückte ihre eigene prall gerundete Figur in Position, damit er begreifen konnte, wovon sie sprach. Und er begriff tatsächlich. Ihm fiel auf, dass Gracie etwas besaß, was Connie fehlte. Sie besaß Skrupel.

Sie besaß auch eine Sturheit, die ihn manchmal fast die Wände hochgehen ließ. Das Geld, das sie in seinem Schreibtisch hinterlegt hatte, bedeutete für sie eine große Summe, doch für ihn war es noch nicht einmal ein Taschengeld. Es ärgerte ihn, dass sie in dieser Angelegenheit so unnachgiebig war. Er wusste doch, dass sie keine von jenen Blutsaugern war, die sich schon fast berufsmäßig von ihm nährten. Warum also gestattete sie ihm nicht, ihr ein paar Dinge zu kaufen? Trotz aller angeblichen Kenntnis seines Charakters schien sie nicht zu merken, dass er von Natur aus der Gebende war und dass alles andere ihm unangenehm war. Ein lästiges Gefühl beschlich ihn bei der Erinnerung, dass sie nicht wusste, dass er für ihr Gehalt aufkam. Doch dann ermahnte er sich, sich deswegen keine Sorgen zu machen. Sie durfte es halt niemals herausbekommen.

Connie musterte ihn misstrauisch. »Es gibt noch eine Sache, die die Leute stutzig macht ... Gracie scheint sich nicht allzu gut mit Football auszukennen. Es fällt schwer zu glauben, dass sie den Quiz bestanden hat.«

»Ich habe ihn hier und da etwas leichter gestaltet.«

Wütend sprang sie von der Couch auf. »Das ist nicht fair! Die Frauen haben immer darauf vertraut, dass du ihnen gegenüber fair bist, wenn du ihnen den Quiz stellst.«

Zu spät merkte er, dass er einen großen taktischen Fehler begangen hatte. »Ich *bin* fair. Aber gerade deswegen muss man manchmal auch fünf gerade sein lassen.«

Diese Bemerkung schien Connie erst recht aufzubringen. Er beobachtete entsetzt, wie sie ihre Bierflasche abstellte und auf ihn zuschlenderte, ein wütendes Funkeln in den dunklen Augen. Sie mochte die bestaussehendste Frau Telarosas sein, doch zurzeit fand er sie nicht halb so attraktiv wie Gracie.

Er erinnerte sich an die extrem sinnlichen Geräusche, die Gracie gestern Abend von sich gegeben hatte. Er war sich ganz sicher, dass er sich früher mit anderen Frauen im Bett auch sehr gut amüsiert hatte. Doch er wusste beim besten Willen nicht mehr genau, wann oder mit wem. Gracie war voller Überraschungen. Sie legte eine unwiderstehliche Kombination von Leidenschaft und Unschuld an den Tag, von Zurückhaltung und Offenheit. Wenn sie sich liebten, erregte sie ihn derart, dass er sich in Erinnerung rufen musste, dass sie in den erotischen Künsten eine Anfängerin war und dass er sich überhaupt nur auf sie eingelassen hatte, um ihr einen Gefallen zu erweisen. Er hegte den Verdacht, dass seine Reaktion auf sie nicht halb so heftig ausgefallen wäre, wenn er nach seinem Rückzug aus dem Footballgeschäft nicht zeitweise seinen sexuellen Elan verloren hätte. Mehr als einmal beruhigte er sich damit, dass es mit jeder anderen Frau vermutlich ebenso verlaufen wäre.

Als Connie ihre Arme um seinen Hals schlang und ihre Lippen auf seinen Mund presste, hatte er Gelegenheit, diese Theorie zu untermauern. Doch brauchte er keine zehn Sekunden, um zu merken, dass sie ihn nicht mal erwärmen, geschweige denn zum Lodern bringen würde. Er nahm sie bei den Schultern und schob sie sehr bestimmt von sich. »Vergiss nicht, mir zu sagen, was du dir zur Hochzeit wünschst.«

Ihr Gesicht verzerrte sich und ihm war klar, dass er sie beleidigt hatte. Aber schließlich hatte er sie nicht in seinen Container eingeladen, und es war ihm gleichgültig. Er nahm seine Autoschlüssel und den Stetson, ging zur Tür und hielt sie ihr auf. Ohne ein Wort zu sagen, trat sie vor die Tür. Er setzte seinen Hut auf und folgte ihr.

Keine zehn Meter entfernt wartete Polizeichef Jimbo Thackery in seinem Polizeiwagen.

Connie brachte das nicht aus der Fassung. »Hallo, Jimmy, Liebling.« Mit ihrer aufgeknöpften Bluse und dem wirren Haar trat sie auf ihn zu und schlang die Arme um seinen Hals.

Jimbo machte sich frei und warf Bobby Tom einen giftigen Blick zu. »Was in aller Welt geht hier vor? Was hast du mit ihm gemacht?«

Connie legte ihm die Hand auf den Arm. »Nun reg dich doch nicht auf, Jim. Bobby Tom und ich haben nur ein Bier zusammen getrunken. Nichts ist passiert, nicht wahr, Bobby Tom?« Sie warf Bobby Tom ein durchtriebenes Lächeln zu, das darauf schließen ließ, dass eine ganze Menge passiert war.

Bobby Tom betrachtete die beiden angeekelt. »Ich kenne wohl keine zwei Leute, die einander so sehr verdient haben.«

Er ging zu seinem Transporter, doch als er sich hinter das Steuer setzte, hatte Jimbo ihn eingeholt. Die Kieselaugen des Polizeichefs funkelten ihn gemein an. »Ich warte auf dich, Denton. Wenn du ein Kaugummipapier fallen lässt oder auf den Bürgersteig spuckst, werde ich zur Stelle sein.«

»Ich spucke nicht, Jimbo«, erwiderte Bobby Tom. »Jedenfalls nicht, wenn du dich nicht unglücklich machen willst.«

Als er losfuhr, beobachtete er im Rückspiegel, wie Jimbo und Connie sich heftig in die Haare gerieten. Er hätte nicht sagen können, wer von beiden ihm mehr Leid tat.

Irgendetwas weckte Gracie. Selbst nach einem Monat hatte sie sich noch nicht so richtig daran gewöhnt, nachts in Bobby Toms Bett zu schlafen. Für den Bruchteil einer Sekunde wusste sie nicht, wo sie war. Ein Lichtstrahl aus dem Flur weckte ihre Aufmerksamkeit, gleichzeitig merkte sie, dass sie alleine im Bett lag. Sie setzte die Füße auf den Boden und zog sich einen Bademantel über. Es war kurz vor drei Uhr morgens. Es war Sonntag, und Bobby Tom und sie würden am Morgen mit Natalie zusammen nach San Antonio fliegen, wo sie mit ihrem Mann Anton verabredet waren. Sie trat in den Flur. Das Licht kam aus seinem Arbeitszimmer. In der Tür blieb sie stehen. Er lag ausgestreckt in einem Sessel, konnte sie jedoch nicht sehen, als sie ins Zimmer trat. Sein Haar war wirr, und er trug einen goldbraunen Seidenbademantel, der mit alten spanischen Münzen bedruckt war. Das silberne Licht kam vom Fernseher, wo er sich mit abgeschaltetem Ton ein Footballspiel ansah.

Er drückte auf die Fernbedienung. Als das Band zurückspulte, wurde ihr klar, dass es sich um ein Video handelte. Sie sah auf den Bildschirm, wo er im Trikot der *Stars* zu sehen war.

Während das flackernde Licht abwechselnd Licht und Schatten auf sein Gesicht warf und seine Wangenknochen scharf hervortreten ließ, nahm das Footballspiel seinen Lauf: Bobby Tom rannte zur einen Seite. Der Ball kam auf ihn zu, doch war er offenbar zu hoch geworfen worden, als dass er ihn hätte fangen können. Er schnellte dennoch in die Höhe und schien dort hängen zu bleiben, jeder einzelne Muskel seines Körpers gestreckt.

Ihr Atem stockte, als sie den Gegenspieler auf ihn zurennen sah. Bobby Tom war zu voller Länge ausgestreckt und verletzbar.

Der Schlag war brutal. Innerhalb von Sekunden lag er auf dem Boden und wand sich vor Schmerzen.

Wieder drückte er die Rückspultaste, und wieder konnte man dieselbe Szene sehen. Ihr wurde übel, als ihr klar wurde, was er Nacht für Nacht getan hatte, wenn sie in seinem Arbeitszimmer Licht gesehen hatte. Er hatte im Dunklen gesessen und das Spiel wieder durchlebt, das seine Karriere beendet hatte.

Sie musste sich bewegt oder unabsichtlich ein Geräusch von sich gegeben haben, denn er schnellte zu ihr herum. Als er sie im Türrahmen stehen sah, drückte er sofort die Stopptaste. Der Fernsehmonitor zeigte nur noch Schnee.

»Was willst du?«

»Ich bin aufgewacht, und du warst nicht da.«

»Ich habe es nicht nötig, dass du auf mich aufpasst.« Er erhob sich und warf die Fernbedienung auf das Kissen zurück.

»Es bricht mir das Herz, dass du hier Nacht für Nacht sitzt und dir dieses Band ansiehst.«

»Ich weiß nicht, wie du darauf kommst. Das ist das erste Mal, dass ich mir nach meiner Verletzung dieses Band angesehen habe.«

»Das ist nicht wahr«, widersprach sie ihm leise. »Von meinem Schlafzimmer aus kann ich das Licht in diesem Zimmer sehen. Ich weiß, dass du dir das Band die ganze Zeit anschaust.«

»Kümmere dich lieber um deinen eigenen Kram.«

Sein Nacken spannte sich an, doch durfte sie bei etwas so Wichtigem nicht nachgeben. »Du bist doch noch so jung. Du solltest lieber dein Leben vorantreiben, anstatt eine Rückschau zu halten.«

»Wie weise! Ich kann mich nicht erinnern, dich um einen Ratschlag gebeten zu haben.«

»Es liegt doch jetzt hinter dir, Bobby Tom.« Impulsiv streckte sie ihm ihre Hand entgegen. »Bitte, gib mir das Band.«

»Warum sollte ich?«

»Weil du dir Schaden zufügst, wenn du es dir ständig ansiehst. Es ist an der Zeit, damit aufzuhören.«

»Du hast keine Ahnung, wovon du sprichst.«

»Bitte, gib mir das Band.«

Er wandte den Kopf wieder dem Fernseher zu. »Wenn du es unbedingt haben willst, nimm das verdammte Ding. Aber fang nicht an, so zu tun, als ob du wüsstest, was ich denke und was ich nicht denke, weil das einfach nicht der Fall ist.«

»Du lässt niemals jemanden in deine Seele Einblick nehmen, nicht wahr?« Sie ging zum Fernseher und nahm das Band aus dem Videorekorder.

»Nur, weil wir ein paar Mal miteinander im Bett waren, heißt das noch lange nicht, dass du das Recht hast, hier zu stöbern und zu schnüffeln. Wenn eine Frau das einmal zu oft macht, findet sie sich auf der anderen Seite der Tür wieder, vergiss das nicht. Ich schreibe diese Unterhaltung deinem Mangel an Erfahrung mit Männern zu.«

Sie ließ sich von seiner Wut nicht beeindrucken, denn sie kannte deren Ursache. Sie hatte einen zu tiefen Einblick in seine Seele genommen, und dafür wollte er sie jetzt bestrafen. Sie tätschelte seinen Arm. »Das war keine Unterhaltung, Bobby Tom. Keine einzige deiner Bemerkungen war in irgendeiner Weise wichtig.«

Sie ging an ihm vorbei zurück ins Schlafzimmer, um ihre

Kleidung zusammenzusammeln. Doch kaum hatte sie das Videoband in ihrer Tasche verschwinden lassen, als er im Türrahmen erschien. »Vielleicht kommt das daher, weil ich nicht über Sex gesprochen habe.«

Auf seinen Lippen lag ein breites, berechnendes Lächeln, das seine Augen jedoch nicht mit einbezog. Sie spürte die Anstrengung, die es ihn kostete, vorzutäuschen, sie habe ihn nicht tief getroffen. Ihr war klar, dass er ihrem Bohren in seiner Seele ein Ende bereiten wollte, indem er seine Lieblingswaffe, nämlich seinen Charme, einsetzte.

Einen Moment zögerte sie, unschlüssig, welchen Weg sie einschlagen sollte. Gab ihr die Tatsache, dass sie ihn liebte, das Recht, so tief in die ihm so wichtige Privatsphäre einzudringen? Sie hätte es nur zu gerne getan. Doch die Vernunft sagte ihr, dass er jenen Wall um sich herum schon vor langer Zeit errichtet hatte. Sicher würde sie ihn nicht in einer einzigen Nacht einreißen können.

»Nicht mehr reden jetzt, Gracie.« Er nahm ihr den Bademantel ab, dann zog er seinen eigenen aus. Sie erwartete, dass er sie ins Bett tragen würde, doch nahm er sie mit zurück in sein Arbeitszimmer, wo er sich auf den großen Sessel gleiten ließ und sie auf sich zog. Innerhalb weniger Minuten brachte er ihr noch eine Art und Weise bei, wie man sich lieben konnte. Doch sie hatte nicht so viel Freude daran wie sonst. Zwischen ihnen lag zu viel Unausgesprochenes.

Der Flug am nächsten Morgen nach San Antonio verlief ohne Zwischenfälle. Da Bobby ihr Reiseführer war, galt ihr erster Halt natürlich dem *Alamo*. Texas' wichtigster Schrein lag inmitten von Hamburger- und Eiskremläden in San Antonios lebhafter Stadtmitte. Als sie über den großen Platz auf das Steingebäude zugingen, warnte ein Evangelist an einer Straßenecke vor dem Weltuntergang. Touristen mit Videokameras lichteten das berühmte Gebäude ab.

»Du siehst bildhübsch aus«, flüsterte Bobby Tom. »Und das meine ich ernst, Gracie. Wenn du noch hübscher wirst, werde ich dich einsperren müssen.«

Ein warmes Gefühl breitete sich in ihr aus, als er sich zu ihr herunterbeugte und sie flüchtig auf die Lippen küsste. Ihr morgendliches Liebesspiel war sehr schweißtreibend und alles andere als höflich gewesen. Er hatte ihr einen Orgasmus so lange verwehrt, bis sie eine ganze Liste ferkeliger Wörter in sein Ohr geflüstert hatte. Sie hatte sich revanchiert, indem sie abgewartet hatte, bis er geduscht und angezogen war, dann zwang sie ihn, einen sehr langsamen Striptease vorzuführen. Wozu war man schließlich Bobby Tom Dentons Geliebte, wenn man diesen wunderschönen Körper nicht betrachten durfte?

Vor ihnen hielten Natalie und ihr Mann Anton Händchen. Als Gracie Anton Guyard kennen gelernt hatte, war sie über den äußerlichen Gegensatz der beiden verblüfft gewesen. Anton war ein mondgesichtiger Geschäftsmann aus Los Angeles, dessen Haar bereits schütter geworden war, ganz das Gegenteil seiner wunderschönen Ehefrau mit den Filmstarqualitäten. Doch Anton war charmant und intelligent und offenbar sehr in Natalie verliebt; sie ihrerseits schien ihn ebenfalls zu vergöttern.

Bobby Tom drückte Gracies Hand und wandte den Kopf von einer Gruppe Touristen ab, die ihn anglotzten. In seinem rosa Westernhemd mit silbernen Nieten und seinem stets präsenten Stetson war er leicht zu erkennen. Gracie trug ein braunes Stricktop mit dazu passendem kurzen Rock, Sandalen und klobige, sandbestrahlte Goldohrringe.

Natalie drehte sich zu ihnen um. Sie sah besorgt aus. »Bist du dir auch sicher, dass der Cityruf funktioniert, den du mir gegeben hast, Bobby Tom?«

Gracie konnte gut nachvollziehen, dass Natalie angesichts der allerersten Trennung von Elvis nervös war. Und das, obwohl sie Terry Jo vertraute, die in der Zwischenzeit regelmäßig als Babysitterin fungierte. Die ganze Woche über hatte Natalie Muttermilch in Flaschen abgefüllt und sie ins Gefrierfach getan, um für diesen Tag gewappnet zu sein.

»Ich habe ihn selbst ausprobiert«, beruhigte sie Bobby Tom. »Falls Terry Jo überhaupt irgendwelche Probleme mit Elvis haben sollte, kann sie dich sofort erreichen.«

Anton dankte ihm bereits zum dritten Mal.

Schon am frühen Morgen hatte Bobby Tom darüber geklagt, wie schwer es ihm fallen würde, nach allem, was Natalie und er hinter seinem Rücken getan hatten, Natalies Mann gegenüberzutreten. Natalie mochte als professionelle Schauspielerin keinerlei Schwierigkeiten haben, ihre Liebesszenen vor laufender Kamera zu spielen. Doch Bobby Tom hatte das Gefühl, seinen persönlichen Ehrenkodex zu verletzen.

Gracie genoss die Tour des *Alamos*. Zusammen mit einer Menge anderer Touristen lauschte sie der dramatischen Erzählung des Reiseführers über die dreizehn schicksalsträchtigen Tage, die Texas in die Unabhängigkeit geführt hatten. Am Schluss standen ihr Tränen in den Augen.

Bobby Tom beobachtete sie amüsiert, als sie sie mit einem Taschentuch abzutupfen versuchte. »Für ein Yankee-Mädchen, die George Strait nicht von Waylon Jennings unterscheiden kann, hast du doch das Herz am rechten Fleck.«

»Oh, Anton, schau doch mal! Davy Crocketts Gewehr!«

Neidisch beobachtete Gracie, wie Natalie die Aufmerksamkeit ihres Mannes auf einen großen Glaskasten lenkte. Ihr enges Verhältnis wurde in jeder ihrer Bewegungen und ihrer Blicke deutlich. Natalie hatte unter dem gewöhnlichen Äußeren ihres Mannes den Menschen darunter erkennen können. Ob es wohl möglich wäre, dass Bobby Tom das eines Tages auch mit ihr gelingen würde? Rasch verwarf sie diese Fantasievorstellung. Es hatte keinen Sinn, sich mit dem Unmöglichen zu quälen.

Nach der Besichtigung des *Alamo* schlenderten sie die Uferpromenade entlang. Von dort aus schifften sie sich auf eines der Touristenboote ein, das unter den Steinbrücken entlangschipperte. Danach spazierten sie über die sich windenden Wege. Schließlich landeten sie in einem Geschäftsviertel mit dem Namen *La Vilita*, wo Bobby Tom für Gracie eine hellblaue Sonnenbrille erstand, deren Gläser die Form des Staates Texas hatten. Gracie revanchierte sich, indem sie ihm ein T-Shirt mit der Aufschrift *Ich bin zwar nicht besonders schlau, kann dafür aber schwere Lasten tragen* kaufte. Natalie und Gracie amüsierten sich über das T-Shirt, bis ihnen die Tränen kamen, während Bobby Tom sich entrüstet gab. Doch gleichzeitig hielt er es sich vor dem Spiegel an und grinste darüber.

Als es Abend wurde, besuchten sie sein Lieblingsrestaurant an der Uferpromenade, den *Zuni Grill.* Während sie mit Pekannüssen gegrilltes Hühnchen und schwarze Bohnen und Schafskäse aßen, beobachteten sie die vielen Fußgänger, die unmittelbar vor ihnen promenierten.

Bobby Tom hatte gerade einen Löffel von Gracies Dessert gekostet, eine Bourbonvanillekrem mit Pekannüssen, als sie ihn erstarren sah. Sie folgte seinem Blick auf die offene Metallwendeltreppe, die in das obere Stockwerk des Restaurants führte. Suzy Denton kam die Treppe herunter, unmittelbar hinter ihr folgte Way Sawyer.

19

Natalie, die gerade mit der Babysitterin wegen Elvis telefoniert hatte, bemerkte Suzy und Way Sawyer auf der Treppe. »Bobby Tom, ist das nicht deine Mutter? Wer ist denn der gut aussehende Mann in ihrer Begleitung?«

»Vorsicht, Chérie«, scherzte Anton. »Du machst mich noch eifersüchtig.« Natalie lachte, als ob Anton gerade einen unglaublich komischen Witz gerissen hätte.

»Das ist Way Sawyer«, erläuterte Bobby Tom verkrampft. In dieser Sekunde entdeckte Suzy ihren Sohn und erstarrte. Sie machte den Eindruck, als ob sie fliehen wollte, doch da das nicht möglich war, trat sie zögernd auf den Tisch zu. Way folgte ihr.

Ihr Mund lächelte breit. »Hallo.«

Alle außer Bobby Tom erwiderten ihren Gruß.

»Wie ich sehe, sind Sie und das Baby gut in die Stadt zurückgekommen«, wandte sich Way an Gracie.

»Ja, das sind wir. Es war sehr freundlich von Ihnen, dass Sie angehalten haben.«

Bobby Tom warf ihr einen giftigen und zugleich fragenden Blick zu. Sie beachtete ihn nicht weiter und erläuterte Natalie und Anton, auf welche Weise sie Way kennen gelernt hatte. Nebenbei stellte sie auch alle einander vor, da Bobby Tom offenbar keinerlei Anstalten diesbezüglich unternehmen wollte.

Die Spannung zwischen Mutter und Sohn war so stark, dass die Luft knapper zu werden schien. Way wandte sich mit einer etwas zu beiläufigen Stimme an die um den Tisch Versammelten.

»Nicht weit entfernt von hier habe ich eine Wohnung. Als ich hier etwas essen wollte, sah ich Frau Denton alleine dasitzen. Ich habe sie dazu überredet, meine Gesellschaft zu akzeptieren, doch jetzt muss ich los.« Er wandte sich Suzy zu und schüttelte ihre Hand. »Es war nett, Sie zu sehen, Frau Denton. Nett, Sie alle kennen zu lernen.« Er nickte kurz und verließ das Restaurant.

Selten hatte Gracie eine weniger überzeugende Lüge gehört. Sie betrachtete Suzy, deren Blicke Way folgten, als er durch die Tische hindurch dem Ausgang zustrebte.

Da Bobby Tom weiterhin schwieg, lud sie Suzy ein, sich zu ihnen zu setzen. »Wir sind gerade beim Dessert. Warum bitten wir den Kellner nicht um noch einen Stuhl?«

»Nein danke. Ich … ich muss jetzt los.«

Schließlich klappte Bobby Tom den Mund auf. »Es ist reichlich spät, um jetzt noch bis nach Hause zurückzufahren.«

»Ich bleibe die Nacht über hier. Eine Freundin und ich wollen uns im Kunstzentrum eine Symphonie anhören.«

»Welche Freundin?«

Gracie registrierte, wie Suzy unter der Heftigkeit seiner Ablehnung fast zusammenbrach. Es machte sie wütend, dass er seine Mutter derart in die Enge trieb. Wenn seine Mutter sich mit Herrn Sawyer treffen wollte, war das ihre und nicht seine Angelegenheit. Genau das hätte Suzy ihm auch sagen sollen. Doch im Augenblick schien Suzy mehr wie ein Kind, während Bobby Tom die Rolle des strengen, verurteilenden Elternteils übernommen hatte.

»Niemanden, den du kennst.« Nervös fuhr sich Suzy mit der Hand durch die Haare. »Also dann, auf Wiedersehen. Und guten Appetit noch.« Eilig verließ sie das Restaurant. Vor der Tür wandte sie sich nach links, die entgegengesetzte Richtung, die Way Sawyer genommen hatte.

Suzys Herz schlug ihr bis zum Hals. Sie hatte das Gefühl, als ob man sie beim Ehebruch ertappt habe. Nie und nimmer würde Bobby Tom ihr verzeihen. Eilig ging sie den Gehweg hinunter, vorbei an Paaren mit Kinderwagen und japanischen Touristengruppen. Die flachen Absätze ihrer schwarzbraunen Pumps schlugen eine hektische Kadenz auf den unebenen Boden. Fast ein Monat war seit jener verbotenen Nacht vergangen, die Way und sie gemeinsam verbracht hatten. Doch seitdem war nichts mehr wie zuvor.

Sie erinnerte sich daran, wie er am nächsten Morgen trotz

ihres anschuldigenden Schweigens überaus zärtlich zu ihr gewesen war. Als sie zum Golf gefahren waren, hatte er ihr versprochen, er würde sie nie wieder berühren, sie jedoch weiterhin gerne sehen. Sie tat so, als ob sie gar keine andere Wahl habe – als ob er Rosatech schließen würde, wenn sie seinen Wünschen nicht nachkam –, doch insgeheim glaubte sie das nicht. Trotz seiner rauen Fassade entsprach diese Art von Rücksichtslosigkeit nicht seinem Charakter.

Also hatte sie sich auch weiterhin mit ihm getroffen. So lange sie keinerlei körperlichen Kontakt hatten, war es kein Betrug und somit vollkommen harmlos – das jedenfalls redete sie sich ein. Und weil sie der Wahrheit nicht ins Gesicht sehen konnte, gab sie vor, gegen ihren Willen mit ihm zusammen zu sein. Während sie Golf spielten, sich über ihre Gärten unterhielten oder in ganz Texas herumflogen, um sich mit seinen Geschäftspartnern zu treffen, spielte sie die Rolle der unfreiwilligen Gefangenen, ganz so, als ob das Schicksal Telarosas auf ihren Schultern lastete. Und weil er sie in sein Herz geschlossen hatte, ließ er ihr dies durchgehen.

Doch der Vorfall von eben hatte unter das Ganze einen Schlussstrich gezogen. Innerhalb weniger Minuten war das empfindliche Gebäude der Illusionen, mit denen sie sich umgeben hatte, zerschlagen worden. Gott möge ihr vergeben, doch sie wollte mit ihm zusammen sein. Ihre Treffen bildeten in ihrem sonst so monotonen, vorhersehbaren Leben farbenfrohe Tupfer. Er brachte sie zum Lachen und gab ihr das Gefühl, wieder jung zu sein. Er ließ sie hoffen, dass das Leben noch mit Überraschungen aufwartete, und er vertrieb ihre schmerzhafte Einsamkeit. Doch indem sie ihm gestattet hatte, in ihrem Leben einen solch wichtigen Platz einzunehmen, hatte sie ihr Eheversprechen gebrochen. Und jetzt war ihr unehrenhaftes Verhalten dem einen Menschen auf der Welt klar geworden, vor dem sie ihre Schwäche am meisten hatte verbergen wollen.

Der Pförtner öffnete ihr die Tür zu dem Gebäude, in dem Way wohnte. Sie trat in den schmalen Fahrstuhl zu seinem Apartment und wühlte in ihrer Tasche nach dem Schlüssel, den er ihr gegeben hatte. Noch bevor sie ihn ins Schloss stecken konnte, riss er die Tür auf.

Sein Gesicht hatte den grimmigen Ausdruck, den es während ihrer anfänglichen Zusammenkünfte gehabt hatte. Fast hätte sie eine beißende Bemerkung erwartet, doch stattdessen schloss er die Tür und zog sie in seine Arme. »Ist alles in Ordnung?«

Für einen kurzen Moment legte sie ihre Wange an sein Hemd, doch selbst dieser flüchtige Trost kam ihr wie ein Betrug an Hoyt vor. »Ich wusste nicht, dass er dort sein würde«, sagte sie, als sie sich von ihm löste. »Es kam so unerwartet.«

»Ich werde nicht zulassen, dass er dir deswegen so zusetzt.«

»Er ist mein Sohn. Du wirst ihn nicht daran hindern können.«

Er trat ans Fenster, legte die Handfläche gegen die Wand daneben und blickte nach draußen. »Wenn du dein Gesicht hättest sehen können, als wir dort standen ...« Seine Brust weitete sich, als er tief einatmete. »Er hat mir nicht geglaubt, dass wir uns nur zufällig getroffen haben. Ich war wohl nicht sehr überzeugend. Tut mir Leid.«

Er war ein stolzer Mann. Sie verstand nur zu gut, wie viel es ihn gekostet hatte, ihretwegen zu lügen. »Mir tut es auch Leid.«

Er wandte sich ihr zu. Sein Gesichtsausdruck war so verzweifelt, dass sie in Tränen hätte ausbrechen können. »Ich kann so nicht mehr weiterlügen, Suzy. Ich möchte gerne auf der Straße in Telarosa ganz offen neben dir gehen und in dein Haus eingeladen werden.« Er holte tief Luft. »Ich möchte dich gerne berühren dürfen.«

Sie ließ sich auf die Couch sinken. Das Ende war gekommen, doch wollte sie es nicht wahrhaben. »Es tut mir Leid«, wiederholte sie.

»Ich werde dich gehen lassen müssen«, sagte er leise.

Panik ergriff sie. Sie ballte die Hände zu Fäusten. »Du benutzt diesen Vorfall als einen Ausweg, nicht wahr? Du hattest deinen Spaß, und jetzt kannst du mich einfach abschütteln und Rosatech auch noch schließen.«

Falls ihr ungerechtfertigter Angriff ihn verblüfft hatte, so ließ er es sich jedenfalls nicht anmerken. »Diese Sache hat nichts mit Rosatech zu tun. Ich hatte gehofft, dass dir das mittlerweile klar geworden ist.«

All ihren Schmerz und ihre Schuldgefühle ließ sie an ihm aus. »Haben Männer wie du eigentlich irgendeinen geheimen Treffpunkt, wo ihr euch all die Geschichten über die Frauen, die ihr mit euren Drohungen verführt habt, gegenseitig erzählt? Sicher haben sie lauthals gelacht, dass du einer alten Frau wie mir den Hof machst, wo du doch irgendein vollbusiges junges Model hättest haben können.«

»Suzy, hör damit auf«, wehrte er matt ab. »Ich hatte nie die Absicht, dir zu drohen.«

»Bist du dir auch sicher, dass du nicht noch einmal mit mir vögeln möchtest?« Tränenerstickt brach sie ab. »Oder war es so unangenehm, dass du es nur ein einziges Mal hast tun wollen?«

»Suzy …« Er kam auf sie zu. Sie spürte, dass er sie mit einer Umarmung trösten wollte, doch bevor er sie noch berühren konnte, sprang sie von der Couch auf und trat einen Schritt zurück.

»Ich bin ganz froh, dass die Sache nun zu Ende ist«, sagte sie mit Nachdruck. »Ich hatte es ohnehin nie gewollt. Ich möchte die ganze Sache vergessen und wieder das Leben führen, das ich geführt habe, bevor ich dein Büro betreten habe.«

»Ich nicht. Ich war schrecklich einsam.« Er stand unmittelbar vor ihr, doch berührte er sie nicht. »Suzy, du bist jetzt seit vier Jahren Witwe. Sag mir doch, warum wir nicht zusammen sein können. Hasst du mich denn so sehr?«

Ihre Wut verebbte. Langsam schüttelte sie den Kopf. »Ich hasse dich überhaupt nicht.«

»Ich hatte nie die Absicht, Rosatech zu verlegen. Das weißt du doch, nicht wahr? Ich war derjenige, der das Gerücht überhaupt in die Welt gesetzt hatte. Ich war wie ein kleines Kind. Ich wollte mich an der Stadt für die Art und Weise rächen, wie sie meine Mutter vor Jahren behandelt hat. Sie war sechzehn Jahre alt, Suzy, und sie wurde von drei Männern brutal vergewaltigt. Und doch war sie es, die man bestraft hat. Trotz allem wollte ich dich in die ganze Sache überhaupt nicht hineinziehen. Doch es ist passiert, und das werde ich mir nie verzeihen.«

Sie wandte den Kopf ab und betete im Stillen, dass er nichts mehr sagen würde, doch er fuhr fort: »An jenem Nachmittag, als du in mein Büro gekommen bist, habe ich nur einen einzigen Blick auf dich geworfen und wieder das Gefühl gehabt, ein Kind aus dem falschen Viertel zu sein.«

»Und dafür hast du mich bestraft.«

»Das wollte ich nicht. Es wäre mir niemals in den Sinn gekommen, dich dazu zu erpressen, mit mir zu schlafen – so viel weißt du inzwischen sicherlich. Aber an jenem Abend, als du in mein Zimmer gekommen bist, sahst du so schön aus und ich begehrte dich so sehr, dass ich dich einfach nicht gehen lassen konnte.«

Tränen standen in ihren Augen. »Du hast mich gezwungen! Es war nicht meine Schuld! Du hast mich gezwungen, dir nachzugeben!« Selbst in ihren eigenen Ohren klangen diese Worte wie die eines kleinen Kindes, das für seine Handlungen nicht gerade stehen wollte und stattdessen alle um sich herum verantwortlich machte.

Seine Augen sahen sie so weise an, dass sie am liebsten in Tränen ausgebrochen wäre. Als er sprach, war seine Stimme heiser und vom Schmerz erstickt. »Das stimmt, Suzy. Ich habe dich gezwungen. Es war meine Schuld. Meine und sonst niemandes Schuld.«

Sie zwang sich zu schweigen und die Unterhaltung an diesem Punkt zu beenden, doch ihr Ehrgefühl rebellierte. Dies war viel mehr ihre Sünde als seine. Sich abwendend murmelte sie: »Nein, das stimmt nicht. Ich hätte lediglich nein sagen müssen.«

»Für dich war es eine lange Zeit der Enthaltsamkeit. Du bist eine leidenschaftliche Frau, und das habe ich ausgenutzt.«

»Bitte, lüge meinetwegen nicht. Das habe ich ohnehin schon für mich selbst viel zu häufig getan.« Sie atmete bebend ein. »Du hast mich nicht gezwungen. Ich hätte jederzeit gehen können.«

»Warum hast du es dann nicht getan?«

»Weil … weil es sich so gut anfühlte.«

Er berührte sie. »Du weißt doch sicher, dass ich mich in jener Nacht in dich verliebt habe? Oder vielleicht ist es auch vor dreißig Jahren passiert, und ich habe es einfach nie vergessen.«

Sie legte ihre Fingerspitzen auf seine Lippen. »Sag das nicht. Es stimmt nicht.«

»Ich habe mich in dich verliebt, Suzy, obwohl ich genau weiß, dass ich es mit Hoyt nie werde aufnehmen können.«

»Dies hat überhaupt nichts mit Konkurrenz zu tun. Er war mein Leben. Wir haben für alle Ewigkeiten geheiratet. Und wenn ich mit dir zusammen bin, betrüge ich ihn.«

»Das ist absurd. Du bist eine Witwe. In diesem Land legen sich die Frauen nicht zu ihren toten Männern mit ins Grab.«

»Er war mein Leben«, wiederholte sie, unfähig, dieses

Gefühl anders auszudrücken. »Es konnte einfach niemand anderen geben.«

»Suzy ...«

Tränen standen ihr in den Augen. »Es tut mir so Leid, Way. Ich hatte dich nicht verletzen wollen. Ich ... dazu mag ich dich viel zu sehr.«

Er konnte seine Verbitterung nicht verbergen. »Aber offensichtlich nicht ausreichend, um deinen Witwenstatus aufzugeben und erneut zu leben.«

Sie sah, welchen Schmerz sie ihm zufügte und hatte das Gefühl, sich selbst zu bestrafen. »Du hast gesehen, wie Bobby Tom heute Abend reagiert hat. Ich wäre am liebsten im Boden versunken.«

Er sah sie an, als ob sie ihm eine Ohrfeige versetzt habe. »Dann gibt es wohl nichts mehr zu sagen, nicht wahr? Ich möchte nicht, dass du dich meinetwegen schämst.«

»Way ...«

»Pack deine Sachen zusammen. Ein Wagen wird unten auf dich warten.« Ohne ihr die Möglichkeit einer Antwort einzuräumen, verließ er die Wohnung.

Sie floh in das Gästezimmer, wo sie seit der ersten Nacht geschlafen hatte. Dort warf sie ihre Kleidung in einen Koffer. Während ihr Tränen die Wangen hinunterrannen, beruhigte sie sich damit, dass der Albtraum jetzt vorüber war. Irgendwann würde sie anfangen, sich selbst zu verzeihen und mit ihrem normalen Leben fortfahren. Von jetzt an war sie in Sicherheit.

Und von jetzt an war sie auch sehr, sehr alleine.

Der Streit brach wie ein sommerlicher Sturm aus: schnell, unerwartet, heftig. Als die beiden Paare von San Antonio nach Telarosa zurückflogen, überlegte Gracie, was sie wegen Bobby Toms rüpelhaftem Benehmen im Restaurant seiner Mutter gegenüber tun sollte. Als Natalie und Anton schließlich gegangen und sie endlich alleine waren, hatte sie es jedoch vorgezogen, zu schweigen. Sie wusste genau, wie sehr Bobby Tom seine Mutter liebte. Er hatte jetzt genügend Zeit gehabt, sich etwas zu beruhigen, und sie war sich sicher, dass er nun nachgiebiger sein würde. Es dauerte jedoch nicht lange, bis er ihr diese Illusion nahm. Als er das Wohnzimmer betrat, warf er seinen Hut auf die Couch.

»Ruf meine Mutter morgen Früh an und sage ihr, dass wir am Dienstagabend nicht zum Abendessen vorbeikommen.«

Gracie folgte ihm, als er sich in sein Arbeitszimmer zurückzog. »Das wird sie aber sehr enttäuschen. Sie wollte etwas ganz Besonderes für dich kochen.«

»Das wird sie wohl alleine essen müssen.« Er ließ sich hinter seinen Schreibtisch gleiten, ignorierte das Klingeln des Telefons und widmete sich einem Stapel Post, den Gracie für ihn geordnet hatte. Auf diese Weise machte er klar, dass er sie jetzt nicht mehr brauchte.

»Ich weiß, dass du dir die Begegnung sehr zu Herzen nimmst. Aber meinst du nicht, dass du in dieser Angelegenheit ein wenig verständnisvoller reagieren solltest?«

Seine Nasenflügel weiteten sich entsetzt. »Du hast doch nicht etwa diesen Mist von Sawyer geglaubt, er sei rein zufällig im Restaurant vorbeigekommen?«

»Welchen Unterschied macht das schon? Schließlich sind sie beide erwachsen.«

»Welchen *Unterschied* das macht?« Er sprang von seinem Stuhl auf und trat ihr gegenüber. »Sie haben ein Verhältnis, das ist der Unterschied!«

Der Anrufbeantworter sprang an. Ein gewisser Charlie hinterließ eine Nachricht über ein Boot, von dem er sich sicher war, dass Bobby Tom es ihm abkaufen wollte.

»Das kannst du doch nicht mit Sicherheit behaupten«, verwies sie ihn. »Anstatt gleich in die Luft zu gehen, könntest du auch einfach einmal mit ihr reden und sie fragen, oder nicht? Wenn sie tatsächlich ein Verhältnis haben, wird sie dafür ihre Gründe haben. Sprich mit ihr, Bobby Tom. Sie schien mir in letzter Zeit so traurig zu sein. Ich habe das Gefühl, dass sie gerade jetzt deine Unterstützung braucht.«

Er zeigte aufgeregt mit dem Zeigefinger auf sie. »Hör sofort auf! Nie und nimmer wird sie in dieser Angelegenheit mit meiner Unterstützung rechnen können. Niemals. Allein die Tatsache, dass sie sich überhaupt mit Way Sawyer abgibt, ist ein Schlag ins Gesicht für jeden Bürger dieser Stadt.«

Gracie konnte ihre Entrüstung nicht einfach herunterschlucken. »Sie ist deine Mutter! Eigentlich sollte sie auf deiner Loyalitätsliste vor den anderen Bürgern der Stadt rangieren.«

»Du begreifst gar nichts.« Er begann, auf dem Teppich auf und ab zu gehen. »Ich kann kaum glauben, wie lächerlich ich mich gemacht habe. Ich habe diesen Gerüchten nicht eine Sekunde lang Glauben geschenkt. Es schien mir schlichtweg unmöglich, dass sie mich auf diese Art und Weise hinterrücks hintergehen würde.«

»Hör auf, über Herrn Sawyer zu sprechen, als ob es sich um einen Serienkiller handelt. Ich für meinen Teil finde ihn sehr nett. Er hätte nicht unbedingt anhalten müssen, als ich auf der Straße auf dem Standstreifen stand. Außerdem hat es mir gefallen, wie er heute Abend deine Mutter in Schutz zu nehmen versucht hat. Er wusste genau, wie du ihr Zusammentreffen werten würdest, und er hat sich bemüht, sie abzuschirmen.«

»Verteidigst du ihn etwa? Einen Mann, der einfach so aus einer Laune heraus diese ganze Stadt zerstören will?«

»Vielleicht würde er gar nicht gehen wollen, wenn die Leute in Telarosa ihn nicht so behandeln würden.«

»Du hast ja keine Ahnung, wovon du redest.«

»Bist du dir sicher, dass es wirklich Herr Sawyer ist, der

dir ein solcher Dorn im Auge ist? Du hattest zu deinem Vater ein sehr enges Verhältnis. Würdest du nicht jedem Mann gegenüber, mit dem deine Mutter ein Verhältnis hätte, ebenso empfinden?«

»Jetzt reicht es aber! Ich will kein Wort mehr darüber von dir hören. Dieses Thema ist abgeschlossen, verstanden?«

Sie erstarrte. »Sprich nicht so mit mir.«

Er senkte die Stimme und sprach leise, doch sehr bestimmt. »Ich spreche mit dir, wie es mir passt.«

Gracie war wütend. Sie hatte sich selbst gelobt, ihn von ganzem Herzen zu lieben. Doch ihre Seele mit in die Waagschale zu werfen, war nicht Teil dieser Abmachung. Sie drehte sich um und ging.

Er folgte ihr ins Wohnzimmer. »Was glaubst du eigentlich, wo du jetzt hingehst?«

»Ich gehe ins Bett.« Sie nahm ihre Handtasche vom Sofatisch.

»Also gut. Ich komme nach, wenn ich hier fertig bin.«

Sie rang nach Luft. »Glaubst du wirklich, dass ich jetzt mit dir schlafen möchte?« Sie ging auf die schwarze Tür ihres Apartments zu.

»Wage es nur nicht, hier einfach so herauszugehen!«

»Das wird für dich nur schwer zu begreifen sein, Bobby Tom, deswegen höre mir gut zu.« Sie hielt inne. »Trotz allem, was die Leute dir seit deiner Geburt eingetrichtert haben, bist du nicht immer unwiderstehlich.«

Bobby Tom stand am hinteren Fenster und beobachtete, wie sie durch den Garten lief. Warum er überhaupt einen Pfifferling drauf gab, ob sie gut in ihrer Wohnung ankam, hätte er nicht sagen können. Heute hatte sie den Bogen bei weitem überspannt, und wenn er ihr nicht sofort zu verstehen gegeben hätte, dass er dies nicht durchgehen lassen würde, würde er nie wieder Frieden in ihrer Anwesenheit finden.

Als sie das Garagengebäude betrat, wandte er sich vom Fenster ab. Wut brodelte in ihm. Das Telefon begann erneut zu klingeln, sein Anrufbeantworter schaltete sich ein, und Gracies Stimme bat den Anrufer, eine Nachricht zu hinterlassen.

»Bobby Tom, hier spricht Odette Downey. Könntest du mir einen großen Gefallen tun und vielleicht Dolly Parton anrufen und sie fragen, ob sie eine ihrer Perücken für unsere Prominenten-Aktion zur Verfügung stellen würde? Wir sind uns sicher, dass für eine solche Perücke eine Menge geboten würde. Und ...« Er riss das Telefonkabel aus der Wand und schmetterte es durch das Arbeitszimmer.

Als ob Gracie wüsste, wie sehr ihm seine Mutter am Herzen lag! Als ob sie verstehen konnte, welche Gefühle ihn überwältigt hatten, als er sie mit Sawyer zusammen die Treppe herunterkommen sah! Er nahm eine Zigarre aus dem Befeuchter auf seinem Schreibtisch, biss das eine Ende ab und spuckte es in den Aschenbecher. Er wusste nicht, was ihn am meisten verärgerte: die Tatsache, dass seine Mutter mit Sawyer ausging oder dass sie ihm nichts darüber erzählt hatte. Er atmete schwer. So innig wie sie seinen Vater geliebt hatte – wie konnte sie Sawyer auch nur in ihre Nähe lassen? Wieder einmal richtete er seine Wut auf Gracie. Sein ganzes Leben lang hatte er Sport gemacht. Loyalität und Treue gegenüber den Kameraden war ebenso Teil seiner selbst wie sein eigener Name. Gracie andererseits hatte heute Nacht bewiesen, dass sie die Bedeutung des Wortes überhaupt nicht kannte.

Zwei Streichhölzer gingen zu Bruch, bevor er endlich seine Zigarre angezündet hatte. Während er in kurzen Zügen wütend paffte, sagte er sich, dass er es sich selbst zuzuschreiben hatte, dass er sie in sein Leben hatte eindringen lassen. Er hatte gleich von Anfang an gewusst, wie diktatorisch sie war, dennoch hatte er sie weiterhin beschäftigt, und sie war ihm wie eine Milbe unter die Haut gekrochen. Er jedenfalls würde nicht die ganze Nacht herumsitzen und darüber nachgrübeln, sondern lieber etwas Arbeit erledigen.

Er rückte die Zigarre in den Mundwinkel, nahm einen Stapel Papiere und warf einen Blick auf das oberste Blatt, doch hätte er genauso gut chinesisch lesen können. Ohne sie fühlte sich das Haus kalt und leer an. Er legte die Zigarre auf dem Aschenbecher ab, dann schob er die Seiten auf die Mitte des Schreibtisches. Als die Stille des leeren Hauses sich immer mehr verdichtete, wurde ihm klar, wie sehr ihm ihre Gegenwart zur Gewohnheit geworden war. Er hörte gerne das Murmeln ihrer Stimme aus einem anderen Zimmer, wenn sie für ihn die Anrufe erledigte oder einen der alten Menschen im Altersheim von New Grundy anrief. Er mochte es, wenn er ins Wohnzimmer kam und sie manchmal zusammengerollt in einem der Rüschensessel am Fenster saß und ein Buch las. Er hatte sogar Spaß daran, heimlich den grausigen Kaffee in den Ausguss zu gießen, den sie fabrizierte, und ohne ihr Wissen neuen Kaffee aufzubrühen.

Er stand auf und ging ins Schlafzimmer. Kaum war er dort eingetreten, wurde ihm sein Fehler bewusst. Das Zimmer duftete nach ihr, jener flüchtige Duft, der ihn manchmal an Frühlingsblumen und manchmal an Sommernachmittage mit reifen Pfirsichen denken ließ. Gracie schien irgendwie in allen Jahreszeiten zu Hause zu sein. Warme Herbsttöne schimmerten in ihrem Haar, das klare Winterlicht leuchtete in ihren intelligenten, grauen Augen. Gelegentlich musste er sich daran erinnern, dass sie doch kein Top-Model war, denn in letzter Zeit schien er das immer häufiger zu vergessen. Es war nur …

Sie war einfach verdammt süß.

Er sah ein Stückchen blaue Spitze unter dem Teppich neben ihrem Bett hervorlugen und beugte sich herunter, um es aufzuheben. Eine Hitzewelle überflutete seinen Unterkörper, als er ihr Höschen erkannte. Er zerknüllte das leichte Material in der Faust und widerstand der Versuchung, durch den Garten in ihr Apartment zu rennen, sie nackt auszuziehen und sich in ihr dort zu versenken, wo er hingehörte.

Da die Neuigkeit, eine Jungfrau einzuweisen, allmählich Vergangenheit war, hätte er eigentlich am sexuellen Aspekt ihrer Beziehung das Interesse verlieren sollen. Stattdessen jedoch dachte er sich ständig neue Dinge aus, die er ihr zeigen wollte. Abgesehen davon war er auch noch nicht annähernd gelangweilt, die bereits erprobten Dinge eifrig zu üben. Er liebte es, wenn sie sich an ihn klammerte und diese leisen kleinen Seufzer von sich gab; er liebte ihre Neugier und ihre Ausdauer, wie er sie, ohne es zu beabsichtigen, erröten lassen konnte und, verdammt noch mal, wie sie ihn manchmal mit ihrer nicht zu sättigenden Neugier über seinen Körper in Schwierigkeiten brachte.

Wirklich begreifen konnte er es nicht, doch irgendetwas an der Art, wie sie sich anfühlte, wenn er in ihr war, erschien ihm genau richtig. Und zwar nicht nur für seinen Körper, sondern für sein ganzes Wesen. Er dachte an die vielen Frauen, mit denen er ein Verhältnis gehabt und mit denen er geschlafen hatte. Keine von ihnen hatte sich wie Gracie angefühlt.

Gracie fühlte sich hundert Prozent richtig an.

Manchmal, nachdem sie sich geliebt hatten, machte sie etwas Merkwürdiges. Er hielt sie an die Brust gedrückt und war fast ein wenig eingenickt, vom Scheitel bis zur Sohle in Frieden gehüllt. Und dann zeichnete sie mit ihrer Fingerspitze ein kleines X genau über seinem Herzen. Nur ein kleines X. Genau über seinem Herzen.

Er war sich ziemlich sicher, dass Gracie sich in ihn verliebt hatte. Das war nicht ungewöhnlich. Er war es gewohnt, dass die Frauen sich in ihn verliebten. Von wenigen Ausnahmen abgesehen hatte er gelernt, ehrlich mit ihnen umzugehen, ohne ihnen das Herz zu brechen. Was er an Gracie wirklich schätzte, war die Tatsache, dass sie zu verstehen schien, dass sie eigentlich nicht seinem Frauentyp entsprach. Sie war klug genug, um diese Tatsache zu akzeptieren, ohne darum einen großen Aufstand zu machen. Gracie mochte um Dinge einen Wirbel machen, die sie nichts angingen, so wie sie es heute Abend getan hatte. Nie und nimmer jedoch würde sie ihm eine Szene machen, vonwegen wie sehr sie ihn liebte und erwartete, dass er sie ebenfalls lieben würde. Sie war realistisch genug, zu wissen, dass das niemals der Fall sein würde.

Perverserweise stieß er sich jetzt genau an dieser Tatsache. Er steckte sich die Zigarre wieder in den Mundwinkel, stemmte die Hände in die Hüften und ging in die Küche. Wenn eine Frau einen Mann begehrte, sollte sie um ihn kämpfen und nicht kampflos aufgeben. Verdammt noch mal, wenn sie ihn wirklich liebte, warum gab sie sich dann nicht etwas mehr Mühe, nicht ganz so entnervend zu sein? *Zeig mir, wie ich dir gut tun kann*, hatte sie einmal gesagt. Sie könnte ihm verdammt noch mal gut tun, indem sie ein wenig mehr Loyalität und Verständnis zeigen würde, indem sie ausnahmsweise einmal mit ihm übereinstimmte, anstatt sich die ganze Zeit mit ihm anzulegen. Sie könnte jetzt nackt neben ihm im Bett liegen, anstatt sich drüben über der verdammten Garage einzuigeln.

Seine Stimmung verdüsterte sich, und er fügte noch weitere ihrer Unzulänglichkeiten seiner Liste hinzu, unter anderem die, dass sie sich allmählich zu einem Flittchen entwickelte. Seiner Aufmerksamkeit war es nicht entgangen, wie viele Männer in der Filmcrew sich unter irgendwelchen Vorwänden in ihrer Nähe aufhielten. Soweit er es einschätzen konnte, war das mehr ihr denn ihnen anzulasten. Schließlich musste sie sie nicht die ganze Zeit so anlächeln, als ob sie unwiderstehlich seien oder an ihren Lippen hängen, als ob sie die Bibel verkündeten. Er verdrängte die Tatsache, dass sie eine gute Zuhörerin war. Seiner Meinung nach sollte eine verlobte Frau sich in Gegenwart anderer Männer zurückhaltender geben. Er nahm den Milchkarton aus dem Kühlschrank und trank einen Schluck. Da er selbst für ihr neues Erscheinungsbild verantwortlich war, konnte er sie nicht ausschließlich für die Art und Weise verantwortlich machen, wie Männer sie jetzt betrachteten. Dennoch ging es ihm auf die Nerven. Letzte Woche hatte er sogar ein paar Worte mit einigen Typen wechseln müssen – nicht allzu offensichtlich, denn niemand sollte auf die unsinnige Idee kommen, er sei eifersüchtig. Nur eine freundliche kleine Erinnerung daran, dass Gracie seine Verlobte und nicht irgendein billiges Sexspielzeug war, dass sie in ihr Motelzimmer lotsen konnten.

Er rammte den Milchkarton zurück in den Kühlschrank, dann stürmte er durch das Haus und fühlte sich ungerecht behandelt. Was machte er nur? Er war Bobby Tom Denton, verdammt noch mal! Warum ließ er sich von ihr derart behandeln? Er war derjenige, der hier das Sagen hatte. Diese Ermahnung hätte ihn eigentlich beruhigen sollen, tat es jedoch nicht. Aus irgendeinem Grund war ihm ihre Meinung wichtig geworden. Vielleicht war das der Tatsache zuzuschreiben, dass er sie viel besser kannte als sonst jemanden. Diese Einsicht vermittelte ihm ein Gefühl der Verletzbarkeit, das ihm plötzlich unerträglich schien. Er drückte seine Zigarre in dem Porzellanaschenbecher aus, denn er hatte sich entschieden, wie er ihr gegenüberzutreten hatte. Für die nächsten paar Tage wollte er zwar höflich, doch kühl bleiben. Er würde ihr Zeit lassen, darüber nachzudenken, wie schlecht sie sich benommen hatte und wo ihre eigentlichen Loyalitäten liegen sollten. Wenn sie begriffen hätte, wer in ihrer Beziehung das Sagen hatte, würde er sie wieder zu sich zurückholen.

Seine Gedanken schweiften in die Zukunft. Unmittelbar nach dem Himmelsfest würden sie nach Los Angeles fliegen, um dort die Innenaufnahmen zu machen. Sobald sie diese verrückte Stadt hinter sich gelassen hätten, würde sie sich sicher beruhigen. Doch was würde sein, wenn der Film fertig gestellt und sie keine Beschäftigung mehr hatte? Wie sie den Kontakt zu den alten, in New Grundy lebenden Menschen hielt und die Tatsache, dass sie in Arbor Hills viele neue Bekanntschaften geschlossen hatte, ließ vermuten, dass Seniorenheime vielleicht ihre Bestimmung waren. Genauso wie der Football seine Bestimmung war. Wenn sie sich nun dazu entscheiden sollte, wieder nach New Grundy zurückzukehren?

Die Vorstellung beunruhigte ihn. Er vertraute ihr mehr als irgendeiner anderen Assistentin, mit der er jemals zusammengearbeitet hatte. Er hatte nicht die geringste Absicht, sie wieder gehen zu lassen. Er würde ihr ganz einfach ein Angebot unterbreiten, das sie nicht ablehnen konnte, und dann würde sie ganztags für ihn arbeiten. Sowie sie mit einem großzügigen Gehalt offiziell auf seiner Gehaltsliste stehen würde, würden diese ganzen albernen Streits wegen Geld der Vergangenheit angehören. Er wälzte diesen Gedanken hin und her. Wenn er vom körperlichen Aspekt ihres Verhältnisses einmal genug haben sollte, würde es allerdings nicht leicht werden. Dennoch war er sich ziemlich sicher, dass er sie zwar von seiner Bettkante schubsen konnte, doch ohne die Freundschaft zu zerstören, die ihm mittlerweile so viel bedeutete.

Er suchte den Plan nach irgendwelchen Nachteilen ab, konnte jedoch keine finden. Schließlich war die Beziehung zu jeder Frau, sogar zu einer wie Gracie, eine Sache, bei der es darauf ankam, die Situation zu bestimmen. Und er selbst hielt sich für ausgesprochen fähig, genau das zu tun. Schon bald würde er sie wieder da haben, wo er sie haben wollte, nämlich an ihn gekuschelt in seinem Bett, wo sie ein kleines X just über seinem Herzen zeichnen würde.

20

»Was meinst du, Gracie, wohin sollten wir die Schlüsselanhänger legen?«

Gracie hatte gerade den letzten der weißen Porzellanaschenbecher in der Form des Staates Texas ausgewickelt. Telarosa war dort mit einem kleinen rosa Herzchen vermerkt und eine rote Schrift verkündete:

HEAVEN, TEXAS
EIN PLATZ IM HERZEN

Die Frage nach den Schlüsselanhängern kam von Toolee Chandler, Vorsitzende des Bobby-Tom-Denton-Geburtshauskomitees und Ehefrau des bekanntesten Zahnarztes der Stadt. Toolee stand hinter einem Tresen, hinter dem nun ein kleiner Geschenkladen entstanden war. Ehemals war dort Suzy und Hoyt Dentons Sonnenveranda gewesen. Obwohl das Himmelsfest bereits in drei Wochen stattfand, war die Verwandlung von Bobby Toms Geburtshaus in eine Touristenattraktion noch nicht ganz vollzogen. Suzy und Hoyt hatten seinerzeit bei ihrem Umzug viele der ursprünglichen Möbelstücke entsorgt. Doch die Mitglieder des Komitees hatten Keller und Trödelläden durchforstet, um ähnliche Möbelstücke aufzutreiben und waren dabei gelegentlich sogar auf das Original gestoßen. Das Haus war, dem damaligen Trend entsprechend, Avocadogrün und Gold gestrichen. Zusätzlich jedoch hatte Suzy ein für die damaligen Verhältnisse recht unkonventionelles Rot eingesetzt, was dem Haus auch heute noch einen gewissen Charme verlieh. Trotz der zusätzlich übernommenen Verantwortung für Anreise und Unterkunft der prominenten Athleten, hatte Gracie immer noch zu viel freie Zeit. Seit Bobby Tom und sie sich vor fast drei Wochen gestritten hatten, hatte sie die meisten ihrer Abende in Arbor Hills verbracht oder aber gemeinsam mit Terry Jo und Toolee an Bobby Toms früherem Elternhaus gearbeitet.

Jetzt musterte sie die Schlüsselanhänger kritisch. Wie so viele andere Dinge in dem Geschenkeladen ähnelte die Abbildung darauf Bobby Tom, obwohl er sein Einverständnis dafür nicht gegeben hatte. Ein fluoreszierender, orangefarbener Plastiktaler zeigte ihn in voller Aktion: die Füße in der Luft, der Körper zu einem eleganten C gebogen, die Arme ausgestreckt, um einen Ball abzufangen. Doch dem blauweißen Trikot der *Dallas* war nur stümperhaft sein Trikot *Chicago Stars* übergemalt worden. Darunter stand in Leuchtschrift: »Er hätte ein *Cowboy* sein sollen.«

»Vielleicht könnte man sie hinter dem Postkartenständer aufhängen?«, schlug Gracie vor.

»Ach, lieber nicht«, widersprach Toolee. »Dort kann sie niemand sehen.«

Genau das hatte Gracie allerdings gehofft. Ihrer Meinung nach sollte Bobby Tom diesem nicht genehmigten Gewerbe ein Ende bereiten, doch wollte sie das Thema nicht anschneiden, nachdem sie sich ohnehin schon in einer solch angespannten Lage befanden. Sie gingen beide sehr höflich miteinander um. In Anwesenheit anderer Leute schlang er gelegentlich einen Arm um sie, doch verbrachten sie nur sehr wenig Zeit alleine zusammen, und jeden Abend gingen sie in ihre getrennten Schlafzimmer.

Während Gracie einen Stapel Aschenbecher zu den Regalen trug, um sie dort zu stapeln, kam Terry Jo aus dem Wohnzimmer. Ein Bleistift klemmte hinter ihrem Ohr, in der Hand hielt sie einen Zettel. »Hat jemand den Karton mit den fehlenden Kaffeetassen gefunden?«

»Noch nicht«, antwortete Toolee.

»Vermutlich habe ich sie irgendwo total Blödsinniges hingestellt. Seit Way Sawyers Ankündigung, dass Rosatech doch nicht geschlossen wird, bin ich so durcheinander, dass ich überhaupt nicht mehr logisch denken kann.«

»Luther hat ihn zum Ehrenvorsitzenden des gesamten Festivals ernannt«, erzählte Toolee, als ob sie diese Tatsache nicht schon mehrmals durchgekaut hätten. Way Sawyers Ankündigung hatte jeden Bürger der Stadt vor Erleichterung tanzen lassen. Jetzt war er nicht mehr Telarosas Feind, sondern, ganz im Gegenteil, ein gefeierter Held.

»Allmählich wenden sich die Dinge in dieser Stadt alle zum Guten.« Lächelnd betrachtete Terry Jo die gläsernen Regale, die vor den Fenstern angebracht waren. Eine Sammlung von Kühlschrankmagneten direkt vor ihr trugen die Aufschrift: *In Heaven, Texas, hab' ich ganz schön die Hölle losgemacht!* »Ich kann mich an den Sommer erinnern, an dem Herr Denton diese Sonnenterrasse gebaut hat. Bobby Tom und ich haben dort draußen zusammen gespielt, und Suzy hat uns Traubensaft gebracht.« Sie seufzte. »Die Restauration dieses Hauses war wie eine Reise zurück in meine Kindheit. Suzy behauptet, sie würde sich bei jedem Betreten des Hauses um zwanzig Jahre verjüngt fühlen. Ich glaube allerdings, dass ihr die Rückkehr hierher sehr schwer fällt, weil Herr Denton nicht mehr da ist, um es mit ihr zu teilen. In letzter Zeit ist sie irgendwie gar nicht mehr sie selbst.«

Gracie machte sich ebenfalls Sorgen um Suzy. Bei jedem Treffen nach ihrer zufälligen Begegnung in San Antonio wirkte sie noch zerbrechlicher. Als Gracie die letzten Aschenbecher auf dem Regal abstellte, hielt sie den Zeitpunkt für günstig, das Thema anzuschneiden, das sie heute bereits mit Suzy besprochen hatte.

»Wirklich ein Jammer, dass das Haus die meiste Zeit über einfach nur leer stehen wird.«

»Daran können wir nicht allzu viel ändern«, erwiderte Toolee. »Die Touristen werden an den Wochenenden und für bestimmte andere Ereignisse wie zum Himmelsfest hier durchlaufen.«

»Trotzdem ist es ein Jammer, es die restliche Zeit über geschlossen zu halten. Erst recht, wenn man es in diesen Zeiten nutzen könnte, um Menschen zu helfen.«

»Wie meinst du das?«

»Mir ist aufgefallen, dass Telarosa noch kein Seniorenzentrum hat. Dieses Haus ist zwar nicht groß, doch verfügt es über einen Aufenthaltsraum, und das Wohnzimmer ist komfortabel. Meiner Meinung nach wäre es ein idealer Treffpunkt für ältere Leute, entweder um Karten zu spielen oder etwas zu basteln oder gelegentlich sich einen Vortrag anzuhören. Arbor Hills liegt nicht weit weg. Dort steht nur sehr wenig Platz zur Verfügung. Vielleicht könnte man die noch etwas beweglicheren Bewohner mehrmals die Woche für bestimmte Aktivitäten hierher transportieren.«

Toolee stützte begeistert ihre Hände auf die Hüften. »Warum nur bin ich nicht selbst auf diese Idee gekommen?«

»Das ist eine gute Idee«, bestätigte Terry Jo. »Sicher könnten wir ein paar Freiwillige auftreiben, die sich um die Abläufe kümmern könnten. Warum gründen wir nicht einen Ausschuss? Von zu Hause aus werde ich sofort meine Schwiegermutter anrufen.«

Gracie atmete erleichtert auf. In wenigen Wochen würde die Filmfirma hier ihre Zelte abbrechen. Es beflügelte sie zu wissen, dass sie eine kleine Veränderung in dieser Stadt hinterlassen hatte, die sie inzwischen so sehr ins Herz geschlossen hatte und so sehr vermissen würde.

Einige Stunden später parkte Bobby Tom seinen Transporter vor dem Haus, in dem er aufgewachsen war. Sein Thunderbird war der einzige Wagen, der noch in der Auffahrt stand. Gracie war also noch da, doch die anderen ehrenamtlichen Helfer waren offenbar nach Hause gegangen, um für ihre Familien zu kochen. Während er den kleinen weißen Bungalow betrachtete, beschlich ihn das merkwürdige Gefühl, dass die Zeit stehen geblieben und er wieder ein Kind war. Fast erwartete er, sein Vater würde mit dem alten roten Rasenmäher aus der Garage treten. Für einen Moment schloss er die Augen. Himmel, wie sehr vermisste er seinen Vater! Einsamkeit überwältigte ihn. Er hatte das Gefühl, von all jenen abgeschnitten zu sein, die in seinem Leben wirklich wichtig gewesen waren. Seit dem Vorfall in San Antonio vor drei Wochen hatten er und seine Mutter lediglich Höflichkeiten miteinander ausgetauscht. Nur äußerst ungern gestand er sich ein, wie sehr er Gracie vermisste. Zwar sah er sie tagsüber während der Filmarbeiten, doch war das nicht dasselbe. Sie behandelte ihn, als wäre er lediglich ihr Chef und erledigte gewissenhaft, was immer er anordnete, dann verschwand sie. Wenn ihm früher jemand gesagt hätte, er würde die Art und Weise vermissen, wie sie ihn zurechtstutzte, hätte er denjenigen für verrückt erklärt. Doch konnte er nicht bestreiten, dass sie in seinem Leben ein klaffendes Loch hinterlassen hatte.

Doch sie musste einfach wissen, wer der Chef im Haus war. Er war sich ziemlich sicher, dass sie dies mittlerweile begriffen hatte. Nun war es an der Zeit, die Dinge wieder einzurenken. Er wollte ihr deutlich zu verstehen geben, dass die Eiszeit vorüber war. Sie konnte zwar verdammt stur sein, doch wenn er erst einmal ihren Redefluss gestoppt hätte und sie sich küssten, würde alles wieder in Ordnung sein. Um Mitternacht würde sie in seinem Bett liegen, genau dort, wo sie hingehörte.

Als er aus seinem Auto stieg, parkte Suzy genau hinter ihm. Sie winkte ihm flüchtig zu, als sie ausstieg, dann ging sie zum Kofferraum und öffnete ihn. Er trat neben sie, als sie einen großen Karton herausholen wollte.

»Was ist das?«

»Deine alten Trophäen von der Grund- bis zur Oberschule.«

Er nahm ihr den Karton ab. »Den hast du doch nicht etwa selbst vom Boden heruntergeholt?«

»Ich bin mehrmals hinaufgeklettert.«

»Du hättest mich anrufen sollen.«

Sie zuckte mit den Schultern. Ihm fielen die Schatten unter ihren Augen und die Blässe ihrer Haut auf. Seine Mutter pflegte sich so sorgfältig, dass er nie geglaubt hätte, sie könne älter werden. Doch heute Nachmittag sah man ihr jedes ihrer zweiundfünfzig Jahre wirklich an. Sie sah unglücklich aus. Er verspürte Schuldgefühle, denn ihm war wohl bewusst, dass er der Grund für ihre dunklen Augenringe sein könnte. Er erinnerte sich an Gracies Worte und fühlte sich noch elender. Sie hatte ihm zu sagen versucht, dass seine Mutter jetzt seine Unterstützung brauchte, doch hatte er ihr kein Gehör geschenkt.

Er klemmte den Karton unter den Arm und räusperte sich. »Es tut mir Leid, dass ich in letzter Zeit so wenig Zeit mit dir verbracht habe. Wir haben zwölf Stunden am Tag gearbeitet. Ich war einfach furchtbar beschäftigt«, beendete er etwas lahm seine Ausführungen.

Offenbar konnte sie ihm nicht in die Augen sehen. »Ich weiß, weswegen du nicht bei mir vorbeigekommen bist. Und ich bin diejenige, der es Leid tut.« Ihre Stimme zitterte etwas. »Es ist meine Schuld, das weiß ich.«

»Mama …«

»Ich werde ihn nicht wiedersehen, das verspreche ich dir.«

Eine unglaubliche Erleichterung durchflutete ihn. Obwohl Way Sawyer mittlerweile zum Helden der Stadt gekürt worden war, erregte er dennoch aus irgendeinem unerfindlichen Grund Bobby Toms Missfallen. Er legte den Arm um ihre Schultern und zog sie an sich. »Das freut mich.«

»Es war … es ist schwer, das zu erklären.«

»Das musst du auch gar nicht. Wir werden die Sache einfach vergessen.«

»Ja. Das ist vermutlich das Beste.«

Er hakte sich bei ihr unter und führte sie zum Haus. »Was hältst du davon, wenn ich Gracie und dich heute Abend zum Essen ausführe? Wir könnten zu *O'Leary's* gehen.«

»Danke, aber ich hab eine Ausschusssitzung.«

»Du siehst müde aus. Vielleicht solltest du alles ein wenig langsamer angehen.«

»Mir geht es gut. Gestern Abend bin ich nur viel zu lange aufgeblieben und habe gelesen.« Sie ging vor ihm die Betonstufen hoch, die auf den kleinen Treppenvorsprung mit der Rundum-Veranda führten. Ihre Hand streckte sich automatisch zum Türknauf aus, doch die Tür war verschlossen. Er wollte die Klingel für sie drücken, doch erstarrte er mitten in der Bewegung, als sie wie verrückt an dem Knauf zu zerren begann.

»Verdammt auch!«

»Es ist abgeschlossen«, sagte er, von ihrem Verhalten irritiert.

»Antworte mir!« Sie trommelte mit der Faust gegen die Tür, ihr Gesicht vor Verzweiflung verzerrt. »Antworte mir, verdammt noch mal!«

»Mama?« Angst erfasste ihn, und er stellte hastig den Karton auf den Boden.

»Warum antwortet er nicht?«, rief sie laut, während ihr Tränen über die Wangen liefen. »Warum ist er nicht für mich da?«

»Mama?« Er wollte sie in den Arm nehmen, doch sie wehrte sich. »Mama, es ist alles in Ordnung.«

»Ich will meinen Mann!«

»Das weiß ich doch. Das weiß ich.« Er presste sie an sich. Ihre Schultern zuckten, und er wusste nicht, wie er ihr helfen konnte. Er hatte geglaubt, dass der Schmerz über den Tod seines Vaters über die Jahre etwas nachgelassen hatte, doch schien er noch ebenso überwältigend zu sein wie am Tag seines Begräbnisses.

Gracie öffnete auf das Klopfen hin die Tür, doch beim Anblick von Suzy erstarrte ihr Lächeln. »Was ist los? Was ist passiert?«

»Ich fahre sie nach Hause«, entschied Bobby Tom.

»Nein!« Suzy stieß sich von ihm ab und wischte sich mit dem Handrücken die Tränen ab. »Es tut mir Leid. Ich ... ich möchte mich bei euch beiden entschuldigen. Ich weiß auch nicht, was in mich gefahren ist. Es ist mir sehr peinlich.«

»Es gibt überhaupt keinen Grund, weswegen dir das peinlich sein sollte. Ich bin dein Sohn.«

Gracie trat zu ihnen auf die Veranda hinaus. »Hierher zurückzukehren wird alle möglichen schmerzhaften Erinnerungen in dir heraufbeschwören. Du wärst kein Mensch, wenn du darauf nicht reagieren würdest.«

»Das darf aber nicht als Entschuldigung dienen.« Sie warf ihnen beiden ein schwaches, nicht sehr überzeugendes Lächeln zu. »Jetzt geht es mir wieder gut ... wirklich, glaubt mir. Aber ich möchte doch lieber nicht mit ins Haus kommen.« Sie deutete auf den Karton. »Würdest du die Trophäen auf das Regal im Schlafzimmer stellen? Bobby Tom kann dir zeigen, wo sie hingehören.«

»Aber natürlich«, erwiderte Gracie.

Bobby Tom hakte sich bei seiner Mutter unter. »Ich fahre dich nach Hause.«

»Nein!« Sie riss sich abrupt los. Zu seinem Entsetzen begann sie erneut zu weinen. »Das wirst du nicht tun! Ich will alleine sein. Ich will, dass mich alle einfach mal in Ruhe lassen!« Sie schlug die Hand vor den Mund und eilte auf ihren Wagen zu.

Bobby Tom sah Gracie hilflos an. »Ich muss schauen, dass sie auch gut ankommt. Ich bin gleich zurück.«

Gracie nickte.

Tief erschüttert über den Vorfall folgte er seiner Mutter bis nach Hause. Jetzt erst merkte er, wie sehr er Suzy lediglich als seine Mutter und nicht als ein menschliches Wesen mit einem Eigenleben wahrnahm. Dafür schämte er sich. Warum hatte er nicht auf Gracie gehört? Morgen würde er mit seiner Mutter reden, das hätte er bereits vor Wochen tun sollen.

Am Straßenrand wartete er, bis sie sicher im Haus war, dann fuhr er zu dem kleinen weißen Bungalow zurück. Gracie hatte die Tür offen gelassen, und er fand sie oben in seinem Kinderzimmer. Sie saß auf der Bettkante, zu ihren Füßen der Karton mit seinen alten Trophäen, und starrte ins Leere. Gracie inmitten so vieler Erinnerungen an seine Kindheit zu sehen war ihm fast unheimlich.

Der Schreibtisch in der Ecke ähnelte kaum demjenigen, an den er sich erinnern konnte, doch an der grünen Schwanenhalslampe klebten die Überreste eines *Titan*-Stickers, den er vor so vielen Jahren am Fuß befestigt hatte. An Wäscheklammern aufgehängt war seine gesamte Sammlung von Baseballmützen ausgestellt, und ein altes *Evel Knievel*-Poster hing an der Wand. Warum hatte seine Mutter das aufbewahrt? Sein Vater hatte damals unter dem Fenster ein Brett für seine Trophäen angebracht. Der Sacksessel war ein Duplikat des Originals, doch die goldene Bettdecke ähnelte überhaupt nicht der karierten Decke, die damals drauflag.

Gracie hob den Kopf. »Ist sie gut nach Hause gekommen?«

Er nickte.

»Was ist denn passiert?«

Er trat ans Fenster, zog die Gardine zurück und blickte in den Garten hinaus. »Ich kann kaum glauben, wie groß die Bäume geworden sind. Und doch erscheint mir alles so viel kleiner als damals.«

Eigentlich hätte Gracie sich von seinem Unwillen, mit ihr zu reden, nicht entmutigen lassen sollen. Ganz im Gegenteil, sie hätte daran gewöhnt sein müssen. Doch wusste sie, dass die Auseinandersetzung mit seiner Mutter ihm zugesetzt hatte und hätte das sehr gerne mit ihm geklärt. Sie stand vom Bett auf und kniete auf dem Teppich, um die alten Trophäen aus dem Zeitungspapier auszuwickeln.

Sie bemerkte seine Stiefel, die erst neben ihr standen und sich dann genau dort vor das Bett platzierten, wo sie eben gesessen hatte. »Ich weiß auch nicht, was passiert ist. Wir haben uns unterhalten, und plötzlich hämmerte sie gegen die Tür und weinte, dass mein Vater nicht da war, um sie zu öffnen.«

Gracie setzte sich auf die Fersen und blickte zu ihm auf. »Sie tut mir so Leid.«

»Was könnte der Grund für ihr Verhalten sein?«

Als sie nicht antwortete, musterte er sie vorwurfsvoll. »Du glaubst sicher, dass es etwas mit Sawyer und dem Vorfall neulich im Restaurant zu tun hat, nicht wahr? Du glaubst, dass ich Schuld daran trage.«

»Das habe ich nicht gesagt.«

»Das brauchst du auch gar nicht sagen, ich kann deine Gedanken lesen.«

»Du liebst doch deine Mutter. Ich weiß genau, dass du ihr niemals absichtlich wehtun würdest.«

»Es hat rein gar nichts mit Sawyer zu tun, da bin ich mir ganz sicher. Sie hat mir versichert, dass sie sich nicht mehr mit ihm treffen wird.«

Gracie nickte, schwieg jedoch weiter. So sehr sie die beiden auch in ihr Herz geschlossen hatte, dieses Problem mussten sie untereinander lösen.

Sie beobachtete, wie er sich in seinem alten Kinderzimmer umsah. Es überraschte sie nicht, dass er das Thema von Way Sawyer und seiner Mutter wechselte.

»Diese ganze Sache mit dem Geburtshaus ist mir irgendwie unheimlich. Ich kann absolut nicht verstehen, wie man annehmen kann, dass Leute Zeit damit verschwenden wollen, sich diesen Ort anzusehen und meine alten Footballtrophäen zu inspizieren. Bestimmt weißt du, dass ich über deine Beteiligung an diesem Projekt nicht sonderlich glücklich bin.«

»Irgendjemand musste deine Interessen wahrnehmen. Du solltest erst einmal die Schlüsselanhänger sehen, die sie im Geschenkladen verkaufen. Darauf bist du in einem Trikot von den *Cowboys* abgebildet.«

»Ich habe in meinem ganzen Leben nicht ein einziges Mal ein Trikot der *Cowboys* getragen.«

»Das sind die Wunder der modernen Fotografie. Mehr, als sie in eine Ecke zu verbannen, konnte ich nicht tun. Mit einer Idee jedoch, die mir vor einer Weile schon gekommen war, hatte ich mehr Erfolg.«

»Was ist denn das für eine Idee?«

»Die Stadt braucht dringend ein Seniorenzentrum. Heute habe ich mit Terry Jo und Toolee darüber gesprochen, ob wir das Haus nicht auf diese Art und Weise nutzen könnten. Mit Suzy habe ich auch schon gesprochen. Sie hält die Lage ebenfalls für ideal.«

»Ein Seniorenzentrum?« Er dachte darüber nach. »Das gefällt mir.«

»Gefällt es dir gut genug, um eine Rollstuhlrampe einzubauen und die Toiletten zu erneuern?«

»Aber sicher doch.«

Keiner von beiden kommentierte die Tatsache, dass Gracie offenbar keinerlei Probleme damit hatte, ihn um Geld für Dritte zu bitten. Doch sie bestand auch weiterhin darauf, ihm einen Teil ihres Wochenlohns zu überreichen, obwohl er das Geld unangetastet in seiner Schublade liegen ließ. Sie war stolz darauf, dass sie durch extreme Sparsamkeit das schwarze Cocktailkleid gerade rechtzeitig würde abzahlen können, um es bei der Willkommensparty im Country Club am Abend vor dem Golfturnier tragen zu können.

Er stand auf und ging im Zimmer auf und ab. »Versteh doch, Gracie, vielleicht war ich ja etwas heftig damals, als wir uns gestritten haben. Aber du musst begreifen, dass das Thema Way Sawyer für mich ausgesprochen heikel ist.«

Es überraschte sie, dass er das Problem wieder aufgegriffen hatte. »Das verstehe ich gut.«

»Aber ich hätte meine schlechte Laune nicht an dir auslassen dürfen. Du hattest Recht, dass ich mit meiner Mutter reden muss. So viel jedenfalls ist mir jetzt klar. Sobald ich morgen vom Filmset komme, werde ich die Sache angehen.«

»Gut.« Gracie war glücklich darüber, dass die Entfremdung zwischen ihnen offenbar eine Sache der Vergangenheit war.

»In vielen Dingen hattest du wohl Recht.« Wieder trat er ans Fenster und starrte in den Garten. Seine Schultern fielen ein wenig vor. »Ich vermisse den Football wie verrückt, Gracie.«

Schlagartig war sie hellwach. Sicher war dies für alle, die ihn kannten, keine überraschende Feststellung. Doch die Tatsache, dass Bobby Tom sich das endlich selbst eingestand, verblüffte sie. »Ich weiß.«

»Es ist so scheißunfair!« Er wirbelte herum, das Gesicht verzerrt. Er war so erregt, dass er nicht einmal zu merken schien, dass er ein unhöfliches Wort benutzt hatte. Normalerweise verkniff er sich derartige Ausdrücke in Gegenwart einer Frau. »Ein schlechter Schlag, und ich bin für immer aus dem Spiel! Ein, verdammt noch mal, einziger schlechter Schlag! Wenn Jamal mich zwei Sekunden früher oder zwei Sekunden später getroffen hätte, wäre es nicht passiert.«

Sie dachte an das Videoband. Niemals würde sie den Anblick seines elegant gestreckten Körpers vergessen, als ihn der Schlag traf.

Er musterte sie wütend, die eine Hand zur Faust geballt. »Ich hatte noch drei oder vier gute Jahre vor mir. Ich wollte diese Zeit nutzen, um Pläne für meinen Rückzug aus dem Sport zu schmieden. Ich wollte darüber nachdenken, ob ich als Trainer oder aber als Sportkommentator weitermachen wollte. Ich brauchte diese Zeit, um mich darauf vorzubereiten.«

»Du bist doch sehr schnell von Begriff«, wandte sie nüchtern und leise ein. »Du kannst diese Dinge nach wie vor tun.«

»Aber ich will es nicht!« Die Worte brachen aus ihm heraus. Sie spürte, dass sie ihn selbst viel mehr überraschten als sie. Seine Stimme war plötzlich nur noch ein Flüstern. »Verstehst du? Ich will Football spielen.«

Sie nickte. Sie verstand es tatsächlich.

Sein Mund verzog sich zu einem angewiderten Feixen. »Ich verstehe nicht, wie du dasitzen und mir zuhören kannst, ohne dass dir das Kotzen kommt. Das ist doch ziemlich lächerlich, nicht wahr, ein erwachsener Mann, dem die ganze Welt zu Füßen liegt, der jammert, nur weil das Leben ihm einen einzigen Schlag versetzt hat? Ich habe jede Menge Geld, ich habe Freunde, Häuser, Autos. Und doch tue ich mir selbst Leid, weil ich nicht Football spielen kann. Ich an deiner Stelle würde mich jetzt kaputtlachen. Ich an deiner Stelle würde sofort ins *Waggon Wheel* eilen und allen davon erzählen, wie bescheuert Bobby Tom Denton sich benimmt, damit die anderen auch darüber lachen können.«

»Mir kommt das aber absolut nicht bescheuert vor.«

»Das sollte es aber.« Er schnaubte. »Willst du etwas wirklich Jämmerliches hören? Ich habe nicht mehr die leiseste Ahnung, wer ich eigentlich bin. Solange ich mich erinnern kann, war ich immer ein Footballspieler. Und jetzt ist es wohl so, dass ich gar nicht mehr weiß, wie man irgendetwas anderes sein könnte.«

Sanft erwiderte sie: »Ich glaube, dass du alles sein könntest, was du dir in den Kopf setzt.«

»Du verstehst mich nicht! Wenn ich nicht Football spielen kann, dann will ich mit dem Spiel nichts zu tun haben. Ich kann überhaupt keine Begeisterung für den Job des Trainers aufbringen, so sehr ich mich auch darum bemühe. Und ganz sicher möchte ich nicht in einer luftgekühlten Radiobox hocken und irgendwelche Witzchen für meine Leute zu Hause reißen.«

»Du hast doch noch viel mehr Talente als nur diese.«

»Ich bin Footballspieler, Gracie! Das bin ich seit jeher gewesen. Das ist es, was ich bin.«

»Momentan bist du Schauspieler. Wie wäre es denn mit einer Filmkarriere?«

»Das ist schon in Ordnung. Ich hätte nichts dagegen, irgendwann einmal wieder einen Film zu drehen. Aber so sehr ich mich selbst auch vom Gegenteil überzeugen möchte, weiß ich doch genau, dass mein Herz nicht für diese Sache schlägt. Es erscheint mir eher als Spiel, nicht als Arbeit. Außerdem denke ich pausenlos, dass es doch nichts Bedauernswerteres gibt als einen abgetakelten Footballprofi, der den Filmstar mimt, weil er sonst nichts mehr auf die Reihe bekommt.«

»Ich habe dich erst kennen gelernt, als deine Karriere bereits hinter dir lag. Ich sehe dich also ohnehin nicht als Footballprofi, ob nun abgetakelt oder nicht. Und es fällt schwer, mir dich als Filmstar vorzustellen. Um ehrlich zu sein, habe ich dich stets mehr für einen ausgebufften Geschäftsmann gehalten. Ganz offensichtlich besitzt du die Gabe, Geld zu machen. Abgesehen davon scheint es dir auch noch Spaß zu machen.«

»Es macht mir Spaß, doch füllt es mich nicht wirklich aus. Manche Leute mögen glücklich dabei sein, nur Geld zu machen. Doch zu denen gehöre ich nicht. Im Leben muss es um mehr gehen, als lediglich dauernd größeres Spielzeug zu kaufen. Ich besitze ohnehin schon mehr, als mir gut tun. Ich brauche nicht noch ein Haus. Ich möchte nicht noch ein Flugzeug. Und hier und da ein paar Autos zu kaufen, kostet mich kaum mehr als ein Taschengeld.«

Unter anderen Umständen hätte seine Entrüstung sie vielleicht zum Schmunzeln gebracht, doch schien er zu tief beunruhigt zu sein, als dass es sie amüsiert hätte. Sie dachte an die vielen Male, als sie in sein Arbeitszimmer gekommen war und er am Telefon gesessen hatte – die Stiefel auf dem Schreibtisch und den Stetson zurückgeschoben – und darüber diskutierte, ob gewisse Aktienpakete einträglich sein würden oder nicht.

Sie stand auf und trat vor ihn. »Tatsache ist, Bobby Tom, dass du Geldverdienen liebst. Es gibt viele ehrenhafte Dinge, die du damit anstellen könntest – und zwar ohne noch größere Spielzeuge zu kaufen, wie du es selbst ausdrückst. Ich weiß, wie sehr dir Kinder am Herzen liegen. Anstatt dich von Frauen mit Vaterschaftsklagen eindecken zu lassen, könntest du doch viel mehr für vaterlose Kinder tun. Vergib Stipendien oder bau ein Tageszentrum oder eine Kantine. Oder wie wäre es, die medizinischen Gerätschaften in der Kinderabteilung des Kreiskrankenhauses zu modernisieren, das du so gerne besuchst? Die ganze Welt benötigt Dinge. Du bist in der einmaligen Lage, dort zu helfen. Football hat dir viel gegeben. Vielleicht ist es an der Zeit, etwas davon zurückzugeben.«

Er starrte sie wortlos an.

»Ich habe eine Idee. Ich weiß nicht, wie du darüber denkst, aber ... was hältst du davon, eine gemeinnützige Stiftung zu gründen? Dann könntest du das Geld, statt dir selbst, der Stiftung zufließen lassen.« Als er keine Antwort gab, fuhr sie fort: »Ich meine das als richtige Aufgabe, nicht als das Freizeitvergnügen eines reichen Mannes. Du könntest dein Talent für eine Sache einsetzen, die das Leben vieler Leute positiv beeinflussen würde.«

»Das ist vollkommen verrückt.«

»Denk darüber mal nach.«

»Das habe ich schon, und es ist vollkommen verrückt. Es ist das Verrückteste, was du dir bisher ausgedacht hast. Ich bin nicht irgend so ein Gutmensch. Wenn ich so etwas machen würde, würden die Leute laut losprusten und sich vor Lachen auf dem Boden wälzen.« Er war derart entsetzt, dass er fast stotterte. Sie konnte sich ein Lächeln nicht verkneifen.

»Ich glaube nicht, dass es die Leute besonders verblüffen würde. Schließlich entspricht es ganz und gar deinem Charakter.« Sie wandte sich wieder dem Auspacken der Trophäen zu. Sie hatte den Samen gesät, der Rest lag nun an ihm.

Er setzte sich auf die Bettkante und beobachtete sie ein paar Minuten lang. Als er endlich den Mund aufmachte, war es nur zu offensichtlich, dass das Leuchten in seinen Augen nicht von dem Gespräch über seine Zukunft herrührte. »Ich schwöre, Gracie, du hast mich dermaßen genervt, dass ich fast vergessen hätte, wie süß dein Hintern in diesen Jeans aussieht.« Er setzte seinen Cowboyhut ab und klopfte mit der Hand auf die Matratze. »Komm schon, Liebling.« – »Ich weiß nicht, ob mir der Ausdruck auf deinem Gesicht wirklich gefällt.« In Wahrheit gefiel er ihr nur zu gut. In diesem kleinen Zimmer mit ihm allein zu sein, machte ihr bewusst, seit wie langer Zeit sie einander nicht mehr geliebt hatten.

»Ich verspreche dir, dass es dir sehr gefallen wird. Wenn du wüsstest, wie viel Zeit ich ausgerechnet in diesem Zimmer damit verbracht habe, davon zu träumen, wie ich hier ein Mädchen ausziehen könnte, dann würdest du es überhaupt nicht erwägen, mich abzuweisen.«

»Echt wahr?« Sie stellte sich vor ihn.

Er umfasste ihre Schenkel und zog sie zwischen seine gespreizten Knie. »Ob ich eine ausgezogen habe?« Er öffnete den obersten Knopf ihrer Jeans und beugte sich vor, um an ihrem Bauchnabel zu züngeln. »Ich fürchte nein, Mama hat ewig ein strenges Auge auf mich geworfen.« Seine Lippen glitten nach unten, genauso wie ihr Reißverschluss. »Als ich in der neunten Klasse war, hätte ich fast ein Mädchen rumkriegen können. Doch Mütter verfügen offensichtlich über ein eingebautes Radarsystem. Denn prompt platzte Suzy mit einem Teller Kekse herein.«

»Deshalb warst du auf die Rücksitze in einem am Fluss geparkten Auto angewiesen.« Ihr Atem beschleunigte sich.

»Genauso war es.« Er griff unter den Saum ihrer Patchworkbluse und umfasste ihre Brüste über dem BH. Ihr Atem beschleunigte sich weiter, als er mit den Daumen über ihre Knospen fuhr. Er strich über ihre seidige Haut, bis sie dahinschmolz.

»Hmm«, flüsterte er. »Du riechst wieder nach Pfirsich.«

Wenig später waren sie beide ausgezogen und liebten sich so innig auf dem schmalen Bett, dass jeder Gedanke an die Zukunft sich in Luft auflöste. Als Gracie danach erschöpft und zufrieden auf ihm lag, hatte er seine Hände auf ihrem Hinterteil platziert. Schließlich öffnete sie die Augen weit genug, um das zufriedene Lächeln auf seinem Gesicht zu bemerken.

»Es hat viele, viele Jahre gedauert, bis ich eine Frau hier oben ausgezogen habe, doch war es jede Minute des Wartens wert.«

Sie kuschelte sich an seinen Hals und fühlte das sanfte Kratzen seines Bartes an ihrer Schläfe. »Bin ich denn besser als Terry Jo?«

Seine Stimme war heiser, als er sich auf die Seite rollte und ihre Brüste streichelte. »Terry Jo war noch ein Kind, Liebling. Du bist eine erwachsene Frau. Das kann man nicht vergleichen.«

Aus dem Untergeschoss hörte sie ein Geräusch. Ihr Kopf ruckte hoch, als ihr klar wurde, dass die Zimmertür offen stand. Eine dumpfe Ahnung überkam sie. »Du hast doch die Eingangstür verschlossen, nachdem du zurückgekommen bist?«

»Ich glaube nicht.«

Kaum hatte er das ausgesprochen, als man die unverwechselbare Stimme von Bürgermeister Luther Baines am Fuße der Treppe vernehmen konnte. »Bobby Tom? Bist du oben?«

Gracie atmete rasselnd ein, sprang auf und griff nach ihrer Kleidung. Bobby gähnte, dann schwang er seine Beine locker aus dem Bett. »Weiter nach oben solltest du nicht kommen, Luther. Gracie ist splitternackt.«

»Ist das wahr?«

»Nun, mir scheint es jedenfalls so.«

Gracie fühlte, wie sie tiefrot anlief und warf ihm einen wütenden Blick zu. Er grinste sie an.

»Warte doch unten in der Küche auf uns«, rief er. »Wir kommen sofort.«

»Ja, machen wir«, erwiderte der Bürgermeister. »Und Gracie, Frau Baines hat von Terry Jo von deinem Plan für ein Seniorenzentrum gehört. Sie lässt ausrichten, sie würde gerne eine Freiwilligengruppe zusammenstellen.«

Gracies Wangen brannten, als sie ihre Tasche nach einem Taschentuch durchsuchte. »Bitte richten Sie ihr meinen Dank aus, Bürgermeister Baines«, gab sie schwach zurück.

»Sie können ihr persönlich danken. Sie steht gleich hier neben mir.«

Gracie erstarrte.

»Hallo, Gracie«, jubelte Frau Baines fröhlich. »Hallo, Bobby Tom.«

Bobby Toms Grinsen wurde noch breiter. »Hallo, Frau Baines. Ist sonst noch jemand dort unten?«

»Nur noch Pastor Frank von der Ersten Baptistenkirche«, erwiderte die Frau des Bürgermeisters.

Gracie röchelte entsetzt, und Bobby Tom fuhr ihr glucksend durch die Haare. »Sie scherzen doch nur, Liebling.«

»Frau Frank und ich halten das Seniorenzentrum für eine sehr gute Idee, Fräulein Snow.« Eine tiefe Stimme, ganz zweifellos die eines Pastors, erfüllte das Treppenhaus. »Die Erste Baptistenkirche wird sich glücklich schätzen, Sie in Ihrem Vorhaben zu unterstützen.«

Gracie stöhnte auf und ließ sich auf das Bett fallen, während Bobby Tom so laut lachte, dass sie ihn schließlich mit einem Kissen schlug.

Später konnte sie sich nicht mehr erinnern, wie sie es geschafft hatte, sich anzuziehen und unten die einflussreichsten Bürger Telarosas zu begrüßen. Bobby Tom behauptete jedoch, sie habe sich wie Königin Elizabeth benommen, nur um einiges würdevoller. Sie war sich aber nicht sicher, ob sie ihm das glauben sollte oder nicht.

21

Der Freitagmorgen, der Tag der Einweihung des Geburtshauses, war klar und frisch mit dem hellen Licht eines frühen Oktobertages. In den Schulen hatte man zur Feier der Eröffnung des Himmelsfestes einen Tag freigegeben. Auf dem schmalen Rasenstreifen vor dem Haus drängten sich Alt und Jung. Man hatte alle Bürger gebeten, sich für das Wochenende in historischer Aufmachung zu kleiden. Viele Männer hatten sich Bärte stehen lassen, und die langen Röcke der Frauen wehten im Wind. Teenager lungerten um die geparkten Wagen am Straßenrand herum. Ihr Zugeständnis an den Kostümzwang reduzierte sich wie bei Bobby Tom lediglich auf das Tragen von Jeans und Cowboyhüten.

»… und versammeln wir uns denn an diesem wunderschönen Oktobermorgen im Schatten der alten Nussbäume, um unsere Ehre zu erweisen an …«

Während Luther weiter schwadronierte, musterte Bobby Tom die Menge von seinem vorteilhaften Sitzplatz auf einer kleinen Plattform vor der Garage aus. Seine Mutter saß zu seiner einen Seite, Gracie auf der anderen. Gracie hatte dagegen protestiert, bei den Honoratioren zu sitzen, doch hatten diese darauf bestanden. In ihrem gelben Spitzenkleid, dem altmodischen Strohhut und einer sehr modernen Sonnenbrille sah sie einfach hinreißend aus.

Ursprünglich war die Eröffnung des Himmelsfests für einen Freitagabend geplant gewesen, doch hatte Bobby Tom dies strikt abgelehnt. Die Sportler, die morgen am Golfturnier teilnahmen, würden gegen Mittag eintreffen. Er wollte diesen peinlichen Akt hinter sich haben, ehe sie in Telarosa eintrafen. Dennoch musste er zugeben, dass er dem ganzen Geburtshausbrimborium nicht mehr ganz so negativ gegenüberstand, seit Gracie die Idee gehabt hatte, es als ein Seniorenzentrum zu nutzen. Er war jetzt überzeugt davon, dass sie die hilfsbereiteste und gütigste Frau war, die er je kennen gelernt hatte.

Während Luther seinen Sermon von sich gab, schweifte Bobby Toms Blick zu seiner Mutter. Wenn er doch nur wüsste, was mit ihr los war. Während der letzten zehn Tage hatte er mehrmals versucht, das Thema anzuschneiden, doch hatte sie die Unterhaltung jedes Mal damit abgebogen, dass sie ihm ihre neuen Pflanzen im Garten oder aber Broschüren über Kreuzschifffahrten ihres Reisebüros gezeigt hatte.

Luther wedelte mit den Armen und brüllte ins Mikrofon, als er nun auf das große Finale seiner Rede zusteuerte. »Und jetzt möchte ich Ihnen den obersten Bürger von Heaven, Texas, vorstellen! Ein Mann mit zwei Superbowlringen … ein Mann, der sich dieser Stadt selbstlos zur Verfügung gestellt hat, dem großen Staat Texas und den Vereinigten Staaten von Amerika! Der größte *wide receiver* in der Geschichte des Profifootballs … unser liebster Sohn … *Bobby Tom Denton*!«

Bobby Tom stand auf, während die Menge zu klatschen begann. Er ging auf das Podium zu und widerstand dem starken Wunsch, Luther beim Händeschütteln die Finger zu brechen. Das Mikrofon quietschte, was ihn nicht weiter störte. Seit seiner Schulzeit hatte er vor diesen Leuten Ansprachen gehalten, und er wusste genau, was er zu sagen hatte.

»Es ist einfach wunderbar, wieder zurück zu Hause zu sein!«

Lauter Applaus und Pfiffe.

»Die Hälfte der Leute, die ich hier sehe, haben meiner Mutter und meinem Vater geholfen, mich großzuziehen. Und glaubt bloß nicht, dass ich das jemals vergessen würde.«

Noch mehr Applaus.

Er fuhr mit seiner Ansprache fort, hielt sie jedoch kurz genug, um sich selbst nicht zu Tode zu langweilen. Gleichzeitig holte er so weit aus, dass er auch diejenigen erreichen konnte, die ihm wirklich am Herzen lagen. Als er fertig war, reichte er seiner Mutter die Schere, um das Band vor der Eingangstür zu zerschneiden. Unter stürmischem Applaus wurde das Bobby-Tom-Denton-Geburtshaus und zukünftige Seniorenzentrum offiziell eröffnet.

Als seine Mutter sich abwandte, um ihre Freunde zu begrüßen, legte er den Arm um Gracies Schultern. Durch ihre Aktivitäten für das Himmelsfest und den Zeit raubenden Filmaufnahmen, hatten sie nicht annähernd so viel Zeit miteinander verbringen können, wie er es sich gewünscht hätte. In letzter Zeit war es vorgekommen, dass er einen Witz nur deswegen nicht hatte komisch finden können, weil Gracie nicht dabei gewesen war, um ihn mit ihm zu teilen. Eines musste man Gracie lassen – sie packte den Alltag mit einem Humor an, der alles leichter machte.

Er legte den Kopf zur Seite, um ihr etwas ins Ohr zu flüstern. »Was hältst du davon, wenn wir beide uns für ein paar Stunden aus dem Staub machen und uns ein wenig mit uns selbst beschäftigen?«

Sie sah ihn mit echtem Bedauern an, noch eine Sache, die ihm an ihr gefiel. Niemals versuchte sie, ihr Vergnügen an ihrer körperlichen Beziehung zu verbergen oder irgendetwas zurückzuhalten. »Das wäre zu schön. Aber du musst doch wieder zum Filmset zurück. Sie haben dir bereits morgen freigegeben. Und ich muss schnell im Hotel vorbeifahren und die zahlreichen Präsentkörbe für deine Freunde vorbereiten. Vergiss nicht, dass du heute Abend um sechs im Club sein musst, um sie alle einzeln zu begrüßen.«

Er seufzte dramatisch. Sie wusste zwar noch nichts von ihrem Glück, doch wenn der Film abgedreht war, würden sie beide allein ein paar Tage nackt auf einer abgelegenen Insel verbringen, auf der es keine Telefone gab und niemand englisch sprechen konnte.

»Also gut, Liebling. Aber mir gefällt es nicht, dass du heute Abend alleine zum Club fährst. Ich werde Buddy bitten, dich von zu Hause abzuholen.«

»Bitte nicht. Ich habe keine Ahnung, wie dieser Nachmittag verlaufen wird. Es ist sicher besser, wenn wir zwei Autos nehmen.«

Widerwillig stimmte er ihr zu und kehrte zur Arbeit zurück.

Als Gracie ihm nachsah, schien das Sonnenlicht um ihn herum zu glühen. Fast hätte sie silberne Funken von den unsichtbaren Sporen sprühen sehen können, die er stets zu tragen schien. Schon bald würde die Filmfirma Telarosa in Richtung Los Angeles verlassen. Willow hatte keinerlei Andeutung gemacht, dass sie mit von der Partie sein würde. Gracie konnte kaum glauben, dass alles schon so bald zu Ende sein sollte.

Während der letzten paar Tage hatte sie sich der Schwindel erregenden Vorstellung hingegeben, Bobby Tom könnte sich vielleicht in sie verlieben. Ihre Wangen waren gerötet, als sie zu ihrem Wagen ging. Obwohl sie sich einzureden versuchte, wie gefährlich solcherlei Gedanken waren, konnte sie sie doch leider nicht erfolgreich unterdrücken. Wie konnte er sie nur so zärtlich ansehen, wenn sie ihm gleichgültig war? Er war in seiner Zuneigung so offen, in seinem Liebesspiel so leidenschaftlich. Hatte er sich den anderen Frauen gegenüber in der Vergangenheit genauso verhalten? Bestimmt empfand er ihr gegenüber doch etwas Besonderes?

Manchmal blickte sie von einer ihrer Beschäftigungen auf, und er sah sie an, als ob sie ihm wichtig wäre. Das waren die Momente, in denen sie an die Zukunft zu denken begann und sich niedliche Babys und ein Haus vorstellte, in dem sein Lachen widerhallte. War das wirklich unmöglich? Er hegte ihr gegenüber doch ähnliche Gefühle wie sie für ihn, oder? Allein die Vorstellung ließ ihre Haut erglühen. Könnte es möglich sein, dass die Zukunft für sie aus mehr als nur aus Erinnerungen bestehen würde?

Für den Rest des Tages stürzte sie sich in die Arbeit, um ihre Tagträume zu vertreiben. Kaum hatte sie die Präsentkörbe an die Hostessen zur Verteilung im *Cattleman's Hotel* weitergegeben, als die Sitzordnung im Club wieder neu diskutiert wurde. Während sie dorthin eilte, fuhr sie an einem Banner über der Hauptstraße vorbei. Wie auch auf allen Autostickers und T-Shirts stand darauf HEAVEN, TEXAS! EIN PLATZ IM HERZEN.

Den Großteil des Nachmittags verbrachte sie im Club und klärte die Probleme der Sitzordnung. Als das erledigt war, war es kurz vor fünf. Plötzlich fiel ihr ein, dass sie ihren Gehaltsscheck nicht eingelöst hatte. Da sie nur noch vier Dollar in ihrem Portemonnaie hatte, hastete sie zur Windmill Suite in die oberste Etage des Hotels und hoffte, dort die Frau abzufangen, die sich um die Gehälter kümmerte.

Als sie aus dem Aufzug trat, stellte sie enttäuscht fest, dass Willow gerade die Tür abschloss. Gracie rannte auf sie zu. »Es tut mir Leid, dass ich so spät dran bin, aber könntest du mir bitte noch meinen Gehaltsscheck geben?«

Willow zuckte mit den Schultern und öffnete die Tür wieder. »Ich glaube nicht.«

Gracie folgte ihr in das Zimmer. Obwohl sie Willow nach besten Kräften hilfreich zur Seite stand, war ihre Beziehung weiterhin gespannt. Gracie vermutete, dass Willow selbst eine Affäre mit Bobby Tom hatte anfangen wollen. Sie wollte sich den Zorn ihrer Produzentin gar nicht ausmalen, wenn sie erfuhr, dass die Verlobung eine Lüge war.

»Ich weiß, es kann dir nicht recht sein, wenn ich so wenig Zeit am Filmset verbringe. Aber du hast selbst gesagt, dass ich meine Anordnungen von Bobby Tom entgegennehmen soll. Er möchte, dass ich alle organisatorischen Kleinigkeiten für das Golfturnier erledige.«

»Ist schon gut, Gracie.« Willow war eine strenge Chefin, und Gracie konnte sich nicht vorstellen, dass sie mit irgendjemand anderem derart nachsichtig gewesen wäre. Wo sie nun einmal ganz unter sich waren, schien es ein guter Zeitpunkt, das Thema Zukunft anzuschneiden. »Wie sehen eigentlich deine zukünftigen Pläne für mich aus?«

»Pläne?«

»Für Los Angeles. Soll ich dorthin mitkommen oder nicht?«

»Das solltest du wohl lieber Bobby Tom fragen.« Sie wühlte durch eine der Akten, die auf dem Tisch lag. »Ich habe gehört, dass ein paar der *Lakers* für das Golfturnier angekommen sind. Ich habe das Team jahrelang im Fernsehen verfolgt und hoffe, sie heute beim Abendessen kennen zu lernen.«

»Sicher wird dich Bobby Tom ihnen gerne vorstellen.« Sie zögerte, dann wählte sie ihre Worte sehr sorgfältig. »Willow, ich möchte nicht, dass meine persönliche Beziehung zu Bobby Tom meine berufliche Zukunft beeinflusst. Ganz gleich, von wem ich meine Anweisungen erhalte, du bist meine Chefin. Mir wäre einfach etwas wohler, wenn ich wüsste, was du mit mir vorhast.«

»Tut mir Leid, Gracie, aber mehr kann ich dir momentan nicht sagen.« Offensichtlich hatte sie Schwierigkeiten, den Scheck zu finden und durchstöberte den Stapel von neuem, hielt jedoch plötzlich inne. »Ach, jetzt erinnere ich mich. Dein Scheck wird gesondert behandelt.«

Ein Schaudern überkam Gracie, während sie Willow beobachtete, wie diese auf den Schreibtisch zuging, die Schublade aufzog und einen länglichen Umschlag hervorzog.

Gracies Stimme klang hohl. »Warum? Warum wird mein Scheck anders als die Schecks der anderen behandelt?«

Willow zögerte den Bruchteil einer Sekunde zu lange. »Wer kennt sich schon in den Geheimnissen der Buchhaltung aus?«

»Du natürlich«, stieß Gracie hervor. »Du bist schließlich die Produzentin.«

»Hör zu, Gracie, vielleicht solltest du diese Angelegenheit lieber mit Bobby Tom besprechen. Ich habe es wirklich eilig.« Sie drückte Gracie den Scheck in die Hand.

Gracie spürte, wie es ihr kalt den Rücken herunterlief. Sie hatte kaum genügend Luft, um zu sprechen, als sie von einer schrecklichen Gewissheit erfasst wurde. »Bobby Tom hat die ganze Zeit über mein Gehalt bezahlt, nicht wahr? Er hat mich angestellt, nicht Windmill.«

Willow nahm ihre Handtasche und ging zur Tür. »In diese Sache möchte ich mich nicht einmischen.«

»Das hast du bereits getan.«

»Hör zu, Gracie, eine Sache lernst du ganz schnell, wenn du in diesem Geschäft überleben willst: Den Star verprellt man nicht. Verstehst du, was ich damit sagen will?«

Gracie verstand es nur zu gut. Bobby Tom hatte die ganze Zeit ihr Gehalt gezahlt und Willow dazu verpflichtet, darüber Schweigen zu bewahren.

Ihre Knie waren butterweich, als sie Willow aus der Suite folgte. Sie hatte das Gefühl, irgendetwas sei in ihr zerbrochen. Dies war ein Betrug, den sie niemals erwartet hatte. Während der Aufzug herunterfuhr, lösten sich all ihre Tagträume in Luft auf. Diese Sache war ihr so wichtig gewesen. So sehr, sehr wichtig. Heute Morgen noch hatte sie die Vorstellung schier überwältigt, er könne sie möglicherweise lieben. Doch jetzt wusste sie, dass er sie mit denselben Augen betrachtete wie all die anderen Parasiten, die ihn aussaugten.

Sie verließ das Hotel und schlurfte schwerfällig auf ihren Wagen zu. Die ganze Zeit über war sie für ihn nichts weiter als ein weiterer Wohltätigkeitsfall gewesen. Sie konnte die Tränen nicht länger zurückhalten. Er bezahlte alles für sie: das Dach über ihrem Kopf, ihr Essen, jeden Einkauf, den sie tätigte, vom Shampoo bis zu den Tampons. Wie stolz sie doch gewesen war, als sie das Geld in seinen Schreibtisch gelegt hatte, um für ihre Miete und für das Cocktailkleid zu zahlen. Wie sehr musste er darüber gelacht haben, als das Geld, das er ihr gegeben hatte, wieder zu ihm zurückfand.

Sich auf ihre Kosten lustig zu machen, schien eine seiner Spezialitäten zu sein.

Sie umklammerte schluchzend das Lenkrad. Warum war sie nicht schon früher darauf gekommen? Er liebte sie nicht ein Quäntchen. Er hatte Mitleid mit ihr gehabt, deswegen hatte er ihr diesen Job verschafft, genauso, wie er Konten für Kinder einrichtete, die ihm nicht gehörten und Freunden mit Schecks unter die Arme griff. Es war niemals genügend Arbeit da gewesen, um sie wirklich auszulasten. Sie konnte noch nicht einmal ihre Genugtuung daraus ziehen, sich das Geld tatsächlich verdient zu haben. Er hatte die ganze Zeit über gewusst, dass er keine Vollzeitassistentin brauchte, doch wollte er nicht sein Gewissen damit belasten, dass sie gefeuert worden war. Bobby Tom spielte gerne Schicksal.

Sie starrte blind geradeaus. Indem er ihr von Anfang an die Wahrheit verheimlicht hatte, hatte er sie auf eine Art und Weise betrogen, die sie ihm niemals würde verzeihen können. Sie hatte ihm ausführlich dargelegt, wie wichtig es für sie war, für ihr eigenes Leben aufzukommen. Das wusste er doch! Aber es hatte ihm nichts weiter bedeutet, weil sie ihm nichts weiter bedeutete. Wenn er wirklich an ihr hängen würde, hätte er ihr diese Würde nicht genommen. *Ich werde nichts von dir nehmen, Bobby Tom. Ich möchte nur geben.* Was für ein lächerlicher Scherz. Was für ein lächerlicher, schmerzhafter Scherz.

Manche Männer sträubten sich gegen ihre Fracks, doch Bobby Tom bewegte sich darin, als ob er damit auf die Welt gekommen wäre. Allerdings hatte er seinem Aufzug ein paar Eigenheiten hinzugefügt: ein plissiertes lila Hemd mit Diamantapplikationen, einen schwarzen Stetson und ein paar Schlangenledercowboystiefel, die er nur zu förmlichen Anlässen trug. Das Klinkerhaus des Clubs war vom Keller bis zum Esszimmer für die wichtigste Veranstaltung seiner Geschichte herausgeputzt worden. Die Kartenverkäufe für das Turnier am folgenden Tag hatten alle Erwartungen übertroffen, und selbst der Wettermann hatte mit ihnen an einem Strang gezogen und einen sonnigen Tag mit Temperaturen um die vierundzwanzig Grad angekündigt.

Die Sportler trudelten gerade peu à peu zum Cocktailempfang vor dem Abendessen ein, als einer der Kellner Bobby Tom zuflüsterte, jemand wolle ihn ein Stockwerk tiefer sprechen. Als er die Lobby durchquerte, warf er einen irritierten Blick auf den Eingang. Wo blieb Gracie nur? Eigentlich hätte sie schon lange hier sein müssen. Viele der Besucher wollten gerne ihre Bekanntschaft machen, und er wollte sie ihnen allen vorstellen. Gracie war in Bezug auf Sport die ahnungsloseste Frau, die er je getroffen hatte. Er wusste, dass ihr mangelndes Wissen ihr heute Abend jede Menge Ärger einbringen würde und freute sich auf einen amüsanten Abend. Er konnte aber immer noch nicht ganz begreifen, weswegen ihre Unkenntnis in Sachen Sport ihm gelegentlich als eine ihrer besten Charaktereigenschaften erschien.

Er stieg die mit Teppich ausgelegten Stufen in das Untergeschoss hinab, wo die Sportschränke für die Nacht bereits ausgeräumt waren. Eine Glastür führte in einen Übungsraum und hätte eigentlich abgeschlossen sein sollen. Da sie aufstand, trat er ein. Nur eine einzige Lampe brannte über der Theke. Den Mann in der Ecke konnte er erst erkennen, als Way Sawyer einen Schritt vortrat.

»Denton.« Bobby Tom war klar gewesen, dass er Sawyer bald würde gegenübertreten müssen, doch dass er ausgerechnet den heutigen Abend gewählt hatte, verdross ihn. Allerdings hatte er Sawyers Namen auf der Gästeliste gelesen, also war es keine wirkliche Überraschung, und er hatte auch gar nicht die Absicht, ihm jetzt auszuweichen. Irgendwie hatte dieser Mann etwas mit der Traurigkeit seiner Mutter zu tun, und er hätte den Grund dafür gerne erfahren.

Sawyer hatte sich gerade einen der Golfschläger angesehen, und als Bobby Tom auf ihn zukam, hielt er ihn locker vor seinen Körper. Sein förmlicher Anzug konnte die hagere Statur nicht verbergen. Seit einiger Zeit schien er nicht mehr gut geschlafen zu haben. Bobby Tom bemühte sich, seine Antipathie zu unterdrücken. Trotz Sawyers Ankündigung wegen Rosatech würde er diesen Mann doch niemals mögen können. Er war ein kalter, hartherziger Mistkerl, der seine eigene Großmutter betrügen würde, wenn es ihm in den Kram passte. Er ignorierte den flüchtigen Eindruck, dass Sawyer zurzeit eher müde als rücksichtslos wirkte.

»Was kann ich für Sie tun?«, erkundigte er sich kühl.

»Ich möchte mit Ihnen über Ihre Mutter sprechen.«

Das war zwar genau das Thema, was ihm tatsächlich auf den Nägeln brannte, doch Bobby Tom spürte, wie sich ihm die Haare aufstellten. »Da gibt es nichts zu reden. Sie halten sich von ihr fern, dann wird alles gut sein.«

»Ich bin von ihr fern geblieben. Hat das die Sache verbessert? Ist sie glücklich?«

»Und ob sie das ist. So glücklich, wie ich sie seit langem nicht gesehen habe.«

»Sie lügen.«

Trotz dieser Aussage registrierte Bobby Tom die Unsicherheit in Sawyers Stimme und nutzte sie zu seinen Gunsten. »Als wir uns das letzte Mal gesehen haben, sprach sie ganz aufgeregt von einer Kreuzschifffahrt und darüber, wie sie in ihrem Garten neue Pflanzen setzen wollte. Sie ist so sehr mit ihren Freundinnen und allen möglichen Projekten beschäftigt, dass wir kaum Zeit finden, uns zu sehen.«

Sawyers Schultern sackten ein klein wenig nach vorn, seine Finger verspannten sich um den Golfschläger, doch Bobby Tom ließ nicht locker. Irgendwie hatte dieser Mann seiner Mutter wehgetan, und er musste sicherstellen, dass sich das nicht wiederholte. »Soweit ich es beurteilen kann, hat sie nicht die geringsten Sorgen.«

»Verstehe.« Sawyer räusperte sich. »Sie vermisst Ihren Vater sehr.«

»Glauben Sie, das wüsste ich nicht?«

Sawyer stellte den Schläger mit dem Kopf auf den Teppich. »Sie ähneln ihm sehr, wissen Sie das? Ich habe ihn das letzte Mal mit achtzehn oder neunzehn Jahren gesehen, doch die Ähnlichkeit ist frappierend.«

»Das sagen alle Leute.«

»Ich konnte ihn nicht ausstehen.«

»Er war seinerseits wohl auch nicht sonderlich von Ihnen begeistert.«

»Schwer zu sagen. Wenn er mich nicht gemocht haben sollte, hat er das zumindest nie offen gezeigt, obwohl ich ihm weiß Gott genügend Gründe dafür geliefert habe. Er war so verdammt nett zu allen.«

»Und warum haben Sie ihn dann gehasst?« Die Frage war ihm entwischt, obwohl er sich fest vorgenommen hatte, vollkommen sachlich zu bleiben.

Sawyer fuhr mit der Hand über den Schläger. »Meine Mutter hat eine Weile im Haus Ihrer Großmutter geputzt, wussten Sie das? Kurz bevor sie sich ganz aufgegeben und andere Einkommensquellen in Anspruch genommen hat.« Er hielt inne. Bobby Tom dachte daran, wie er seit Jahren manchen Frauen den Bären aufband, seine Mutter sei Prostituierte. Für ihn war das nichts weiter als ein Scherz gewesen, doch für Sawyer war es kein Witz, und trotz seiner Abneigung dem Mann gegenüber schämte er sich jetzt.

Sawyer fuhr fort: »Ihr Vater und ich waren gleich alt, doch er war kräftiger gebaut als ich. Als wir in der sechsten oder siebten Klasse waren, hat Ihre Großmutter meiner Mutter seine abgelegte Kleidung gegeben. Ich musste mit der abgelegten Kleidung Ihres Vaters zur Schule gehen. Ich war so eifersüchtig auf ihn, dass ich manchmal glaubte, daran zu ersticken. Wenn er mich in seinen abgelegten Kleidern zur Schule kommen sah, verlor er kein Wort darüber. Nicht ein einziges. Nicht mir gegenüber, nicht irgendjemand anderem gegenüber. Den anderen Kindern fiel es natürlich trotzdem auf, und sie haben mich damit aufgezogen. ›Hey, Sawyer, ist das nicht Hoyts altes Karohemd, das du da anhast?‹ Wenn Ihr Vater dabei war, hat er lediglich den Kopf geschüttelt und gemeint, es sei nicht sein Hemd, er habe das Ding noch nie im Leben gesehen. Himmel, wie ich ihn dafür hasste. Wenn er mir doch nur meine Armut ins Gesicht geschleudert hätte, hätte ich gegen ihn kämpfen können. Doch das hat er niemals getan. Im Rückblick glaube ich, es entsprach einfach nicht seinem Charakter. In vielerlei Hinsicht war er möglicherweise der beste Mann, den ich je kennen gelernt habe.«

Bobby Tom verspürte eine Art von Stolz, die sowohl übermächtig als auch vollkommen unerwartet kam. Doch gleichzeitig empfand er ein verzweifeltes Gefühl des Verlustes. Er riss sich zusammen, um seine Gefühle nicht preiszugeben. »Aber dennoch haben Sie ihn gehasst.«

»Das war der Neid. In der Oberschule habe ich einmal seinen Schrank aufgebrochen und sein Schuljackett gestohlen. Ich glaube nicht, dass er jemals herausbekommen hat, dass ich es gewesen bin. Ich konnte das verdammte Ding noch nicht einmal tragen, ja, ich wollte es gar nicht tragen. Aber ich habe es auf die andere Seite der Eisenbahnlinie gezerrt und dort verbrannt. Auf diese Weise konnte er es wenigstens nie wieder anziehen. Vielleicht glaubte ich, damit auch all seine Erfolge auslöschen zu können. Vielleicht konnte ich aber auch den Anblick nicht ertragen, wie er die Jacke über die Schultern Ihrer Mutter hängte, wenn sie gemeinsam nach Hause gingen. Das verdammte Ding reichte ihr fast bis zu den Kniekehlen.«

Die Vorstellung seiner Eltern als Oberschüler verwirrte Bobby Tom ein wenig. »Darum geht es, nicht wahr? Es geht um meine Mutter.«

»Ich glaube, es ging schon immer um sie.« Sein Blick verdüsterte sich, als ob er in Gedanken weit weg wäre. »Sie war so hübsch. Sie hielt sich nicht für hübsch, weil sie fast bis zum letzten Schuljahr eine Zahnspange getragen hat und das alles ist, woran sie sich erinnert. Aber glauben Sie mir, sie war bildschön, ob nun mit Spange oder ohne. Und ganz wie ihr Vater war sie jedem gegenüber freundlich.« Er lachte belustigt. »Jedem gegenüber, von mir einmal abgesehen. Eines Tages traf sie mich im Flur, als sich außer uns niemand dort aufhielt. Sie erledigte irgendetwas für einen Lehrer und ich, so weit ich mich erinnere, schwänzte eine Unterrichtsstunde. Ich schlug meinen Hemdkragen hoch und lehnte mich wie ein richtiger Taugenichts lässig gegen einen der Schränke. Ich zwinkerte ihr anzüglich zu und musterte sie von Kopf bis Fuß, vermutlich habe ich sie fast zu Tode erschreckt. Ich erinnere mich daran, dass ihre Hände mit dem Papier zu zittern begannen. Dennoch sah sie mir direkt in die Augen. ›Wayland Sawyer, falls du nicht später auf der Straße landen willst, solltest du lieber sofort in den Unterricht zurückkehren.‹ Eine couragierte Frau, Ihre Mutter.«

Angesichts dieser schonungslosen Ehrlichkeit fiel es schwer, die Antipathie aufrecht zu halten. Doch Bobby Tom ermahnte sich, dass Sawyer kein Teenager mehr war und diesmal die Gefahr für seine Mutter durchaus real war.

»Es ist eine Sache, ihr als Kind Angst eingejagt zu haben«, sagte er leise. »Etwas ganz anderes ist es bei einem erwachsenen Mann. Erzählen Sie mir, was Sie ihr angetan haben.«

Bobby hatte hierauf keine Antwort erwartet. Es überraschte ihn also nicht, als Sawyer sich schweigend abwandte und auf das Holzregal zuging. Nachdem er den Golfschläger zurückgelegt hatte, lehnte er sich gegen den Tresen. Trotz seiner äußerlich lässigen Haltung war sein Körper angespannt. Bobby Tom spürte, wie er selbst sich ebenfalls anspannte, als ob er gleich einen Schlag abfangen müsse.

Sawyer wandte den Blick zur Decke und schluckte. »Ich habe sie glauben lassen, ich würde Rosatech schließen, wenn sie nicht meine Geliebte würde.«

Etwas in Bobby Tom ging mit ihm durch. Er raste mit erhobenem Arm quer durch das Zimmer, bereit, den Mistkerl ein für alle Mal zu erledigen. Doch als er bei ihm angekommen war, erstarrte seine Wut zu Kälte. Er ergriff den Kragen des älteren Mannes. »Sicherlich hat sie Ihnen empfohlen, sich zum Teufel zu scheren.«

Sawyer räusperte sich. »Nein. Nein, das hat sie nicht.«

»Ich bringe Sie um.« Bobby Toms Hände klammerten sich um den Jackettkragen, und er presste Sawyer gegen den Tresen.

Sawyer ergriff seine Handgelenke. »Hören Sie mir zu. So viel sind Sie mir schuldig.«

Bobby Tom wollte unbedingt alles hören. Unwillig ließ er los, trat jedoch nicht zurück. Seine Stimme war tief und von eisiger Kälte. »Fangen Sie an.«

»So habe ich es ihr gegenüber zwar nie geäußert, doch nahm sie an, ich würde es meinen. Ich habe viel zu lange gewartet, ehe ich ihr die Wahrheit sagte. Ob Sie es nun glauben oder nicht, im Großen und Ganzen hält man mich außerhalb von Telarosa für einen ziemlich anständigen Kerl. Ich dachte mir, wenn wir etwas Zeit miteinander verbringen würden, würde sie das auch so sehen. Doch die Dinge sind irgendwie aus dem Ruder gelaufen.«

»Sie haben sie vergewaltigt.«

»Nein!« Zum ersten Mal flackerte in Sawyer Wut auf, und er kniff die Augen zusammen. »Sie können viele Dinge über mich denken, Denton, das aber nicht. Was zwischen uns geschehen ist, geht Sie verdammt noch mal nichts an. Aber eines sage ich Ihnen – Gewalt war nicht mit im Spiel.«

Bobby Tom wurde übel. Unter diesen Umständen wollte er überhaupt nicht über seine Mutter nachdenken. Die Vorstellung, dass sie sich ihm freiwillig hingegeben hatte, war ihm zuwider. Und das, während sie mit seinem Vater verheiratet war, während Hoyt Dentons Erinnerung noch sehr lebendig war!

So abrupt Sawyers Wut aufgeflammt war, schien sie sich auch wieder zu legen. »Gewalt war nicht mit im Spiel, doch war es für sie zu früh. Das wusste ich. Sie liebt Ihren Vater immer noch sehr; er war weiß Gott ein wunderbarer Mann, und ich kann es ihr nicht verübeln. Im Gegensatz zu mir aber ist er nicht mehr am Leben. Sie ist einsam. Sie möchte gerne für mich empfinden, doch erlaubt sie es sich nicht, meiner Ansicht nach hauptsächlich Ihretwegen.«

»Das können Sie gar nicht wissen.«

»Sie sind der wichtigste Mensch in ihrem Leben, und sie würde sich eher den Arm abhacken, als Ihnen wehzutun.«

»Ich möchte, dass Sie ihr fern bleiben.«

Sawyer betrachtete ihn mit unverhohlener Feindseligkeit. »Ich hoffe nur, Sie glauben jetzt nicht, ich sei Masochist, weil ich Ihnen mein Innerstes dargelegt habe. Ich kann Sie eigentlich nicht besonders gut leiden – so weit ich es einschätzen kann, sind Sie ein egoistischer Mistkerl –, doch vielleicht irre ich mich. Ich kann nur hoffen, dass Sie mehr von Ihrem Vater geerbt haben, als man auf den ersten Blick vermutet. Ich war Ihnen gegenüber ehrlich, weil ich auf ein Wunder hoffte. Ohne Ihre Zustimmung werden Ihre Mutter und ich keinerlei Chance haben.«

»Es wird aber kein Wunder geben.«

Er war ein stolzer Mann, und seiner Stimme konnte man nichts anmerken. »Alles, was ich verlange, ist eine faire Ausgangschance, Bobby Tom. Ich will nur meine ganz normale faire Chance.«

»Sie wollen meine verdammte *Zustimmung*!«

»Sie sind der Einzige, der ihr diese Schuldgefühle nehmen kann.«

»So ein Pech, denn das werde ich nicht tun!« Er rammte Sawyer einen Finger gegen die Brust. »Ich warne Sie. Lassen Sie meine Mutter in Frieden. Wenn Sie sie auch nur ansehen sollten, werden Sie es bereuen.«

Sawyer fixierte ihn, ohne zu blinzeln.

Bobby Tom machte auf dem Absatz kehrt und eilte aus dem Zimmer. Sein Atem ging so heftig, dass er sich auf der Treppe beruhigen musste. Er hatte in dieser Sache Recht, dessen war er sich sicher. Sawyer hatte seiner Mutter wehgetan. Und ganz gleich wie, musste er nun verhindern, dass es sich wiederholte.

Einer seiner alten Mitspieler winkte ihm zu. Und schon befand er sich inmitten der Menge, die sich um die Bar drängte. Er ging von einer Gruppe zur nächsten, klopfte auf Rücken und tauschte Neuigkeiten aus, als ob er überhaupt keine Sorgen hätte. Doch während er seine alten Freunde begrüßte, schweifte sein Blick immer wieder zur Tür. Er suchte nach Gracie, denn er brauchte sie, damit sie ihm nach seiner Auseinandersetzung mit Sawyer Halt gab. Wo in aller Welt steckte sie nur? Er widerstand der verrückten Versuchung, auf den Parkplatz hinauszurennen und nach ihr zu suchen.

Aus dem Augenwinkel heraus sah er Sawyer neben Luther an der Bar stehen und nicht viel später entdeckte er seine Mutter auf der anderen Seite des Raumes, wie sie sich mit mehreren ihrer Freunde unterhielt. Sie machte den Eindruck, als ob sie sich gut amüsierte, doch stand sie zu weit entfernt, um das wirklich festzustellen. Er dachte daran, sie nach Abschluss seiner Filmarbeiten auf die Kreuzfahrt zu begleiten, von der sie so viel geredet hatte. Zwar würde er einer Kreuzfahrt wohl kaum etwas abgewinnen können, doch war er gerne mit seiner Mutter zusammen. Es würde ihr gut tun, hier einmal herauszukommen. Gracie konnte auch mitkommen, dann würde er auf dem Schiff seine Platzangst vergessen. Sie würden eine schöne Zeit miteinander verbringen. Je länger er darüber nachdachte, desto besser gefiel ihm die Idee, und seine Laune besserte sich spürbar.

Doch damit hatte es ein abruptes Ende, als er beobachtete, wie seine Mutter Way Sawyer ansah. Sofort schimmerten ihre Augen so traurig und sehnsüchtig, dass er es kaum aushielt. Sawyer drehte sich um und erwiderte ihren Blick. Was immer er Luther gerade hatte sagen wollen, schien vergessen. Sawyers Gesichtszüge wurden weich. Unbewusst kannte Bobby Tom dieses Gefühl, wollte es jedoch nicht benennen. Sekunden vergingen. Weder Way noch Suzy bewegten sich aufeinander zu. Schließlich wandten sie sich in derselben Sekunde voneinander ab, als ob sie gleichzeitig ihre jeweilige Schmerzgrenze erreicht hatten.

22

Gracie hielt im Clubhaus gleich hinter der Tür des kleinen Esszimmers inne, wo die Cocktailparty in vollem Gange war. Als die athletischen Sportler und wunderschönen Frauen um sie herumschwirrten, hatte sie einen Moment das Gefühl, an jenen Abend zurückversetzt zu sein, an dem sie Bobby Tom getroffen hatte. Obwohl keine heiße Quelle zu sehen war, erkannte sie einige der Leute von damals, und die Atmosphäre war ebenso festlich.

Ihr altes dunkelblaues Kostüm unterstrich das Gefühl einer Wiederholung. Da sie ihre neue, schmeichelhafte Kleidung sehr mochte, erschien ihr das Kostüm noch öder als an jenem Abend. Sie trug ihre vernünftigen schwarzen Pumps, hatte ihr Gesicht von allem Make-up befreit und ihr Haar mit ein paar Haarklemmen zurückgesteckt. Für den heutigen Abend hatte sie sich nicht nach dem Bild formen können, das Bobby Tom von ihr hatte. Dabei spielte es keine Rolle, dass sie eben dieses Bild auch selbst sehr liebte. Und ganz bestimmt hatte sie nicht das schwarze Cocktailkleid tragen können, mit dem sie ihn ursprünglich hatte beeindrucken wollen. Stattdessen hatte sie sich zu jener Person zurückentwickelt, die sie gewesen war, bevor er den Pygmalion in ihrem Leben gespielt hatte.

Nie würde er erraten können, wie schwer es ihr gefallen war, heute Abend hier zu erscheinen. Lediglich die Tatsache, dass sie eine einmal übernommene Verantwortung ernst nahm, hatte sie zum Kommen veranlasst. Noch hatte er sie nicht gesehen. Er unterhielt sich mit einer schillernden Blondine, die Gracie an Marilyn Monroe in ihrer besten Zeit erinnerte. Sie war ein wenig älter als Bobby Tom und trug ein auffallendes, eng anliegendes silbernes Kleid, das bis zum Schenkel geschlitzt war. Bobby Tom sah sie mit so viel Zuneigung an, dass es Gracie die Kehle zuschnürte. Dies war genau die Art von Frau, die er einmal heiraten würde. Eine Frau, die ebenso reichlich von Gott gesegnet war wie er selbst.

Die Blondine legte den Arm um seine Taille und ihre Wange gegen sein Jackett. Als er sie ebenfalls umarmte, erkannte Gracie sie als Phoebe Calebow, die extravagante Besitzerin der *Chicago Stars* und Bobby Toms ehemalige Chefin. Sie erinnerte sich an die Pressefotografie, auf der sie einander küssten und fragte sich, warum zwei Menschen, die so gut zueinander passten, nicht zueinander gefunden hatten.

In diesem Augenblick hob er den Kopf und entdeckte

Gracie. Die Verwirrung in seinem Blick machte abrupt seiner Missbilligung Platz. Am liebsten hätte sie ihm zugeschrien: *Das bin ich, Bobby Tom! Das ist der Mensch, der ich bin! Eine ganz gewöhnliche Frau, die dumm genug war, zu glauben, sie könne einem Mann etwas geben, der bereits alles hat.*

Phoebe Calebow hob den Kopf und sah in ihre Richtung. Gracie konnte die Sache nicht länger hinauszögern. Sie atmete tief durch und ging auf die beiden zu: ein hässliches Entlein, das auf zwei goldene Schwäne zusteuerte.

Der männliche Schwan runzelte die Stirn, seine goldenen Federn plusterten sich auf. »Du bist spät dran. Wo in aller Welt hast du denn gesteckt, und warum hast du dich so angezogen?«

Gracie beachtete ihn nicht weiter. Sie hatte einfach nicht mehr die Kraft, ihn direkt anzusprechen. Sie unterdrückte ihre heftige Eifersucht und streckte Phoebe die Hand entgegen. »Ich bin Gracie Snow.«

Sie erwartete eisige Hochnäsigkeit und war sich sicher, dass eine solch glamouröse Frau für jemanden so Unscheinbaren wie sie nur Verachtung empfinden könne. Doch zu ihrer Überraschung begegnete ihr Phoebe mit einer Mischung aus Freundlichkeit und Neugier. »Phoebe Calebow«, stellte sie sich vor, als sie den Handschlag erwiderte. »Es freut mich, Sie kennen zu lernen, Gracie. Ich habe erst letzte Woche von Ihrer Verlobung gehört.«

»Sicherlich kam das für die meisten sehr überraschend«, erwiderte Gracie steif. Diese Frau, die wie eine Sexgöttin aussah, gleichzeitig jedoch eine mütterliche Wärme verströmte, verwirrte sie.

»Es ist leicht zu erraten, weswegen er sich für Sie entschieden hat.«

Gracie musterte sie streng. Sie war sich sicher, dass Phoebe auf ihre Kosten einen Scherz machte. Doch Phoebe Calebow wirkte vollkommen ernst. »Die Zwillinge wird es sehr hart treffen. Meine Töchter waren überzeugt davon, dass er abwarten würde, bis sie erwachsen wären und sie irgendwie beide heiraten würde. Wir haben vier Kinder«, erläuterte sie, »darunter einen drei Monate alten Sohn. Ich stille ihn noch, deswegen haben wir ihn heute hierher mitgebracht. Momentan ist er mit einem Babysitter bei Suzy zu Hause.«

Bobby Tom verzog das Gesicht. »Also ehrlich, Phoebe, wenn du jetzt diese Muttermilchdiskussion anfängst, verlasse ich auf der Stelle den Raum.«

Phoebe lachte und tätschelte seinen Arm. »Willkommen im Eheleben. Du wirst dich schon noch daran gewöhnen.«

Gracie versuchte, sich das Bild von Bobby Toms Kindern auszumalen. Kleine Raufbolde, die ebenso unwiderstehlich sein würden wie ihr Vater. Sie hätte nicht geglaubt, dass sich ihr Schmerz noch steigern könnte, doch die Vorstellung von Bobby Tom mit Kindern, die nicht auch ihr gehören würden, brachte sie fast um.

Die Menge schlenderte langsam in den Esssaal, als ein großer, gut aussehender Mann Anfang vierzig von hinten auf Phoebe zutrat und ihre Schultern umfasste. Er sprach mit einem weichen, südlichen Akzent: »Wenn du ein paar Leute rekrutieren möchtest, meine Süße, bist du hier genau am richtigen Ort. Heute Abend sind ein paar wirklich gute Spieler anwesend, die mit ihrem derzeitigen Chef nicht sonderlich zufrieden scheinen.«

Phoebe legte den Kopf zur Seite und sah den Mann hinter ihr mit einer solchen Zärtlichkeit an, dass Gracie am liebsten in Tränen ausgebrochen wäre. Bobby Tom hatte sie auch manchmal so angeschaut, doch bedeutete es nicht dasselbe.

»Gracie, dies ist mein Mann, Dan Calebow. Er war früher Bobby Toms Trainer. Dan, Gracie Snow.«

Calebow lächelte. »Nett, Sie kennen zu lernen, Fräulein Snow. Dieser Abend ist überhaupt recht nett.« Er wandte sich an Bobby Tom. »Irgendjemand erwähnte, deine Verlobte sei heute Abend auch hier, Mister Filmstar. Ich kann kaum glauben, dass du nun endlich heiratest. Wann werde ich sie kennen lernen?«

Phoebe berührte seine Hand. »Gracie ist Bobby Toms Verlobte.«

Calebow gelang es in Sekundenschnelle, seine Verblüffung zu verbergen. »Aber, aber, was für eine Überraschung. Und Sie scheinen mir eine sehr nette Frau zu sein. Mein Beileid, gnädige Frau.« Sein Versuch, seinen Ausrutscher mit einer humorvollen Bemerkung abzufedern, konnte die Anspannung nicht lösen. Normalerweise fiel es Gracie leicht, selbst in unangenehmen Situationen eine lockere Unterhaltung zu führen. Doch jetzt hatte sie das Gefühl, als ob ihr die Zunge am Gaumen klebte und nickte lediglich stumm.

Schließlich meldete sich Bobby Tom zu Wort: »Wenn ihr uns einen Augenblick entschuldigt, Gracie und ich haben noch kurz etwas zu besprechen.«

Phoebe machte eine Handbewegung. »Nur zu. Ich möchte ohnehin noch ein wenig die Werbetrommel rühren, ehe sich alle auf ihre Plätze gesetzt haben.«

Bobby Tom nahm Gracies Arm und zog sie vom Esssaal weg. Sie war sich sicher, dass ihr eine Gardinenpredigt bevorstand. Doch bevor er sie weit genug hatte wegführen können, trat ein dunkelhaariger Mann mit einer Hakennase und perfekt geschwungenen Lippen auf ihn zu. »Du bist mir etwas schuldig, B.T. Wie ich höre, wirst du heiraten. Wo ist denn die Glückliche?«

Bobby Tom biss die Zähne aufeinander. »Dies hier ist die glückliche Dame.«

Der Mann war nicht annähernd so geschickt, seine wahren Gefühle zu verbergen, wie Dan Calebow es gewesen war. Ganz offensichtlich war er tief schockiert. Gracie spürte, wie sich Bobby Toms Arm um ihre Schultern legte. Hätte sie ihn nicht besser gekannt, hätte sie fast annehmen können, die Geste sei beschützend gemeint.

»Gracie, das ist Jim Biederot. Er war über viele Jahre hinweg der *quarterback* der *Stars*. Wir beide haben so manch gutes Spiel miteinander gewonnen.«

Biederot war die Situation offensichtlich äußerst peinlich. »Nett, Sie kennen zu lernen, Gracie.«

Luther trat hinzu und ersparte Gracie eine Antwort. »Pastor Frank wird jeden Moment mit seiner Ansprache beginnen. Nun kommt schon, ihr beiden.«

Gracie spürte Bobby Toms Ärger, als Luther sie beide in den Esssaal zerrte. »Wir werden später darüber reden«, warnte er sie leise. »Glaub bloß nicht, das Thema ist vom Tisch.«

Gracie kam das Abendessen endlos lange vor, alle anderen jedoch schienen sich gut zu amüsieren. Nach dem Hauptgang wechselten viele Leute die Plätze. Gracie war klar, dass sie für viele das Gesprächsthema bildete. Sicher konnte sich keiner seiner Freunde erklären, weswegen er sich eine so öde kleine Maus angelacht hatte, noch dazu eine, die noch nicht einmal die Lippen auseinander bekam.

Obwohl Bobby Tom es sich nicht anmerken ließ, hatte sie ihn ganz offensichtlich bloßgestellt. Nie und nimmer würde er ihr glauben, dass sie es nicht mit Absicht getan hatte. Selbst jetzt wollte sie ihn nicht verletzen. Er konnte nicht ändern, wie er nun einmal war, genau wie sie es nicht konnte. Denn das war schließlich der Grund gewesen, weswegen sie nicht ihre elegante Kleidung und das schmeichelhafte Make-up aufgetragen hatte.

Ihr Aussehen und ihr Schweigen schien die Bürger von Telarosa sowohl zu beleidigen als auch zu verwirren. Es war gerade so, als ob sie betrunken und nicht nur in biederer

Kleidung erschienen wäre. Suzy erkundigte sich, ob ihr nicht wohl sei; Toolee Chandler folgte ihr in die Toilette und fragte sie, ob sie vollkommen durchgedreht sei, in diesem Aufzug zu erscheinen; und Terry Jo schalt sie, Bobby Tom in eine peinliche Situation gebracht zu haben.

Gracie konnte es nicht länger ertragen. »Bobby Tom und ich sind nicht mehr verlobt.«

Terry Jos Mund klappte total perplex auf und zu. »Aber Gracie, das kann doch nicht sein. Jeder kann sehen, wie sehr ihr euch liebt.«

Dies war mehr, als sie ertragen konnte. Wortlos wandte sie sich ab und floh aus dem Gebäude.

Eine Stunde später hörte sie die schweren Stiefel, jeweils zwei Stufen auf einmal nehmend, die Treppe zu ihrem Apartment heraufpoltern. Dann trommelte eine Faust gegen ihre Tür. Sie trug immer noch die weiße Bluse und den dunkelblauen Rock. Sie hatte in dem abgedunkelten Schlafzimmer gesessen und versucht, sich ihre Zukunft auszumalen. Sie erhob sich aus ihrem Stuhl, knipste das Licht an und fuhr sich müde durch die mittlerweile geöffneten Haare. Sie versuchte, sich zu sammeln, dann ging sie zur Tür und öffnete.

Und wieder einmal stockte ihr bei seinem Anblick der Atem. Überlebensgroß schien er ihr, wie er so vor ihrer Tür stand und den Raum mit seiner Präsenz füllte. Die diamantförmigen Nieten auf seinem lavendelfarbenen Hemd glitzerten wie weit entfernte Planeten. Nie war er ihr entfernter von ihrer eigenen bodenständigen Existenz erschienen.

Seine Wut hatte sie erwartet, nicht jedoch seine Besorgnis. Als er eintrat, legte er den Hut ab. »Was ist los, Liebling? Bist du krank?«

In einem Anflug von Feigheit hätte sie die Frage am liebsten bejaht, doch ihre Gradlinigkeit verbot ihr solche Ausreden, und sie schüttelte den Kopf. Er knallte die Tür zu und baute sich vor ihr auf. »Dann solltest du mir bitte erklären, weshalb in aller Welt du dich heute Abend so benimmst. Du tauchst in diesen merkwürdigen Kleidungsstücken auf, und dann tust du so, als ob es dir die Sprache verschlagen hätte. Die Krone setzt du dem Ganzen noch auf, indem du Terry Jo erzählst, wir wären nicht mehr verlobt! Mittlerweile hat sich das in der ganzen Stadt herumgesprochen.«

Sie wollte sich nicht mit ihm streiten. Sie wollte einfach nur diese Stadt verlassen und einen ruhigen Ort finden, an dem sie ihre Wunden lecken konnte. Wie sollte sie ihm erklären, dass sie ihm alles gegeben hätte, was er von ihr verlangt hätte, jedoch nur unter der Bedingung, dass sie für ihn nicht käuflich war? Er fixierte sie empört. Sein sonniger Charme war verflogen. »Ich habe keine Lust, dir zwanzig Fragen zu stellen, Gracie. Ich habe gerade eine ganze Menge Leute vor den Kopf gestoßen, die mir alle einen großen Gefallen erwiesen haben. Und jetzt will ich wissen, warum du dir ausgerechnet diesen Abend ausgesucht hast, um mir in den Rücken zu fallen.«

»Heute habe ich herausgefunden, dass du derjenige bist, der mir mein Gehalt zahlt.«

Er runzelte die Stirn. »Na und?«

Die Tatsache, dass er dies als Nebensächlichkeit abtun wollte, zeigte einmal mehr, wie wenig er sie verstand. Wie hatte sie auch nur eine Minute lang glauben können, dass er sie liebte? »Du hast mich angelogen!«

»Ich kann mich nicht erinnern, jemals eine Bemerkung dahingehend gemacht zu haben, wer dein Chef ist.«

»Treib keine Spielchen mit mir! Du weißt genau, wie ich darüber denke, von dir Geld anzunehmen. Trotzdem hast du das getan.«

»Du hast für mich gearbeitet. Das Geld hast du dir verdient.«

»Es gab überhaupt keine Arbeit, Bobby Tom! Ich musste mich richtig bemühen, eine Beschäftigung zu finden.«

»Das ist doch blanker Unsinn. Du hast zum Beispiel unheimlich viel gearbeitet, um dieses Golfturnier zu organisieren.«

»Das habe ich doch nur die letzten paar Tage getan. Und davor? Da wurde ich fürs Nichtstun bezahlt!«

Er warf seinen Hut auf den nächst erreichbaren Stuhl. »Das stimmt nicht, und ich verstehe absolut nicht, weswegen du die Sache so sehr aufplusterst. Sie wollten dir kündigen, und ganz gleich, was du jetzt sagst, brauchte ich jemand, der für mich arbeitet. So einfach war das.«

»Wenn es tatsächlich so einfach ist, warum hast du mich dann nicht selbst gefragt, ob ich für dich arbeiten möchte?«

Er zuckte mit den Schultern und trat hinter den offenen Tresen der Küchenzeile am Rand des Wohnzimmers. »Hast du eine Schmerztablette?«

»Weil du genau wusstest, dass ich ablehnen würde.«

»Diese Unterhaltung ist völlig absurd. Willow wollte dir kündigen, und es war meine Schuld.« Er öffnete das Küchenregal über dem Spülbecken.

»Also hast du mich aus Mitleid angestellt, weil du mich für zu inkompetent hieltest, für mich selbst zu sorgen.«

»Das stimmt nicht. Dreh mir nicht die Worte im Mund herum!« Er wandte sich von dem Küchenbord ab. »Ich bemühe mich, die Sache offen zu diskutieren, aber ich kann einfach kein Problem sehen.«

»Du wusstest genau, wie sehr mir finanzielle Eigenständigkeit am Herzen liegt. Aber du hast dich keinen Deut darum geschert.«

Sie hätte auch genauso gut nichts sagen können. Er trat hinter dem Tresen hervor und streifte während des Redens sein Jackett ab. »Vielleicht ist es ganz gut, dass die Sache jetzt zur Sprache kommt. Ich habe bereits darüber nachgedacht. Es ist an der Zeit, dass wir ein längerfristiges Arrangement treffen.« Er warf sein Jackett über die Stuhllehne.

»In ein paar Wochen werden wir Richtung Los Angeles ziehen. Ich möchte dich für das dreifache Gehalt als meine Vollzeitassistentin einstellen. Und fang jetzt nicht an zu jammern, dass du dein Gehalt nicht verdienst. Ich werde schlicht und einfach meine Geschäfte nicht erledigen können, während ich gleichzeitig zehn Stunden im Tonstudio sitze.«

»Das kann ich nicht annehmen.«

»Ich möchte gerne, dass du ein paar Tage früher abreist und uns dort eine Unterkunft suchst.« Er ließ sich auf die Couch sinken und legte seine Stiefel auf dem Beistelltisch ab. »Ein Swimming-Pool wäre doch nett, findest du nicht? Und versuch etwas mit einer schönen Aussicht zu bekommen. Kauf dir ein Auto, wenn du schon da bist. Wir brauchen ohnehin noch eins.«

»Hör auf, Bobby Tom.«

»Außerdem brauchst du neue Kleidung. Ich richte dir ein Spesenkonto ein. Du brauchst jetzt nicht mehr in die Billigläden zu gehen, Gracie. Du kannst einfach zum Rodeo Drive fahren und dir dort die allerbesten Sachen kaufen.«

»Ich komme nicht mit dir nach Los Angeles!«

Er zog sein Hemd aus der Hose und knöpfte es auf. »Diese Idee von dir, eine Stiftung zu gründen – ich kann mich noch nicht ganz dazu durchringen, weil ich es eigentlich für eine vollkommen verrückte Idee halte. Aber verfolge du die Sache doch weiter und überleg mal, was dir dazu einfällt.« Er stellte die Füße auf den Boden und erhob sich vom Sofa. Sein Hemd ließ er achtlos neben sich fallen. »Ich muss morgen Früh um fünf aufstehen, Liebling. Falls du nicht möchtest, dass ich mich auf dem Golfplatz total blamiere, sollten wir jetzt lieber ins Bett gehen.«

Er kam auf sie zu und wollte ihr die Bluse öffnen.

»Du hörst überhaupt nicht zu, was ich sage.« Sie wehrte ihn ab, doch er hielt sie fest.

»Das kommt daher, dass du zu viel redest.«

Er zog den Reißverschluss ihres Rockes auf und schubste sie liebevoll ins Schlafzimmer.

»Ich komme nicht mit nach Los Angeles.«

»Und ob du mitkommen wirst.« Er zog ihr die Schuhe aus, schleuderte den Rock beiseite und zerrte an ihrer Nylonstrumpfhose. Dann stand sie in Höschen, BH und der offenen Bluse vor ihm.

»Bitte, Bobby Tom. Hör mir zu.«

Er musterte sie. »Du wolltest mir doch Vergnügen bereiten, nicht wahr?« Er zog seinen eigenen Reißverschluss auf.

»Ja, aber …«

Er ergriff ihren Arm. »Jetzt wird nicht mehr geredet, Gracie.« Er hatte seine Hose zwar noch an, doch sie war schon geöffnet. Er drückte sie auf das Bett und ließ sich auf sie fallen.

Sie zuckte, als er ein Knie zwischen ihre Schenkel schob. »Warte!«

»Es gibt keinen Grund zu warten.« Seine Hände zupften an ihrem Höschen und sein Gewicht hielt sie regungslos, während er es auszog. Sie spürte, wie seine Finger sich gegen ihren Schamhügel pressten, als er seine Hose auszog.

»Das gefällt mir nicht!«, keuchte sie.

»Warte ein bisschen, dann wird es dir gefallen.«

Er benutzte Sex, um einer Unterhaltung mit ihr aus dem Weg zu gehen, und sie hasste es. »Ich habe gesagt, es gefällt mir nicht! Geh von mir runter.«

»Also gut.« Er hielt sie fest umschlungen und rollte sie so, dass sie auf ihm lag, doch drückte er sie derart fest an sich, dass sie sich genauso gefangen vorkam wie eben.

»Nein!«

»Entscheide dich.« Er rollte sich wieder herum, sodass sie erneut unter ihm lag.

»Hör auf!«

»Du willst nicht, dass ich aufhöre, das weißt du ganz genau.« Seine kräftige Brust drückte sie in die Matratze, während er ihre Knie auseinander presste und sie offen und verletzlich machte. Als sie spürte, wie er mit den Fingern nach ihr tastete, ballte sie eine Hand zur Faust und schlug ihm so fest sie konnte auf den Hinterkopf.

»Aua!« Er schrie mehr aus Empörung denn aus Qual auf und sprang vom Bett herunter, mit der einen Hand seinen Kopf haltend. »Warum hast du das getan?«, rief er beleidigt.

»Du Mistkerl!« Trotz des Schmerzes in ihrer Hand begann sie, ihn mit ihren Fäusten zu bearbeiten. Während er wieder aufs Bett zurückfiel, schlug sie ihn, wo immer sie ihn erreichen konnte. Schützend hielt er die Arme hoch, um ihre Prügel abzufangen, ab und an jaulte er auf, wenn sie ihn an einer empfindlichen Stelle traf, doch versuchte er sie nicht zu bremsen.

»Hör auf! Das tut weh, verdammt noch mal. Aua! Was ist denn nur in dich gefahren?«

»Du verdammter Kerl!« Ihre Hände wurden lahm. Sie versetzte ihm einen letzten Schlag und ließ sich auf die Fersen zurückfallen. Ihre Brust hob und senkte sich, während sie ihre Bluse zuknöpfte. Seine körperliche Aggression hatte nichts mit Sex zu tun, sondern mit Macht. In diesem Augenblick hasste sie ihn dafür.

Er ließ die Arme zur Seite sinken und musterte sie aufmerksam.

Sie stand auf und tastete nach dem Bademantel, der an der Tür hing. Ihre Hände schmerzten jetzt so sehr, dass es ihr schwer fiel, ihn überzuziehen.

»Vielleicht sollten wir über diese Angelegenheit doch besser reden, Gracie.«

»Verschwinde hier.«

Sie hörte, wie die Matratze knarrte, dann seine leisen Schritte, als er das Zimmer verließ. Sie legte ihre wunden

Hände in den Schoß, ließ sich aufs Bett fallen und unterdrückte ein Schluchzen. Jetzt war es endgültig aus zwischen ihnen. Heute war es ihr klar geworden, dass es so kommen musste, doch hätte sie nicht gedacht, dass es derart bitter enden würde.

Sie verkrampfte, als sie ihn wieder ins Zimmer kommen hörte. »Ich habe dich gebeten zu gehen.«

Er drückte ihr etwas Kaltes in die Hände: Es waren in ein Handtuch eingewickelte Eiswürfel. Seine Stimme klang dünn und heiser, als ob sie sich durch eine enge, luftverschmutzte Röhre drängen musste. »Das ist gut gegen Schwellungen.«

Weil sie ihn nicht ansehen konnte, starrte sie auf das Eis. Ihre Liebe zu ihm hatte sich immer als etwas Warmes und Gutes angefühlt, doch jetzt schien sie wie die Eiswürfel in ihren Händen zu sein. »Bitte, geh jetzt.«

Seine Stimme war kaum noch ein Flüstern. »So etwas habe ich in meinem ganzen Leben noch keiner Frau angetan, Gracie. Es tut mir Leid. Ich würde alles tun, nur um das rückgängig zu machen, was eben passiert ist.«

Neben ihr senkte sich die Matratze. »Ich konnte es schlichtweg nicht ertragen, dass du nicht mit mir kommen wolltest. Ich musste dich einfach zum Schweigen bringen. Warum machst du das, Gracie? Wir hatten doch eine wirklich gute Zeit zusammen. Wir sind Freunde. Das muss doch nun nicht zu Ende sein, nur weil wir ein Missverständnis hatten.«

Schließlich sah sie zu ihm auf. Verdutzt stellte sie fest, wie unglücklich er aussah. »Es ist viel mehr als nur ein Missverständnis«, flüsterte sie. »Ich kann nicht länger mit dir zusammen sein.«

»Natürlich kannst du das. In Los Angeles werden wir uns eine schöne Zeit machen. Und wenn der Film endlich im Kasten ist, könnten wir meine Mutter auf eine Kreuzfahrt begleiten.« In dieser Minute wurde ihr klar, dass sie ihm gegenüber ehrlich sein musste. Sie musste den Mut aufbringen, das auszusprechen, was in ihrem Herzen vorging. Dadurch würde sich natürlich nichts ändern, doch würden sonst ihre Wunden niemals heilen. Sie sah ihm in die Augen und sprach die schwierigsten Worte ihres Lebens aus. »Ich liebe dich, Bobby Tom. Ich habe dich gleich von Anfang an geliebt.«

Ihr Eingeständnis schien ihn nicht weiter zu überraschen, und seine beiläufige Akzeptanz streute weiter Salz in ihre Wunde. Jetzt wurde ihr klar, dass ihm ihre Gefühle schon die ganze Zeit über bewusst gewesen waren. Doch anders als in ihren Fantasien hatte er sie in keinster Weise erwidert.

Er strich ihr mit dem Daumen über die Wange. »Ist schon gut, Liebling. Ich hatte bereits Erfahrungen mit einer solchen Situation, das bekommen wir doch hin.«

Ihre Stimme war heiser. »Erfahrungen womit?«

»Hiermit.«

»Mit Frauen, die dir ihre Liebe gestehen?«

»Himmel, Gracie, das ist doch nur so eine Sache. Es bedeutet doch nicht, dass wir nicht weiterhin Freunde sein können. Wir sind doch befreundet. Du bist die beste Freundin, die ich jemals im Leben gehabt habe.«

Er tat ihr so unendlich weh, doch schien ihm das gar nicht aufzufallen.

»Schau, Gracie, deswegen muss doch nicht die ganze Sache den Bach runtergehen. Über die Jahre habe ich gelernt, dass, wenn alle beteiligten Parteien die Sache besonnen und höflich angehen, es gar keinen Anlass für hässliche Szenen gibt. Danach kann man immer noch befreundet sein.«

Die scharfen Kanten der Eiswürfel schnitten in ihre Hände. »Bist du denn mit all den anderen Frauen nach wie vor befreundet, die dir ihre Liebe gestanden haben?«

»Mit fast allen, ja. Und so möchte ich es auch zwischen

uns halten. Und jetzt, glaube ich, brauchen wir nicht länger darüber zu reden. Wir machen einfach so weiter wie bisher, und alles andere wird sich finden. Du wirst schon sehen.«

Die Liebeserklärung, die ihr so schwer gefallen war, bedeutete ihm nicht mehr als eine Peinlichkeit. Wenn sie noch irgendeinen Beweis dafür gebraucht hätte, wie wenig sie ihm bedeutete, so hatte sie ihn eben gerade erhalten. Sie fühlte sich betäubt und gedemütigt. »Und du glaubst tatsächlich, dass ich die Arbeit annehmen werde, die du mir anbietest?«

»Du müsstest verrückt sein, es nicht zu tun.«

»Du begreifst überhaupt gar nichts, nicht wahr?« Tränen schossen ihr in die Augen.

»Komm schon, Gracie …«

»Ich nehme den Job nicht an«, sagte sie leise. »Am Montag werde ich nach New Grundy zurückkehren.«

»Bist du mit dem Gehalt nicht zufrieden? Dann können wir verhandeln.«

»Trotz deiner Wortgewandtheit hast du nicht die geringste Ahnung von Liebe.« Die Tränen verfingen sich in ihren Wimpern und rannen ihr die Wangen hinunter. Sie zog die Kette mit seinem Superbowlring über den Kopf und drückte sie ihm in die Hand. »Ich liebe dich, Bobby Tom, und ich werde dich mein ganzes Leben lang lieben. Aber ich bin nicht käuflich. Was ich zu geben habe, ist mit Geld nicht zu entlohnen.«

Bobby Tom ging langsam und mit gleichmäßigen Schritten durch den Garten. Auf halbem Wege hielt er inne und sah zum Mond hinauf, falls Gracie ihn vom Fenster aus beobachten sollte. Doch verharrte er nicht allzu lange, denn er bekam kaum noch Luft. Er nahm Kurs auf die rückwärtige Tür seines Hauses und zwang sich, seine Schritte nicht zu beschleunigen. Er versuchte sogar zu pfeifen, doch sein

Mund war wie ausgetrocknet. Der Ring in seiner Tasche schien ein Loch in seine Hüfte zu brennen. Am liebsten hätte er das verdammte Ding so weit wie nur irgend möglich weggeschleudert.

Nachdem er sein Haus betreten hatte, verriegelte er die Tür und lehnte sich dagegen, dann schloss er die Augen. Er hatte die Sache verpatzt, und er wusste noch nicht mal, weswegen. Verdammt auch! Er war derjenige, der andere zurückwies. Er war derjenige, der entschied, wann eine Beziehung zu Ende war! Sie aber schien das nicht zu begreifen. Die einfachen Dinge hatte sie noch nie begriffen. Welcher Dummkopf würde sich eine solch einmalige Gelegenheit durch die Lappen gehen lassen, nur um in eine öde Kleinstadt zurückzukehren und dort Nachttöpfe zu leeren?

Er stemmte sich von der Tür ab und ging durch die Küche. Er hatte nicht die Absicht, sich irgendwelche Schuldgefühle aufzuhalsen. Gracie war diejenige gewesen, die ihn abgewiesen hatte, und diese Sache sollte ihr Gewissen belasten, nicht seines. Sie liebte ihn also. Natürlich liebte sie ihn. Er konnte es nicht ändern, derjenige zu sein, der er nun mal war. Aber hatte sie auch nur eine Minute innegehalten und sich gefragt, wie er empfand? Die Tatsache, dass sie ihm am Herzen lag, schien ihr überhaupt nicht in den Sinn gekommen zu sein. Sie hielt sich für so sensibel, doch machte es ihr nicht das Geringste aus, seine Gefühle mit Füßen zu treten. Sie war die beste Freundin, die er je gehabt hatte, dennoch hatte sie sich nicht die Mühe gemacht, darüber nachzudenken.

Er ließ die Schlafzimmertür gegen die Wand knallen. Verdammt auch! Wenn Gracie glaubte, er würde ihrer Abweisung wegen Trauer blasen, hatte sie sich geschnitten. Das würde er auf keinen Fall tun. Vor Montag – das hatte sie selbst gesagt – würde sie Telarosa nicht verlassen. Außerdem wusste er, dass er sie morgen Abend beim Tanz antreffen würde, denn sie organisierte die Arbor-Hills-Lotterie und kam ihren Pflichten immer nach. Er jedenfalls würde auf eine Begegnung mit ihr vorbereitet sein.

Bevor er heute Abend ins Bett stieg, würde er Bruno anrufen und ihn beauftragen, ein ganzes Geschwader seiner ehemaligen Freundinnen einzufliegen. Morgen Abend bei der Tanzveranstaltung hatte er die Absicht, sich ausschließlich von wunderschönen Frauen zu umgeben. Sollte Gracie Snow doch endlich sehen, was sie im Stich ließ. Wenn sie wie ein verdammtes Mauerblümchen am Rand saß und diese Sexgöttinnen an ihm hingen, würde sie sicher zur Vernunft kommen. Eine Konfrontation mit der Wirklichkeit war genau das, was sie jetzt brauchte. Im Handumdrehen würde sie seine Aufmerksamkeit zu ergattern versuchen und ihm sagen, sie habe es sich anders überlegt. Und weil er sie als Freundin schätzte, würde er das ohne weitere Bedingungen annehmen.

Missmutig blickte er auf das leere Bett. Morgen Abend würde sie ihre Lektion lernen. Ganz bestimmt würde sie das. Sie würde lernen, dass keine Frau bei Verstand *jemals* Bobby Tom Denton verließ!

23

Gracies Sturheit war es zu verdanken, dass Bobby Tom so schlecht Golf spielte wie noch nie zuvor in seinem Leben – und das ausgerechnet bei seinem eigenen Turnier. Er musste unzählige Neckereien seiner Freunde ertragen, die lediglich dadurch etwas abgeschwächt wurden, dass sich die Neuigkeit seiner geplatzten Verlobung herumsprach.

Als er am Abend im Tanzlokal auftauchte, war er so erschöpft, dass er kaum seine Unterhaltungen mit den von

Bruno organisierten Sexsirenen aufrechterhalten konnte. Amber informierte ihn darüber, dass sie möglicherweise eine Karriere als Mikrobiologin einschlagen wolle, falls sie der Beruf der Tänzerin langweilen sollte; Charmaine verkündete, sie sei ein Löwe, der unter dem Haus des internationalen Pfannkuchens geboren worden sei oder irgend so einen Mist jedenfalls; und Payton machte Andeutungen, sie wolle sich dem verdammten Footballquiz stellen! Am liebsten hätte Bobby Tom alle drei Troy Aikman überlassen, doch brauchte er sie in seiner Nähe, um Gracie zur Vernunft zu bringen.

Um Brunos Auswahl Gerechtigkeit widerfahren zu lassen, musste man zugeben, dass die Frauen echte Hingucker waren. Dennoch konnte Bobby Tom nicht das geringste Interesse für sie aufbringen. Sie trugen ihre eigenen Interpretationen authentischer Westernkleidung: Amber in hautengen Jeans mit einem Sheriffabzeichen zwischen den Brüsten, Payton in der Aufmachung eines Saloon Girls und einem bis zur Taille reichenden Ausschnitt, und Charmaine trug den Rock eines Cowgirls, der ausschließlich aus Rüschen bestand. Als er einen Blick auf Gracie erhaschte, die in demselben züchtigen gelben Kleid steckte, das sie auch gestern Morgen zur Eröffnung seines Geburtshauses getragen hatte, fand er plötzlich, dass sie besser aussah als alle drei zusammen. Diese Beobachtung wiederum hob nicht gerade seine Stimmung.

Die Tanzveranstaltung fand auf einer Ranch statt, die ein paar Meilen außerhalb der Stadt lag. Es war eine halb private Veranstaltung für die Teilnehmer des Golfturniers, der *Blood Moon*-Leute und der Komiteemitglieder des Himmelsfestes, die wiederum alle zusammen einen Großteil der Stadt stellten. Bobby Tom hatte darauf bestanden, die Veranstaltung Touristen nicht zugänglich zu machen. Auf diese Weise konnten die Prominenten ungehindert feiern, ohne ständig um Autogramme gebeten zu werden. Den hier ansässigen Bürgern hatte man dies ebenfalls verboten. Der einzig offizielle Akt des Abends bestand darin, dass Bobby Tom die Gewinner des Golfturniers vorstellte. Die Touristen hatte man andererseits aber nicht vergessen. Für sie war das Reiten in der Rodeomanege organisiert, die Country- und Westernband und die Stände, die Verköstigungen anboten.

Die Bäume um das Haus der Ranch waren mit bunten Glühbirnen geschmückt, eine Tanzfläche war neben der Scheune aufgebaut worden, ebenfalls eine mit bunten Schleifen versehene Plattform, auf der die Preiszeremonie abgehalten werden sollte. Erneut wanderte Bobby Toms Blick zu dem Tisch an der einen Seite der Tanzfläche, an dem Gracie Tombolatickets für die Patchwork-Decke verkaufte, die die Anwohner von Arbor Hills gefertigt hatten. Ihr Anblick erfüllte ihn mit einem solchen Schmerz, dass er überstürzt den Kopf abwandte.

»Hey, B.T., du schienst heute Morgen beim Golf ein paar Probleme gehabt zu haben.« Buddy und Terry Jo kamen auf ihn zu, beide in Jeans und Westernhemden, in den Händen Plastikbecher mit Bier.

»Das kann man wohl sagen«, pflichtete ihm Terry Jo bei, warf erst einen viel sagenden Blick auf die Sexsymbole und dann auf Bobby Tom. »Unterhalte du doch bitte für ein Weilchen B.T.'s Liebesdienerinnen, Buddy, tust du das? Herr Heißsporn und ich müssen mal kurz ein Wörtchen miteinander reden.«

Das Allerletzte, wozu Bobby Tom jetzt aufgelegt war, war eine ernsthafte Auseinandersetzung mit Terry Jo. Doch sie ließ ihm keine andere Wahl, ergriff seinen Arm und zog ihn von den anderen weg auf den Zaun zu. »Was ist nur mit dir los?«, fragte sie, sobald sie außer Hörweite der anderen waren. »Weißt du denn nicht, was du Gracie antust, wenn du eure Verlobung so brichst?«

Er warf ihr einen entrüsteten Blick zu. »Sie behauptet, ich hätte unsere Verlobung gelöst?«

»Sie hat fast kein Wort über die Lippen bekommen, als ich heute Morgen mit ihr geredet habe. Sie sagte lediglich, dass ihr beide in gegenseitigem Einverständnis eure Beziehung beendet hättet.«

»Und da hast du die Schlussfolgerung gezogen, ich hätte sie beendet.«

»Etwa nicht?«

»Himmel, nein.«

»Soll das heißen, dass Gracie dir den Laufpass gegeben hat?«

Zu spät erkannte Bobby Tom, dass er sich selbst diese Falle gestellt hatte. »Natürlich nicht. Kein Mensch verlässt mich.«

»Sie hat es getan, nicht wahr? Sie hat dich verlassen! Gütiger Himmel! Endlich hat eine weibliche Person Bobby Tom Denton ein bisschen von dem spüren lassen, was er anderen Menschen antut.« Sie grinste über das ganze Gesicht und hob ihr Gesicht gen Himmel. »Danke, Jesus!«

»Hörst du wohl damit auf! Sie hat mich nicht verlassen. Hast du denn immer noch nicht gemerkt, dass wir überhaupt nicht richtig verlobt waren? Es war nur ein verdammter Trick, um mir während meines Aufenthaltes hier die Frauen vom Leib zu halten.« Die Tatsache, das Terry Jo sich über die Sache so zu amüsieren schien, verletzte ihn mehr, als er es mit Worten ausdrücken konnte.

»Natürlich wart ihr verlobt. Ein Blinder hätte sehen können, wie sehr ihr einander liebt.«

»Das stimmt nicht! Vielleicht liebt sie mich ... Ich für meinen Teil achte sie lediglich. Wer würde das nicht? Sie ist so ungefähr die beste Frau, die es gibt. Aber Liebe? Sie ist einfach nicht mein Typ, Terry Jo.«

Terry Jo schüttelte erneut ihr Haupt. »Es ist einfach verblüffend. Du weißt über Frauen immer noch nicht mehr als damals in der Schule, als du mich wegen Sherri Hopper verlassen hast.« Sie musterte ihn betrübt. »Wann wirst du endlich erwachsen, Bobby Tom?« Ohne ein Wort drehte sie sich um und entfernte sich. Er sah ihr mit einer Mischung aus Wut und Elend hinterher. Warum tat sie so, als ob alles seine Schuld wäre? Und wann genau war sein Leben so durcheinander geraten? Bis jetzt hatte er ständig den Tag dafür verantwortlich gemacht, an dem sein Knie zerschmettert worden war. Doch jetzt fragte er sich, ob die eigentliche Katastrophe nicht in der Nacht geschehen war, als Gracie zu ihm nach Hause gekommen war und sich ausgezogen hatte. Natalie kam mit Anton zusammen auf ihn zu, der Elvis auf dem Arm trug. Als er die beiden begrüßte, dachte er, was für eine wunderschöne Frau sie doch war. Und nett dazu. Er hatte sie splitternackt gesehen, er hatte sich stundenlang mit ihr geküsst. Sie hatte ihn mit ihrer Milch bekleckert, mit ihm gekämpft, die Pistole auf ihn gerichtet und gestern erst hatten sie gemeinsam in den Fluss springen müssen. Er und Natalie hatten eine Menge miteinander erlebt, doch fühlte er sich ihr nicht nah. Nicht halb so nah, wie er sich Gracie fühlte.

Sie plauderten ein paar Minuten, und plötzlich hielt er Elvis im Arm, damit seine Eltern einmal ungestört tanzen konnten. Das Baby angelte mit dem Ärmchen nach seinem Stetson, doch als es ihn nicht erreichen konnte, nuckelte es kurz entschlossen an dem einen Ende des schwarzen Seidenschals, den sich Bobby Tom um den Hals gebunden hatte. Obwohl Bobby Tom mit seiner Kleidung äußerst penibel war, besaß er einfach nicht die Kraft, den Schal zu retten. Das Baby roch appetitlich und sauber, und es zog ihm vor unbestimmter Sehnsucht den Magen zusammen.

Die Sexsirenen näherten sich ihm, doch er tat so, als ob er sie nicht sehen würde und ging um eines der Außengebäude herum, um ein paar Minuten allein zu sein und seine Fassung wieder zu erlangen. Elvis spuckte das nasse Schalstück aus und besabberte stattdessen vergnügt Bobby Toms Kragen. Als Bobby Tom an einem der Esstische vorbeischlenderte, entdeckte er seine Mutter in ungefähr drei Meter Entfernung. Sie trug einen langen, dunklen Rock und eine züchtige weiße Schulmädchenbluse, die am Hals mit der alten Gemme seiner Großmutter zusammengehalten wurde. Er erstarrte, als er merkte, wie Way Sawyer auf sie zusteuerte. Gleichzeitig wurde ihm bewusst, dass Way in seinen verblichenen Jeans, einem alten Hut, alten Stiefeln und einem Flanellhemd wirklich authentisch aussah.

Als seine Mutter Sawyer sah, reagierte sie total irritiert. Er legte ihr die Hand auf die Schulter. Bobby Tom wollte ihr gerade zu Hilfe kommen, doch dann beobachtete er, dass Suzys Körper sich völlig entspannte. Ein paar Sekunden lang hatte er die Ekel erregende Befürchtung, sie könne sich an Sawyer anschmiegen, doch sie wandte sich von ihm ab und ging weg.

Way verharrte bewegungslos. Als er sich schließlich umdrehte, war sein Gesicht von solch erschütternder Verzweiflung geprägt, dass Bobby Tom diesen Ausdruck sein Lebtag nicht vergessen würde. Er umklammerte das Baby fester und fühlte, wie er zu schwitzen begann. Was war nur los mit ihm? Warum hatte er plötzlich das Gefühl, als ob Way Sawyer und er Brüder waren?

»Du brichst Bobby Tom das Herz«, zischte Terry Jo, als sie Gracie von dem Tisch wegzog, an dem sie Tombolatickets verkaufte. Sie fuhr mit ihrer Gardinenpredigt fort, die sie schon vor einigen Minuten begonnen hatte. »Wie kannst du ihn nur einfach so im Stich lassen?«

Obwohl Gracie nur selten zum Sarkasmus neigte, hatten die drei gertenschlanken Blondinen, die Bobby Tom umschwirrten, sie doch zu einem giftigen Kommentar verleitet.

»Er macht wahrhaftig den Eindruck eines total gebrochenen Menschen. Geradezu trostbedürftig.«

»Er macht sich nichts aus diesen albernen Dingern, das weißt du doch ganz genau. Du bist es, die ihm am Herzen liegt.«

»Am Herzen liegen ist aber noch lange nicht lieben.« Sie beobachtete, wie eine der Schönheiten ihr Bierglas an die Lippen setzte. Sie hätte nicht sagen können, was bitterer war: ihn vorhin dabei zu beobachten, wie er Elvis im Arm gehalten hatte oder ihn jetzt mit diesen umwerfenden Frauen zu sehen. »Es schmerzt einfach zu sehr, als dass ich noch länger in seiner Nähe bleiben könnte.« Terry Jo zeigte keinerlei Sympathie. »Was auch immer wirklichen Wert besitzt, ist es auch wert, dass man dafür kämpft. Ich hatte angenommen, dass du aus einem härteren Holz geschnitzt bist. Aber dabei habe ich wohl vergessen, dass du eben doch nur ein Yankee bist.«

»Ich verstehe gar nicht, weshalb du dich so aufregst. Alle in dieser Stadt haben mir gleich vom ersten Tag an gesagt, ich entspräche so gar nicht seinem Typ.«

»Wohl wahr. Aber es ist eben genau wie Bobby Tom gesagt hat: ›Den Geheimnissen des menschlichen Herzens kommt man niemals auf die Schliche.‹«

»Damit hat er die Leute lediglich an der Nase herumgeführt! Du weißt doch, dass die meisten seiner Sprüche frei erfunden sind.«

Nun verteidigte Terry Jo vehement ihren ehemaligen Freund. »Das stimmt nicht. Bobby Tom Denton ist einer der ernsthaftesten Menschen, denen ich jemals begegnet bin.«

»Dass ich nicht lache!«

»Für jemanden, der angeblich in ihn verliebt ist, bist du ganz schön kritisch.«

»Nur weil ich ihn liebe, bin ich noch lange nicht blind.«

Sie trat einen Schritt zurück. »Ich muss zurück an meinen Stand.«

»Nein, das musst du nicht. Suzys Bridgeclub hat den Stand für den restlichen Abend übernommen. Du kannst jetzt losziehen und dich amüsieren. Zeig ihm einfach, dass er dich nicht auf diese Art und Weise manipulieren kann. Denn das ist es, was er gerade tut, und jeder durchschaut es.«

Als ob Terry Jo es befohlen hätte, tauchte Ray Bevins, einer der Kameraleute von *Blood Moon*, neben Gracie auf. »Ich habe schon den ganzen Abend darauf gewartet, dass du endlich fertig wirst, damit wir tanzen können, Gracie.«

Gracie überging Terry Jos ermutigendes Lächeln. »Tut mir Leid, Ray, aber mir ist heute Abend nicht nach tanzen zu Mute.«

»Ja, ich habe davon gehört, dass Bobby Tom und du euch getrennt habt. Anscheinend bemüht er sich nach Kräften, dich eifersüchtig zu machen.«

»Er ist einfach nur er selbst.«

»Du solltest es ihm nicht durchgehen lassen, dass er dich auf diese Art und Weise manipuliert. Wir von der Crew mögen Bobby Tom alle sehr gerne, doch ist es kein Geheimnis, dass einige von uns mehr als ein rein freundschaftliches Interesse an dir hegen. Wir haben darum geknobelt, wer von uns zuerst mit dir tanzen darf, und ich habe gewonnen.«

Sie warf ihm ein dankbares Lächeln zu. »Das ist nett, aber um ehrlich zu sein, bin ich wirklich nicht in der Stimmung.« Noch bevor Ray oder Terry Jo sie weiter bedrängen konnten, war sie in der Menge verschwunden. Es war schön zu wissen, dass manche der Männer sie begehrenswert fanden, doch war ihr heute Abend nicht nach Geselligkeit zu Mute.

Sie ließ sich auf einen Stuhl neben dem hölzernen Picknicktisch fallen, auf dem Natalie und Anton Elvis' Sachen deponiert hatten. Erst nachdem sie sich gesetzt hatte, merkte sie, dass sie von ihrer Warte aus einen ausgezeichneten

Blick auf Bobby Tom hatte, der inmitten einer Gruppe von Frauen stand. Er machte den Eindruck, als ob er sich prächtig amüsierte, er lachte und genoss offenbar die Tatsache, wieder ein freier Mann zu sein. Eine der Frauen fütterte ihn mit ein paar Chips, während eine andere sich an seinem Arm rieb. Als ob er Gracie spüren würde, hob er den Kopf, drehte sich um und musterte sie. Sie sahen einander in die Augen. Eine Sekunde lang machte keiner der beiden eine Bewegung. Dann lächelte er der Frau neben sich zu. Während Gracie zuschaute, senkte er den Kopf und küsste sie ausdauernd.

Wenn es seine Absicht gewesen sein sollte, ihr noch mehr Schmerz zuzufügen, hätte er wohl kaum eine bessere Art und Weise finden können. Er stützte den Hinterkopf der Frau mit der Hand und steigerte seinen Kuss. Gracie erinnerte sich genau daran, wie es sich angefühlt hatte. *Diese Lippen gehören mir!*, hätte sie am liebsten laut geschrien. Ein paar der Sportler, die sie vom gestrigen Abend erkannte, traten auf ihn zu. Es dauerte nicht lange, bis er sie mit einer offensichtlich sehr lustigen Geschichte amüsierte. Gleichzeitig hatte er die Arme um zwei der Frauen gelegt. Sie wusste nur zu gut, welchen Charme er besaß, und so dauerte es nicht lange, bis sich eine kleine Gruppe um ihn herum versammelt hatte.

»Toolee Chandler meinte, wenn ich zehn Lotterietickets kaufen würde, würden Sie mir einen Tanz gewähren.« Sie fuhr auf und sah Way Sawyer neben sich, die eine Hand voller Lotterietickets.

Sie lächelte. »Das ist wirklich nett, aber mir ist heute nicht nach tanzen zu Mute.«

Er streckte die Hand nach ihr aus und zog sie hoch. »Kommen Sie, Gracie. Sie sehen aus wie ein geschlagener Hund.«

»Ich kann meine Gefühle nicht gut verbergen.«

»Das ist nun nicht gerade das, was man als Neuigkeit bezeichnen kann.« Er legte einen Arm um ihre Schultern und küsste sie direkt auf die Lippen. Sie war so überrascht, dass sie kein Wort hervorbrachte.

»Das«, sagte er feixend, »soll Bobby Tom Denton verrückt machen.« Er zog sie auf die Tanzfläche. Die Band spielte eine Ballade. Er zog sie dicht an seine Brust, wo es ihr so angenehm war, dass sie am liebsten die Augen geschlossen und ihren Kopf an ihn angelehnt hätte.

»Sie sind ein sehr netter Mann«, bemerkte sie. »Das wusste ich gleich von Anfang an.«

»Noch bevor ich die Schließung von Rosatech dementiert habe?«

»Ich habe keine Minute daran geglaubt, dass Sie die Firma schließen würden. Man brauchte Ihnen nur in die Augen zu sehen, um zu wissen, was Sache war.«

Er lachte leise. Eine Weile tanzten sie schweigend, dann verspürte sie eine fast unmerkliche Anspannung seiner Muskeln. Sie folgte seinem Blick und sah Suzy mit Buddy Baines vorbeitanzen. Sie blickte zu ihm auf. Er sah unglaublich traurig aus.

»Bobby Tom ist nicht absichtlich so gemein, wissen Sie«, sagte sie leise. »Suzy gegenüber hegt er starke Beschützerinstinkte. Früher oder später wird er schon noch zur Vernunft kommen.«

»Sie haben eine sehr optimistische Einschätzung der menschlichen Natur.« Während er das Thema wechselte, lenkte er sie zu einem anderen Teil der Tanzfläche. »Die Leute werden betrübt sein, wenn Sie von hier fortgehen. In einer sehr kurzen Zeit haben Sie dieser Stadt mehr Gutes angedeihen lassen, als die meisten in ihrem ganzen Leben geschafft haben.«

Sie war sichtlich überrascht. »Aber ich habe doch gar nichts getan.«

»Finden Sie? Korrigieren Sie mich, falls ich mit meiner Einschätzung falsch liege. Sie haben ehrenamtliche Mitglieder für Verbesserungen der Ausstattung von Arbor Hills verpflichten können. Zusätzlich haben Sie auch noch ein Freizeitprogramm auf die Beine gestellt. Es war Ihre Idee, in dieser Stadt ein Seniorenzentrum einzurichten. Außerdem ist mir zu Ohren gekommen, dass Sie eine Menge Zeit damit verbringen, in Arbor Hills einsame Leute einfach nur zu besuchen. Also ich würde sagen, das alles zusammen zählt bei weitem mehr als jemand, der in seinem Leben nichts anderes getan hat, als Footballspiele zu gewinnen.«

Sie wollte protestieren. Bobby Tom unterstützte andere auf seine Weise mit Geld und Zeit. Doch hielt sie inne. Herr Sawyer sprach gar nicht von Bobby Tom, er sprach von ihr. Und er hatte Recht.

Seit wann nur hatte sie die Angewohnheit, ihre eigenen Leistungen als viel weniger wichtig als die aller anderen zu bewerten? War es etwa weniger wertvoll, sich um das Wohl älterer Leute zu kümmern, als mit gutem Aussehen und natürlichem Charme bedacht worden zu sein? Sie war merkwürdig verwirrt. Es war gerade so, als ob eine Tür, von deren Existenz sie nichts gewusst hatte, sich plötzlich vor ihr auftat. Dahinter lag eine völlig neue Einschätzung ihres Selbst, ohne all den emotionalen Ballast, den sie ihr Leben lang mit sich herumgeschleppt hatte. Sie besaß Freunde, Menschen, denen sie am Herzen lag. Und sie bemühte sich nach besten Kräften, ein guter Mensch zu sein.

Doch hatte sie es sich angewöhnt, bereits mit wenig zufrieden zu sein. Vom Tage an, an dem sie Bobby Tom begegnet war, hatte sie sich für jeden kleinsten Beweis seiner Zuneigung bereits glücklich geschätzt. So sollte es aber nicht sein. Sie war mehr wert, als nur die Reste der Zuneigung eines anderen Menschen zu bekommen.

Der Tanz war zu Ende, und eine tiefe Traurigkeit überfiel

sie. Sie war so gut wie sie nur konnte und hatte sich Bobby Tom Dentons Liebe mehr als verdient. Doch das würde er niemals begreifen.

Bobby Tom überreichte die beiden Sexsirenen zwei Spielern der *Phoenix Suns*, um mit seiner Mutter zu sprechen. »Ich glaube, diesen Tanz hast du für mich reserviert.«

»Schon möglich, dass ich dich irgendwo notiert hatte.« Suzy lächelte, als er ihre Hand nahm und sie gemeinsam auf das Tanzparkett gingen.

Sie waren beide gute Tänzer – sie hatte ihm das Tanzen beigebracht –, und eine Weile lang bewegten sie sich schweigend im Rhythmus, doch Bobby Tom fand lange nicht so viel Gefallen daran wie gewöhnlich. Seit Way Sawyer Gracie einen Kuss gegeben hatte, hatte sie nicht aufgehört, mit diesem oder jenem Mann zu tanzen. Allein bei der Erinnerung daran, biss er die Zähne aufeinander.

Obwohl es ihm schwer fiel, zwang er sich dazu, sein eigenes Unglück zurückzustellen und das zu tun, was er eigentlich unmittelbar nach seiner Rückkehr von San Antonio hätte tun sollen. Ganz deutlich war es ihm an jenem Abend geworden, als er beobachtet hatte, wie sich seine Mutter und Sawyer im Countryclub angesehen hatten.

»Mama, wir müssen darüber reden, was mit dir los ist. Und dieses Mal werde ich mich nicht mit Gartentipps oder Kreuzfahrtbroschüren ablenken lassen.«

Er spürte, wie sich ihr Rücken unter seiner Hand anspannte. »Es gibt nichts zu besprechen.«

»Sicher weißt du, dass ich Vater auch sehr vermisse.«

»Ich weiß. Er hat dich so geliebt.«

»Er war ein toller Vater.«

Sie hob eine Augenbraue und sah zu ihm auf. »Ist dir eigentlich klar, dass er in deinem Alter bereits einen Sohn von vierzehn Jahren hatte?«

»Hmm.«

Ihre Stirn legte sich in Falten. »Was ist eigentlich mit dir und Gracie passiert? Warum hast du heute Abend diese schrecklichen Frauen angeschleppt?«

»Nichts ist passiert. Du weißt doch selbst, dass die ganze Verlobungsgeschichte erstunken und erlogen war. Nun tu also bitte nicht so, als ob unsere Trennung eine große Tragödie wäre.«

»Ich habe mich daran gewöhnt, euch beide als Paar zu sehen. Ich habe wohl wirklich daran geglaubt, dass ihr heiraten werdet.«

Er stieß einen entrüsteten Laut aus, um die peinliche Situation zu entschärfen. »Mama, kannst du dir ernsthaft vorstellen, dass Gracie und ich verheiratet sind?«

»Aber ja doch, sehr gut sogar. Ich gebe zu, anfangs war das nicht so. Doch nachdem ich Gracie näher kennen gelernt habe, denke ich, dass sie ausgezeichnet zu dir passt. Besonders seit mir klar wurde, wie glücklich sie dich macht.«

»Das war kein Glück. Ich habe nur viel über sie lachen müssen, denn oft ist sie einfach zu lächerlich.«

Sie musterte ihn, schüttelte bedächtig den Kopf und legte dann kurz die Wange gegen seine Brust. »Ich mache mir Sorgen um dich, Liebling. Ich mache mir wirklich Sorgen.«

»Nun, ich mache mir ebenfalls Sorgen um dich. Dann sind wir also quitt.« Auf der anderen Seite der Tanzfläche sah er Gracie im Arm von Dan Calebow. Sein ehemaliger Trainer schien sich großartig zu amüsieren. Dans Frau Phoebe tanzte derweil mit Luther Baines, der sich alle Mühe gab, seine Augen aus ihrem Ausschnitt zu nehmen. »Mama, wir müssen über diese Sache zwischen Sawyer und dir reden.«

»Er heißt Wayland. Und es gibt nichts zu besprechen.«

»Das ist aber nicht das, was er mir sagt.«

Sie versteinerte. »Er hat mit dir gesprochen? Dazu hatte er kein Recht.«

»Er möchte gerne, dass ich zwischen euch beiden den Vermittler spiele.«

»Ich kann nicht glauben, dass er mit dir gesprochen hat.«

»Da wir einander beide nicht sonderlich gewogen sind, war es nicht die angenehmste Unterhaltung meines Lebens. Andererseits bin ich nicht derjenige, der sich in ihn verliebt hat. Es fällt also nicht so sehr ins Gewicht.«

Er wartete auf ihren Widerspruch. Er hoffte, ihre Stirn würde sich empört in Falten legen. Doch sie wandte nur den Kopf ab. »Er hatte kein Recht, dich in die Sache mit hineinzuziehen.«

Seine Mutter liebte einen anderen. Eigentlich hätte ihn diese Tatsache wütend machen sollen. Doch zu seiner eigenen Überraschung empörte es ihn nicht halb so sehr, wie er erwartet hatte.

Er wählte seine Worte mit Umsicht. »Was wäre, wenn du damals gestorben wärst, Mama? Und wenn Papa nach vier Jahren jemanden getroffen hätte, der ihm sehr am Herzen läge, jemanden, der ihm seine Einsamkeit vertreiben würde.« Nachdem er dieses Gespräch so lange hinausgezögert hatte, hatte er nun das Gefühl, genau das Richtige zu tun. Außerdem verspürte er das merkwürdige Gefühl, als ob Gracie ihm die Hand halten würde. »Und was wäre, wenn er genau das täte, was du jetzt tust: diesen Menschen seiner Gefühle wegen aus seinem Leben auszugrenzen. Was würdest du dann wollen, das ich zu diesem Menschen sage?«

»Das ist nicht das Gleiche.«

Er spürte ihre Anspannung, ließ jedoch nicht locker: »Ganz im Gegenteil, es ist sogar haarscharf dasselbe.«

»Du hast das alles nicht durchgemacht! Du begreifst es nicht!«

»Das ist wohl wahr. Ich stelle mir nur vor, was ich zu ihm sagen würde. Ich stelle mir vor, du würdest wollen, dass ich ihm rate, er solle den Rest seines Lebens einsam und allein bleiben. Er soll das tun, was du jetzt tust, nämlich diesem Menschen den Rücken kehren. Und den Rest seines Lebens soll er dir zu Ehren Kerzen anzünden.«

»Ich verstehe nicht, warum du mich mit dieser Sache bedrängst! Du kannst Wayland noch nicht einmal leiden. Das hast du selbst zugegeben.«

»Nein, ich kann ihn nicht leiden, aber eines sage ich dir – ich habe jede Menge Respekt vor dem Mistkerl.«

»Werde nicht unflätig«, rügte sie automatisch. Dann schossen ihr Tränen in die Augen. »Bobby Tom, ich kann es nicht. Dein Vater und ich …«

»Ich weiß sehr wohl, was ihr füreinander empfunden habt, Mama. Ich habe es jeden Tag gesehen. Vielleicht ist das auch der Grund, warum ich selbst keine besonders große Neigung zur Ehe verspüre: Weil ich immer genau das auch für mich gewünscht habe.«

Er dachte an Gracie. In dieser Sekunde wurde ihm blitzartig klar, dass er genau das haben könnte, was seine Eltern so viele Jahre miteinander geteilt hatten. Die Erkenntnis kam so jäh, dass er fast gestolpert wäre. *Mein Gott!* Während er seine Mutter im Arm hielt, spürte er die Gegenwart seines Vaters und wusste, dass genau diese Art der Nähe auf der anderen Seite der Tanzfläche auf ihn wartete. Er liebte sie. Diese plötzliche Gewissheit ließ ihm die Knie weich werden. Er liebte diese Gracie Snow – die merkwürdige Kleidung, ihren Befehlston, ihr Lachen, einfach alles. Sie war sein Amüsement, sein Gewissen, der Spiegel seiner Seele. Sie war der Ort, an dem er sich ausruhen konnte. Warum nur hatte er das nicht schon vor Wochen begriffen?

Er hatte sich daran gewöhnt, sein Leben lediglich aus einem ganz bestimmten Blickwinkel heraus zu betrachten und daher seine wirklichen Bedürfnisse nicht mehr erkannt. Er hatte Gracie mit den Sexsirenen verglichen und sie zur Verliererin erklärt, nur weil sie keinen großen Busen besaß.

Er hatte die unleugbare Tatsache verdrängt, dass Frauen, die es lediglich auf gutes Aussehen und auf Partys abgesehen hatten, ihn bereits seit Jahren langweilten. Er hatte die Tatsache übersehen, dass der Blick in Gracies ausdrucksstarken grauen Augen und diese ungestümen Locken ihn total fesselten. Warum nur hatte er sich so an die Vorstellung geklammert, dass es diese Sexbomben waren, die er begehrte? Gracie hatte Recht. In seinem Alter hätte er eigentlich seine echten Bedürfnisse schon lange kennen müssen. Stattdessen hatte er Frauen immer mit jener künstlichen Messlatte gemessen, die er auch damals angelegt hatte, als er noch ein hormongesteuerter Jugendlicher gewesen war. Jetzt schämte er sich dafür. Gracies Schönheit hatte von Anfang an seine Aufmerksamkeit. Es war eine unverfälschte, innere Schönheit, die von ihrer angeborenen Güte gespeist wurde. Es war die Art seelischer Schönheit, die sie auch als alte Dame noch besitzen würde. Er liebte Gracie Snow, und er würde sie heiraten. Er würde sie tatsächlich heiraten, verdammt auch! Er wollte den Rest seines Lebens mit ihr verbringen, er wollte mit ihr Kinder bekommen und das Haus mit seiner Liebe ausfüllen. Diese Vorstellung verursachte ihm nicht etwa Panik, sondern ließ ihn vor Freude so jubilieren, dass er das Gefühl hatte, auf dem Tanzboden zu schweben. Er wollte sie hier und jetzt aus Dan Calebows Armen reißen und ihr sagen, dass er sie liebte. Er wollte sehen, wie sie vor ihm dahinschmolz. Doch das konnte er erst tun, nachdem er sich mit seiner Mutter ausgesprochen hatte.

Er blickte auf sie herunter. Sein Hals war wie zugeschnürt, seine Stimme klang anders als sonst. »Die ganze Zeit habe ich so getan, als ob meine Abneigung gegen Way rein persönlicher Natur sei. In Wahrheit jedoch habe ich mich gegen jeden Mann gestellt, mit dem du eine Beziehung begonnen hättest. Ein Teil von mir wollte dich ganz einfach wegschließen und dich dein Leben lang um Papa trauern lassen, nur weil er mein Vater war und ich ihn geliebt habe.«

»Ach, Liebling …«

»Mama, hör mir zu.« Er sah ihr entschlossen in die Augen. »Eines weiß ich genau so sicher, wie ich meinen Namen kenne – Papa hätte nie und nimmer gewollt, dass ich so empfinde, und er hätte nie und nimmer gewollt, dass du darunter leidest. Eure Liebe füreinander war groß und selten, doch indem du der Zukunft den Rücken zukehrst, machst du sie wieder kleiner.«

Er hörte, wie sie einatmete. »Meinst du, das tue ich?«

»Ja.«

»Das wollte ich nicht«, bekannte sie leise.

»Ich weiß. Werden deine Gefühle für Sawyer jemals deine Liebe für Papa ändern können?«

»Nein, niemals.«

»Meinst du dann nicht, dass du wieder zu deiner normalen positiven Haltung zurückfinden solltest?«

Er konnte fast sehen, wie sie sich aufrichtete. »Ja. Ja, es ist wohl an der Zeit.« Einen Moment stand sie reglos da, dann umarmte sie ihn heftig.

Er sah sich um und peilte beim Tanzen eine ganz bestimmte Richtung an. Sie drückte liebevoll seine Schulter. »Du bist der wunderbarste Sohn, den sich eine Mutter jemals wünschen kann.«

»Mal sehen, ob du das noch sagen wirst, nachdem ich dich in eine peinliche Situation gebracht habe.« Er tippte Way Sawyer auf die Schulter, als er und seine Partnerin gerade an ihnen vorbeischwenkten. Sawyer blieb stehen und musterte ihn fragend.

»Wollen Sie Frau Baines den ganzen Abend über mit Beschlag belegen, Sawyer?«, fragte Bobby Tom. »Ich habe noch ein paar Dinge mit ihr zu besprechen. Nicht wahr, Frau Baines? Was halten Sie davon, wenn wir die Partner wechseln?« Einen Moment schien Sawyer so überrumpelt, dass Bobby Tom schon glaubte, er würde diese goldene Gelegenheit verstreichen lassen. Doch dann hätte er die arme Judy Baines vor Eifer fast umgerannt, um seine Hände auf Suzy zu platzieren. Bevor sie sich von ihm entführen ließ, sah Sawyer Bobby Tom an. Noch nie zuvor hatte Bobby Tom in den Augen eines anderen Mannes so viel Dankbarkeit gelesen. Suzy ihrerseits betrachtete Sawyer mit einer Mischung aus Aufregung und Panik.

Bobby Tom nahm Judy Baines Hand. Jetzt wurde ihm klar, dass seine Liebe zu Gracie seine ganze Welt auf den Kopf gestellt hatte. Zu seiner großen Verblüffung gefiel ihm das. Er zwinkerte Sawyer mit einem spitzbübischen Grinsen zu. »Meine Mutter ist eine respektable Frau mit einem guten Ruf, den es zu verteidigen gilt. Ich erwarte also, dass Sie sich anständig benehmen. Und zögern Sie das Ganze nicht zu lange hinaus, denn wenn ich von irgendwelchen Missetaten vor der Feier hören sollte, wird Sie das teuer zu stehen kommen.«

Sawyer warf den Kopf in den Nacken und lachte herzhaft. Gleichzeitig schlang er den Arm um Suzys Schultern und dirigierte sie von der Tanzfläche.

Judy Baines verdrehte sich fast den Hals, als sie den beiden nachschaute. Dann wandte sie sich Bobby Tom zu und schnalzte missbilligend mit der Zunge. »Ich glaube, er nimmt sie mit hinter die Scheune.«

»Missetaten, Missetaten.«

»Wollen Sie etwas dagegen unternehmen?«

»Ich werde die Braut abgeben, Frau Baines, und nur das Beste hoffen.«

Way und Suzy konnten gar nicht mehr aufhören, einander zu küssen. Er hielt sie gegen die Wand der Scheune gepresst, der Saum ihrer züchtigen weißen Bluse war aus dem Rockbund gezogen und seine Hand lag auf ihrer nackten Haut. Beide atmeten schwer. Bobby Toms alberne Warnung hatte ihnen das Gefühl gegeben, etwas wirklich Verbotenes zu tun.

»Ich liebe dich, Suzy. Ich habe mein ganzes Leben auf dich gewartet.«

»Oh, Way …«

»Sag es, Liebling. Sag es mir. Ich muss die Worte hören.«

»Ich liebe dich auch. Das weißt du doch. Ich liebe dich schon seit langem. Und ich brauche dich so sehr.«

Way küsste sie erneut, dann stellte er die Frage, die unbedingt gestellt werden musste. »Und was ist mit Hoyt? Ich weiß, wie viel dir eure Ehe bedeutet hat.«

Sie legte ihre Hand an seine Wange. »Ich werde ihn ewig lieben, das weißt du. Doch Bobby Tom hat mir heute etwas begreiflich gemacht, das ich eigentlich schon lange selbst hätte erkennen müssen. Hoyt würde dies für mich wollen. Er würde *dich* für mich wollen. Irgendwie werde ich wohl immer das Gefühl haben, dass er uns heute Nacht durch seinen Sohn seinen Segen erteilt hat.«

Way streichelte ihre Wange. »Das war nicht einfach für Bobby Tom. Ich weiß, wie sehr er seinen Vater geliebt hat.« Zum ersten Mal, seit sie einander geküsst hatten, musterte er sie besorgt. »Es ist ja kein Geheimnis, dass dein Sohn mich nicht leiden kann, Suzy. Aber ich verspreche dir, dass ich mein Möglichstes tun werde, um das zu ändern.«

Sie lächelte. »Er mag dich sogar sehr, er weiß es nur noch nicht. Glaub mir, ihr beide werdet sehr gut miteinander klarkommen. Nie und nimmer hätte er mich dir an die Hand gegeben, wenn er nicht schon selbst zu diesem Schluss gekommen wäre.«

Way schien erleichtert, dann knabberte er an ihrer Unterlippe. Gleichzeitig fand sein Daumen ihre Knospe. »Schätzchen, wir müssen uns hier vom Acker machen.«

Sie trat zurück und sah ihn gespielt empört an. »Bobby Tom sagte doch, dass du mich mit Respekt behandeln sollst.«

»Genau das tue ich doch. Erst ziehe ich dich nackt aus, dann werde ich dich mit Respekt behandeln.«

Sie tat so, als ob sie darüber nachdenken müsse. »Ich bin mir nicht ganz sicher, ob wir das tun sollen. Er hat mir schon etwas Angst eingejagt.«

Way stöhnte. »Es dauert mindestens zwei Wochen, bis wir die Hochzeitszeremonie organisiert haben. Unmöglich kann ich so lange warten, um dich endlich zu berühren. Dein Sohn muss lernen, die Bedürfnisse seiner Eltern zu respektieren.«

»Da stimme ich dir reinen Herzens zu.«

Wieder küsste Way sie. Als sie schließlich voneinander abließen, warf er seinen Kopf zurück und lachte glücklich. Der größte Schurke von Telarosas Oberschule hatte endlich das Herz des hübschesten Mädchens der Untersekunda erobert.

Als Bobby Tom auf die Plattform stieg, um die Gewinner des Golfturniers auszuzeichnen, war ihm schon fast schwindlig, so gut fühlte er sich. Die Liebe hatte ihn beflügelt, ebenso die Erkenntnis, dass sein Leben aus mehr als nur aus Football bestand. Gerade hatte er sich entschieden, wie er Gracie darüber in Kenntnis setzen würde, dass sich nun alles geändert hatte. Er hatte immer schon eine Schwäche für große Gesten. Und nun beabsichtigte er, seiner zukünftigen Frau einen Eheantrag zu machen, den sie niemals vergessen würde.

Gracie dagegen zählte die Minuten, bis dieser qualvolle Abend endlich vorbei sein würde. Sie versuchte, sich mit der Erkenntnis zu trösten, dass sie sich niemals wieder mit weniger als dem zufrieden geben würde, was ihr tatsächlich zustand. Doch nichts konnte ihr gebrochenes Herz nur annähernd heilen.

Terry Jo hatte sich geweigert, bei der Lotterieziehung mitzumachen. Gracie fand sich also nun ebenfalls auf der Plattform, doch stand sie so weit es nur ging von Bobby Tom entfernt. Während Luther den Sportlern für ihre Teilnahme dankte, schaute sie in die Menge. Willow und der Rest der Leute von *Blood Moon* standen in einer Gruppe zusammen, Elvis war in Natalies Armen eingeschlafen, und Buddy und Terry Jo standen mit Jim Biederot, Bobby Toms altem Mitspieler, und den Calebows zusammen.

Eine ganze Reihe von Bobby Toms Sportsfreunden hatten heute Abend mit ihr getanzt, und die meisten hatte ihre Unkenntnis über ihre Person mehr amüsiert als verärgert. Leider hatten sie auch herausgefunden, dass sie es gewesen war, die mit Bobby Tom Schluss gemacht hatte. Wenn Frauen davon hörten, dass einer Freundin von ihnen der Laufpass gegeben worden war, zeigten sie viel Mitgefühl. Doch Bobby Toms Freunde schienen es nur absolut und unglaublich lustig zu finden. Sicher hatten sie ihn den ganzen Abend damit aufgezogen. Sie wusste, wie sehr das seinem Stolz zugesetzt haben musste, und zu ihrem Schmerz gesellte sich eine gewisse Wachsamkeit.

Luther nahm das Goldfischglas mit den Lotterietickets, das sie ihm zuvor gegeben hatte, und winkte sie zu sich heran. »Bevor Bobby Tom heute Abend unsere Gäste ehrt, wollen wir einen wunderschönen Quilt verlosen, den das Arbor-Hills-Seniorenheim beigesteuert hat. Die meisten von euch kennen Gracie Snow. Wir werden sie sehr vermissen, wenn sie uns verlässt, und wollen ihr für all ihre Arbeit Applaus schenken.«

Begeisterter Applaus brach aus, hier und da von lauten Pfiffen übertönt. Sie griff in die Fischschale, um das Gewinnlos zu ziehen.

»Nummer 137.«

Wie es sich herausstellte, war dieses Los von der Crew für

Elvis gekauft worden. Das Baby wachte auf, als seine Mutter ihn brachte. Gracie reichte Natalie das Quilt und gab dem Gewinner einen Kuss. Plötzlich war ihr klar, wie sehr sie diesen strahlenden Wonneproppen vermissen würde. Nachdem das Los gezogen worden war, wollte sie von der Bühne treten, doch stand ihr Luther im Weg.

Bobby Tom ergriff das Mikrofon und begann mit einer Rede, die jeden Komödianten stolz gemacht hätte. Er machte lustige Bemerkungen über die hohen Leistungen seiner Freunde beim Golfturnier im Gegensatz zu seinem eigenen Versagen. So unterhaltsam hatte sie ihn noch nie erlebt. Seine Augen leuchteten, und sein Lächeln hätte jedem Zahnmodell zur Ehre gereicht. Verletzt dachte sie, er hätte wohl keinen besseren Weg finden können der Menge zu zeigen, dass er für seinen Teil jedenfalls nicht unter gebrochenem Herzen litt.

Als er die Ehrung der Sportler beendet hatte, wartete sie darauf, dass er vom Mikrofon zurücktreten würde, damit sie von der Bühne klettern konnte. Stattdessen jedoch sah er sie an. »Bevor wir uns wieder auf die Tanzfläche wagen, möchte ich noch eine Ansage machen ...«

Gracie starrte ihn entsetzt an.

»So mancher hat vielleicht schon davon gehört, dass Gracie und ich unsere Verlobung gelöst haben. Euch wird vielleicht auch aufgefallen sein, wie dick sie mich momentan hat.« Seine Lippen verzogen sich zu einem so hinreißenden Lächeln, dass man hätte annehmen müssen, nur ein Verrückter könne ihm etwas übel nehmen.

Sie betete, dass er aufhören möge. Die Vorstellung war ihr unerträglich, dass er ihr privates Elend vor aller Augen ausbreiten würde. Doch er fuhr ungerührt fort.

»Es gibt Verlobungen und Verlobungen, und Gracie und ich waren lediglich verlobt, um uns zu verloben. Doch jetzt ist es an der Zeit, die Sache richtig zu stellen. Bring doch Gracie einmal hierher, Luther, denn sie ist immer noch wütend auf mich und ich möchte bezweifeln, dass sie freiwillig zu mir kommt.«

Das würde sie ihm niemals verzeihen, dachte sie, während Luther herzlich lachte und sie hinüberzog. Sie blickte auf Terry Jo, Natalie und Toolee Chandler herunter, die in der ersten Reihe vor der Menge standen und flehte wortlos um ihre Hilfe. Doch die drei lächelten begeistert. Bobby Toms Freunde schienen sich ebenfalls über diese Angelegenheit köstlich zu amüsieren.

Bobby Tom schlang einen Arm um sie und blickte in ihr erschüttertes Gesicht. »Gracie, hier vor Gott, meiner Heimatstadt und meinen Sportsfreunden bitte ich dich, mir die Ehre zu erweisen, meine Frau zu werden.« Er legte eine Handfläche über das Mikrofon und flüsterte ihr zu: »Ich liebe dich, Liebling, und diesmal ist es wirklich wahr.«

Ein Schauer rann ihr über den Rücken. Sie hätte nie geglaubt, dass etwas so wehtun konnte. Die Menge johlte und klatschte. Dies waren die Menschen, mit denen er aufgewachsen war, die Männer, die seine Freunde waren. Nie und nimmer würde er es hinnehmen können, wenn sie ihn als Verlierer sahen. Er hatte gelogen, als er sagte, dass er sie liebte. Lügen fiel ihm nicht schwer, und um seinen Ruf zu retten, war er willens, sie zu zerstören.

Ihre leisen, fast erstickten Worte waren nur für seine Ohren gemeint gewesen. »Ich kann dich nicht heiraten, Bobby Tom. Ich habe etwas Besseres verdient.«

Erst als ihre Stimme von den Lautsprechern verstärkt wieder zu ihr zurückkehrte, wurde ihr klar, dass er seine Hand vom Mikrofon genommen hatte. Das Gelächter der Menge versiegte abrupt. Ein paar Leute kicherten nervös, doch als sie merkten, dass es ihr ernst war, wurde es mucksmäuschenstill. Bobby Toms Gesicht war aschfahl geworden. Verstört sah sie ihm in die Augen. Sie hatte ihn nicht kränken wollen, doch die Worte waren nun ausgesprochen.

Zurücknehmen konnte sie sie nicht, denn sie entsprachen der Wahrheit.

Sie erwartete, er würde die Situation mit irgendeinem Witz auflockern, doch er schwieg.

»Es tut mir Leid«, flüsterte sie und trat einen Schritt zurück. »Es tut mir wirklich Leid.« Dann drehte sie sich um und sprang von der Tribüne.

Als sie sich durch die schweigende Menge drängte, erwartete sie, seine sonore, amüsierte Stimme durch das Mikrofon zu hören. Sie stellte sich sogar seine Worte vor.

Mannomann! Also wirklich, Leute, die Kleine ist fuchsteufelswild. Es wird mich wohl ein wenig mehr als nur eine Flasche Champagner und eine Abendeinladung kosten, um sie wieder zu beruhigen.

Sie drängte sich weiter durch die Menge und stolperte über den Saum ihres langen Kleides, dann hörte sie seine Stimme, genau wie sie geahnt hatte. Doch an Stelle der Worte, die sie sich vorgestellt hatte, war die Stimme durch den Lautsprecher wütend und feindselig.

»Geh schon, Gracie! Nur raus hier! Wir wissen doch beide, dass ich dir lediglich einen Gefallen habe tun wollen. Scheiße noch mal. Warum in aller Welt sollte ich jemanden wie dich heiraten wollen? Verschwinde hier! Und komm mir nur ja nie wieder unter die Augen!«

Gekränkt und gedemütigt brach sie in Tränen aus und eilte blind weiter. Sie hatte keine Ahnung, wo sie hinlief, doch es war ihr gleichgültig, solange sie sich nur weit genug von ihm entfernte.

Eine Hand legte sich auf ihren Arm. Es war Ray Bevins, der Kameramann von *Blood Moon.* »Komm schon, Gracie, ich fahre dich.«

Die Lautsprecher in ihrem Rücken gaben in Ohren betäubender Lautstärke Bobby Toms Stimme wider. Sie flüchtete, so schnell sie nur konnte.

24

Wie sich herausstellte, war Bobby Tom Denton ein widerlicher Betrunkener. Er zerstörte den Großteil der Inneneinrichtung des *Waggon Wheels,* zerschmetterte die Fensterscheibe eines nagelneuen Pontiacs, und er brach Len Brown den Arm. Bobby Tom war auch früher schon dann und wann einmal in eine Schlägerei verwickelt gewesen, doch nicht mit jemandem wie Len oder Buddy Baines, der ihm lediglich die Autoschlüssel entwendet hatte, um ihn davon abzuhalten, in betrunkenem Zustand zu fahren. Keiner der Bürger Telarosas hätte sich jemals ausmalen können, sich eines Tages ihres Lieblingssohnes wegen zu schämen. Doch an diesem Abend schüttelten alle fassungslos die Köpfe.

Als Bobby Tom aufwachte, befand er sich im Gefängnis. Er wollte sich auf die andere Seite drehen, doch konnte er sich vor Schmerzen nicht bewegen. Sein Kopf hämmerte, und jeder Muskel seines Körpers quälte ihn. Als er die Augen öffnen wollte, merkte er, dass eines zugeschwollen war. Gleichzeitig hatte er ein Gefühl im Magen, als ob er sich gleich in ihm umstülpen wollte.

Er hielt die Luft an, während er behutsam die Beine über die Kante der Pritsche schob und sich aufrecht hinsetzte. Selbst nach einem besonders brutalen Spiel hatte er sich niemals so elend gefühlt. Verzweifelt stützte er den Kopf in die Hände. Viele Menschen können sich nicht daran erinnern, was sie in betrunkenem Zustand getan haben. Doch Bobby Tom erinnerte sich an jede elende Minute. Schlimmer noch, er erinnerte sich auch an den Auslöser, der überhaupt erst zu allem geführt hatte.

Wie konnte er sich nur dort oben ans Mikrofon stellen und so etwas zu Gracie sagen, ganz gleich, wie sehr er auch von ihrer Abfuhr gedemütigt worden war? Der kurze Blick auf ihr Gesicht, ehe sie weggerannt war, würde ihn sein Leben lang verfolgen. Sie hatte jedes verdammte Wort geglaubt, das er von sich gegeben hatte, und dieses Wissen beschämte ihn. Gleichzeitig hatten sich ihre Worte in sein Gedächtnis eingebrannt.

Ich kann dich nicht heiraten, Bobby Tom. Ich habe etwas Besseres verdient.

Und das hatte sie. Gott stehe ihm bei, das hatte sie. Sie hatte einen Mann verdient, nicht einen verwöhnten Jungen. Sie hatte jemanden verdient, der sie mehr liebte als seine eigene *Legende.* Seine Legende. Zum ersten Mal in seinem Leben erfüllte ihn die Vorstellung mit Ekel. Was auch immer für eine Legende er bisher gehabt haben mochte, sein Benehmen am gestrigen Abend hatte sie zerstört. Mehr noch, es machte ihm nichts aus. Er hatte nur einen Gedanken, und zwar Gracie wieder zurückzuerobern.

Plötzlich überkam ihn Panik. Was, wenn sie nun die Stadt bereits verlassen hatte? Ihr moralisches Gerüst war ausgesprochen stabil gebaut. Erst jetzt, wo es zu spät war, begriff er, wie wichtig ihr ihre Grundsätze waren. Gracie meinte immer das, was sie sagte. Wenn sie sich einmal entschieden hatte, eine gewisse Angelegenheit richtig zu betrachten, änderte sie ihre Meinung nicht mehr.

Sie hatte gesagt, dass sie ihn liebte. Für sie bedeutete das sehr viel. Doch er hatte mit ihrer Zuneigung gespielt und ihre Gefühle nicht respektiert. Er hatte sie in eine Position manövriert, von der aus sie nicht mehr einlenken konnte. Als er gestern Abend in ihr Gesicht geblickt und ihre Worte gehört hatte, dass sie ihn nicht heiraten könne, hatte sie jedes Wort ernst gemeint. Nicht einmal eine öffentliche Liebeserklärung seinerseits war gut genug gewesen, sie zu halten.

Eine Flut ungewohnter Gefühle überschwemmte ihn, doch das Ungewohnteste von allen war die Verzweiflung.

Nachdem er ein Leben lang Frauen mit Leichtigkeit erobert hatte, wurde ihm jetzt klar, dass er seine Selbstsicherheit eingebüßt hatte. Denn sonst wäre er nicht felsenfest davon überzeugt gewesen, dass, falls sie erst einmal aus der Stadt weg war, er sie nie wieder zurückerobern könnte. Ihm war klar, dass er sie für alle Zeit verloren hatte. Wenn es ihm noch nicht einmal gelungen war, ein Hausspiel zu gewinnen, wie konnte er dann hoffen, ihre Liebe irgendwo anders auf der Welt zurückzuerobern?

»Da schau an, scheint so, als ob unser Lieblingssohn sich gestern Nacht jede Menge Ärger eingehandelt hat.«

Bobby Tom hob den Kopf und starrte mit ausdruckslosen Augen Jimbo Thackery an, der mit einem gemeinen Grinsen auf dem Gesicht vor der Zelle stand.

»Ich habe keine Lust, jetzt Beleidigungen mit dir auszutauschen, Jimbo«, murmelte er. »Was muss ich tun, um hier herauszukommen?«

»Mein Name ist Jim.«

»Also gut, Jim«, erwiderte er dumpf. Vielleicht war es ja doch noch nicht zu spät. Wenn sie die Möglichkeit gehabt hatte, ein wenig über die Dinge nachzudenken, konnte er vielleicht doch noch ihre Meinung ändern. Er schwor zu Gott, dass, wenn sie ihn heiratete, er ihr als Erstes ein eigenes Seniorenheim als Hochzeitsgeschenk übergeben würde. Doch davor musste er sie erst mal finden. Dann musste er sie überzeugen, dass er sie mehr liebte, als er sich bisher jemals mit irgendeiner Frau hatte vorstellen können. Er würde alles tun, damit sie ihm verzieh. Er drückte den Rücken durch. »Ich muss hier raus.«

»Richter Gates hat die Kaution noch nicht festgesetzt«, erwiderte Jimbo, den Bobby Toms Elend offenbar hell erfreute.

Bobby Tom stand mit schmerzverzerrtem Gesicht auf und versuchte, den sauren Geschmack seines Magens und die Tatsache, dass sein verletztes Knie wie verrückt pochte, zu ignorieren.

»Wann wird er das tun?«

»Früher oder später.« Jimbo zog einen Zahnstocher aus seiner Brusttasche und klemmte ihn sich in den Mundwinkel. »Der Richter mag es nicht, wenn ich ihn zu früh am Morgen anrufe.«

Bobby Tom blickte auf die Wanduhr auf der anderen Seite der Gitterstäbe. »Es ist kurz vor neun.«

»Ich werde ihn anrufen, wenn ich Zeit dazu finde. Nur gut, dass du Geld hast, denn dir werden ernsthafte Vergehen vorgeworfen: Schlägerei, Ruhestörung, kriminelle Sachbeschädigung, Widerstand gegen die Staatsgewalt. Das Herz des Richters wird dabei nicht gerade vor Mitleid zerfließen.« Bobby Tom wurde von Sekunde zu Sekunde verzweifelter. Jede Minute, die er noch länger hinter Gittern verbrachte, bedeutete, dass Gracie ihm noch weiter entglitt. Warum nur hatte er sich gestern Abend wie ein Scheusal benommen? Warum hatte er nicht seinen Stolz runtergeschluckt und war ihr sofort hinterhergestürzt, hatte sich, falls nötig, auf die Knie geworfen und ihr gesagt, wie Leid ihm alles tat. Stattdessen hatte er viel Zeit damit verschwendet, den starken Mann zu mimen und Mist zu erzählen, um vor seinen Freunden das Gesicht zu wahren. Das wiederum war ohnehin hoffnungslos gewesen, nachdem er sich am Mikrofon derart beschämend benommen hatte. Er konnte sich noch nicht einmal länger daran erinnern, weswegen ihm die Meinung seiner Freunde derart wichtig war. Er mochte sie gerne, doch wollte er weder sein Leben mit ihnen teilen noch Kinder mit ihnen aufziehen. Er konnte seine Erregung nicht verbergen, als er auf die Gitterstäbe zutrat. »Ich tue, was immer von mir verlangt wird, nur nicht in diesem Moment. Ich brauche nur ein paar Stunden. Ich muss Gracie finden, bevor sie die Stadt verlässt.«

»Ich hätte nie gedacht, dass ich den Tag noch erlebe, an dem du dich einer Frau wegen vollkommen lächerlich machst«, spuckte Jimbo verächtlich. »Aber genau das hast du gestern Abend getan. Tatsache ist, dass sie dich nicht haben will, B.T., und alle Welt weiß es. Deine Superbowlringe waren ihr offenbar nicht genug.«

Bobby rüttelte an den Eisenstangen. »Lass mich hier raus, Jimbo. Ich muss sie finden.«

»Zu spät.« Mit einem letzten Grinsen warf er den Zahnstocher gegen Bobby Toms Brust. Seine Absätze klackerten laut auf dem Fliesenboden, als er die Tür öffnete und verschwand.

»Komm zurück, du Mistkerl!« Bobby Tom drückte sein Gesicht gegen die Gitterstäbe. »Ich kenne meine Rechte, und ich will einen Anwalt! Ich will auf der Stelle einen Anwalt!«

Die Tür blieb fest verschlossen.

Sein Blick zuckte zu der Uhr. Vielleicht wollte sie noch nicht heute schon fahren. Vielleicht würde sie noch hier bleiben. Doch eigentlich glaubte er nicht daran. Er hatte sie gestern Abend zu sehr verletzt, und sie würde so bald es nur irgend ging die Stadt verlassen.

»Ich muss telefonieren!«, schrie er.

»Ruhe da drüben.«

Jetzt erst fiel ihm auf, dass er nicht alleine war. Das städtische Gefängnis besaß lediglich zwei kleine Zellen, und die Liege in der Nachbarzelle war mit einer zwielichtigen Gestalt mit rot geränderten Augen und einem ungepflegten Bart belegt.

Bobby Tom beachtete ihn nicht weiter und brüllte erneut los. »Ich muss telefonieren! Und zwar sofort!«

Niemand antwortete.

Er begann, wie verrückt in der Zelle auf und ab zu humpeln. Sein kaputtes Knie war durch einen Riss seiner Jeans hindurch zu sehen, die Mehrzahl der Knöpfe seines Hemdes fehlten, ebenso ein Teil des Ärmels. Und seine Fingerknöchel machten den Eindruck, als ob man sie durch den Fleischwolf gedreht hätte. Er trat erneut ans Gitter und begann zu rufen, doch der Betrunkene in der Nachbarzelle war der Einzige, der ihm antwortete.

Die Minuten verstrichen. Ihm war klar, wie sehr Jimbo diese Situation genoss, doch war ihm das gleichgültig. Seine Stimme wurde heiser, doch konnte er einfach nicht aufhören. Er ermahnte sich, dass sein Benehmen lächerlich war, dass es keinerlei logischen Grund für seine Eile gab, doch die Panik wollte sich nicht legen. Wenn er Gracie nicht sofort erreichen konnte, würde er sie für immer verlieren.

Annähernd eine halbe Stunde verstrich, ehe die Tür zur Polizeistation wieder geöffnet wurde. Dieses Mal jedoch erschien Dell Brady, Jimbos attraktiver schwarzer Stellvertreter. Noch nie in seinem Leben war Bobby Tom über das Auftauchen eines Menschen derart glücklich gewesen. Mit Dells Bruder hatte er zusammen Football gespielt, und die zwei hatten seit langem eine gute Beziehung.

»Verdammt, B.T., du brüllst das ganze Haus zusammen. Tut mir Leid, dass ich nicht eher kommen konnte, doch ich musste warten, bis Jim gegangen war.«

»Dell! Ich muss telefonieren. Ich habe das Recht, ein Telefonat zu führen.«

»Das hast du gestern Nacht bereits getan, B.T. Du hast den alten Jerry Jones höchstpersönlich angerufen und den Besitzer der *Dallas Cowboys* wissen lassen, dass du nie und nimmer für sein Team spielen würdest, selbst wenn es das Allerletzte auf der ganzen Welt wäre.«

»Mist!« Bobby Tom bearbeitete die Gitterstäbe mit den Fäusten, wobei ihm der Schmerz die Arme hinauffuhr.

»Keiner hat dich jemals betrunken gesehen«, fuhr Dell fort. »Das *Waggon Wheel* hast du so gut wie demoliert, ganz abgesehen davon, was du Len angetan hast.«

»Darum kümmere ich mich später. Ich verspreche, mich mit Len irgendwie auszusöhnen. Doch erst muss ich telefonieren.«

»Ich weiß nicht, B.T. Jimmy hat wirklich etwas gegen dich. Seit damals, als du und Sherri Hopper …«

»Das war vor fünfzehn Jahren!«, brüllte er. »Nun komm schon, nur ein Telefonat.«

Erleichtert beobachtete er, wie Dell nach den Schlüsseln an seinem Gürtel griff. »Also gut. So lange ich dich wieder hinter Gittern habe, wenn Jim aus dem Café zurückkommt, ist alles in Ordnung. Was er nicht weiß, macht ihn nicht heiß.«

Dell ließ sich mit den Schlüsseln so lange Zeit, dass Bobby Tom ihn am liebsten gewürgt und angekreischt hätte, sich zu beeilen. Schließlich trat er aus der Zelle und humpelte durch eine Tür, die zum Hauptgebäude der Polizeistation führte. Dort angekommen, reichte ihm Rose Collins, die seit Ewigkeiten dort arbeitete und deren Rasen er als Kind gemäht hatte, ihren Telefonhörer.

»Für dich, Bobby Tom. Es ist Terry Jo.«

Er riss ihr den Hörer aus der Hand. »Terry Jo! Weißt du, wo Gracie ist?«

»Genau in diesem Augenblick mietet sie bei Buddy einen Wagen an, um damit nach San Antonio zu fahren. Sie kann mich nicht sehen – ich bin im Hinterzimmer –, aber sie hat Buddy erzählt, dass sie am frühen Nachmittag einen Flug von dort gebucht hat. Er hat mich gebeten, dich anzurufen, obwohl ich nach gestern Abend geschworen habe, nie wieder ein Wort mit dir zu wechseln. Ich hätte nie geglaubt, dass du ein solcher Mistkerl sein kannst. Nicht nur, was du Gracie angetan hast – sie trägt eine Sonnenbrille und ich weiß, dass sie geweint hat –, du solltest auch einmal Buddys Gesicht sehen. Sein Kinn ist doppelt so dick und …«

»Sag Buddy, er soll ihr den Wagen nicht vermieten!«

»Das muss er tun, sonst verliert er seine Konzession. Er hat sich bemüht, sie auszubremsen. Aber du kennst sie. Sieht so aus, als ob er ihr in dieser Minute gerade die Schlüssel überreicht.«

Fluchend fuhr er sich durchs Haar und zuckte zusammen, als er die offene Wunde in der Nähe seiner Schläfe berührte. »Ruf sofort Richter Gates an, er soll herkommen, sag ihm …«

»Dazu ist keine Zeit, sie steigt gerade ins Auto. Es ist ein blauer Grand Am. Sie ist ein ziemlich vorsichtiger Autofahrer, B.T., du kannst sie leicht einholen, wenn du jetzt losfährst.«

»Ich bin im Gefängnis!«

»Nun, dann verlass das Gefängnis!«

»Das versuche ich doch! In der Zwischenzeit müsst ihr sie aufhalten.«

»Dazu ist es jetzt zu spät. Sie fährt gerade los. Du wirst sie wohl auf der Autobahn abfangen müssen.«

Bobby knallte den Hörer auf und drehte sich zu Rose und Dell um, die beide interessiert gelauscht hatten. »Gracie ist gerade von Buddys Tankstelle in Richtung San Antonio losgefahren. Ich muss sie abfangen, bevor sie auf die Bundesautobahn auffährt.«

»Was in aller Welt macht er hier außerhalb seiner Zelle?« Jimbo Thackery stürmte durch die Tür. Auf seinem Hemd klebten Pfannkuchenkrümel, sein dunkles Gesicht war wutverzerrt.

»Gracie verlässt die Stadt«, erläuterte Dell, »und Bobby Tom muss sie abfangen, bevor …«

»Er steht unter Arrest!«, dröhnte Jimbo. »Sperrt ihn sofort wieder ein!«

Zögernd wandte sich Dell Bobby Tom zu. »Tut mir Leid, B.T., ich fürchte, dass ich dich wieder in die Zelle bringen muss.«

Bobby Tom streckte die Hände aus, seine Stimme tief und warnend. »Komm keinen Schritt näher, Dell. Ich gehe nicht in die Zelle zurück, bevor ich mit Gracie gesprochen habe. Ich will dich nicht zusammenschlagen, aber ich werde es tun, wenn es sein muss.«

Dell musterte Bobby Tom einen Augenblick lang, dann wandte er sich an Jimbo. »Wäre es denn so schlimm, ihm eine Stunde einzuräumen, um sein Liebesleben wieder zu ordnen, besonders nachdem du seit seiner Verhaftung das Zivilrecht ohnehin mit Füßen getreten hast?«

Jimbos Lippen verzerrten sich, und seine dichten Augenbrauen bildeten eine Linie. »Schließ ihn ein, verdammt noch mal, oder du bist gekündigt!«

Keiner in der Familie Brady folgte gerne Befehlen, und Dell bildete keine Ausnahme. »Du kannst mir nicht kündigen, Luther würde es nicht zulassen! Wenn du ihn wirklich unbedingt in der Zelle haben willst, dann schließ ihn doch selbst ein!«

Jimbo drehte durch. Wutentbrannt preschte er vor. Bobby Tom nahm einen Stuhl vom Schreibtisch und schleuderte ihn über den Fliesenboden, wo er Jimbo am Knie traf und ihn niederstreckte.

Noch bevor der Polizeichef sich wieder aufrappeln konnte, rannte Bobby Tom zur Tür und rief Rose zu: »Ich brauche einen Wagen!«

Sie nahm den Schlüsselbund vom Schreibtisch und warf ihm den gesamten Bund zu. »Nimm Jimbos, der Wagen wird gleich neben der Tür stehen.«

Bobby Tom rannte nach draußen und sprang in das erstbeste Automobil, der leuchtend weiße Wagen des Polizeichefs. Mit quietschenden Reifen fuhr er auf die Hauptstraße auf. Er brauchte nur wenige Sekunden, um die Knöpfe zu finden, die Sirene und Blaulicht auslösten.

In der Polizeistation griff Rose Collins zum Hörer und

verbreitete die Neuigkeit, dass Bobby Tom Denton soeben aus dem Gefängnis ausgebrochen war.

HIMMEL, TEXAS
EIN PLATZ MITTEN IM HERZEN

Das bunte Transparent in der Ausfahrt der Stadt wurde in Gracies Rückspiegel immer kleiner, bis sie es nicht mehr sehen konnte. Sie tastete nach einem der zerknüllten Taschentücher in ihrem Schoß. Ob sie wohl den ganzen Weg bis nach San Antonio weinen würde? Gestern Abend hatte sie so unter Schock gestanden, dass keine einzige Träne geflossen war. Ray hatte sie zu ihrem Apartment gefahren, wo sie ihre Sachen zusammengepackt hatte. Danach hatte er sie für die Nacht in ein Motel gebracht. Doch hatte sie kein Auge zugemacht. Im Bett liegend waren ihr Bobby Toms verletzende Worte wieder und wieder und wieder durch den Kopf gegangen.

Wir wissen doch beide, dass ich dir lediglich einen Gefallen erweisen wollte … Warum in aller Welt sollte ich dich heiraten wollen? … Komm mir nur nie wieder unter die Augen!

Was hatte sie erwartet? Sie hatte ihn vor allen, die ihm wichtig waren, gedemütigt. Und er hatte böse, wild und geifernd zurückgeschlagen.

Sie presste das Taschentuch unter ihre Sonnenbrille und betupfte ihre geschwollenen Augen. Der neue Besitzer von Shady Acres würde jemanden zum Flughafen in Columbus schicken, der sie dann nach New Grundy bringen würde. Shady Acres war der Ort, wo sie hingehörte. Um die Zeit am nächsten Morgen würde sie bereits so beschäftigt sein, dass sie überhaupt keine Zeit mehr zum Grübeln haben würde.

Es war ihr von Anfang an klar gewesen, dass die Sache irgendwie enden musste. Doch hatte sie sich nicht träumen lassen, dass es so schlimm werden würde. Ihrer Vorstellung nach hätte er sich an sie als an die Frau erinnern sollen, die niemals etwas von ihm hatte haben wollen. Der gestrige Abend hatte dadurch einen Strich gemacht. Nicht nur hatte sie sein Geld genommen, sondern unabsichtlich etwas viel Wichtigeres zerstört: seinen Ruf. Sie versuchte, sich mit der Tatsache zu trösten, dass es seiner eigenen Arroganz zuzuschreiben gewesen war, dass sich alles so zugespitzt hatte. Doch sie liebte ihn leider immer noch, und sie konnte einfach keine Genugtuung über seine Verletzung empfinden.

Hinter sich hörte sie eine Sirene. Als sie in den Rückspiegel sah, entdeckte sie das Blaulicht eines Polizeiwagens, der schnell herannahte. Ein Blick auf das Tachometer bestätigte ihr, dass sie nicht zu schnell fuhr. Sie fuhr etwas weiter rechts, um den Wagen vorbeizulassen. Als er sich jedoch näherte, überholte er nicht, sondern fuhr dicht auf.

Die Sirene machte einen Höllenlärm und eine Kelle forderte sie auf, rechts ranzufahren. Beunruhigt sah sie noch einmal in den Rückspiegel und traute ihren Augen kaum. Der Mann hinter dem Steuer war Bobby Tom! Sie nahm ihre Sonnenbrille ab. Bisher hatte sie sich dank ihrer Willenskraft zusammenreißen können, doch einer erneuten Auseinandersetzung mit ihm würde sie nicht standhalten. Sie biss die Zähne zusammen und drückte aufs Gas. Bobby Tom tat das Gleiche.

Ein alter Transporter tauchte vor ihr auf. Ihre Knöchel stachen weiß hervor, so fest umklammerte sie das Lenkrad, als sie auf die linke Spur fuhr, um ihn zu überholen. Das Tachometer kletterte auf sechzig Meilen, und Bobby Tom blieb unmittelbar hinter ihr.

Wie konnte er das tun? Was für eine Stadt würde einem seiner Bürger ein Polizeiauto zur Verfügung stellen, um damit eine unschuldige Person zu verfolgen? Die Tachometernadel erreichte die fünfundsechzig. Sie hasste es, schnell zu fahren. Schweiß brach ihr aus. Wieder ertönte die Sirene und versetzte sie noch mehr in Panik. Sie stieß einen Schrei aus, als er so dicht hinter ihr auffuhr, dass sie befürchtete, er könne die Stoßstange berühren. Lieber Gott, er wollte sie von der Straße abdrängen!

Sie hatte keine Wahl. Er war von Natur aus ein Draufgänger, der es im Gegensatz zu ihr offensichtlich in Ordnung fand, bei dieser Geschwindigkeit Stoßstange an Stoßstange zu fahren. Mit zusammengebissenen Zähnen nahm sie den Fuß vom Gas und verlangsamte allmählich, um schließlich rechts anzuhalten. Sobald der Wagen stand, riss sie die Tür auf.

Kurz darauf kletterte er mühsam aus dem Polizeiwagen, und sie verlangsamte ihren Schritt. Was war mit ihm geschehen? Eines seiner Augen war zugeschwollen, das andere machte ebenfalls einen ziemlich lädierten Eindruck. Seine Kleidung war zerrissen, und sein immer präsenter Stetson fehlte. Eine hässliche offene Wunde über seiner Schläfe begann gerade Schorf anzusetzen und ließ ihn primitiv und gefährlich aussehen. Sie rief sich ins Gedächtnis, was sie ihm angetan hatte. Zum ersten Mal, seit sie einander begegnet waren, hatte sie Angst vor ihm.

Er humpelte auf sie zu. Sie geriet in Panik, wirbelte herum und überlegte in fliegender Hast, ob sie sich ins Auto zurückziehen und die Tür verschließen sollte. Doch dafür hatte sie den Bruchteil einer Sekunde zu lange gezögert.

»Gracie!«

Aus dem Augenwinkel heraus sah sie, wie er nach ihr greifen wollte, doch instinktiv rannte sie los. Die glatten Sohlen ihrer Sandalen rutschten auf der Straße und hätten sie fast zu Fall gebracht. Sie strauchelte, konnte sich jedoch wieder fangen und rannte weiter. Sie rannte entlang der weißen Begrenzungslinie am Straßenrand, sie rannte so schnell sie konnte. Jede Sekunde erwartete sie, dass er sie fassen würde. Als dies nicht geschah, wagte sie einen Blick zurück über ihre Schulter.

Er holte allmählich auf, doch hinkte er so schwer, dass er nur sehr langsam laufen konnte. Sie nutzte ihren Vorteil und rannte noch schneller. Die Geschichte, die ihr Suzy über den neunjährigen Jungen erzählt hatte, der öffentlich dafür bestraft worden war, weil er ein Mädchen geschlagen hatte, ging ihr durch den Kopf. Nach all den Jahren der höflichen Zuvorkommenheit gegenüber Frauen war irgendetwas in ihm ausgerastet.

Ihr Fuß verfehlte die Straßenkante, knickte um, doch sie flitzte über den Kies, erreichte stolpernd die Begrünung. Sand füllte ihre Sandalen. Entsetzen durchfuhr sie, als sie ihn direkt hinter sich hörte.

»Gracie!«

Als dieses Kraftpaket auf sie zuhechtete und ins Unkraut schleuderte, schrie sie auf. Sie drehte sich im Fallen, und als sie auf dem Boden lag, sah sie zu ihm auf. Eine Schrecksekunde lang empfand sie nichts außer Schmerz und Angst. Dann rang sie nach Luft.

Sie hatte zwar schon oft unter ihm gelegen, doch dabei hatten sie einander geliebt und sie hatte wahrhaftig anders als jetzt empfunden. Sein unnachgiebiges Gewicht hielt sie am Boden gefangen. Er verströmte den ungewohnten Geruch von schalem Bier und Schweiß, und sein unrasiertes Kinn kratzte ihre Wange.

»Verdammt noch mal!«, keuchte er und stützte sich auf die Arme. Er umfasste ihre Schultern und hob sie gerade so weit vom Boden hoch, dass er sie wie einen Lappen schütteln konnte. »Warum rennst du denn vor mir weg?«

Sein umwerfender Charme und seine durch nichts zu trübende Freundlichkeit waren verschwunden, zurück blieb ein gewalttätiger, wütender Mann, der offenbar rot sah.

»Hör auf!«, schluchzte sie. »Nicht …« Er zog sie in seine

Arme und umarmte sie so fest, dass sie nach Luft japste. Plötzlich hörte sie das schrille Geräusch weiterer Sirenen. Seine Brust hob und senkte sich gegen ihre, sein heftiger Atem stieß ihr ins Ohr.

»Du kannst nicht … nicht doch … gehen.« Seine Lippen bewegten sich an ihrer Schläfe – und jäh war sie von ihm befreit.

Ein paar Sekunden lang war sie von der Sonne so geblendet, dass sie nicht erkennen konnte, was passiert war. Dann merkte sie, dass Bobby Tom von Polizeichef Thackery unsanft auf die Beine gestellt worden war. Während sie sich hochrappelte, riss ihm der Polizeichef brutal die Arme auf den Rücken und legte ihm Handschellen an. »Du bist verhaftet, du Mistkerl!« Bobby Tom beachtete ihn gar nicht. Er war voll und ganz auf sie konzentriert, und sie verspürte das unbändige Verlangen, dieses arme, geschlagene Gesicht in die Hände zu nehmen.

»Geh nicht, Gracie! Du darfst nicht gehen. Bitte! Wir müssen reden.«

Seine Gesichtszüge sahen so verhärmt aus, dass ihre Augen sich mit Tränen füllten. Im Hintergrund hörte sie das Bremsen von Reifen und Knallen von Türen. Sie schüttelte den Kopf und trat einen Schritt zurück.

»Tut mir Leid, Bobby Tom. Ich hätte nie geglaubt, dass es so weit kommen würde.« Ein ersticktes Schluchzen drang aus ihrer Kehle. »Ich muss gehen. Mehr kann ich nicht ertragen.«

Thackery grinste. »Die Dame scheint dich nicht zu wollen.«

Er zerrte Bobby Tom herum und schubste ihn in Richtung des Polizeiwagens. Bobby Toms verletztes Knie gab nach, und er stürzte. Gracie stockte der Atem und sie preschte vor. Entsetzt sah sie zu, wie Thackery an seinen Armen riss, um ihn wieder auf die Beine zu bringen.

Bobby Tom stieß einen durchdringenden Schmerzenslaut aus. Dann rempelte er heftig gegen den Polizeichef und brachte ihn einen Moment aus dem Gleichgewicht, damit er sich zu Gracie umdrehen konnte.

»Du hast gesagt, dass du nichts von mir nehmen würdest!«, schrie er.

Thackery kreischte vor Wut und riss Bobby Toms Arme den Rücken hoch, wobei er sie fast aus den Schultergelenken ausgekugelt hätte.

Aus Bobby Toms Kehle entrang sich ein verzweifelter Schrei, der aus den tiefsten Tiefen seiner Seele kam. *»Ich liebe dich! Verlass mich nicht!«* Entsetzt beobachtete sie, wie er wie ein Wahnsinniger zu kämpfen begann. Wutschäumend zückte Thackery seinen Schlagstock.

Jetzt war sie nicht mehr zu halten. Mit einem schrillen Schrei der Empörung warf sie sich auf den Polizeichef. »Wagen Sie es nicht, ihn zu schlagen! Wagen Sie es nicht!« Sie bearbeitete Thackery mit ihrem Kopf und ihren Fäusten. Er musste von Bobby Tom ablassen, um sie abzuwehren.

»Hören Sie sofort damit auf!« Als die Sohle ihrer Sandale ihn am Schienbein traf, fluchte er laut. »Hören Sie auf! Hören Sie sofort auf, sonst verhafte ich Sie auch noch!«

»Was ist denn hier los?«, brüllte nun Luther Baines.

Die drei drehten sich um. Der Bürgermeister watschelte auf seinen kurzen Beinen eilig wie eine hungrige Ente auf sie zu, Dell Brady an seiner Seite. Seinen Polizeiwagen hatte er mitten auf der Fahrbahn geparkt. Hinter den beiden Männern quietschten Reifen, als noch weitere Wagen hinzukamen. Terry Jo und Buddy sprangen aus ihrem Explorer. Buddy rannte mit aufgeplatzter Lippe und geschwollenem Kinn auf sie zu. Connie Cameron hüpfte aus ihrem Sunbird.

Luther versetzte Jimbo Thackery einen Schlag auf den Arm und zwang ihn, noch einen weiteren Schritt zurückzutreten. »Hast du den Verstand verloren? Was in aller Welt glaubst du denn, was du hier machst?«

»Bobby Tom!«, schrie Suzy, als sie mit Way Sawyer zusammen auf ihren Sohn zugerannt kam.

Thackery fixierte Luther. »Er ist aus dem Gefängnis ausgebrochen. Und sie hat mich angegriffen. Sie sind beide verhaftet!«

»Du hast sie wohl nicht alle «, rief Buddy wütend aus.

Luther stieß seinen Zeigefinger in Thackerys Brust. »Es hat dir wirklich nicht gereicht, nur ein Amateurmistkerl zu sein, nicht wahr, Jimbo? Du musstest mir unbedingt beweisen, dass du in dieser Kategorie als ein echter Profi einzustufen bist!«

Thackery errötete. Er öffnete den Mund, dann schloss er ihn wieder und trat einen weiteren Schritt zurück. Suzy wollte vorhasten. Way jedoch hielt sie zurück, als er sah, dass Gracie schützend die Arme um seinen zukünftigen Schwiegersohn gelegt hatte.

»Alle Mann weg von ihm!«, schrie Gracie. Ihr kupferfarbenes Haar glänzte im Sonnenlicht, ihr Gesichtsausdruck war feurig wie der einer Amazone. »Keiner rührt ihn an, verstanden? Keiner!«

Bobby Tom, dessen Handgelenke immer noch hinter seinem Rücken mit Handschellen aneinander gekettet waren, griente belustigt auf sie herab.

Die Tatsache, dass er nicht länger einer unmittelbaren Gefahr ausgesetzt war, schien Gracie in ihrer Wachsamkeit nicht zu beeinträchtigen. Wer auch immer ihm Schaden zufügen wollte, musste erst sie aus dem Weg räumen.

Sie spürte, wie er seine Wange auf ihren Kopf presste und die schönsten Dinge sagte. Und zwar mit einer so leisen Stimme, dass nur die, die in unmittelbarer Nähe standen, sie hören konnten.

»Ich liebe dich so sehr, Liebling. Bitte, verzeihst du mir

den Ausbruch gestern Abend? Alles, was du über mich gesagt hast, stimmt. Ich bin unsensibel, egoistisch, egozentrisch und noch viele Dinge mehr. Aber ich werde mich ändern. Das schwöre ich. Wenn du mich heiratest, werde ich mich ändern. Bitte verlass mich nicht, denn ich liebe dich zu sehr.«

Irgendjemand musste ihm die Handschellen geöffnet haben, denn plötzlich hatte er seine Arme um sie geschlungen. Sie sah auf in seine Augen und bemerkte, dass selbst das geschwollene Auge mit Tränen glitzerte. Überrascht stellte sie fest, dass er jedes seiner Worte wirklich ernst meinte. Seine Liebeserklärung hatte nichts mit verletztem Stolz oder einer Revanche zu tun. Er sprach aus der Tiefe seines Herzens zu ihr.

»Bitte, sag mir, dass du mir noch eine Chance einräumst«, flüsterte er und hielt ihren Kopf in seiner Hand. »Sag mir, dass du mich trotz allem immer noch liebst.«

Eine Flut von Gefühlen schnürte ihr die Kehle zu. »Das ist mein Schwachpunkt.«

»Was?«

»Dich zu lieben. Ich liebe dich, Bobby Tom Denton, und ich werde es immer tun.«

Sie fühlte, wie seine Brust erbebte. »Du kannst nicht ahnen, wie glücklich ich darüber bin, das zu hören.« Kurz schloss er die Augen, als ob er all seinen Mut zusammenreißen müsse. Als er sie wieder öffnete, waren seine Wimpern feucht und zusammengeklebt. »Du wirst mich doch heiraten, nicht wahr, Liebling? Bitte sag mir, dass du mich heiraten wirst.«

Die Unsicherheit in seiner Stimme steigerte ihre Liebe noch, und ihre Augen füllten sich nun ebenfalls mit Tränen. »Aber natürlich werde ich dich heiraten. Darauf kannst du dich verlassen.«

Für ein paar Minuten vergaßen sie alle, die um sie herumstanden. Sie standen ganz alleine am Rand eines texanischen Highways, und die Sonne schien unbarmherzig auf sie herab. Eine rosige Zukunft lag vor ihnen, voller Lachen, Kinder und jeder Menge Liebe. Er küsste sie mit seinen geschwollenen Lippen, und sie presste ihre Lippen zärtlich an seine. Suzy schließlich beendete ihre Umarmung, als sie die beiden sanft auseinander schob, um das zerschundene Gesicht ihres Sohnes nach Verletzungen abzutasten. Way umarmte Gracie schützend und lächelte ihr beruhigend zu. Allmählich nahmen alle Beteiligten die zuschlagenden Türen wahr, als mehr und mehr von Telarosas Bürgern die Autobahn blockierten, um Bobby Toms Ausbruch aus dem Gefängnis zu genießen. Gracie bemerkte Toolee Chandler und Judy Baines, Pastor Frank und die Frauen aus Suzys Bridge-Club.

Jimbo Thackery stand etwas abseits, wo Connie Cameron ihm offenbar die Leviten las. Luther schien merkwürdig zufrieden mit sich selbst, als er Bobby Tom betrachtete, der erneut Gracie im Arm hielt.

»Ich gebe dir zwei Stunden, um dich mit Gracie zu arrangieren. Danach werden du und ich ein freundschaftliches Gespräch mit Richter Gates führen. Er ist nicht umsonst für seine Strenge bekannt, B.T. Ehe du die Sache als abgeschlossen betrachten kannst, wirst du wohl eine ganze Menge an Strafgebühren zu zahlen haben. Dazu kommt noch ein kostspieliges Gemeindeprojekt. Diese Eskapade wird dich was kosten, mein Lieber.«

Gracie konnte nicht widerstehen, ihre eigene Meinung dazu beizusteuern. »Das Seniorenzentrum könnte sehr gut einen Bus mit einer Motorrampe gebrauchen.«

Luther warf ihr ein begeistertes Lächeln zu. »Eine ausgezeichnete Idee, Gracie. Was hältst du davon, wenn du bei dem Gespräch mit dabei bist, falls es Richter Gates und mir an Inspiration mangeln sollte.«

»Nur zu gerne.«

Bobby Toms Augenbrauen schossen empört in die Höhe. »Auf wessen Seite stehst du eigentlich?«

Sie brauchte ein paar Sekunden, um seine Frage zu beantworten, denn sie stellte sich gerade vor, welch gute Arbeit die Bobby-Tom-Denton-Stiftung in Zukunft würde verrichten können. »Da ich Bürger dieser Stadt sein werde, habe ich gegenüber der Gemeinschaft gewisse Verpflichtungen.«

Jetzt wirkte er noch empörter. »Wer sagt eigentlich, dass wir hier leben werden?«

Sie musterte ihn voller Liebe. Für einen so intelligenten Mann konnte er wirklich manchmal unglaublich begriffsstutzig sein. Wie lange würde er wohl brauchen, um zu erkennen, dass er an keinem anderen Ort glücklicher sein konnte?

»Wie wäre es, wenn ihr zwei mit uns in die Stadt zurückfahrt?«, schlug Way vor.

Bobby Tom wollte diesen Vorschlag gerade annehmen, als Terry Jo sich vordrängelte. »Nicht so eilig!« Ihr energischer Gesichtsausdruck machte deutlich, dass sie Bobby Tom noch nicht verziehen hatte, wie er ihren Mann zugerichtet hatte. »Es stehen noch einige Erklärungen dafür aus, was du meinem Buddy angetan hast. Und ich werde nicht zulassen, dass wir dir die Sache hier zu einfach machen.«

»Einfach!«, protestierte Bobby Tom und hielt seinen Arm fest um Gracies Schulter, wie aus Angst, sie könne ihm entwischen. »Ich bin heute nur knapp dem Tod entronnen!«

»Na und wenn schon. Gestern Abend hättest du Buddy fast umgebracht.«

»Das stimmt nicht, Terry Jo.« Buddy schien leicht verlegen. »Bobby Tom und ich raufen gelegentlich ganz gerne miteinander.«

»Sei ruhig. Das ist ja nur ein Aspekt der Angelegenheit. Der andere ist der, dass Gracie meine Freundin ist. Da sie offenbar zu verliebt ist, um ihre eigenen Interessen wahrzunehmen, werde ich es an ihrer Stelle tun.«

Gracie gefiel das Funkeln in Terry Jos Blick überhaupt nicht. Es erinnerte sie an die Tatsache, dass die meisten Bürger von Telarosa, Texas, an jedem anderen Ort der Welt eindeutig für verrückt erklärt werden würden. Abgesehen davon schienen die Leute hier eine etwas merkwürdige Vorstellung von Unterhaltung zu haben.

»Es ist schon gut, Terry Jo«, beeilte sie sich zu sagen, »wirklich.«

»Nein, das ist es nicht. Dir ist das wahrscheinlich gar nicht klar, Gracie, doch seitdem Bobby Tom eure Verlobung bekannt gegeben hatte, tuscheln die Leute hinter deinem Rücken. Gerade jetzt, wo es nach einer richtigen Hochzeit aussieht, wird dieses Gerede nur noch schlimmer werden. Vielen Leuten ist nämlich aufgefallen, dass du nicht allzu viel über Football zu wissen scheinst. Sie behaupten, Bobby Tom hätte dich niemals dem Quiz unterzogen.«

O Himmel!

»Manche Leute gehen so weit zu behaupten, er habe gemogelt, nicht wahr, Suzy?«

Suzy faltete die Hände im Schoß. »Ich bezweifle, dass er tatsächlich mogeln würde. Doch stimmt es, dass man über diese Angelegenheit redet.«

Gracie starrte sie an. Bis zu dieser Minute hatte sie Suzy immer als durch und durch vernünftig erachtet.

Terry Jo stemmte die Hände in die Hüften. »Gracie, selbst eure Hochzeitsgäste werden insgeheim die Legitimität eurer Kinder anzweifeln, wenn sie sich nicht sicher sein können, dass du den Quiz bestanden hast. Sag ihr das, Bobby Tom.«

Gracie schaute Bobby Tom an und stellte entrüstet fest, dass er sich nachdenklich mit dem Finger über die Augenbraue fuhr. »Ich glaube, Terry Jo, da hast du einen wunden Punkt berührt.«

Die Leute hier gehörten allesamt in eine psychiatrische Anstalt, dachte Gracie. Allen voran ihr zukünftiger Mann.

Der schien sich jedoch entschieden zu haben. »Ich stelle ihr aber nur fünf Fragen, denn erstens ist sie nicht aus Texas, und zweitens ist sie nicht mit Football aufgewachsen.« Er sah sich in der Menge um, die sich allmählich um sie gebildet hatte. »Ist irgendjemand damit nicht einverstanden?«

Ein paar der Frauen, unter ihnen Connie Cameron, machten den Eindruck, damit nicht einverstanden zu sein. Doch keiner protestierte hörbar.

Bobby Tom nickte zufrieden. Er ließ von Gracie ab und trat etwas zurück. Ihr wurde bewusst, dass sie bei dem Quiz ganz auf sich gestellt sein würde. »Also los. Frage Nummer eins: Für welche Organisation stehen die Initialen NFL?«

Die Menge stöhnte über die geradezu lächerlich einfache Frage, doch ein Blick von ihm brachte sie zum Schweigen.

»Äh ... *National Football League«*, erwiderte sie. Wie würde das nur enden? Doch sie war sich sicher, dass sie ihn heiraten wollte, ob sie nun diesen lächerlichen Quiz bestand oder nicht.

»Sehr gut. Frage Nummer zwei.« Seine Stirn zog sich konzentriert zusammen. »Jedes Jahr im Januar spielen die zwei Teams mit den besten Ergebnissen gegeneinander im wichtigsten Footballspiel des Jahres. Es ist das Spiel, wo der Gewinner einen wirklich großen Ring bekommt«, fügte er hinzu, falls sie noch eine Unterstützung nötig haben sollte. »Wie heißt dieses Spiel?«

Wieder stöhnte die Menge auf.

Gracie beachtete sie nicht. »Der Superbowl.«

»Ausgezeichnet. Du machst dich sehr gut, Liebling.« Er machte eine kurze Unterbrechung, um ihre Nasenspitze zu küssen, dann trat er wieder zurück. »Die nächste Frage ist etwas schwieriger. Ich hoffe also, dass du bereit bist. Wie viele *goalposts* – sie werden auch *up rides* genannt – befinden sich jeweils am Ende eines Footballfeldes?«

»Zwei!«, jubelte sie hochzufrieden. »Und auf jedem befinden sich ein paar Schleifen, obwohl ich mir nicht ganz sicher bin, wie lang sie sind.«

Er schnalzte bewundernd mit der Zunge. »Die Länge ist unwichtig, ich erlasse dir die vierte Frage, weil du die Sache mit den Schleifen gewusst hast. Das wissen nur sehr wenige. Du musst mir also nur noch eine Frage beantworten. Konzentration, Liebling.«

»Ich bin konzentriert.«

»Es geht um Frau Gracie Snow-Denton …« Er hielt inne. »Wenn es dir nichts ausmacht, wäre ich sehr froh, wenn du den Doppelnamen noch einmal überdenken würdest.«

»Ich habe nie behauptet, dass ich einen Doppelnamen möchte! Du warst derjenige, der …«

»Hier ist nicht der Ort, an dem wir uns streiten wollen, Liebling. Also kein Doppelname, das ist geregelt. Deine fünfte und letzte Frage …« Er zögerte und sah zum ersten Mal leicht besorgt aus. »Was weißt du über *quarterbacks?«*

»Ich weiß, wer Troy Aikman ist.«

»Das ist nicht fair, Bobby Tom«, rief Toolee. »Gracie hat sich gestern Abend mit ihm unterhalten.«

»Ich habe auch schon von Joe Namath gehört«, ergänzte Gracie triumphierend.

»Hast du das?« Er strahlte. »Also gut, Liebling, hier kommt eine Zusatzfrage, damit alle zufrieden sind. Sie ist eine echte Herausforderung, lass dich also von diesen eifersüchtigen Frauen nicht ablenken. Um sicherzustellen, dass alle zwölf unserer zukünftigen Kinder auch ehelich sein werden: Für welches New Yorker Footballteam hat Joe Namath gespielt?«

Gracies Gesicht fiel in sich zusammen. *Oh, mein Gott.* Jeder Trottel kannte die Antwort zu dieser Frage. New York

City ... Welches Footballteam spielte für New York City? Plötzlich erhellten sich ihre Züge. »*New York City Yankees!*«

Die Menge begann schallend zu lachen, teilweise auch laut zu stöhnen. Bobby Tom brachte sie trotz seiner zugeschwollenen Augen mit einem eisigen Blick zum Schweigen. Sein Gesichtsausdruck warnte alle, Gracie zu widersprechen.

Als er sich sicher war, dass jeder der Anwesenden seine Absicht begriffen hatte, wandte er sich wieder Gracie zu und umarmte sie. Er blickte sie zärtlich an und küsste sie flüchtig auf die Lippen. Dann lobte er: »Goldrichtig, Liebling. Ich hatte ja keine Ahnung, wie gut du über Football Bescheid weißt.«

Und so kam es, dass jeder, aber auch wirklich jeder in Telarosa, Texas, begriffen hatte, dass Bobby Tom Denton sich endlich und unwiderruflich verliebt hatte.